AF498081

Karl Immermann

Der Oberhof

e-artnow 2018

Henryk Sienkiewicz
Sintflut (Historischer Roman)

Richard Arnold Bermann
Die Derwischtrommel: Historischer Roman

Julius Wolff
Der Raubgraf (Mittelalter-Roman): Spiel um Macht - Eine Geschichte aus dem Harzgau (Historischer Roman)

Walter Scott
Der Talisman: Historischer Roman aus dem Zeitalter der Kreuzzüge

Oskar Meding
Kreuz und Schwert: Historischer Roman

Arthur Conan Doyle, Edgar Wallace
Weihnachtskrimis: Eiskalte Mördergeschichten & Detektivromane: Der blaue Karfunkel, Holmes' erstes Abenteuer, Das Diamantenklavier, Neues vom Hexer, Die …Der vierte Mann, Die Lahore-Vase, Markheim

Ludwig Tieck
Vittoria Accorombona (Historischer Roman)

Friedrich Glauser
Matto regiert: Kriminalroman

Alexandre Dumas
Die Fünfundvierzig: Historischer Roman

Friedrich Glauser
Friedrich Glauser-Krimis: Der alte Zauberer, Der Hund, Der Schlossherr aus England, Verhör, König Zucker, Die Hexe von Endor, Der erste August in der Legion, Totenklage, Beichte in der Nacht

Karl Immermann

Der Oberhof

e-artnow, 2018
Kontakt: info@e-artnow.org

ISBN 978-80-273-1297-9

Inhaltsverzeichnis

Karl Immermann

Karl Immermann ward als Sohn eines Kriegs- und Domänenrats am 24. April 1796 in Magdeburg geboren. Als er Ostern 1813 die Universität Halle bezogen, verhinderte ihn Krankheit an dem eben ausbrechenden französischen Kriege teilzunehmen; doch als Napoleon Elba verlassen hatte und den Kampf wieder begann, konnte er daran bis zum Abschluß sich beteiligen und nachher, zum Offizier avanciert, seine Studien in Halle wieder aufnehmen. Hier und in dem benachbarten Lauchstädt gewährten ihm die Vorstellungen der weimarischen Schauspieler mancherlei Anregungen; doch verfolgte er seine juristische Laufbahn in Magdeburg und Münster weiter und hatte nun jahrelang mit der Neigung zu der später geschiedenen Gattin des Freischarenführers von Lützow zu kämpfen. Er wurde erst durch Verheiratung mit einer Enkelin des Kanzlers Niemeyer in Halle (1839) ruhiger und jetzt seiner dichterischen Kraft in dem (wenn auch nie ganz ausgenutzten) Umgange mit der Künstlerschaft in Düsseldorf, wohin er schon 1826 versetzt war, bewußt. Ein praktischer Versuch mit dem Stadttheater scheiterte an der Interesselosigkeit des Publikums, und weiteren großartigen Plänen entriß ihn ein früher Tod (25. August 1840). Seine dramatischen Dichtungen bezeichnen den Weg wahrhaft künstlerischen Ringens vom phantastischen Spiel bis zur ernsten Geschichte: aber wir empfangen nirgends den Eindruck voller Sättigung. Ein reicheres, klareres Talent zeigte er als Epiker; eine ganz einzige, künstlerisch außerordentlich bedeutsame Verbindung von tiefstem Naturgefühl, seelischster Empfindung und herrlichster humoristischer Freiheit offenbart sich in seinem Roman »Münchhausen« (4 Bände, 1838-39), dessen glänzendste Abteilung »Der Oberhof« für die wahre Dorfgeschichte in Deutschland die rechte Form und in Benjamin Bautier den besten malerischen Interpreten gefunden hat.

Erstes Buch
Der wilde Jäger

Erstes Kapitel
Der Hofschulze

Im Hofe zwischen den Scheuern und Wirtschaftsgebäuden stand mit aufgekrämpten Hemdärmeln der alte Hofschulze und schaute achtsam in ein Feuer, welches zwischen Steinen und Kloben am Boden entzündet, lustig flackerte. Er rückte einen kleinen Amboß, der daneben stand, zurecht, legte sich Hammer und Zange zum Griffe bereit, prüfte die Spitzen einiger großen Radnägel, die er aus dem Bruststücke des vorgebundenen Schurzfelles zog, legte die Nägel auf das Bodenbrett des Leiterwagens, dessen Rad er ausbessern wollte, und drehte die Stelle des Rades, von welcher ein Stück Schiene abgebrochen war, achtsam nach oben, worauf er durch untergeschobene Steine das Rad in seiner Stellung festigte.

Nachdem er wieder ein paar Augenblicke in das Feuer gesehen hatte, ohne daß seine hellen und scharfen Augen davon zu blinzeln begannen, fuhr er rasch mit der Zange hinein, hob das rotglühende Eisen heraus, legte es auf den Amboß, schwang den Hammer darüber, daß die Funken sprühten, schlug das noch immer glutrötliche um das Rad, da wo die Schiene fehlte, schlug und schweißte es mit zwei gewaltigen Schlägen fest und trieb dann die Nägel, welche es in seiner weichen Dehnbarkeit noch immer leicht durchließ, an ihre Plätze.

Einige der stärksten und heftigsten Schläge gaben dem eingefügten Stücke das letzte Geschick. Der Schulze stieß mit dem Fuße die vor das Rad gelegten Steine hinweg, faßte den Wagen bei der Stange, um das geflickte Rad zu prüfen, und zog ihn ungeachtet seiner Schwere ohne Anstrengung quer über den Hof, so daß die Hühner, Gänse und Enten, welche sich ruhig gesonnt hatten, mit großem Geschrei vor dem rasselnden Wagen entflohen und ein paar Schweine aus ihrem eingewühlten Lager grunzend auffuhren.

Zwei Männer, von denen der eine ein Pferdehändler, der andere ein Rendant oder Rezeptor war, hatten, unter der großen Linde am Tische sitzend und ihren Trunk verzehrend, der Arbeit des alten, rüstigen Mannes zugesehen. Das muß wahr sein, rief jetzt der eine, der Pferdehändler, Ihr hättet einen tüchtigen Schmied abgegeben, Hofschulze!

Der Hofschulze wusch in einem Stalleimer voll Wasser, welcher neben dem kleinen Amboße stand, sich Hände und Gesicht, goß dann das Feuer aus und sagte: Ein Narr, der dem Schmied giebt, was er selbst verdienen kann. Er nahm den Amboß, als sei er eine Feder, auf und trug ihn nebst Hammer und Zange unter einen kleinen Schuppen zwischen Wohnhaus und Scheuer, in welchem Hobelbank, Säge, Stemmeisen, und was sonst zum Zimmer- und Schreinergewerk gehört, bei Holz und Brettern mancher Art stand, lag oder hing.

Indem der Alte sich unter dem Schuppen noch zu schaffen machte, sagte der Pferdehändler zu dem Rezeptor: Wollen Sie glauben, daß *der* auch alle Pfosten, Thüren und Schwellen, die Kisten und Kasten im Hause mit eigener Hand flickt oder, wenn das Glück gut ist, auch neu zuschneidet? Ich meine, wenn er wollte, könnte er auch einen Kunstschreiner vorstellen und würde einen richtigen Schrank zuwege bringen.

Da seid Ihr im Irrtum, sprach der Hofschulze, der das letzte gehört hatte und, das Schurzfell jetzt abgethan, im weißleinenen Kittel aus dem Schuppen trat. Er setzte sich zu den beiden Männern an den Tisch, eine Magd brachte ihm auch ein Glas, er that seinen Gästen Bescheid und fuhr dann fort: Zu einem Pfosten, zu einer Thüre und Schwelle gehören nur ein Paar gesunde Augen und eine firme Faust, aber ein Schreiner braucht mehr. Ich habe mich einmal vom Hochmut verleiten lassen und wollte, wie Ihr es nennt, einen richtigen Schrank zuwege bringen, weil mir Hobel und Meißel und Reißschiene auch bei dem Zimmerwerk durch die Hände gegangen waren. Ich maß und zeichnete und schnitt die Hölzer zu, auf Fuß und Zoll hatte ich alles abgepaßt; ja, als es nun an das Zusammenfügen und Leimen gehen sollte, war alles verkehrt. Die Wände standen windschief und klafften, die Klappe vorne war zu groß und die Kasten für die Öffnungen zu klein. Ihr könnt das Gemächt noch sehen, ich habe es auf dem Sill stehen lassen, mich vor Versuchung künftig zu wahren, denn es thut dem Menschen immer gut, wenn er eine Erinnerung an seine Schwachheit vor Augen hat.

In diesem Augenblicke ließ sich ein lustiges Wiehern aus dem Pferdestalle gegenüber vernehmen. Der Pferdehändler räusperte sich, spuckte aus, schlug sich Feuer an, blies dem Rezeptor eine starke Dampfwolke in das Gesicht, sah sehnsüchtig nach dem Stalle und dann gedankenvoll vor sich nieder. Hierauf spuckte er nochmals aus, nahm den lackierten Hut vom Kopfe, strich mit dem Arme über die Stirn und sagte: Noch immer eine schwüle Witterung. – Dann schnallte er seine lederne Geldkatze vom Leibe, warf sie mit Getöse auf den Tisch, daß der Inhalt klang und klirrte, lösete die Riemen und zählte zwanzig blanke Goldstücke hin, bei deren Anblick die Augen des Rezeptors zu funkeln anfingen, und nach denen der alte Hofschulze gar nicht hinsah. Hier ist das Geld! rief der Pferdehändler, die Faust geballt auf den Tisch stemmend, krieg' ich die braune Stute dafür? Sie ist, weiß Gott, nicht einen Heller mehr wert.

Dann behaltet Euer Geld, damit Ihr nicht zu Schaden kommt, versetzte der Hofschulze kaltblütig. Sechsundzwanzig, wie ich gesagt habe, und keinen Stüber darunter. Ihr kennt mich nun die Jahre her, Herr Marx, und solltet daher wissen, daß das Dingen und Feilschen bei mir nicht verschlägt, weil ich nie von meiner Sprache abgehe. Ich begehre, was mir eine Sache wert ist und thue niemalen vorschlagen, und so könnte ein Posaunenengel vom Himmel dahergefahren kommen, er kriegte die Braune nicht unter Sechsundzwanzig.

Aber Gott's Sackerlot, schrie der Pferdehändler erbost, aus Fordern und Bieten besteht doch der Handel, und meinen eigenen Bruder überfrage ich, und wenn kein Vorschlagen mehr in der Welt ist, so hört alles Geschäft auf!

Im Gegenteil, erwiderte der Hofschulze, das Geschäft kostet dann weit weniger Zeit und ist schon um deshalb profitlicher, aber auch außerdem haben beide Teile von einem Handel ohne Vorschlagen vielen Nutzen. Ich habe es immer erlebt, daß wenn vorgeschlagen wird, sich die Natur erhitzt und zuletzt niemand mehr weiß, was er redet oder thut. Da läßt denn der Verkäufer, um nur dem Gehader ein Ende zu machen, die Ware oft unter dem Preise, den er im stillen bei sich festsetzte, und der Käufer seinerseits in der Begierde und Brunst des Bietens verthut sich ebenso oftmals. Ist aber gar keine Rede vom Ablassen, dann bleiben beide schön ruhig und wahren sich vor Schaden.

Da Ihr so vernünftig redet, so werdet Ihr meinen Antrag jetzt besser erwogen haben, hob der Rezeptor an. Wie gesagt, die Regierung will alle Korngefälle der Höfe in hiesiger Gegend in Geld umwandeln. Sie hat allein den Schaden davon, denn Korn bleibt Korn, aber Geld ist heut so viel und morgen so viel wert, indessen ist es nun einmal ihr Wille, um der Last des Aufspeicherns quitt zu werden. Ihr thut mir also den Gefallen und unterschreibt diese neue, auf Geld lautende Urkunde, die ich zu diesem Behufe schon mitgebracht habe.

Durchaus nicht, antwortete der Hofschulze eifrig. Es ist ein alter Glaube hier zu Lande, daß, wer seinem Hofe eine Last auflegt, dafür zur Strafe nach seinem Tode auf dem Hofe umgehen muß. Ich weiß nicht, wie es damit beschaffen ist, aber das weiß ich: Vom Oberhofe sind seit vielen hundert Jahren nur Körner an die Gotteszelle gegeben worden, und damit wolle sich also das Rentamt begnügen, wie das Stift sich damit begnügt hat. Wächst Geld auf meinem Acker? Nein. Korn wächst darauf. Woher wollen Sie also das Geld nehmen?

Ihr sollt ja nicht übervorteilt werden! rief der Rezeptor.

Es muß alles beim alten bleiben, sagte der Hofschulze feierlich. Das war noch eine gute Zeit, als die Tafeln mit den Verzeichnissen der Lasten und Abgaben der Bauernschaft in der Kirche hingen. Dazumalen stand alles fest, und kein Gezänk hat sich nimmer darüber begeben, wie neuerdings nur gar zu oft. Hernach hieß es, die Tafeln mit den Hühnern und Eiern und Maltern und Sümmern schadeten der Andacht, und sie wurden hinweggethan. Im Gegenteil, sie hatten immer zu Predigt und Gesang gehört, wie Amen und Segen; ich für mein Teil, wenn ich sie ansah, besonders beim dritten Teile oder der Nutzanwendung, hatte die erbaulichsten Gedanken bekommen, zum Exempel: Überhebe dich nicht, denn da steht geschrieben, wie viel Zinsroggen und Schloßhafer du geben mußt, oder auch so: Wenn du draußen Lasten zu tragen hast, hier im Gotteshause bist du frei, und was dergleichen mehr war. Nun aber, als man auf die leeren Tafeln sah, gingen die Gedanken wandern und suchten nach den Tafeln, und es dauerte geraume Zeit, ehe und bevor die Menschheit wieder recht nach dem Pastor hinhörte.

Er ging in sein Haus. – Das ist ein alter Racker! rief der Pferdehändler, als er seinen Handels-
freund nicht mehr sah, indem er den lackierten Hut verdrießlich wieder auf den Kopf stülpte.
Wenn der nicht will, so bringt ihn der Teufel nicht herum. Das Schlimmste ist, daß der Kerl
die besten Pferde in der Gegend zieht und sie im Grunde so zu sagen, billig genug losschlägt.

Ein starres, widerhaariges Volk hier zu Lande, sagte der Rezeptor. Ich bin erst vor kurzem aus
Sachsen herversetzt und merke den Abstand. Dort wohnen die Leute beisammen, und deshalb
müssen sie schon höflich und nachgiebig und bethulich mit einander sein. Aber hier sitzt ein
jeder auf seinem Kampe, hat sein Holz, seinen Wiesewachs um sich, als gäbe es sonst nichts
in der Welt. Darum halten sie auch auf ihre alten Schnurren und Faxen so steif, die anderwärts
überall abgekommen sind. Was für Mühe habe ich schon mit den andern Bauern wegen der
dummen Umschreibereien gehabt, aber dieser ist doch der schlimmste.

Das kommt daher, Herr Rezeptor, weil er so reich ist, bemerkte der Pferdehändler. Mich
wundert, daß Sie es mit den andern in der Bauerschaft ohne ihn durchgesetzt haben, denn der
hier ist ihr General und Advokat und alles, sie richten sich in jeglicher Sache nach ihm. Er bückt
sich vor keinem. Vor'm Jahre kam ein Prinz hier durch; wie er den Hut vor dem abnahm, war
es wahrhaftig, als wollte er sagen: Du bist der und ich bin der. Der Mistfink! Für die Stute
sechsundzwanzig Pistolen haben zu wollen! Aber das ist das Unglück, wenn der Bauer zu viel
Vermögen kriegt. Wenn Sie dort durch das Eichholz hindurch sind, gehen Sie eine geschlagene
halbe Glockenstunde durch seine Felder. Und alles bestellt, daß es nur so eine Art hat. Ich bin
mit meiner Koppel vorgestern durch den Roggen und Weizen geritten, und Gott strafe mich,
wenn was anderes als die Köpfe von den Pferden über die Ähren hinübersahen. Ich dachte, ich
würde ersaufen.

Woher hat er's denn? fragte der Rezeptor.

O! rief der Pferdehändler, da liegen hier mehrere solcher Höfe herum, man heißt sie Oberhöfe; wenn die nicht manchen Edelmann ausstechen, so will ich nicht Marx heißen. Das Erdreich
ist von uralter Zeit zusammengeblieben. Und sparsam und fleißig ist der Nichtsnutz von jeher
gewesen, das muß man ihm lassen. Sie sahen ja, wie er sich abäscherte, um nur dem Schmied
die paar Groschen Verdienst zu nehmen. Jetzt freit seine Tochter einen andern jungen Geld-
schlingel; die kriegt mit! Ich bin an der Leinwandkammer durchgegangen, der Flachs und das
Garn, das Gebild, die Wäsche und alle mögliche Kramerei ist bis unter die Decke gestopft. Und
dazu giebt ihr der alte Schabhals noch bare sechstausend Thaler mit. Blicken Sie nur um sich;
ist es nicht hier, als ob man bei einem Grafen wäre?

Während der letzten Reden hatte der verdrießliche Pferdehändler sacht in die Geldkatze ge-
griffen und den zwanzig Goldstücken, gleichsam gleichgiltig thuend, noch sechs hinzugefügt.
Der Hofschulze trat wieder in die Thüre, und der andere sagte brummend, ohne ihn anzusehen:
Da liegen die Sechsundzwanzig, weil es einmal nicht anders sein soll.

Der alte Bauer lächelte schalkhaft und sprach: Ich wußte wohl, daß Ihr das Pferd kaufen
würdet, Herr Marx, denn Ihr sucht für den Rittmeister in Unna eins zu dreißig Pistolen, und
mein Bräunchen paßt Euch dazu, wie bestellt. Ich ging auch nur in das Haus, um die Goldwage
zu holen, und konnte vorher sehen, daß Ihr Euch unterdessen besonnen haben würdet.

Der Alte, welcher in seinen Bewegungen bald etwas ungemein Rasches, bald wieder die
größte Bedächtigkeit zeigte, jenachdem das Geschäft war, was er trieb, setzte sich an den Tisch,
wischte langsam und sorgfältig seine Brille ab, spannte sie über die Nase und fing nun an, die
Goldstücke genau zu wägen. Zwei oder drei musterte er als zu leicht aus, worüber der Pferdehändler ein heftiges Gezeter erhob, welchem der Hofschulze schweigend und kaltblütig die
Wage in der Hand behaltend, zuhörte, bis der andere statt der verworfenen vollwichtige hervorholte. Endlich war die Sache beendigt, der Verkäufer packte bedächtig das Geld in ein Papier
und ging mit dem Pferdehändler nach dem Stalle, um ihm das Pferd zu überliefern.

Der Rezeptor wartete die Rückkunft der beiden nicht ab. Mit solchem Klotz ist nichts anzufangen, sagte er, aber wenn du uns nur nicht so ordentlich auf die Termine bezahltest, wir
wollten dich – Er fühlte nach seinen urkundlichen Papieren in der Tasche, merkte an ihrem
Knittern, daß sie noch darin seien, und schlich vom Hofe.

Aus dem Stalle traten der Roßkamm, der Schulze und ein Knecht, welcher zwei Pferde, das des Roßkammen und die erkaufte braune Stute hinter sich herführte. Der alte Schulze sagte, indem er die letztere zum Abschiede streichelte: Es thut einem immer leid, wenn man eine Kreatur, die man aufzog, losschlägt, aber wer kann dawider? – Nun, halte dich brav, Bräunchen! rief er und gab dem Thiere einen herzhaften Schlag auf die runden glänzenden Schenkel.

Der Pferdehändler war indessen aufgestiegen und sah mit seiner langen Figur und der kurzen Schoßjacke unter dem breitkrämpigen lackierten Hute, mit seinen erbsengelben Hosen über den dürren Lenden und den hochhinaufreichenden ledernen Gamaschen, mit seinen Pfundsporen und mit seiner Peitsche wie ein Wegelagerer aus. Er ritt, ohne Lebewohl zu sagen, fluchend und wetternd davon, die Braune am Leitzaum nachziehend. Keinen Blick wandte er nach dem Gehöfte zurück, die Braune dahingegen drehte mehrere Male den Hals um und wieherte wehmütig, als wollte sie klagen, daß ihre gute Zeit nun vorüber sei. Der Hofschulze blieb, die Arme in die Seite gestemmt, mit dem Knechte stehen, bis der Zug durch den Baumgarten verschwunden war. Dann sagte der Knecht: Das Vieh grämt sich. Warum sollte es nicht? erwiderte der Hofschulze, grämen mir uns doch auch. Komm auf den Futterboden, wir wollen Hafer messen.

Zweites Kapitel
Rat und Anteil

Indem er sich mit dem Knechte dem Hause zuwandte, sah er, daß der Platz unter den Linden schon wieder von neuen Gästen eingenommen war. Diese hatten aber ein sehr verschiedenartiges Ansehen. Denn es saßen da drei bis vier Bauern, seine nächsten Nachbarn, und neben ihnen saß ein bildschönes Mädchen. Dieses bildschöne Mädchen war die blonde Lisbeth, welche im Oberhofe genächtigt hatte. [1]

Ich werde mich nicht vermessen, ihre Schönheit zu beschreiben; es käme dabei doch nur auf rote Wangen und blaue Augen hinaus, und diese allerliebsten Dinge, so frisch sie sich in der Wirklichkeit halten, sind schwarz auf weiß etwas abgestanden. Es denke sich daher jeder Leser seine jetzige und ehemalige Geliebte, und jede Leserin blicke in den Spiegel oder erinnere sich, wie sie an ihrem Brauttage ausgesehen hat, so wird die Lisbeth vor allen Leuten dastehen, wie sie leibt und lebt.

Der Hofschulze ging, ohne sich vorläufig um die langhaarigen, bekittelten Nachbarn zu bekümmern, auf seinen blühenden Gast zu und sagte: Nun? Gut geschlafen, Mamsellchen?

Prächtig, versetzte Lisbeth.

Was haben Sie denn am Finger? Sie tragen ihn ja verbunden? fragte der Alte.

Nichts, antwortete das junge Mädchen und errötete. Sie wollte eine andere Unterredung anfangen. Der Hofschulze ließ sich aber nicht irren, ergriff ihre Hand, an welcher sie den Finger verbunden trug und rief: Es ist doch nicht schlimm?

Nicht der Rede wert, versetzte Lisbeth. Als ich Eurer Tochter gestern abend nähen half, fuhr mir die Nadel in den Finger, und da hat er geblutet, das ist alles.

Ei! Ei! sagte der Hofschulze schmunzelnd, und wie ich sehe, ist es sogar der Ringfinger; das bedeutet was Gutes. Wissen Sie wohl, daß wenn eine Jungfer einer Braut hilft am Brautlinnen nähen und verwundet sich am Ringfinger, sie noch im nämlichen Jahre auch Braut wird? Nun, ich gratulier' schönstens zum schmucken Freiersmann.

Die Bauern lachten; die blonde Lisbeth ließ sich nicht aus der Fassung bringen, sondern rief fröhlich: Und wißt Ihr auch meinen Spruch, den ich von der Spröden gelernt habe? Er lautet:

> So weit der Herr die Lilien kleidet,
> Und auch die jungen Raben weidet,
> Geht mein Hab' und Gut;
> Drum, wer nach mir fragen thut,
> Der soll thun nach mir fragen
> Mit vier Pferden vor'm Wagen!

Und – fiel der Hofschulze ein:

> Er soll mich fangen, wie die Maus,
> Und angeln, wie einen Fisch,
> Und schießen, wie ein Reh –

Ein Schuß fiel in der Nähe. Sehen Sie, Mamsellchen, das trifft zu, rief der Alte.

Laßt jetzt Eure losen Reden, Hofschulze, sagte das junge Mädchen. Ich bin darum bei Euch eingekehrt, um von Euch Rat wegen der Gülten zu bekommen, und den gebt mir also nun auch ohne Scherz und Possen.

Der Hofschulze setzte sich, um zu hören und zu reden in Positur, die Lisbeth zog ein Schreibtäflein heraus und las die Namen der Bauern ab, bei welchen sie in den Tagen zuvor umhergewandert war, um die Rückstände der Zinsen für ihren Pflegevater einzutreiben. Sie erzählte dabei dem Hofschulzen, daß und unter welchen Vorwänden sie sich geweigert hätten, ihre Schuld abzustoßen. Der eine wollte längst bezahlt haben, der andere hatte gesagt, er sei neu auf dem Hofe, der dritte wußte von gar nichts, der vierte hatte gethan, als höre er nicht gut, und so fort, so daß das arme Mädchen, wie ein Vöglein, das bei Winterszeit nach Futter fliegt und kein Körnlein aufzupicken findet, von Thür zu Thür leer abgewiesen worden war. Wer aber glaubt, daß diese vergebliche Mühe sie in Kümmernis gestürzt habe, der irrt; ihr konnte nichts etwas anhaben, sie erzählte ihre beschwerlichen Wanderungen mit heitrem Munde.

Der Hofschulze schrieb mehrere der ihm genannten Namen mit Kreide auf den Tisch und sagte, als sie ihre Liste geschlossen hatte: Was die andern betrifft, so wohnen die nicht bei uns, über die habe ich keine Macht, und wenn sie so schlecht sind, ihre Pflicht und Schuldigkeit zu verleugnen, so streichen Sie die Schelme nur aus, denn mit Prozessen kriegt man nichts vom Bauer. Aber die in unserer Gemarke wohnen, gegen die werde ich Ihnen zu Ihrem Rechte helfen, dazu haben wir noch Mittel.

Oho! sagte einer der Bauern halb laut zu ihm; thut Ihr doch Schulte, als hättet Ihr immer das Strop [2] im Rockärmel bei Euch. Wann soll die Heimlichkeit vor sich gehen?

Schweigt, Baumschulte, denn solche spöttischen Worte möchten Euch zu Schaden werden, versetzte der Alte mit Ernst.

Der Angeredete wurde betreten, schlug die Augen nieder und erwiderte kein Wort. Lisbeth dankte dem Alten für die zugesagte Hülfe und fragte nach den Wegen und Stegen zu den andern, die sie noch in der Schreibtafel hatte. Der Schulze bezeichnete ihr den Pfad zu dem nächsten Hofe über die Pfaffenwiese, an den drei Mühlen vorbei, durch die Hollenberge. Als sie ihren Strohhut aufgesetzt, ihren Stecken genommen, für gute Bewirtung gedankt, und sich solchergestalt zum Gehen gerüstet hatte, bat er sie, bei der Wiederkehr sich so einzurichten, daß sie die Hochzeit über und bis zum zweiten Tage nach derselben im Hofe bleibe, dann hoffe er ihr die Versicherung über die Zinsen oder diese sogar vielleicht selbst zugleich nach Hause mitgeben zu können.

Als die schlanke und edle Gestalt des jungen Mädchens hinter den letzten Wallnußbäumen des Baumgartens verschwunden war, sagte einer der Bauern: Wenn der alte Herr Baron die früher zur Schaffnerin gehabt hätte, so wäre er nicht so heruntergekommen und hätte nicht zu besorgen, daß ihm das Haus einmal über dem Kopfe zusammenstürzt. – Übrigens ist es unrecht, daß sie das Kind allein im Lande herumlaufen lassen.

Daran sehe ich eben kein Unrecht, erwiderte der Hofschulze. Ich habe noch nicht erlebt, daß einem ordentlichen Mädchen Schlechtigkeiten widerfahren wären. Eine reine Jungfer kann unter Räuber und Mörder gehen, unter Gesindel und Betrunkene, sie thun ihr so leicht nichts. Vorigen Herbst, als hier nebenan das Volk auf der Halde im Lager stand, hatte sich meine Tochter bei einem Gange über Feld unter einen marschierenden Trupp verloren. Ja, von niemand war sie angetastet worden; sie hatten sie, weil sie müde geworden war, ganz sauber auf einen von ihren Vorspannwagen gehoben, und so wurde sie hier am Hofe richtig abgesetzt. Ein Frauenzimmer, was die Mannsleute angreifen, pflegt von Hause aus angreifische Ware zu sein.

Die Bauern sprachen jetzt von dem Gegenstande, welcher sie zu dem Hofschulzen geführt hatte. Eine neue Straßenanlage, die mit der großen Chaussee Verbindung stiften sollte, bedrohte sie mit dem Verluste einiger kleinen Wiesenstücke, über welche der Weg notwendig zu legen war, wenn er zu stande kommen sollte. Gegen diesen Verlust suchten sie sich nun, obgleich die Anlage zum Vorteil aller umliegenden Bauerschaften gereichte, auf jede Weise zu schützen; und wie er abzuwenden sein möchte, darüber wollten sie sich bei dem Besitzer des Oberhofes Rats erholen. Wirklich zeigte sich auch der Hofschulze in dieser Angelegenheit sehr eifrig und gab ihnen die besten Mittel und Wege an die Hand, wie sie der Forderung des Staates unter dem Schutze buchstäblicher Vorschriften der Gesetze entgehen oder doch wenigstens das Nachgeben hinzögern könnten. Sie möchten nur sagen, die Stücke seien ihnen ganz notwendig, wenn sie nicht zugrunde gehen sollten, möchten einen übermäßigen Preis auf sie setzen, den und den angehen, welcher in der Sache abzusprechen habe, und welcher, wenn sie ihn recht zu behandeln wüßten, schon ein Zeugnis ausstellen werde, daß die Straße auch anders gelegt werden könne, und was dergleichen mehr war, welches freilich auf eine ganz andere Sinnesweise hinauszulaufen schien, als die wir schon von dem Hofschulzen in seinem Verkehre mit Menschen kennen gelernt haben.

Indessen wurde aus seinem Gespräche mit den Nachbarn klar, daß diese Bauern sich den Heischungen des Staats zum öffentlichen Nutzen gegenüber im Zustande des Krieges glaubten, welcher bekanntlich alle Mittel, die zum Zweck führen, gutheißt. Wir werden schon unsre Frucht einfahren und zum Markte führen können, wie bisher, ohne große Straßen nötig zu haben, und was geht uns alles Übrige an? sagte der Hofschulze im Verlaufe der Unterredung. Mögen sie bauen und graben, was sie wollen, sie sollen uns aber ungeschoren lassen. Wenn es nach denen ginge, so wären wir bald vom Erb, von wegen des gemeinen Nutzens, wie es heißen würde, fügte er hinzu.

Guten Tag, wie geht's? rief eine hier wohlbekannte Stimme. Ein Fußwanderer, ein Mann in anständiger Kleidung, aber von den grauen Gamaschen bis zur grünen Schirmkappe bestaubt, war durch den Thorweg eingetreten und hatte sich dem Tische genähert, ohne von den Redenden anfänglich bemerkt zu werden. Ei, Herr Schmitz, sieht man Sie auch einmal wieder? sagte der alte Bauer sehr freundlich und ließ für den Ermüdeten durch den Knecht das Beste, was sich im Keller befand, herbeiholen.

Die Bauern rückten vor dem neuen Ankömmlinge höflich zusammen. Er wurde zum Sitzen genötigt und bewerkstelligte diese seine Niederlassung mit bedachtsamer Vorsicht, um nicht, was er bei sich trug, zu zerbrechen. In der That war ein solches Verhalten auch notwendig, denn der Mann war bepackt wie ein Lastwagen, und die Umrisse seiner Gestalt glichen einem Konglomerate zusammengeschnürter Ballen. Nicht allein, daß die Rocktaschen mit manchem Runden, Viereckigen, Länglichten befrachtet, in sonderbarer Bauschung weit vom Leibe abstanden, auch Brust- und Seitenbehälter, zu gleichen Zwecken verwendet, bildeten mannigfach geformte Wülste und Erhöhungen, die um so schärfer hervortraten, als der Sammler, um nichts von seinen Schätzen zu verlieren, den Rock ungeachtet der herrschenden Sommerwärme, fest zugeknöpft trug. Selbst das Innere der Kappe hatte zur Aufbewahrung kleinerer Gegenstände dienen müssen und erhielt von diesem Inhalte ein kürbisartiges Ansehen. Er schlürfte den ihm vorgesetzten guten Wein mit sichtbarem Behagen, das ältliche, von Wandern und Hitze aufgedunsene und gerötete Antlitz gewann allmählich seine ihm natürliche Farbe und Form wieder.

Gute Geschäfte gemacht, Herr Schmitz? fragte der Hofschulze lächelnd. Dem Anscheine nach sollte man es glauben.

Es geht noch, versetzte der Sammler. In der lieben Erde steckt ein rechter Segen. Nicht allein Korn und Gewächse bringt sie immerdar hervor und wird nicht müde; auch Altertümer erntet ein aufmerksamer Forscher ihr fortwährend ab, soviel auch danach schon gescharrt und gegraben worden ist. Ich habe denn einmal wieder so mein Gängelchen durch das Land gehalten, kam diesmal bis an die Grenze vom Siegenschen. Nun bin ich auf dem Rückmarsch, will heute noch zur Stadt, mußte aber unterwegs bei Euch, Schulze, mich etwas ausruhen, denn müde ward ich freilich.

Was bringen Sie denn mit? fragte der Hofschulze.

Der Sammler klopfte sacht und freundlich auf alle Erhöhungen und Wülste seiner verschiedenen Taschen und sagte: Ei nun, Liebes und Gutes, allerhand Siebensachen, eine Streitaxt, ein paar Donnerkeile, Kattenringe, prächtig mit grünem Rost überzogen, Aschenkrüglein, Thränenflaschen, drei Götzen und ein paar kostbare Lampen. Dann schlug er mit der umgewendeten Hand an seinen Nacken und fuhr fort: Und ein ganz komplett erhaltenes Stück korinthischen Erzes habe ich mir hier, weil ich sonst keinen andern Platz mehr hatte, hier im Rücken unter dem Rocke festgebunden. Nun, es wird sich denn wohl leidlich machen, wenn es alles erst gesäubert ist und in Reih und Glied steht.

Die Bauern bezeigten ihre Neugier nach einigen der Sachen; der alte Schmitz erklärte sich aber unfähig, dieselbe zu befriedigen, weil die Altertümer so sorgfältig verpackt und mit so ausgeklügelter Benutzung jedes Räumchens eingesenkt seien, daß es schwer halte, die ganze Befrachtung, wenn sie gelöset worden, wieder zu stande zu bringen. Der Hofschulze sagte seinem Knechte etwas in das Ohr; dieser ging in das Haus. Inzwischen erzählte der Sammler ausführlich von dem Fundorte der verschiedenen Erwerbungen, rückte dann seinem Gastfreunde näher und sagte vertraulich: Was aber die allerwichtigste Entdeckung dieser Reise ist, ich habe nun wahr und wahrhaftig den Ort gefunden, wo Hermann den Varus schlug.

Ei, ei, versetzte der Hofschulze und schob seine Mütze hin und her.

Alle sind sie auf dem falschen Wege gewesen, Clostermeier, Schmidt, und wie sie heißen mögen, die darüber geschrieben haben! rief der Sammler feurig. Immer wollten sie den Varus in der Richtung auf Aliso, wovon doch auch noch kein Mensch ausgeforscht hat, wo es eigentlich gelegen – genug aber mitternachtwärts – sich zurückziehen lassen, und demnach sollte die Schlacht zwischen den Quellen der Lippe und Ems, bei Detmold, Lippspringe, Paderborn und Gott weiß wo noch? vorgefallen sein –

Der Hofschulze sagte: Ich glaube, der Varus mußte aus allen Kräften suchen, nach dem Rhein zu kommen, und das konnte er nur, wenn er ins offene Land gelangte. Drei Tage soll die Bataille gedauert haben, darin läßt sich schon ein Stück marschieren, und so bin ich vielmehr der Meinung, daß die Attacke in den Bergen, die unsere Börde einschließen, also gar nicht weit von hier vorgefallen ist.

Falsch! Falsch, Hofschulze! rief der Sammler. Hier unterwärts war alles besetzt und verstopft von Cheruskern, Katten und Sicambrern. Nein, weit mehr nach Mittag ist die Schlacht gewesen, der Ruhrgegend nahe, nicht weit von Arnsberg. Varus mußte sich durch das Gebirg hindurchworgen, er hatte nirgends einen Ausweg, und seine Gedanken standen auf den Mittelrhein, wohin der Weg quer durch das Sauerland geht. So dachte ich es mir immer, so, und jetzt habe ich die untrüglichsten Bestätigungszeichen entdeckt. Dicht an der Ruhr fand ich das korinthische Erz und kaufte die drei Götzen, und da sagte mir ein Mann aus dem Dorfe, daß kaum eine Stunde davon im Walde zwischen den Bergen eine Stelle liege, wo Knochen in ungeheurer Anzahl zwischen dem Sand und Kies aufgeschichtet seien. Hui! rief ich, es wird Tag. Ging mit einigen Bauern hinaus, ließ nachgraben, und siehe da, wir fanden Knochen, wie ich sie nur wünschte. Das ist also der Platz, wo Germanicus sechs Jahre nach der Teutoburger Schlacht die Überreste der römischen Legion bestatten ließ, als er seine letzten Züge wider Hermann machte, und folglich habe ich dort das richtige Schlachtfeld entdeckt.

An die tausend und mehrere Jahre pflegen sich Knochen nicht zu erhalten, sagte der Schulze und bewegte zweifelmütig das Haupt.

Sie haben sich versteinert in den Mineralien dort, sprach der Sammler zorneifrig. Ich muß Euch nur den Glauben in die Hand geben, da ist einer, den ich mitgebracht habe.

Er zog einen großen Knochen aus dem Busen und hielt denselben seinem Widerpart unter die Augen. He, was ist das? fragte er triumphierend.

Die Bauern starrten den Knochen verdutzt an. Der Hofschulze antwortete, nachdem er ihn prüfend betrachtet hatte Ein Kuhknochen, Herr Schmitz. Sie sind auf einen Schindanger gestoßen und nicht auf das Teutoburger Schlachtfeld.

Grimmig steckte der Sammler das bescholtene Altertum wieder an seinen Platz und stieß einige heftige Reden aus, denen der alte Bauer in kräftiger Weise zu begegnen wußte. Es sah daher nach einem Zanke zwischen beiden Männern aus; indessen hatte es damit nicht viel zu bedeuten. Denn es war schon hergebracht, daß sie über solche und ähnliche Dinge aneinander gerieten, wenn sie zusammenkamen. Immer aber blieben sie trotz dieser Streitigkeiten gute Freunde. Der Sammler, der sich das Brot am Munde absparte, um seine Liebhaberei zu befriedigen, pflegte sich das Jahr hindurch wochenlang bei den gefüllten Fleischtöpfen des Oberhofes auszufüttern und half wieder seinerseits dem Gastfreunde mit allerhand Schreibereien in dessen Geschäften; denn er war seines Zeichens ein ehemaliger kaiserlicher geschworener und immatrikulierter Notarius.

Endlich sagte der Hofschulze nach vielem nutzlosen Hin- und Herreden von beiden Seiten: Ich will mit Ihnen über den Wahlplatz nicht streiten, obgleich ich dabei verbleibe, daß Hermann den Varus hier herum geschlagen hat. Es liegt mir überhaupt nicht viel daran, die Sache ist mehr für die Herren Gelehrten, denn wenn der andere römische General sechs Jahre darauf, wie Sie mir oftmalen erzählt haben, schon wieder mit einer Armee in hiesigen Gegenden stand, so hat die ganze Bataille wenig zu bedeuten gehabt.

Davon versteht Ihr nichts, Hofschulze! fuhr der Sammler auf. Auf der Hermannsschlacht beruht das gesamte deutsche Wesen. Wenn Hermann der Befreier nicht gewesen wäre, so säßet

Ihr nicht so breit hier zwischen Euren Hecken und Pfählen. Aber Ihr Leute lebt nur von einem Tage zum andern, und Geschichte und Altertümer sind Euch nichts nütze.

Oho, Herr Schmitz, da thun Sie mir doch groß Unrecht! versetzte der alte Bauer stolz. Weiß Gott, was für Plaisir es mir macht, bei Winterszeit die Chroniken und Historienbücher zu lesen, und Sie selbst wissen, daß ich mit dem Schwerte von Carolus Magnus (der Alte sprach die zweite Silbe lang aus), welches nun seit tausend und mehreren Jahren im Oberhofe aufbewahrt wird, umgehe, wie mit meinem Augapfel, folglich ...

Das Schwert Karls des Großen! sagte der Sammler höhnisch. Freund, ist es denn nicht möglich, Euch diese Grillen aus dem Kopfe zu bringen? Hört doch nur –

Und ich sage und behaupte, daß es das echte und aufrichtige Schwert Caroli Magni ist, womit er hier auf dem Oberhofe den Freistuhl gesetzt und eingerichtet hat. Und das Schwert wirket und vollbringet noch heutzutage sein Amt, obgleich davon nicht weiter geredet werden darf. Der Alte sprach diese Worte mit einem Ausdruck in den Mienen und mit einer Gebärde, die etwas Erhabenes hatten.

Und ich sage und behaupte, daß das eitel Thorheiten sind, eiferte der Sammler. Ich habe den alten Flederwisch an die hundert Male untersucht, er hat kein halb Jahrtausend erlebt und rührt vielleicht von der Soester Fehde her, wo ihn ein Reisiger des Erzbischofs, der sich hier in den Büschen verkrochen, mag haben stehen lassen.

Daß dich! rief der Hofschulze und schlug mit der Faust auf den Tisch. Dann murmelte er vor sich hin: Nun warte! Dafür sollst du heute deine Strafe kriegen.

Der Knecht trat aus der Thüre. Er trug ein Gefäß aus gebrannter Erde, von bedeutendem Umfange und fremdartigem Ansehen, es steif und achtsam mit beiden Händen an den Henkeln gefaßt.

Ei Gott! rief der Sammler, als es ihm näher zu Gesichte kam, das ist ja eine prächtige große Amphora! Woher stammt denn die?

Ich habe, versetzte der Hofschulze gleichgiltig, den alten Topf vor acht Tagen in meiner Kiesgrube gefunden, als Grant ausgestochen wurde. Es stand noch mehr des Zeuges umher, was aber die Leute mit den Grabscheiten zerschlagen haben. Der Topf allein ist erhalten worden. Ich wollte doch, daß Sie ihn sähen, da Sie einmal hier sind.

Mit feuchten Blicken betrachtete der Sammler das große, wohlerhaltene Gefäß. Endlich stammelte er: Ist darüber kein Handel zu machen?

Nein, versetzte der alte Bauer kalt, ich will den Topf mir selber aufheben. Er gab dem Knechte einen Wink; dieser wollte die Amphora in das Haus zurücktragen, wurde aber daran von dem Sammler gehindert, welcher, die Augen nicht von dem Gefäße wendend, den Eigentümer mit den mannigfaltigsten und beweglichsten Wendungen anging, ihm den ersehnten Weinkrug abzustehen. Es war indessen alles vergebens; der Hofschulze verblieb den eindringlichsten Bittworten gegenüber in unerschütterlicher Seelenruhe und machte auf diese Weise den unbewegten Mittelpunkt der Gruppe, um welchen die Bauern, die dem Handel mit aufgesperrten Mäulern zuhorchten, der Knecht, der das Gefäß an den Henkeln gefaßt, dem Hause zustrebte, und der Altertümler, welcher dasselbe am unteren Ende festhielt, die aufgeregten Seiten- und Nebenfiguren bildeten. Zuletzt sagte der Hofschulze, daß er Willens gewesen sei, seinem Gaste den Topf, wie so manches früher aufgefundene Stück, zu schenken, weil er selbst seine Freude daran habe, die alten Sachen auf den Brettern der Sammlung an den Wänden ringsherum in Ordnung gestellt zu sehen, daß ihm aber die beständigen Angriffe auf das Schwert Caroli Magni verdrießlich seien, und daß er deshalb auch mit dem Topf seinen Willen behalten wolle.

Kleinlauten Tons versetzte hierauf der Sammler nach einer Pause, daß irren menschlich wäre, daß die Waffen des Mittelalters sich nach den Zeitaltern oft nicht genau unterscheiden ließen, daß er auf diese Überbleibsel sich weniger, als auf Römersachen verstände, und daß allerdings manches an dem Schwerte auf ein höheres, über die Soester Fehde hinausreichendes Alter zu deuten schiene. Worauf der Hofschulze entgegnete, daß ihm dergleichen allgemeine Redensarten nichts frommen könnten, daß er den Zwist und den Zweifel an seinem Schwerte ein für allemal abgethan wissen wollte, und daß es nur ein Mittel gäbe, in den Besitz des alten Topfes zu kommen, nämlich, wenn der Herr Schmitz auf der Stelle eine Schrift von sich gäbe, worin das im Oberhofe aufbewahrte Schwert förmlich für das wahre Schwert Caroli Magni anerkannt würde.

Nach dieser Eröffnung hatte der Altertümler freilich einen harten Kampf zwischen seinem antiquarischen Gewissen und seiner antiquarischen Begierde zu kämpfen. Er warf die Lippe auf und trommelte mit den Fingern auf der Stelle umher, wo er den Knochen vom Teutoburger Schlachtfelde stecken hatte. Sichtlich war sein Bestreben, über die Anmahnungen des ihn zur Unwahrheit verlockenden Gelüstes Herr zu werden. Endlich aber erhielt dennoch die Leidenschaft, wie dies immer zu geschehen pflegt, die Oberhand. Hastig forderte er Feder und Papier und stellte mit fliegender Eile, zuweilen seitwärts nach der Amphora schielend, ein unumwundenes Bekenntnis aus, daß er nach oftmaliger Besichtigung des Schwertes im Oberhofe solches für das des Kaisers Karls des Großen erkannt und befunden habe.

Diese Urkunde ließ der Hofschulze von den beiden Bauern als Zeugen mit unterschreiben, und steckte dann das Papier, mehrmals zusammengeschlagen, zu sich. Der alte Schmitz aber faßte heftig nach der auf Kosten seines besseren Bewußtseins erkauften Amphora. Der Hofschulze sagte, er wolle ihm den Topf andern Tages nach der Stadt schicken; wie hätte aber ein Sammler wohl jemals auch nur einen Augenblick lang die körperliche Innehabung eines teuer erworbenen Besitzstückes entbehrt? Entschieden lehnte der unsrige jeden Verzug ab, ließ sich eine Schnur geben, zog diese durch die Henkel und hing sich daran das große Weingefäß über die Schulter. Sie schieden demnächst im besten Einvernehmen, nachdem der Sammler noch zur Hochzeit gebeten worden war. Er gewährte mit seinen Winkeln, mit den bauschig abstehenden Rockschößen und der hin- und herwackelnden Amphora an der linken Seite einen abenteuerlichen Anblick, als er von dannen zog.

Die Bauern boten ihrem Ratgeber die Zeit, versprachen, sich seinen Rat merken zu wollen und gingen dann, ein jeder zu seinem Gehöfte. Der Hofschulze, dem im Laufe einer Stunde mit allen Menschen, die sich bei ihm zusammengefunden hatten, jegliches Vornehmen geglückt war, trug erst die erwonnene Anerkennungsurkunde auf die Kammer, worin er das Schwert Caroli Magni verwahrte, dann ging er mit dem Knecht auf den Futterboden, um den Hafer für die Pferde ihm zuzumessen.

Drittes Kapitel
Der Oberhof

Westfalen bestand aus einzelnen Höfen, deren jeder seinen eigentümlichen und freien Besitzer hatte. Mehrere solcher Höfe machten eine Bauerschaft aus, die gewöhnlich den Namen des ältesten und vornehmsten Hofes führte. Es gründet sich in der ersten Anlage der Bauerschaften, daß der älteste Hof auch der erste im Range bleiben und der vornehmere werden mußte, wo von Zeit zu Zeit die davon ausgegangenen Kinder, Enkel, Hausgenossen zusammenkamen und einige Tage feierten und zechten. Der Anfang oder das Ende des Sommers war die gewöhnliche Zeit dazu, wo jeder Hofbesitzer etwas von seinen gezogenen Früchten und auch wohl ein gutes Stück Vieh zum Bauermahl mitbrachte. Man besprach sich über mannigfaltige Gegenstände und nahm Rücksprache, Heiraten wurden da geschlossen, Todesfälle angezeigt, und der Sohn als eingetretenes Haupt seines väterlichen Erbes erschien dann gewiß mit volleren Händen und ausgesuchterem Viehe bei seinem ersten Eintritt in die Versammlung. An Zwisten konnte es bei solchen Freudentagen nicht fehlen, dann trat der Vater als Haupt des ältesten Hofes in die Mitte und legte mit Einstimmung der Übrigen den Zank bei. Wurden einige Hofbesitzer während der andern Jahreszeit irgend einer Ursache halber uneins, so brachten beide bei der nächsten Versammlung ihre Beschwerde vor, und beide waren damit zufrieden, was ihre Mitgenossen für gut oder recht fanden. War alles aufgezehrt, der zur Feier bestimmte Baum ausgebrannt, so hatte das Fest, die Versammlung, ein Ende. Jeder kehrte dann zurück, erzählte seinen zu Hause schon wartenden Hausgenossen die Begebenheiten des Festes und ward mit ihnen lebendige und stets fortdauernde Urkunde aller Vorfälle ihrer Bauerschaft.

Dergleichen Zusammenkünfte hießen Sprachen, Bauersprachen, weil sämtliche Hofbesitzer einer Bauerschaft um sich zu besprechen, zusammenkamen, und Bauergerichte, weil hier die Irrungen der schon stillschweigend in einen Verein getretenen Männer beigelegt oder zurückgewiesen wurden. Da die Bauersprachen und Bauergerichte beim ältesten oder vornehmsten Hofe gehalten wurden, so hieß solcher Hof auch Richthof, und die Bauergerichte und Bauersprachen auch Hofsprachen und Hofgerichte, welche bis auf heutigen Tag noch nicht ganz verschwunden sind. Der älteste Hof, der Richthof, ward nun im vorzüglichen Sinne Hof genannt, womit man den Haupthof oder Oberhof in der Bauerschaft und dessen Besitzer als das Haupt oder den Hauptmann der Übrigen bezeichnete.

So hätten wir ungefähr die Entstehung von dem ersten Vereine und den ersten Gerichtsanstalten der westfälischen Höfe oder Bauerschaften. Sie kann uns desto weniger befremden, wenn man bedenkt, daß Westfalens ehemalige Gestalt nur eine langsame Bevölkerung und allmählichen Anbau verstattete, und dieses allmähliche Fortschreiten gerade so zu den simpeln und einförmigen Einrichtungen, als zu der gleichen Bildung, Sitte und Gewohnheit führte, die wir bei Westfalens alten Bewohnern antreffen.

* * *

Die Stelle aus Kindlingers Münsterischen Beiträgen führt uns auf den Schauplatz der Handlung. Sie verdeutlicht uns den Helden des letzteren, den Hofschulzen. Er war der Besitzer eines der größten und reichsten Haupt- und Oberhöfe, welche in den dortigen Gegenden, freilich jetzt bis zu geringer Anzahl zusammengeschmolzen, liegen.

Über diese uralten Wehren freier Männer ist der Atem der Zeiten, Marken verrückend und Rechte tilgend, hingefahren. Die anfängliche germanische Genossenschaft, in welche jeder nur eintrat, Leibes und Lebens sicher zu werden, nicht Leib und Leben zu verlieren, ist längst zerstört; der Vasallendienst hat an der Freiheit gerüttelt, und endlich sind die Trümmer eigenartiger Selbständigkeit in den großen Not- und Bergehafen des modernen Staates getrieben worden. In diesem schwimmen sie (um dem Gleichnisse treu zu bleiben), stoßen und prallen an einander an, oder sind auch wohl seitwärts auf das Trockene geworfen. Dort verwittern sie, mit Tang, Flechten und Schneckenhäusern besetzt, nach und nach, während jener Überzug den Schein eines neuen Gebildes fortsetzt.

Aber es ist etwas Merkwürdiges um die ersten Stammerinnerungen, und die Völker haben ein so langes Gedächtnis wie die einzelnen Menschen, denen ja auch die Eindrücke der frühesten Kinderzeit bis in das höchste Alter hinauf getreu zu bleiben pflegen. Erwägt man nun, daß eines Menschen Leben Neunzig währen kann und darüber, daß der Völker Jahre aber Jahrhunderte sind, so ist es weiter nicht zu verwundern, daß in den Gegenden, in welchen sich unsere Geschichte nunmehr begeben hat, manches noch hin und wieder aufstößt, welches nach der Zeit zurückweist, in welcher der große Frankenkaiser die eigensinnigen Sassen mit Feuer und Schwert zu bekehren wußte.

Weckt also die Natur da, wo sonst der oberste Richter und Erbe der Gegend wohnte, wieder einmal besondere Eigenschaften in einem Menschen auf, so kann an den Jahrtausend alten Erinnerungen und zwischen den Grenzen und Gräben, die doch noch erkennbar sind, eine Gestalt erwachsen, wie unser Hofschulze, eine Gestalt, deren Geltung zwar von den Mächten der Gegenwart nicht anerkannt wird, welche aber für sich selbst und bei ihres Gleichen einen längst verschwundenen Zustand auf einige Zeit wieder herstellt.

Doch das klingt für diese Geschichte zu ernsthaft. Sehen wir uns lieber im Oberhofe selbst um! Wenn das Lob der Freude immer ein sehr zweideutiges bleibt, so darf man dagegen dem Neide der Feinde vertrauen, und am glaubwürdigsten ist ein Pferdehändler, der die guten Umstände eines Bauern herausstreicht, mit welchem er nicht des Handels einig werden konnte. Zwar ließ sich von dem Hofe nicht, wie der Roßkamm Marx sagte, behaupten, es sei darin, als ob man sich bei einem Grafen befinde, dagegen nahm man, wohin man blickte, bäurischen Wohlstand und einen Segen wahr, welcher dem hungrigsten Menschen zurufen mußte: Hier kannst du dich mit satt essen, die Schüssel ist immerdar voll.

Der Hof lag ganz allein an der Grenze der fruchtbaren Börde, da wo sie in das Hügel- und Waldland übergeht. Die letzten Felder des Hofschulzen stiegen schon sacht die Anhöhe hinauf, und eine Meile von dort war Gebirg. Der nächste Nachbar der Bauerschaft wohnte eine Viertelstunde vom Hofe. Um diesen breitete sich alles Besitztum, welches eine große ländliche Wirtschaft nötig hat, aus: Feld, Wald, Wiese unzerstückelt, in geschlossenem Zusammenhange.

Von der Anhöhe herab liefen die Felder durch die Ebene, bestens bestellt. Es war aber um die Zeit der Roggenblüte, der Rauch ging von den Ähren und wallte in den warmen Sommerlüften, ein Opfer der Scholle. Einzelne Reihen hochstämmiger Eschen oder knorrichter Rüstern, zu beiden Seiten der alten Grenzgräben gepflanzt, faßten einen Teil der Kornfelder ein und bezeichneten, schon von weitem erkenntlich, die Marken des Erbes, bestimmter, als Steine und Pfähle vermögen. Ein tiefer Weg zwischen aufgeworfenen Erdwällen führte quer durch die Felder, mündete rechts und links an verschiedenen Orten in Seitenpfade aus und führte, wo das Getreide aufhörte, in ein kräftig bestandenes Eichenwäldchen, unter welchem sich erdgelagerte Säue gütlich thaten, dessen Schatten aber auch für den Menschen erquicklich war. Dieser Kamp, welcher dem Schulzen sein Holz lieferte, drang bis wenige Schritte vom Gehöfte vor, umfaßte es von beiden Seiten und gab so zugleich für die Ost- und Nordwinde Schutz.

Nur mit Stroh war das Wohnhaus, welches sich in seinen weiß und gelb angestrichenen Wänden von Fachwerk zweistöckig erhob, gedeckt, aber da diese Bedeckung immer sehr wohl im Stande erhalten ward, so hatte sie nichts Dürftiges, verstärkte im Gegenteil den behaglichen Eindruck, den das Gehöft machte. Das Innere lernen wir schon bei Gelegenheit kennen; jetzt sei nur gesagt, daß auf der andern Seite des Hauses um einen Hof Ställe und Scheunen liefen, an denen auch das schärfste Auge keine schadhafte Stelle an Mauer und Bewurf erspähen konnte. Große Linden standen vor der Hofthüre, und dort, nicht nach der Wandseite zu, waren auch, wie wir schon erfahren haben, die Ruhesitze angebracht. Denn der Hofschulze wollte, selbst wenn er rastete, seine Wirtschaft im Auge behalten.

Gerade dem Wohnhause gegenüber sah man durch ein Gitterthor in den Baumgarten. Dort breiteten starke und gesunde Obstbäume ihre belaubten Zweige über frischem Graswuchs, Gemüse- und Salatstücken aus: hier und da ernährte ein schmales Beet dazwischen rote Rosen und gelbe Feuerlilien. Doch waren solcher Beete nur wenige. In einer echten Bauerwirtschaft bleibt der Boden dem Bedürfnisse gewidmet, selbst wenn dem Eigentümer seine Umstände

Luxus mit der Natur verstatten. Deshalb haben wir in solchen Höfen eine Empfindung froher Ruhe aller Sinne, wie sie Prachtgärten, Parks und Villen nicht zu erregen vermögen. Denn das ästhetische Landschaftsgefühl ist schon ein Produkt der Überfeinerung, weshalb es denn auch nie in eigentlich robusten Zeiten auftritt. Diese halten vielmehr die Stimmung zur Mutter Erde, als zu der Allernährerin fest, wollen und verlangen nichts von ihr, als die Gabe des Feldes, der Viehweide, des Fischteiches, des Wildforstes.

So weit das Auge über den Baumgarten hinausblickte, sah es auch nur Grün. Denn jenseits des Gartens lagen die großen Wiesen des Oberhofes, auf welchem der Schulze Raum und Futter für seine Pferde besaß. Ihre Zucht, mit Fleiß betrieben, gehörte zu den einträglichsten Nahrungsquellen des Erbes. Auch diese grünen Grasflächen waren von Hecken und Gräben umschlossen: eine derselben faßte einen Weiher ein, in welchem ausgefütterte Karpfen zugweise umherschwammen.

Auf diesem reichen Hofe zwischen vollen Scheuern, vollen Böden und Ställen hantierte der alte, weit und breit angesehene Hofschulze. Bestieg man aber den höchsten Hügel, zu dem sich seine Felder hinauf eistreckten, so erblickte man von dort die Thürme dreier der ältesten Städte Westfalens.

Es ging zu der Zeit, von welcher ich rede, auf elf Uhr vormittags, und der ganze weitläufige Hof war so still, daß sich fast nur das Rauschen der Lüfte in den Baumwipfeln des Kamps vernehmen ließ. Der Schulze maß dem Knechte Hafer zu, womit dieser, den Sack über der Schulter, langsamen Schrittes nach dem Pferdestalle ging, die Tochter zählte in der Linnen- und Garnkammer ihre Ausstattung nach, eine Magd besorgte die Küche. Was sonst von Menschen im Hofe lebte, lag und schlief, denn es ging gegen die Ernte, in welcher Zeit es bei den Bauern am wenigsten zu thun giebt, und die Arbeiter jede Minute zu benutzen pflegen, um gewissermaßen auf Rechnung der herannahenden schweiß- und mühevollen Tage im Voraus zu schlafen. Überhaupt können die Landleute, wie die Hunde, zu allen Stunden bei Tage und bei Nacht schlafen, wann sie wollen.

Viertes Kapitel
Worin der der Jäger einem Menschen, Namens Schrimbs oder Peppel, einen Begleiter nachsendet und selbst auf den Oberhof kommt

Aus den Hügeln, welche die Felder des Hofschulzen begrenzten, traten zwei Männer von verschiedenem Ansehen und Alter. Der eine, im grünen Jagdkollet, die kleine Mütze über das lockige Haupt geworfen, die leichte Lütticher Flinte im Arme, war ein blühend schöner Jüngling, der andere, in stillere Farben gekleidet, ein ältlicher Mann von treuherziger Miene. Der Jüngere schritt rasch wie ein Edelhirsch dem Älteren voran, der seines Orts mehr den langsamen Gang eines ausgedienten, aber dem Herrn noch stets anhänglich nachschleichenden Jagdhundes hatte. Als sie auf einen freien Platz vor den Hügeln getreten waren, setzten sie sich auf einen großen Stein, der dort nebst mehreren andern lag, im Schatten einer mächtigen Linde. Der Jüngere gab dem Alten Geld und Schriften, deutete ihm die Richtung an, in welcher er nun seinen Weg fortsetzen müsse, und sagte zu ihm: Jetzt Jochem, geh und sei gescheit, daß wir des vermaledeiten Schrimbs oder Peppel habhaft werden, der solche abscheuliche Lügen ausgedacht hat. Und sobald du ihn entdeckt hast, gieb mir Nachricht.

Ich werd' gescheit sein, erwiderte der alte Jochem. Ich frage immer so sacht und unter der Hand in den Flecken und Städten nach einem, der sich Schrimbs oder Peppel schreibt, und es müßte mit dem Henker zugehen, wenn ich den Gauch nicht ausfindig machen wollte. Sie halten sich derweilen incognito verborgen, bis Sie von mir ein Weiteres vernehmen.

Wohl, sagte der junge Mann, und nur immer äußerst vorsichtig und bedachtsam gehandelt, Jochem, denn wir sind nicht mehr im lieben Schwabenland, sondern dahaußen unter Sachsen und Franken.

Die wüsten Kerl! versetzte der alte Jochem. Sie haben halt lang von Schwabenstreichen gesprochen, sie sollen verspüren, daß der Schwab auch ein feiner Vogel sein kann, wann's Not thut.

Immer rechts dich gehalten, mein Jochem, denn dahin weisen die letzten Spuren von dem Schrimbs oder Peppel, sagte der junge Mann, indem er aufstand, und dem Alten zum Abschied herzlich die Hand schüttelte. Immer rechts, versteht sich, erwiderte dieser, gab dem Andern die vollgestopfte Waidtasche, die er bis jetzt getragen hatte, lüftete den Hut und ging dann zwischen den Kornfeldern einen Seitenpfad rechts nach der Gegend zu hinab, wo man in der Ferne eine der im vorigen Kapitel angedeuteten Turmspitzen ragen sah.

Der junge Mann mit der Jagdflinte ging dagegen gerade gegen den Oberhof hinunter. Er mochte etwa hundert Schritte weit gegangen sein, als er etwas keuchend hinter sich herkommen hörte und, sich umdrehend, sah, daß sein alter Begleiter ihm folgte. Ich wollte Sie noch um eins gebeten und ersucht haben, rief dieser, thun Sie, da Sie nun allein und sich selbst überlassen sind, das Schießgewehr von sich, denn Sie treffen doch nichts und richten, weiß Gott, noch einmal ein Unglück an, wie neulich schon beinahe geschehen wäre, da Sie nach dem Hasen zielten und beinahe das Kind niedergeschossen hätten.

Ja, es ist verwünscht, immer zu zielen und nimmer zu treffen! rief der junge Mann. Ich will mich auch wahrhaftig überwinden, so schwer es mir fallen wird, denn du weißt ja, daß es mir von meiner seligen Mutter anklebt, allein ich will mich, wie gesagt, überwinden, und es soll kein Schrotkorn aus diesen Läufen fliegen, so lange ich von dir entfernt bin.

Der Alte bat ihn um das Gewehr. Dessen aber weigerte sich der junge Mann, indem er sagte, daß es ohne Gewehr ja gar keine Überwindung koste, das Schießen zu lassen, und seine Handlungsweise dann alles Verdienst einbüße. Das ist auch wahr, erwiderte der Alte und ging nun getrost, ohne einen zweiten Abschied zu nehmen, da der erste noch vorhielt, seine ihm angewiesene Straße zurück. Der junge Mann blieb stehen, setzte das Gewehr auf den Boden, stieß den Ladestock in den Lauf und sagte: Es wird hart halten, den Schuß herauszubringen, und er darf doch nicht darin bleiben. Dann warf er es wieder über die Schulter und schritt auf den Eichenkamp des Hofschulzen zu.

Dicht vor demselben von einem schmalen Raine ging eine Kette Feldhühner mit schmetterndem Flügelschlage und Geschrei auf. Jauchzend riß der junge Mann das Gewehr von der

Schulter, rief: Da werde ich ja gleich der Schüsse quitt! schlug an, es knallte zweimal aus dem Doppelgewehre, die Vögel flogen unversehrt davon, der Jäger sah betroffen ihnen nach, sagte, diesmal, meinte ich, müßte ich was getroffen haben, nun will ich mich aber gewiß überwinden; und setzte seinen Weg durch das Eichenwäldchen nach dem Hofe fort.

Als er zur Thüre eintrat, sah er in einem geräumigen, hohen Flure, welcher den ganzen mittleren Teil des Hauses einnahm, den Hofschulzen mit Tochter, Knechten und Mägden bei dem Mittagsessen sitzen. Er bot mit seiner sonoren, wohlklingenden Stimme freundlichen Gruß; der Hofschulze sah ihn achtsam, die Tochter verwundert an; was die Knechte und Mägde betrifft, so sahen ihn diese gar nicht an, sondern aßen, ohne seiner zu achten, weiter. Der Jäger trat zu dem Hofwirte und erkundigte sich nach der Entfernung der nächsten Stadt und dem Wege dahin. Anfangs verstand der Schulze diese ihm fremdklingende Sprache nicht, die Tochter aber, welche kein Auge von dem schönen Jäger verwandte, half ihm den Sinn entdecken, und er gab darauf richtigen Bescheid. Diesen verstand wieder der Jäger seinerseits erst nach dreimaligem Fragen, brachte aber endlich doch heraus, daß die Stadt auf dem schwer zu findenden Fußwege unter zwei starken Stunden nicht zu erreichen sei.

Die Mittagshitze, der Anblick des vor ihm stehenden reinlichen Mahls und sein eigener Hunger riefen dem Jäger die Frage auf: ob er nicht hier für Geld und gute Worte Essen und Trinken und bis zur Abendkühle Obdach erhalten könne? – Für Geld nicht, versetzte der Hofschulze, für ein gutes Wort aber Mittagsessen und Abendbrod dazu und Rast, so lange es dem Herrn beliebt; ließ einen spiegelblanken zinnernen Teller, Messer, Gabel und Löffel, ebenso blank wie der Teller, aufsetzen und nötigte den Gast zum Sitzen. Dieser sprach dem kräftigen gekochten Schinken, den großen Bohnen, den Eiern und Würsten, woraus die Mahlzeit bestand, mit allem Appetite der Jugend zu, und fand, daß die weit und breit als böotisch verschrieene Landeskost gar nicht so übel sei.

Geredet wurde von den Wirten wenig, denn der Bauer spricht während des Essens nicht gern, doch erfuhr der Jäger von dem Hofschulzen auf Befragen, daß hier herum in der ganzen Gegend kein Mensch, namens Schrimbs oder Peppel, bekannt geworden sei. Die Knechte und Mägde, welche gesondert von den Herrenplätzen am anderen Ende der langen Tafel saßen, waren ganz stumm und blickten nur auf die Schüssel, aus welcher sie mit ihren Löffeln die Speise zum Munde führten.

Nachdem sie aber abgegessen und sich die Mäuler gewischt hatten, trat eines nach dem andern vor den Herrn und sagte: Baas [3], meinen Spruch. Der Hofschulze teilte hierauf jedem eine sprichwörtliche Redensart oder eine Bibelstelle mit. So sagte er zum ersten Knechte, einem rothaarigen Kerl: Jach sein zum Hader, zündet Feuer an, und jach sein zu zanken, vergießt Blut; zum zweiten, einem dicken, langsamen Menschen: Gehe hin zur Ameise, du Fauler, sieh ihre Weise an und lerne; zum dritten, einem kleinen schwarzäugigen verwogen blickenden Gesellen: Besser ein Sperling in der Hand, als ein Reiher auf dem Dache. – Die erste Magd empfing den Spruch: Hast du Vieh, so warte sein, und trägt dir's Nutzen, so behalte es; und zur zweiten sagte er: Es ist nichts so fein gesponnen, es kommt endlich an die Sonnen.

Nachdem jeder auf solche Weise bedacht worden war, gingen alle zu ihren Arbeiten, der eine gleichgültig, der andere betroffen aussehend. Die zweite Magd war von ihrem Spruche blutrot geworden. Der Jäger, welcher allgemach den ortüblichen Dialekt verstehen lernte, hatte diesem Unterrichte mit Erstaunen zugehört und fragte nach dessen Beendigung, was er bezwecke?

Daß sie darüber nachdenken, sagte der Hofschulze. Wenn sie heute abend hier wieder zusammenkommen, so sagen sie mir, was sie sich bei den Sprüchen gedacht haben. Die meiste Arbeit auf dem Lande ist derart, daß die Leute nebenbei noch allerhand Gedanken haben können, und da fallen ihnen denn alle die schlechten Sachen ein, die hernachmals in Liederlichkeit, Lug und Trug ausbrechen. Beim Pferdefüttern denken sie, wie sie Hafer auf die Seite bringen können, und wenn die Magd die Kuh melkt, so steht ihr immer der Liebste vor Augen. Kriegt aber der Mensch so einen Spruch auf zu raten, so ruht er nicht ehender, als bis er die Moral davon heraus hat, und derweile ist die Zeit vergangen, ohne daß ihm etwas Übles in den Sinn kam.

Ihr seid ja ein wahrer Weltweiser und Priester! rief der Jäger, dessen Verwunderung hier mit jedem Augenblicke zunahm.

Es läßt sich viel mit dem Menschen ausrichten, wenn man ihm die Moral beibringt, sagte der Hofschulze bedächtig. Die Moral steckt aber in kurzen Sprüchen besser, als in langen Reden und Predigten. Meine Leute halten sich viel länger, seitdem ich auf die Moral verfallen bin. Freilich das ganze Jahr hindurch geht es mit den Sprüchen nicht; während der Bestellzeit und in der Ernte hört alles Nachdenken auf. Da thut es aber auch nicht not, denn sie haben zu Schlechtigkeiten keine Zeit.

Ihr macht also förmliche Abschnitte in Eurem Unterrichte? fragte der Jäger.

Bei Winterszeit gehen die Sprüche gemeiniglich nach dem Dreschen an und dauern bis zum Säen, versetzte der Hofschulze. Im Sommer aber werden sie von Walpurgis bis gegen die Hundstage zugeteilt. Das sind die Zeiten, wo es bei dem Bauer am wenigsten zu verrichten giebt.

Der Jäger erkundigte sich, was für eine Bewandtnis es mit dem Rotwerden des einen Mädchens gehabt habe, und erhielt darauf folgende Antwort: Die hat etwas auf dem Gewissen, und in solchen Fällen ist es meine Manier, einen Spruch anzubringen, worauf das räudige Schaf sieht, daß ich um den Fehler weiß. Wir wollen abwarten, ob es bis heute abend gewirkt haben wird.

Er ließ den jungen Mann allein, und dieser sah sich in Haus, Hof, Baumgarten und Wiesen um. Mehrere Stunden brachte er in dieser Beschauung zu, da jedes Einzelne ihn anzog. Die ländliche Stille, das Wiesengrün, die Wohlhabenheit, die aus dem ganzen Hofe ihm entgegenstrotzte, machte den angenehmsten Eindruck auf ihn und regte in ihm den Wunsch an, lieber in so weiter Naturfreiheit, als in den engen Gassen einer kleinen Stadt die acht oder vierzehn Tage zuzubringen, welche bis zum Empfange der Nachrichten vom alten Jochem verstreichen konnten. Da er sein Herz auf der Zunge trug, so ging er auf der Stelle zum Hofschulzen, der im Eichenkampe ein paar Bäume zum Fällen anschlug, und sprach sein Begehr aus. Er erbot sich dagegen zu allem, worin er seinem Wirte nützlich werden könne.

Die Schönheit ist eine gar gute Mitgift. Sie ist ein Schlüssel, der wie jener kleine goldene, sieben Schlösser, von denen keins dem andern ähnlich sah, zauberisch öffnet. Ein Paß ist sie, auf den der Träger, ohne daß in den Nachtquartieren Visas genommen zu werden brauchen, frei durch alle Welt geht; in Romanen und Novellen spannt sich die Schönheit über alle Klüfte und Abgründe der Unwahrscheinlichkeit hinweg, wie die siebenfarbige Brücke der Iris.

Wäre der Jäger nicht so schön gewesen, was für weitläufige Motive hätte ich ersinnen und erspinnen müssen, um den Hofschulzen zur Gewährung des Quartiers an ihm willig zu machen! So jedoch brauche ich nur zu sagen, daß der Alte die schlanke und doch kräftige Gestalt, das ehrliche und dabei vornehmprächtige Antlitz des Jünglings eine Zeit lang betrachtete, erst zwar nachhaltig den Kopf schüttelte, dann aber freundlich werdend nickte und ihm zuletzt seine Bitte erfüllte. Er wies dem Jäger ein Eckstübchen im obern Stocke des Hauses an, von wo man nach der einen Seite über den Eichenkamp nach den Hügeln und Bergen, nach der andern über weite Wiesenflächen und Kornfelder sah.

Freilich mußte der Gast anstatt des Mietszinses die Erfüllung einer sonderbaren Bedingung versprechen, denn der Hofschulze ließ auch der Schönheit nicht gern etwas unentgeltlich zufließen.

Fünftes Kapitel
Der Jäger verdingt sich zum Wildschützen, und des Abends erzählen Knechte und Mägde die Ergebnisse ihres Nachdenkens über die moralischen Sprüche

Er fragte nämlich den jungen Mann, ehe und bevor er ihm Quartier zusagte, ob er, wie sein grüner Anzug, das Gewehr und die Waidtasche zu lehren schienen, ein Liebhaber von der Jagd sei? Jener erwiderte darauf, daß, so lange er denken könne, er mit Leidenschaft, ja mit einer wahren Raserei gepirscht habe, wobei er denn freilich verschwieg, daß durch sein Pulver und Blei, außer einem Sperlinge, einer Krähe und einer Katze, noch kein Gottesgeschöpf vom Leben zum Tode gebracht worden war. Wirklich verhielt es sich so. Er konnte nicht leben, ohne nicht des Tages einigemal geknallt zu haben, schoß aber regelmäßig vorbei, und hatte nur in seinem achtzehnten Jahre einen Sperling, in seinem zwanzigsten eine Krähe, in seinem vierundzwanzigsten eine Katze erlegt; das war alles. Ein sonderbares Ereignis vor seiner Geburt mochte ihm die bei so wenigen Erfolgen sonst unbegreifliche Neigung, wie ein Mal, aufgedrückt haben. Wenigstens hielt er selbst dafür, daß aus dieser Signatur der Hang abzuleiten sei, über den er in besonnenen Stunden höchst verdrießlich werden konnte.

Nachdem der Hofschulze die bejahende Antwort des Gastes empfangen hatte, rückte er mit seinem Antrage hervor, welcher dahin ging, daß der Jäger täglich ein paar Stunden gegen das Wild im Felde liegen solle, welches seinen Kornbreiten, besonders den die Hügel hinansteigenden, manchen Schaden zufüge. Dort in den Bergen, sagte der alte Bauer, sind die großen Jagden der Edelleute, die Kreaturen haben mir schon in den vergangenen Jahren Saat genug abgeatzt und daniedergewälzt, aber in diesem ist es erst recht schlimm geworden, denn der junge Graf drüben ist auch ein scharfer Jäger und hat seinen Wildstand vermehrt, so daß die Hirsche und Rehe wie die Schafe aus dem Walde treten und mein' Mühe und Schweiß verruinieren. Ich verstehe mich nicht auf die Sache, und den Knechten mag ich es nicht gerne erlauben, weil sie unter dem Vorwande, sich auf den Anstand zu stellen, mir leicht unordentlich werden können, darum haben die Bestien mitunter gewirtschaftet, daß sich einem das Herz im Leibe umwenden mußte. Nun kommen Sie mir grade zu Paß, und wenn Sie mir diese vierzehn Tage bis zur Ernte die Höllenteufel aus dem Korne halten, so sollen Sie damit Ihr Quartier bezahlt haben.

Was? Ich ein Wildschütz? Ich ein Wilddieb? rief der junge Mann und lachte so herzlich und schallend auf, daß er den Hofschulzen ansteckte. Noch lachend strich dieser über das feine Tuch, aus welchem die Kleidung seines Gastes gemacht war, und sagte: Eben darum, weil es bei Ihnen wohl keine sonderliche Gefahr haben wird, wenn Sie auch attrapiert werden. Sie werden sich schon eher loszumachen wissen, als so ein armer Knecht. Die Fliegen fangen sich in den Spinnweben, die Wespen schlüpfen durch. Doch was ist das überhaupt für ein Verbrechen, sein Eigentum gegen die Ungetüme, die es fressen und zugrunde richten, zu verdefendieren! rief er, indem plötzlich der lachende Ausdruck seines Gesichts in den des loderndsten Zornes überging. Die Stirnadern schwollen ihm an, das Blut trat dunkelrot in seine Wangen, die Augäpfel verloren ihr Weißes und wurden rötlich; man hätte vor dem Alten erschrecken können.

Ihr habt recht, Vater, es gibt nichts Unvernünftigeres, als die sogenannten Jagdgerechtsame, sagte der Jäger, um ihn zu beruhigen. Deshalb will ich die Sünde über mich nehmen, zum Frommen Eures Gutes am Wildbann der hiesigen Edelleute zu freveln, obgleich ich eigentlich dadurch —

Er wollte etwas hinzusetzen, brach aber schnell ab und ging auf andere gleichgültige Gegenstände über.

Wer aber glaubt, daß die Unterhaltung dieses westfälischen Hofschulzen und schwäbischen Jägers so flüssig von statten gegangen sei, wie meine Autorfeder sie niedergeschrieben hat, der irrt sich. Vielmehr waren noch oft mehrmalige Wiederholungen nötig, ehe und bevor ein notdürftiges Verständnis zwischen ihnen eintrat. Hin und wieder mußte selbst die Finger- und Zeichensprache zu Hülfe genommen werden. Denn der Hofschulze hatte in seinem Leben nichts von einem: ch hinter dem: s gehört, auch brachte er alle Töne hinten aus der Gurgel, oder wenn man will, aus dem Rachen hervor. Dagegen war dem Jäger das göttliche Geschenk, welches uns von den Tieren unterscheidet, ganz zwischen die Lippen und Vorderzähne gelegt worden, von wo denn die Laute mit wundersamer schwerträchtiger Fülle und sausendem Zischen ausbrachen. Aber durch diese fremden Schalen hindurch hatten der alte und der junge Mann bald an einander Behagen gefunden. Da sie beide vom echtesten Schrot und gewichtigsten Korn waren, so mußten sie wohl einer des andern Kern erkennen.

Auf seiner Eckstube hatte jedoch der Jäger auch Schalen entdeckt, die ihn nach ihrem Kerne verlangen machten. Er sah nämlich, als er seine leichten Habseligkeiten und schweren Goldrollen aus der Jagdtasche nahm, um sich häuslich einzurichten, in der Ecke des Zimmers ein Nachthäubchen, ein Tüchlein und ein Röckchen sauber über die Lehne eines Stuhles gehängt. Alle diese Stücke waren, wie der Augenschein lehrte, getragen, dennoch leuchteten sie von Schneeweiße. Ei! rief der Jäger, hat hier vor mir ein junges Mädel gehaust? Da werde ich schon Glück haben. Er wollte in einer Laune, die ihn plötzlich anstieß, sich das Nachthäubchen aufsetzen, es war aber viel zu klein für sein Haupt. Er maß an der Zerknitterung der Bänder das Oval des Gesichtes ab und fand dieses ohne Tadel. Das Röckchen deutete auf den zierlichsten Leib, und das Tüchlein ließ nach den Falten und nach der Beugung, die es behalten, vermuten, daß unter ihm ein junger, runder Busen geschlagen habe. Plötzlich aber errötete er unter diesen Spielereien bis hoch hinauf zu den Schläfen, er schämte sich ihrer, die ihn freventlich bedünken wollten, er stellte den Stuhl mit den Kleidungsstücken hinter einen Schirm, um sie nicht ferner zu sehen, und setzte sich zum Schreiben nieder, die schweifenden Gedanken in Ordnung zu bringen.

Als er abends in den Flur hinunter zum Essen gerufen wurde, fand er die Knechte und Mägde, die ihr Abendbrot schon früher genossen hatten, in vollem Erzählen um den Hofschulzen.

Dieser hatte auch bereits seinen Salat verzehrt, hörte zu und bestätigte oder bestritt, was seine Moralschüler vorbrachten. Der rothaarige Knecht, welcher die Warnung vor dem Zanken erhalten hatte, sagte: Das ist ein rechtes Glück, Baas, daß Ihr mir gerade heute die Lehre gegeben habt, denn ich begegnete, wie ich die Pferde in die Nachtweide trieb, dem Pitter vom Bandkotten, auf den ich schon längst fuchsfalsch bin, und da habe ich ihm die Nase braun und blau geschlagen.

Dieses ging ja aber schnurstracks gegen die Vermahnung! rief der Hofschulze.

Behüte Gott, versetzte der Rothaarige. Als zum Beispiel, so führte ich einen Zaunpfahl bei mir, um damit die Pferde einzutreiben, und wie ich nun des Pitter ansichtig wurde und ihn niedergeschmissen hatte, so dachte ich, du willst dem Hund mit dem Pfahl eins versetzen, daß er auf Lebenszeit genug hat, weil er nämlich an allen Mädchen herumkaressiert, so daß man gar nicht mehr ankommen kann. Aber da dachte ich auch, daß ich so viel darüber nachgedacht hatte: »Jach sein zum Hader, zündet Feuer an, und jach sein zum Zank, vergießt Blut,« und gab ihm bloß einen Puff auf die Nase und damit gut, und dann noch einen Tritt ins Kreuz und ließ ihn laufen.

Nun, insofern mag es gut sein, aber künftig kannst du auch das Puffen und Treten unterlassen, wenn du über den Spruch nachgedacht hast, erwiderte der Hofschulze.

Der kleine Schwarzäugige, Verwegene sagte: Meiner Treu, es ist und bleibt wahr, daß ein Sperling in der Hand besser ist, als ein Reiher auf dem Dache. Darum habe ich die Gedanken auf die Gertrud drüben eingestellt, weil sie gar zu hoffährtig ist, und auf Michael ein Verspruch mit dem Wicht [4]von Hölschers gethan, die ich kriegen konnte.

Magst du sie denn leiden? fragte der Hofschulze.

Ne, erwiderte der Kleine, es wird aber doch schon gehen.

Der dicke Langsame, welcher zur Ameise geschickt worden war, ihre Weise anzusehen, erklärte, dabei nichts gelernt zu haben, denn, sagte er, ich bin auf keine Ameise gestoßen. Dagegen sagte die erste Magd: Euer Spruch, Baas, trifft nicht zu. »Hast du Vieh, so warte sein, und trägt dirs Nutzen, so behalte es.« Denn ich habe die Kühe zu Abend gehörig gemelkt und abgewartet, und Nutzen würden sie mir auch tragen, aber behalten darf ich sie darum doch nicht.

Der Spruch geht auf eine eigene Wirtschaft, und wenn du eine bekommst, so wird er eintreffen, antwortete der Hofschulze. Ja so, sagte das Mädchen. – Aber Ihr habt eine eigene Wirtschaft, Baas, und das Vieh trägt Euch Nutzen und Ihr behaltet es, und doch wartet Ihr nicht sein.

Es ist ein Spruch für Frauenzimmer, nicht für Mannsleute, antwortete der Hofschulze etwas barsch. Und nun laß dein Fragen und schließ die Milchkammer zu.

Das Mädchen, welches am Mittage von dem Spruche: »Es ist nichts so sein gesponnen, es kommt endlich an die Sonnen,« rot geworden war, hatte bisher seitwärts in sich gekehrt gesessen, an ihrer Schürze gezupft und scheu vor sich niedergeblickt.

Als nun die übrigen Knechte und Mägde gegangen waren, schlich sie sich zu ihrem Herrn, zupfte ihn verstohlen am Rock und ging mit ihm vor die Thüre ins Freie. Nach einiger Zeit kam der Hofschulze allein zurück und sagte zu seiner Tochter: Es ist richtig, die Gitta [5] hat mir's eben gestanden, sie hat sich mit dem Matthies vergangen. Sprich du weiter mit ihr und sag' ihr, wenn sie sich sonst ordentlich halte, wolle ich sorgen, daß der Matthies an ihr seine Schuldigkeit thue.

Ich habe mir's gleich gedacht, antwortete die Tochter, ohne über die Entdeckung und den ihr erteilten Auftrag verlegen zu werden.

Nach ihrer Entfernung sprach der Jäger seine Verwunderung über die Gewalt aus, welche er seinen Wirt in diesem Falle hatte üben sehen. Das ist ganz leicht, versetzte der Hofschulze. Ein Jeder weiß, daß er nicht bei mir in Dienst bleibt, wenn ich auf ihn einen Argwohn habe, und er nicht bekennt und zu Kreuz kriecht. Thut er das aber, so vergebe ich ihm und nehme mich seiner an. Da es mir meine Umstände zulassen, bei allem Lohn einen Thaler mehr zu geben, als meine Nachbarn, so mag keiner vom Oberhof herunter. Kriege ich nun von etwas Wind, so ziele ich darauf mit einem Spruche hin, und gemeiniglich wird dann gebeichtet, weil nämlich der Sünder weiß, daß außerdem ihm der Dienst aufgesagt ist.

Sie wünschten einander gute Nacht, und der Jäger ging ans sein Zimmer. Er entkleidete sich, schlug die Decke des Bettes zurück und sah an kleinen Fältchen der übrigens blendend weißen Leintücher, daß die Leute nicht für nötig gefunden hatten, dieselben nach dem letzten Besuche, welcher auf dieser Stube geherbergt, zu wechseln. Eine wunderbare Empfindung durchrieselte ihn; er hatte das Mädchen, welches hier geruht, schon ganz vergessen gehabt, nun fiel ihm das Nachthäubchen wieder ein, er nahm es vom Stuhl, maß abermals an der Zerknitterung das Oval des Gesichtes ab, drückte es an seine Wange, wie um sie zu kühlen, und brach plötzlich in heftige Thränen aus. Denn in dieser jungen, saftschwangeren Natur lagen noch alle Widersprüche des Ernsten und Närrischen, welche das Leben später bis zur Gleichgültigkeit abdämpft, chaotisch neben einander.

Seine Unruhe, als er sich zwischen den Decken ausgestreckt hatte, wurde vermehrt, als er sich auf einmal erinnerte, daß er bei dem Abschiede von dem alten Jochem diesem ja gar nicht gesagt habe, wo er während dessen Spürfahrt verweilen wolle.

Sechstes Kapitel
Der Jäger schreibt an seinen Freund Ernst im Schwarzwalde

Mentor, mein Mentor, dem leider der verständige Jüngling Telemachos fehlt, was wirst du sagen, wenn du meine Hand und die Überschrift des Briefes zu schauen bekommst? Du, unter deinen Tannen und Uhrmachern, wirst mich nach Reisen und Fahrten aller Art endlich weich und still auf meiner Alm im Schlosse meiner in Gott ruhenden Väter wissen und ausrufen, nachdem du Gegenwärtiges gelesen: Unser Wissen ist eitel Stückwerk! Du wirst dir einbilden und wohlgefällig (du Treuer!) dir sagen, wenn du abends in der Schreibtafel die Agenda durchstreichst, weil sie Nummer für Nummer Akta geworden sind: Endlich wird er nun sich zur Decke gestreckt haben, des Feldbaus warten oder eine nützliche Anlage, etwa eine Papiermühle, machen, und das heiße Blut höchstens an den Sauen und Hirschen seines Wildbanns auslassen, und ist von allem dem nicht ein Titelchen wahr, obgleich ich auch hier, Gott sei es geklagt, auf die Jagd gehe, aber im Dienste eines westfälischen Bauern als Wilddieb gegen meine Herren Standesgenossen.

Ich bitte dich, verliere die Geduld nicht, denn wenn seltsame Dinge von der Seele heruntergebeichtet werden sollen, so darf der Sünder schon etwas stocken und zaudern, und der Beichtvater muß es sich gefallen lassen, das Tüchel lange vor dem Antlitze zu halten. In der Ohrenbeichte aber fühle ich mich trotz meines guten Tübinger Protestantismus immer dir gegenüber, wenn ich etwas habe auslaufen lassen, was nicht innerhalb der Schnur war. Die Sünde kann ich nicht verschwören, aber, ist sie begangen, so verspüre ich wie ein Gläubiger der allgemeinen Kirche ein wahres Reinigungsbedürfnis in der Seele, und mein moralischer Reiniger bist du. Du hast mich in hundert Nöten der Art schon losgesprochen – – ach nein! das hast du nicht, du hast immer bitter gezankt und gescholten, aber es ist nun einmal mein Schicksal; ich kann die Last nicht bei mir verschließen, ich lege sie an der Schwelle des Tempels der Athene, heißt des wohlbekannten Oberamtmannshauses unfern der Hölle (bei Donaueschingen) nieder, und habe dann neue Kraft und frischen Mut zu Gutem und Bösem. – Also: *Iterum confiteor*, ohne aufs *absolvo* zu rechnen?

Confiteor ... aber was?

Seit vierzehn Tagen aus Schwaben, liege ich seit acht hier in einem sogenannten Oberhofe unweit – –

* * *

Ich mußte gestern abbrechen, denn nachdem ich geschrieben, wo ich sei, fehlte mir auf einmal die Brücke zu der Eröffnung, warum und weswegen ich hergekommen? Ich muß also die Sache auf eine andere Weise einleiten. Trotz der bunten Schreibart, die vielleicht noch mit unterlaufen wird, bin ich ernst, klar und in mir gefaßt. Daher sollen dir Dinge entdeckt werden, die du wenigstens in dieser bestimmten Gestalt noch nicht von mir vernommen hast.

Die Geschichtsschreiber pflegen an die Spitze ihrer Werke zuweilen allgemeine Sätze zu stellen, in denen sich der innerste Sinn der Begebenheiten, welche sie schildern wollen, ausprägen soll. Einige solcher Betrachtungen werde ich jetzt meiner Geschichtserzählung voranschicken, weil sie dadurch vielleicht faßlicher wird.

Nach der scharfsinnigen und fruchtbaren Hypothese eines tiefblickenden Naturlehrers entspringen die Instinkte der Tiere aus traumartigen Vorstellungen von den Dingen, welche der Instinkt erstrebt. Der Zugvogel träumt von den fernen Gegenden, in welche er wandert, in traumartigen Umrissen sieht die sibirische Waldschnepfe die deutschen Sumpfstrecken, die Schwalbe den Küstensaum Afrikas. Traumartig schweben der Spinne die Umrisse und Radien ihres Netzes, der Biene die Sechsecke ihres Stockes vor. Es ist eine Hypothese, aber ich nannte sie sinnreich und fruchtbar, weil sie die Kreatur gerade in dem, was ihre bedeutendste Thätigkeit ist, aus der Region des Maschinenmäßigen in ein gottdurchleuchteteres Gebiet hebt.

Wir armen bewußten Menschen scheinen nun von dieser göttlichen Sicherheit des Angreifens und Fassens alles Stoffes entblößt zu sein. Aber es ist nur scheinbar. Alles Genie und

Talent ist nichts weiter als Instinkt. Nenne mir den Künstler, den Dichter, der beides nicht aus sogenanntem dunklen Drange geworden wäre! Wir andern haben freilich so bestimmte Fingerzeige nicht in uns, indessen sind fast jedem Menschen – vielleicht jedem – auch ganz feste Richtungen, unverrückbare Punkte eingeboren, welche außen oft als Launen, Grillen, Seltsamkeiten, Liebhabereien erscheinen, dennoch aber vielleicht auf das allerfesteste Gesetz der Seele hindeuten. Es sind dieses nicht die sogenannten Grundsätze, Maximen, Lebensweisen, Gewöhnungen – das alles kann angebildet und angelernt werden – nein, was ich meine, ist etwas ganz Anderes, aber freilich schwer zu beschreiben.

Diese Lichter des inneren Menschen sind Halbträume des Instinkts. Von dem nüchternen Tagesscheine des Verstandes erscheucht, von der wühlenden Hand der Selbstbeschauung zerschlagen, wirken sie nicht so siegreich, wie bei dem Wandervogel und bei der Biene das unwiderstehliche Muß, glücklich ist aber derjenige, der die Stimme jener Träume hört und ihr folgt.

Das Genie wird geboren, sagt man, und darüber ist jeder einverstanden. Ich füge hinzu: Nicht alle werden als Genies, aber dazu wird jeder geboren, sich sein Schicksal zu machen. Selbst die willkürlich scheinenden Grillen sind zuweilen feste Wegweiser zum Glück. Erinnerst du dich noch des armen Tagelöhners in Ludwigsburg, welcher, sonst verständig und fleißig, sich steif und fest einbildete, im Park lägen Granaten, und der zu jeder Freistunde in den Alleen danach suchte, Kiesel und Quarz aufhob und betrachtete? Die Leute hielten ihn für verrückt, und eines Abends fand er in einem der dunkelsten Gänge, eifrigst auf Granaten erpicht, eine vollgespickte Brieftasche, die er ehrlich genug war, dem Verlierer einzuhändigen. Dieser belohnte ihn mit einem Geschenke, welches seine Umstände auf Lebenszeit verbesserte. Das Sonderbarste war, daß, sobald jener Fund gethan war. sein Suchetrieb in ihm versiegte.

Ich habe nun auch in mir ganz bestimmte Instinkte, denn ich will sie nur geradezu so bei mir nennen. Meine Jagdlust will ich nicht anführen, denn es bleibt mit der abenteuerlichen Seite der Region, welche ich dir bezeichnete, allerdings immer etwas Mißliches, obgleich ich nicht berge, daß ich des Gedankens nicht Meister werden kann, mein beständiges Schießen und Fehlen müsse doch irgend einen, mir freilich nicht begreiflichen Zweck haben. Aber lassen wir diesen waidmännischen Instinkt, der mir den Spitznamen »der wilde Jäger« bei euch zugezogen hat, vor der Hand auf sich beruhen!

Aber ein Zweites in mir ist etwas Ernsteres und doch kein Vorsatz, keine Überzeugung, keine Leidenschaft – sondern ein wahrer Instinkt. Es ist ein unbeschreibliches Gefühl für die Frauen. So lange ich denken kann, wohnt es mir bei. Ich kann es dir eigentlich nicht schildern. Mich durchsäuselt die Ahnung einer unendlich milden Lösung aller Schmerzen, das Vorempfinden eines überschwänglichen Erfüllens und Ergänzens, sehe ich eine Frau. Und nicht bloß Jugend und Schönheit, Reiz und Anmut bewegen meine Seele in einem Bade so erquickender Fluten, sondern in der unscheinbarsten gewahre ich etwas Göttliches, wenn sie mir begegnet. Oft hat mich ein solches zufälliges und gleichgültiges Treffen von trüben, leidenschaftlichen Aufregungen wie mit einem Zauberschlage geheilt; oft habe ich mich auch scheu von allen weiblichen Zirkeln zurückgehalten, weil in mir etwas vorgegangen war, was ich unter Frauen zu bringen für unerlaubt hielt. Seit einiger Zeit habe ich angefangen, meine Blicke auf die Verwickelungen der Welt und Zeit zu richten. Da muß ich dir nun gestehen, daß unter allen den Dingen, nach deren Rückkehr die Menschen seufzen, mir die Herstellung des wahren und beseligenden Verhältnisses zwischen den beiden Geschlechtern als das sehenswerteste erschienen ist. Aber freilich mag dieser Friede wohl der Lohn sein, welcher andern, erst in den übrigen Punkten zum Frieden gelangten Zeiten aufbewahrt wird.

Dich werden diese Bekenntnisse überraschen, denn du hast mich nicht gar zu selten rauh und tölpisch im Umgange mit Frauen gesehen, auch war ich noch nie verliebt. Vielleicht werd' ich es auch nie. Das schlimmste Unrecht thätest du mir, wenn du glaubtest, daß aus mir noch gar ein Süßling werden könnte. Nein, dazu passen wir überhaupt bei uns zu Lande nicht. Nimm meine Worte, wie sie geschrieben sind – sie stammeln von einem Naturgeheimnis.

✳ ✳ ✳

Nun genug der Reflexion und jetzt eine schlichte Historie. Als ich eben nach den Gütern zurückgekehrt war, lernte ich in der Nachbarschaft meine Verwandte Baroneß Clelia kennen, die sich früher in Wien aufgehalten hatte. Ich benahm mich gegen sie, wie es einem schwäbischen Vetter geziemte, sie desgleichen, wie meinem Mühmchen zukam. Keines von beiden dachte an eine Verbindung, wohl aber mochte der Verwandtschaft eine solche gar paßlich vorgekommen sein, denn aus freundlichen Blicken, geselligen Aufmerksamkeiten und zwei oder drei Händedrücken, wie sie ein unbefangenes Wohlwollen giebt und nimmt, war bald für uns ein Netz zusammengestrickt worden, aus welchem wir schlechterdings als Braut und Bräutigam hervorgucken sollten; und der alte Oheim fragte mich eines Tages ganz naiv: wann denn die öffentliche Erklärung vor sich gehen werde.

Wir waren gewaltig betroffen, und wie zwei Leute sonst alles Mögliche anwenden, um einander habhaft zu werden, so ließen wir nichts unversucht, in der Meinung der Sippschaft von einander zu kommen, was in der freundlichsten Einigung von beiden Seiten geschah. Mühmchen Clelia hatte bei diesen Lockerungsbestrebungen ein noch größeres Interesse als ich, denn es ließ sich bald vermerken, daß ihr Herz ihr nach Schwaben nur an einem Faden gefolgt war, den ein schöner Kavalier in den österreichischen Erblanden hielt.

Bei den Anstrengungen, die wir solcherseits machten, fielen die lächerlichsten Scenen vor, insbesondere von meiner Seite, der ich für diese spitzfindigen Kombinationen der Verhältnisse gar nicht zugerichtet bin. Ich wollte alle Schuld, daß ein Schein von Neigung entstanden war, auf mich nehmen, verwickelte mich darüber in die unsinnigsten Erklärungen, bekannte mich endlich für schon anderweit im Auslande verlobt, widerrief die Lüge im nächsten Augenblicke – kurz, ich stellte bei der ganzen Sache den Helden einer ziemlich lustigen Novelle dar.

Indessen würde diese nur im Kreise der nächsten Bekanntschaft angeklungen und verklungen sein, wenn sich nicht ein fremder Störenfried herbeigemacht und sie zur Befriedigung seines schlechten Witzes gemißbraucht hätte.

Es hielt sich nämlich damals seit einiger Zeit bei uns ein Mensch auf, Namens Schrimbs oder Peppel, wie er anderer Orten geheißen hat. Der Himmel weiß, wie viel Namen er überhaupt in der Welt geführt haben mag und noch führt! Schon das Äußere dieses Menschen war höchst auffallend, er sah im Gesichte ganz verwittert aus, und dennoch konnte man kein rechtes Alter an ihm abnehmen, denn trotz der Runzeln auf Wangen und Stirn war unter seinen Haaren kein weißes zu entdecken, und seine Haltung ungebeugt, sein Muskelfleisch straff, sein Benehmen jugendlich-petulant. Ich weiß nicht, wie ich dir diesen Schrimbs oder Peppel beschreiben soll: er war alles und jedes.

Dieser Mensch hatte eine Gabe zu fabulieren und zu schwadronieren, wie ich sie noch nimmer bei jemand wahrgenommen habe. Er besaß einen aristophanischen Witz, eine gaukelnde Einbildungskraft und eine unerschöpfliche Laune, vor allem aber eine Lust und Freude am Lügen, die wirklich auch genial war. Keiner achtete ihn, und doch war er überall eingeführt; unsere geschlossenen Gesellschaften thaten ihre Thüren vor ihm auf, unsere Familien-, Wein- und sonstige Kränzchen flochten ihn sich als Blume ein, denn du weißt wohl, daß, so schwerfällig und abgesondert wir uns halten, es doch noch von je alle Charlatane bei uns mit uns durchgesetzt haben. Man hielt ihn für nichts Besseres, als für ein Stück honetten Gauners, und doch blickte man sehnsüchtig nach ihm aus, ließ er einmal auf sich warten. Obgleich ich überzeugt bin, daß er eigentlich schlechte Streiche nirgends begangen hat, denn sonst würde er leiser, versteckter, künstlicher aufgetreten sein. Eine gewisse theoretische Unwahrhaftigkeit war in ihm zur andern Natur geworden; gegen die Gesetze wird er sich nicht verfehlt haben.

Du fragst: Wodurch fesselte er euch denn? Ja wodurch? Durch tolle Märchen, die er uns erzählte, durch Sarkasmen, Luftsprünge. In seinen Märchen griff er mit unerhörter Dreistigkeit das Nächste auf, oder eine öffentliche Person, und drehte und wendete und drillte sie so lange, bis sie unter seinen Händen ein phantastischer Popanz wurde, der dann, wenn man ihm näher in das Gesicht sah, in Blasen auseinanderplatzte. Mir war oft bei seinen Geschichten zu Mute, als sähe ich eine Wasserhose entstehen, wandeln, sich auflösen. Eine schwache Wolke schwebt über dem Meere, diese faßt mit einem langen, feinen Finger in den unendlichen Ocean, aufwärts kocht, wirbelt und tanzt das emporgestörte Wasser, es pfeift und zischt: Nebel und Schaum rings umher und Donner ohne Blitz! so rückt das Phantom, welches nicht Dunst und nicht Woge mehr ist, sprungweise vor, bis es plätschernd zerbricht.

Ich halt' mich ans Positive. Begeisterung und Liebe ist die einzig würdige Speise edler Seelen. Einen Schwank mag ich wohl leiden. Aber das Spötteln, Nergeln und Grinseln um den Kehricht her, dem schon viel zu viel Ehre geschieht, wenn er nur genannt wird, ist mir im innersten Mute zuwider.

Als ich zurückkam, fand ich ihn in unserem ganzen Kreis eingebürgert. Die alten Ohme und Vettern wollten sich ausschütten über seine Einfälle oder sperrten den Mund so weit auf, als die Muskeln es vertragen wollten, wenn er ihnen ihre eigenen hausbackenen Personen, in wunderbaren Capriccios diese zurückspiegelnd, zeigte. Ich hörte mit zu, war Wechselweise von seinen Reden berauscht und unangenehm ernüchtert. Es kann selbst sein, daß ich mich Clelien nicht so genähert haben würde, hätte ich nicht bei den verzwickten Schnurren ein doppeltes Bedürfnis nach einer einfachen, wahren Geselligkeit empfunden.

Nun zum Schlusse der Geschichte. Unsere ganze Nicht-Liebesnovelle, Clelias und meine, hatte er mit durchlebt, schien indessen nicht sehr darauf geachtet zu haben. Als die Sache allmählich wieder in das Gleiche kam, bringt mir, wie ich mich zum Besuche in der Stadt aufhalte, Freund Pfleiderer bestürzt ein lithographiertes Blatt, worauf unser ganzes Verhältnis, alle unsere Wendungen und Schritte, um ohne Aufsehen in eine gleichgiltige Ferne auseinander zu rücken, zur wildesten Bambocciade verstellt zu lesen sind. Sie hieß: Geschichte von Gänserich und Gänschen, die sich in ihren Herzen irrten.

Er sagte mir, daß das Ding vom Abenteurer herrühre, was auch nach den ersten Sätzen zu erkennen war. Der habe es m einer Gesellschaft erzählt, es sei allerliebst befunden worden, ein schnell fassender und schreibender Kopf habe es aufgezeichnet und auf allgemeines Begehren der lieben Schadenfreude zum Frommen für die Mitglieder der Gesellschaft lithographieren lassen. Jeder teile es im Vertrauen seinen nächsten Bekannten mit, und so mache es schon die Runde durch die halbe Stadt.

Ich las und las, und was mich darin betraf, hätte ich verschmerzen können, ja ich gestehe, daß ich über manches lachen mußte. Aber auch Clelia war natürlich nicht darin verschont.

Und das versetzte mich in einen Zorn, der mich taub und blind und rasend machte. Ich schwor dem Schelme die schrecklichste Rache. Nun hätte ich, um diese zu kühlen, mich in seiner Wohnung auf Lauer legen sollen. Aber da siehst du den dummen Streich, der sich immer meinem Handeln beizumischen pflegt! Einsiegelte ich das lithographierte Blatt und schrieb dem Urheber, ich werde dann und wann mich bei ihm melden und Genugthuung fordern, kurz, eine förmliche Kriegserklärung. Als ich zur bestimmten Stunde nach seiner Wohnung ging, fand ich das leere Nest; Hals über Kopf war er abgereist. Vielfältige Nachfragen zeigten mir endlich eine Spur des Flüchtigen. Sie wies hierher, nach Norden, nach Niederland. In den Wagen gesetzt mit dem alten Jochem, der noch verwirrter ist, als ich, und von Stadt zu Stadt nachgesprengt, bis ich denn hier vorläufig vor Anker gegangen bin. Ich habe nämlich den Jochem allein weiter spüren lassen, denn vor allen Dingen ist Inkognito nötig, wenn wir ihn entdecken wollen, und mich erkannten die Leute überall für das, was ich war. Weiß Gott, wie es zuging, da ich mir doch alle Mühe gab, mich zu verstellen. Des Inkognitos wegen ist auch der Wagen in Coblenz stehen gelassen worden. Von da fuhren wir per Post, oder gingen auch streckenweise.

* * *

Ich freue mich wie ein Kind, daß ich die Geschichte vom Herzen heruntergebeichtet habe, denn nun darf ich von Dingen schreiben, die angenehmer sind. Nicht sagen kann ich dir, wie Wohl mir hier zu Mute geworden ist in der Einsamkeit der westfälischen Hügelebene, wo ich bei Menschen und Vieh seit acht Tagen einquartiert bin. Und zwar recht eigentlich bei Menschen und Vieh, denn die Kühe stehen mit im Hause zu beiden Seiten des großen Flurs, was aber gar nichts Unangenehmes oder Unreinliches hat, vielmehr den Eindruck patriarchalischer Wirtschaft vermehren hilft. Vor meinem Fenster rauschen Eichenwipfel, und neben denen hin sehe ich auf lange, lange Wiesen und wallende Kornfelder, zwischen denen sich dann wieder jezuweilen ein Eichenkamp mit einem einzelnen Gehöfte erhebt. Denn hier geht es noch zu wie zu Tacitus Zeiten, *»Colunt discreti ac diversi, ut fons, ut campus, ut nemus placuit.«* Darum ist denn auch so ein einzelner Hof ein kleiner Staat für sich, rund abgeschlossen, und auch der Herr darin so gut König als der König auf dem Throne.

Mein Wirt ist ein alter prächtiger Kerl. Er heißt Hofschulze, obgleich er gewiß noch einen andern Namen führt, denn jener bezieht sich ja nur auf den Besitz seines Eigentums. Ich höre aber, daß dies überall hier so gehalten wird. Nur der Hof hat meistenteils einen Namen, der Name des Besitzers geht in dem der Scholle unter. Daher das Erdgeborene, Erdzähe und Dauerbare des hiesigen Geschlechts. Mein Hofschulze mag ein Mann von etlichen sechzig Jahren sein, doch trägt er den starken großen knochigen Körper noch ganz ungebeugt. In dem rotgelben Gesichte ist der Sonnenbrand der fünfzig Ernten, die er gemacht hat, abgelagert, die große Nase steht wie ein Turm in diesem Gesichte, und über den blitzenden blauen Augen hangen ihm weiße struppige Brauen wie ein Strohdach. Er mahnt mich wie ein Erzvater, der dem Gotte seiner Väter von unbehauenen Steinen ein Mal aufrichtet und Trankopfer darauf gießt und Öl, und sein Füllen erzieht, sein Korn schneidet und dabei über die Seinigen unumschränkt herrscht und richtet. Nie ist mir eine kompaktere Mischung von Ehrwürdigem und Verschmitztem, von Vernunft und Eigensinn vorgekommen. Er ist ein rechter uralter, freier Bauer im ganzen Sinne des Wortes; ich glaube, daß man diese Art Menschen nur noch hier finden kann, wo eben das zerstreute Wohnen und die altsassische Hartnäckigkeit, nebst dem Mangel großer Städte den primitiven Charakter Germania's aufrecht erhalten hat. Alle Regierungen und Gewalten sind darüber hingestrichen, haben wohl die Spitzen des Gewächses abbrechen, aber die Wurzeln nicht ausroden können, denen dann immer wieder frische Schößlinge entsprossen, wenngleich sich diese nicht mehr zu Kronen und Wipfeln zusammenschließen dürfen.

Die Gegend ist durchaus nicht, was man eine schöne nennt, denn sie besteht lediglich aus wellenden Hebungen und Senkungen des Erdreichs, und das Gebirge sieht man nur in der Ferne; 's ist dieses auch mehr eine finstere Berglehne, als eine schön liniierte Kette. Aber eben ihre Anspruchslosigkeit, daß sie sich nicht aufgeputzt einem gegenüber stellt, fragend: Wie gefall' ich dir? sondern bis in die kleinsten Partikeln als fromme Schaffnerin dem Anbau durch menschliche Hände dient, macht sie mir doch sehr wert, und ich habe gute Stunden auf meinen einsamen Streifereien genossen. Vielleicht thut der Umstand auch das Seinige, daß mein Herz einmal wieder ganz ungestört seine Pendelschwingungen ausschwingen darf, ohne daß vernünftige Leute am Uhrwerke rücken und drehen.

Poetisch bin ich sogar geworden, was sagst du dazu, mein alter Ernst? Hab' etwas hingeworfen, wozu mich ein göttlichschöner Sonnentag, den ich vor Zeiten in den Waldgründen des Spessart verlebte, zuerst anspornte. Ich glaube, es wird dir gefallen. Es heißt: Die Wunder im Spessart.

Am liebsten sitze ich droben auf dem Hügel an einem stillen Platze zwischen den Kornfeldern des Hofschulzen, die dort zu Ende gehen. Man hat eine geräumige, mit Kraut und Brombeergebüsch bewachsene Einsenkung des Bodens vor sich; rings im Kreise um sie her liegen große Steine, einer, gerade dem Felde gegenüber, ist der größte, über den spannen drei alte Linden ihre Zweige aus. Dahinter rauscht der Wald. Die Stelle ist unendlich einsam und beschlossen und heimlich, besonders jetzt, wo man im Rücken das mannshohe Korn hat. Da droben bin ich viel. Freilich nicht immer in sentimentaler Naturbetrachtung, es ist auch mein gewöhnlicher abendlicher Anstandsort, von wo ich dem Schulzen die Rehe und Hirsche aus dem Korne schieße.

Sie nennen den Platz den Freistuhl. Vermutlich hat also dort vor Alters das Vehmgericht im Schrecken der Nacht seine Verdikte ausgebrütet. Als ich meinem Schulzen ihn lobte, ging eine Freundlichkeit über sein Gesicht. Er versetzte nichts, nahm mich aber nach einiger Zeit ohne Veranlassung mit auf eine Kammer im oberen Stock des Hauses, öffnete dort einen eisenbeschlagenen Koffer und zeigte mir in demselben ein altes, rostiges Schwert liegen. Mit Feierlichkeit sagte er: Das ist eine große Rarität; es ist das Schwert Caroli Magni, seit tausend und mehreren Jahren beim Oberhofe aufbewahrt, und noch in voller Kraft und Gewalt. Ohne weitere Erklärungen hinzuzufügen, klappte er den Deckel wieder zu. Ich hätte um alles seinen Glauben an dieses Heiligtum nicht zerstören mögen, obgleich mich ein flüchtiger Blick lehrte, daß der Flamberg kaum ein paar hundert Jahre alt sein könne. Er zeigte mir aber ein förmliches Attest über die Ächtheit der Waffe, von einem gefälligen Provinzialgelehrten ihm ausgestellt.

Hier will ich denn nun unter den Bauern bleiben, bis mir der alte Jochem Nachricht von dem Schrimbs oder Peppel giebt. Es ist zwar die achtzig Meilen her kühler in mir geworden, denn gar viel thut's, wenn vierzehn Tage zwischen dem Vorsatz und der Ausführung liegen, auch steht nun die Frage, welche Rache ich eigentlich an ihm nehmen soll? aber das wird sich schon alles finden.

Dieser Brief, wie ich ihn überlese, kommt mir ganz possierlich vor. Vorn stehen recht hübsche Bemerkungen, hinten dergleichen, ich brauche mich ihrer gar nicht zu schämen, und in der Mitte ists als ob ein dummer Bub' seine Eulenspiegelei erzählt.

Nun, ich werd ja auch endlich klug werden. – Wenn einen die Leut' nur verständen in der Fremde! Alles muß man dreimal sagen, bevor's gefaßt wird. Und wenn man nicht gar ein Stockschwab ist, sondern im Gegenteil in der Welt herumgekommen und andere vielfältig hat reden hören, so kann man sich selbst durch unser Zischen und Prasseln hin und wieder beschwert fühlen. Wir haben doch Geist, so viel wie die Übrigen, warum können wir denn das Wort nicht gelind, sanft und zart von uns geben, sondern sprechen immer: *Keescht*? Aber ich denke, aus: *Keescht* kann alle Zeit durch Abschwächen und Filtrieren: *Geist* werden, nicht aber umgekehrt aus Geist: Keescht. Und so wirds der Herr in diesem Punkt wie in allen andern wohl mit uns brav gemeint haben.

Mentor, hoffentlich hörst du bald mehr von

Deinem Nicht-Telemach.

Schilt ihn aber tüchtig aus, darum bitt' ich dich.

Siebentes Kapitel

Worin der Jäger dem Hofschulzen eine alte Geschichte von seinen Eltern erzählt

Mehrere Tage gingen im Oberhofe auf die gewohnte, stille und einförmige Weise hin. Der alte Jochem ließ noch immer weder von sich noch von dem entwichenen Abenteurer hören, und seinen jungen Gebieter wollte doch nachgerade eine stille Unruhe beschleichen. Denn so umspinnt uns alle die jetzige geregelte Zeit, daß niemand, und sei er noch so ungebunden, lange ausdauern kann, ohne den Rücken an ein Geschäft oder an ein Verhältnis zu lehnen.

Mit dem Hofschulzen verkehrte er zwar, so oft er konnte, und die originelle Eigentümlichkeit des Mannes behielt für ihn ihre ganze Anziehungskraft, welche sie am ersten Tage der Bekanntschaft über ihn ausgeübt hatte, aber teils war der Alte meistens in seiner Wirtschaft sehr beschäftigt, teils hatte er viel mit andern abzureden, da täglich Menschen im Hofe einsprachen, die ihn um Rat und Hülfe angingen. Bei diesen Gelegenheiten bemerkte der Jäger, daß der Hofschulze im eigentlichen Sinne des Wortes nie etwas umsonst that. Er war gegen Nachbarn, Gevattern und Freunde zu allem bereit, aber sie mußten ihm immer etwas dagegen leisten, und wäre es nur die unentgeltliche Ausrichtung eines Auftrages nach einer in der Nähe gelegenen Bauerschaft, oder eines andern kleinen Dienstes dieser Art gewesen.

Täglich wurde geknallt, freilich immer vorbei, so daß der Alte, der stets ins Schwarze traf, er mochte zielen, worauf er wollte, über diese fruchtlosen Bemühungen verwunderte Augen zu machen begann.

Es war ein Glück für unsern Jäger, daß gerade um jene Zeit der zunächst wohnende Gutsbesitzer sich mit seiner Familie und Dienerschaft auf einer Reise befand, sonst würden ihn wahrscheinlich doch einmal die zünftigen Schützen oben am Freistuhl ertappt haben.

Gern wäre der junge Schwabe in manches eingedrungen, was ihm verhüllt blieb. Der erste Knecht fragte den Schulzen eines Tages, ob das Korn droben am Stuhl nicht abgeschnitten werden solle, da es vollkommen reif sei? erhielt aber von seinem Herrn den Bescheid, daß es bis nach der Hochzeit stehen bleiben müsse. Diese Worte würden dem Jäger nicht weiter aufgefallen sein, wenn er damit nicht unwillkürlich den Inhalt eines Gesprächs in Verbindung gesetzt hätte, dessen unbemerkter Ohrenzeuge er kurz zuvor geworden war.

Zwei benachbarte Hofbesitzer, welche seinen Wirt besuchten, hatten ihn nämlich, so daß der Jäger es hörte, befragt: Wann das Geding sein solle? und zur Antwort erhalten: Am zweiten Tage nach der Hochzeit, mit dem Hinzufügen, daß dann zugleich der Schwiegersohn die Losung empfangen werde. Der junge Mann brachte diese Reden mit der Schonung des reifen Korns am Freistuhl in Zusammenhang, ohne gleichwohl die eigentliche Bedeutung sich klar machen zu können.

Seinerseits sagte der Hofschulze einmal zum Jäger, als dieser wieder mit leerem Pulverhorn und leerer Waidtasche in den Hof zurückkehrte: Wie ist das, junger Herr? Sie treffen ja niemalen was?

Der Jäger war gerade in einer verdrießlichen Stimmung, die zuweilen am offensten macht. Er versetzte daher kurzweg: Daß ich nichts treffe, ist nicht meine Schuld, und daß ich dennoch immerdar schießen muß, liegt auch nicht an mir, das hängt mir von Mutterleib an.

Wie? Von Mutterleib? fragte der Hofschulze.

Ich kann es nicht anders nennen, erwiderte der Jäger. Ihr seid ein so verständiger Mann, daß ich keinen Grund habe, Euch eine Geschichte vorzuenthalten, welche Euch meine Jägerei, über die Ihr, wie ich sehe, schon seit einiger Zeit den Kopf schüttelt, einigermaßen erklärlich machen wird. Man hat Muttermäler in Form von Sternen, Kreuzen, Kronen, Schwertern, weil die Frau, welche den Menschen trug, sich an einem großen Orden, an einem Kirchenzuge, an einer Krönung versah oder unter Kriegsgetümmel ihre Schwangerschaft abhielt: warum sollte einer nicht Jäger von Mutterleib aus sein können?

Der Hofschulze nötigte seinen jungen Gast an den Tisch unter den Linden vor der Thüre, ließ eine Flasche sehr trinkbaren Weins bringen, und der Jäger begann hierauf folgendergestalt seine Erzählung:

Meine Mutter hatte sich mit meinem Vater erst nach einem trauer- und thränenvollen Brautstande verbinden dürfen. Die Verwandten und viele Umstände waren gegen die Heirat gewesen, indessen hatte die Liebe, welche beide zu einander trugen doch endlich zu obsiegen gewußt, und die Ringe durften gewechselt werden. Die Folge jenes langen Hinderns und Zurückhaltens war nicht, wie es oft zu geschehen pflegt, ein rasches Erkalten nach gewonnenem Besitz, sondern eine äußerst zärtliche Ehe gewesen, so daß also in diesem Falle der Wunsch der Leidenschaft sein Recht darwies. Noch in jetzigen Tagen erzählen bejahrte Leute, welche meine Eltern in den ersten Jahren ihrer Ehe gekannt haben, von dem schönen Paare, das immerfort wie Liebhaber und Geliebte mit einander umgegangen sei. Die Zärtlichkeit meiner Mutter äußerte sich nun auch in einer Sorge um das Leben und die Gesundheit meines Vaters, welche freilich in das Übertriebene ging. Blieb er von einem Spaziergange oder einem Besuche in der Nachbarschaft einige Minuten über die bestimmte Zeit aus, so schickte sie ängstlich nach ihm; war seine Farbe nicht ganz so munter wie gewöhnlich, gleich fürchtete sie eine schwere Krankheit und wollte den Arzt herbeigeholt wissen, um alles hätte sie ihn nicht in der Nacht reisen lassen, und wo er ging oder stand, mußte er sich vor Zugluft in Acht nehmen. Während sie für ihre eigene Person hart, unbekümmert und mutig blieb, sah sie in jeglichem, was meinen Vater umgab, Schreck und Gefährde.

Ja, ja, murmelte der Hofschulze vor sich hin, die vornehmen Leute haben zu dergleichen Zeit. Bei uns Bauern kommt es auf einen Puff nicht an.

Am inständigsten flehte ihn meine Mutter an, sich der Jagd zu enthalten. Sie hatte in den ersten Jahren ihrer Ehe einen verworrenen Traum, von dem sie sich beim Erwachen nur einer schönen grünen Uniform, worin sie meinen Vater gesehen, und daß ihn in derselben ein Unglück betroffen, zu erinnern wußte. Nun fielen ihr alle die Geschicke, die sich auf Jagden ereignen können: scheugewordene Pferde, unvermutetlosgegangene Schüsse, Eber, die den Schützen anrennen, und was dergleichen mehr war, ein, und sie ließ sich daher von meinem Vater das Wort geben, nie diesem verhängnißvollen Genusse wieder fröhnen zu wollen. Er willfahrte ihr gern, denn er sah ihre Liebe zu ihm, und war überhaupt dem Waidwerke nicht leidenschaftlich ergeben, obschon er es, wie ihm sonst nach seinen Verhältnissen zukam, getrieben hatte.

Mehrere Jahre der Ehe blieben kinderlos. Endlich fühlte meine Mutter ihren Schooß gesegnet. Sonst pflegt, wie man mir gesagt hat, in diesem Zustande die Neigung der Frau zu dem Manne abzunehmen und sich der verborgen reifenden Frucht zuzuwenden, meine Mutter machte aber von dieser Regel eine Ausnahme. Ihre Liebe zu dem Vater wuchs noch, wenn sie eines Wachstums fähig war. Zugleich stellte sich die Erinnerung an den früher gehabten und seitdem fast vergessenen Traum wieder bei ihr mit Heftigkeit ein, dessen eigentliche Bilder ihr jedoch nicht deutlich werden wollten, obgleich sie stundenlang sich damit abmühte, sie hervorzurufen. Nochmals mußte mein Vater sein früheres Gelübde in ihre Hand wiederholen.

Inzwischen rückte der Sankt Hubertustag heran, an welchem der Fürst, mit dem mein Vater eng zusammenhing, die jährliche große Jagd zu veranstalten pflegte. Es war in seiner Umgebung schon verwundernd viel davon geschwätzt worden, warum mein Vater sich in den Jahren zuvor unter allerhand Vorwänden von den Jagden zurückgehalten habe, endlich hatte man den wahren Grund aufgespürt, und der etwas rohe und leichtfertige Kreis mag sich trefflich über den gehorsamen Ehemann lustig gemacht haben. Der Fürst, derb und zufahrend wie er war, nahm sich vor, den Gehorsam zu Falle zu bringen. Es war so Sitte, daß schon an dem Tage vor Hubertus ein lustiges Bankett auf dem Jagdschlosse gegeben wurde. Der Saal, in welchem es stattfand, war an den Wänden mit Hirschgeweihen, Armbrüsten und alten Jagdspießen ausgeziert. Da wurde denn, wie man bei uns zu sagen pflegt, tapfer gebürstet, d. h. gezecht, und wer an dem Bankette teilnahm, konnte sich natürlich von der Hubertusjagd nicht lossagen.

Mein Vater würde also um keinen Preis einen Partner des Schmauses abgegeben haben, wenn ihn nicht der Fürst durch eine List nach dem Jagdschlosse zu ziehen gewußt hätte. Er ließ ihn nämlich unter dem Vormunde eines Geschäfts berufen und hielt ihn in langen Gesprächen hin, bis der Lakai meldete, daß serviert sei. Da wollte mein Vater fortreiten, aber ein zweiter Lakai brachte, ausgesandt, die Nachricht, der Reitknecht habe verstanden, der Herr bleibe zur Tafel, und sei bis auf den Abend mit den Pferden nach Hause geritten. Nun, da es so ist, laß dir's gefallen und nimm hier vorlieb, sagte der Fürst. Du kannst doch nicht die zwei Stunden zu Fuß nach Hause gehen. – Was sollte mein Vater beginnen? So unlieb es ihm war, er mußte bleiben. Bei Tafel, als es ziemlich lärmend zu werden anfing, warf einer die Frage hin, ob er morgen mit zur Jagd komme?

Ohne seine Antwort abzuwarten, rief ein anderer: Nein, er darf nicht, seine Frau hat es ihm streng verboten. – Ist es wahr, fragte der Fürst laut über die ganze Tafel hin, daß dir deine Frau befohlen hat, kein Gewehr mehr abzudrücken? Wenn dem so ist, und du gehorchst, so bist du ja ein wahrer Mustermann für Stadt und Land. Ein schallendes Gelächter folgte diesen Worten, obgleich darin nicht viel Lachenswertes steckte. Mein Vater ärgerte sich, nahm sich aber zusammen und versetzte, daß dem nicht so sei; wie man denken könne, daß seine Frau ihm so etwas befehlen werde? und dergleichen mehr, was ein jeder in seiner Lage und in einer so wilden Gesellschaft entgegnet haben würde. – Topp! rief der Fürst, das ist recht, so hilfst du uns morgen Sankt Hubert Devotion erzeigen? – und als mein Vater sich mit einer Reise, mit Besuch, mit Unpäßlichkeit entschuldigen wollte – Oho! die Frau Gemahlin steckt doch dahinter! Nun, der Sache müssen wir auf den Grund kommen! Erinnert mich das nächste Mal, wo ich mit der Gestrengen zusammentreffe, daß ich ernstlich danach bei ihr anfrage.

In diesem Augenblicke faßte mein Vater seinen Entschluß. Er hielt es für nötig, der Mutter einen ärgerlichen Auftritt, wie er von des Fürsten Derbheit immer zu besorgen stand, zu ersparen, und sagte daher: Damit jedermänniglich sehe, daß an all dem Argwohn nichts sei, so werde ich die Jagd morgen mitmachen. Ein Beifallsklatschen erscholl, unter Getöse wurde die Tafel aufgehoben; der Fürst rief mit etwas schwerer Zunge: Bist du aber morgen nicht um sechs Uhr am Versammlungsplatze, so holen wir alle dich *in corpore* aus den Federn. – Mein Vater nahm kurz und trocken seinen Urlaub, fuhr den lügnerischen Lakaien, der draußen im Vorgemacht ihn verschmitzt lächelnd befragte, ob er nun die Pferde befehle? barsch an, und ging die Treppe hinunter über den Hof selbst nach dem Stalle, wo er den Reitknecht mit den Pferden fand, der sich keinen Augenblick vom Jagdschlösse entfernt hatte.

Hieraus ersah nun mein Vater, daß das Ganze ein angelegter Plan gewesen sei. Beim Heimreiten überlegte er den seinigen. Sich von dem gegebenen Worte zurückzuziehen, war unmöglich, denn dann hätte er wirklich am nächsten Morgen den ganzen Schwarm vor dem Hause gehabt, zu Ängsten und Schrecken meiner Mutter. Er beschloß daher, die Jagd wirklich mitzumachen, jedoch sobald als nur möglich sich zu entfernen, und um sein Absein eine Zeit lang vor den übrigen zu verbergen, seinen guten Freund, den Oberjägermeister, dessen finsteres Gesicht Mißbilligung der getriebenen Scherze ausgedrückt hatte, zu ersuchen, daß ihm der entfernteste Stand angewiesen werde, von dem er bei günstiger Gelegenheit entkommen zu können hoffte. Um aber für die Zukunft dem Fürsten und der ganzen Gesellschaft Respekt einzuflößen, sollten Tags darauf schriftliche Erklärungen an die ärgsten Schreier des Jagdschlosses abgehen, welche diese entweder einstecken, oder worauf sie zu Pistolen greifen mußten.

Zu Hause zog er einen alten verschwiegenen Diener in sein Vertrauen, ließ die prächtige Jagduniform, in welcher jeder Kavalier bei den großen Hofjagden erscheinen mußte, heimlich aus dem Schranke nehmen, und verspürte, wie er selbst lange Jahre nachher, wenn diese Geschichte wieder auf das Tapet kam, zu erzählen pflegte, trotz seines Mißmuts ein geheimes Behagen, als er das grüne, schimmernde Kollett mit den blitzenden Knöpfen, der goldenen, reichen Stickerei, den Achselschnüren, den schweren Epaulettes aus dem umgelegten Seidenpapier, und das prächtige Couteau mit glänzenden Steinen am Griff aus dem Futteral hervorkommen sah, nachdem er so lange den Anblick dieser Gegenstände entbehrt hatte. Meiner Mutter sagte er irgend einen gleichgiltigen Grund, weswegen er den folgenden Tag über von Hause entfernt sein werde. Es gelang ihm, sie zu täuschen; sie legte sich ruhig an seiner Seite schlafen.

In der Nacht hatte sie den früheren ängstlichen Traum, auf dessen Einzelheiten sie sich seither im Wachen nicht zu besinnen vermocht hatte. Sie sah meinen Vater sich vom Lager erheben, einen Blick der Bekümmernis auf sie, die Schlafende, werfen, leise auf den Zehen aus dem Zimmer schleichen. Der Traum führte sie hierauf nach der Garderobe. Dort legte mein Vater Stück vor Stück die prächtige grüne Uniform an. Sie konnte sich nicht satt an ihm sehen, er kam ihr gar zu schön vor, und doch beschwor sie ihn inständigst und mit der äußersten Herzensangst, von seinem Vorhaben abzustehen. Er ließ sich aber nicht hindern, schnallte das Couteau um und in dem Augenblicke wieherte ein Pferd. Nun zerbrach blitzschnell das bisherige Traumgesicht, und mit Entsetzen sah sie meinen Vater blutigen Hauptes unten im Hofe auf dem Pflaster liegen. Ehe sie noch sich zu ihm helfend hinbeugen konnte, wieherte das Pferd, welches sie wunderbarerweise nicht sah, zum zweitenmale, und – sie erwachte, wie es ihr vorkam, von einem wirklichen Pferdewiehern aus den Schrecknissen des Traumes geweckt. Schlaftrunken tastete sie umher, um des Vaters Wange sich zur Beruhigung zu streicheln, aber der Taumel ihrer Sinne wich der angstvollen Ermunterung, denn das Bett neben ihr war verlassen, die Decke zurückgeschlagen. Sie schellte dem Mädchen, fragte, wo der Herr sei? Diese, welche ihn im Gange verstohlen an sich hatte vorüberschlüpfen sehen, antwortete zögernd: In der Garderobe. Nun war sie nicht länger zu halten, eiligst warf sie ein Nachtgewand über und begab sich mehr laufend als gehend nach der Garderobe. Dort die Thür geöffnet, hatten beide Eltern vor einander den gleichen Schreck und meinten zu Boden sinken zu müssen. Der Vater stand, wie ihn die Mutter geträumt hatte, prächtig geschmückt, in seinem Glanz und Flimmer von der roten Morgensonne umspielt, und schnallte eben das Couteau an. Es folgte ein heftiges Fragen und Erklären, die Mutter wollte ihn durchaus nicht ziehen lassen, bis er auf die eindringlichste Weise ihr erwiesen hatte, daß für dieses Mal schlechterdings an dem Vorhaben nichts zu ändern sei. Indem sie noch mit einander stritten, wieherte des Vaters gesattelt stehendes Reitpferd unten vom Hofe herauf zum drittenmale. Sie stürzte an das Fenster, sah das feurige Tier in den Boden hauen und sich heben, das böse Ende des Traumes trat ihr vor die Augen, sie beschwor meinen Vater bei dem Lebendigen unter ihrem Herzen, wenigstens nicht zu reiten, da sie die bestimmte Ahnung habe, daß ihm heute damit ein Unglück begegnen werde, sich vielmehr des leichten Wagens zu bedienen. Höchst verstimmt rief er dem Bedienten zu: So laß anspannen! drückte die Mutter sanft nach der Thür zu und bat sie um Gotteswillen, sich doch nur wieder niederzulegen, da sie ja in ihrem leichten Gewande von der Morgenkälte schwer krank werden könne, und sprang dann, als er sie auf dem Wege nach dem Schlafkabinett glaubte, rasch die Haupttreppe hinunter, um nur zu Roß und an diesem vermaledeiten Tage vom Hofe zu kommen.

Aber meine Mutter, einmal argwöhnisch gemacht, schlüpfte eine kleine Seitentreppe hinab, die ebenfalls auf den Hof führte, um sich zu versichern, ob auch der Wagen genommen werde. Indem sie nun unten anlangte, sah sie, daß mein Vater schon zu Pferde saß und mit dem Tiere, welches er in seinem Verdrusse heftig behandelt und dadurch unruhig gemacht hatte, kaum zurecht kommen konnte. Mit einem lauten Geschrei flog sie durch die Thüre auf den Hof; das Pferd, von der plötzlich erscheinenden weißen Gestalt bis zur Wut gesteigert, drehte sich wie toll auf den Hinterfüßen um, geriet auf eine schlüpfrigabschüssige Stelle, rutschte aus und stürzte. Nun lag mein Vater wirklich mit blutendem Kopfe auf dem Pflaster, meine Mutter aber konnte ihm nicht helfen, denn auch sie sank ohnmächtig an der Thür zusammen.

Der Jäger hielt atmend inne, bewegt von seiner eigenen Erzählung, deren Einzelheiten, wie er nach einer Pause sagte: ihm so lebhaft vorschwebten, weil der Vorfall mit den kleinsten Zügen von den Dabeigewesenen ihm mehr als hundertmal berichtet worden sei. – Er sei die Haus- und Familiengeschichte geworden. Sein Zuhörer strich sich die Haare bedächtig aus der Stirn und sagte nach einer Welle: Daß die Sache keine schlimme Folgen gehabt hat, stellt sich dar, denn Sie sitzen da ganz frisch und gesund, junger Herr.

Glücklicherweise war der Schreck das Ärgste dabei gewesen, erwiderte der Jäger. Mein Vater hatte sich schnell bügellos zu machen gewußt, sein Epaulett war ihm, von der heftigen Bewegung gelöst, unter den Kopf gefahren und schützte vor einem zu harten Aufschlagen; er kam mit einer leichten Wunde davon. Auch meiner Mutter, für welche das Schlimmste zu befürchten stand, half ihre überaus kräftige Natur. Sie erholte sich und dauerte ihre Zeit aus, obgleich die Gedanken an jenem Morgen sie keinen Augenblick verließen.

Und daher, meinen Sie, rühre Ihre Jagdlust? fragte der Hofschulze.

Ich kam einige Monate nach dem Ereignisse zur Welt mit einem Male unter dem Herzen in der Form eines Hirschfängers. Sobald ich zum Buben erwachsen war, hielt mich keine Vermahnung und Züchtigung ab, mit den Jägern umherzulaufen. Und so ist das fortgegangen bis auf den heutigen Tag, ohne daß ich, wie Ihr ja leider nun auch gemerkt habt, zu diesem Treiben durch Beute und Erfolg irgend eine Anreizung empfinge.

Wenn Ihre Frau Mutter von den Jagdsachen einen solchen Schreck bekommen hat, so müßte sie Ihnen ja ehender einen Abscheu davor eingeimpft haben, sagte der Hofschulze.

Nein! rief der junge Jäger, und seine Augen begannen in dunklerem Feuer zu leuchten, wie immer der Fall war, wenn sich die Rede auf solche Gegenstände wandte. Davon versteht Ihr nichts, Hofschulze. Kann ein menschliches Wesen unwillkürlich auf ein anderes durch Blut, Seele und Sympathie wirken, so fällt diese Wirkung auch ganz in der dunklen Kammer vor, darin die Kräfte nach ihren eigenen Rechten hin- und herfahren, sausen und weben, und Gebild schaffen, dessen Figur kein Verstand vorhersieht, und auf welches niemand gefaßt ist: Abscheu kann Lust, Furcht kann Mut, Sehnsucht Ekel erzeugen, und ist niemand, der den Stammbaum dieser und ähnlicher Zeugungen aufzurichten vermöchte.

Davon verstehe ich wirklich nichts, und geht mich auch nichts an, sagte der Hofschulze. Aber aus der Geschichte, welche Sie da so plaisierlich erzählt haben, ziehe ich eine dreifache Moral.

Ihr haltet sehr viel auf Moral.

Die Moral unterscheidet uns von dem Vieh, versetzte der Hofschulze feierlich. Das Vieh hat eigentlich alles besser, als die Menschenkreatur, es findet den Weg sicherer, es hat sein ihm gewiesenes Futter und lüstert nicht nach anderem, es trägt seinen Rock anerschaffen auf seinem Leibe, es fürchtet sich nicht vor dem Tode, es treibt keine unnütze Wollust, aber Moral hat das Vieh nicht; Moral hat nur der Mensch.

Und in meiner Geschichte stecken drei Moralen?

Drei. Die will ich Ihnen jetzt auch nicht vorenthalten junger Herr Jäger.

Achtes Kapitel
Worin der Hofschulze eine dreifache Moral aus der Geschichte des Jägers zieht

Erstens, sagte der Hofschulze, lehret die Geschichte, daß, wenn Ihre Passion wirklich von Ihrer Frau Mutter sich herschreibt, der Herr noch jetzunder seinen Spruch wahrmacht, welcher lautet: Ich will die Sünden der Väter heimsuchen an den Kindern bis in das dritte und vierte Glied. Denn an und vor sich ist die Jägerei eine erlaubte und lustige Sache. Nun aber sündiget der Mensch jederzeit, wenn er sich wider etwas setzt, was Herkommens ist bei seinesgleichen, dadurch kriegt die Gleichgiltigkeit ein Gewicht und hat Folgen, wie Pestilenz darnach kam, als David sein Volk zählen ließ, weil das nicht Herkommens bei den Juden war. Ihre Frau Mutter nun verfiel in Sünde, weil sie den Herrn Vater nicht auf die Jagd gehen lassen wollte, da das zu seinem Stande gehörte, und darum ist an Ihnen eine Thorheit gesetzt, das Schießen ohne Treffen. Sie sollten aber suchen, mit der Gewalt davon loszukommen, weil solche Neigungen nicht aus den Wirkungen in der dunklen Kammer, nicht aus den Kräften und den eigenen Rechten, wie Sie es nannten, herrühren, sondern einzig und allein aus der Thorheit, durch welche Sie groß Unglück anrichten können. Auch die Mädchen haben mitunter das Gelüst, Feuer anzulegen, sie lassen es aber wohl bleiben, wenn sie scharf zusammengenommen werden. Es kann und soll aber der Mensch, über den kein anderer gesetzt worden, an ihm selber der Herr und Zuchtmeister sein.

Zweitens thut die Geschichte lehren, daß im Ehestande gar zu viel Liebe schädlich ist. Denn Ihr Herr Vater würde mit dem Pferde nicht gestürzt sein, wenn Ihre Frau Mutter nicht so besorgt aus der Thüre gesprungen wäre. Sie wollte ihn vor Gefahr hüten und brachte ihn eben recht in Gefahr. Wie leicht konnte ihn einer von den Herren niederschießen, an die er nach der Jagd Briefe schreiben wollte! Im Ehestande muß alles moderiert sein, auch die Liebe, weil die Sache für die Hitze und den Eifer zu lange währt. Vorher kann der Mensch thun, was er will, danach kommt nichts, aber der Ehestand macht einen Abschnitt und giebt ein Exempel, da muß der Mensch sich zusammennehmen, denn auf Eheleute sieht ein jeder, und Ärgernis, welches durch sie kommt, ist doppelt Ärgernis. Mit einem losledigen Menschen haben wenige Verkehr, aber auf den Haus- und Ehestand verläßt sich aller Handel und Wandel, Nachbarhilfe und Ansprache, Christentum, Kirchen- und Schulzucht, Haus und Hof, Rind und Kind, und wie sollen alle diese Sachen in gehöriger Ordnung und Verfassung bleiben, wenn die Eheleute selbst sich wie die Gecken betragen? Bei uns Bauern kommt der Fehler weniger vor, aber bei den Stadtleuten, mit denen ich vielfältig hier und dahaußen Verkehre, und deren Gebräuche ich daher kenne, will mir in dem Punkte manches schlimm gefallen. Wenn ein Mann sein Weib schlägt oder angrunzt ohne Not, so giebt er Ärgernis, denn der Apostel schreibt, daß die Männer ihre Weiber lieben sollen, wie der Herr Christus seine Gemeinde liebt; aber wenn ein Weib ihren Mann so unterkriegt mit Caressen und süßen Reden, daß er zwischen guten Freunden vor Angst nicht mehr zu bleiben weiß, wenn die Stunde schlägt, da er hat nach Hause kommen sollen, oder daß er sich von allem zurückhalten muß, was ihm das Herze fröhlich macht, so giebt sie auch Ärgernis, denn der Apostel Paulus schreibt nicht minder, das Weib solle den Mann fürchten. Die Furcht aber besteht mit solchem Verhalten nicht, vielmehr treibet sie dahin, daß dem Manne sein freier Wille gelassen werde, denn der Ehestand soll den Mann erbauen, nicht aber ihn daniederreißen, weil abermals der nämliche Apostel Paulus an die Korinther schreibt: Der Mann ist nicht vom Weibe, sondern das Weib ist vom Manne.

Ich habe hier jezuweilen bei guter Witterung große Gesellschaft von Stadtleuten, die für Plaisier den Tag im Freien zubringen und gegen Abend wieder heimfahren. Da sehe ich nun mitunter, daß die Neugeheirateten, die etwa erst im zweiten Jahre Mann und Frau sind, denn späterhin hört dieses Wesen gemeiniglich auf, mit einander ein Anblicken und Anblinzeln, Löffeln und Schlecken treiben, als seien sie mutterseelenallein und niemand außer ihnen um sie und neben ihnen. Darin stecken nun wieder drei Ärgernisse.

Schade, unterbrach ihn der Jäger lachend, daß Euch kein Philosoph von Profession angehört, Hofschulze. Er würde die architektonische Symmetrie Eures Gedankenbau's loben. Drei Ärgernisse, entsprechend drei Moralen!

Der Schulze fuhr, ohne sich stören zu lassen, fort: Erstens sind immer in der Gesellschaft Leute, die gerne freien möchten und nicht können, und in denen stiftet so ein öffentliches Liebeswesen geheimen Neid und stille Abgunst, wovor der. Mensch seinen Nächsten bewahren soll. Dieses ist das erste Ärgernis. Zweitens läßt, wenn sie sich vor so vielen Leuten nicht scheuen, das zu thun, was in die Verborgenheit gehört, vermuten, daß sie daheim eine Brinneifrigkeit haben, welche die Gesundheit ruiniert, und drittens denkt dieser und jener in der Gesellschaft: Was dem einen recht, ist dem andern billig, geniert ihr euch nicht, genier' ich mich auch nicht, dürft ihr schwatzen, darf ich kratzen; läßt nun alle geheimen Würmer und Otterngezüchte, welche er im Herzen trägt und sonst bei sich behielte, los, die schlechten, spöttischen Reden, die Schraubereien und Verleumdungen, welche denn wieder von andern aufgefangen und erwidert werden, so daß das ganze Plaisier zu Grunde geht. Auf diese Weise habe ich es erlebt, daß durch so ein öffentlich löffelndes Ehepaar lauter Zank und Hader in eine Gesellschaft kam, der immer mehr stieg, je mehr die Eheleute mit einander karessierten.

Dagegen ist es eine wahre Freude, bisweilen vernünftige junge Leute zu sehen, die bescheiden und anständig sich betragen! das Frauchen sitzt da und der Mann da, jedes diskutiert höflich mit seinen Nachbarn, keines scheint auf das andere zu achten, von Handgeben und Küssen ist nun gar nicht die Rede, und doch steht man den roten, muntern Gesichtern an, daß sie zu Hause Glück und Segen miteinander haben; gleichsam zwei Äpfel sind an einem Zweige, die auch nicht nach einander umgucken und doch zusammen wachsen, gedeihen und reifen. Der Ehestand ist ein Segensstand, aber er will mit Vernunft und Geschick und Manierlichkeit angegriffen sein, sonst macht er, wie der Wein im Übermaß, trunken, dumm und ungesund. Er ist wie der grüne Zweig am Apfelbaum: was darauf zum Gedeihen kommen soll, muß hübsch still und ruhig sich daran halten bei Sonnenschein und Regen.

Eure Moralien klingen zwar ziemlich hausbacken, aber es liegt doch etwas Wahres darin, sagte der Jäger. Der gesunde Menschenverstand behält immer Recht, obschon er selbst nicht das letzte Recht ist. Was meine Eltern betrifft, so spricht deren nachheriges Verhältnis auch gewissermaßen für Eure Sätze. Meine Mutter ist nach dem entsetzlichen Schreck wie umgewandelt gewesen, er hatte auf sie wie ein Sturzbad gewirkt, der Vater hat späterhin gehen, kommen, sich kleiden dürfen, wie vornehmen können, was er gewollt; und von der Zeit an, wo ich selbst zum Bewußtsein gelangte, erinnere ich mich der Ehe meiner Eltern als einer zwar liebevollen, aber freien und ruhigen.

Ja, ja, sprach der Hofschulze, so mußte es sich wenden. Allzuscharf macht schartig, der Bogen, welcher zu scharf gespannt wird, bricht, und hinter heißem Wetter kommt kühles. Aber Ihnen will ich doch eine gute Lehre geben, junger Herr. Wenn Sie incognito bleiben, und wie Sie sich mir verkündigt haben, für den Sohn von Bürgersleuten gelten wollen, so müssen Sie mir keine Geschichten erzählen von Jagdschlössern und fürstlichen Banketten und goldenen Uniformen und Bedienten und Reitknechten.

Ach, die Lehre kommt zu spät! rief der junge Jäger lustig. Das Verstellen hilft mir nichts, ich sehe es wohl ein, und wenn ich auch wie der Vogel Strauß den Kopf wegstecke, man erblickt mich dennoch. Verratet mich aber nicht; ich habe meine Gründe zu der Bitte, die Ihr mit gutem Gewissen erfüllen könnt, denn ein Verbrechen habe ich nicht begangen.

Nein, das soll wohl sein, Sie sehen nicht danach aus, sagte der Hofschulze lächelnd.

Jetzt nehmt von meiner Seite eine Lehre an. Ihr seid ein alter gesetzter Mann, dem mehr daran liegen muß, seine Absichten für sich zu behalten, als mir. Wenn Ihr Eure Geheimnisse, welche Ihr zweifelsohne habt, vor mir und meinem Nachspüren bewahren wollt, so müßt Ihr meine Aufmerksamkeit nicht selbst rege machen, müßt mir nicht das Schwert Karls des Großen mit so feierlicher, dunkler Rede zeigen.

Der Hofschulze richtete sich in die Höhe. Seine große Gestalt schien noch zu wachsen, und der Mond, welcher inzwischen aufgegangen war, warf seinen Schatten lang in den Hof. Er sagte mit tiefem Tone und mit einem Nachdruck, der dem andern durch Mark und Bein ging: Wehe dem, welcher die Geheimnisse des Schwertes Caroli Magni sieht oder hört, wenn es dergleichen giebt! – Darauf setzte er sich nieder, schenkte seinem Gaste das letzte Glas ein und that, als ob nichts vorgefallen sei.

Dieser schwieg verlegen. Er merkte, daß mit dem Alten in manchen Dingen nicht zu scherzen sei. Um wieder ein Gespräch im Gang zu bringen, sagte er endlich: Ihr verspracht drei Moralen aus meiner Geschichte, habt aber bis jetzt mir nur zwei mitgeteilt.

Die dritte, versetzte der Hofschulze, ist keine Rede, sondern eine Handlung und Verrichtung. Mit diesen Worten, deren Sinn er nicht weiter aufklärte, ging er in das Haus.

Neuntes Kapitel
Der Jäger erneuert eine alte Bekanntschaft

Am folgenden Tage zur Mittagsstunde hörte der Jäger unter seinem Fenster ein Geräusch, sah hinaus und bemerkte, baß viele Menschen vor dem Hause standen. Der Hofschulze trat in sonntägigem Putze soeben aus der Thüre, gegenüber aber hielt am Eichenkampe ein zweispänniger Karren, auf welchem ein Mann in schwarzen Kleidern, anscheinend ein Geistlicher, zwischen mehreren Körben saß. In einigen derselben schien Federvieh zu flattern. Etwas hinterwärts saß eine Frauensperson in der Tracht des Bürgerstandes, welche steif vor sich hin auf dem Schoße ebenfalls einen Korb hielt. Vorn bei den Pferden stand ein Bauer mit der Peitsche, den Arm über den Hals des einen Tieres gelegt. Neben ihm hielt sich eine Magd, auch einen Korb, mit schneeweißer Serviette überlegt, unter dem Arme.

Ein Mann in weitem, braunem Oberrocke, dessen bedächtiger Gang und feierliches Antlitz ohne Widerspruch den Küster erkennen ließ, schritt mit Würde vor dem Wagen dem Haufe zu, stellte sich vor den Hofschulzen hin, lupfte den Hut und gab folgenden Reimspruch von sich:

> Wir sind allhier vor Eurem Thor,
> Der Küster und der Herr Pastor,
> Des Küsters Frau, die Magd daneben,
> Die Gift und Gabe zu erheben,
> So auf dem Oberhofe ruht;
> Die Hühner, Ei'r, die Käse gut.
> So sagt uns an, ob alles bereit,
> Was fällig wird zur Sommerzeit.

Der Hofschulze hatte bei Anhörung dieses Spruches den Hut tief abgenommen. Nach demselben ging er zum Wagen, verbeugte sich vor dem Geistlichen, half ihm in ehrerbietiger Stellung herunter und blieb dann mit ihm seitwärts stehen, mancherlei Reden wechselnd, welche der Jäger nicht hören konnte, während die Frau mit dem Korbe auch abstieg und sich nebst dem Küster, dem Bauer und der Magd wie zu einem Zuge hinter jenen beiden Hauptpersonen ausstellte. Der Jäger ging, um den Zusammenhang dieses Auftritts zu erfahren, hinunter, sah im Flur weißen Sand gestreut, und die daranstoßende beste Stube mit grünen Zweigen geschmückt. Die Tochter saß darin, ebenfalls sonntägig geputzt, und spann, als wolle sie noch heute ein ganzes Stück Garn liefern. Sie sah hochrot aus und blickte von ihrem Faden nicht auf. Er ging in das Zimmer und wollte eben bei ihr Erkundigungen einziehen, als schon der Zug der Fremden mit dem Hofschulzen die Schwelle vom Flure aus betrat. Voran ging der Geistliche, hinter ihm der Küster, dann der Bauer, dann die Küsterfrau, dann die Magd, zuletzt der Hofschulze; alle einzeln und ungepaart. Der Geistliche trat auf die spinnende Tochter, welche noch immer nicht emporsah, zu, bot ihr freundlichen Gruß und sagte: So recht, Jungfer Hofschulze, wenn die Braut noch so fleißig ihr Rädchen dreht, da kann sich der Liebste volle Kisten und Kasten erwarten und verhoffen. Wann soll denn die Hochzeit sein? – Auf Donnerstag über acht Tage, Herr Diakonus, wenn es erlaubt ist, versetzte die Braut, wurde womöglich noch röter als zuvor, küßte dem Geistlichen, welcher noch ein jüngerer Mann war, demütig die Hand, nahm ihm Hut und Stock ab und reichte ihm zum Willkomm einen Erfrischungstrunk. Die andern, nachdem sie Reihe herum die Braut ebenfalls mit Handschlag und Glückwunsch bedacht hatten und durch einen Trunk erquickt worden waren, verließen die Stube und gingen auf den Flur, der Geistliche aber unterhielt sich mit dem Hofschulzen, der, beständig seinen Hut in der Hand, in ehrerbietiger Stellung vor ihm stand, über Gemeinde-Angelegenheiten.

Gern hätte der junge Jäger, welcher, von den übrigen unbeachtet, aus einer Ecke der Stube den Auftritt mit angesehen hatte, schon früher den Geistlichen begrüßt, wenn es ihm nicht unbescheiden vorgekommen wäre, die Anreden und Antworten der Fremden und Hofesgenossen, welche trotz der bäuerlichen Scene etwas Diplomatisches hatten, zu stören. Denn in dem Diakonus war von ihm mit Erstaunen und Freude ein ehemaliger akademischer Bekannter wiedergefunden worden. Jetzt verließ der Hofschulze auf einen Augenblick das Zimmer, und nun ging der Jäger zum Diakonus, ihn bei seinem Namen begrüßend. Der Geistliche stutzte, fuhr mit der Hand über die Augen, erkannte jedoch auch den andern sogleich wieder und freute sich nicht weniger, ihn zu sehen. Aber – fügte er den ersten Grußworten hinzu – jetzt und hier ist keine Zeit zur Unterhaltung, kommen Sie nachher mit, wenn ich vom Hofe abfahre. dann wollen wir zusammen plaudern; hier bin ich ein öffentlicher Charakter und stehe unter dem Banne des gebietendsten Ceremoniells. Wir dürfen von einander keine Notiz nehmen, fügen auch Sie sich passiv dem Ritual; vor allen Dingen lachen Sie über nichts, was Sie sehen, das würde die guten Leute auf das Höchste beleidigen. Und diese alten festen Sitten, so seltsam sie aussehen mögen, haben sie doch immer ihr Ehrwürdiges. – Sorgen Sie nicht, versetzte der Jäger, aber ich möchte doch wissen .... Alles nachher! flüsterte der Geistliche, nach der Thür blickend, durch welche soeben der Hofschulze wieder hereinkam. Er trat vor dem Jäger, wie vor einem Fremden, zurück.

Der Hofschulze und seine Tochter trugen die Speisen auf dem Tische, welcher in dieser Stube gedeckt stand, selbst auf. Da kam eine Hühnersuppe, eine Schüssel grüner Bohnen mit einer langen Mettwurst, Schweinsbraten mit Pflaumen, Butter, Brot und Käse, wozu eine Flasche Wein gestellt wurde. Alles dies wurde zu gleicher Zeit auf den Tisch gestellt. Der Bauer war von den Pferden ebenfalls hereingekommen. Als alles stand und dampfte, lud der Hofschulze den Diakonus höflich ein, es sich gefallen zu lassen.

Es war nur für zwei Personen dort gedeckt; der Geistliche, nachdem er ein Tischgebet gesprochen, setzte sich und etwas von ihm entfernt der Bauer. Esse ich hier nicht mit? fragte der Jäger. Ei behüte, antwortete der Hofschulze, und die Braut sah ihn verwundert von der Seite an. – Hier ißt bloß der Herr Diakonus und der Colonus, Sie setzen sich draußen bei dem Küster zu Tische. Der Jäger ging in ein anderes, gegenüberliegendes Zimmer, nachdem er noch zu seiner Verwunderung bemerkt hatte, daß der Hofschulze und seine Tochter auch die Bedienung jenes ersten und vornehmsten Tisches selbst übernahmen.

In dem andern Zimmer traf er den Küster, die Küsterin und die Magd um den dort gedeckten Tisch stehen und, wie es schien, mit Ungeduld ihres vierten Genossen warten. Auch auf diesem Tische dampfte dieselbe Speise, wie auf der Pastorstafel, nur fehlte Butter und Käse, auch zeigte sich dort statt des Weines Bier. Mit Würde trat der Küster an den Oberplatz und ließ, die Augen in den Schüsseln, abermals folgenden Spruch vernehmen:

> Alles, was da fleucht und kreucht auf der Erden,
> Ließ Gott der Herr für den Menschen erschaffen werden;
> Hühnersuppe, Bohnen, Wurst, Schweinsbraten, Pflaumen sind allerwegen
> Gottesgaben; gieb, o Herr, dazu uns deinen Segen!

Worauf die Gesellschaft Platz nahm, der Küster obenan. Dieser wurde von seiner Gravität nicht verlassen, wie die Küsterin nicht von ihrem Korbe, den sie dicht neben sich hinstellte. Dagegen hatte die Pastorsmagd den ihrigen anspruchslos beiseite gesetzt. Bei dem Mahle, welches aus wahren Bergen auf den Schüsseln bestand, wurde kein Wort gesprochen; der Küster verschlang in ernster Haltung ungeheuer zu nennende Portionen, und die Frau blieb wenig hinter dem Manne zurück; am bescheidensten zeigte sich in diesem Punkte auch wieder die Magd. Was den Jäger betrifft, so beschränkte er sich fast nur auf das Zusehen; das heutige Ceremonialessen war nicht nach seinem Geschmack.

Nach beendigtem Mahle sagte der Küster zu den beiden Mägden, welche diesen Tisch bedient hatten, feierlich schmunzelnd: Jetzt wollen wir denn, geliebt es Gott, die allhier erfallende Gebühr und den guten Willen in Empfang nehmen. Die Mägde hatten vorher schon den Tisch abgeräumt und gingen jetzt hinaus, der Küster aber setzte sich auf einen Stuhl mitten in der Stube, und die beiden Frauenspersonen, die Küsterin und die Magd, setzten sich ihm rechts und links zur Seite, vor sich die neugeöffneten Körbe. Nachdem die Erwartung, welche diese drei ausdrückten, einige Minuten gedauert hatte, traten die beiden Mägde, begleitet von ihrem Herrn, dem Hofschulzen, wieder ein. Die erstere trug einen Korb mit weitläuftigem Flechtwerk oben, in welchem Hühner ängstlich gackerten und mit den Flügeln pluhsterten. Sie stellte ihn vor den Küster hin, und dieser sagte hineinschauend und nachzählend: Eins, zwei, drei, vier, fünf, sechs; es ist ganz richtig. Darauf zählte die zweite Magd aus einem großen Tuche ein Schock Eier in den Korb der Pastorsmagd und sechs Stück runder Käse; nicht ohne genaues Nachzählen des Küsters. Dieser sagte, als es geschehen war: So, nunmehro hätten der Herr Diakonus das ihrige; jezunder käme der Küster. – Ihm wurden in den Korb seiner Ehehälfte dreizehn Eier und ein Käse zugeteilt. Sie prüfte jedes Ei durch Schütteln und Geruch, ob es auch frisch sei und merzte zwei aus. Nach diesen Verhandlungen erhob sich der Küster und sprach zum Hofschulzen: Wie ist es. Herr Hofschulze, von wegen des zweiten Käses, welchen Küsterei annoch vom Hofe zu erwarten hat? – Ihr wißt selbst, Küster, daß der zweite Käse vom Oberhofe nimmer anerkannt worden ist, versetzte der Hofschulze. Dieser angebliche zweite Käse ruht auf dem Baumannserbe, welches vor hundert und mehreren Jahren mit dem Oberhofe in einer Hand vereinigt war. Hernachmalen ist die Trennung wieder eingetreten, und es haftet demnach hier auf dem Hofe nur ein Käse.

Über des Küsters rotbräunliches Gesicht hatten sich die stärksten Falten gelagert, welche dasselbe nur aufzutreiben vermögend gewesen war, und zerlegten es in mehrere bedenkliche Abschnitte von viereckter, rundlichter, winklichter Gestalt. Er sprach: Wo ist das Baumannserbe? Zersplittert und zerspellt wurde es in den unruhigen Zeitläuften. Soll Küsterei darunter leiden? Dem sei nicht so. Jedennoch, unter ausdrücklichem Vorbehalt aller und jeder Rechtszuständigkeiten wegen des seit hundert und mehreren Jahren strittigen, vom Oberhofe erfallenden zweiten Käses, empfange ich und nehme ich hiermit an auch den einen Käse. Sonach wäre die Zinsgebühr an Pastor und Küster abgestattet, und es käme nunmehr der gute Wille.

Dieser bestand in frischgebackenen Rollkuchen, wovon sechs in den Pastorskorb und zwei in den des Küsters gelegt wurden. Hiermit war das ganze Empfangsgeschäft beendigt. Der Küster trat dem Hofschulzen näher und sagte folgenden dritten Spruch her:

> Die Hühner waren alle sechs richtig,
> Und die Käse alle vollwichtig;
> Die Eier sind befunden worden frisch,
> Und was sich gebührte, stand auf dem Tisch.
> Deshalb der Herr Euren Hof bewahr'
> Vor Hungersnot und Feuersgefahr!
> Bei Gott und Menschen ist beliebt,
> Wer Gift und Gaben richtig giebt.

Der Schulze machte darauf eine dankende Verbeugung. Die Küsterin und die Magd trugen die Körbe hinaus und packten sie auf den Wagen. Zu gleicher Zeit sah der Jäger, daß die eine Hofesmagd aus dem Zimmer, worin der Geistliche gespeist hatte, Schüsseln und Teller auf den Flur trug und sie, indem jener auf die Schwelle des Zimmers trat, vor seinen Augen wusch. Nachdem sie diese Reinigung verrichtet, näherte sie sich dem Geistlichen, er holte aus einem Papiere eine kleine Münze, und gab sie ihr.

Der Küster ließ sich indessen den Kaffee schmecken, und da auch für den Jäger eine Tasse hingestellt worden war, so setzte sich dieser zu ihm. Ich bin hier fremd, sagte der junge Mann, und verstehe zum Teil die Gebräuche nicht, welche ich heute gesehen habe; wollen Sie mir dieselben nicht erklären, Herr Küster? Ist es eine Verpflichtung, daß die Bauern den Herrn Diakonus in Naturalien unterhalten müssen?

Verpflichtung in betreff der Hühner, Eier und Käse, nicht der Rollkuchen, welche der gute Wille, jedoch auch jederzeit unverweigerlich abgestattet werden, erwiderte der Küster höchst ernsthaft. Zum Diakonat oder zur Oberpfarre in der Stadt sind drei Bauerschaften als Filiale eingepfarrt, und ein Teil der Pfarr- und Küsterei-Einkünfte besteht in der Zinsgebühr, welche von den einzelnen Hofesstellen alljährlich erfället. Diese nun, wie sie überall seit undenklichen Zeiten feststeht, einzusammeln, halten wir per Jahr zwei Gänge oder Fahrten, nämlich die gegenwärtige Sommer- oder kleine Fahrt, und dann die Winter- oder große Fahrt, kurz nach Advent. Bei der Sommerfahrt erfallen die Zinshühner, die Zinseier, und Zinskäse, an dem einen Hofe so viel, an dem andern so viel; erstere Rubrik, nämlich die der Hühner, erfället jedoch nur *pro Diaconatu*, Küsterei hat sich mit Eiern und Käsen zu begnügen. – Im Winter erfallen die Kornzinsen an Gerste, Hafer und Roggen; da kommen wir mit zwei Karren, weil eine die Säcke nicht zu fassen vermöglich wäre. So halten wir denn zweimal per Jahr die Rundfahrt durch die drei Bauerschaften.

Und wohin geht die Reise von hier? fragte der Jäger.

Direkte nach Hause, versetzte der Küster, knöpfte seinen Oberrock los und zog ein Federkissen hervor, welches er, ungeachtet der warmen Witterung zum Schutze seines Magens aufgelegt hatte. Nunmehr aber, nach der starken Mahlzeit, mochte ihm dasselbe doch beschwerlich fallen. – Gegenwärtige Bauerschaft ist die letzte, und gegenwärtiger Oberhof der letzte Hof in selbiger, auf welchem denn auch das herkömmliche Zinsessen vor sich geht, sagte er.

Der Jäger bemerkte, daß, wie es ihm vorgekommen, in der Mahlzeit, bei den Begrüßungen, bei der Empfangnahme der Lebensmittel, ja sogar bei dem Waschen der Teller und Schüsseln eine vorherbestimmte Ordnung geherrscht habe, worauf sich der würdige Küster, wie folgt, weiter vernehmen ließ: Allerdings; in jeglichem bei diesen Zinsfahrten ist eine Observanz und ein striktes Recht, von welchem nicht abgewichen werden darf. Morgens um sechs Uhr rücken wir aus der Stadt aus, der Herr Diakonus, ich, meine Frau und die Pastorsmagd. Vom Reymannskotten wird, jedoch auf höfliches Suchen und Erbitten, die Karre gestellt, welche das liebe Gut läd't, und der Colonus geht mit und verläßt den Herrn Diakonus nun und nimmer, setzt sich auch, wie Sie gesehen haben, einzig und allein mit ihm zu Tisch. Den ersten Hühnerkorb nehmen wir aus der Stadt mit, da dieser aber bei dem ersten Hofe schon voll wird, so leihet nunmehr letzterer einen neuen für den zweiten, und so fort bis hierher. Der Colonus füttert hier seine Pferde mit einem Scheffel Hafer, der vom Balstrup erhoben und mitgenommen worden ist, und die Magd, welche die Teller und Schüsseln vor den Augen des Herrn Diakonus wieder rein waschen muß, erhält dafür ihre drei und einen halben Stüber, gleichfalls heute zu diesem Zweck und Ende erfallen und empfangen auf dem kleinen Beek, Bauerschaft Branstedde.

Und die Sprüche, die Sie so laut und vernehmlich vortrugen, Herr Küster, rühren diese auch von Alters her? fragte der Jäger.

Ja freilich, versetzte der Küster. Indessen, fuhr er wohlgefällig fort, habe ich einiges, was darin an die finstern Zeiten erinnerte, weggelassen oder verbessert, wie es sich für die Gegenwart schicken will. So lautet der Text in der Danksagungsrede eigentlich zum Schluß:

> Wenn ihr aber uns verkürzen wollen,
> So soll euch alle der Teufel holen,
> Und fehlt am Käs' ein einzig Lot,
> So kriegt ihr gar die schwere Not!

Diese unschicklichen Reime habe ich nach und nach eingehen lassen, indem ich Jahr für Jahr einen nach dem andern bei mir behielt oder so that, als ob ich den Husten dabei kriegte, und was dergleichen Anschläge mehr waren, denn mit den Bauern muß man freilich bei allen Neuerungen langsam zu Werke gehen. Es hat doch Widerspruch abgesetzt, und einige von den Dorfmicheln wollen durchaus diese Grobheit nicht fahren lassen, weil sie sagen, daß selbige einmal dazu gehören. Sie entrichten die Zinsgebühr nicht, wenn ich ihnen den Teufel und die schwere Not nicht anwünsche: der Hofschulze ist darin vernünftiger.

Der Küster wurde abgerufen, denn die Karre war angespannt, und der Geistliche nahm von dem Hofschulzen und seiner Tochter, die jetzt eben so ehrerbietig und freundlich vor ihm standen, wie bei allen übrigen Verhandlungen dieses Tages, mit herzlichen Händedrücken und Worten Abschied. Nun schwankte der Zug einen andern Weg, als den er gekommen war, zwischen Kornfeldern und hohen Wallhecken fort. Der Colonus mit der Peitsche vor seinen Pferden, die Karre langsam hinterdrein bewegt, auf ihr jetzt außer den beiden Frauenspersonen der Küster sitzend zwischen den Körben, und der Fürsorge wegen wieder das Federkissen vor die Magengegend gestopft.

Der Jäger hatte sich bei der Abfahrt bescheidentlich zurückgehalten, war aber, als die Zinskarre sich eine Strecke weit entfernt hatte, mit raschen Sprüngen nachgeeilt und fand den Diakonus, welcher ebenfalls hinter seinem eingesammelten Gute zurückgeblieben war, auf einem anmutigen Baumplatze schon seiner harren. Hier, frei vom Ceremoniell des Oberhofes, umarmten sie einander, und der Diakonus rief lachend: Das hätten Sie wohl nicht gedacht, in Ihrem ehemaligen Bekannten, der in jener großen Stadt seinen jungen schwedischen Grafen so säuberlich auf dem schlüpfrigen Boden der Wissenschaft und des eleganten Lebens umherführte, eine Figur wiederzufinden, Welche Sie an Ehrn-Lovez in dem spanischen Pfarrer von Fletcher erinnern muß?

Der Küster ist, wenn auch kein lustiger Diego, doch ein ganzer Mann, versetzte der Jäger. Er hat mir wie ein wahrer Ceremonienmeister der Zinspflicht das ganze Ritual ausgelegt, und sich bei dem Empfangen, Verwahren und Spruchsprechen mit solcher Würde und Klugheit benommen, daß ich ihn jedem bevollmächtigten Minister, welcher eine verwickelte Angelegenheit seines Hofes zu schlichten hat. als Muster empfehlen möchte.

Ja, sagte der Geistliche, das ist heute sein Ehrentag, auf den er sich, schon sechs Wochen vorher freut, überhaupt giebt es unter den Küstern noch viele komische Figuren, welche sonst jetzt so sehr abnehmen. Das beständige Anhören hoher und erbaulicher Worte von ihrem Standpunkte der Dienstbarkeit dabei, das Läuten, das Ansagen der Geburten und Sterbefälle giebt ihrem Wesen einen wundersamen Schwung, mit welchem ihr glücklicher Appetit, oder besser zu sagen, ihre maßlose Freßgier seltsam kontrastiert. Denn da sie zu Hause nicht viel zu beißen und zu brechen haben, so versorgen sie sich auf Kindtaufen, Hochzeiten und Leichenschmäusen für ganze Wochen, und verschlingen die außerordentlichsten Portionen, aber immer mit einem Anstriche von Salbung, und nicht selten die hellen Thränen der Mitfreude oder Mittrauer in den Augen. Der meinige hat nun zu allen diesen Standeseigenschaften noch den Privatcharakter der Feigheit: er ist ein ausgemachter Poltron, und ich habe mit ihm auf einsamen nächtlichen Wanderungen zu Kranken oder Sterbenden schon die lustigsten Scenen erlebt.

Doch lassen wir den Küster und seine Narrheiten. Was die Prozedur betrifft, welcher Sie heute beiwohnten, so ist es unumgänglich notwendig, daß ich mich ihr in Person unterziehe; mein ganzes Verhältnis zu den Leuten wäre gebrochen, wenn ich zu ekel wäre, die alte Sitte mitzumachen. Mein Vorgänger im Amte, der nicht aus hiesiger Gegend war, schäme sich der terminierenden Fahrten, und wollte schlechterdings nichts damit zu thun haben. Was war die Folge davon? Er geriet in die übelsten Zwistigkeiten mit diesen Landgemeinen, welche selbst auf den Verfall des Kirchlichen und des Schulwesens Einfluß hatten. Zuletzt mußte er gar um seine Versetzung einkommen, und ich nahm mir gleich vor, als ich die Pfarre erhielt, in allen Dingen mich nach Ortsgebrauch zu Verhalten. Hierbei habe ich mich denn bisher sehr wohl befunden, und weit gefehlt, daß der Schein der Abhängigkeit, welchen mir diese Fahrten geben, meinem Ansehen schaden sollte; es wird vielmehr dadurch erhöht und befestigt.

Wie sollte es auch anders sein! rief der Jäger. Ich muß Ihnen gestehen, daß bei dem ganzen Einhergange, ungeachtet alles Komischen, was Ihr Küster darüber auszubreiten wußte, mich ein Gefühl der Rührung nicht verließ. Ich sah in diesem Empfangen der einfachsten leiblichen Gaben einerseits, und in der Ehrfurcht, womit sie anderseits dargeboten wurden, gewissermaßen das frömmste, schlichteste Bild der Kirche, welche zu ihrem Bestande des täglichen Brotes nötig hat, um das Bild der Gläubigen, welche ihr das irdische Bedürfnis in der demütigen Überzeugung, daß sie damit sich ein Höchstes und Ewiges erhalten, darreichen, so daß weder auf der einen noch auf der andern Seite eine Knechtschaft, vielmehr bei beiden nur die Innigkeit des vollkommensten Wechselbezuges entsteht.

Es freut mich, rief der Diakonus, und drückte dem Jäger die Hand, daß Sie die Sache so ansehen, über welche vielleicht ein anderer gespöttelt haben würde, daher es mir, wie ich Ihnen nun gestehen darf, im ersten Augenblicke auch gar nicht recht war, in Ihnen unvermutet einen Zeugen jener Scenen zu finden.

Gott bewahre mich, daß ich über etwas, was ich in diesem Lande gesehen, spöttelte! versetzte der Jäger. Ich freue mich jetzt, daß mich ein toller Streich zwischen diese Wälder und Felder geschleudert hat, denn sonst würde ich die Gegend wohl nicht kennen gelernt haben, da sie auswärts wenig in Ruf steht, und in der That auch nichts anziehendes für abgespannte und überreizte Touristen haben kann. Aber mich hat hier die Empfindung stärker, als selbst in meiner Heimat angefaßt: Das ist der Boden, den seit mehr als tausend Jahren ein unvermischter Stamm trat! Und die Idee des unsterblichen Volkes wehte mir im Rauschen dieser Eichen und des uns umwallenden Fruchtsegens fast greiflich, möchte ich sagen, entgegen.

Es ergaben sich aus dieser Äußerung Reden zwischen dem Diakonus und dem Jäger, welche beide führten, indem sie der Karre langsam folgten.

Zehntes Kapitel
Von dem Volke und den höheren Ständen

Das unsterbliche Volk! rief der Diakonus. Ja, dieser Ausdruck besagt das Richtige. Ich versichere Ihnen, mir wird allemal groß zu Mute, wenn ich der unabschwächbaren Erinnerungskraft, der nicht zu verwüstenden Gutmütigkeit und des geburtenreichen Vermögens denke, wodurch unser Volk sich von jeher erhalten und hergestellt hat. Rede ich aber von dem Volke in dieser Beziehung, so meine ich damit die besten unter den freien Bürgern und den ehrwürdigen, thätigen, wissenden, arbeitsamen Mittelstand. Diese also meine ich, und niemand anders vor der Hand. Aus ihnen aber, und aus dieser ganzen Masse haucht es mich wie der Duft der aufgerissenen schwarzen Ackerscholle im Frühling an, und ich empfinde die Hoffnung ewigen Keimens, Wachsens, Gedeihens aus dem dunkeln, segenbrütenden Schoße. In ihm gebiert sich immer neu der wahre Ruhm, die Macht und die Herrlichkeit der Nation, die es ja nur ist durch ihre Sitte, durch den Hort ihres Gedankens und ihrer Kunst, und dann durch den sprungweise hervortretenden Heldenmut, wenn die Dinge einmal wieder an den abschüssigen Rand des Verderbens getrieben worden sind. Dieses Volk findet, wie ein Wunderkind, beständig Perlen und Edelsteine, aber es achtet ihrer nicht, sondern verbleibt bei seiner genügsamen Armut, dieses Volk ist ein Riese, welcher an dem seidenen Fädchen eines guten Wortes sich leiten läßt, es ist tiefsinnig, unschuldig, treu, tapfer, und hat alle diese Tugenden sich bewahrt unter Umständen, welche andere Völker oberflächlich, frech, treulos, feige gemacht haben.

Ich werde nicht, wie Le Vaillant die Tugenden der Hottentotten auf Kosten der europäischen Civilisation herausstrich, den Lobredner idyllischer Rustizität und kleinbürgerlicher Enge machen, ich fühle sehr wohl, daß uns allen durch den Umschwung der Zeiten die Neigung zu glänzenden, geschmackvollen Dingen, zu einer Art von Aristokratie des Daseins mitangeboren ist, welche außerhalb der Mittelverhältnisse liegt, und von der wir uns, ohne an der Natürlichkeit unseres Wesens Einbuße zu leiden, nicht losmachen können, aber ich muß doch folgendes aus meiner eigenen Geschichte hier anführen: Ich war, da ich jenen jungen Vornehmen zu führen hatte, während ich noch selbst der Führung gar sehr bedürftig war, unter allen den geistreichen, eleganten, schillernden und schimmernden Gestalten der Kreise, die mir durch mein damaliges Amt zugewiesen waren, eben so geistreich, halbiert, kritisch und ironisch geworden, wie viele; genial in meinen Ansprüchen, wenn auch nicht in dem, was ich leistete, unbefriedigt von irgend etwas Vorkommendem, und immer in eine blaue Weite strebend; kurz ich war dem schlimmeren Teile meines Wesens zufolge, ein neuer, hatte Weltschmerz, wünschte eine andere Bibel, ein anderes Christentum, einen anderen Staat, eine andere Familie, und mich selbst anders mit Haut und Haar. Mit einem Worte, ich war auf dem Wege zum Tollhaus, oder zur insipidesten Philisterei; denn diese beiden Ziele liegen meistens vor den Füßen der modernen Wanderer. Und da bin ich denn doch erst hier zwischen den wunderlichen aber achtbaren Originalen meiner Mittelstadt und unter diesen ländlichen Wehrfestern wieder zu mir selbst gekommen, habe Posto gefaßt, den Schaum der Zeit von mir weichen sehen und Mut bekommen, mir ein liebes häusliches Verhältnis zu gründen. Denn in dem Volke sind die Grundzüge der Menschheit noch wach, da ist das richtige Verhältnis der Geschlechter noch fest ausgeprägt, da gilt das Geschwätz noch nichts, sondern das Gewerbe und der Beruf, den jeder hat, da folgt der Arbeit in gemessener Ordnung die Ruhe, da ist von den Vergnügungen das Vergnügen noch nicht verbannt. Hören Sie den Jubel in der Stadt oder auf dem Lande bei sonntäglichen Tänzen, bei Hochzeiten und Scheibenschießen, und urteilen Sie, ob der Spaß sobald in der Welt aussterben wird, wie die grämlichen Jünglinge der Gegenwart meinen. Es giebt Müßiggänger, schlechte Ehen und böse Weiber auch hier in Stadt und Land, aber sie heißen bei ihren und nicht bei vornehm umgebogenen Namen. Jene Mischungen von Langeweile und Begeisterung endlich, wie sie mir einst ein Freund treffend nannte, aus denen in den sublimierten Kreisen der Gesellschaft manches Perverse hervorgeht, und aus deren einer derselbe Freund auch die blutige That der armen, schönen, bejammernswerten Frau ableitete, deren Unglück darin bestand, einen mittelmäßigen Dichter und großen Selbstling geheiratet zu haben, liegen dem Volke ganz fern. Das ganze potenzierte und destillierte Genre, der Hermaphroditismus des Geistes und Gemütes, welchen die Muße eines langen Friedens hie und da erzeugt hat, wird dem Stock und Stamm der Gemeinschaft immer fremd bleiben.

In dieser orthopädischen Anstalt gerader und normaler Verhältnisse legten sich denn meine etwas verbogenen Glieder auch wieder zurecht. Freilich muß man in der Stille und Abgeschiedenheit von den brausenden Strömungen der Gegenwart auf sich wachen, denn die Gefahr des Verbauerns steht auch nahe, indessen noch hange ich durch stille, aber feste Fäden mit dem Weltganzen zusammen, nur mit dem Unterschiede, daß sie sich jetzt bloß um die Gegenstände schlingen, zu denen mich ein geistiges Bedürfnis hinweist, während ich mir früher manches geistige Bedürfnis, wie es so manche unserer Zeitgenossen machen, einzubilden wußte.

Der Jäger ging nach dieser Rede des Diakonus schweigend und mit gesenktem Haupte neben ihm her. Was ist Ihnen? fragte sein Bekannter nach einer Pause.

Ach, sagte jener, Ihr Bild vom deutschen Volk ist wahr, und es macht mich nur traurig, daß teilweise über dieser Grundfläche ein so wenig entsprechender Gipfel steht. Dieses tüchtige Volk würde bei weitem mehr ausrichten, es würde weit entschiedener Front machen, wenn in den höheren Ständen eine gleiche Tüchtigkeit lebte! Schlimm, daß ich, ich selbst sagen muß: Dem ist nicht so.

Leider, erwiderte der Diakonus, sind unsere höheren Stände hinter dem Volke zurückgeblieben, um es kurz und deutlich auszusprechen. Daß es viele höchst ehrenwerte Ausnahmen von dieser Regel gebe, wer wollte es leugnen? Sie befestigen aber eben nur die Regel. Der Stand als Stand hat sich nicht in die Wogen der Bewegung, die mit Lessing begann und eine grenzenlose Erweiterung des gesamten deutschen Denkens, Wissens und Dichtens herbeiführte, getaucht. Statt daß vornehme Personen geboren sind, die Patrone alles Ausgezeichneten und Talentvollen zu sein, halten bei uns noch viele Große das Talent für ihren natürlichen Feind, oder doch für lästig und unbequem, gewiß aber für entbehrlich. Es giebt ganze Landstriche im deutschen Vaterlande, in welchen dem Adel, ein Buch zu lesen, noch immer für standeswidrig gilt, und er statt dessen lärmende, nichtige Tage abhetzt, wie in den Zeiten jener Bürgerschen Parforcejagd-Ballade. Das Auffallendste hierbei ist. daß selbst nach der ungeheuren Lehre, welche die Weltkriege den Privilegierten erteilt hatten, diese noch nicht eingesehen haben, es sei mit dem leeren Scheine nunmehr für immer vorbei, und der erste Stand müsse notwendig sich in sich selber gründlich fassen und restaurieren. Es war seine erste Obliegenheit, dies zu begreifen, es war die Lebensfrage für ihn, ob er sich mit dem Heiligtume deutscher Gesinnung und Gesittung nunmehr inniglich verbünden, allem wahrhaft-quellenden geistigen Leben der Gegenwart Schirm und Schutz geben möchte, damit das Zauberbad dieses Lebens seine altersstarren Glieder verjünge. Er hat seine Stellung und diese Frage nicht verstanden, hat in allerhand kleinen Hausmittelchen seine Erkräftigung gesucht, und ist darüber obsolet geworden. Nie und zu keiner Zeit hat ein Stand anders als durch Ideen existiert. Auch den ersten haben Ideen geschaffen und erhalten, anfänglich die der Kampfestapferkeit und Lehenstreue, demnächst die der besondern Ehre. Gegenwärtig ist durch die Errettung des Vaterlandes, welche von allen Ständen ausging, die höchste Ehre ein Gemeingut geworden; weshalb denn die oberen Stände das Protektorat des Geistes hätten übernehmen müssen, wenn sie wieder etwas Besonderes sein und vorstellen wollten.

Ich habe, sagte der Jäger kleinlaut, in einer hohen und vornehmen Familie, die ich vor kurzem auf meinen Streifereien kennen lernte, die zwanzigjährigen Töchter auf gut schwäbisch mit der Iphigenie bekannt machen müssen, welche sie noch nie gelesen hatten, weil die Eltern Goethe für einen jugendverführerischen Schriftsteller hielten.

Und wer weiß ob das Haupt dieser Familie, welche ich übrigens nicht kenne, nicht eine von den Figuren ist oder sein wird, welcher man Bahnen der Kultur anvertraut? sagte der Diakonus. Der unbefangene Beobachter hat in dieser Hinsicht zuweilen die erschreckendsten Kontraste anzuschauen. Nun müssen Sie einräumen, daß ein französischer Marquis oder Duc, von dem eine gleiche Barbarei gegen einen Klassiker seiner Nation verlautete, in der Pariser Societät für Lebenszeit verloren wäre.

Das Beispiel von Frankreich fordert hier von selbst zur Frage auf, sagte der Jäger. Wie kommt es nur, daß sich dort ganz natürlich gemacht hat, was bei uns nie zustande kommen will, nämlich: ein beständiger Kontakt der Großen mit den Geistern und mit dem Geiste der Nation, und eine unbedingte Anerkennung der Litteratur, als der eigentlichen Habe der Nation?

Die französische Nation, ihr Geist und ihre Litteratur haben und sind Esprit, versetzte der Diakonus. Der Esprit ist ein Fluidum, welches die Natur unter den zu seiner Erzeugung günstigen Voraussetzungen an ganze Länder und Völker austeilen kann. Es ist also dort in Frankreich eine natürliche Brücke von dem Volksgeiste und von der Litteratur zu dem Geiste der vornehmen Klassen geschlagen, letztere ergreifen in ihrem Interesse ohne Anstrengung nur das ihnen Gleichartige. Wir haben keinen Esprit. Unsere Litteratur ist ein Produkt der Spekulation, der freiwaltenden Phantasie, der Vernunft, des mystischen Punkts im Menschen. Die Gaben dieser von Grund aus gehenden Arbeit des Geistes sich anzueignen, sind eben nur wieder Geister, welche die Arbeit stählte, vermögend. Mit Leichtfertigkeit ist deutscher Art nicht beizukommen. Die Vornehmen arbeiten aber nicht gern, sie ziehen es bekanntlich vor, zu ernten, wo sie nicht gesäet haben. Deshalb ist es wieder natürlich – wenn auch das Verwerfungsurteil über die Barbarei des ersten Standes bei Kräften stehen bleibt – daß er locker mit deutschem Geiste zusammenhängt; zu einem nähern Bündnisse hätte er sich über Gebühr anstrengen müssen.

Zu leugnen ist doch auch nicht, daß gerade durch die Absonderung des deutschen Geistes von dem Atem der hohen Societät ihm manche Tugenden erhalten worden sind, sagte der Jäger; seine Frische, seine eigensinnige herbe Jungfräulichkeit, sein rücksichtloses Um- und Vorgreifen. Denn jede Erfindung der schaffenden Seele, welche vor Augen haben muß, mit gewissen Forderungen der Gesellschaft zusammenzutreffen, wird notwendigerweise mechanisiert. Unsere Wissenschaft, unsere Litteratur sind Töchter Gottes und der Natur; mit welchen andern möchten sie einen Tausch solches Stammbaumes eingehen?

Hier wurden diese Gespräche von einem heftigen Schreien, ja Brüllen unterbrochen, welches sich an der Zinskarre erhob. Hinzueilend sahen sie den Küster in entsetzter Stellung, die Arme wie Wegweiser ausgebreitet, das Gesicht braun und weiß gesprenkelt, den Mund wie Laotoon aufgesperrt. Um ihn her standen die Frauenspersonen und der Colonus, der seine Karre zum Stehen gebracht hatte. Die Küsterin klopfte dem Küster den Rücken, die Magd hatte ihm den Rock halb aufgeknöpft, aus welchem das Federkissen gefährlich hervorhing. Der Diakonus forschte nach der Ursache des Auftritts und erfuhr von seiner Magd (denn der Küster war noch immer sprachlos), daß der Küster von der Karre abgestiegen sei, um, wie er gesagt, der lieben Verdauung wegen etwas zu gehen, da sei ein großer schwarzer Hund dicht an ihm vorbei quer über den Weg hinübergeschossen, der Küster habe aber sofort jenes Geschrei oder Gebrüll erhoben, so daß beinahe die Pferde scheu geworden seien.

In diesem Augenblicke gab die Küsterin ihrem Manne, bei dem das Klopfen nicht verfangen wollte, mit den Worten: Wenn alles bei der Maulsperre vergebens ist, so hilft das! aus Leibeskräften eine Ohrfeige. Alsobald flogen die Kinnbacken des entsetzten Mannes zusammen wie Thorflügel, er wischte sich die Thränen aus den Augen und sagte zu seiner Frau: Ich danke dir, Gertrud, für diese Backpfeife, durch welche du mich von schweren Leiden kuriert hast. Und zum Diakonus sich wendend: Ja, Herr Diakonus, ein wütender, ein toller Hund! Schweif eingeklemmt, rote und dabei triefende Augen, Schaum vor der Schnauze, blaue Zunge heraushängend, taumelnder Gang, kurz alle Kennzeichen der wasserscheuen Wut!

Um Gottes willen, wo hat er euch gebissen? rief der Diakonus erblassend.

Nirgend, mein Herr Diakonus, versetzte der Küster feierlich, nirgend; dem Allmächtigen sei Dank dafür. Aber wie leicht hätte er mich beißen können. Ich habe das Ungeheuer, wie andere einen grimmen Wolf durch Geigenspiel in die Flucht schlugen, durch den Ton meiner Stimme, die mir Gott gegeben, verscheuchet und verjaget, als es eben im Anspringen auf mich begriffen war. Es stutzete und schwang sich seitwärts die Wallhecke hinauf. Mir aber blieben von der übermenschlichen Anstrengung jenes heilsamen Angstrufes die Kinnbacken in der Maulsperre verfangen und verfestigt, bis meine gute Ehefrau, wie Sie gesehen, mir die wirksame Backpfeife verordnete. Das ist ein Zinstag, an welchen ich gedenken werde!

Der Diakonus und der Jäger hatten Mühe, ein Lachen zu verbeißen. Die Magd sagte, sie glaube nicht, daß der Hund toll gewesen sei, er möge wohl nur seinen Herrn verloren gehabt haben, in welchem Falle die Kreaturen sich immer sehr ungebärdig anstellten. Wirklich sah man den Hund in einiger Entfernung auf einem Feldwege ruhig und schweifwedelnd hinter einem Packträger hergehen. Der Küster, dem diese Bemerkung mitgeteilt wurde, ließ sich nicht aus der Fassung bringen, sondern sprach ernsthaft: Wie leichtlich hätte der Hund toll sein können!

Der Diakonus ließ ihn und sein Fuhrwerk sich wieder in Bewegung setzen, und trennte sich an dieser Stelle von dem Jäger, da, wie er sagte, ihr Gespräch doch gestört sei, und der Colonus es ihm verdenken werde, wenn er dessen Gesellschaft auf dem ganzen Wege meide. Bei dem Abschiede mußte der junge Schwabe seinem Bekannten das Versprechen geben, ihn auf einige Tage in der Stadt zu besuchen. Darauf gingen sie nach verschiedenen Richtungen auseinander.

Elftes Kapitel

Die fremde Blume und das schöne Mädchen. Die gelehrte Gesellschaft

Die Sonne stand noch hoch am Himmel, und dem Jäger war es nicht gelegen, so früh in den Oberhof zurückzukehren. Er trat auf eine der höchsten Wallhecken, sah sich in der Gegend um und meinte, daß er eine Hügelgruppe, welche in geringer Entfernung ihre buschigen Häupter erhob, wohl noch durchstreifen und doch vor spät Abends wieder in seinem Quartiere sein könne. Das Wiederfinden des Diakonus und sein Gespräch hatten manche Erinnerungen der früheren Zeiten in ihm aufgeweckt; er war unruhig und sehnte sich in dieser Stimmung nach Pfaden, die er noch nicht betreten, nach Bergen und Bäumen, an deren Anblick er sich noch nicht gewöhnt hatte. Tief, tief seine heiße Seele in das kühle Waldesdunkel in den feuchten Dunst bemooster Felsen, in den begeisteten Schaum springender Quellen zu tauchen, danach lechzte er; danach schmachtete er aus der brütenden Wärme der Kornfelder.

Der Anblick des Diakonus hatte ihm wohl und wehe gethan; ihre erste Bekanntschaft war durch die unerschrockene Gymnastik des Geistes, in welcher die Jugend ihre ersten überschwellenden Kräfte zu tummeln liebt, bezeichnet gewesen. Jener, älter, und wie erwähnt worden, schon Führer eines jungen vornehmen Schweden, hatte sich dennoch als ein immer fertiger Disputant und Opponent zu den Studenten gehalten, und manche Stunde der Mitternacht war dem Jäger mit ihm in eifrigem Kämpfen und Ringen vergangen. – Ja, rief er, indem er immer fürbaß den Hügeln zuschritt, du, mein deutsches Vaterland, bleibst doch der ewig geweihte Heerd, die Geburtsstätte des heiligen Feuers! Überall, auf jedem Fleckchen in dir dem Dienste des Unsichtbaren geopfert, und der Deutsche ist ein Abraham, der dem Herrn den Altar baut allerwege, wo er auch nur die Nacht über gerastet hat. – Er gedachte der Reden seines Bekannten und der Situation, in welcher sie vorgefallen waren. – Das wird auch anderwärts nicht vorkommen, daß ein armer Pastor, hinter seiner Hühnerkarre herschreitend, sich an der unsterblichen Idee der Nation begeistert, sagte er. Lächerlich und erhaben! Lächerlich, weil das Erhabene auch durch das ärmlichste und kleinste bei uns hindurchsieht und die Formen des Geringen siegreich zerbricht! Wie reich bist du, mein Vaterland!

Sein Fuß betrat frisches, feuchtes Wiesengrün, besäumt von Büschen, unter denen ein klares Wasser rann. Dieser vollen, gesunden, jungen Seele thaten noch symbolische Handlungen Not, sich und ihrem Drange zu genügen. In kurzer Entfernung zeigten sich kleine Felsen, über die ein schmales, schlüpfriges Pfädchen lief. Er ging hinüber, klomm zwischen den Klippen nieder, streifte den Ärmel auf, ritzte das Fleisch seines Armes und ließ das Blut in das Wasser rinnen, indem er ein stilles, frommes Gelübde ohne Worte sprach. Er legte den Arm in das Wasser, die Flut kühlte ihm mit anmutigem Schauer das heiße Blut ab. So, halb knieend, halb sitzend an dem feuchten, dunkeln, umklippten Orte blickte er seitwärts in das Offene; da wurden seine Augen von einer prachtvollen Erscheinung gefangen genommen. Zwischen den Gräsern waren alte Baumtrümmer verweset und starrten schwarz aus dem umgebenden saftigen Grün. Einer derselben war ganz ausgehöhlt, in seinem Innern hatte sich der Moder zu brauner Erde niedergeschlagen, und aus dieser und aus dem Trumm, wie aus einem Krater, blühte die herrlichste Blume empor. Über dem Kranze sanfter, runder Blätter erwuchs ein schlanker Stengel, der große Kelche von unnennbar schöner Röte trug. Tief in den Kelchen stand ein geflammtes zartes Weiß, welches in leichten grünen Äderchen nach dem Rande zu auslief. Es war offenbar keine hiesige, es war eine fremde Blume, deren Samenkorn, wer weiß, welcher Zufall in den durch die Verwesungskräfte der Natur bereiteten Gartenboden getragen und eine günstige Sommersonne auch hier zum Wachsen und Blühen gebracht hatte.

Der Jäger erquickte sein Auge an diesem reizenden Anblicke, der ihn belohnte, als er das Gelübde gethan hatte, mit Leib und Seele dem Vaterlande angehören und zeitlebens keine Götter haben zu wollen, als die heimischen. Trunken von der Magie der Natur lehnte er sich zurück und schloß in süßen Träumereien die Augen. Als er sie wieder öffnete, hatte sich die Scene verändert.

Ein schönes Mädchen in einfachem Gewände, den Strohhut über den Arm gehängt, kniete vor der Blume, hielt deren Stengel zärtlich, wie den Hals des Geliebten, umschlungen, und blickte, die holdeste Freude der Überraschung in den Augen, tief in einen der roten Kelche. Sie mußte, während der Jäger zurückgebeugt lag, leise herbeigekommen sein. Ihn sah sie nicht, die Klippen verdeckten ihn, und er hütete sich wohl, eine Bewegung zu machen, welche ihm die Erscheinung verscheuchen konnte. Aber, als sie nach einer Weile atmend von dem Kelche emporschaute, fiel ihr Blick seitwärts in das Wasser, und sie gewahrte den Schatten eines Mannes. Nun sah er sie sich verfärben, die Blume aus ihren Händen entlassen, übrigens aber regungslos auf den Knieen bleiben. Er erhob sich mit halbem Leibe zwischen den Klippen, und vier junge unschuldige Augen trafen einander mit feurigen Strahlen. Nur einen Augenblick! denn alsobald stand das Mädchen, Glut im Antlitz auf, warf den Strohhut über das Haupt, und war mit drei raschen Schritten hinter den Büschen verschwunden.

Er kam nun auch aus den Klippen hervor und streckte den blutigen Arm nach den Büschen aus. War der Geist der Blume lebendig geworden? Er sah diese wieder an, sie wollte ihm nicht mehr so schön bedünken, wie wenige Augenblicke zuvor. Eine Amaryllis, sagte er kalt, ich erkenne sie jetzt, ich habe sie im Gewächshause. Sollte er dem Mädchen nachfolgen? Er wollte es, eine geheime Scheu fesselte aber seinen Fuß. Er faßte an seine Stirn; geträumt hatte er nicht, das wußte er, und das Ereignis, rief er endlich mit einer Art von Anstrengung, ist auch so absonderlich nicht, daß es geträumt werden müßte! Ein hübsches Mädchen, das des Weges daherkommt und sich auch an einer hübschen Blume erfreut, das ist das Ganze.

Er strich zwischen unbekannten Bergen, Thälern, Geländen umher, so lange ihn die Füße tragen wollten. Endlich mußte er an den Rückweg denken. Spät, im Dunkeln, und nur mit Hilfe eines zufällig gefundenen Führers, erreichte er den Oberhof.

In diesem brummten die Kühe, der Hofschulze saß auf dem Flure mit Tochter, Knechten und Mägden zu Tische und wollte moralische Gespräche beginnen. Aber dem Jäger war es unmöglich, darauf einzugehen, es kam ihm alles verwandelt, roh und ungefüge vor. Er suchte rasch seine Stube, nicht wissend, wie er noch länger in das Ungewisse hin hier werde verweilen können. Ein Brief, den er oben von seinem Freunde Ernst aus dem Schwarzwalde fand, vermehrte noch sein Mißbehagen.

In dieser Stimmung, welche einen Teil der Nacht dem Schlummer raubte, und die sich selbst am folgenden Morgen noch nicht verloren hatte, war es ihm sehr erwünscht, daß ihm der Diakonus ein kleines Wägelchen schickte, ihn nach der Stadt abzuholen.

Schon von weitem zeigten Zinnen, hohe Mauern und Bastionen, daß der Ort, einst ein mächtiges Glied im Bunde der Hansa, seine große wehrhafte Zeit gehabt habe. Der tiefe Graben war noch vorhanden, wenngleich zu Baumpflanzungen und Küchengärten verwendet. – Sein Fuhrwerk bewegte sich, nachdem das dunkle, gotische Thor durchfahren war, etwas mühsam auf dem zerschrotenen Steinpflaster und hielt endlich vor einer freundlichen Wohnung, an deren Schwelle ihn schon der Diakonus empfing. Er trat in einen heiteren, behaglichen Haushalt ein, belebt von einer muntern, hübschen Frau und einem Paar lebhafter Knaben, die sie ihrem Eheherrn geboren hatte.

Nach dem Frühstück machten sie einen Gang durch die Stadt. Die Straßen waren ziemlich menschenleer. Zwischen alten Schwibbögen, Türmchen, Kragsteinen, Fragmenten von Steinfiguren zeigten sich nicht selten Sumpfstellen, Baumplätze, Grasflecke. Um ein altes Gebäude, mit vier zierlichen Spitzsäulen an den Ecken und einer Kränzung von Rauten und Rosen aus Sandstein sprang ein mutwilliges Wässerchen. Epheu und wilder Wein hatten sich in den Ritzen des Mauerwerks eingenistet. Ringsumher die tiefste Einsamkeit. Ist es nicht, als ob man den Geist der Geschichte leibhaftig weben und spinnen sieht? fragte der Jäger an dieser oder an einer andern ihr ähnlichen Stelle. Ja, versetzte der Diakonus, man wird hier, wie von selbst, zum Altertume hingeführt, und eine erinnernde Stimmung bemächtigt sich der Seele. Dazu kommt, daß auch ein Teil der Bevölkerung aus menschlichen Ruinen besteht.

Wie so? fragte der Jäger.

Weil es hier sehr wohlfeil leben ist, ferner wegen der Stille des Orts und vielleicht auch wegen seiner dem menschlichen Alter ähnlichen Physiognomie ziehen sich hierher viele bejahrte Leute aus Amt und Geschäft zurück, ihre letzten Tage unter diesem verwitternden Gemäuer zuzubringen, sagte der Diakonus. Greiser Beamten und Offiziere, welche hier ihre Pension verzehren, betagter Rentner, welche das Comptoir jüngeren Händen überlassen haben, giebt es hier eine Menge. Wenn nun auch viele dieser Ausruhenden nur langweilige alte Tröpfe sind, so stößt man doch auch auf manchen, der sich umgethan hat, einen reichen Schatz von Erfahrung bewahrt und von dem man Dinge zu hören bekommt, die nicht so allgemein bekannt sind. So erzählen gewissermaßen die steinernen Trümmer Geschichte, und die Menschentrümmer, welche darunter umherwanken Memoiren. Hier sollen Sie gleich ein solches Fragment kennen lernen, einen alten Hauptmann; nur bitte ich Sie, widersprechen Sie ihm in nichts, denn Widerspruch kann er nicht ertragen.

Er klingelte an der Thür eines ziemlich gut aussehenden Hauses, welches hinter Kastanien beschattet lag, ein Diener öffnete und führte mit steifer militairischer Haltung den Besuch in ein Zimmer, welches von Sauberkeit glänzte. Dann ging er den Herrn zu rufen, welcher, wie er sagte, die Hühner fütterte. Der Diakonus blickte sich flüchtig im Zimmer um und sagte dann rasch zum Jäger: Der Hauptmann ist heute französisch, also um Gotteswillen keine patriotische deutsche Aufwallung, er mag vorbringen, was er will! Der Jäger hatte sich gleichfalls im Zimmer umgesehen. Alles atmete darin das Andenken an die Thaten des Empire. Napoleon stand als ganze Figur im bekannten Oberrock, die Arme gekreuzt, auf dem Schreibschranke, außerdem war er mehrmals in Büsten und Medaillons vorhanden. Da hing Mürat in dem bekannten Theaterkostüme zu Roß, Eugen, Ney, Rapp. Es fehlte nicht der General bei dem Besuche der Pestkranken zu Jaffa, der erste Consul zu St. Cloud und der Kaiser bei dem Abschiede von den Garden zu Fontainebleau. Viele, diesen gemäße Darstellungen reihten sich ihnen an. In einer Ecke des Zimmers sah der Jäger ein Bücherbrett mit den Werken von Segur, Gourgaud, Fain, Las Casas und andern, welche zu dieser Autoren-Reihe gehörten.

Dennoch hatte er die Mahnung seines Begleiters nicht ganz verstanden und wollte ihn eben um nähere Erläuterung bitten, als der Hauptmann das Zimmer betrat. Er war ein ältlicher Herr im blauen Oberrock, das rote Band im Knopfloch. Durch das hagere Gesicht zogen sich unzählige Runzeln und einige Schmarren. Er begrüßte seine Gäste mit trockener Höflichkeit, lud sie zum Sitzen und ließ sich den Namen des Jägers nennen, den der Diakonus ohne Arg aussprach, ehe sein Träger es verhindern konnte. Ich habe, sagte der Hauptmann, indem er nachsann, einen dieses Namens bei den Württembergern in Rußland gekannt. Der Zufall führte uns mehrmals zusammen, bei Smolensk geriethen wir beide in Gefangenschaft, halfen uns aber bald wieder heraus.

Das war mein Oheim, erwiderte der Jäger. – Diese Entdeckung gab ihm sogleich einen näheren Bezug zu dem Hauptmann, dessen ganzes Gesicht sich erheiterte. Er drückte dem Neffen seines alten Kameraden die Hand und ließ sich nun in seinen Kriegserinnerungen bis zur Schlacht von Leipzig ungemessen gehen. Dort aber bekamen sie einen Halt und stockten, so zu sagen, hinter einem Schlagbaume, über den sie nicht hinwegsprangen. Am Schlüsse seiner Erzählung sagte er: Es ist um einen großen Mann eine eigene Sache, und die Menschheit schaufelt sein Bild aus dem Schutte hervor, mag das Unglück diesen noch so hoch über ihm aufgetürmt haben. Was haben alle die Siege, die zweimal nach Paris führten, den Siegern in betreff des Nachruhmes geholfen? Nichts. Es sind Thatsachen geblieben, die alle Welt kalt anhört und weiter erzählt, aber der Kaiser, der Kaiser bleibt die einzige Gestalt jener Tage. Er hat die Menschen gequält, und dennoch vergöttern sie ihn; ei, ein wenig Qual ist dem Menschengeschlechte nützer, als allzuschlaffes Wohlleben! Wahrlich, wahrlich, ich sage Euch: An den gußeisernen Monumenten mit den spitzigen Kirchendächern werden die Invaliden wachen und die Gegitter den reisenden Engländern ausschließen, aber nur an der Vendomesäule werden jeden fünften Mai frische Immortellen liegen.

Der Diakonus erhob sich; der Hauptmann fragte, ob er den Fremden nicht noch anderweit zu sehen bekomme, was der Diakonus bejahte, da, wie er hinzufügte, sein junger Freund ihm das Vergnügen machen werde, an der gelehrten Gesellschaft Teil zu nehmen. In ihr hoffen wir diesmal stark auf Sie, liebster Hauptmann, sagte er. – Ich werde Euch aus den Papieren meines seligen Freundes einen Beitrag liefern, welcher Euch zeigen soll, welche Jüngelchen den großen Kaiser geschlagen haben wollen, versetzte der Hauptmann ironisch.

Das ist ja ein wütender Bonapartist, sagte der Jäger draußen zum Diakonus. Tageweise, versetzte dieser. Johann, können Sie uns nicht das preußische Zimmer zeigen? mit diesen Worten wandte er sich an den begleitenden Diener. Der Mensch sah sich ängstlich um, nach einigem Schweigen antwortete er: Der Herr wird wohl gleich ausgehen; treten Sie nur sacht hinein, ich will hier auf Posten bleiben. – Der Diakonus ging mit seinem Gaste über den Flur nach der andern Seite des Hauses und that ihm ein Zimmer auf, vor dessen Fenstern Weinranken einen grünen Schimmer verbreiteten, und welches eine anmutige Aussicht auf blühende Gartenbeete hatte. Das erste, was dem Jäger auffiel, weil es der Thüre gerade gegenüber stand, war ein Tropäon auf hohem Postamente, zusammengefügt aus Kanonen, Waffen, Fahnen, Kriegsgerät. An dem Postamente glänzten in goldenen Ziffern die Jahreszahlen 1813, 1814, 1815 und über dem Tropäon an der Wand prangten in einer Einfassung von goldenen Sternen die Namen der Befreiungsschlachten auf weißem Grunde. Die Wände dieses Zimmers waren mit den Büsten der Verbündeten Herrscher und ihrer Feldherrn geschmückt. Da sah man den Abschied der Freiwilligen. Blücher und Gneisenau in ihren Regenmänteln nach der Schlacht an der Katzbach über die Heide reitend, den Einzug in Paris, die Plane von Leipzig und Belle-Alliance. Und um den symmetrischen Gegensatz zu dem französischen Zimmer zu vollenden, so fehlte auch hier eine kleine Sammlung von Kriegsbüchern nicht, von Deutschen in deutschem Sinne geschrieben.

Nun sagen Sie mir, was bedeutet das? fragte der Jäger, welcher die Gegenstände umher mit Verwunderung betrachtete. Ist Ihr Hauptmann ein Amphibium? – Ein Stück davon, erwiderte der Diakonus. Ich höre eben die Thür klinken, hat das Haus verlassen, ich kann Ihnen mit Muße die Kontraste auslegen, über welche Sie erstaunen.

Er nötigte seinen Gast auf ein Kanapé, dann fuhr er so fort: Unser Hauptmann ist ein rechtwinklichter, schroffer und unvermischter Charakter. Deshalb haben sich seine Erinnerungen wie zwei mathematische Figuren auseinander gelegt. Er diente bei den Franzosen mit großer Auszeichnung; Sie haben gesehen, daß ihm unter jenen Adlern das rote Band zu Teil geworden ist. Nach der Schlacht von Leipzig wurde sein Chor aufgelöst, er war als Deutscher sich selbst und den vaterländischen Verhältnissen zurückgegeben. Indem nun das Kriegsgetümmel weiter raste, und alle Welt gen Frankreich zog, wäre es unnatürlich gewesen, wenn der alte Degen hätte zurückbleiben sollen; er nahm daher preußische Dienste und kämpfte mit so vielen andern Tausenden nun auf derselben Seite, welche er noch vor wenigen Monaten zu vernichten sich bestrebt hatte. Auch unter diesen Fahnen war seine Tapferkeit belobt, namentlich soll er späterhin in den mörderischen niederländischen Schlachten wie ein Löwe gestritten haben. Er empfing zu dem Kreuze der Ehrenlegion das eiserne, jenem so feindlich gewordene.

Nach dem Frieden blieb er nur noch kurze Zeit im Heere; seine Strapazen und Wunden hatten ihn mürbe gemacht. Hierher zog er sich mit seiner Pension zurück, welche ihm ein anständiges Auskommen gewährte. Indem nun jedermann um ihn her in den wiedererworbenen westlichen Teilen des Vaterlandes sich mit seinen Gefühlen einzurichten wußte, die Sympathien des gestürzten Reichs und der neuen Deutschheit amalgamierte, oder wenigstens zusammenschweißte und lötete, wollte es unserem armen störrigen Hauptmann nicht mehr so wohl gelingen. Den Degen in der Faust hatte er ohne Reflexion darauf losgeschlagen, für oder wider; aber in der Muße und im Nachdenken des Friedens überfiel ihn eine Spaltung und Verwirrung, welche ihn fast toll machte. Er konnte es nicht in sich beherbergen, daß er binnen Jahresfrist ein tapferer Franzose und ein tapferer Preuße gewesen sein soll, daß er bis zum Oktober *»la perfidie du cabinet de Berlin«* habe züchtigen und nach dem Oktober das Vaterland retten helfen. Mit seltsamen Blicken betrachtete er die beiden Orden, die streitbaren Löwen, welche wie friedliche Lämmer neben einander auf seiner Brust ruhten. Er stieß Reden aus und verübte Handlungen, die seine Bekannten bange um ihn machten.

Ich weiß von diesen Dingen nur durch andere, denn ich war damals noch nicht hier. Möglich, daß der Zustand durch die Nachwirkung seiner Kopfwunden und des russischen Eises befördert worden ist, doch bin ich überzeugt, daß die Ursache desselben im geistigen, in dem Leisten- und Fachartigen seines ehrenwerten Sinnes gelegen hat. Endlich nahm sich ein Fieber seiner an, machte ihm Leib und Seele frei. Unmittelbar nach der Herstellung richtete er die sonderbare Lebensweise sich ein, deren Zeichen und Spuren Ihnen aufgefallen sind, und in dieser habe auch ich ihn erst kennen gelernt.

Er stiftete nämlich militärische Ordnung in seinen Erinnerungen und teilte sie, so zu sagen, in zwei abgesonderte Corps ein, die für sich agieren. Eine Zeit lang ist er Franzose und ganz versenkt in die Herrlichkeit der Napoleonischen Zeit, dann wird er wieder eine Zeit lang ebenso entschiedener Preuße und Lobredner des Aufschwungs jener großen Epoche der Volks- bewegung. Diese Phasen treten abwechselnd ein, jenachdem ihn eine Vorstellung, die dem ei- nen oder andern Kreise angehört, in Beschlag nimmt, und sie dauern so lange, bis der Stoff der Vorstellung sich abgesponnen hat. Es versteht sich, daß er auch immer nur einen Orden, entweder den preußischen, oder den französischen trägt. Diesem Turnus gemäß hat er denn auch die beiden abgesonderten Wohngelasse sich ausgerüstet, und neben jedem ein besonderes Schlafgemach. Drüben unter den Marschällen bringt er zu, wenn er Franzose ist, und hier bei dem Tropäon verweilt er, wenn er die preußischen Tage hat. Nicht wahr, wir besitzen hier zu Lande gute Originale?

In der That, versetzte der Jäger, man fühlt sich bei Ihnen wie in der Welt des Tristram Shan- dy. Übrigens kann ich nicht sagen, daß mir die Manier des guten Hauptmanns, so barock sie auch aussieht, gerade unvernünftig vorkäme. Mancher Deutsche, welcher eine geraume Zeit lang selbst nicht gewußt hat, was er eigentlich war, Franzose oder Deutscher, würde durch sie seinen Charakter reiner und einfacher erhalten haben. – Wie das Gemüt ihm unbewußt einen Streich spielte! Zu dem vaterländischen Zimmer erwählte er das bestgelegene mit grüner lieb- licher Aussicht, während das französische unerquicklich an der kahlen, öden Straße liegt.

In einem Punkte ist der Hauptmann höchst achtbar, sagte der Diakonus, in dem, daß, wenn auch seine Phantasie tage- und wochenweise an den fremden Erinnerungen haftet, dennoch nie der leiseste Wunsch nach der Zeit des allgemeinen Elends in ihm aufkeimt. Für unsere gelehrte Gesellschaft ist er vom größten Nutzen, denn er besitzt einen wahren Schatz an einem Hefte persönlicher Denkwürdigkeiten eines verstorbenen, ihm innigst verbunden gewesenen Freundes, eines Offiziers.

Man lernt aus demselben das Kleinleben des Krieges kennen, was die eigentlichen Geschichts- bücher, Schlachtbeschreibungen und militärischen Berichte gar nicht enthalten, und weil ein Mensch von hinreißendem Gefühl und treuer Beobachtungsgabe jene unbefangenen Notizen aufgeschrieben hat, so ist mir nicht selten bei einzelnen Partieen zu Mute geworden, als rolle sich vor mir eine neue Ilias und Odyssee ab. Wenigstens leidet und handelt darin der einzelne trotz des passiven Gehorsams und der mechanischen Kriegsführung unserer Tage, wie ein ho- merischer Held. Von diesen Denkwürdigkeiten liest nun zuweilen der Hauptmann in unserer Gesellschaft Abschnitte vor.

Der Jäger erkundigte sich nach der gelehrten Gesellschaft, deren Dasein er in dieser Stadt nicht vermutet hatte, und der Diakonus erzählte ihm, indem er ihn aus dem Hause des Haupt- manns weiter durch die Stadt führte, lächelnd und heiter von ihrer eigentümlichen Gestalt, ihren Gesetzen und ihren produktivsten Mitgliedern, unter denen außer einem Dichter ein Sammler und ein Reisender von Profession vorkamen. Er sagte ihm, daß er ihm schon deshalb heute den Wagen geschickt habe, damit er einer Sitzung beiwohnen könne, die auf den Abend bestimmt worden sei und ihm vielleicht einige angenehme Stunden bereite.

Unter diesen Gesprächen waren sie zu einem geräumigen Wiesenplatze gekommen, welcher aber gleichwohl noch innerhalb der Ringmauern der Stadt lag. Auf demselben erhob sich eine alte gotische Kirche, grün wie die Wiese. Der Jäger konnte an ihrem Anblicke sein Auge nicht ersättigen. Teils war schon die Farbe des Sandsteins, wie sie bezeichnet worden, äußerst eigen; teils aber hatte die Natur auch ihr willkürlichstes Spiel mit dem lockeren und mürben Material getrieben, und in dem reichen Pfeiler- und Schnitzwerk, an den Kanten und Ecken durch Regenschlag und Nässe ganz neue Figurationen hervorgebracht, so daß das Gebäude wenigstens stellenweise aussah, als sei es nicht aus des Menschen, sondern aus ihrer Hand hervorgegangen. – Wie sonderbare Symbole werden oft um uns hergestellt! rief der Jäger. Hier steht die Kirche, an welcher, mindestens an deren Ornamenten, sich nicht unterscheiden läßt, was davon der Baumeister gewollt, und was Zeit und Wetter hinzugefügt hat, und gestern erschien mir an einer Blume im Walde ein schönes Mädchen.

Der Diakonus fragte näher nach, und der Jäger erzählte ihm mit glänzenden Augen und bewegter Stimme sein Waldabenteuer. Nach Ihrer Beschreibung zu urteilen, sind Sie mit der blonden Lisbeth zusammengetroffen, sagte jener. Das liebe Kind streift im Lande umher, ihrem alten faselnden Pflegevater Geld zu verschaffen; sie war auch bei mir vor einigen Tagen, wollte sich aber nicht verweilen. Wenn sie es war, so hat Ihnen die Natur wirklich ein Symbol gezeigt, denn auch das Mädchen ist in Moder und Verfall aufgeblüht, wie Ihre Wunderblume aus dem alten Baumtrumm. Über ihr halten schirmende Geister die Hände, sie ist das liebenswürdigste Aschenbrödel und ich wünsche ihr nur den Prinzen, der sich in ihren kleinen Schuh verliebt.

Auf dem Rückwege sollten der Sammler und der Reisende besucht werden. Beide waren aber nicht zu Hause. In der Wohnung des Diakonus hatten sich dagegen bei der Frau mehrere Freundinnen eingefunden, anscheinend zufällig, eigentlich jedoch wohl in der Absicht, den jungen hübschen Fremden in Augenschein zu nehmen. Sein munteres, trauliches Wesen brachte ihn bald mit allen den Frauenzimmern, unter denen keine einzige Häßliche war, in naive Berührung, und es schadete ihm bei ihnen nicht, daß sie hin und wieder über seine Zischlaute heimlich lächeln mußten.

Er hatte sich bei Tische seiner Verschwiegenheit gerühmt. Als man aufgestanden war, zog ihn die Wirtin rasch bei Seite und flüsterte ihm zu: Sagen Sie den beiden – sie zeigte auf zwei ihrer Freundinnen, die zum Essen geblieben waren – nichts vom heutigen Abende, es soll daraus eine Überraschung für sie gesponnen werden. – Sie meinen, versetzte er, die gelehrte Gesellschaft des heutigen Abends. – Dieselbe, erwiderte die Frau schalkhaft, und verschweigen Sie, wenn Sie sich auch sonst verschnappen sollten, wenigstens den Ort der Zusammenkunft, wie heißt er doch nur gleich?

Er nannte ihr harmlos den Ort, den er zufällig auch bereits vom Diakonus erfahren hatte. Richtig! rief die Frau, eilte zu ihren Freundinnen, und alle drei verließen flüsternd und lachend das Zimmer.

Zwölftes Kapitel
Brief und Antwort

Der Oberamtmann Ernst an den Jäger.

Wenn Du mich Mentor nennst, so steckt Pallas Athene in mir, und wenn ich dann trotz meiner Göttlichkeit immer noch an dem unfolgsamen Telemach hange, so muß wohl das unerbittliche Schicksal daran schuld sein, dem Götter und Menschen sich beugen.

Sage mir, Was bist Du? Wo fängt bei Dir die Vernunft an, und wo hört die Thorheit auf – Mischwesen? Willst Du ewig ein Kind bleiben? Kommt es denn immer in Dir nur zu Blüten und setzen sich nie Früchte ab? Ich dächte, man würde alles müde, absonderlich dummer Streiche, und Du hättest den Reiz der Neuheit in dieser Materie allgemach überwunden.

Allerdings glaube ich, daß der Mensch von dunkeln Instinkten manches zu erdulden hat, und insonderheit mag deinem Blute durch die schwärmende und übertriebene Zärtlichkeit Deiner Eltern, welcher Du Deine Entstehung verdankst, der Kitzel eingeimpft worden sein, von Abenteuern zu Abenteuern fortzustrudeln. Wenn Du aber meinst, daß aus solchen instinktelierenden Anstößen irgend etwas Großes, ja daß nur etwas Gutes und Gescheites daraus hervorgehen könne, so bist Du gewaltig im Irrtum, ich habe immer die Handlungen der Menschen erst anfangen sehen, wo diese Region dämmriger Willkürlichkeiten hinter ihren Füßen lag. Von der Geschichte deines Ludwigsburger Granatensuchers hast Du das Ende vergessen. Der Mensch gewöhnte sich nach dem kleinen Glücke, welches ihm sein Raptus gebracht, das Trinken an, ging oder taumelte einmal bei später Abendzeit in der Gegend umher und fiel in den Neckar, aus dem man am andern Morgen seine Leiche zog. Ihr Ritter der Nachtseite der Natur greift aber immer aus den Thatsachen nur das heraus, was in Euren Kram paßt, und woran Ihr kapuzinerhaft Euren Spruch demonstrieren könnt.

Dein Umherschweifen hat Dir manche schöne Stunde und viele tausend Gulden unnütz geraubt, mit Deinem verwünschten Schießen wirst Du einmal übel ankommen; was Deine Verehrung der Frauenzimmer betrifft, so ist diese Andacht für mich eine neue Bekanntschaft, ich hatte bis jetzt in der Hinsicht nichts Absonderliches an Dir verspüren können. – Beinahe krank bin ich aber von Deinem Briefe geworden, denn es giebt nichts Verhängnisvolleres, als wenn ein Mensch in Deinen Jahren und Verhältnissen noch Streiche macht, die man kaum einem heimatlosen Studenten verzeiht. Die Leute glauben nicht an die Thorheit, sie suchen und finden in solchen Eulenspiegeleien Gründe und Absichten. Was die deinige zur Folge gehabt hat, will ich Dir kurz und praktisch vorhalten. Man steht bei Deinem einmal hingeworfenen Worte fest, Du seist schon im Auslande versprochen, man setzt Deine Reise mit diesem Geschwätz in Verbindung, sagt, Du habest nur einen Vorwand ergriffen, um zu entrinnen, und werdest unversehens mit einem aufgelesenen alten akademischen Liebchen wiederkehren. Fräulein Clelia ist durch Deine Ritterschaft aufs äußerste bloßgestellt und ganz trostlos. So erzählte mir mein Pfleiderer, der von Stuttgart hier durchreiste. Außerdem hat die Sache verblümt schon im Merkur gestanden, und was der Merkur weiß, weiß bekanntlich ganz Schwaben.

Ich habe mich nun kurz resolviert. Deiner seligen Mutter versprach ich einst, für Dich Sorge tragen zu wollen bei allen Exzessen, zu denen Dich Dein stürmisches Temperament verleiten möchte; und als guter Geschäftsmann will ich mein Wort halten. Die Sommerferien stehen vor der Thür, eine Bewegung thut mir auf die ewige Schreiberei auch Not, der Ärger, wenn ich Dich treffe, wird die Motion verstärken – kurz, in acht Tagen schließ ich mein Oberamt zu, reise den Rhein hinab, biege nach Deiner Tacitischen Germania, wo Du unter Bohnen, Schweinen und Bauern so genußreiche Tage verlebst, hinüber, fasse Dich, wo ich Dich finde, und will dann sehen, ob Du mich wirst allein zurückkreisen lassen.

Übrigens bin ich wie immer

Dein Freund Ernst.

* * *

Der Jäger an den Oberamtmann Ernst.

Ich sende Dir diese Zeilen nach Stuttgart entgegen, wo sie in Wilhelms Händen für Dich beruhen bleiben, denn Du wirst als ein wahrer Gläubiger gewiß erst in unserer National-Kaaba Dein Gebet verrichten, bevor Du hinausziehst in die Fährlichkeiten des falschen Auslandes.

Nun ist mir erst wohl. Du hast mir die Lektion gegeben, und so steht alles in gehöriger Ordnung. Daß Du mir nachrennst, entzückt mich, denn ich sehe daraus, daß Thorheit ansteckt und mächtiger ist, denn Vernunft. Wenn Du kommst, will ich mit Dir geduldig wie ein Lamm heimreisen, sofern sich nicht inzwischen der Schrimbs oder Peppel noch findet, wozu freilich wenig Anschein. Könnte ich nur des alten Jochem erst wieder habhaft werden! Wer weiß, wo der arme Kerl umherrennt? Ich habe schon in verschiedenen öffentlichen Blättern nach ihm Erkundigung gethan, jedoch bis jetzt vergebens.

Hier in dieser altertümlichen Stadt verweile ich seit mehreren Tagen bei einem guten Bekannten, den ich unversehens wiedergefunden habe. Eine gar hübsche Häuslichkeit und ein angenehmer Kreis umgiebt ihn. Auch hier habe ich närrische Sonderlinge kennen gelernt, welche doch dabei gute, schätzbare, unterrichtete Menschen sind, so daß man über sie lächeln und ihnen zugleich von Herzen zugethan sein kann. Welche Masse von Bildung, Wissen und Eigenartigkeit ist bei uns überallhin verbreitet! Wenn diese Reise auch weiter keinen Nutzen hat, so wird sie mir schon dadurch, daß sie mir jene Überzeugung recht in die Hand gab, heilsam sein.

Der Gipfel unserer Geselligkeit war der vorgestrige Abend, wo ihre gelehrte Gesellschaft (lache nicht!) eine Sitzung hielt. Sie haben eine Akademie zusammen gestiftet, in welcher die verschiedenartigsten Aufsätze vorgelesen werden. Diese sind aber statutenmäßig bis auf weiteres aller Veröffentlichung durch den Druck streng entzogen. Jeder muß Strafe zahlen, der sich zur Unterstützung einer vorgetragenen Meinung auf eine Flugschrift oder ein Zeitblatt beruft, und von den Zusammenkünften bleiben die Frauen ausgeschlossen. In dieser Gesellschaft brachte ich einen wahrhaft platonischen Abend zu, denn wenn wir alle auch lange nicht so schön redeten, wie die Griechen, so kam doch so viel Urteil, Beobachtung, Scherz und Laune zum Vorschein, daß Du Dich verwundern wirst. Ich schreibe nämlich in den Morgenstunden die Geschichte dieses Abends unter dem Titel »ein Gastmahl« für Dich nieder. Eine unvermutete Wendung hatte ich der Sache zubereitet, indem ich in meiner Unschuld gegen die Frauen zum Verräter der Zusammenkunft geworden war, und diese dem Abende einen phantasievoll humoristischen Abschluß gaben.

Ach, Lieber! es ist mir zu Mute, als stehe mir die Poesie des Lebens so nahe, daß ich sie hinter jedem Busche jetzt werde mit Händen greifen, aus jedem Blumenkelch in mich hineinsaugen können! Da, dort, überall guckt die Elfe hervor und sieht mich mit Liebesaugen an. Ward denn jegliches Dasein bestimmt, wie eine der verwickelten algebraischen Gleichungen nur annäherungsweise ein Analogon von Auflösung darzubieten, oder giebt es nicht auch schlichte, plane Existenzen, die aus Sehnsucht und Erfüllung ein reines Facit ziehen? – Und was denkst Du Dir bei diesen geschraubten Worten, die da unwillkürlich meiner Feder entflossen sind?

Ich bin so wenig ein Dichter, als Du ein schwarzwälder Uhrmacher bist, aber bisweilen bricht die Poesie aus jedem, wie die Thräne aus der Rebe im Lenz. Das sind dann schicksalsschwangere Momente, Momente, in denen unsere Sterne sich rühren und dadurch die Reife unseres kleinen Selbstes rühren und regen. Ich schrieb Dir von dem Spessarter Märchen, welches ich da hingeworfen, und nun ist's sonderbar, daß sich einzelne Elemente dieser Erfindung, z. B. das unvermutete Treffen eines Freundes, ein kurioses Waldabenteuer, körperlich hinstellen, freilich ganz verschieden von meinem Poem, aber im innersten Sinne doch verwandt, so daß es ist, als wollten mich meine Spessarter Zauberfiguren mit Wirklichkeit necken.

Hierbei mußt Du Dir gar nichts Besonderes vorstellen; es giebt nur so wunderbare Stimmungen, in denen man mehr seine Gedanken, als sein Leben lebt. So will mir das Waldgefühl nicht aus dem Sinn, es flutet grün und kühl mit frischem Borkengeruch durch meine Seele, und gelbe Funken kreuzen den stillen, tröstlichen Schein.

In Leben und Tod, mein alter Ernst,

Dein Narr.

N. S. Die arme Clelia dauert mich herzlich. Wie schlecht, daß ich ihrer erst jetzt gedenke! Was mich betrifft, so mögen sie von mir schwätzen, was sie wollen.

Dreizehntes Kapitel
Der Jäger schießt und trifft

Immer wurde unser junger Schwabe von seinen schwärmerischen Empfindungen wieder durch einen äußeren Eindruck abgezogen, der ihm etwas Neues zuführte. So besuchte er den Sammler, den wir auf dem Oberhofe kennen gelernt haben, einige Tage nachdem er den Brief an seinen Freund geschrieben hatte. Der alte Schmitz hatte ihm schon hin und wieder ein saures Gesicht gemacht, daß seine Schätze noch nicht früher in Augenschein genommen worden waren, indessen erheiterte sich dieses jetzt bald, als der Jäger angelegentlich fragend, in der kleinen, engen und dunkeln Wohnung mit ihm durch die aufgestapelten alten Klosterbilder, Pergamenthaufen, Waffen, Urnen und Gefäße hindurchwanderte, und den gelegentlich erfolgenden Auseinandersetzungen: Wo Hermann den Varus geschlagen? ein aufmerksames Ohr lieh. – Der Jäger sah manches ihm neue und würde von der ganzen Beschauung noch mehr Nutzen gehabt haben, wenn ihm sein Führer Muße gelassen hätte, die einzelnen Stücke genauer zu betrachten. Allein, sobald er einige Sekunden lang bei einem verweilt hatte, riß ihn der Ungeduldige mit schreienden Worten zu einem andern hin, in der Besorgnis, daß irgend etwas übersehen bleiben möchte.

Er lebte nach Sammlermanier, ganz einsam und nur seinen Seltenheiten hingegeben. Ein großer, schwarzer Kater, welcher ihm treu anhing, machte seine ganze Hausgenossenschaft aus. Dieser ging denn auch heute, wie es seine Gewohnheit war, ernsthaft durch das Zimmer hinter den beiden menschlichen Beobachtern wie ein dritter Altertumsfreund einher.

Der Alte war eigentlich infolge einer unglücklichen Liebe Sammler geworden. In seiner Jugend hatte er einem schönen Mädchen sein Herz zugewandt, welches, zu früh elternlos, unter der Obhut oder vielmehr Nichtobhut eines schwachen, nachlässigen Vormundes stand und bei ihrem Leichtsinn zu unabhängig war, um verständig bleiben zu können. Nachdem sie den treuen Verehrer vielfältig durch Grillen und Zweideutigkeiten gekränkt hatte, setzte sie ihrem Benehmen durch offenbare Untreue die Krone auf. Der Himmel strafte sie aber doppelt dafür; er ließ sie ihr Herz an einen Unwürdigen hängen und bald hernach in eine schwere Krankheit verfallen, von welcher sie nicht wieder erstand. Auf dem Totenbette trat die Reue ihren wankelmütigen Busen an, sie schickte nach dem Verlassenen, es erfolgte eine Aussöhnung, und sie setzte ihn zum Erben ihres Nachlasses ein. Unter diesem befand sich eine Menge goldener, silberner, emaillierter, seidener Kleinigkeiten, die das lebhafte Ding zusammengekauft, erbettelt, erstoppelt hatte, da ihr Auge, wie das der Elstern, an allen glänzenden Dingen hing, und ihre Hand besitzen mußte, was ihrem Auge gefiel. Der Hinterbliebene stellte nun daraus ein kleines Kabinett sehr ordentlich zusammen, aber bald wollte ihm das Vorhandene nicht mehr genügen, die Medaillen, die Figürchen, die gemalten Portefeuilles und Mappen forderten Gesellschaft, und er gab sie ihnen durch Münzen, Metallsachen, Spiegelkapseln, schöngeschriebene Pergament-Urkunden. Dergleichen greift aber immer weiter um sich, es zieht gewissermaßen magnetisch das Gleichartige an, und ehe er es sich versah, hatte daher seine Umgebung und sein Leben die nachherige Gestalt bekommen. Da nun die Liebhaberei bei ihm gefühlvollen Ursprungs war, so gab sie ihm auch nicht das Trockene und Leblose, wodurch die Sammler in der Regel der Abdruck ihrer Sachen werden; er behielt vielmehr eine freundliche und milde Sinnesart.

Der Jäger hatte neben einigem Guten viel Geringes besichtigen müssen; jetzt fiel sein Blick in eine Ecke, worin die uns bekannte Amphora mehr versteckt als gewiesen stand. – Wie? Und dieses herrliche Gefäß zeigen Sie mir nicht? Das ist ja leicht das Schönste Ihrer ganzen Sammlung! rief er erstaunt.

Eine Traurigkeit beschattete das Antlitz des Sammlers, seine geläufige Zunge stockte, er ging in die Ecke, streichelte die Amphora, wie ein Vater sein krankes Kind streichelt, und erzählte dem Jäger zutraulich die Geschichte ihrer Erwerbung. – Seit der Zeit nun, fuhr er fort, daß ich gegen mein Gewissen dem Hofschulzen ein Attest über sein falsches Karls-des-Großen-Schwert ausstellte und mir durch diese Unwahrheit die Amphora zueignete, macht mir oft die ganze Sammlung keine rechte Freude mehr. Denn bei Altertümern beruht alles auf der Wahrheit, und wer für ein fremdes gelogen hat, der kann auch leicht den Glauben an seine eigenen verlieren. Es geht mir schon hin und wieder so; ich sehe die Donnerkeile zweifelnd an, ich habe bereits geträumt, meine so schönen Brakteaten seien nachgemachte Scharteken. Das Ende vom Liede wird wohl sein, daß ich die Amphora zurückgebe und mir mein falsches Attest wieder aushändigen lasse, wenn ich gleich nicht weiß, wie ich den Verlust des prächtigen Gefäßes werde überstehen können.

Der Jäger mußte, ungeachtet des kummervollen Gesichtes, welches der alte Mann machte, lächeln, und sagte: Mit Ihrer Gewissenhaftigkeit wäre nie ein Museum zustande gebracht worden. – Aber sagen Sie mir, was für eine Bewandtnis hat es eigentlich mit dem Schwerte, auf welches der Hofschulze einen so außerordentlichen Wert legt?

Hierauf gab der Sammler dem Jäger folgende wundersame Auskunft. Daß hier auf unserer roten Erde der geweihte Boden der Freigerichte, welche man nur sehr uneigentlich Vehmgerichte genannt hat, war, wissen Sie, sagte er. Freigerichte waren sie, und Freigerichte blieben sie trotz aller späteren Entstellungen und Mißbräuche, nämlich die Gerichte der ursprünglich freien Markengenossen, die so unbeschränkt auf ihrer Wehr saßen, als der König in seiner Pfalz. Das aber werden sie nicht wissen, daß in mehreren Distrikten und so auch nahe hierbei, manche Höfe, welche das Freischöffenrecht hatten, immer noch die Tradition dieses Besitzes erhalten, und daß dieselbe vom Vater auf den Sohn, vom Sohn auf den Enkel fortgepflanzt wird. Natürlich ist jetzt die Sache zu einer bloßen Spielerei herabgesunken. Aber Wissende giebt es wirklich noch immer, die von Zeit zu Zeit sich bei den alten Freistühlen versammeln, und durch Mitteilung der geheimen Erkennungszeichen und des Rituals neue Wissende machen. Anfangs nahmen einige Behörden von dem Hokuspokus Notiz, wollten in die Mysterien eindringen, aber das gelang ihnen nicht, die Bauern trieben ihr Wesen nur um so vorsichtiger und blieben gegen alle Anmutungen, den Sinn der Losung zu verraten standhaft. Seitdem bekümmert man sich nicht mehr darum.

Der Oberhof gehört nun recht eigentlich zu den alten Freischöffengütern. Nach dem Bauernglauben war es Karl der Große, der die Gerichte einsetzte, und das Gewaffen, was in dem Hofe aufbewahrt wird, gilt für das Richtschwert, welches der Kaiser zum Zeichen der Investitur dem ersten Besitzer gegeben habe. Der Hofschulze, der ein gar schlauer Vogel ist, hat, sein Ansehen zu steigern, sich diesen Glauben zu Nutze gemacht und spielt nun eine Art von Freigrafen. Er soll nicht selten mit den Schöffen der umliegenden großen Höfe am Freistuhl zusammenkommen. Ja, man spricht, daß durch ihn in die leeren Possen wieder ein Gehalt gebracht worden sei, daß sie über manche Sachen wirklich ihre geheimen Urteile fällen. So viel ist wenigstens gewiß, daß die Gerichte sich selbst über die wenigen Streitigkeiten wundern, die aus jener Gegend vor sie gebracht werden, obgleich unser Land sonst die Heimat der Prozeßkrämer ist.

Aber wie ist das möglich, da ihnen ja jede Macht der Ausführung fehlt? fragte der Jäger, den diese seltsame Entdeckung ganz träumerisch bewegte?

Nun, sagte der Sammler, sie können freilich keinen Widerspenstigen mehr am Baume aufknüpfen, aber wenn sie ihm nun Hülfe, Beistand, Vorschub versagten, es durch ihren Einfluß, da sie die reichsten in der Gegend sind, dahin brächten, daß ihn auch die andern mieden, keiner mit ihm im Kruge tränke, Knecht und Magd nicht bei ihm aushielte: wie dann? Wäre das nicht auch ein Zwang, zwingend genug? Was vermag nicht die Meinung von Standesgenossen über den Menschen? Es werden mitunter dort umher einzelne in auffallender Art freunde- und genossenlos; das dauert eine Weile, dann nähert sich ihnen wieder alles. Man spricht, diese seien Vervehmte, und nur ihre Nachgiebigkeit hebe den Bann wieder von ihrem Hause.

Der Jäger reimte nunmehr sich manches zusammen, was ihm bisher unverständlich geblieben war. Er teilte seine Vermutung, daß binnen kurzem am Freistuhl etwas vorgehen werde, dem Sammler mit, und fragte ihn eifrig, ob es nicht möglich zu machen sei, einem solchen heimlichen Gerichte aus der Verborgenheit zuzuschauen? Damit wollte indessen der Sammler, als mit einer gefährlichen Sache, nichts zu thun haben.

Der Fuhrmann trat ein, welcher den Jäger nach dem Oberhofe befördern sollte und sagte, daß der Wagen vor der Thüre stehe. Der Jäger hatte nämlich mit dem Diakonus die Absprache genommen, sich in der Stadt einquartieren zu wollen, hielt es jedoch für ziemlich, seinem alten Wirte in Person Dank und Lebewohl zu sagen. Einen Teil des Weges über hatte der weder auf diesen, noch auf das Fuhrwerk acht, da seine Gedanken um den Freistuhl und die Geheimnisse des Vehmgerichts schwebten, die noch immer schattenartig in der Gegenwart fortlebten. Sonderbares Land, rief er für sich, in welchem alles ewig zu sein scheint! Wie kommt es, daß aus dir noch kein großer Dichter hervorgegangen ist? Diese Erinnerungen, welche von dem Boden nicht weichen wollen, diese alten Sitten und Gebräuche müßten doch wohl imstande sein, eine Einbildungskraft zu entzünden! Er übersah, daß das Talent keine Feldfrucht ist, sondern wie das Manna in der Wüste vom Himmel fällt.

Als er auf die Außendinge wieder zu merken begann, nahm er wahr, daß sein Wäglein sich schneckenartig fortbewegte, weil das eine Pferd stark lahmte. Er entschloß sich kurz, ließ das Fuhrwerk heimgehen und machte den übrigen Weg zu Fuß. Freilich konnte er nun nicht, wie er gewollt, am nämlichen Tage zur Stadt zurückkehren, mußte sich vielmehr bequemen, die Nacht auf dem Lande zuzubringen.

Er fand den Hofschulzen an einem Scheurenthore zimmern. Als dieser von seiner Arbeit die blitzenden Augen unter den weißen Brauen gegen ihn erhob, kam er ihm nach den erhaltenen Aufschlüssen wie der Alte vom Berge vor. Der Jäger meldete ihm seinen bevorstehenden Abzug. Jener erwiderte: Das ist mir lieb, das Frauenzimmerchen, welches vor Ihnen die Stube hatte, ließ mir sagen, sie würde heute oder morgen zurückkommen; der müßten Sie doch weichen, und ich könnte Sie nur unbequem logieren.

Der ganze Hof schwamm in dem beginnenden roten Abendlichte. Eine reine Sommerwärme durchdrang die von keinem Dunste beschwerten Lüfte. Es war ganz einsam zwischen den Gebäuden; alle Knechte und Mägde mußten wohl noch auf dem Felde zu thun haben. Auch im Hause sah er niemand, als er nach seinem Zimmer ging. Dort ordnete er, was er an diesem Orte zuweilen aufgeschrieben hatte, packte seine wenigen Sachen zusammen und sah sich dann nach dem Gewehre um.

Dieses war jedoch verschwunden. Er begriff nicht, wer es ihm fortgenommen haben könne, und ging, bei dem Hofschulzen Erkundigung einzuziehen, über den Gang nach der Treppe zu. In einem Gelasse seitwärts glaubte er ein Geräusch zu vernehmen – vielleicht ist eine Magd darin, die dir es auch nachweisen kann – dachte er und klinkte die Thür auf. Er war aber in die Schlafkammer der Tochter geraten und sah erschreckt eine unzweideutige Gruppe. Herzklopfend schritt er rasch nach seinem Zimmer zurück; der Bräutigam, ein junger, starker Bauer, folgte ihm dahin nach. Das müssen Sie nicht für übel nehmen, sagte dieser. Denn das zweite Aufgebot ist gewesen und nächsten Donnerstag ist die Hochzeit, und wenn es so weit ist, so hat sich keiner um so etwas zu bekümmern, und der Pastor und der eigene Vater fragt nichts darnach. Es wird diese Nacht bei uns im Hofe Korn gesackt, deshalb mußte ich meine Braut heut zu Nachmittage besuchen.

Mich geht das nichts an, antwortete der Jäger verwirrt, wenn ich nur wüßte, wo mein Gewehr ist. Dieses will ich Ihnen sagen, antwortete der junge Bauer, der Schwiegervater hat es heimlich weggenommen und dort hinter dem großen Schranke versteckt, denn er sagte, der dritte Choral aus Ihrer Geschichte wäre –

Was? Choral? Ihr wollt Moral sagen?

Ja wohl. Also der dritte Choral aus Ihrer Geschichte wäre, daß man einem Fehlschützen von Mutterleib aus kein Schießgewehr unter den Händen lasse müsse. Ein gewöhnlicher Fehlschütze wäre wenig zu estimieren, aber ein Fehlschütz von Mutterleib könnte großen Schaden anrichten.

Der Jäger hörte nicht länger auf diese Reden hin, warf vielmehr seine Waidtasche um, eilte nach dem Schranke, zog hinter demselben das Gewehr hervor, lud und war mit zwei Schritten aus dem Hofe nach dem Freistuhl, sich die unruhig wogenden Bilder aus der Seele zu schießen. Schon im duftigen goldenen Dämmer des Eichenkamps hatte er seine Lebensgeister wieder beisammen. – Nun, das muß wahr sein, rief er, die Idyllenschreiber haben uns die Bauernwelt arg verzeichnet! Sowohl die schäferlich zarten, als die knolligen Kartoffelpoeten. Sie ist eine Sphäre, so mit derber Natur wie mit Sitte und Ceremonie ausgefüllt, und gar nicht ohne Anmut und Zierlichkeit, nur liegt letztere wo anders, als wo sie in der Regel gesucht wird. Ist der Bursch aus Unenthaltsamkeit vor der Zeit in sein Recht getreten? Gewiß nicht. Es ist so Herkommen, lieblicher, lustiger Brauch, und sein Mädchen würde sich vielleicht für verachtet halten, wenn er ihn nicht mitmachte.

Droben auf dem Hügel am Freistuhl ward ihm sehr wohl. Das Korn wiegte säuselnd die Ähren, schwer von Segen, des Vollmondes große glührote Scheibe stieg am Ostrande des Himmels auf und noch wirkte der Widerschein der in Westen abgeschiedenen Sonne. Die Atmosphäre war so rein, daß dieser Widerschein gelbgrün glänzte. – Er empfand seine Jugend, seine Gesundheit, seine Hoffnungen. Hinter einen großen Baum am Waldrande stellte er sich; heute will ich doch erproben, sagte er, ob das Geschick nicht zu beugen ist. Ich schieße nur, wenn mir etwas bis auf drei Schritte vor dem Rohre nahe kommt, und da müßte es ja mit Zauberei zugehen, wenn ich fehlen sollte.

Im Rücken hatte er den Forst, vor sich die Senkung mit den großen Steinen und Bäumen des Freistuhls, gegenüber umschlossen die gelben Kornfelder den einsamen Ort. In den Wipfeln über ihm gurrten noch einzelne verlorene Töne der Turteltaube, durch die Äste der Bäume am Freistuhl fingen die wilden Lindenschwärmer an mit den grünroten Flügeln zu schwirren. Allgemach begann es auch im Walde am Boden sich zu rühren. Ein Igel kroch schläfrig durch das Laub; ein Wieselchen zog den geschmeidigen Leib aus einer Steinspalte, nicht breiter als der Kiel einer Feder, hervor. Buschhäslein sprangen mit vorsichtigen Sätzen, zwischen jedem innehaltend sich duckend und die Löffel legend, ins Freie, bis sie, mutiger geworden, auf den Rain am Kornfelde sich emporhoben, tänzelten, mit einander spielten und die Vorderläufe zu scherzenden Schlägen brauchten.

Der Jäger hütete sich wohl, dieses Hasenvolk zu stören. Endlich trat ein schlankes Reh aus dem Walde. Klug die Nase in den Wind streckend, links und rechts aus den großen braunen Augen umherschauend, schritt das Tier auf den feinen Füßen mit leichter Grazie einher. Jetzt war das Zarte, Wilde, Flüchtige dem Geschosse des Versteckten gegenüber angelangt, es war so nahe, daß es fast nicht gefehlt werden konnte; er wollte abdrücken, da schreckte das Reh zusammen, that einen Sprung in veränderter Richtung gerade auf den Baum zu, hinter welchem der Jäger stand, sein Schuß ging los, das Wild setzte in gewaltigen Sprüngen unverwundet waldein, zwischen dem Korne aber war ein Schrei erschollen, und wenige Augenblicke nachher kam eine weibliche Gestalt auf einem schmalen Pfade, der in der Linie des Schusses lag, aus den Feldern hervorgewankt.

Der Jäger warf die Flinte weg, stürzte auf die Gestalt zu und meinte vergehen zu müssen, als er sie erkannte. Es war das schöne Mädchen von der Blume im Walde. Sie hatte er statt des Rehes getroffen. Sie hielt die eine Hand auf der Gegend zwischen Schulter und linker Brust, dort quoll unter dem Tuche reichlich das Blut hervor. Ihr Antlitz war bleich und etwas von Schmerz verzogen, doch nicht entstellt. Sie holte dreimal tief Atem und sagte dann mit sanfter und matter Stimme: Gottlob, es muß nichts gefährlich verletzt sein, denn ich kann Atem holen, wenn es mir auch Schmerzen macht. – Ich will versuchen, fuhr sie fort, den Oberhof zu erreichen, zu dem ich auf diesem Richtwege gelangen wollte, wo mich nun das Unglück treffen mußte. Geben Sie mir Ihren Arm. – Er führte sie einige Schritte hügelabwärts, da zuckte sie zusammen und sagte: es geht doch nicht, die Schmerzen sind zu heftig, ich könnte unterwegs ohnmächtig werden. Wir müssen schon an diesem Orte aushalten, bis Leute herbeikommen und eine Tragbahre verschaffen können.

Trotz ihrer Wundschmerzen hielt sie ein Päckchen fest in der linken Hand, dieses reichte sie ihm jetzt und sagte: verwahren Sie es mir, es ist das Geld, welches ich für den Herrn Baron eingesammelt habe, ich möchte es verlieren. – Wir müssen auf längeres Bleiben uns gefaßt machen, fügte sie hinzu. Wenn es Ihnen möglich wäre, mir ein Lager zu bereiten und etwas Wärmendes zu geben, daß die Kälte nicht zur Wunde schlägt!

So hatte sie die Besonnenheit für sich und ihn. Er stand sprachlos, bleich und starr, wie eine Bildsäule; die Verzweiflung, wühlte in seinem Herzen und ließ kein lautes Wort über die Lippen. Jetzt gab ihm ihre Aufforderung Bewegung, er eilte nach dem Baume, hinter dem er seine Waidtasche abgelegt hatte. Dort sah er auch das unglückliche Gewehr liegen. Wütend ergriff er es und schlug es mit solcher Kraft gegen einen Stein, daß der Schaft zersplitterte, die Läufe sich bogen und die Schlösser von ihren Schrauben lossprangen. Er verwünschte den Tag, sich, seine Hand. Zu dem Mädchen zurückgestürzt, welches sich auf einen Stein des Freistuhls gesetzt hatte, fiel er ihr zu Füßen und flehte, den Saum ihres Kleides küssend, unter heftigen Thränen, die nun mit Gewalt aus seinen Augen brachen, sie um ihre Vergebung an. Sie bat ihn, doch nur aufzustehen, er habe ja nicht dafür gekonnt, die Wunde sei gewiß nicht bedeutend, er möge ihr jetzt nur helfen. Er richtete ihr nun einen Sitz auf dem Steine zu, indem er die Waidtasche auf denselben legte. Um ihren Hals band er sein Tuch, um ihre Schultern legte er locker und lose seinen Rock. Sie setzte sich auf den Stein, er nahm neben ihr Platz und bat sie, zu ihrer Erleichterung ihr Haupt an seine Brust zu neigen. Sie that es.

Der Mond war in völliger Klarheit über einen Teil des Himmels gedrungen, und beschien fast taghell die beiden durch einen rohen Zufall einander so Nahegerückten. In der vertraulichsten Nähe saß der Fremde mit der Fremden, sie stieß leise Schmerzenstöne an seiner Brust aus und von seinen Wangen flossen unaufhaltsame Thränen. Rings aber um sie her verbreitete sich nach und nach das Schweigen und die Einsamkeit der Nacht.

Endlich wollte es das Glück, daß ein später Wanderer durch die Kornfelder ging. Der Ruf des Jägers erreichte sein Ohr, er eilte herzu und wurde nach dem Oberhofe geschickt. Bald darauf ließen sich Fußtritte hügelan Kommender vernehmen; es waren die Knechte, welche einen Tragsessel mit Kissen brachten. Der Jäger hob die Verwundete sanft hinein und so gelangte sie spät in der Nacht unter das Obdach ihres alten Gastfreundes, der sich freilich sehr verwunderte, die Erwartete in diesem Zustande ankommen zu sehen.

Zweites Buch
Hochzeit und Liebesgeschick

Erstes Kapitel
Worin der Hofschulze dem einäugigen Spielmann auseinandersetzt, warum er keine seiner neun Jacken einbüßen wolle

An einem klaren Augustmorgen brannten im Oberhofe so viele Kochfeuer, als ob die Bevölkerung sämtlicher Ortschaften in der Runde zum Mittagsmahle erwartet werde. Über der Herdflamme, durch große Klötze und Scheiter zu ungewöhnlicher Größe entzündet, schwebte an dem eingezahnten eisernen Haken der mächtige Kessel, welchen die Wirtschaft bewahrte. Sechs oder sieben eiserne Töpfe umstanden mit ihrem siedenden und brodelnden Inhalte diese Gluten. Auf dem Platze vor dem Hause nach dem Eichenkampe zu prasselten, wenn die Geschichte die Wahrheit sagt, neun Feuer, und eben so viele, oder höchstens eins weniger, auf dem Hofe in der Nähe der Linden. Über allen diesen Kochstätten waren Böcke oder Roste errichtet, auf welchen Bratpfannen standen, oder an welchem Kessel von nicht geringer Größe hingen, obschon keiner derselben sich mit dem Umfange dessen, der über dem Herde seine Pflicht leistete, vergleichen durfte. Die Gluten verbreiteten in dem Hause und um dasselbe eine starke Hitze, rote Funken sprühten allenthalben empor und flogen auch wohl unter das Strohdach, erloschen aber unschädlich inmitten des gefährlich Brennbaren, gleichsam, als wollte das Element dem arglosen Zutrauen, welches die Hofbesitzer in seine Treue setzten, dankbar entsprechen.

Die Mägde des Oberhofes gingen mit Schaumlöffeln oder Gabeln zwischen den Kochstätten geschäftig hin und her. Es durfte, sollte die Speise den Gästen munden, nicht gefeiert werden mit Abschäumen und Umwenden, denn in dem großen Kessel über dem Herde gaben acht Hühner die Kraft zur Suppe her, und in den übrigen dreiundzwanzig oder vierundzwanzig Töpfen, Kesseln oder Pfannen sotten oder brieten sechs Schinken, drei Truthähne, fünf Schweinsbraten, nebst der entsprechenden Anzahl von Hühnern.

Diesem Geflügel war nämlich das bevorstehende Fest am verhängnisvollsten geworden. Der Hahn, welcher die gelichteten Reihen seiner Teuren über die Nährplätze des Hofes führte, sah sich unterweilen wehmütig um, oder blickte zornig nach den Feuern, die sein Liebstes für fremde Freuden zurichteten, und in einer entfernten Ecke des Hofes bewegte der Morgenwind einen großen Haufen brauner, gelber und weißer Federn, hin und wieder eine derselben bis in die Nähe der Feuer wirbelnd.

Während die Mägde in den Bratpfannen nachgossen, die Schinken anstachen, unter den Truthähnen die Glut erfrischten, von den Hühnern und der Suppe den Schaum hinwegnahmen, waren auch die Knechte fleißig an ihrem Werke. Der schwarzäugige Verwegene richtete im Baumgarten mit Böcken, Blöcken und Brettern eine gewaltige lange Tafel zwischen den Blumenbeeten und unter den Fruchtstämmen zu, nachdem ihm ein ähnliches Gerüst bereits im Flure gelungen war. Der dicke Langsame bekleidete die Pforten des Hauses, die Wände des Flures und die beiden Zimmer, in denen wir den Diakonus und seinen Küster einstmals haben speisen sehen, mit grünen Birkenstämmen. Er seufzte nachdrücklich über diese grüne und lustige Arbeit, auch fiel ihm, wie es schien, die Glut beschwerlich. Dennoch war ihm ein nachgiebigeres Geschäft zugefallen, als seinem Mitknechte, dem zornigen Rothaarigen. Denn er hatte doch nur mit schmiegsamen Maien zu thun, jenem aber lag ob, das Vieh festlich zu zieren. Den Kühen nämlich und Rindern, welche an der einen Seite des Flures hinter ihren Krippen standen, vergoldete der Rothaarige mit Schaumgold die Hörner, oder band ihnen bunte Schleifen und Quasten um dieselben. In der That war dieses eine verdrießliche Arbeit, besonders für einen jähzornigen Menschen; denn manche Kuh und dieses und jenes Rind wollte schlechterdings nichts von dem Feste wissen, schüttelte mit dem Kopfe oder schwang die Hörner seitwärts, so oft ihm der Rothaarige mit dem Leimpinsel und den Schaumgoldblättern nahte. Er bezwang lange seine Natur und gab nur zuweilen ein dumpfes Murren von sich, wenn ihm ein Horn den Pinsel oder die Blätter aus der Hand schlug, Laute, welche die allgemeine Stille, womit alle Beschäftigten ihre Arbeit verrichteten, kaum unterbrachen.

Als aber die Zierde des Stalles, eine große Weißgefleckte, mit welcher er sich wohl schon eine Viertelstunde lang umsonst abgemüht hatte, endlich sogar heimtückisch ward und ihm einen gefährlichen Stoß versehen wollte, da riß dem Rothaarigen die Geduld. Er sprang zur Seite, ergriff jenen Zaunpfahl, mit dem er einst den Pitter vom Bandkotten verschont hatte, und der sich zufällig in der Nähe befand, und gab dem widerspänstigen Tiere mit dem dicksten Ende des Pfahls einen so gewaltigen Schlag in die Weichen, daß die Kuh aufstöhnte. Ihre Seiten begannen zu fliegen und ihre Nüstern zu schnauben.

Der Langsame ließ die Maie, welche er in der Hand hielt, sinken, die erste Magd sah vom Kessel auf, und beide riefen wie aus einem Munde: Gott behüt' uns! Was thust Du?

Wenn so ein Aas keine Raison annehmen will, und will sich nicht mit Manier vergolden lassen, so soll ihm das Donnerwetter die Knochen zerschmeißen! rief der Rothaarige. Er riß der Kuh das Haupt herum und schmückte sie nun schöner als alle ihre Gefährtinnen. Denn das Tier, in seinen Schmerzen sanftmütiger geworden, stand jetzt ganz still und ließ mit sich vornehmen, was der rauhe Künstler wollte.

Das kann Euch eine teure Hochzeit werden, sagte die erste Magd. Denn die Blässe ist melk, und wenn sie verkalbt, so seid Ihr vom Hof.

Und wenn Ihr noch ein einziges Mal Euren Rachen aufreißt, so kriegt Ihr auch den Zaunpfahl an den Hirnkasten! rief der Zornige. – Denn der Baas hat mir lange keinen Spruch mitgeteilt und jach sein zum Hader thut auch mitunter gut, und an so einem Ehrentage muß man keinen Menschen kujonieren. – Er gab der geschmückten Blässe einen Schlag auf die Hüften und sagte: Nun stehe grade und halte die Hörner steif, damit du nach etwas aussiehst, wenn die Herrschaften hier speisen.

Während auf diese nachdrückliche Weise unten die Hochzeitsanstalten betrieben wurden, legte der Hofschulze oben in der Kammer, worin er das Schwert Karls des Großen verwahrte, feinen Staat an. Das hauptsächlichste Stück des Feierputzes, welches die Bauern der dortigen Gegend tragen, ist die Menge der Jacken, welche sie unter dem Rocke anziehen. Je reicher der Bauer ist, um so mehrere Jacken zieht er bei außerordentlichen Gelegenheiten an. Der Hofschulze besaß deren neun, und alle waren von ihm bestimmt, sich am heutigen Tage auf seinem Leibe zu versammeln. Er hatte sie hinter einem Saatlaken, welches wie ein Vorhang den einen Teil der Kammer von dem andern schied, der Reihe nach an Pflöcken neben einander aufgehängt, erst die unteren von wollenem geblümtem Damast, silbergrauem oder rotem, dann die oberen von braunem, gelbem, grünem Tuche. Diese waren mit schweren silbernen Knöpfen geziert. Hinter dem Saatlaken besorgte der Hofschulze seinen Anzug.

Er hatte sein weißes Haar sauber gekämmt, und das gelbe, frischgewaschene Antlitz leuchtete darunter hervor wie ein Rübsenfeld, über welchem im Mai Schnee gefallen ist. Der Ausdruck natürlicher Würde, welcher diesen Zügen eigen war, hatte sich heute noch um ein Großes vermehrt; er war Brautvater und fühlte das. Seine Bewegungen waren noch langsamer und gemessener, als damals, wo er mit dem Roßkamm feilschte. Sorgfältig prüfend beschaute er jede Jacke, bevor er sie von ihrem Pflocke nahm, und legte sie darauf bedachtsam eine nach der andern an, ohne sich bei dem Zuknöpfen irgend zu beeilen.

Eben war er mit den damastenen fertig geworden und wollte zu denen von Tuch übergehen, als draußen vor der Thüre der Kammer ein Leierkasten erklang, und folgendes Lied aus einer von Trunk und Heiserkeit verwüsteten Kehle zu tönen begann:

> Fordere niemand mein Schicksal zu hören,
> Dem das Leben noch wonnevoll winkt;
> Ja wohl könnte ich Geister beschwören –

Weiter ließ der Hofschulze den Schwanengesang Kosciuskos nicht kommen, sondern rasch hinter dem Saatlaken hervortretend, ging er zur Thüre und rief ärgerlich hinaus: Was soll das? Was soll das Geplärr im stillen Hochzeitshaus?

Ich wollte mich nur anmelden, erwiderte die heisere Stimme, indem die Pfeife des Leierkastens, welche bei dem letzten Worte des Liedes in Thätigkeit gewesen war, auspfiff. Herein trat, oder vielmehr drängte sich eine mißgewachsene, kahlköpfige Gestalt, in eine kurze, grobe Jacke und zerrissene Hosen gekleidet, mit Holzschuhen an den Füßen. Es war der einäugige

Spielmann, der bei den Bauern in der Gegend der Patriotenkaspar hieß, weil er in den Unruhen von 1787 als fünfzehnjähriger Knabe zu den holländischen Patrioten gelaufen war. Er wußte viel von Schonhoven, Gorkum und Nieuwport zu erzählen; jener Feldzug war die große Zeit seines Lebens gewesen. Übrigens galt er für einen schlechten Menschen, dem man nicht gern begegnete, schützte sich vor dem Hungertode durch den Pfennigerwerb seines Leierkastens, und lag oft wochenlang unter freiem Himmel oder in einsamen Schuppen und Ställen, denn ein Obdach besaß er nicht, obgleich er in seiner Jugend ein artiges Erb angetreten hatte, welches ihm aber in sonderbarer Weise verloren gegangen war. Neben seinem Singen schöner Lieder, gedruckt in diesem Jahr, trieb er auch einen kleinen Handel mit Schriften, wie: »Des Herzogs von Luxemburg Verbündnis mit dem Satan« oder »Die schöne Karoline als Husarenoberst,« welche auf dem Leierkasten zur Anreizung der Wißbegierigen ausgebreitet lagen, wenn er sang und spielte.

Der Hofschulze war, verdrießlich über die Unverschämtheit des Patriotenkaspars, zurückgetreten, stemmte die Arme in die Seiten und rief: Wer ruft Euch? Scheert Euch vom Hofe! Hier wird Euch nichts gereicht.

Nein, versetzte der einäugige Spielmann, indem er das unversehrt gebliebene Auge tückisch unter den dünnen Brauen zusammenkniff, hier wird mir nichts gereicht, das weiß ich wohl, Hofschulze. Ihr laßt mich durch den Hund vom Hofe herunterhetzen, wenn ich hier anstimmen will: Auf! auf, ihr Brüder und seid stark! oder das Mantellied, oder: Das Canapee ist mein Vergnügen. Ja, so thut Ihr, und wenn es nach Euch ginge, wäre ich längst vor Hunger zusammengeschnurrt, wie eine Backpflaume. Dieses verrichtet Ihr an mir, obgleich Ihr wohl wißt, daß Ihr derjenige seid, welcher einstmals mir Haus und Hof abfeimte und mich zu diesem Leierkasten darniedergebracht hat.

Der Hofschulze warf einen Blick auf den eisenbeschlagenen Koffer, worin sein Richtschwert lag, dann trat er dem einäugigen Spielmann einen Schritt näher, sah ihn lange groß und gelassen an, und fragte ihn darauf: Wer ist schuld, daß der Oberhof nach meinem Tode in die fremde Freundschaft übergeht und nicht bei meinem Samen bleibt?

Ich, antwortete der Spielmann, und drehte am Leierkasten, daß dieser einige Mißtöne von sich gab. Ich habe Euch dazumal Euren Jungen und Erben totgeschlagen. Ihr wißt aber wohl, was der Junge wider mich ersonnen hatte, und wie ich um mein linkes Auge gekommen bin. Und deshalb hättet Ihr nicht so mit mir verfahren dürfen, wie Ihr verfahren seid, denn man darf den Menschen wohl abthun, aber ihn nicht elend machen.

Seid Ihr anders als gehörig geheischen und geladen worden? fragte der Hofschulze kalt. Habe ich Euch nicht nach richtigem Freistuhlsrecht und Königsbann vermaledeiet und Euch gewiesen echtlos, rechtlos, friedelos, ehrlos, sicherlos, mißthätig? – He?

Nein, versetzte der Spielmann und lachte höhnisch. Mein Fleisch und Blut und Gebein ist, wie es sich gebührt, gewiesen und zugeteilt den Krähen und Raben und den Vögeln und anderen Tieren in der Luft; meine Seele aber dem lieben Herrgott, wenn sie derselbe zu sich nehmen will.

Amen! sagte der Hofschulze. Warum rührt Ihr diese Dinge auf?

Es sind alte Geschichten, sie mögen schlafen, sagte der Spielmann, ingrimmig eine seiner fliegenden Schriften zerreißend, welche auf dem Deckel des Leierkastens lag und das höllische Verbündnis des Herzogs von Luxemburg enthielt. Ich komme wegen Hungers zu Euch. Mich hungert. Ich hab' seit drei Tagen nichts gefressen. Die Leute wollen mir nichts mehr geben, weil sie der Lieder überdrüssig sind. Hochzeitshaus ist offen Haus. Deshalb hab ich das Recht und die Befugnis, auf den Oberhof zu kommen. Ich wollte Euch gebeten haben, daß Ihr mich zum Spaßmacher für heute Nachmittag annehmet und mir dafür, wie recht, Speise und Trank reichen lasset.

Der Hofschulze besah den unglücklichen Spaßmacher von oben bis unten und sagte dann langsam: Ihr habt nicht die Statur und Manier, daß die Leute über Euch lachen können. Auch ist Steinhausen bereits genommen worden und mit zwei Spaßmachern giebt es Zank.

Steinhausen, rief der Spielmann zornig, weiß nicht halb die Späße wie ich! Ich habe die besten und neuesten, von denen sich Steinhausen nichts träumen läßt.

Dennoch bleibt es bei Steinhausen, erwiderte der Hofschulze, ohne die Miene zu verziehen, denn er hatte im Laufe des Gespräches seine gewöhnliche Ruhe bald wiedergewonnen. Er fügte aber dem abweisenden Bescheide hinzu, daß der andere sich fern von den Gästen in den Eichenkamp setzen dürfe und dort der Stillung seines Hungers gewärtig sein könne.

Aber in diesem sonderbaren Volke lebt selbst bei den Geächteten und Ausgestoßenen ein gewisser Stolz fort. Der Spielmann warf auf das letzte Anerbieten seines rauhen Feindes trotzig den Nacken empor und rief: Umsonst habe ich noch nie Brot gegessen, und wenn Ihr mir nicht vergönnen wollt, für Euch zu arbeiten, so will ich fortfahren zu hungern.

Er wandte sich und ging der Thüre zu. Der Hofschulze wartete seine völlige Entfernung nicht ab, um hinter das Saatlaken zurückzutreten. Der Spielmann blieb aber in der Thüre stehen, und als er sah, daß sein Widersacher ihn nicht bemerken konnte, setzte er leise seinen Leierkasten ab, schlich auf den Zehen unhörbar wieder in die Kammer, blickte sich spähend um, flüsterte: Hier muß es irgendwo herumstecken? Wo steckt es?

Der Koffer erregte seine Aufmerksamkeit, er schlug sacht den Deckel zurück und hätte beinahe seine Freude durch einen Schrei verraten, als er das rostige Gewaffen darin liegen sah. Nun ist es gut, nun will ich dir schon einen Tort anthun, den du zeitlebens nicht verwinden sollst, murmelte er. Ohne Geräusch zu machen, klappte er den Deckel zu, bewegte sich leise nach der Thür, zog den Schlüssel von derselben, warf den Leierkasten an dem Tragriemen über die Schulter, trat jetzt, als kehre er noch einmal zurück, hart auf und rief mit lauter Stimme: Hofschulze, noch ein Wort!

Der Hofschulze, der gerade mit seinem Hochzeitsputze fertig geworden war, schritt in diesem Augenblicke hinter dem Saatlaken hervor. Sein Ansehen war höchst stattlich. Ein lichtblauer offen hängender Tuchrock mit weiten geräumigen Ärmeln gab der großen markigen Gestalt Umfang und Fülle, darunter sahen die neun Jacken, die er nur so weit zugeknöpft hatte, daß alle, eine unter der andern, sichtbar blieben. Auf das Haupt hatte er sich den dreieckigen Hut mit breitem Rande, an der Seite in die Höhe gekrempt, gedrückt, an den Füßen trug er leinene Kamaschen, glänzend von Weiße, und ein großer Stock bewehrte die braune runzlige Faust. Erstaunt über die vermeintliche Wiederkehr des Spielmanns, blieb er einige Augenblicke schweigend stehen, der Spielmann schwieg ebenfalls, weil er sich an dem Anblicke seines Feindes, dem er einen tödlichen Verdruß bereiten zu können sich bewußt war, wie an dem eines aufgeschmückten Opfers, im Stillen weiden mochte. So standen einander der Reiche und der Bettler des Standes schweigend gegenüber; der Reiche voll Verachtung, der Bettler mit dem Gefühle, daß auch ihm eine Macht über den Reichen geworden sei.

Endlich fragte der Hofschulze: Was wollt Ihr noch?

Hofschulze, versetzte der Spielmann mit erheuchelter Demut, Hunger thut gar zu weh und Standhaftigkeit hält nicht vor gegen knurrende Eingeweide. Ich wollte Euch nur noch sagen, daß ich im Eichenkampe heute Nachmittag sitzen und auf die Brocken warten werde, die von Eurem Tische fallen.

Ich dacht's wohl, sagte der Glückliche stolz. Hochzeit macht alle satt, ist ein Sprichwort, es soll bei Euch auch zutreffen. – Er wollte gehen. Der Spielmann vertrat ihm den Weg. Erlaubt, sagte er, daß ich Euch noch einen Augenblick betrachte. Ihr seid trefflich gekleidet. Der Rock kostet seine Mandel Thaler. Aber eine Sitte will mir nicht gefallen, die mit den neun Jacken. Wenn man herumgekommen ist in der Welt, wenn man dabei war, wie die alte Orange dazumal in Schonhoven vermolestiert wurde, [6]und bei der Übergabe von Gorkum und hernach auch noch allerhand dieses und jenes in der Fremde gesehen hat, so lobt man nicht jegliches, was die Leute daheim thun. Neun Jacken, eine unter der andern – darin könnt Ihr Euch ja gar nicht rühren, und werdet müssen, besonders beim Essen, eine Hitze ausstehen, nicht zu ertragen.

Für Plaisier wird dergleichen überhaupt nicht angezogen, antwortete der Hofschulze feierlich. Sondern, weil ich neun Jacken bezahlen kann, so trage ich neun Jacken, und weil es so hergebracht ist, seit hundert und mehreren Jahren, und die gute Sitte es erfordert, und mein

Vater und mein Großvater immer neun Jacken trugen auf allen Hochzeiten und Kindelbieren. Wie viele sollte ich denn nach Eurem Rate anziehen, Kaspar?

Der Patriotenkaspar dachte nach und sagte dann: etwa sechs.

Gut. Also die siebente, achte und neunte lege ich ab, wenn ich Eurer Meinung folge. Nun kommt aber einer, dem die sechste Jacke nicht gefällt, und ein anderer, dem die fünfte mißbehagt, und wieder einer, dem die vierte anstößig ist. Dieses geht nun so fort. Es werden sich, wenn ich erst bis zur dritten Jacke herunterprozessiert bin, stets Leute finden, die mir diese, und Freunde, die mir die zweite widerraten. Kein vernünftiger Grund ist aber vorhanden, warum ich diesen Leuten abschlagen soll, was ich Euch gewährte. Jetzt trage ich also noch *eine* Jacke und meinen Rock darüber. Weil ich jedoch einmal in das Ausziehen gekommen bin, und weil mir in der Sommerwärme überhaupt alles und jegliches Zeug auf dem Leibe Beschwernis macht, ei, so bleibe ich vielmehr in der Übung, werfe erst den Rock ab, und dann die letzte Jacke, und wofern die Hitze einigermaßen stark ist, auch noch endlich das Hemde, gehe dann also splitterfaselnackt umher, wie ein gerupfter Sperling, was eine Schande ist und nicht gut läßt.

In allen Sachen muß man daran halten, wie sie eine Ordnung und ihren Bestand haben und des Herkommens sind. Wäret Ihr nicht zu den holländischen Patrioten und noch sonst allerwärts herumgelaufen, sondern hübsch im Colonate sitzen geblieben, so wären Euch die dummen Dinge und Hoffährtigkeiten aus dem Kopfe geblieben. Weil Ihr aber die alte Orange draußen mit hattet vermolestieren helfen, so dachtet Ihr, Ihr dürftet uns hier auch Molesten machen, die Welt gehöre Euer und außerdem noch etwas. Ihr erhobet eure Augen zu meiner Tochter, was ihr als Kolon nicht durftet, und daraus entstand Sünde und Schande, Vergewaltigung, Mord und Totschlag. Ich mußte an Euch Recht nehmen, Ihr seid bis zum Leierkasten heruntergekommen, und ich trage noch meine neun Jacken. Wer dazu die Macht und Gewalt hat, der soll sich auch die neunte nicht abdisputieren lassen, denn er weiß wohl, womit er anfängt, aber nicht, wo er aufhört, und dieses ist die Moral von der Sache.

Zweites Kapitel
Ein Topf läuft über und eine Braut wird geschmückt

Der Hofschulze war nach seiner Rede langsam ans der Kammer und die Treppe hinuntergegangen, gefolgt von dem Spielmann, der auf die Schlußfolgerungen des Alten nichts zu erwidern wußte und sich unten aus dem Hofe schlich. Im Flur überschaute der Hofschulze die getroffenen Anstalten; die Feuer, die Kessel, die Töpfe, die grünen Maien, die bebänderten und vergoldeten Hörner seines Rindviehs. Er schien mit allem zufrieden zu sein, denn er nickte mehreremale wohlgefällig mit dem Kopfe. Er schritt durch den Flur hofwärts und dann nach der Seite des Eichenkamps, sah die dortigen Feuer lodern und gab gleiche Zeichen des Beifalls, jedoch immer mit einer gewissen Hoheit. Wenn der weiße Sand, womit der ganze Flur und der Platz vor dem Hause dick bestreut war, unter seinen Füßen so recht lebhaft rauschte und knackte, schien ihm dieses ein besonderes Vergnügen zu machen.

Jetzt war er von seinem beaufsichtigenden Gange in die Nähe des Herdes zurückgelangt. Ein Topf, welchen die Mägde zu tief in die Gluten geschoben, war im Überkochen begriffen, und drohte, seinen Inhalt zu verschütten. Schon war ein Teil des letzteren in das Feuer gewallt, welches sich zischend gegen diesen Feind wehrte. Von den Mägden und Knechten war eben zufällig niemand im Flur, da sie im Baumgarten sich mit der Tafel beschäftigten. Der Hofschulze hätte nun allerdings dem Fortschritte des Unheils durch Abrücken mit eigener Hand Einhalt thun können, aber er war weit entfernt, so die Haltung des Brautvaters, welche ihm verbot, irgend etwas an diesem Tage selbst anzufassen, zu verlieren. Vielmehr stand er ruhig neben dem überwallenden Topfe, ruhig wie jener spanische König, welcher die glühende Kohle lieber seinen Fuß versengen ließ, als daß er sie etikettewidrig selbst weggenommen hätte. Er begnügte sich damit: Gitta! zu rufen, auch nicht hastig und leidenschaftlich, sondern langsam und ruhig. Es dauerte daher auch einige Zeit, bevor die Magd Gitta herbeikam, und als sie endlich gekommen war, erschien die Hilfe zu spät, denn der Topf hatte nichts mehr zu verschütten.

Der Hofschulze ließ sich diesen Verlust nicht kümmern, die Magd mußte ihm einen Stuhl vor das Haus setzen, er nahm dort dem Eichenkampe gegenüber Platz, und erwartete, die Schenkel gerade vor sich hingestreckt, Hut und Stock in der Hand, von der goldenen Sonne prächtig beleuchtet, still und wacker den weiteren Fortgang der Dinge.

Inzwischen schmückten zwei Brautjungfern die Braut auf ihrer Kammer. Rings um sie her standen bunt mit Blumen bemalte Laden und Packen in Leinwand, welche die Ausstattung an Gebild, Betten, Garn, Wäsche und Flachs enthielten. Selbst in der Thüre und bis weit auf den Gang hinaus war alles besetzt. Inmitten dieser Reichtümer saß die Braut vor einem kleinen Spiegel, hochrot und ernsthaft. Die erste Brautjungfer legte ihr die blauen Strümpfe mit roten Zwickeln an, die zweite warf ihr den Rock von schwarzem, feinem Tuche über, und ließ diesem Stücke die Jacke gleichen Stoffes und gleicher Farbe folgen. Darauf beschäftigten sich beide mit dem Haare, welches zurückgestrichen, und hinten in einer Art von Rad zusammengeflochten wurde.

Während dieser Zurüstungen sagte die Braut kein Wort. Desto gesprächiger waren ihre Freundinnen. Sie lobten den Putz, priesen die aufgestapelten Schätze, und hin und wieder ließ ein verstohlener Seufzer ahnen, daß sie lieber Geschmückte als Schmückende gewesen wären. Unerschöpflich waren sie in Hochzeitsgeschichten, welche jedoch sämtlich darauf hinausliefen, daß die und die dasselbe angezogen habe, was nun auch die Tochter vom Oberhofe der Landessitte gemäß zu tragen hatte. Als die Erzählungen endlich doch versiegten, kam das Ausbleiben der dritten Brautjungfer an die Reihe. Sie hatte sich unpaß melden, jedoch zugleich sagen lassen, sie werde wohl noch imstande sein zu kommen, wenn auch später als die andern. Nun war es aber schon zehn Uhr vormittags, in einer halben Stunde mußte die Glocke anfangen zur Trauung zu läuten, es war die höchste Zeit, daß die dritte erschien, ohne welche die Braut für nicht gehörig begleitet gelten konnte. Sie kommt gewiß, sagte die zweite Brautjungfer, an so einem Tage macht sich ja kein Mensch etwas daraus, wenn ihm auch etwas schlimm ist. – Und was wollt Ihr mit mir wetten, rief die erste, daß sie nicht kommt?

Ich weiß, was ich weiß mit den Schmerzen ist es nicht so weit her, aber der Verdruß ist zu groß, und sie kann sich nicht zwingen; das hat ihr von jeher gefehlt.

Ei Gott, sagte die Braut, welche hier zum ersten Male ihre Sprache fand, ängstlich, das wäre ja ein erschreckliches Unglück, und wenn sie ausbliebe, so würde aus der ganzen Hochzeit nichts. – Sie würde lieber den Bräutigam gemißt als die dritte Brautjungfer entbehrt haben.

Wenn Du mir folgen willst, Kordelchen, so laß uns auf den Notfall denken, sprach die zweite Brautjungfer, ein flinkes, anstelliges Mädchen. Ich pack' Deinen zweiten Feiertagsanzug aus, wir warten noch ein Stückchen, und wenn die Sibyll' denn nicht da ist, so kleid' ich die Stellvertreterin für sie ein.

Ohne die Antwort der Braut abzuwarten, hatte das Mädchen eine der Laden aufgethan und aus derselben den saubern neuen Staat mit allem Zubehör an Bändern und Krausen genommen. Ihre Gefährtin stieß während dessen durch das Radgeflechte der Haare einen silbernen Pfeil, und dann brachten beide Mädchen mit feierlichen Mienen der Braut die Krone zugetragen. Denn die Mädchen der dortigen Gegend tragen an ihrem Ehrentage keinen Kranz, sondern eine Krone von goldenen und silbernen Flittern. Der Kaufmann, welcher ihren Putz liefert, leiht die Krone nur dar und nimmt sie nach dem Hochzeitstage wieder zurück. So wandert sie von einem bräutlichen Haupte zum andern. Es liegt etwas Schönes und Wahres in diesem Gebrauche, und ich müßte mich sehr irren, wenn er nicht aus dem göttlichen Instinkte des Volkes entsprungen wäre, der freilich darin, wie in allem, worin er schöpferisch hervortritt, nur unbewußt gewaltet hat. Das Höchste, Einzige, was nur einmal das Leben zieren kann, soll nie als Eigentum in Besitz genommen werden, soll stets nur leihweise die Stirn des Glücklichen berühren. So darf der Lorbeerkranz um die Scheitel des Helden und Dichters, so darf das Blatt, welches sich, wann Vater und Mutter weinend segnen, durch die Locke der Jungfrau schlingt, nur Gunst und Zeichen eines Augenblicks sein. O, es wäre zu wünschen, daß mancher unserer städtischen Damen versagt wäre, mit anspruchsvollem Stolze die welke Myrte zu betrachten, die sie im geschmückten Kästchen unter dem großen Spiegel verwahren, daß sie sich vielmehr hätten gewöhnen müssen, gleich den westphälischen Bäuerinnen die Krone morgen auf einem andern Haupte zu erblicken, welche sie heute trugen und welche gestern ebenfalls eine andere getragen hat!

Drittes Kapitel
Worin der Autor fortfährt, die Vorbereitung zur Hochzeit zu beschreiben

Die Braut senkte ihr Haupt ein wenig, als die Freundinnen ihr die Krone aufsetzten, und ihr Antlitz wurde, als sie die leichte Last auf ihrem Haare fühlte, womöglich noch röter als früher. Es ist schön im Menschenleben, daß jeder einen Augenblick erlebt, worin alle königliche Macht und Majestät vor ihm zunichte wird. Diesen Augenblick erlebt nicht nur der Feldherr, der durch einen Sieg die Hauptstadt rettet, oder der Kanzler, der mit einem Federzuge die Grenzen des Reichs um das Doppelte zu mehren weiß; es erlebt ihn jeder einmal, er müsse sich auch sonst Tag für Tag durch ein gedrücktes Dasein hindurch beugen und winden. Der Tagelöhner hat ihn, der sein neugebornes erstes Kind auf den Arm nimmt, und selbst der totkranke Bettler empfindet ihn, wenn ihm ein pflichtgetreuer und gewissenhafter Priester die heilige Kommunion reicht.

Auch unsere Braut, von der sonst nicht viel zu sagen ist, fühlte diesen Augenblick als sie die Krone auf ihrem Haupte empfing. In dem dunkelschwarzen Haare, welches sie ausnahmsweise mitten unter dem blonden Volke besaß, funkelten die goldenen und silbernen Flitter gar lustig. Sie richtete sich, angefaßt von ihren Freundinnen, auf, und die beiden, breiten golddurchwirkten Streifen, welche zur Krone gehören, fielen ihr lang auf den Rücken hinunter. Die Knechte standen schon vor der Thüre, um die Ausstattung in den Flur hinabzuschaffen, die Brautjungfern nahmen ihre Freundin bei der Hand, eine erhob das Spinnrad, welches bei den nachfolgenden Ceremonien ebenfalls seine Bestimmung hatte, und so gingen die drei langsam die Treppe hinunter zum Brautvater, während die Knechte die Laden und Packen ergriffen und sie in den Flur zu tragen begonnen.

Inzwischen hatte der Hofschulze unten vor der Thüre Gelegenheit gehabt, seine Fassung zu beweisen. Denn kaum war er draußen einige Minuten lang gewesen, als ein junger Bursche, der Hochzeitbitter, langsam durch den Eichenkamp gegen das Haus zugeschritten kam, dessen verlegene Miene mit seinem Putze und mit dem lustigen Busche von gewiß fünfzig farbigen Bändern am Hute wenig übereinstimmte.

Nun, was ist das? fragte ihn der Hofschulze. Was soll das traurige Gesicht? Passierte ein Unglück?

Ach, Versetzte der junge Hochzeitbitter, werdet mir nicht böse, Hofschulze, Hölscher will nicht kommen.

Der Alte ließ vor Schreck seinen Hut fallen und seine Züge verwandelten sich. – Wie? rief er nach einigem Schweigen. Hölscher will nicht kommen? Mein nächster Nachbar? Ei, das wäre ja dem ganzen Plaisier und Fest ein großer Schimpf. Und warum will er nicht kommen? Du bist gewiß in Deiner Rede stecken geblieben.

Nein, das nicht, versetzte der Hochzeitbitter. Ihr wißt, an Maulwerk fehlt mirs nimmer, und ich bringe auch alles immer heraus, gehörig geschrieen, wie es sein muß. Ich kann die Rede aufs Schnürchen wie ich sie aller Orten hersagte, und so auch bei Hölscher:

> Ihr lieben, guten Hochzeitsleute,
> Kommt morgen auf den Hof nicht heute;
> Der Bräutigam und auch die Braut
> Die werden vom Herrn Pastor getraut,
> Und wenn getraut ist, geht's zu Tisch,
> Darauf wird sein viel Fleisch, kein Fisch,
> Es wird da sein auch ein Stück Wurst,
> Ist gut für den Hunger und weckt den Durst.
> Auch findet ihr einen oder mehrere Schinken.
> Auf welche sich sehr gut läßt trinken,
> Ein Mostertstück wird nicht vergessen,
> Das sollt ihr denn mit Mostert essen,
> In der Suppe sind Hühner, die nicht krähn,

Das Beste sind vier Puterhähn',
Die lagen fünfzig Jahr an der Kett'
Davon sind sie geworden fett,
Kommt ihr zum Oberhofe nicht,
So seid ihr alle schlechte Wicht' –

Der junge Bursche würde noch lange in diesen Versen, die er laut schreiend mit eintönigem Fall der Stimme vortrug, fortgefahren haben, wenn ihn nicht der Hofschulze ungeduldig unterbrochen und zu ihm gesagt hätte: Ich brauche Deinen Spruch nicht. Warum bleibt Hölscher aus?

Weil ich ihn statt gestern erst heute früh eingeladen habe, erwiderte kleinlaut der Hochzeitbitter. Sie hatten mir gestern überall so viel eingeschenkt, daß ich gegen Abend duselig geworden war und einschlief und Hölscher ganz verschlief, wo ich denn nun heute früh nachholen wollte, aber ...

Hölscher ließ das nicht gelten und sagte, es schicke sich nicht, erst am Hochzeitsmorgen gebeten zu werden, es gehöre sich spätestens den Tag zuvor, nicht wahr, fiel der Hofschulze ein.

Ja wohl, antwortete der Bursche, und er sagte auch, es heiße in dem Spruch:

Kommt morgen auf den Hof, nicht heute –

wenn er aber morgen komme, so habe er das leere Nachsehen.

Der Hofschulze bohrte seinen Stock tief in die Erde. Das Blut war ihm dermaßen in die Stirn getreten, daß seine Stirnadern geschwollen starrten. Er sah den Hochzeitbitter mit einem furchtbaren Blick an, vor dem dieser den Hut abnahm. Dann sagte er: Wenn ich mich nicht menagieren müßte, absonderlich heute, so kriegtest Du diesen Stock hinter die Ohren, daß Du das Aufstehen vergessen solltest. Hölscher kommt nicht, das weiß ich, ich kenne ihn darin, er ist einer, der sich nicht vernegligieren läßt. Und wenn ich selbst zu ihm ginge, was sich aber durchaus nicht schickt, er würde es abschlagen. Jedermann wird nun nach Hölscher fragen, das wird ein Kujonieren geben, ei! ei! ei! – Was für einen Schaden hast Du mir an der Hochzeit gestiftet! Könnt Ihr denn das verruchte Zechen nicht lassen? Denkt Ihr immer, ohne das gedeihet Ihr nicht? Sieh mich an, ich werde zu Martini neunundsechzig und fasse alles noch stramm mit an, und doch soll der noch auftreten, der mir nachsagen kann, er habe mich anders wie gewöhnlich gesehen.

Ihr seid auch was Apartes, mit Euch kann sich niemand in Vergleichung stellen, sagte der junge Bursche schüchtern.

Ei was, fuhr der Hofschulze auf. So wie ich bin, hat der liebe Herrgott alle Menschen haben wollen, und es ist nur Eure Schlemmerei und Liederlichkeit, die Euch nicht so werden läßt.

Während dieses rauhen Auftrittes hatten die Knechte mit den Packen und Laden auf der Treppe und im Flur ein großes Geräusch gemacht, und es war sonach die frühere Stille des Oberhofes sehr unterbrochen worden, jetzt trat die Braut, geführt von den beiden Brautjungfern, in die Thüre, das Haupt fest und steif unter der zitternden Goldkrone haltend, als ob sie fürchte, den Ehrenschmuck zu verlieren. Sie reichte dem Vater die Hand und bot ihm, ohne aufzusehen, den Guten Morgen, worauf der Alte ohne alle Rührung Schön Dank versetzte und seine frühere Positur wieder annahm. Die Braut setzte sich an die andere Seite der Thüre, nahm ihr Spinnrad vor sich und begann eifrig zu spinnen, in welcher Arbeit sie observanzmäßig bis zu dem Augenblicke, wo der Bräutigam sie zum Brautwagen führte, fortfahren mußte.

Der nachlässige Hochzeitbitter hatte sich unterdessen verstohlen entfernt. Die zweite Brautjungfer unterrichtete den Hofschulzen von dem Ausbleiben der Sibylle, woran, wie sie hinzufügte, keine Unpäßlichkeit, sondern das boshafte Wesen schuld sei, weil sie nämlich selbst ein Auge auf den Wilhelm, den Bräutigam, gehabt habe. Die Glocke begann eben zum ersten Male zu läuten und es war nun durchaus keine Zeit zu verlieren. Der Hofschulze, der seit einer Viertelstunde aus einer Verdrießlichkeit in die andere gestürzt wurde, murmelte tiefsinnig vor sich hin: Wenn nur alles klug geht bei dieser Hochzeit! – Alle die Scherereien – hm! hm! ei! ei! – Indessen muß der Mensch seine Contenance behalten. – Er gab, wiewohl sehr ungern, die Erlaubnis, anstatt der boshaften Eifersüchtigen, Lisbeth als dritte Brautjungfer einzukleiden, mit welchem Bescheide sich die zweite entfernte, um den Putz zur Lisbeth zu tragen. Auch die erste ging, im Baumgarten den Strauß für den Bräutigam zu pflücken.

In der Ferne ließen sich schon einzelne Töne der Musik hören, welche das Herannahen des Brautwagens verkündigten. Aber auch dieses Zeichen, daß der entscheidende Augenblick bevorstehe, der ein Kind vom Hause der Eltern löset und den Vater bei dem Kinde in den Hintergrund der Anhänglichkeit schiebt, brachte keine Regungen in den Personen hervor, welche die Musterbilder alter Bräuche an den beiden Seiten der Hofthüre saßen. Die Tochter spann, hochrot aber gleichgültig aussehend, unverdrossen fort, der Vater sah gerade vor sich hin, und beide, Braut und Brautvater, wechselten mit einander kein Wort.

Die Brautjungfer suchte unterdessen im Baumgarten den Strauß für den Bräutigam zusammen. Sie wählte spätblühende Rosen, Feuerlilien, orangegelbe Sternblumen, Blumen, welche sie dort Jelängerjelieber, an andern Orten Jesublümlein nennen, und Salbei. Groß, daß man drei Hochzeiter höherer Stände damit hätte ausstatten können, geriet dieser Strauß, denn bei den Bauern muß alles in das Gewicht fallen. Auch nicht ganz lieblich duftete er, denn der Salbei verbreitete einen starken, die Sternblumen sogar einen übeln Geruch; indessen durfte beides, insbesondere die Salbei, nicht fehlen, sollte der Strauß herkömmliche Vollständigkeit besitzen. Als sie ihn fertig hatte, hielt ihn das Mädchen mit stolzer Freude vor sich hin, und verknüpfte ihn dann mit einer breiten dunkelroten Schleife. Darauf ging sie ihren Posten bei der Braut einzunehmen.

Viertes Kapitel
Der Jäger und sein Wild

Während das Ceremoniell so durch den ganzen Oberhof waltete, waren auf dem Zimmer, welches der wilde Jäger früher bewohnt hatte, zwei junge Leute ohne Ceremoniell beisammen. Vier warme Wangen hielten keine bestimmte Farbe, sondern spielten bald in Purpur, bald in einem fliegenden Bleich; vier blaue Augen suchten einander, und wenn sie sich gefunden, zogen sie, wie erschrocken über ihr Wagnis, den Vorhang der Wimpern vor sich nieder; zwei Lippenpaare hätten gerne gemeinsame Beschäftigung vorgenommen; da diese ihnen aber noch versagt war, so zuckten sie für sich in wundersamer, unruhiger Thätigkeit, die des eigentlichen Ziels entbehrte.

Das junge Mädchen saß am Fenstertischchen und säumte ein schönes Tüchlein, welches der Jüngling für sie in der Stadt gekauft und ihr zum Festputz verehrt hatte. Sie stach sich heute noch öfter in die Finger als an dem Abende, da sie der Braut am Linnen nähen half, denn wenn die Augen die Nadel nicht überwachen, so geht diese ihre eigenen boshaften Wege.

Der Jüngling stand vor ihr und hatte eine Arbeit für sie unter den Händen. Er schnitt ihr nämlich eine Feder. Denn endlich, hatte das Mädchen gesagt, müsse sie doch Nachrichten geben, wo sie geblieben sei und um Erlaubnis bitten, noch einige Tage im Oberhofe verweilen zu dürfen. Er stand an der andern Seite des Tischchens, und zwischen ihm und dem Mädchen duftete eine weiße Lilie und eine Rose, frisch abgeschnitten, im Glase. Mit der Arbeit übereilte er sich nicht, er fragte, bevor er das Messer anlegte, das Mädchen vielfältig, ob sie lieber mit weicher oder mit harter Spitze schreibe, fein oder stumpf, ob er die Fahne stutzen oder lang lassen solle? und richtete noch mehrere dergleichen Fragen an sie, so gründlich, als solle ein Schreibmeister mit der Feder ein kalligraphisches Kunstwerk liefern. Auf diese umständlichen Fragen gab das Mädchen mit halber Stimme viele und unbestimmte Antworten, bald sollte die Feder so und bald sollte sie so geschnitten werden, und dann sah sie ihn zuweilen an und seufzte jedesmal, wenn sie das that. Der Jüngling seufzte noch öfter, ich weiß nicht, ob über die unbestimmten Antworten, oder über sonst etwas. Einmal gab er ihr die Feder in die Hand, damit sie an der zeigen sollte, wie lang sie die Spalte wünsche. Sie that es, und als sie ihm die Feder zurückreichte, empfing er noch etwas mehr, nämlich ihre Hand. Diese wurde von der seinigen so ergriffen, daß die Feder darüber zu Boden fiel und eine Zeit lang ihnen aus dem Gedächtnisse kam, weil alles Bewußtsein in die beiden Hände gefahren war, die einander sanft streichelten oder drückten – darüber lauten meine Quellen verschieden.

Ich will euch ein großes Geheimnis verraten. Der Jüngling und das Mädchen waren der Jäger und die schöne blonde Lisbeth. Und wenn ihr einmal recht freundlich gegen mich sein, mich nicht immer so bezweifeln und bemäkeln wollt, wodurch ihr manches Gute in mir, und euch manche Freude zerstört habt, so thue ich euch jetzt den Gefallen, und erzähle euch, wie es den beiden jungen Leuten im Oberhofe ergangen war, nachdem der Jäger die Lisbeth statt des Rehes geschossen hatte.

Die Verwundete war in jener Nacht auf ihr Zimmer getragen worden und der Hofschulze, der ganz verstört, was ihm selten begegnete, aus seiner Kammer hervorkam, hatte sogleich nach dem Chirurgus geschickt. Dieser Mann wohnte aber anderthalb Stunden vom Oberhofe, er schlief fest und ging ungern bei Nacht aus. Der Morgen war daher schon angebrochen, als er endlich mit seinen notdürftigen Instrumenten anlangte. Er nahm das Tuch von den Schultern, betrachtete die Wunde und machte ein äußerst schwieriges Gesicht. Indessen müssen die Bedenklichkeiten eines Dorfchirurgen vor der offenbaren Geringfügigkeit eines Falles weichen. Der Schuß des jungen Schwaben hatte Lisbeth glücklicherweise bloß gestreift, nur zwei Schrotkörner waren in das reine, jungfräuliche Fleisch gedrungen, aber auch nicht tief. Der Chirurgus zog sie heraus, legte einen Verband auf, empfahl Ruhe und kaltes Wasser und ging mit dem stolzen Gefühle nach Haus, daß, wenn er nicht so schleunig herbeigerufen worden wäre und nicht so unverdrossen bei Nacht seine Pflicht gethan hätte, unfehlbar der kalte Brand zu der Wunde hätte treten müssen.

Lisbeth war während des Harrens auf die Hilfe gefaßt gewesen, und hatte kaum geklagt, obgleich ihr totenblasses Gesicht verriet, daß sie Schmerzen litt. Auch die Operation, welche durch die schwere Hand des Chirurgen peinigender wurde, als nötig, hatte sie mutig ausgehalten. Sie ließ sich die Schrotkörner geben und schenkte sie dem Jäger mit einem Scherze. Es seien Treffkörner, sagte sie zu ihm, er solle sie aufheben, er werde damit glücklich sein.

Der Jäger nahm die Treffkörner, wickelte sie in Papier und ließ das Haupt seines schönen Wildes, weil es schlummern wollte, aus den sanft umfangenden Armen. In denen hatte Lisbeth seit dem Eintritte in die Stube des Oberhofes mit ihren Schmerzen geruht, wie droben am Freistuhl. Unverwandt hatte er mit kummervollem Auge in ihr Antlitz geschaut und war zuweilen einem freundlichen Blicke begegnet, welchen sie, wie um ihn zu beruhigen, zu ihm emporschickte.

Er ging in das Freie. Unmöglich konnte er jetzt den Oberhof verlassen, er mußte, so sagte er, doch die Heilung der armen Verletzten abwarten, das erforderte die Menschlichkeit, fügte er hinzu. Im Baumgarten fand er den Hofschulzen, der, da er erfahren, daß keine Gefahr vorhanden sei, seinen Geschäften nachging, als habe sich nichts ereignet. Er bat den Alten, ihm noch länger Quartier zu geben. Der Hofschulze sann nach und wußte kein Gelaß für den Jäger. Und wenn es auch nur ein Verschlag auf dem Speicher wäre! rief der Jäger, der auf die Entschließung seines alten Wirtes mit einer Ängstlichkeit harrte, als hange davon sein Schicksal ab.

Nach langem Besinnen fiel diesem ein solcher Verschlag auf dem Speicher ein, worin er Frucht bewahrte, wenn die Ernte für die gewöhnlichen Räume zu ergiebig ausgefallen war. Jetzt war er leer, und diesen wies nun der Alte seinem jungen Gaste an, setzte aber hinzu, daß es ihm da droben wohl nicht gefallen werde. Der Jäger ging hinauf, und obgleich der kahle und verdrießliche Raum nur von einer Dachluke sein geringes Licht empfing, und zum Sitzen sich da nichts vorfand, als ein Brett und ein Kasten, so gefiel es dem Jäger dort oben wohl. Denn, sagte er, alles ist mir einerlei, wenn ich nur hier bleiben darf, bis ich darüber sicher bin, daß ich mit meinem verwünschten Schießen keinen Schaden angerichtet habe. Es ist schönes Wetter, und ich werde nicht viel oben zu sein brauchen.

Er war auch wirklich nicht viel oben in seinem Verschlage, sondern mehr unten bei Lisbeth. Er bat sie oft wegen des Schusses um Verzeihung, daß sie ungeduldig wurde, und ihm mit einem Stirnfältchen des Verdrusses, welches ihr allerliebst stand, sagte, er solle das nur sein lassen. Nach fünf Tagen war sie vollkommen geheilt, der Verband konnte abgelegt werden und nur leichte rötliche Pünktchen an der weißen Schulter deuteten noch die Stellen der Verwundung an.

Sie blieb im Oberhofe, denn sie war vom Hofschulzen, wie wir wissen, schon früher zur Hochzeit gebeten worden. Diese verspätete sich um einiges, weil die Ausstattung zum bestimmten Tage nicht fertig werden wollte. Der junge Jäger blieb auch, obgleich ihn der Hofschulze nicht einlud. Er lud sich aber selbst zur Hochzeit, indem er eines Tages dem Alten sagte, die Landesgebräuche seien ihm so merkwürdig, daß er sie auch auf einer Hochzeit kennen zu lernen wünsche. Er sagte dies, nachdem er schon vielfältig unten bei Lisbeth gewesen war. Und als er es vorbrachte, flammte sein Gesicht und er konnte das Verlangen nach Erweiterung der Kenntnisse nicht so recht ohne zu stocken kund thun.

Bald hatte der Jäger zwei Tageszeiten, eine unglückliche und eine glückliche. Die unglückliche war, wenn Lisbeth, und sie that es alle Tage, am Brautlinnen half. Der Jäger wußte dann gar nicht, was er mit seiner Zeit beginnen sollte. Nun sahen ihn die Bäume des Gartens und die Eichen des Kamps erst recht wie sein Waldmärchen an. Zuweilen blickte er gen Himmel, aber noch öfter zur grünen, schwellenden Erde nieder, die er hin und wieder hätte küssen mögen, so lieb war ihm der Boden geworden, auf dem er gar manches erlebt hatte. Wenn seine Gedanken Worte wurden, so lauteten sie: das schöne Mädchen an der schönen Blume – und dann ihr liebes Blut droben am Freistuhl – und nun – und nun – –

Aber das alles füllte ihm die Seele nicht aus. Er bedurfte einer Gesellschaft, freilich war ihm nicht jede recht, denn dem Hofschulzen wich er eher aus, wenn er ihm begegnete. Aber nach der Linnenkammer war er oft unterwegs, worin er die Mädchen plaudern hörte, und worin Lisbeth still half. Hatte er die Klinke in der Hand, um aufzudrücken, dann überzog sein Antlitz dunkle Glut, er wandte sich stolz und ging trotzig, wie ein Löwe, die Treppe hinunter, zum Hofe hinaus, weit, weit in das Feld, ohne sich umzusehen.

Die glückselige Zeit begann, wenn Lisbeth von ihrer Arbeit ruhte und frische Luft schöpfte. Dann war es gewiß, daß beide zusammentrafen, der Jäger und sie. Und wäre er noch so weit hinten im Gebüsch gewesen, es kam ihm dann vor, als sagte ihm jemand: jetzt ist Lisbeth im Freien. Dann flog er hin, wo er sie vermutete, und siehe, seine Ahnung hatte ihn nicht getäuscht, denn schon von weitem erblickte er die schlanke Gestalt und das liebliche Antlitz. Sie pflegte sich dann wohl seitwärts nach einer Blume zu bücken, als achtete sie seiner nicht. Vorher hatte sie freilich nach der Gegend gesehen, woher er kam.

Nun gingen sie zusammen durch Feld und Aue, denn er bat sie darum so herzlich, daß es ihr wie eine Sünde vorkam, ihm diese kleine Bitte abzuschlagen. Und je weiter sie sich vom Hofe in die wallenden Felder, in die grünen Wiesen verloren, desto freier und fröhlicher wurde ihnen zu Mute. Und wenn die rote sinkende Sonne alles rings umher und ihre jugendlichen Gestalten mit verklärte, dann meinten sie, es könne ihnen keine Angst und Pein mehr im Leben kommen.

Der Jäger that der Lisbeth auf diesen Gängen alles zu Gefallen, was er ihr nur an den Augen absehen konnte. Wenn sie zufällig nach einem Busche wilder Feldblumen sah, die entfernt vom Wege auf einer hohen Hecke blühten, so hatte er sich auf die Hecke geschwungen, ehe noch der Wunsch nach den Blumen in ihre Seele gekommen war. Und wo der Weg sich etwas abschüssig senkte, oder ein Stein im Wege lag, oder wo es ein geringes Wässerlein zu überschreiten gab, da streckte sich sein Arm ihr stützend und führend entgegen, und sie lachte über die unnötige Dienstfertigkeit und – nahm den Arm dennoch, und ließ ihren noch eine Zeit lang in dem seinigen, auch wo der Weg wieder eben geworden war.

Auf diesen stillen und anmutigen Gängen hatten die jungen Seelen einander viel mitzuteilen. Er erzählte ihr von den schwäbischen Bergen, von dem grünen Neckar, von der Alp, vom Murgthale und von dem Berge Hohenstaufen, auf dem das große Kaisergeschlecht entsprossen sei, dessen Thaten er ihr auch erzählte. Dann sprach er von der großen Stadt, worin er studiert habe, und von den vielen klugen Leuten, die ihm dort bekannt geworden seien. Und endlich erzählte er ihr von seiner Mutter, wie er diese so zärtlich lieb gehabt habe, und wie es daher wohl kommen möge, daß ihm nachher jede Fran teuer und wert erschienen sei, weil er bei jeder an seine selige Mutter gedacht habe.

Die Lisbeth mußte dagegen von ihrem einfachen Leben erzählen. Darin kamen keine großen Städte und keine klugen Leute vor und – auch keine Mutter! – Und dennoch meinte er, nie etwas Schöneres gehört zu haben. Denn jede niedere Pflicht, die sie geleistet, hatte sie durch Liebe geadelt, und von dem Fräulein und dem alten Herrn Baron wußte sie tausend rührende Züge anzugeben, auf allen Plätzen im Schloßgarten und hinter demselben waren ihr Geschichten begegnet, und aus den Büchern, die sie sich verstohlen vom Söller geholt, hatte sie erstaunliche Dinge über fremde Völker herausgelesen, und sonderbare Vorgänge zu Wasser und zu Lande, und alles hatte sie behalten.

Wohl hatte der Diakonus recht gehabt, als er die Lisbeth mit der Blume verglich, die in Duft und Moder erblüht war. Die Natur hatte an diesem blonden Mädchen ihre Allmacht bewähren wollen. Sie hatte sich in einem Maienrausche vorgesetzt, durch die That zu sprechen: Sehet da, mein Werk! Eure Erziehung ist Stückerei und Flickerei. – In der Seele dieses Mädchens war alles neu, ganz, frisch, jungfräulich. Dieses Mädchen war verständig wie ein Rechenmeister, und hatte mit den Bauern um den letzten Zinsgroschen sich gestritten, den sie ihrem Pflegevater verschaffen wollte, und dieses Mädchen war doch auch ganz lyrisch, ganz quellendes und wiedergebärendes Empfangen. Über ihr Antlitz zogen die Geister der Dinge, die sie sah und hörte, ein sichtbarer Reigen. Wenn der Jäger ihr von den klugen Gesprächen der Weisen erzählte, so lag ein feines Verstehen um die Lippen, wenn er ihr sagte, daß Karl von Anjou mit finsterem, unbeweglichem Gesichte zugesehen, als er den jungen unschuldigen Konradin hinrichten lassen, so faltete sich die reine Stirn und Thränen flossen unter diesen lieben zornigen Falten; aber eine süße Trunkenheit, ein seliger Sonnenschein durchleuchtete das Antlitz, wenn er ihr das grüne Murgthal schilderte und dazu mit seiner tiefen, wohlklingenden Stimme das Lied sang:

Süßer, goldner Frühlingstag!
Inniges Entzücken!
Wenn mir je ein Lied gelang,
Sollt' es heut nicht glücken?

Alles, was er in diese unberührte Brust säete, das keimte, sproßte, wurzelte darin, blühte und trug Frucht. Der Jäger wurde nicht müde, ihr aus seinem Vorrate zu geben, denn er empfing wieder das hundertste Korn; seine Welt kam ihm verklärt, gelichtet, vergöttlicht zurück aus dem Lächeln Lisbeths und von ihren frischen Lippen. So wogte es zwischen ihnen hin und wieder, ein Seliges, Unausgesprochenes, Unaussprechliches und war der Wonne kein Ende. Jegliches gefiel ihm an ihr. Wenn er ihr an einer schlimmen Stelle des Weges die Hand reichte und wohl fühlte, daß der leise Druck leiser erwidert wurde, so durchschauerte ihn die Freude, und wenn er ihr dann gleich wieder die Hand drückte, und die ihrige nun regungslos in der seinigen blieb, gleich als wollte sie sagen: verschwenden wir das Beste nicht! so gefiel ihm das auch. Eben so war es mit den Blicken. Ihr Auge ruhte einmal oder zweimal des Tages hingegeben an ihm und dann nicht wieder, er mochte es mit den seinigen auffordern, wie dringend er wollte. Daß sie in allem Maß hielt, gefiel ihm so sehr. Ja, es gefiel ihm sogar, daß ihre Oberlippe ein klein wenig zu kurz war, und die weißesten Zähne zum Vorschein kamen, wenn sie lachte oder lebhaft sprach. Denn dieser Mangel gab in seinen Augen ihrem Gesichte etwas reizend kindliches, lieblich unfertiges, was wie alles in ihr auf die letzte, süßeste Vollendung durch den Hauch der Zärtlichkeit harrte.

So gingen ihnen die Tage hin, einer nach dem andern im Oberhofe. Der Hofschulze sah freilich mit andern Augen drein, mußte zwar geschehen lassen, was er nicht hindern konnte, aber er schüttelte häufig den Kopf, wenn er seine jungen Gäste so viel mit einander gehen und verkehren sah. Dann pflegte er für sich zu sagen: Es ist Unrecht von so einem Junker. – Seine rauhen Gedanken flogen wie ein widriger Sturm um diese reine Knospe, die zur Blüte aufbrechen wollte. Er nahm sich vor, Lisbeth bei erster günstiger Gelegenheit zu warnen.

Wovor? – Zwischen ihr und ihrem Freunde war alles Unschuld, Demut, der keuscheste Traum eines guten Geistes. Noch war das Wort Liebe nicht über ihre Lippen gekommen und geküßt hatten sie einander auch noch nicht. Wenn er zu Nacht in dem elenden Verschlage auf sein Strohlager sank, so hatte er vorher die Luke aufgestoßen und die Sterne schienen ihm wie Lisbeths Augen tief in das Herz hinein, bis er entschlummerte. Wenn sie ihr Bettchen unten im Stüblein suchte, so kniete sie am Stuhle vor dem Bettchen nieder, und faltete die Hände und meinte, ein schönes Gebet zu sprechen, obgleich ihre Lippen kein Wort sagten. Er rief oben leise für sich hin, wenn seine Wimpern sich schlossen: Der ganzen Welt möchte ich vertrauen, wie sie mir so wohl gefällt. – Sie flüsterte, indem sie sanft ihre Wange an das Kissen drückte: Er ist der beste Mensch, den ich noch gesehen habe – und dann schliefen sie beide ein und die harmlosesten Gedanken besuchten einander in den webenden Schatten der Nacht.

Das waren die Tage, von welchen geschrieben steht: Sie blühen einmal und nicht wieder.

Fünftes Kapitel

Die Störung. Was sich in einer Dorfkirche zutrug

Endlich hatte der Jäger die Feder geschnitten. Er schob Lisbeth ein Blatt Papier hin und bat sie, zu versuchen, ob sie schreibe. Sie that es, konnte aber damit nicht zurecht kommen, sie habe Zähne, sagte sie. Er sah, was sie geschrieben, es war ihr eigener Name in den klarsten, ebensten Zügen. Die feinen Buchstaben entzückten ihn. Ich glaube, an der Feder liegt es nicht, stammelte er, ich wollte wohl, ohne sie zu kappen, ein ganzes Gedicht damit niederschreiben. – Thun Sie es, versetzte Lisbeth und schlug die Augen nieder, Sie sagten mir ja überdies, daß Sie mir das Tuch mit einem Scherze haben schenken wollen.

Oh – der Scherz wird wohl ausbleiben – rief der Jäger, nahm Feder und Papier, setzte zu dem Worte: Lisbeth das Wörtlein: »An« und schrieb einige Reimzeilen nieder.

Lacht nicht über sie! – Der Jäger konnte seinen guten, runden schwäbischen Vers machen, und hätte bessere zu stande gebracht, wäre er freieren Herzens gewesen.

> Ich wollte Dir mit leichten Scherzen
> Die arme kleine Gabe reichen;
> Da trat mir ein Gefühl zum Herzen,
> Das jene Scherze machte weichen.
> Es war die fromme, sanfte Rührung,
> Wenn man durch guter Genien Führung
> Die lieblichste Natur erblüht
> Und aus sich selbst entfaltet sieht.
>
> In Deinem Ernst, in Deinem Lachen
> Gehörst Du Dir nach holdem Rechte;
> Was Deine frischen Lippen sprachen,
> Es ist das Deine, drum das Echte.
> Wo solche Zauber im Gemüte,
> Folgt das Geschick, wie Frucht der Blüte,
> So lebe, lebe immerzu
> Dein Los, Dir eigen, hold wie Du!

Er hatte diese Verse mit fliegender Feder geschrieben, denn die Glocke läutete schon, und Lisbeth, die im Hochzeitszuge nicht fehlen durfte, schien unruhig zu werden. Jetzt reichte er das Blatt mit abgewandtem Gesichte ihr hin und trat von ihr hinweg an das andere Fenster. Nach einigen Sekunden hörte er hinter sich tief atmen und dann leise schluchzen. Rasch wandte er sich und hatte den rührendsten Anblick. Lisbeth stand, etwas gebeugt, als drücke sie die Verehrung, welche sie empfangen, und hielt das Blatt in der reizendsten Unbehülflichkeit mit beiden Händen vor sich hin, wie ein Kind, das die glänzende Weihnachtsbescherung sich noch gar nicht anzueignen wagt. Die hellen Thränen flossen ihr unter den Wimpern, dabei lächelte sie, und sah den Jäger mit dem gläubigsten Vertrauen an, als wollte sie sagen: Wenn du einen armen Findling so hübsch besingen kannst, so mußt du es wohl recht herzlich mit ihm meinen. – Endlich fand ihre Empfindung ein lautes Wort und sie lispelte: Sie machen zu viel aus mir, und ich werde noch ganz eitel durch Sie werden.

Er trat, fest seinen flammenden und doch so sanften Blick auf sie heftend, ihr entgegen und wollte ihre Hand küssen. Sie war küssenswert, diese Hand. Es ist, als ob manchem nichts schaden könne. Trotz aller Arbeit war die Hand weich und zart geblieben. Lisbeth entzog sich seinem Munde und bot ihm, die Augen schließend, die Lippen dar. Jauchzend wollte er mit den seinigen sie berühren, da öffnete sich die Thüre und die Brautjungfer trat mit dem Putze und ihrem Anliegen ein. Die Gestörten traten erschreckt auseinander, Lisbeth zu ihrem Tüchlein, der Jäger, ohne sie anzusehen, an das Fenster, von wo er dann mit niedergeschlagenem Blicke aus dem Zimmer schlich. Denn das Gefühl ist auch darin nur sich selbst gleich, daß es mit dem Bewußtsein der reinsten Tugend die Frucht des lichtscheusten Verbrechens paart. – Du denkst an das geliebte Mädchen zugleich mit deinen Gedanken an Gott, du sagst, wie der Jäger, in deinen einsamen Entzückungen: Könnte ich diese Liebe, wie meine beste That, von den Dächern rufen! und dann verleugnest du sie, wie Petrus den Herrn, der ersten Basenfrage, und rufst, ob man von dir glaube, daß du thöricht seist? –

Draußen war unter dem Glockengeläute die Musik immer näher gekommen, und jetzt wurde der Brautwagen, gezogen von zwei starken Pferden, am andern Ende des Weges, der durch den Eichenkamp leitete, sichtbar. Die erste Brautjungfer stand mit ihrem dicken, zum Teil überriechenden Strauße ehrbar neben der Braut, die Knechte standen bei den Packen und Laden im Flur, zum letzten Anfassen bereit; der Hofschulze schaute unruhig nach der zweiten und nach der improvisierten dritten Brautjungfer sich um; denn wenn diese nicht vor der Erscheinung des Bräutigams den Platz, den ihnen der Tag anwies, nahmen, so war es nach seinem Gefühle um die ganze Feierlichkeit geschehen. Doch da kamen die beiden Erwarteten eben noch zur rechten Zeit die Treppe herunter und stellten sich zu der ersten, als der Wagen gerade auf den freien Platz vor dem Hause hinauslenkte.

Gleichmütig im Gesicht, wie alle Hauptpersonen dieses Festes, stieg der Bräutigam vom Wagen. Junge Leute, seine nächsten Freunde, folgten ihm bebändert und bestraußt. Er schritt langsam auf die Braut zu, die auch jetzt noch nicht emporsah, sondern immerfort nur spann und spann. Nun befestigte die erste Brautjungfer den großen Strauß, worin Sternblume und Salbei dufteten, vorn auf der Brust an dem hochzeitlichen Kleide. Der Bräutigam empfing diesen Schmuck ohne zu danken, denn der Dank gehörte nicht zum Herkommen. Er reichte seinem Schwiegervater stillschweigend die Hand, dann sie eben so stillschweigend der Braut, die sich darauf erhob und zu den Brautjungfern stellte, zwischen die erste und zweite und vor die dritte.

Während dessen hatten die Knechte die Ausstattung auf den Wagen geschafft. Die Scene bekam etwas wildes, denn indem die Menschen mit dem Gepäck zwischen den Kochfeuern hindurchliefen, wurde mancher brennende Klotz von seinem Orte hinweggestoßen, knisterte und sprühte in dem Wege, den das Brautpaar zu gehen hatte. Nach dem Linnen, dem Flachs, den Kleidungsstücken nahm die Braut mit ihren drei Jungfern und dem Spinnrade, welches sie selbst trug, auf dem Wagen Platz. Der Bräutigam setzte sich abgesondert von ihr in den hintersten Teil des Fahrzeuges, und die jungen Bursche mußten diesem zu Fuße folgen, da die Ausstattung zu viel Raum einnahm, um ihnen noch Sitze zu gestatten. Hierüber machte der eine hergebrachte Späße gegen den Hofschulzen, auf welche dieser schmunzelnd antwortete. Er ging hinter den jungen Burschen her, und zu ihm gesellte sich der Jäger. So gingen zwei zusammen, welche an diesem Tage die entgegengesetzten Empfindungen hegten. Denn der Hofschulze dachte an nichts als an die Hochzeit, und der Jäger an nichts weniger als an sie, obgleich seine Gedanken um den Brautwagen flogen.

Fahre dieser nun langsam nach dem Hofe des Bräutigams, wo schon die ganze Hochzeitsgesellschaft: Männer, Frauen, Mädchen, junge Bursche aus allen umliegenden Wehren, und überdies die Freunde aus der Stadt, der Hauptmann und der Sammler seiner warten. Dort wird abgeladen; wir gehen inzwischen voran zur Kirche, die in der Mitte der ganzen Bauerschaft auf einem grünen Hügel, beschattet von Wallnußbäumen und wilden Kastanien liegt. – In der Sakristei beschäftigte sich der Diakonus still mit seinem Texte. Er gehörte zu den glücklichen Geistlichen, deren innerste Glaubenskraft vom Zweifel, welchen die neuere Wissenschaft erst recht gründlich ausgeschaffen hat, nicht berührt wird. Die verflüchtigenden Vorstellungen, welche in das Christentum eingedrungen sind, waren ihm nicht fremd geblieben, und sein Geist mußte zu sich sagen, daß darin mehr Wahrheit sei, als in dem Buchstaben des Orthodoxen. Aber es ging ihm mit der heiligen Geschichte wie es uns mit unsern Eltern geht. Wir erkennen ihre Schwächen und sind doch, wo es auf etwas ankommt, immer ihre Kinder. Denn er wurde gleich ein anderer, wenn er das Heiligtum betrat; zwischen dessen Wänden verschwand ihm die Kälte, er empfand das Evangelium in allen seinen Ausstrahlungen, Wundern und Widersprüchen als eine ewige Thatsache, und als eine wirkliche, nicht als eine gemachte. So war er denn nie in der Kirche Lippengläubiger, sondern erbaut, um andere zu erbauen.

Auch heute war er in den Gegenstand seiner Predigt fromm vertieft. Indessen störte ihn einigermaßen der Küster, welcher, ohne noch dort ein Geschäft zu haben, auch in der Sakristei verweilte, seinen Oberen mit verlegenen Blicken anschaute und dazu unablässig seufzte. Der Diakonus sah sich endlich genötigt, ihn zu fragen, was dies zu bedeuten habe?

Beklemmung, Beängstigung, ein ungemeines Blutwallen und Zudringen der Säfte nach dem Kopfe hat es zu bedeuten, Herr Diakonus, versetzte der seufzende Küster.

Es ist nicht zu verwundern, daß Ihr beklommen seid, antwortete lächelnd der Diakonus. Dieses Kopfkissen, welches Ihr jahraus, jahrein, sobald wir die Stadt verlassen, eingeknöpft auf dem Unterleibe tragt, die Witterung mag so schön sein, wie sie will, muß Euch das Blut wallen machen und die Säfte zu Kopfe treiben.

Es ist nicht dieses, mein Herr Diakonus, erwiderte der Küster, indem er seinen ausgestopften Unterleib streichelte, welcher sich in sonderbaren Wellenlinien, Wülsten und Knoten darwies, weil der Inhaber die Federn des Kissens nicht ganz gleich verteilt und verstrichen hatte. Es ist nicht dieses. Besser bewahrt wie beklagt, ich weiß ja, was eine hartnäckige Verkältung auf sich hat. Das Kissen ist gleichsam ein Teil von mir geworden und ruht mir ohne die mindeste Beschwer auf dem Herzen. Aber weshalb ich beklommen bin, das ist die Furcht vor einer Herabsetzung meines Ansehens und vor einer Schändung sozusagen des ganzen Küsterstandes, welche mir auf dieser unglücklichen Hochzeit bevorsteht.

Wie denn so?

Der Herr Diakonus wissen, daß der Schulmeister loci vor nunmehr beinahe acht Tagen verstorben ist, und seine Stelle noch keine Besetzung gefunden hat. So fehlet also dieser Hochzeit der zweite observanzmäßige Aufwärter [7], und da hat nun der Hofschulze, dieser alte eigensinnige Mann, sich nicht entblödet, mir gestern an- und zumuten zu lassen, ich solle statt des fehlenden Schulmeisters aufwarten, weil Küster und Schulmeister mit einander die meiste Ähnlichkeit und Verwandtschaft hätten, worüber ich denn die ganze Nacht hindurch kein Auge zugethan habe. Annoch kann ich vor Herzklopfen mich nicht zufrieden geben.

Freilich würde bei der Aufwartung die eigene Leibesnahrung nicht so wohl gedeihen, sagte der Diakonus.

Dieses nebenbei, sprach der Küster sehr ernst. Nötigenfalls wird durch Bündelschnüren und Serviettenverpackung dafür gesorgt werden, daß Küsterei in ihren Gerechtsamen keinen Schaben erlitte. Aber daß die Würde eine Beeinträchtigung dulden müßte und die Freiheit der Stelle von allen und jeden Aufwartediensten eine Verletzung erführe, dieses ist die Hauptsache. Und ehe ich ein solches Präjudiz aufkommen lasse, wodurch mittelst fernerer Nachlässigkeit der Nachfolger in der Küsterei einer immerwährenden Last unterzogen werden könnte, sterbe ich lieber, obschon ich einsehe, daß meine Weigernis einen furchtbaren Lärmen hervorbringen kann, denn der Hofschulze ist in allem fest, was er sich vorsetzt. Daher entsprießet denn wohl nicht ohne Grund einiger Kummer.

Der Diakonus, der durch das Geschwätz des Küsters sich in seinen Gedanken unangenehm geirrt fühlte, beschwichtigte ihn mit der Versicherung, daß er seinen Einfluß verwenden werde, um den Hofschulzen von dem rechtswidrigen Verlangen abzubringen. Der Küster ging, etwas erleichtert, da es Zeit war, und die Menschen sich schon in der Kirche versammelt hatten, hinaus und begann auf der Orgel die hergebrachte Schlacht von Prag zu spielen. Er kannte nämlich nur *ein* Präludium, und dieses war jene verschollene Schlachtmusik, an welche sich vielleicht noch einige ältere Leute erinnern, wenn ich ihnen in das Gedächtnis zurückrufe, daß das Tongemälde mit dem Aufmarsche der Ziethen'schen Husaren anfängt. Von diesem Aufmarsche wußte der Küster dann immer mit freilich nicht selten kühnen Gängen sich in die gangbaren Kirchenmelodien hinüberzuschwingen.

Während des Liedes betrat der Diakonus die Kanzel, und als er die Augen zufällig auf die Versammlung warf, hatte er einen unerwarteten Anblick. – Ein vornehmer Herr vom Hofe stand nämlich mitten unter den Bauern, deren Aufmerksamkeit er zerstreute, weil sie von ihrem Gesangbuche immer empor und nach seinem Sterne schielten. Der vornehme Herr wollte mit irgend einem Bauer in das Gesangbuch sehen, um in das Lied einzustimmen, da aber jeder, sowie der Herr vom Hofe sich ihm näherte, ehrerbietig auswich, so gelangte er nicht zum Zwecke und erregte nur eine fast allgemeine Unruhe. Denn wenn er in eine Kirchenbank sich setzte, so rutschten auf der Stelle sämtliche darin seßhafte Bauern bis in die äußerste entgegengesetzte Ecke, und entflohen der Bank gänzlich, wenn der Vornehme ihnen nachrutschte. Dieses Rutschen und Entrutschen wiederholte sich in drei bis vier Bänken, so daß der Herr vom Hofe, der in der besten Absicht diesen Dorfgottesdienst besuchte, es endlich aufgeben mußte, zu einer thätigen Teilnahme an demselben zu gelangen. Er hatte Geschäfte in der Gegend und wollte die Gelegenheit nicht verabsäumen, durch Herablassung die Herzen dieser Landleute für den Thron zu gewinnen, dem er sich so nahe wußte. Deshalb war in ihm, sobald er von der Bauernhochzeit hörte, der Vorsatz entstanden, ihr leutselig von Anfang bis zu Ende beizuwohnen.

Den Diakonus berührte der Anblick des Vornehmen, den er aus den glänzenden Cirkeln der Hauptstadt kannte, nicht wohlthuend. Er wußte, welche sonderbare Sitte der Predigt folgen werde und fürchtete den Spott des Vornehmen. Seine Gedanken verloren daher von ihrer gewöhnlichen Klarheit, seine Gefühle waren etwas bedeckt und er kam, je weiter er redete, um desto weiter aus der Sache. Seine Zerstreuung wuchs, da er bemerkte, daß der Vornehme ihm verstehende Blicke zuwarf und bei einigen Stellen beifällig mit dem Haupte nickte; meistenteils da, wo der Redner mit sich am unzufriedensten gewesen war. Er beschnitt daher die einzelnen Teile der Traurede, und eilte sich, zur Ceremonie zu gelangen.

Das Brautpaar kniete nieder und die verhängnisvollen Fragen ergingen an dasselbe. Da trug sich etwas zu, was den vornehmen Fremden in den äußersten Schreck versetzte. Denn er sah links und rechts, vor sich und hinter sich, Männer und Frauen, Mädchen und junge Bursche dicke Knittel, aus Sacktüchern gewunden, hervorziehen. Alles war aufgestanden, zischelte unter einander und sah sich, wie es ihm vorkam, mit wilden und heimtückischen Blicken um. Da es ihm nun unmöglich war, den richtigen Sinn dieser Vorbereitungen zu erraten, so verließ ihn alle Fassung, und weil die Knittel doch unwidersprechlich auf jemand deuteten, der Schläge empfangen sollte, so kam ihm der Gedanke, daß er der Gegenstand einer allgemeinen Mißhandlung sein werde. Er erinnerte sich, wie scheu man ihm ausgewichen war, und er bedachte, wie roh der Charakter des Landvolkes ist, und wie die Bauern vielleicht, weil ihnen seine herablassende Gesinnung nicht bekannt sei, sich vorgenommen hätten, den ihnen unbequemen Eindringling zu entfernen. Alles dieses ging blitzschnell durch seine Seele und er wußte nicht, wie er Würde und Person vor dem entsetzlichen Angriffe wahren sollte.

Als er noch ratlos nach Entschlüssen rang, schloß der Diakonus die Feierlichkeit, und es entstand augenblicklich der wildeste Tumult. Sämtliche Knittelträger und Knittelträgerinnen stürzten schreiend und tobend und ihre Waffen schwingend nach vorwärts, der Herr vom Hofe aber war über mehrere Bänke mit drei Sätzen seitwärts nach der Kanzel zugesprungen, erstieg dieselbe im Nu und rief von diesem erhöhten Standpunkte mit lauter Stimme in die tobende Menge hinunter: Ich rate euch, mich nicht anzutasten! Ich hege die besten und herablassendsten Gesinnungen gegen euch, aber jede mir zugefügte Beleidigung wird der Monarch ahnden, wie eine ihm selbst widerfahrene.

Die Bauern aber hörten nach dieser Rede nicht hin, von ihrem Vorhaben begeistert. Sie rannten dem Altare zu, und unterwegs bekam schon dieser und jener unabsichtliche Prügel, bevor das eigentliche Ziel derselben erreicht war. Dieses war der Bräutigam. Die Hände über den Kopf schlagend, bahnte er sich mit aller Anstrengung eine Gasse durch die Menge, welche ihre Knittel auf seinem Rücken, seinen Schultern und überhaupt aller Orten, wo Platz war, tanzen ließ. Er lief, sich gewaltsam Raum schaffend, nach der Kirchthüre zu, hatte aber, bevor er dieselbe erreichte, gewiß über hundert Schläge empfangen, und kam so, wacker zerbläut an seinem Ehrentage, aus dem Heiligtume. Alles lief ihm nach; der Brautvater, die Braut folgte, der Küster schloß unmittelbar hinter dem letzten die Thüre ab und verfügte sich in die Sakristei, welche einen besonderen Ausgang in das Freie hatte. In wenigen Sekunden war die Kirche leer geworden.

Noch stand indessen der vornehme Herr auf der Kanzel. Der Diakonus aber stand vor dem Altare, sich gegen den Vornehmen mit freundlichem Lächeln verbeugend. Dieser hatte, als er auf seinem Felsen Ararat sah, daß die Prügel nicht ihm zugedacht waren, beruhigt die Arme sinken lassen, und fragte, als jetzt Stille eingetreten war, den Diakonus: Sagen Sie mir um des Himmels willen, Herr Prediger, was bedeutete dieser wütende Auftritt und was hatte der arme Mensch seinen Angreifern gethan?

Nichts, Ew. Excellenz, versetzte der Diakonus, der ungeachtet der Würde des Orts Mühe hatte, ein Lachen über den Höfling auf der Kanzel zu verbeißen. Dieses Abklopfen des Bräutigams nach der Trauung ist ein uralter Gebrauch, den sich die Leute nicht nehmen lassen. Sie sagen, er solle bedeuten, daß der Bräutigam fühle, wie weh Schläge thun, damit er sein künftiges hausherrliches Recht wider die Frau nicht mißbrauche.

Ja, das sind denn doch aber wunderbare Sitten ... murmelte die Excellenz und stieg von der Kanzel. Unten empfing sie der Diakonus sehr höflich und wurde von ihr mit drei Küssen auf der flachen Wange beehrt. Dann führte der Geistliche seinen vornehmen Bekannten in die Sakristei, um ihn von dort in das Freie zu entlassen. Der noch immer Erschrockene sagte, er müsse erst überlegen, ob er an dem ferneren Verlaufe der Festlichkeit teilnehmen könne. Der Geistliche bedauerte dagegen auf dem Wege nach der Sakristei unendlich, daß er nicht früher von dem Vorhaben Seiner Excellenz Kunde erhalten habe, weil er dann im Stande gewesen wäre, Nachricht von der Prügelsitte zu erteilen und so Furcht und Schreck abzuwenden.

Nachdem beide sich entfernt hatten, war Stille und Schweigen in der Kirche. Es war ein artiges Kirchlein, reinlich und nicht zu bunt; ein reicher Wohlthäter hatte manches dafür gethan. Die Decke war blau gemalt mit goldenen Sternen, an der Kanzel zeigte sich künstliches Schnitzwerk und unter den Leichentafeln der alten Pfarrer, welche den Fußboden bedeckten, befanden sich sogar zwei oder drei von Messing. Reinlich und sauber wurden die Bänke gehalten, auch darauf hatte der Hofschulze mit seinem großen Einflusse hingewirkt. Eine schöne Decke zierte den Altar, über dem sich ein geschlungenes marmoriert angestrichenes Säulenwerk erhob.

Hell fiel das Licht zu dem Kirchlein ein, die Bäume säuselten draußen und zuweilen bewegte ein gelindes Lüftchen, das durch eine zerbrochene Scheibe drang, die weiße Schärpe, womit der Engel über dem Taufbecken bekleidet war, oder die Flitter der Kronen, welche, von den Särgen der Jungfrauen genommen, die Pfeiler umher schmückten.

Braut und Bräutigam waren fort, der Brautzug war fort, und doch war es nicht ganz einsam in dem stillen Kirchlein. Zwei junge Leute waren darin zurückgeblieben und wußten nicht von einander, und das war so zugegangen. Der Jäger hatte sich, als die Hochzeitleute die Kirche betraten, von ihnen abgesondert und war still eine Treppe zu einer oberen Prieche hinaufgegangen. Dort setzte er sich auf einen Schemel, ungesehen von den andern, abgewendet von ihnen und von dem Altare, ganz für sich und allein. Er schlug sein Gesicht in seine Hand, aber das konnte er nicht lange ertragen, die Wange und Stirn glühten ihm zu stark. Das Kirchenlied drunten fiel mit seinen ernstgezogenen Tönen wie ein kühlender Tau in seine Glut, er dankte Gott, daß endlich, endlich ihm das größte Glück beschieden sei, und in die frommen Worte da unten sang er unaufhörlich seine weltlichen Verse hinein:

> In deinem Ernst, in deinem Lachen
> Gehörst du dir nach holdem Rechte!...

Ein kleines Kind, welches sich neugierig heraufgeschlichen hatte, nahm er sanft bei der Hand und streichelte diese. Dann wollte er ihm Geld geben, aber er ließ es sein, drückte es an sich und küßte ihm die Stirn. Und als das Kind, ängstlich von den heißen Liebkosungen, die Treppe hinuntergehen wollte, führte er es sacht hinab, daß es nicht falle. Dann kehrte er zu seinem Sitz zurück und hörte nichts von der Rede und nichts von dem Lärmen, der ihr folgte, in tiefe, selige Träume versunken, die ihm seine schöne Mutter zeigten und sein weißes Schloß auf grünem Berge und ihn und noch jemand in dem Schlosse.

Lisbeth war in ihrem fremdartigen Anzuge verlegen und scheu hinter der Braut hergegangen. Ach, dachte sie, in dem Augenblicke, wo der gute Mensch von mir sagt, ich wäre immer natürlich, muß ich geborgte Kleider tragen. Sie sehnte sich in die ihrigen zurück. Die Bauern, die

Leute aus der Stadt hörte sie hinter sich zischelnd ihren Namen nennen, der vornehme Herr, welcher vor der Kirche dem Zuge entgegentrat, besah sie lange prüfend durch seine Lorgnette. Das alles mußte sie erleiden, als sie eben so schön besungen worden war, als ihr Herz von Freude und Entzücken überflutete. Sie trat halbbetäubt in die Kirche ein und nahm sich vor, bei dem Rückwege von dem Zuge zu bleiben, damit sie auf keine Weise wieder der Gegenstand des Gesprächs, oder gar der Scherze werde, über welche sie sich seit einer Viertelstunde weit hinaus fühlte. Auch sie hörte von der Rede wenig, so sehr sie sich zwang, dem Vortrage ihres verehrten geistlichen Freundes zu folgen. Und als die Ringe gewechselt wurden, da erregten ihr die gleichgültigen Gesichter des Brautpaares eine sonderbare Empfindung, gemischt aus Wehmut. Neid und dem stillen Unwillen, daß ein so himmlischer Augenblick an stumpfen Seelen vorübergehe.

Nun entstand der Tumult und da entfloh sie unwillkürlich hinter den Altar. Als es wieder still geworden war, holte sie tief Atem, zupfte an ihrer Schürze, strich sich eine Locke, die ihr auf die Stirn gefallen war, sacht zurück und faßte sich ein Herz. Sie wollte sehen, wie sie unbemerkt auf Nebenwegen zum Oberhofe zurückgelangen und der leidigen Kleider quitt werden möchte. Mit kleinen Schritten und niedergeschlagenen Augen ging sie durch einen Seitengang nach der Thüre zu.

Aus seinen Träumen endlich erwacht, kam der Jäger die Treppe hinunter. Auch er wollte die Kirche verlassen, wußte aber freilich nicht, wohin dann? Sein Herz bebte, als er Lisbeth sah; sie schlug die Augen auf und blieb schüchtern und fromm stehen. Dann gingen sie, ohne einander anzuschauen, stumm der Thüre zu, auf deren Drücker er seine Hand legte, sie zu öffnen. Sie ist verschlossen! rief er mit einem Laut des Entzückens, als sei ihm das höchste Glück widerfahren. Wir sind in der Kirche eingeschlossen!

Eingeschlossen? fragte sie voll süßem Schreck. – Warum macht Sie das bestürzt? Wo kann man besser aufgehoben sein als in einer Kirche? sagte er seelenvoll. Er schlug sanft seine Arme um ihren Leib, mit der andern Hand faßte er ihre Hand, so führte er sie nach einer Bank, nötigte sie darauf nieder und setzte sich neben sie. Sie sah in ihren Schoß und ließ die Bänder an dem buntfarbigen Jäckchen, welches sie trug, durch die Finger gleiten. Er hatte seinen Kopf auf dem Betbrette aufgestützt, sah sie von der Seite an und berührte das Häubchen, welches sie trug, wie um den Stoff zu prüfen. Er hörte ihr Herz klopfen und sah ihren Hals gerötet. – Nicht wahr, es ist ein abscheulicher Anzug? fragte sie nach langem Schweigen kaum hörbar. – O! rief er und knöpfte seine Weste auf, ich sah nicht nach dem Anzuge! – Er faßte ihre beiden Hände, drückte sie stürmisch gegen seine Brust und zog sie dann von der Bank.

Ich ertrag's nicht so still zu sitzen! Lassen Sie uns die Kirche besehen! rief er. – Hier ist wohl nicht viel Sehenswürdiges, versetzte sie zitternd.

Er ging mit ihr zu dem Taufsteine, auf dessen Grunde noch etwas von dem heiligen Naß stand, denn es war vor der Hochzeit schon eine Taufe gewesen. Sie mußte mit ihm auf den Grund und in das Wasser hinabsehen. Dann tauchte er den Finger hinein und netzte erst ihre und dann seine Stirn.

Um Gotteswillen, was machen Sie? rief sie ängstlich und wischte rasch die ihr frevelhaft dünkende Befeuchtung ab. – Wiedertäuferei treibe ich, sagte er wunderbar lächelnd. – Dieses Wasser weiht die Geburt zum Leben, und dann geht das Leben so fort – lange, lange, heißt Leben und ist keins – und dann bricht das wahre Leben auf, und man sollte dann von neuem taufen. – Sie wurde ängstlich in seiner Nähe und stammelte: Kommen Sie, ein Ausgang wird durch die Sakristei zu finden sein. – Nein, rief er, erst die Totenkronen wollen wir besehen: zwischen Geburt und Grab erlebt unser Leben sein Leuchtendes, sein Schönes! – Er führte sie zu der stattlichsten Totenkrone am gegenüberstehenden Pfeiler und murmelte auf dem Wege mit trunken-irren Blicken die Stelle von Gray, welche mit seinen übrigen Gedanken nicht zu-sammenhing, und auf welche ihn nur der Ort bringen konnte: »Viel Tropfen reinsten Glanzes bergen des Meeres dunkle unermessene Tiefen, viel Blumen brachen auf, um ungesehen zu blühen, und ihre Süße an die öde Luft zu verschwenden!«

Dachte er an das Mädchen, von dessen Sarge die strahlende Totenkrone war? – Ich weiß es nicht. – Flittern und glänzende Ringe hingen an dünnem Zindel herunter. Er riß zwei Ringe ab und flüsterte: Ihr seid nur schlechte Reifen, aber zu köstlichem Golde will ich euch weihen und heiligen! – Er steckte, ehe die Lisbeth es verwehren konnte, ihr den einen und den andern darauf sich an. Dabei sah er zornig aus, seine Lippen schürzte ein erhabener Unmut, er legte seine geballte Faust dem Mädchen auf den Nacken, als wollte er sie züchtigen, daß sie seine Seele ihm entwendet habe. In diesem starken, jungen Gemüte riß die Liebe, wie ein Waldstrom im Gebirge, tiefe Schluchten und Spalten.

Oswald! rief sie und trat vor ihm zurück. Es war das erste Mal, daß sie seinen Vornamen nannte. – Wir können das eben so gut thun, wie die dummen Bauern, sagte er, und sind keine andern Ringe zur Hand, so nehmen wir sie vom Sargschmuck, denn das Leben ist stärker als der Tod. – Nun gehe ich, seufzte sie atmend und wankte. Ihr Busen flog, daß das Mieder wild bewegt wurde.

Aber schon hatten seine starken Arme sie umstrickt und aufgehoben und vor den Altar getragen. Dort ließ er sie nieder, die halbohnmächtig an seiner Brust lag und stammelte schluchzend vor Liebesweh und Liebeszorn: Lisbeth! Liebe! Einzige! Entsetzliche! Feindin! Räuberin! Vergieb mir! Willst Du mein Du sein? Mein ewiges, süßes Du?

Sie antwortete nicht. Ihr Herz schlug an seinem, sie schmiegte sich ihm an, als wollte sie mit ihm verwachsen. Ihre Thränen flossen auf seine Brust. Nun hob er ihr Haupt empor, und die Lippen fanden sich. In diesem Kusse standen sie lange, lange.

Dann zog er sie sanft neben sich auf die Kniee nieder, und beide erhoben vor dem Altare betend die Hände. Sie konnten aber nichts vorbringen als: Vater! lieber Vater im Himmel! Und das wurden sie nicht müde mit wonnezitternder Stimme zu rufen. Sie riefen es so zutraulich, als ob der Vater, den sie meinten, ihnen die Hand reiche.

Endlich verstummte dieses Rufen und sie legten das Gesicht schweigend an das Altartuch. Mit dem Arme aber umschlang eines des andern Nacken, die Wangen glühten, eine an der andern, und die Finger spielten sanft in den Locken. Es war keine Unruhe mehr in den Herzen; sie schlugen still und gleichmäßig.

So knieten die beiden eine Zeit lang vereinigt lautlos im Heiligtume. Plötzlich fühlten sie ihre Häupter leise angerührt und sahen empor. Der Diakonus stand zwischen ihnen mit leuchtendem Antlitz und hielt seine Hände segnend auf ihren Scheiteln. Er war zufällig aus der Sakristei noch einmal in die Kirche getreten und hatte mit gerührtem Erstaunen die Verlobung gesehen, die hier abseitig der Hochzeit und im Angesichte Gottes zustande gekommen war. Auch er redete nicht, aber seine Augen sprachen. Er zog den Jüngling und das Mädchen an seine Brust und drückte seine Lieblinge herzlich an sich.

Dann ging er mit dem Paare, es führend, in die Sakristei, um es dort zu entlassen. So gingen die drei aus der kleinen, stillen, hellen Dorfkirche.

Sechstes Kapitel
Die ferneren Ereignisse eines Hochzeitstages

Unterdessen hatte sich das Hochzeitsgefolge mit den Musikanten und dem Brautpaare wieder im Oberhofe eingefunden, und alles stand und saß im Flur, Hof und Garten umher. Noch immer loderten die Feuer und waren die Mägde geschäftig. Die farbigen Jacken der Mägde, die sonderbar geformten Schneppenhauben der Frauen und die lichtblauen Röcke der Männer gaben der Scene ein buntes und fremdartiges Ansehen. Der Oberhof hatte sich ganz mit Menschen erfüllt, denn es waren wohl an die hundert Personen versammelt, welche der Brautvater hatte einladen lassen. Steinhausen, der Spaßmacher, war auch schon unter ihnen, verhielt sich aber noch still, denn seine Stunde sollte erst nachmittags kommen. Um das Brautpaar bekümmerte sich niemand sonderlich. Der Bräutigam half den Tisch im Flure decken. Die Braut saß mit den beiden ihr treu gebliebenen Brautjungfern für sich und in einiger Entfernung von den übrigen Frauen unter den Linden im Hofe. Zuweilen, und insoweit sie sich von ihrem Getränke abmüßigen konnten, spielten die Musikanten, denen ein besonderer Tisch im Baumgarten angewiesen worden war, kurze Stücklein, ohne jedoch eine eigentliche Aufmerksamkeit zu erregen, denn die meisten hielten ihren Sinn nur auf die weißgedeckten Tafeln geheftet, auf welchen nun die Mägde allgemach anzurichten begannen.

Der Brautvater hatte unterdessen von neuem Gelegenheit gehabt, seine Fassung zu beweisen. Zwar, daß ihm der Diakonus, als er in den Hof kam, verkündigte, die fremde Excellenz, welche er so eben im Kruge bekomplimentiert, sei von ihm, ungeachtet des Schrecks in der Kirche dennoch veranlaßt worden, die Hochzeit zu besuchen, konnte seinem Stolze nur behaglich sein. Aber sonst ging so manches bei dem Plaisier, wie er für sich hinmurmelte, nicht in der gehörigen Manier. Schon daß seine Voraussagung eintraf, und daß ihn bei der Rückkehr in den Oberhof ein jeder befragte, warum Hölscher nicht komme? war ihm sehr verdrießlich gewesen. Dann verdroß es ihn, daß die dritte Brautjungfer Lisbeth zurückgeblieben war und nicht, wie sich gebührte, neben seiner Tochter saß. Der Hauptmann, der heute seinen preußischen Tag hatte und das eiserne Kreuz trug, steigerte den Ärger. Nach uralter Sitte war nämlich für die vornehmen und städtischen Gäste im Flure gedeckt morden, und für die geringeren Leute im Baumgarten. Denn der Bauer, welcher nicht zum Vergnügen, sondern in Last und Plage viel draußen sein muß, hält das Obdach des Hauses für den besten Segen und glaubt den zu ehren, dem er dieses anbietet. Der Hauptmann aber, der rasch einsah, daß der Aufenthalt in der heißen und dumpfen Enge unangenehm sein werde, ordnete an und kommandierte, daß er mit der Braut, dem Pastor, dem Brautvater und dem Sammler im Baumgarten speisen wolle, ließ auch sofort die Gabeln, welche die vornehmen Gäste ausnahmsweise bekamen, nach der Tafel im Freien tragen. Es war dies schon geschehen, als der Hofschulze hinzukam und mit großem Unmute die abermalige Abweichung vom Hergebrachten gewahrte. Er stieß einen tiefen Seufzer aus, welches bei ihm ein Zeichen verhaltenen Zornes war, bezwang sich indessen und äußerte gegen den Hauptmann, der ihn militärisch kurz fragte, ob er des Henkers gewesen sei, daß er seine Freunde aus der Stadt habe am Herde rösten wollen? mit gehaltener Höflichkeit: wie die Herrschaften es sich am liebsten einrichteten, so sei es ihm auch recht und angenehm.

Aber dem Diakonus, der ihn darauf bei Seite nahm, um eine Angelegenheit von Wichtigkeit mit ihm zu ordnen, hielt er desto hartnäckiger Stich. Der Diakonus wollte nämlich seinen unglücklichen Küster von dem Aufwartedienst frei haben, weil er wirklich befürchtete, daß das Ehr- und Rechtsgefühl dieses Mannes es auf den äußersten Widerstand ankommen lassen und vielleicht die völlige Störung des ganzen Hochzeitsfestes herbeiführen werde. Bei diesem Punkte fühlte sich jedoch der Hofschulze zu fest in seinen begründeten Ansprüchen und verblieb unweigerlich dabei, daß der Küster die Gäste bedienen müsse, da der alte Schulmeister gestorben und ein neuer noch nicht angekommen sei. Aus seinen Reden ging hervor, daß er einen Küster nur für die Spielart eines Schulmeisters hielt, wie denn in der That auch an vielen Orten beide Posten in einer Person vereinigt zu sein pflegen. Der Geistliche suchte mit aller Gelassenheit ihn durch verschiedene Gründe auf andere Gedanken zu bringen, und schlug endlich vor, den

Spaßmacher Steinhausen zum zweiten Aufwärter zu ernennen. Dieser Vorschlag verletzte aber recht eigentlich den Hofschulzen, er erklärte dem Diakonus, daß er nur deshalb, weil der Herr noch nicht lange in der Gegend sei und darum die Manieren nicht inne haben könne, ihm die Rede hingehen lasse. Denn erstlich sei nicht die mindeste Ähnlichkeit zwischen einem Schulmeister und einem Spaßmacher und zweitens werde es ja für seinen Eidam im höchsten Grade despektierlich sein, einen solchen Kompagnon zu haben.

Die Debatte dauerte zwischen beiden Männern unentschieden fort. Sie wurde mit Anstand und Ruhe geführt, aber ein Ende und Ziel ließ sich nicht voraussehen. Dies war um so beklagenswerter, als bereits die meisten Suppenkübel und Schüsseln auf den Tafeln dampften, und alles nach der Mahlzeit verlangte, die doch ohne die gehörige Aufwartung nicht zu stande kommen konnte.

Der Küster hatte sich, da er seine Sache in guten Händen sah, aus Politik, um nicht persönlich überrumpelt zu werden, auf ewige Zeit vom Oberhofe entfernt. Er ging zwischen den Wallhecken spazieren, und mit ihm ging einer der fremden Hochzeitsgäste, ein alter Schirrmeister, der im nächsten Postorte gerade seine zehn Ruhestunden genoß, und die Gelegenheit nicht hatte vorbeigehen lassen wollen, vom Hochzeitbraten zu kosten – ein weitläufiger Anverwandter des Hofschulzen. Er gehörte zu den ausgedienten Kriegsknechten, die nach vielen Mühen und Strapazen einen sogenannten Ruheposten bekommen. Der Ruheposten unseres Schirrmeisters gestattete ihm, viermal im Monat sein Bett aufzusuchen, sonst lag er bei Nacht und Tage auf der Landstraße. Er hatte so viel Kupfer auf der Nase als ein rechtschaffener Schirrmeister haben muß, war ein Fünfziger, d. h. hoch in den Fünfzigen, rüstig und wacker, und litt nur von seinen Feldzügen her an der Gicht, die ihn je zuweilen ganz kontrakt machte.

Der Küster und der Schirrmeister unterhielten sich in dieser Zwischenzeit vor Tisch vom menschlichen Leben und vom höchsten Gute. – Wenn man so wie ich auf vielen Hochzeiten gewesen ist, sagte der Küster, wenn man sieht, wie die jungen Leute heiraten, nach neun Monaten ein Kind kriegen, und dann immer so fort, jedes Jahr ein frisches Kind – nun stirbt dieses und jenes Kind, und die, welche leben bleiben, heiraten nach mehreren Jahren auch, und zuletzt stirbt alles mit einander, und man hat das, wenn man sechzig Jahre auf den Schultern trägt, wie gesagt, einige Male mit durchmachen müssen, so kommt einem das menschliche Leben ganz einerlei vor und wie eine Kugel, die sich immer umdreht.

Das menschliche Leben kommt mir mehr gleichsam als wie eine Reise vor, sagte der Schirrmeister.

Der Küster sah seinen Gefährten lange erstaunt an und sprach darauf: Dieser Gedanke ist ganz neu, denn ich fand ihn noch nirgends in den vielen Büchern, die ich doch gelesen habe.

Der Schirrmeister fühlte sich geschmeichelt und versetzte: Unterwegs fällt unsereinem allerhand ein. Es soll mir ganz recht sein, wenn dieser Gedanke noch irgendwo geschrieben steht, denn Bücher zu lesen habe ich freilich keine Zeit.

Der Küster fuhr in seinen Betrachtungen folgendermaßen fort: In dieser vernünftigen Fassung über das menschliche Leben sänftigen sich auch die menschlichen Wünsche. Ich war zu meiner Zeit in der Jugend sehr oben aus und wollte platterdings Theologie studieren. Frühprediger mußte ich wenigstens werden, das stand fest. Es war aber dazumal mit dem Unterrichte eine verkehrte Sache, und die Lehrer hatten nicht die Manier, daß man etwas begreifen konnte. Ich begriff nichts und wurde so nach und nach Küster, wozu man freilich auch nicht ohne Gaben sein darf. Gegenwärtig habe ich eigentlich nur noch drei Wünsche auf dieser Welt.

Und die sind? fragte der Schirrmeister.

Erstlich wünschte ich, daß jemand einmal ein ordentliches und ausführliches Buch von Küstersachen schriebe und darin auseinandersetzte, worin das Amt und die Würde eines Küsters besteht, was man ihm mit Fug zumuten darf und was nicht. Denn alles will uns jetzt zu Leibe, und es giebt keinen angefochteneren Stand, weshalb es denn ein wahres Bedürfnis der Zeit wäre, daß in den Vorstellungen über Küster und Küsterei einmal wieder bessere Ordnung gestiftet würde.

Was ich mir wünsche, ist geringer, sagte der kupfernasige Schirrmeister. Ich bin mit meinem Posten ganz zufrieden, man lernt auf jeder Station andere Menschen kennen, es giebt immer etwas Neues, und die fremden Gegenden auf dem Kurs verschaffen einem auch beständig Abwechselung. Hat man einmal Langeweile, nun, so liest man zur Unterhaltung seinen Personenzettel, kurz, ich möchte diesen Beruf mit keinem andern vertauschen und wäre ganz glücklich, wenn ich nur ein einziges Mal tüchtig schwitzen könnte.

Thut Ihnen das so not und kommen Sie nie dazu? fragte der Küster.

Not sehr, denn das Reißen in den Gliedern von meinen Strapazen her nimmt von Jahr zu Jahr zu. Das ist auch ganz regulär, denn dergleichen Übel mehren sich immer, wenn man bei jedem Wind und Wetter hinaus muß. Könnte ich aber einmal so recht von Grund der Seele schwitzen, ich hätte wohl auf ewige Zeit Ruhe. Dazu gelange ich indessen nie, weil ich nur viermal im Monate zu Hause schlafe.

Dann könnten Sie ja doch schwitzen, sagte der Küster.

Keine Möglichkeit. Habe es versucht, aber die Gedanken lassen den Schweiß nicht vorbrechen, versetzte der Schirrmeister. Nämlich, wenn ich eben ein paar Stunden im Bette gelegen habe und der Fliederthee nun seine Wirkung thun will, so fange ich an zu denken: jetzt füttern die Pferde, die du vorgelegt kriegst, jetzt wird schon der Wagen geschmiert, nun stehen der Herr Sekretär auf, nun sehe ich sie in ihrem Warschauer Schlafpelz sitzen und die Karten und Papiere fertig machen, alleweile ist der Briefzettel geschrieben, und alleweile die Personenkarte – da schlägt es sechs, und ich muß aufstehen, trocken, wie ich mich hinlegte, denn wenn man seine völlige Ruhe nicht hat und an andere Dinge denken muß. so löst sich die Natur nicht, und wenn man den Fliederthee eimerweis tränke. Dieses fehlt also an meiner völligen Zufriedenheit, und so ist das menschliche Glück nie vollkommen.

Ja, sagte der Küster, es mangelt immerdar etwas, welches auch heilsam sein mag, denn sonst verlangten wir nicht nach dem Himmel. – Mein zweiter Wunsch wäre, daß doch endlich ein Einsehen gethan würde, und alle Hunde abkämen, oder wenigstens mit Knüppeln vor den Beinen umherlaufen müßten, wegen der möglichen Tollheit. Hier an dieser Stelle, Schirrmeister, war es, wo ich durch eine solche Kanaille, die von jener Waldhecke herabsprang, am letzten Zinstage einen Todesschreck hatte. Man sollte überhaupt seinen Nebenmenschen vor Alteration mehr behüten und bewahren. Tolle Menschen läßt man auch viel zu frei umhergehen. So habe ich zu meinem Erstaunen gehört, daß der übergeschnappte Schulmeister von Hackelpfiffelsberg, [8]welcher eine Zeit lang bei dem alten Herrn Baron eingesperrt war, seit gestern frank in der Gegend gesehen worden ist. Wenn einem nun unversehens dieser Wütige begegnete –

Aber der Küster konnte seinen Satz nicht enden, denn es ereignete sich etwas, was selten vorzukommen pflegt, nämlich: der Wolf in der Fabel erschien. Um die Ecke herum trat nämlich plötzlich, mit einer Flinte bewaffnet, der Schulmeister Agesilaus, oder vielmehr Agesel, in der veilchenblauen Pekesche mit Sammetvorstößen. Er ging munteren und beherzten Schrittes auf die beiden Männer zu, denn er war auf dem Wege nach dem Oberhofe. Aber ihn sehen, einen Laut des Schreckens ausstoßen, blitzschnell umkehren und mit gewaltiger Schnelligkeit entfliehen, war bei dem Küster eins.

Er lief, die Hände vorgestreckt, spornstreichs nach dem Hochzeitshause und stürzte mit dem Geschrei: rettet euch! unter die Gäste, die alsobald aufgestört, teils den Küster in bewegten Gruppen umwogten, teils zum Flüchten Anstalt machten. Der Hofschulze, welcher von der allgemeinen Unruhe nicht angesteckt wurde, trat fragend zum Küster und erhielt von ihm den Bescheid, daß einer oder mehrere Tolle, ja vermutlich das ganze Irrenhaus in der Nähe ausgebrochen sei, und die verrückte Gesellschaft, furchtbar mit Flinten und Keulen bewaffnet, sich nahe.

Die Weiber erhoben ein Geschrei, der Hofschulze, welcher von sich auf andere schloß und nicht annehmen konnte, daß die Furcht in dem Maße übertreibe, wie hier der Fall war, machte zum erstenmale in seinem Leben ein verlegenes Gesicht, und alles war in Bestürzung – als der Schirrmeister mit dem vermeintlichen Tollen in den Hof trat.

Agesel! riefen alle, die ihn kannten, und deren waren nicht wenige. Ist dieses das ganze entsprungene Irrenhaus? fragte der Hauptmann. Ihr seid und bleibt ein Poltron, Küster. – Man kann noch nicht wissen – stammelte der zitternde Küster, der seinen Versteck hinter der Excellenz vom Hofe, die indessen auch unter den Gästen eingetroffen war, genommen hatte, vermutlich weil er im Schutz des Vornehmsten am sichersten zu sein glaubte. Die Excellenz sah verwundert umher und wußte abermals nicht, woran sie war.

Agesel warf einen wehmütigen Blick auf die Versammlung, einen schmerzlichen gen Himmel und sagte dann seufzend: Ich ahne recht wohl, was dieser Vorgang zu bedeuten hat. Ja, wer einmal einem gewissen Unglücke unterworfen gewesen ist, vor dessen Schritten fleucht immerdar die Furcht her und ruft: geht aus dem Wege! – Meine Herren aus der Stadt! Ich kann Sie versichern, daß ich gewöhnlicher Mensch in der vollsten Bedeutung des Wortes bin. Euch Bauern, die ihr dies vielleicht nicht verstehen würdet, sage ich, daß es bei mir keineswegs rappelt, sondern daß ich auf den Oberhof komme, um mich nach der Pflegetochter zu erkundigen. Wer mir das glauben will, der thut wohl daran, und wer es nicht glauben will, der kann es bleiben lassen. Die Flinte, welche den Küster vielleicht erschreckt hat, habe ich droben am Freistuhl, bei dem ich vorbei kam, im Walde gefunden. Schaft und Rohr lagen gesondert und zum Teil beschädigt an verschiedenen Stellen, mich jammerte das gute Eisen und Holz, ich band es notdürftig mit Bast und Bindfaden zusammen, und stellte so den Anschein einer Flinte dar, welche aber, wie der Augenschein lehrt, durchaus unschädlich ist.

Er zeigte das zusammengeflickte Schießgewehr vor, welches, wie man leicht errät, das des Jägers war. Wer es zu sehen bekam, überzeugte sich mit einem Blicke, daß es keine Gefahr bringen könne. Die gesetzten Reden des Schulmeisters brachten ein allgemeines Zutrauen in seinen hergestellten Verstand zuwege. Dem Diakonus kam plötzlich ein Gedanke, durch den so unvermutet in die Hochzeit eintretenden Agesel den ganzen Streit über das Aufwarten beizulegen. Er sagte dem Hofschulzen seine Meinung, dieser billigte sie, und beide richteten an den Schulmeister das Ersuchen, als zweiter Aufwärter bei der Mahlzeit zu dienen. Nichts konnte dem Manne erwünschter sein. Er versetzte, daß sein ganzes Bestreben jetzt dahin gehe, nützlich zu wirken, daß er daher mit Freuden die Gelegenheit, die ihm heute dazu durch das Bedienen der Gäste gewährt werde, ergreife, und in diesem anscheinend zufälligen Ereignisse eine wahre Fügung des Himmels erkenne, indem er nicht verschweigen könne, daß der Herr Schulrat Thomasius ihm gewisse Aussicht auf die Schulmeisterstelle der Bauerschaft gegeben habe, daher das vorläufige Aufwarten gleichsam schon den Anfang des ihm zugesagten Dienstes darstelle. Nach dieser Rede band er sich hurtig eine weiße Schürze vor, holte mit Geschicklichkeit einen gekochten Schinken vom Feuer und setzte ihn anstandsvoll auf die Tafel im Baumgarten.

Sonach waren alle Hindernisse beseitigt, und die ganze Hochzeitsgesellschaft nahm auf eine gereimte Einladung des Burschen, der Hölscher zu bitten vergessen hatte, Platz. Die Braut, die Brautjungfern, der Diakonus, der Brautvater, die städtischen Freunde, die Excellenz, der Schirrmeister und die größten Hofesbesitzer mit ihren Frauen stellten sich um die Tafel unter den Bäumen im Garten, die geringeren Leute und die jungen Bursche und Mädchen, unter Anführung des Küsters, um die im Flur. Der Diakonus sprach an seinem Tische ein Gebet, der Küster eins an dem seinigen. Hierauf wurde an beiden Tischen ein geistliches Lied angestimmt.

Für Lisbeth war zwischen den Brautjungfern ein Platz offen gelassen worden. Der Hofschulze sah sich unruhig nach ihr um. Sie kam nicht. Dagegen kam während des Gesanges der Jäger, überblickte die Tafel, fand für sich keinen Platz offen, weil die zwei unerwarteten Gäste, die Excellenz und der Schirrmeister, schon allen Raum hinweggenommen hatten, Lisbeths Platz aber unbesetzt. Freudeglänzend wurde sein Antlitz, er schlich sich sacht seitwärts nach dem Hause, um sein Mädchen aufzusuchen. Sie trat ihm bei den Linden entgegen, umgekleidet, in ihrem gewöhnlichen Anzuge, den Strohhut auf dem Haupte. – Nun ist mir wohl, nun bin ich wieder, wie ich sein muß! rief sie freundlich. – Ich weiß, sagte er, du magst dich nicht verstellen, du wolltest neulich nicht einmal leiden, daß ich dir an deinem Haare zeigen durfte, was für Zöpfe die schwäbischen Mädchen tragen.

Nein, sagte sie, niemals was vorstellen, was man nicht ist.

Sie wollte nach dem Tische im Baumgarten gehen, der Jäger hielt sie aber zurück und rief: Wie? In dem leichten städtischen Kleidchen willst du dich als Brautjungfer an den Tisch setzen!

Da erwarte nur, daß dich der Hofschulze, der streng auf Ordnung und Kostüm hält, fortweiset! – Ja, was soll ich beginnen? fragte sie verlegen; das häßliche steife Zeug lege ich nimmermehr wieder an.

O meine Geliebte, sagte der Jäger zärtlich, wollen wir denn unser Glück unter die Bauern tragen? Dasitzen und rohe Späße mit anhören und langweilige Bräuche mit anschauen? Ists denn nicht der Tag unserer Tage? Gehört er nicht ganz uns unter Gottes liebem Himmel und auf Gottes grüner Erde? Müssen wir zwei nicht allein bei einander bleiben, fern von den andern Menschen? Ich wollte dich bitten, mit mir zu gehen, den Hügeln zu, den Platz zu suchen, wo ich dich zum erstenmale fand bei der schönen Blume.

Wie darf ich das? Was würden sie von mir im Oberhofe sagen, versetzte sie scheu. Sie entfernte sich von ihm.

Wohl! Wohl! rief er halb zornig. So setze dich denn nieder bei deinen Kameradinnen; für mich ist aber nicht gedeckt; ich gehe zu Wald! – Er ging trotzig einer Seitenpforte zu, die in das Freie führte. Ein stechender Schmerz saß ihm im Herzen. Um nichts, wenn ihr wollt. Das ist die Liebe. – Aber er hatte noch nicht die Pforte erreicht, als er seine Schulter leise angerührt fühlte. Er wandte sich um; Lisbeth war ihm nachgefolgt. – Wenn sie dir nichts zu essen geben wollen, da mag ich auch nichts, und wo du bleibst, bleibe ich auch, sagte sie herzlich und zog ihn, bevor er etwas erwidern konnte, nun selbst durch die Pforte in das Freie. Er umfaßte sie und beide sprangen durch Wiese und Feld.

Siebentes Kapitel
Der vornehme Herr vom Hofe macht vergebliche Anstrengungen, sich herabzulassen. Der Spaßmacher Steinhausen wird jedermann verständlich

Die Braut saß quer vor dem Tische und rührte keinen Bissen an. Der Brautvater, welcher dem Auftritte zwischen dem Jäger und Lisbeth aus der Entfernung zugeschaut hatte und in Folge desselben den Platz der dritten Jungfer leer bleiben sehen mußte, flüsterte gekränkt und ingrimmig: Dieser Untugend werde ich noch vor Abend mit der Manier ein Ende machen. – Auch er aß wenig. Desto angelegener ließen die Bauern sich dieses sein, hatten ihre Messer, ein jeder das seinige, aus der Tasche hervorgezogen, womit sie ohne Gabeln fertig zu werden wußten, und sprachen den Hühnern tapfer zu, ohne darüber ihre mutigen Vorsätze auf Schinken, Mostertstücke und Braten daran zu geben. Eine unendliche Last von Eßbarem dampfte auf den Tafeln, fast schien es, selbst diesen Appetiten gegenüber unmöglich, alles zu bewältigen, wenn nicht dennoch die Schnelligkeit, womit die ersten Gänge vom Angesichte der Welt verschwanden, dazu die Aussicht gegeben hätte. Alles schrotete, käute, schluckte, und es ist nicht erlogen, wenn ich sage, daß mancher Bauer binnen wenigen Minuten ein ganzes Huhn überwunden hatte, und daß ein Schinken für sechs Mann nur so eben zureichte. Auch die Städter ließen sich die reinliche, derbe Kost trefflich munden, der Schirrmeister aber aß für zwei Bauern und trank für drei. Was das Getränk betrifft, so muß ich leider, wie undichterisch dies klingen mag, von Bier berichten. Jeder, hatte seinen irdenen Deckelkrug gefüllt vor sich stehen, und wenn derselbe geleert war, so klappte der Inhaber auf eine eigene landesübliche Weise mit dem zinnernen Deckel, worauf frische Füllung erfolgte. Selbige besorgte der erste Aufwärter, der Bräutigam, aus einer mächtigen Schleifkanne eingießend, mit welcher er, eine weiße Serviette vorgesteckt, die Tafeln umkreiste. Dieser König des Festes hatte von seinem Ehrentage nichts als Prügel vorhin und Mühe anjetzt, denn die Deckel klappten unaufhörlich, bald hier, bald da. – Nur der Diakonus und die städtischen Gäste erhielten Wein vorgesetzt. Der Schulmeister lag der Aufwartung in betreff des Festes ob, flink und gewandt, recht heiter in diesem Geschäfte.

Es gab unter den Gästen nur zwei, welche die allgemeine Befriedigung nicht ganz teilten, der eine aus Verlegenheit, der andere aus Furcht. In Furcht befand sich nämlich der Küster und in Verlegenheit der vornehme Herr vom Hofe. Dem Küster hätte der größte Irrenarzt von Europa ein schriftliches Zeugnis einhändigen können, daß der Schulmeister bei Sinnen sei, es würde ihm doch nicht wohl geworden sein in der Nähe dieses Menschen, der mit so gefährlichen Werkzeugen, wie Schüsseln, Tellern, Messern, unbewacht um ihn her hantierte. Er dachte im stillen an alle die Fälle, worin ein Verrückter, lange Zeit scheinbar hergestellt, plötzlich wieder wütend geworden ist, und nun mit dem, was er gerade in der Hand hat, dem nächsten besten die Hirnschale zerschmettert. Diesem Schicksale wenigstens einigermaßen vorzubeugen, setzte er unter dem Vorwande, daß es in dem von Hitze glühenden Flur kühl ziehe, seinen Hut auf, obgleich dies allgemein auffiel. Wirklich war der arme Küster in einer traurigen Lage. Seine Eßlust überstieg wo möglich noch die des Schirrmeisters, der heutige Tag war ein solcher, an dem er hatte zeigen wollen, was Kinnbacken zu leisten vermögen, und nun ging ihm der schöne Traum so häßlich aus. Denn nichts hindert den Menschen mehr am Schlucken als Furcht und Angst. Der Küster fühlte sich unglaublich gehemmt. Hatte er eben auch in einem selbstvergessenen Augenblicke einen starken Bissen zum Munde geführt, etwa eine Hühnerkeule oder einen Streifen Rindfleisch von der Mächtigkeit einer halben Hand, siehe! da flog hinter ihm der aufwartende Schulmeister, vielleicht eine Kelle in der Faust, vorbei, und Hühnerkeule oder Rindfleischstreifen saßen ihm auf der Stelle fest, verzaubert, wie Schiffe auf dem Lebermeere, zwischen den Zähnen. – Umsonst suchte er durch häufiges Trinken die hinabführenden Wege geschmeidiger zu machen; der Schreck erhielt seine Kehle in Trocknis trotz alles Gießens. So zwischen Entsetzen und Appetit, glich er, wenn dieses Gleichnis nicht zu niedrig klingt, dem Hunde, der vor einer erwischten Bratwurst sitzt, vor Wollust zittert, sie zu verschlingen, und dabei scheu nach dem Herrn sieht, der aus der Entfernung bereits mit der Peitsche herbeieilt.

Der vornehme Herr vom Hofe machte unterdessen vergebliche Versuche, sich herabzulassen, und geriet darüber in Verlegenheit. Er saß zwischen dem Hofschulzen und dem Diakonus, und hatte gegenüber zwei Bauerfrauen, die bei ihren Männern saßen, Als das gewaltige Essen begann, fühlte er wohl, daß er in diese Thätigkeit nicht einzugreifen vermöge, auch erregten ihm die Speisen keinen Hunger und er begnügte sich, nur zum Schein etwas auf den Teller zu nehmen. Dort aber blieb es unberührt liegen, ungeachtet der Hofschulze, der seine Kost nicht gern verschmäht sah, ihn mit einiger Empfindlichkeit nötigte, auch zu essen. Das konnte er nicht, jedoch bestrebte er sich, leutselig zu sein, denn zu diesem Ende und um das Volk, so viel an ihm war, durch hinreißende Manieren für den Thron gewinnen zu helfen, war er ja nur wieder unter die Bauern gekommen.

Um in diese Manieren einen gewissen Fortschritt vom Geringeren zum Großen zu bringen, sah er die gegenüber sitzenden Bauern mit einer süßen Freundlichkeit an und winkte dazu gnädig mit dem Haupte, als wollte er sagen: Nun, schmeckt's, ihr ehrlichen Landleute? – Darüber lachten aber die Bauern, und einer stieß seinen Nachbar an mit den Worten: Ist der Kerl verrückt? – Der vornehme Herr vom Hofe glaubte, als er des Lachens inne ward, seine Huld nicht deutlich genug von sich gegeben zu haben, er beschloß daher, zuvörderst das andere Geschlecht zu gewinnen, ließ sich zwei Teller geben, stellte sie vor sich hin, schnitt zwei gute Stücke von dem vor ihm stehenden Truthahne ab, legte sie auf die Teller und reichte diese Leckerbißlein den beiden Bauernweibern, die noch ziemlich rund und hübsch waren. Die Weiber, zugleich mit einer artigen Redensart, welche ihnen unverständlich blieb, angesprochen, guckten verlegen, rot und stumm auf die Teller, ohne die Gaben der Courtoisie anzurühren. Ihre Männer aber sahen mit sonderbaren Blicken nach dem Geber hinüber, der eine nahm seiner Frau den Teller mit den Worten: Du brauchst nicht von anderer Leute Teller zu essen, du hast deinen eigenen, weg und reichte ihm dem eben so geschäftig vorbeifliegenden Schulmeister. Der andere warf ihn sogar ärgerlich mit der Befrachtung unter den Tisch, indem er halblaut rief: Was zu grob ist, ist zu grob! – Der vornehme Herr vom Hofe begriff durchaus diese Einhergänge nicht, er suchte sich rechts und links, grade und schräg hinüber so liebenswürdig als möglich zu machen, aber alles war vergebens, weil er immer mit holder Ungezwungenheit, die zwischen die festgestellte Ordnung der Tafel trat, darthun wollte, daß es ihn gar nicht beenge, unter so geringen Leuten zu sitzen. Aber das erschien den bäuerlichen Tischgenossen eben wie die größte Unart, und bis zum Schweinsbraten hatte sich flüsternd so ziemlich die Meinung festgestellt, daß man vornehme Leute für höflicher gehalten habe. Der umsonst sich Herablassende, welcher äußerlich die Fassung des Hofes behielt, obgleich ihm innerlich immer übler zu Mute ward, sagte endlich zum Hofschulzen: Ihr habt hier recht eigentümliche Sitten, Alterchen.

Auf diese huldreiche Anrede maß der Hofschulze seinen vornehmen Gast mit den Augen und versetzte dann stolz und bedächtig: Ich weiß nicht, Herr, ob die Sitten hier anders sind als anderer Orten, denn ich bin nie über Börde und Haarstrang hinausgekommen, habe auch niemalen Lust dazu gehabt. Richtig ist es, daß hier alles mit der Manier zugeht, alles und jedes seine Ordnung, Zeit und den angewiesenen Platz hat, jedermann die ihm gebührende Reverenz genießt, so daß ich den Halbhüfner, den Kötter und wer es sonst sein mag, jeden bei seiner Gebühr nennen muß, freilich aber auch prätendiere, daß mich niemand anders als Hofschulze nennt, das heißt, versteht sich, von meinesgleichen, denn, Herr, hinter den Bergen mögen wohl andere Sitten und Gebräuche herrschen.

Es war gut, daß in diesem Augenblicke das letzte Gericht der Mahlzeit, der Rollkuchen verzehrt war, und von weiterer Herablassung seitens des vornehmen Herrn nicht mehr die Rede sein konnte, denn man kann nicht wissen, bis zu welchem unangenehmen Auftritten dieselbe noch geführt haben würde. Der Diakonus sprach das Gratias, abermals ertönte ein geistliches Lied, und darauf ging alles von den Tischen, die gleich einem Schlachtfelde nur noch Knochen, Gerippe und Schwarten zeigten. Die Weiber tranken Kaffee, die Männer setzten ihr Biertrinken fort, die Musikanten stimmten allgemach ihre Instrumente. Steinhausen, der Spaßmacher, begann sein Amt, indem er von einer Gruppe zur andern ging, hier das Rätsel aufgab: Wann der Hase über die meisten Löcher laufe? dort einen Rotkopf warnte, er solle nicht so nahe an die

Scheune gehen, um nicht Feuer anzulegen, einem dritten Haufen die Geschichte vom Prinzen Pralle erzählte, der gefallen sei vom Stalle, hätte weinen wollen, aber keine Augen gehabt und was dergleichen mehr war an Rätseln, Schwänklein und Pößlein, die er auf jeder Hochzeit anbrachte und die nie ihre Wirkung verfehlten. Die Bauern lachten, daß die Hofesmauern hätten Risse bekommen mögen; wen er recht entzückte, der gab ihm einen Puff, nicht allzu sanft, worauf Steinhausen einen Klaps zurückgab, oder mit den Füßen ausschlug, wie ein Pferd, ohne daß diese Thätlichkeiten irgend eine Störung des guten Vernehmens und des allervollkommensten Verständnisses hervorbrachten, welches zwischen dem Spaßmacher und seinen Zuhörern herrschte.

Während man so dort einander durchaus begriff, dauerten in einer andern Ecke des Hofes die Mißverständnisse fort. Der vornehme Herr hatte sich nämlich mit dem alten Hauptmann in ein Gespräch eingelassen, welches eine patriotische Färbung erhielt. Der Alte war sehr gesprächig über die Affären, denen er auf der vaterländischen Seite beigewohnt, und erging sich mit Behagen in diesen Kriegsgeschichten. Jener Kavalier war vor Zeiten dem Hauptquartier attachiert gewesen, und konnte also so ziemlich folgen. Im Verlaufe dieser Unterredungen rief er plötzlich mit einem feucht verklärten Blicke: Diese große Zeit, die der Herr segnete! Was für herrliche Früchte hat sie aber auch gebracht! – Er faltete die Hände dabei.

Das Gesicht des alten Hauptmanns wurde so trocken, wie ein Sandfeld, welches seit sechs Wochen keinen Regen gesehen, und er versetzte: Früchte? Ei!

Ein Vaterland! rief der Hofmann mit Pathos.

Der alte Hauptmann hatte etwas zu viel Wein getrunken. Er schüttelte sich, als ob er, mit Erlaubnis zu reden, an Ungeziefer litte und polterte dann rücksichtslos: Vaterland! – Schwere Angst! Und alles vergessen oben, was geschehen, mit Schlauchspritzen das Feuer ausgespritzt, und wenn wir künftiges Jahr das Jubiläum feiern, vermutlich damit wegkriechen müssen beiseite, nur damit so geduldet werden, keine Anerkennung, keine Unterstützung von – – Donnerwetter! Verzeihen Excellenz, daß ich Sie stehen lasse, aber ich kann die Pfeife nicht entbehren und will sie mir dort bei den Bauern anstecken.

Er ging und ließ den Kavalier stehen, dessen Beziehungen im Oberhofe anfingen mythisch zu werden. Im Grunde war es ihm lieb, daß der alte Offizier sich so brüsk von ihm entfernte, denn er erwog, daß der angeregte Gegenstand zu zarter Natur sei, um ihm, in seiner Stellung so nahe dem Throne, ein ferneres Gespräch zu verstatten.

Ein Unwille hatte sich seiner Seele bemeistert, er nahm sich vor, geeigneten Orts ein Wort über den in diesen Gegenden herrschenden schlechten Geist fallen zu lassen, vor der Hand aber seine Rolle rein auszuspielen. – Wenn diese Bestien die feineren Andeutungen von Güte und Huld nicht verstehen, so will ich mich gleichsam encanaillieren, sagte er für sich. Er trat zu einer Gruppe von Bauern, welche Steinhausen eben verlassen hatte, faßte zwei bei der Hand (denn er konnte sich dazu verstehen, weil er Handschuhe trug) und rief im biedersten Hoftone, dessen er mächtig werden konnte: Wie freut man sich, wenn man immer in Zwangsverhältnissen leben muß, darf man einmal unter euch gemütliche, von jeder Fessel der Konvenienz entbundene Naturmenschen treten!

Dieses Lob klang den Bauern wie Chaldäisch, und sie begannen sich nun vor ihrem Gönner zu fürchten, denn sie meinten, er habe ihnen eine neue Steuer ankündigen wollen. Sie wichen daher, wie in der Kirche, scheu vor ihm zurück, und die beiden an der Hand ergriffenen steckten die Hände in die Rocktaschen. – Der Diakonus, welcher die ganze Zeit über den Mühwaltungen seiner vornehmen Bekanntschaft mit Behagen gefolgt war, trat zu dem unglücklichen Herablassenden und sagte: Excellenz, die Leute sind zu dumm, um Sie zu fassen. Übrigens bin ich der untertänigen Meinung, daß Sie, wofern Sie länger unter ihnen verweilten, bald von Ihrem Glauben zurückkommen würden.

Wie so?

Gemütlich sind die Bauern gar nicht. Excellenz, die Leute haben keine Zeit zum Gemüt. Gemüt kann man nur haben, wenn man wenig zu thun hat, der Bauer aber muß sich zu viel placken und schinden, um sich auf das Gemüt legen zu können. Es ist durch und durch gerader

Verstand, Ernst, Eigensinn und erlaubter Eigennutz. Weil diese Mischung nun aber wie für die Ewigkeit bei ihm zu sein scheint, so hat sie etwas Ehrwürdiges, etwas so Ehrwürdiges, wie der Granit, der auch, hart und schwer, die Erde hält. Der Bauernstand ist der Granit der bürgerlichen Gemeinschaft.

Sie müssen sie besser kennen. – Wenigstens aber hatte ich darin Recht, daß ich sie von den Fesseln der Konvenienz gelöste Naturmenschen nannte.

Im Gegenteil – Excellenz verzeihen – der Bauer ist zwar viel im Freien, aber nichts weniger als ein Naturmensch. Er hängt so sehr von Konvenienz, Herkommen, Standesbegriffen und Standesvorurteilen ab, wie nur die höchste Klasse der Gesellschaft. Im Mittelstande allein gilt die Freiheit des Individuums, in diesem Stande fließt einzig der Strom der Selbstbestimmung nach Charakter, Talent, Laune und Willkür. Der Bauer denkt, handelt, empfindet standesgemäß und hergebrachter Weise. Die Abstufungen werden in den Dörfern wenigstens eben so fest gehalten als in den Schlössern und Palästen. Ich unterstehe mich, Ihnen zu versichern, daß dieser Hofschulze auf die Kolonen mit demselben Stolze hinuntersieht, wie nur der reichste Majoratsherr auf den Briefadel von gestern blicken kann. Ich wollte es keinem Burschen aus einem kleinen Hofe raten, um die Tochter aus einem Oberhofe zu freien. Dieselben Verwickelungen würden entstehen als in dem Falle, wenn ein Kaufmannsdiener zu einer Erbgräfin emporblickt. Gerade hier – vom Oberhofe – geht eine halbverklungene Sage umher, die den schauderhaften Ausgang einer solchen mißgewandten Neigung meldet. Durch meinen nahen Verkehr mit diesen Leuten hat sich die Ansicht bei mir festgestellt, daß der Bauernstand nur einen zweiten ihm ähnlichen hat, den sogenannten alten oder hohen Adel, wo ein solcher nämlich noch wahrhaft besteht. Der Mittelstand ist eine von beiden ganz verschiedene Schicht. Bauer aber und hoher Aristokrat stimmen darin überein, daß ersterer sowohl als letzterer weniger sich als ihrer Gattung angehören, zuvörderst Bauer sind und Aristokrat, und erst nachher Mensch.

Der mythische Kavalier, welcher diese unerwartete Parallele zu hören bekam, schwieg einige Zeit tiefsinnig. Dann versetzte er: Sie haben, Herr Prediger, dieses mehr aus Büchern. Ich versichere Sie, daß wir mit der Zeit fortgeschritten sind. Wir heiraten sogar Jüdinnen.

Excellenz, fuhr der Diakonus mit aller Vergessenheit eines deutschen Gelehrten heraus, der Adel, den Sie meinen, ist ein reines Garnichts und kommt mir höchstens vor wie der Schwamm im Hause.

Hierauf wollte die Excellenz ein Gesicht machen, welches erhaben aussehen sollte; es ließ sich jedoch nur vornehm an. In diesem Augenblicke kam sein Privatsekretär und meldete, daß der Wagen, zur Weiterreise fertig, vor dem Hofe halte. Er ging hierauf, sehr höflich von dem Hofschulzen und dem Diakonus geleitet, zur Pforte, wo er beide entließ. Gedanken hatte er nicht über das Vorgefallene, sondern nur die Absicht, auch den Diakonus als unruhigen Kopf bei Gelegenheit zu denunzieren.

Dieser ging mit dem Hofschulzen still lächelnd zurück, sagte aber nichts. Im Baumgarten spielten die Musikanten auf und der Tanz begann. Der Bräutigam, welcher nun endlich auch zu einem Vergnügen gelangte, führte zuerst die Braut auf, dann brachte er sie den nächsten Anverwandten einem nach dem andern zu, um auch ein Gängelchen mit ihr zu machen. Erst tanzten sie Menuett, einen munteren darauf, und dann den sogenannten Schustertanz mit seinen possierlichen Sprüngen. Das Gras im Baumgarten war bald niedergetanzt und der Boden so glatt geworden wie eine Tenne. Die Köpfe hatten sich erhitzt, die Männer jauchzten, die Mädchen kreischten und es war viel Lärmens, Springens und Jubilierens im Oberhofe.

Achtes Kapitel
Eine Idylle in Feld und Busch

Indessen liefen der Jäger und sein Wild durch den Eichenkamp nach den Kornfeldern, Triften und Hügeln. Das Wild floh nicht vor dem Schützen, es ließ sich küssen und streicheln; es war ein sehr zahmes Wild geworden. Der Jäger trieb tausend Possen mit dem Wilde, er ringelte die gelben Locken sich um die Finger, und dann küßte er sie, er drückte, wenn die weißen Zähne seines Mädchens zwischen den Lippen zu sehr hervorschienen, die Lippen sanft zusammen und sagte, das Gesichtchen sei nicht fertig geworden und er müsse es vollenden. Er faßte das feine Ohrläppchen und kniff es etwas, doch nicht allzusehr. Dann zupfte er sie auch wohl am Kleide und wendete sich um und that, als habe er es nicht gethan. Solche kindische Possen trieb der erwachsene Mensch. – Lisbeth ging still mit freudeschimmerndem Gesicht für sich hin und ihre Hände falteten sich oft unwillkürlich wie zum Gebet. Zuweilen flüsterte sie: O Du! Aber weiter sagte sie nichts. Trieb der Jäger seine Possen zu arg, so drohte sie ihm mit dem Finger, dann sah er sie aus seinen dunkelblauen tiefen Augen so ernst an, als zögen Gedanken der Ewigkeit durch seine Seele. Dann lachte sie und rief: Ich fürchte mich vor dir, und er schmeichelte: So flüchte dich in Sicherheit! und breitete die Arme aus. Das that sie denn auch. Sie stürzte mit heftiger Zärtlichkeit wider seine Brust, daß die Locken schütterten und manche sich lösete, und dann ruhten sie lange umschlingend umschlungen, er in ihr und sie in ihm, der einige, ganze, vollkommene Mensch.

Er nannte sie sein Herz, sein Mädchen, sein Reh. Sie nannte ihn nur Oswald, aber immer mit einem andern Ausdrucke, und alle Töne auf der Laute der Liebe, vom schwärmerischen Entzücken bis zum scherzenden Schmeichelgeflüster, klangen und zitterten in dem einen Worte. Sie hatte keine eigentlich schöne Stimme, es lag darin etwas Bedecktes, Rauhes, aber seit heute quoll etwas unendlich Süßes aus dieser Umhüllung hervor. Es war, als ob auch die Psyche ihrer Töne erwacht sei und die Flügel nach Entfaltung rängen.

Jeder dieser Scherze, alle diese Possen und die kleinsten Kleinigkeiten hatten einen Engel, der nahm sie und legte sie am Throne Gottes nieder. Denn es war die erste Liebe, die echte, die einzige, die in diesen beiden jungen unschuldigen Herzen brannte und klopfte! In der Fülle ihrer Vorahnungen, von gesunder treibender Hoffnung schwanger, hatten sie einander gefunden, kein Entsagen, keine Täuschung hatte sie noch um einen Tropfen warmen Blutes gebracht, vollendet, wie Aphrodite aus dem Schaume des Meeres entstand ihnen das Glück. Das ist die Liebe, die wie jene Wunderpflanze aus Osten, vor unseren sichtlichen Augen wächst.

Die Liebe kümmert sich nicht um die Landesstege und Wege. Der Jäger und sein Wild hatten nach der schönen Blume gehen wollen, vergaßen aber diesen Vorsatz, ehe sie noch fünfhundert Schritte vom Hofe entfernt waren. Sie gingen, liefen, schwankten umher, sie wußten nicht wo? War der Himmel nicht überall blau, war die Erde nicht aller Orten grün? – Es gingen Leute vorüber, die sahen sie nicht; zuweilen hatten sie keinen Weg unter den Füßen, des achteten sie nicht. Zufällig kamen sie so Hand in Hand auf die Höhe am Freistuhl. Ei! rief der Jäger, das ist schön, wie fromme Pilgrimme sollen wir alle Stationen besuchen. Er führte sie zu dem Steine, darauf sie in jener Schmerzensnacht zusammen gesessen hatten.

Das überreife Korn, welches der Hofschulze noch immer nicht hatte schneiden lassen, knickte fast unter der Bürde seiner Ähren, die Sonne schwamm wie ein zerflossenes Gold in diesem Segen, und doch war die Stelle kühl und frisch, denn aus dem Forste wehte ein gelinder Wind. Die Kronen der Linden über ihnen schauerten leise. Da saßen sie nun wieder glücklich vereinigt und schauten über die helle, freundliche Gegend hin und freuten sich, daß sie auf der Welt waren. – Ich will deine Wunden um Verzeihung bitten, sagte der Jäger, nahm ihr das Tuch ab und küßte die feinen roten Pünktchen zwischen dem Busen und der glänzenden Schulter. Sie duldete es ohne Sträuben, sie hatte die kleinen Hände kreuzweis auf ihren Schooß gelegt, so saß sie da, ein ergebenes Opfer der Liebe, aber sie sah ihn schamhaft bittend an. Den Blick ertrug er nicht, Thränen stürzten ihm aus den Augen wie damals, als er mit ihrem Häubchen sein Spiel trieb, er legte ihr hastig das Tuch um Busen und Schulter, fiel ihr zu Füßen, drückte ihre Knie wider sein Herz und lief dann eine Strecke von ihr weg auf den Rain, um seiner Bewegung Meister zu werden.

Als er zurückkam, fand er sie nicht mehr auf dem Steine. Bestürzt blickte er umher. Da erscholl ein leises Kichern aus einer der alten Linden. Er sah erstaunt nach dem Baume und machte eine Entdeckung, die er früher übersehen hatte. Der Baum war hohl und bot in seinem Innern geräumigen Platz für ein Versteckens dar. Er zog sein Mädchen scherzend und schäkernd heraus.

Nun stand sie vor ihm, und er maß ihre Größe an der seinen. Sie reichte ihm gerade bis zur Brust, hatte also das rechte Maß, denn der Kopf des Weibes soll nur bis zum Herzen des Mannes reichen, dann giebt es den echten Bund, den rechten Bund. Er faßte sie bei den Händen, sah ihr liebevoll in die klugen, treuen Augen, und fragte sie: Sag mir an, meine Lisbeth, wie ist es nur zugegangen, daß du so geworden bist, so eigen, tief und sonderbar?

Wie bin ich denn? fragte sie unschuldig. Ich bin wie ich bin, wie soll man anders sein? Ich that, was mir oblag, viel verdanke ich auch dem Fräulein und dem alten Herrn Baron, die beide so klug und gebildet sind. Was in den Büchern stand, die ich für mich las, behielt ich, und dann hatte ich jederzeit schon als Kind über alles meine Gedanken, von denen ich gar nicht wußte, woher sie kamen.

Die werden wohl das Beste an dir gethan haben, meine Lisbeth. Wollen wir nun zur schönen Blume gehen? Mich dünkt, sie blüht nahebei.

Sie nahm seinen Arm, bat ihn aber, nun vernünftig zu sein. Sie gingen durch den Forst, kleine grüne Stege hinab. Sein Herz, ihr Herz war ruhiger geworden, sie genossen sich und ihre Seligkeit gesänftigter; eine Sabbathstille hatte sich in ihre Busen gesenkt. Von gleichgiltigen Dingen sprachen sie, dazwischen von ihrer Zukunft, die wie ein rosenroter Traum vor ihnen schwebte. Sie sagte ihm, er möge nur alles so einrichten, wie ihm gut dünke, wenn er wolle, sei sie die Seinige: an der Einwilligung ihrer Pfleger zweifle sie nicht.

Ich auch nicht! rief er mit unwillkürlichem stolzen Jauchzen. Sie sah ihn fragend und erstaunt an. Er erschrak und suchte sich mit einer übelerfundenen Ausrede zu helfen, die nur ein liebendes Mädchen glauben konnte. Von seinen Verhältnissen wußte sie nichts, sie hatte auch eigentlich nie so recht danach gefragt. War nicht sein Blick treu, seine Rede ehrlich und verständig, der Druck seiner Hand sanft und bieder? Hieß er nicht Oswald Waldburg? Was brauchte sie mehr zu wissen?

– Er aber hatte sich einen Streich ausersonnen, einen Streich – bei dem Gedanken an das Gelingen dieses Streiches schwindelte ihm der Kopf vor Freude. Er wollte die Wonne genießen, sein Liebstes mit einer Fülle von Glück zu überraschen.

An der Senkung des Forstes, da wo er in die Wiesen auslief, begegnete ihnen eine Frau mit einem Korbe früher Äpfel. Er kaufte ihr einige ab, denn, sagte er, wir müssen doch an unsere Wirtschaft denken. Wenn wir noch ein Stückchen Brot dazu hätten, so könnten wir eine Herrenmahlzeit halten. – Damit will ich Ihnen dienen, sagte die Frau, ich habe Weißbrot aus der Stadt mitgenommen, um es in den Kotten umher zu verkaufen, wenn Sie mir aber etwas abnehmen, brauche ich es nicht weiter zu tragen. Sie öffnete ein weißes Tuch, welches sie nebst dem Korbe trug und er nahm zwei Brötchen heraus.

Nun gingen sie quer durch die Wiesen und nicht lange, so sahen sie ihren lieben Platz, den sie seit dem ersten Zusammentreffen noch nicht wieder besucht hatten. Als sie die Büsche erblickten, die kleinen Felsen und die schwarzen Baumtrümme, freuten sie sich wie die Kinder. Ihr erster Gang war nach der Blume. Die war aber inzwischen verwelkt und die roten Kelche hingen blaß und erschöpft vom Stengel herunter. Lisbeth seufzte, er aber sagte: Die Blume starb, die Liebe lebte auf, geben wir der Blume ein Grab im Heiligtume der Liebe! Er streifte die Kelche vom Stengel, pflückte das Blatt einer wilden Lilie, bereitete daraus ein Röllchen, steckte das Verwelkte hinein und reichte Lisbeth den kleinen grünen Sarg. Sie sah ihn, eine Thräne im Auge, an, dann schob sie ihn unter ihr Tuch und bestattete ihn an ihrem Busen.

Es war zwischen nachmittag und abend und das Wasser unter den kleinen Felsen schickte berauschenden Duft empor. Nun wollen wir speisen wie die Könige! rief er fröhlich. Bist du hungrig? – Ei ja, versetzte sie lachend, es ist nicht wahr, daß die Liebe von der Luft lebt. – Höre, mein Herz, sagte er, da hast du eine kühne Wahrheit ausgesprochen, wirst aber mit allen Romanschreibern zu thun bekommen. Im Vertrauen: mich hungert auch! – Es ist doch ein Unterschied, sagte sie lächelnd. Sie nahm jetzt seinen Ohrzipfel, wie er früher ihren, legte die Lippen an sein Ohr und flüsterte: Man hungert wohl, aber der Hunger thut nicht so weh. Sie wollte sich auf einen Baumtrumm ihm gegenüber setzen, er zog sie auf seinen Schooß. Sie aß aus seiner Hand und er aß aus ihrer, und so vollbrachten sie ihr kleines Mahl aus Brot und Äpfeln. Dann setzten sie sich unter einen Haselstrauch am Bache und sahen den klaren Wellchen zu und den Fischlein, die darin hin und her scherzten. Du könntest mir jetzt einen Gefallen thun und mir dein Waldmärchen erzählen, wovon du mir schon öfter sprachest, sagte sie. Ach! rief er, haben wir nichts Besseres zu thun als erzählen und vorlesen? Er wollte sie umarmen, sie entzog sich ihm aber, legte einen Zweig von der Haselstaude zwischen ihn und sich und sagte: Da bleib jenseits sitzen und erzähle, zum Küssen haben wir immer noch Zeit genug.

Er zog die Blätter und Blättchen, auf welche er das Märchen geschrieben hatte, und die er zufällig bei sich trug, aus der Tasche, las und erzählte frei, wechselweise. Wenn er ein Blatt zu Ende gelesen hatte, so warf er es in den Bach, da trugen es die Wellen davon. – Was thust du? fragte Lisbeth. – Es hat seine Bestimmung erfüllt, wenn du es gehört hast, versetzte er. – Die Wellen ließen es aber nicht verloren gehen, sie trugen es zu mir; ihr sollt es nachher hören.

Anfangs hörte sie achtsam zu und ließ sich manches erklären, was sie nicht verstand. Späterhin schien sie zerstreut zu werden. Sie flocht ein Krönchen von Blumen und Gras, wie um durch diese Arbeit ihre Gedanken zusammenzuhalten. Auch er eilte zum Ende, seine Fabel gefiel ihm nicht mehr. Dieser Wirklichkeit gegenüber schien ihm sein Ersonnenes matt und schal.

Als er auserzählt hatte und sie nichts sagte, fragte er sie, wie es ihr gefallen habe? – Ja sieh, erwiderte sie schüchtern, es ging mir eigen mit deinen Wundern im Spessart. Ich glaube, ich hätte sie in der Stube hören müssen, da würde ich mir den Wald hinzugedacht haben, aber hier unter den grünen Blättern, bei den wehenden Winden und dem fließenden Wasser kam mir alles so unnatürlich vor, und ich konnte nicht recht daran glauben.

Die Antwort machte ihn froh, als habe er das begeistertste Lob vernommen. – Aber deinen Lohn sollst du dennoch erhalten, denn manches hat mir sehr darin gefallen. Ich hab' dir ein Krönlein geflochten, damit will ich dich krönen als meinen König und Herrn, sagte sie liebreich.

Er sank vor ihr nieder, drückte sein Gesicht an ihren Leib und empfing die Blumenkrone von ihr auf seinem Haupte. Zu ihr aufschauend mit verklärten Blicken rief er: Weihe meine Lippen, daß sie immer Reines reden! Lege deine Finger auf sie! – Ihre Hände hatten die Eigenheit, daß sie oft plötzlich erkalteten, was freilich auf ein warmes Herz deutete. So war es auch jetzt. Er fühlte die reine Kühle an seinen heißen Lippen, er sog sie ein; sie schauerte ihm wie Tempelschauer bis in das tiefste Herz. Lieblich fühlte sie dagegen ihre Finger von seiner Lippenglut erwärmt.

Das Abendrot glänzte durch die Klippen und Büsche. Trunken gingen sie längs des Baches auf und nieder. Ein Lied fiel ihm ein, er sang:

> Meine Liebe, mein' Lieb' ist ein Segelschiff,
> Aus hohem Meer zwischen Bank und Riff,
> Der Kiel so stark und der Wind so gut,
> Und das Schiff fährt weiter und weiter voll Mut.
>
> Meine Liebe, mein' Lieb', o du Segelschiff,
> Und fürchtest dich nicht vor Bank und Riff?
> Ich fürchte mich nicht vor Riff und Bank,
> Mich treibet hindurch guten Windes Drang.
>
> Meine Liebe, meine Liebe, und weißt du denn,
> Wohin die kühnliche Fahrt soll gehn?
> Weiß nicht, wohin mich führet der Wind,
> Weiß nur, daß die Segel blähet der Wind.

Der Pilot, der schlief am Steuer ein,
Träumt von Wundergestaden, vom Palmenhain,
Statt seiner faßte das Steuer ein Gott,
Nach Wundern und Palmen der beste Pilot!

Sie hatte dem Liede fast ängstlich zugehört. – Ei, wie bist du darauf gekommen? fragte sie. Das paßt nicht auf unsere Liebe, unsere Liebe ist ein Nachen, der auf dem Spiegel eines klaren Weihers schaukelt. – Es ist auch nicht auf unsere Liebe gemacht, versetzte er, es ist das Lied eines Freundes, meines besten Freundes, an dessen gefährliche Liebe ich in meinem Glücke denken mußte. Sein Liebesschiff fährt dahin durchs wüste Meer, und möge ein Gott an seinem Steuer stehen, wie er gesungen hat!

Ach, das muß wohl eine verwegene frevelhafte Liebe sein, die Liebe deines Freundes, deren Schiff so dahin fährt!

O nein, Lisbeth. eine fromme Liebe, eine heilige Liebe, und dennoch starren die Widersprüche rings um sie her, wie Klippen!

Kann denn auch die fromme Liebe ein solches Schicksal haben? fragte sie. – O Kind! Kind! rief er, von einem seltsamen Schauer gefaßt, laß uns nichts weiter davon sprechen! Gebe der Himmel, daß unsere Liebe nicht – ich will dir etwas sagen. Ich gehe gleich nach dem Schlosse zu deinen Pflegern und bringe unsere Sache in Ordnung. Noch vor völliger Nacht erreiche ich wohl den Ort auf der Hälfte des Weges, da schlafe ich und bin morgen in der Frühe am Ziel und am Abend wieder bei dir.

Er wollte sie erst nach dem Oberhofe zurückgeleiten. Nein sagte sie, laß uns hier auseinander gehen, hier wo wir so froh waren! – Er gab ihr eine Rolle Gold, die er jetzt immer bei sich tragen mußte, weil er keinen Verschluß dafür hatte, und bat sie, ihm sie zu verwahren.

Sie schieden. Als sie eine Strecke auseinander gegangen waren, sahen sie sich um, eilten noch einmal zurück, umschlangen sich inniglich, ohne zu reden und gingen dann stumm ihre verschiedenen Wege, der Jäger über die Klippen der Gegend zu, wo das Schloß lag, Lisbeth durch die Wiese nach dem Oberhofe.

Die Wunder im Spessart
Waldmärchen

Bist du wohl schon, Lisbeth, an einem klaren Sonnenmorgen durch einen schönen Wald gegangen, zu dem der blaue Himmel durch die grünen Kronen einblickte, wo dich der Odem der Bäume wie ein Hauch Gottes anwehte und dein Fuß von den Spitzen der Gräser tausend blitzende Perlen streifte!?

Wohl bin ich das, Oswald, erst noch neulich, als ich durch das Gebirg nach den Zinsen und Gülten ging. Es ist gar herrlich, im grünen, frischen Wald: ich könnte Tage lang hindurchwandern, ohne einem Menschen zu begegnen, und fürchtete mich nicht. Der Rasen ist der Mantel Gottes, man ist von tausend Englein beschirmt, man stehe oder sitze darauf. Jetzt ein Hügel und dann eine Ecke; ich lief und lief, weil ich immer dachte, dahinter schwebe der Wundervogel mit blauen und roten Schwingen und dem Goldkörnchen auf dem Haupte. Ich lief mich heiß und rot, und nicht müd'; man wird nicht müde im Walde!

Und sahst du hinter Hügel und Hecke den Wundervogel nicht schweben, so standest du atmend still und hörtest weit, weit aus dem Eichenthal herauf den Schall der Axt, die Uhr des Forstes, die da ansagt, daß auch in solcher lieben Einöde dem Menschen seine Stunde rinne.

Oder weiterhin, Oswald, die freie Sicht den Hang hinauf zwischen dunkeln, runden Buchen und oben doch wieder der Kamm der Halde von hohen Stämmen beschlossen! Da weideten rote Kühe und schwangen die Glöcklein, der Thau im Grase gab der Senkung im Sonnenlicht einen silbergrauen Schein, und die Schatten der Kühe und der Bäume spielten darauf Versteckens mit einander.

An einem solchen sonnenklaren Morgen begegneten vor vielen hundert Jahren zwei Jünglinge einander im Walde Es war in dem großen Waldgebirge, der Spessart genannt, welches die Markscheide zwischen den lustigen rheinischen Gauen und dem gesegneten Frankenlande macht. Das ist dir ein Wald, liebe Lisbeth, der zehn Stunden in der Breite und zwanzig in der Länge, Ebenen und Berge, Thäler und Klüfte bedeckt.

Auf der großen Heerstraße, die quer durch vom Rheinlande nach Würzburg und Bamberg läuft, begegneten einander die Jünglinge. Der eine kam von Abend, der andere von Morgen. Ihre Tiere waren so verschieden als ihre Wege. Der vom Morgen saß auf einem gelben, fröhlich tanzenden Rößlein und stolzierte gar stattlich im bunten Wappenrock unter rotem Sammetbarett, von welchem die Reiherfedern herabwallten; der vom Abend trug eine schwarze Kappe ohne Abzeichen, einen langen Schülermantel gleicher Farbe, und ritt auf einem bescheidenen Maultiere.

Als der junge Ritter dem fahrenden Schüler sich auf Rosseslänge genähert hatte, hielt er seinen Gelben an, bot dem Andern freundlich die Zeit und sagte: Guter Gesell, ich wollte soeben absteigen und meinen Morgen-Imbiß halten. Da nun aber zur Minne, zum Spiele und zum Mahl zwei gehören, wenn diese drei lustigen Dinge gehörig von statten gehen sollen, so wollte ich Euch fragen, ob Ihr nicht auch absteigen und mein Partner sein wollt? Eurem Grauen würde ein Maul voll Gras nicht minder schmecken als meinem Gelben. Der Tag wird heiß werden, und den Tieren ist einige Rast vonnöten.

Der fahrende Schüler war mit dem Vorschlage zufrieden. Beide stiegen ab und setzten sich an der Straße auf dem wilden Thymian und Lavendel nieder, von welchem, wie sie sich setzten, eine ganze Wolke Wohlgeruchs emporstieg, und hundert Bienchen, die in ihrer Arbeit gestört wurden, sich summend erhoben. Ein Knapp, der mit einem schwerbeladenen Gaule dem jungen Ritter gefolgt war, nahm die beiden Tiere in Empfang, reichte seinem Herrn aus dem Schnappsack Flasche und Becher nebst Brot und Fleisch, kandarte die Tiere ab und ließ sie seitwärts vom Heerwege grasen.

Der fahrende Schüler faßte in die Seitentasche des Mantels, zog die Hand verdrießlich zurück und rief: O über meine ewige Zerstreuung! Hatte ich mir doch heute morgen in der Herberge das Frühstück so sauber zurecht gelegt und eingewickelt, da muß mir etwas anderes eingefallen sein, und über diesen Gedanken habe ich meine Kost vergessen.

Wenn es weiter nichts ist, rief der junge Ritter, hier ist genug für Euch und mich! Er teilte Brot und Fleisch, schenkte den Becher voll und reichte Festes und Flüssiges dem andern hin. Hierbei faßte er ihn schärfer ins Auge, und so that der andere auch, und da entfuhr ihnen beiden ein Ausruf des Erstaunens. Seid Ihr nicht ... Bist du nicht ... riefen sie. Freilich bin ich der Konrad von Aufseß! rief der junge Ritter. Und ich Petrus von Stetten! der Andere. Sie umarmten einander und konnten sich vor Freude über dieses unvermutete Wiedersehen kaum fassen.

Es waren Spielkameraden, die sich zufällig im grünen Spessart trafen. Die Väter hatten auch Freundschaft mit einander gehabt, die Söhne hatten zusammen Ball geschlagen, sich hundertmal des Tages gezankt und eben so oft versöhnt. Der junge Petrus war aber von jeher stiller und nachdenklicher gewesen als sein Gefährte, dem nichts im Kopfe sitzen blieb als die Namen der Waffenstücke und des Reitzeuges. Endlich hatte Petrus dem Vater erklärt, er wolle gelahrt werden, und war gen Köln gezogen, zu den Füßen des berühmten Albertus Magnus zu sitzen, der aller bekannten Wissenschaften Meister war, und von dem das Gerücht sagte, er sei auch in geheime Künste tief eingeweiht.

Eine geraume Zeit verfloß seitdem, in welcher keiner etwas von dem andern hörte. Nachdem der erste Sturm der Freude sich jetzt gelegt hatte, und das Frühstück beseitigt worden war, fragte der Ritter den Schüler, wie es ihm denn gegangen sei?

Darauf, mein Freund, kann ich dir eine sehr kurze und müßte ich dir eine sehr lange Antwort geben, versetzte der Schüler. Eine kurze, wenn ich dir bloß die äußere Figur und Schale meines zeitherigen Lebens vorzeichnen soll, eine lange. o eine unendlich lange, begehrst du, den innern Kern aus dieser Schale zu kosten!

Ei, Närrchen, rief der Ritter, was für schwere Reden führst du da! Gieb mir die Schale und ein Stückchen vom Kern, wenn die ganze Nuß zu groß für eine Mahlzeit ist.

So wisse, erwiderte der andere, daß mein sichtbares Leben zwischen engen Ufern rann. Ich wohnte in einem kleinen düstern Gäßchen bei stillen Leuten im Hinterhause. Mein Fenster ging auf den Garten hinaus, dessen Bäume und Stauden ihren ernsten Hintergrund von den Mauern des Tempelhauses erhielten. Ich hielt mich sehr einsam und für mich, knüpfte weder mit den Bürgern noch mit den Schülern Umgang an. So ist es gekommen, daß ich von der großen Stadt nichts kennen gelernt habe als die Straße von meinem Häuschen nach den Dominikanern, wo mein großer Meister lehrte.

Wenn ich nun in meine Klause zurückgekehrt war und die Mitternacht bei der Studierlampe herangewacht hatte, so blickte ich wohl aus dem Fenster, um die erhitzten Augen an dem dunkeln Sternenhimmel abzukühlen. Dann sah ich nicht selten in dem gegenüberliegenden Tempelhause Licht; bei dem Scheine roter Fackeln zogen die Ritter in ihren weißen Ordensmänteln wie Geister durch die Galerien, verschwanden hinter den Pfeilern und kamen dann wieder zum Vorschein; im äußersten Eck des Flügels wurden vor den Fenstern Vorhänge niedergelassen, durch deren dünne Stellen aber ein wundersamer Schein drang, und hinter welchen sich Weisen vernehmen ließen, welche süß und schaurig wie verbotenes Gelüste durch die Nacht drangen.

So gingen meine Tage hin, unscheinbar von außen, innen aber ein glänzendes Fest aller Wunder. Albertus zeichnete mich bald vor den übrigen Schülern aus; nicht lange, so merkte ich, daß er gewisse Worte, die den andern unbeachtet vorüberschlüpften, gegen mich mit einer besonderen Betonung zu wiederholen pflegte; Worte, die auf den geheimnisvollen Zusammenhang alles menschlichen Wissens und auf eine tief unten in dunkler Verschwiegenheit treibende gemeinsame Wurzel des großen Baumes hinwiesen, welcher da droben am Lichte seine gewaltigen Zweige als Grammatik, Dialektik, Redekunst, Zahlenlehre, Geometrie, Astronomie und Musik auseinander legte. – Sein Auge ruhte bei solchen Worten durchdringend auf mir, und meine Blicke ließen ihn erkennen, daß er eine tiefe Sehnsucht nach den letzten und größten Schätzen seines Geistes in mir entzündet hatte.

So kam es denn allgemach, daß ich der Vertraute seiner heimlichen Werkstatt und der Lehrling wurde, auf den er einen Teil seines Pfundes als kostbares Vermächtnis vererben wollte. – Es giebt nur *ein* Mark der Dinge, welches *hier* im Metall lastet und wieget, *dort* in der schwankenden Pflanze, im leichtsinnigen Vogel vom Urkern sich abzulösen ringt. Alles wandelt und verwandelt sich; Gott wirkt zwar in der Natur, aber die Natur wirkt auch für sich, und wer der rechten Kräfte Meister ist, der kann ihr eigenes und selbständiges Leben hervorrufen, daß ihre sonst in Gott gebundenen Glieder sich zu ganz neuen Regungen entfalten. – Mein hoher Meister führte mich an sicherer Hand dem Brunnen zu, wo jenes Mark der Dinge quillt. Ich tauchte meinen Finger hinein, da wurden alle meine Sinne voll übermenschlichen Schauens. In der rußigen Schmelzküche saßen wir seitdem oft zusammen und schauten in die Gluten des Ofens; er vorn auf niedrigem Schemel, ich hinter ihm kauernd, mich fest an ihn drückend und ihm die Kohlen oder die Erze darreichend, die er mit der Linken in den Tiegel warf, denn mit der Rechten hielt er mich liebreich gefaßt. Da wehrten sich die Metalle, die Salze und die Säuren prasselten, wie in einer festen Burg wollte sich der hohe König, der alle Welt regiert, inmitten scharfwinklichter Krystalle verteidigen, zornig entbrannten die roten, blauen und grünen Vasallen und streckten uns die glühenden Speere abwehrend entgegen, aber wir brachen die Werke und kämpften die Mannen danieder, und über Schlackentrümmer hinüber lieferte sich uns demütig der glänzende Fürst aus. Das Gold an sich ist nichts für den, der sein Herz nicht an Irdisches hängt, aber diese teuerste und köstlichste Gabe der Natur in allem und jedem, auch in dem geringfügigsten und unscheinbarsten zu erkennen, das gilt dem Weisen viel. Zu andern Stunden wiesen uns die Sterne ihre Kreise, die als Geschichte sich ablösten und zur Erde sanken, oder die innigen Verwandtschaften der Töne und der Zahlen wurden wach, und zeigten uns die Bündnisse, welche zu schildern kein Wort genügt, die sich vielmehr nur wieder in Zahl und Ton offenbaren. In allem diesem geheimen Wesen und Weben aber schwebte, daß es nicht wieder zu kalter, klebriger Gestaltung zerrinne, ewig verbindend und ewig lösend, sich in dem Hader nie verwelkender Jugendkraft in sich und an den Dingen entzweiend, das große, unergründliche: der dialektische Gedanke.

O selige, genügliche Zeit des erschlossenen Verstehens. des Wandelns durch die innern Säle des Palastes, an dessen metallener Pforte die andern vergeblich anklopfen! Endlich – –

Der fahrende Schüler, dessen Lippen bei der Erzählung sich in einem dunklen Rote immer glühender gefärbt hatten, und dessen Augen von einem seltsamen Feuer blitzten, hielt hier, wie aus seiner Begeisterung plötzlich ernüchtert, inne. Der Ritter wartete vergeblich auf die Vollendung der Rede, dann sagte er zu seinem Freunde: Nun? Endlich –

Endlich versetzte der Schüler mit einem gezwungen-gleichgiltigen Tone, mußten wir uns doch trennen, wenn auch nur auf kurze Zeit. Mein hoher Meister schickt mich jetzt nach Regensburg, aus der Sakristei des Domes gewisse Schriften zu erbitten, die er als Bischof dort zurückgelassen hat. Ich bringe sie ihm und werde dann freilich meine Tage, wenn es angeht, bei ihm verleben.

Der junge Ritter tröpfelte den Rest des Weines in den Becher, sah hinein und trank den Wein bedächtiger als er früher gethan hatte. Du hast mir da wunderbare Sachen vertraut, hob er nach einigem Schweigen an, Sachen, in die ich mich wohl zu finden weiß. Gottes Welt scheint mir so schön geputzt zu sein, daß es mir kein Vergnügen machen würde, diese lieblichen Schleier abzustreifen, und, wie du sagst in das Innere der Kreatur zu schauen. Der Himmel blaut, die Sterne leuchten, der Wald rauscht, die Kräutlein duften, und ist dieses Blauen, Leuchten, Rauschen und Duften nicht das allerschönste, hinter welchem es kein schöneres mehr giebt? Verzeihe mir; aber ich bin nicht neidisch auf deine geheime Wissenschaft. Du Armer! Rot macht sie nicht, diese Wissenschaft. Deine Wangen sind ganz bleich und eingefallen.

Einem jeden werden seine Pfade gewiesen, dem einen dieser, dem andern jener, versetzte der Schüler. Nicht der Sprung des Blutes macht das Leben aus; weiß ist der Marmor, und Marmorwände pflegen die Räume einzuschließen, in welchen Götterbilder aufgerichtet stehen. – Doch genug davon, und nun zu dir. Was hast du denn getrieben, seit wir uns nicht sahen?

Ach, davon, rief der junge Ritter Konrad mit seiner ganzen Lustigkeit, ist wenig zu vermelden! Ich stieg zu Roß und stieg wieder herunter, fuhr an manchen guten Fürstenhöfen umher, verstach manchen Speer, gewann manchen Dank, mißte manchen Dank, schaute in manches minniglichen Weibes Auge. Meinen Namen kann ich schreiben, meinen Degenknopf drücke ich daneben in Wachs ab, ein Lied kann ich reimen, wenn auch nicht so gut, wie Meister

Gottfried von Straßburg. Schwertluite und Waffenwacht brachte ich hinter mich und empfing den Ritterschlag zu Forchheim, jetzt reite ich gen Mainz, wo der Kaiser das Tournier halten will, mich baß zu tummeln und des Lebens zu freuen.

Der Schüler sah nach dem Stande der Sonne und sagte: Es ist traurig, daß wir nach diesem herzlichen Treffen uns sobald wieder trennen sollen. Aber doch wird es, wenn wir unser Ziel heute zu erreichen wünschen, notwendig sein.

Komm mit gen Mainz! rief der andere, indem er aufsprang und den Schüler in einer sonderbar gerührten Stimmung, die gleichwohl ein Lachen zuließ, ansah. Laß das finstere Regensburg und den Dom und die Sakristei; erheitere dein Antlitz unter fröhlichen Gesellen am runden Tisch in der Weinlaube und vor den Blumenfenstern lieblicher Mädchen, laß deine Ohren durch Flöten- und Schalmeienklang rein baden von den schauerlichen Vigilien der Tempelherren, die ja in der ganzen Christenheit für arge Ketzer und Baffometuspriester gelten. Komm mit gen Mainz, mein Petrus!

Die letzten Worte sprach er schon im Sattel. Er streckte dabei, wie flehend, seine Hand nach dem Freunde aus. Dieser wandte sich seitwärts ab und zog seinen Arm verweigernd zurück. Was fällt dir ein! rief er unwillig lächelnd. Ach, mein Konrad, hätte ich nicht vorher gesagt, daß jedem seine Straße gewiesen sei, so würde ich dir zurufen: Kehre du um, du Leichtsinn, du Fahrlässiger! Die Jugend vergeht, der Scherz verklingt, das Lachen will eines Tages plötzlich nicht mehr gelingen, weil das Antlitz zu starr geworden ist, oder grinset widerwärtig aus welken Runzeln! Wehe dem, wessen Scheuern dann nicht voll, wessen Kammern nicht gerüstet sind! Ach! es muß etwas Trübes um so ein kahles, verarmtes Alter sein, und das Sprichwort hat wohl recht, welches sagt: Zu lustig am Morgen, schafft abends Kummer und Sorgen. Wenn ich dich so ansehe, mein Jugendbruder, kann mir recht bange um dich werden, o wer weiß, wie verwandelt ich dich wieder treffe!

Der Ritter schüttelte dem ernsten Schüler herzlich die Hand und rief: Vielleicht bist du verwandelt, stoßen wir wieder auf einander, prunkst in Sammet und Seide, und thust's uns allen zuvor! – Er sprengte davon, und aus der Ferne hörte der Schüler ihn noch ein Lied singen, welches damals von Mund zu Mund ging und ungefähr so lautete:

> Die schönste Rose, die da blüht,
> Das ist der rosenfarb'ne Mund
> Von wonniglichen Weiben;
> Sie thut sich erst als Knospe kund,
> In sich geschlossen, und bemüht,
> So recht für sich zu bleiben!
>
> Der Mai küßt alle Rosen wach,
> Auf rosenfarb'nen Mund der Kuß:
> Die Lippe kommt zum Blühen;
> Drum keine Lippe ohne Kuß,
> Und jedem Kuß an seinem Tag
> Der schönsten Lippen Glühen!

Ein Schmetterling flog vor dem Schüler auf. Ist das Leben der meisten Menschen nicht dem Flattern dieses Falters zu vergleichen? sagte er. Bunt und leicht prunkt er dahin und doch sind seine Freuden so kurz und öde. Mit gewaltigen, großen Augen blickt er umher, aber die matten Spiegel empfinden nur eine leere Abwechselung von Licht und Schatten, nicht die volle Gestalt, die feste Farbe. – Der Wald sah ihn aus seinen grünen Tiefen mit unwiderstehlichem Blick an. Was thut's, rief er, wenn mein geduldig Tier auf diesem Rasen eine Weile allein zurückbleibt! Es läuft mir nicht davon, ich spüre so eine innige Sehnsucht, ein Stündchen da hinein zu wandern, wie labend muß es da tief drinnen sein.

Er schritt seitab von der Landstraße auf einem engen Pfade, der sich nach kurzem Gehen zwischen den hohen Stämmen zu Thale senkte, in den Wald, und war bald in einer völligen Einsamkeit, in der es um ihn her rauschte, flüsterte, schwirrte, und nur einzelne Sonnenlichter, grünlich gebrochen, wie Irrlichter ihn umspielten. Zuweilen war es ihm, als ob sein Name hinter ihm aus der Ferne gerufen werde, er wußte selbst nicht, der Ruf kam ihm widerwärtig und hassenswürdig vor, dann hielt er den Ton auch wohl wieder für eine Täuschung, aber er mochte dies oder das denken, fürbaß schritt er nur immer tiefer in den dunklen Forst. Große knorrige Baumwurzeln lagen wie Schlangen quer über den Weg hingespannt, daß der Schüler beinahe über sie gestolpert wäre. Hirschkäfer standen wie Edelwild im Mose. Aus kleinen Felsgrotten leuchtete der Psittigglanz des Goldmooses. Der Schweiß stand ihm vor der Stirne, wie er so immer hastiger sich in das Dickicht hineinarbeitete und vor der lichten Sonnenwelt da draußen floh. Aber es war nicht bloß der Gang, der ihn heiß machte, auch sein Gemüt arbeitete unter der Last schwerer Erinnerungen. – Endlich kam er, nachdem ihm der Pfad längst unter den Füßen geschwunden war, auf einen schönen, glatten, dunklen Platz unter mächtigen Eichen. Noch immer hörte er aus der Ferne seinen Namen rufen. Hier wird mich der rohe Laut von da draußen nicht mehr erreichen, sagte er, hier werde ich still geborgen sein. Er sank an einem großen, moosbedeckten Steine nieder, seine Brust wogte, er kämpfte mit einem gewaltigen Gelüste. Vergieb mir, hoher Meister, meinen Fürwitz, rief er; aber es giebt ein Wissen, dem die That folgen muß, sonst erdrückt es den Sterblichen! Hier, näher dem Herzen der großen Mutter, wo unter dem Sprießen und Wachsen schon vernehmlicher ihre Pulse klopfen, hier muß ich es aussprechen, das Zauberwort, welches ich von deinen schlafenden Lippen ablauschte, als du es im Traume sprachest; das Wort, auf dessen Ertönen die Kreatur den Schleier hinwegwirft, die Kräfte sichtbar werden, die unter Rinde und Haut und im Kerne des Felsens arbeiten, und die Sprache des Vogels dem Ohre verständlich klingt.

Seine Lippen zuckten, das Wort zu sprechen, aber noch hielt er inne, denn vor sein Auge trat der kummervolle Blick, mit dem ihn sein großer Meister Albertus gebeten hatte, nach seinem Beispiele von der zufällig erlangten Kunde keinen Gebrauch zu machen, da schwere Dinge dem Menschen bevorständen, der mit Absicht das Zauberwort spräche.

Plötzlich jedoch rief er es, wie von dem Verbote und von der Furcht nur um so gewaltiger vorwärts gestoßen, laut in den Wald, indem er seine Rechte ausstreckte.

Alsobald that es in ihm einen Schlag und einen Ruck, daß er meinte, der Blitzstrahl habe ihn getroffen. Seine Augen erblindeten, und es war ihm, als ob ihn ein reißender Wirbelwind im Kreise durch den unermeßlichen Raum schleudere. Als er entsetzt und schwindlig mit den Händen umhergriff, fühlte er zwar den moosigen Stein, an dem er gestanden, und kam dadurch in seinem Innern wieder zur Erde zurück, aber nun geschah an ihm ein neues unheimliches Zeichen. Denn wie er vorher gleich einem Sandkorn durch das All geschleudert worden war, so kam es ihm nun vor, als ob sich sein Leib in das Unendliche ausdehne. Unter furchtbaren Schmerzen trieb die neue in ihm aufgewachte Kraft seine Gliedmaßen zu ungeheurer Größe, daß er meinte, er müsse an den Himmel rühren. Die Wände seines Hauptes und seiner Brust wurden tempelweit, in sein Ohr fielen Töne, fremd, zerreißend, himmlisch, und er sagte zu sich: das ist der Gesang der Sterne in ihren goldenen Bahnen. Endlich machten die Schmerzen einer prickelnden Wollust Raum, in welcher er seinen Körper wieder zu gewöhnlichem Maße zusammenschrumpfen fühlte, während die Riesengestalt wie eine äußere Schale, oder eine Art von Atmosphäre in luftigen Umrissen um ihn stehen blieb. Die Finsternisse wichen von seinen Augen, indem sich große, gelbglänzende Lichtflächen, wie bei dem Gefühle der Blendung, von den Äpfeln ablösten und in die Augenwinkel zogen, wo sie allmählich verschwanden.

Während er so wieder sehend wurde, sang ein feiner, süßstimmiger Chor um ihn her – er wußte nicht, waren es die Vögel allein, oder gaben auch Zweige, Stauden und Gräser ihren Beitrag? – ganz vernehmlich:

> Wir dürfen's ihm sagen,
> Er muß es ertragen:
> Gehört uns nun eigen,
> Wird balde
> Im Walde
> Erkalten und schweigen.

In dem moosigen Felsblock murrte es leise aber hörbar, es war, als ob der Stein sich regen wollte und konnte es nicht, wie ein Scheintoter. Der Schüler blickte auf die Fläche des Steins, ach! da liefen die grünen und roten Adern zu einem uralten Antlitz zusammen, welches ihn aus müden Augen so wehmütig und hilfestehend anschaute, daß er sich erschüttert anwandte und bei den Bäumen, Pflanzen und Vögeln Trost suchte.

Unter denen war auch alles verwandelt. Wenn er auf das kleine braune Moos trat, so ächzte es und schrie über den unsanften Druck, und er sah, wie es die behaarten Händchen rang und die gelben oder grünen Häuptlein schüttelte. Die Stengel der Pflanzen und die Stämme der Baume befanden sich in einer immerwährenden schraubenförmigen Bewegung, und zugleich ließ ihn die Rinde oder die äußere Haut in das Innere blicken, worin seine Geisterlein zartglänzende Tröpfchen in die Röhren schütteten. Dann stieg das klare Naß von Röhre zu Rühre, indem sich unaufhörlich Klappen öffneten und zuschlossen, bis es oben in den Haarröhrchen der Blätter zu einem grünen Dufte wurde. Leichte Verpuffungen und Feuer entzündeten sich nun in dem Geäder der Blätter; ein Ätherisches, Flammendes spieen unaufhörlich ihre feingeschnittenen Lippen aus, während ebenso unaufhörlich der schwerere Teil jener feurigen Erscheinungen in weichen Dampfwellen durch die Blätter hin und her schlich. In den blauen Glockenblumen, die auf dem feuchten Waldgrunde standen, war ein Klingen und Singen; sie trösteten mit einem schönen Liede das arme alte Antlitz im Stein und sagten, wenn sie nur vom Boden los könnten, so würden sie ihm herzlich gern die Erlösung bringen. Aus den Lüften blickten den Schüler sonderbare grüne, gelbe und rote Zeichen an, die immer sich zum Bilde fügen wollten, und dann wieder auseinanderbrachen, von allen Seiten kroch und schritt das Gewürm und Gekäfer an ihn heran und trug ihm verworrene Anliegen vor; der eine wollte dies sein, der ander das, der eine begehrte eine neue Flügeldecke, der andere hatte sich den Rüssel abgebrochen; was in den Lüften zu schweben pflegte, bettelte um Sonnenschein, das Kriechende dagegen um die Feuchtigkeit. Dieses ganze Gesindel nannte ihn ein Herrgott, so daß ihm fast wieder die Sinne zu schwanken begannen.

Auch bei den Vögeln war des Zwitscherns, Plapperns und Erzählens kein Ende. Ein Buntspecht kletterte an der Borke einer großen Eiche auf und nieder, hackte und pickte nach den Würmern und ward nicht müd’ zu schreien: Ich bin der Förster: ich muß für den Wald sorgen! – Der Zaunkönig sagte zum Finken: Es ist gar keine Freundschaft mehr unter uns; der Pfau will nicht leiden, daß auch ich ein Rad schlage, er meint, er habe allein das Recht dazu, und hat mich verklagt beim höchsten Gericht, und ich kann doch ein so schönes Rädlein schlagen mit meinem braunen Schwänzlein. – Der Fink versetzte: Laß mich zufrieden. Ich fress’ mein Korn und kümmere mich sonst um nichts; ich hab’ ganz andere Sorgen, zu meinem Waldschlag lern’ ich die eigentlichen kunstmäßigen Weisen nur hinzu, wenn sie mich blenden; es ist aber schrecklich, daß aus einem erst was Rechtes wird, wenn man so hart verstümmelt worden ist. – Von Diebstählen plaudern die andern und von Mordthaten, die niemand gesehen, als die Vögel:

> Sie fliegen wohl über den Kreuzweg hin,
> Schaut keiner nach ihnen hin!

Dann setzten sie sich auf den Zweigen straff zurecht, guckten den Schüler spöttisch an und zwei freche Kohlmeisen riefen: Da steht der Zauberer und hört uns zu und weiß nicht, was mit ihm geschieht; nun der wird Augen machen! schrie der ganze Haufen und flog mit einem Gezwitscher davon, welches wie ein halbes Lachen klang.

Indem bekam der Schüler einen Wurf ins Gesicht, er blickte empor, da sah er ein ungeschliffenes Eichhorn, das hatte ihm die hohle Nuß auf die Stirn geworfen, lag platt auf seinem Aste auf dem Bauche, stierte ihm ins Gesicht und rief: Die hohle für dich, die volle für mich! – Ihr ungezogenes Gesindel, laßt den fremden Herrn doch zufrieden! rief eine schwarz und weiße Elster, die wackelnd durch das Gras herzugeschritten kam. Sie setzte sich dem Schüler auf die Schulter und sagte ihm ins Ohr: Ihr müßt nicht uns alle nach jenen unhöflichen Bestien beurteilen, gelahrter Herr, es giebt auch unter uns wohlgezogene Leute, da seht einmal durch die Öffnung hindurch jenen weisen Mann, das Wildschwein, wie es ruhig steht und seine Eicheln verzehrt, und dabei im stillen seine Gedanken hat. Herzlich gern will ich Euch Gesellschaft leisten und Euch erzählen, was ich nur weiß, das Reden ist mein Vergnügen, besonders mit alten Leuten.

Wenn das ist, so wirst du bei mir deine Rechnung nicht finden, ich bin noch jung, versetzte der Schüler.

Ach Himmel, wie sich die Menschen täuschen können! rief die Elster und sah gedankenvoll vor sich hin.

Indem war es dem Schuler, als höre er aus noch größerer Tiefe des Waldes ein Seufzen, dessen Ton ihm durch das Herz drang. Er fragte seine schwarz und weiß gesprenkelte Gesellschafterin nach der Ursache, die sagte ihm aber, sie wolle zwei Eidechsen darum ausforschen, die ihr Morgenbrot äßen. Er ging nun mit der Elster auf der Schulter nach dem Orte, wo diese Tierchen sich befinden sollten. Da hatte er eine wunderhübsche Schau. Die beiden Eidechschen waren gewiß vornehme Fräulein, denn sie saßen unter einem großen Pilze, der wie ein prachtvolles Schirmzelt sein goldgelbes Dach über ihnen ausspannte. Dort saßen sie und schlürften mit den braunen Züngelchen den Tau vom Grase, dann wischten sie sich die Mäulchen an einem Hälmlein ab und gingen mit einander im anstoßenden Lusthain von Farrenkräutern spazieren, welcher vermutlich der einen zugehörte, die ihre Freundin bei sich zum Besuch hatte. Schack! Schack! rief die Elster; der Herr möchte gern wissen, wer geseufzt hat? Die Eidechschen hoben die Köpfchen empor, wedelten mit den Schwänzchen und riefen:

> Prinzessin in der Laub am Bronnen,
> Der Kanker hat sie eingesponnen.

Hm! Hm! sagte die Elster und wackelte mit dem Kopfe, daß man so vergeßlich sein kann! Ja freilich, in der nahen Hainbuchenlaube schläft die schöne Prinzessin Doralice, die der böse König Kanker eingesponnen hat. O möchtet Ihr sie erretten, gelahrter Herr! – Den Schüler trieb das Herz, er fragte die Elster, wo die Laube sei? Der Vogel flog voran von Zweig zu Zweig, den Weg zu zeigen; so kamen sie an eine stille Wiese, rings eingeschlossen, durch welche ein Bächlein, aus einer Felsenspalte springend, floß, wo gar artige Läublein von Hainbuchen standen. Die Bäumchen hatten ihre Zweige zur Erde geschlagen, so daß sie den Boden wie ein Dach überwölbten, durch diese Dächer aber stachen die Fächerblätter des Farrenkrauts und schufen den Laubhäuslein die Luken und Giebel. Die Elster sprang auf eins der Laubhäuslein, schaute durch eine Luke und flüsterte geheimnisvoll: Hier schläft die Prinzessin. Mit klopfendem Herzen trat der Schüler hinzu, kniete vor der Öffnung der Laube nieder und blickte hinein – ach, da wurde ihm ein Anblick, der ihm Sinne und Seele in noch gewaltigeren Aufruhr jagte, als da er das Zauberwort aussprach. Auf dem Moose, welches wie ein Pfühl die schöne Last umquoll, ruhte die reizendste Jungfrau und schlummerte. Ihr Haupt lag etwas erhöht, den einen Arm hatte sie unter den Nacken geschoben, die weißen Finger leuchteten aus dem Goldbraun der Locken, welche in langen weichen Fluten sich zärtlich um Hals und Busen schmiegten. Mit unsäglicher Wonne und Wehmut schaute der Schüler in das herrliche Antlitz, auf den Purpur der Lippen, auf die Blüte der Glieder, von denen ein verklärender Widerschein auf das dunkle Mooslager fiel. Daß die Schläferin, wie von einem geheimen Druck belastet, in süßer Angst zu atmen schien, machte sie in seinen Augen nur noch verlockender, er fühlte, daß sein Herz auf immerdar gefangen genommen sei, und nur an diesem Munde sein Lechzen stillen könne. Ist es nicht schade, sagte die Elster, die durch die Luke in die Laube gehupft war, und sich der Schläferin auf den Arm setzte, daß eine so schöne Prinzessin sich hat müssen einspinnen lassen? – Wie? Einspinnen? fragte der Schüler: sie ruht ja, in ihren weißen Schleier gehüllt. – O Thorheit! rief die Elster, ich sage, es sind Spinnweben, und der König Kanter hat sie eingesponnen. – Wer ist der König Kanter?

Im menschlichen Zustande war er ein reicher Garnspinnerherr, versetzte die Elster, indem sie wohlgefällig mit dem Schwanze wippte. Er hatte seine Garnspinnerei nicht weit von hier, außer dem Walde, am Flüßchen, und an die hundert Arbeiter spannen unter ihm. Das Garn wuschen sie im Flüßchen. Darin wohnt aber der Nix, und der war ihnen schon lange bitterböse, weil sie mit der ekelhaften Wäsche seine klaren Fluten trübten, und weil alle seine Kinder, die Schmerlen und Forellen, von der Beize abstanden. Er wirrte das Garn unter einander, die

Wellen mußten es über den Rand des Ufers schleudern, er trieb es abwärts in die Strudel, um den Spinnerherrn zu warnen, aber alles war vergeblich. Endlich, am Johannistage, an welchem die Flußgeister Macht haben, zu schrecken und zu schaden, spritzte er der ganzen Garnwäscherzunft und ihrem Haupte, da sie eben wieder ihre Wäscherei recht frech und gewissenlos trieben, Feienwasser in das Antlitz, und, wie wilde und blutdürstige Menschen Währwölfe und Währkater werden können, so sind die Garner und ihr Haupt Währ-Kanter geworden. Sie liefen alle vom Flüßchen zum Walde und hangen mit ihren Geweben überall an Bäumen und Sträuchern umher. Die Spinner sind gewöhnliche kleine Kanter geworden, fangen Fliegen und Mücken; ihr Herr aber hat fast seine frühere Größe behalten und heißt der Kanterkönig. Er stellt den schönen Mädchen nach, umspinnt sie, betäubt sie mit seinem giftigen Dunste und saugt ihnen dann das Blut vom Herzen. Zuletzt hat er diese Prinzessin überwältigt, welche von ihrem Gefolge im Walde abgekommen war. Sieh dort – dort – dort regt er sich zwischen den Büschen. Wirklich war es dem Schüler, als sehe er durch die Zweige gegenüber einen riesigen Spinnenleib schimmern, zwei haarige Füße, dick wie Menschenarme, arbeiteten sich durch das Laub: eine entsetzliche Angst um die schöne Schläferin ergriff ihn, er wollte dem Ungeheuer entgegenstürzen. Umsonst! rief die Elster und schlug mit den Flügeln: alle verzauberten Menschen haben furchtbare Kräfte, das Ungetüm würde dich in der Umknotung ersticken, aber streue deiner Schönen Farrensamen auf die Brust, der macht sie unsichtbar vor dem Kanker-König, und so lange nur ein Stäubchen davon liegt, dauert der Segen aus. Eiligst streifte der Schüler den braunen Staub von der unteren Fläche eines Farrenblattes ab und that, wie ihm der Vogel gesagt hatte. Indem er sich hierbei über die Schläferin beugte, rührte ihr Odem seine Wange. Verzückt rief er: giebt es kein Mittel, dieses geliebte Bild zu befreien? Oh! schrie der Vogel, und schoß wie toll in Zickzackflügen um den Schüler, wenn Ihr mich um so ein Mittel befragt, das giebt es wohl. Unser weiser Alter in der Kluft hat den Eibenbaum in Verwahr, wenn Ihr davon einen Zweig bekommt und mit demselben die Stirne der Schönen dreimal berührt, so weicht alle Fesselung, von ihr,

> Denn vor den Eiben
> Die Zauber nicht bleiben,

sie wird in Eure Arme sinken und Euch, als ihrem Retter, angehören. In diesem Augenblicke war es, als ob die Schlafende die Rede des Vogels vernähme. Ihr schönes Gesicht wurde von einer zarten Röte überzogen, ihre Züge nahmen den Ausdruck einer unendlichen Sehnsucht an. Führe mich zum weisen Alten! rief der Schüler halb von Sinnen.

Der Vogel sprang in die Büsche, der Schüler eilte ihm nach. Die Elster flatterte einen engen Felsenweg empor, der bald nur noch über Morast und wild umhergeworfene Steinblöcke gefährlich hinanleitete. Von Block zu Block mußte der Schüler klimmen, wollte er nicht im Sumpfe versinken. Seine Knie zitterten, seine Brust keuchte, seine Schläfe bedeckte kalter Schweiß. Er rupfte in der Eile Blumen und Blätter ab und streute sie auf die Steine, damit er den Weg wieder finden möchte. Endlich stand er auf bedeutender Höhe vor einem geräumigen Felsenportal, aus dessen dunklem Schlunde ihm eine Eisluft entgegenstrich. Die Natur schien hier noch in der uralten Gährung zu sein, so fürchterlich und zerrissen starrte das Gestein über, neben, vor der Höhle.

Hier wohnt unser Weiser! rief die Elster, indem sich ihre Federn vom Kopf bis zum Schweife sträubten und krausten, so daß sie ein unheimliches und widerwärtiges Ansehen bekam. Ich will dich bei ihm anmelden und fragen, wie er über deinen Wunsch gesonnen ist; mit diesen Worten schlüpfte sie in die Kluft. Sie kam aber gleich wieder herausgesprungen und rief: Der Alte ist mürrisch und eigensinnig, er will nicht anders dir den Eibenzweig geben, als wenn du ihm alle Ritzen der Höhle verstopfest, denn er sagt, die Zugluft sei ihm empfindlich. Aber ehe du damit fertig wirst, kann manches Jahr vergehen. – Der Schüler raffte des Mooses und Krautes zusammen, so viel er fassen konnte, und ging nicht ohne Schauder in die Höhle. Drinnen sahen ihn von den Wänden Tropfsteinfratzen an, er wußte nicht, wohin er sein Auge vor den abscheulichen Gestalten retten sollte. Er wollte tiefer in den Felsgang dringen, da schnarchte es ihm aus der hintersten Ecke entgegen: Zurück! Störe mich nicht in meinen Forschungen, treibe da vorne dein Wesen! Er wollte entdecken, wer da spreche, sah aber nichts als ein paar glührote Augen, die aus dem Dunkel leuchteten. Nun gab er sich an seine Arbeit, stopfte überall Moos und Kraut ein, wo er eine Spalte sah, durch welche ein Schimmer des Tageslichtes drang, aber das war ein schwieriges und wie es schien, unendliches Werk. Denn, glaubte er mit einer Spalte fertig zu sein und sich zu einer anderen wenden zu können, so fiel das Eingestopfte wieder heraus, und er mußte von vorn beginnen. Dazu schnarrte das Schnarchende im Hintergrunde der Höhle Töne und Laute ohne Sinn ab und ließ nur bisweilen verständliche Worte ausgehen, die so klangen, als ob es sich seiner tiefen Forschungen berühme.

Die Zeit schien dem Schüler in reißendem Fluge unter seiner verzweiflungsvollen Arbeit vorüber zu eilen. Tage, Wochen, Monate, Jahre kamen, so dünkte ihm, und schwanden, und dennoch spürte er weder Hunger noch Durst. Er glaubte sich dem Wahnwitze nahe und wiederholte sich still, mit einer Art von rasender Leidenschaft, die Jahreszahl und daß er am Tage Peter und Paul zum Walde gegangen sei, um nicht gar aus aller Zeit zu treten. Wie aus weiter Ferne sah ihn das Bild seiner geliebten Schlummernden an, er weinte vor Sehnsucht und Trauer und doch fühlte er keine Thräne über die Wangen rinnen. Auf einmal war es ihm, als sehe er eine bekannte Gestalt sich der Schläferin nähern, entzückt sie betrachten und sich dann wie zum Kusse über sie beugen. In diesem Augenblicke übermannten ihn Schmerz und Eifersucht. Alles um sich her vergessend, stürzte er gegen den dunkeln Hintergrund der Höhle. Den Eibenzweig! rief er heftig. Da wächst er! antwortete das Glühende, Schnarchende, und zugleich fühlte er die Zweige eines Baumes in der Hand, der aus einer finstern Spalte der Grotte emporstand. Er brach an einem Zweige, da that es ein Winseln um ihn her, das Glühende schnarchte stärker als jemals, die Höhle schwankte, schütterte, stürzte zusammen, Nacht wurde es vor den Augen des Schülers, und unwillkürlich rief es aus ihm hervor:

> Vor den Eiben
> Kein Zauber thut bleiben.

Als seine Augen wieder hell wurden, sah er sich um. Ein dürrer, sonderbar mißfarbiger Stecken lag in seiner Hand. Er stand zwischen Gestein, welches sich zu einer Kluft wölbte, die aber nicht eben mächtig war. In der Tiefe klangen schrillende, pfeifende Töne, wie sie die großen Eulen von sich zu geben pflegen. Die Gegend umher war wie verwandelt. Es war eine mäßige Anhöhe, kahl und ärmlich, mit unbedeutenden Steinen übersäet, zwischen denen auf der einen Seite nach der Tiefe zu durch feuchtes Erdreich der Weg hinableitete, den er heraufgekommen war. Von den großen Felsblöcken war keiner mehr zu erschauen. Ihn fror, obgleich die Sonne hoch am Himmel schien. Es bedünkte ihn, als habe sie denselben Stand, wie damals, als er ausgegangen war, den Zweig zu holen, der nun zum dürren Stecken in seiner Hand geworden war. Er ging den Pfad über die Steine hinab, das Wandern fiel ihm beschwerlich, er mußte sich auf den Stecken stützen, das Haupt hing auf die Brust hinab, er hörte seinen Odem, der mühsam aus ihr hervordrang. An einer schlüpfrigen Stelle des Pfades glitt er aus und mußte sich am Gebüsch halten. Dabei kam ihm seine Hand dicht vor das Auge, die sah grau und runzelig aus. Herr Gott! rief er von einem Schauder gepackt, bin ich denn so lange – –? Er wagte seinen eigenen Gedanken nicht auszusprechen. Nein, sagte er, sich gewaltsam beruhigend, es thut die kühle Waldluft, daß mich so friert, matt bin ich von der Anstrengung geworden, und das gebrochene fahlgrüne Licht, welches durch die Büsche fällt, giebt den Händen die seltsame Farbe. Er schritt weiter und sah auf den Steinen die wilden Blumen und Blätter liegen, welche er bei dem Hinaufklimmen dahin gestreut hatte, den Weg zu merken. Sie waren frisch, als seien sie eben hingelegt worden. Damit war ihm ein neues Rätsel gesetzt. Ein Köhler hockte seitwärts vom Wege im Gehölz und schnitt Äste ab, den fragte er nach dem Tage. Ei, Vater, versetzte der Köhler, seid Ihr ein so böser Christ, daß Ihr Aposteltag nicht kennt? Wir haben Peter und Paul, wo der Hirsch aus dem Walde ins Korn tritt. Ich will meinen Jungen da aus dem Maserast ein Spielwerk schneiden, sonst arbeit' ich nicht an dem Tage, aber das ist zur Luft und Ergötzlichkeit, und die ist erlaubt, sagt der Kaplan.

116

Ich bitte dich, Gesell, rief der Schüler, den das Grauen immer stärker durchrieselte, sag' mir an, welche Jahreszeit schreibt Ihr in der Christenheit? Der Köhler, von dem auch die Feiertagswäsche den Ruß nicht hatte bringen mögen, hob sich mit seinen mächtigen Gliedern schwarz zwischen den grünen Büschen empor und sprach nach einigem Besinnen die Jahreszahl aus. – O, du mein Heiland! schrie der Schüler und stürzte, von seinem Stecken nicht gehalten, auf den Steinen zusammen. Dann schleuderte er den Stecken hinweg und kroch zitternd den Steinpfad hinab.

Verwundert trat der schwarze Köhler, den Maserast in der Hand, aus den Sträuchen auf die Steine, sah den Stecken liegen, bekreuzte sich und sprach, der ist von der Eibe, die da droben wächst im Eulenstein, wo der Schuhu horstet. Sie sagen, sie schaffe den Zauber, und löse geschaffene Zauber Gott behüte uns! der Alte hat böse Dinge auslaufen lassen. – Dann ging er in die Büsche zurück, seiner Hütte zu, um das Spielwerk für seinen Knaben zu schnitzen.

* * *

Unten auf der lustigen Waldwiese neben der Hainbuchenlaube, am klaren Wässerlein, welches dort seine Ränder zu einem breiten Becken auseinander gespült hatte, saßen der junge Ritter Konrad und die Schöne, welche er ohne magische Künste aus dem Schlummer geweckt hatte. Lieblich drängten sich rote, blaue und gelbe Kelche aus den Gräsern um sie her, und das Paar blühte in Jugend und Schönheit, der Ritter in seinem bunten Schmuck, die Jungfrau in ihren silberglänzenden Schleiern, als die herrlichste Blume aus diesem Schmelz empor. Er hatte seinen Arm sanft um ihren Leib gelegt, und sagte, ihr treu in das Auge sehend: Bei der Asche meiner lieben Mutter, und bei dem heiligen Zeichen auf dem Griffe dieses Schwertes, ich bin der ich mich dir genannt habe, Herr meiner Schlösser und meiner Tage, und beschwöre dich nun, du holdseliges Wunder dieses Forstes, daß deine Lippen das Wort sprechen, welches mich auf ewig dir in den Besitz geben wird, den der Priester vor dem Altar weihen und segnen soll. –

Was für ein Wort begehrst du noch? sagte die Schöne leise, indem sie züchtig die Wimpern senkte. Hat nicht mein Auge, meine Wange, mein klopfender Busen alles gesprochen? Minne ist eine gewaltige Königin; sie fährt daher unversehens und ergreift, den sie mag, ohne Widerstand zu dulden. Bringe mich, bevor der Tag sinkt, nach dem Kloster am Odenwald zur frommen Äbtissin, sie wird mich unter Schirm nehmen, dort will ich zwischen stillen Mauern harren, ob du kommen und mich heimführen willst. Sie wollte aufstehen, der junge Ritter hielt sie aber sanft zurück und sagte: Laß uns an diesem Platze, wo meine Seligkeit wie ein goldenes Märchen emporsproßte, noch einige Augenblicke verweilen. Fürchte ich doch noch immer, daß du mir, gleich einer reizenden Waldnymphe, verschwindest! Hilf mir, daß ich an dich glaube und an deine holde Sterblichkeit. Wie bist du hergekommen? Was war dir?

Ich war, versetzte die Schöne, heute Morgen zu Walde geflohen vor meinem Vormunde, dem Grafen Archimbald, dessen Absichten plötzlich, ich weiß nicht ob auf mich oder auf meine Güter, bös und erschreckend hervorgetreten waren. Was hilft der Jugend und dem Weibe reiches Erbe? Es ist immerdar schutzlos und verlassen. Ich wollte mich zur Äbtissin flüchten, ich wollte den Kaiser in Mainz antreten, kaum wußte ich selbst, was ich wollte. So kam ich in diese grünen Baumhallen. Mein Herz war nicht auf den Helfer gerichtet, meine Gedanken haderten mit dem Himmel.

Auf einmal, wie ich diese Wiese schon vor mir liegen sah, war mir, als würde da drüben in den Büschen etwas gesprochen, worauf ich mich und alles um mich her verwandelt fühlte. Ich kann dir das Wort oder den Laut nicht beschreiben, mein Geliebter! Der Gesang der Nachtigall klingt heiser gegen seine Süßigkeit und das Rollen des Donners ist, mit ihm verglichen, nur ein schwaches Flüstern. Es war gewiß das Geheimste und Zwingendste, was es zwischen Himmel und Erde geben kann. Auch auf mich übte es eine unwiderstehliche Gewalt, da es in meinen fassungslosen Geist, in das Getümmel meiner Sinne fiel und kein Gedanke des Heils ihm in mir entgegentrat. Meine Augen schlossen sich und doch sah ich den Weg vor meinen Füßen, den die Füße, wie von unsichtbaren weichen Händen gelenkt, wandeln mußten. Ich schlief und schlief doch nicht, es war ein unbeschreiblicher Zustand, in dem ich endlich unter jener Laube auf weichem Moose niedersank. Es sprach und sang alles um mich her, in mir fühlte ich den Wogenschlag der jubelndsten Wonne, jeder Tropfen Blutes leuchtete und tanzte durch die Adern, und doch saß mir im tiefsten Herzen das alleräußerste Grauen vor dieser Verfassung und die heißeste Bitte um Erweckung aus meinem Schlafe. Aber ich spürte, daß von dem Grauen nichts in mein Antlitz trat, wunderbarer Weise konnte ich mich selbst schauen und sah, daß meine Wangen von der Wonne lächelten, als würden mir himmlische Freudenlieder zugesungen. Immer weiter griff die Wonne in mein Herz, immer weiter drängte sie das Grauen zurück, eine furchtbare Angst befiel mich, daß dieses Pünktchen ganz aus mir getilgt und ich eitel Wonne werden würde.

In dieser Not, und dem Verschwinden alles Bewußtseins nahe, gelobte ich mich dem, der mich erwecken und befreien werde, zu eigen. Ich sah nun durch meine geschlossenen Augenlider eine dunkle Gestalt sich über mich beugen. Das Antlitz war edel und groß, und doch fühlte ich einen tiefen Widerwillen gegen diesen und es flog wie ein Schatten durch meine Empfindung, daß er es gewesen sein möchte, der das verdammliche Wort gesprochen habe. Aber immer rief ich stumm in mir und doch laut für mich: Wenn er dich weckt und befreit, so mußt du ihm für diese überschwengliche Wohlthat angehören, denn du hast es gelobt. – Er hat mich nicht geweckt!

Ich, ich habe dich geweckt, mein teures Lieb, und nicht mit Zauberspruch und Segen, nein, mit heißem Kuß, auf deine roten Lippen! rief der junge Ritter entzückt und hielt die schöne Emma fest umschlungen. – Das sind wohl rechte Wunder im Spessart gewesen, die uns zusammengeführt haben. Ich hatte mich draußen am Heerweg von meinem geliebten Freunde Petrus getrennt nach seltsamen verfänglichen Gesprächen. Als ich einige hundert Schritte geritten war, überfiel mich noch einmal eine große Sorge um ihn, ich saß ab und wollte wiederholt ihm ans Herz legen, seine dunklen Wege zu lassen und mit mir gen Mainz zu ziehen. Als ich mich wandte, sah ich ihn in den Wald schlüpfen. Ich rief seinen Namen, er aber hörte mich nicht. Die Sporen verhinderten mich am raschen Gehen; ich konnte ihn nur von Weitem folgen, doch ließ ich nicht ab, hinter ihm her zu rufen, was aber vergeblich blieb. Endlich verschwand mir sein schwarzer Mantel zwischen den Bäumen. Auch ich sah die schöne grüne Wiese schimmern und wollte mir den lichten Blumenschein besehen. So kam ich her, nachdem ich noch die Kreuz und Quer nach meinem Freunde gesucht hatte. Auch mich umgab es hier im Walde aus den Lüften wie ein Wühlen und Schwingen, das Gewürm war in einer Bewegung, die Vögel verführten ein so eigenes Flattern und Zirpen. Weil ich aber an die helle, gute Straße dachte, auf die ich den Petrus gern bringen wollte, so hat mir vermutlich das Wesen nichts anhaben können. Als ich dich schlummernd fand, drang mir mit der Gewalt der süßesten Liebe ein ungeheures Mitleid um dich in das Herz, ich frohlockte und weinte doch Thränen, die heißesten, die je aus meinen munteren Augen gekommen. Ich glaube, daß mir vergönnt war, in den Winkel zu schauen, wo dir das Grauen wohnte. Schluchzend und lachend rief ich:

> Die schönste Rose, die da blüht,
> Das ist der rosenfarbne Mund
> Von wonniglichen Weiben;
> Am Kuß des Mai'n die Ros' erglüht,
> Es soll der schönste Rosenmund
> Nicht ungeküsset bleiben!

und da boten meine Lippen in Gottes Namen den deinen ihren Gruß. ...

Und diese Fesseln fielen ab von mir, ich erwachte, und mein erster Blick traf in dein treues weinendes Auge, rief die schöne Emma. Ich dankte Gott, auf dessen Namen ich mich wieder besann, daß ich erlöset sei, und dann dankte ich ihm, daß du es gewesen, der mich befreit habe und nicht jener Dunkle.

Der junge Ritter war nachdenklich geworden. Ich fürchte, sagte er, alle diese geheimnisvollen Waldwunder stehen mit Petrus im Zusammenhang. Ich fürchte, daß ich an dem Tage, wo ich meine Liebe gewann, meinen Freund verloren habe. Wo mag er nur geblieben sein?

Das Paar fuhr erschreckt auseinander, denn sie sahen in dem Wasser zu ihren Füßen zwischen ihren blühenden Häuptern ein eisgraues, greises abgespiegelt. Hier ist er, sagte ein zitternder, gebeugter, schneeweißer Alter, der hinter ihnen stand. Er trug den neuen schwarzen Mantel des Schülers.

Ja, sagte der Alte mit schwacher, erloschener Stimme, ich bin dein Freund Petrus von Stetten. Ich stand schon lange hinter Euch und hörte Euch und Eure Reden und die Geschicke sind klar geworden. Es ist noch der Peter- und Paulstag, an dem wir uns trafen und trennten draußen auf dem Heerwege, der kaum tausend Schritte von hier läuft, und seit wir von einander gegangen sind, mag eine Stunde verstrichen sein, denn der Schatten, den der Strauch da auf den Rasen wirft, ist nur um ein geringes gewachsen. Wir waren vierundzwanzig Jahre alt vor dieser Stunde, du bist darin um sechzig Minuten, ich aber bin derweile um sechzig Jahre älter geworden. Ich habe vierundachtzig. – So sehen wir uns wieder: ich habe es freilich nicht gedacht.

Konrad und Emma waren aufgestanden. Sie schmiegte sich scheu an den Geliebten und sagte leise: Es ist ein armer Irrsinniger. – Nein, du schöne Emma, sagte der Alte, ich bin nicht irre. Dich habe ich geliebt, mein Zauber fiel auf dich, und ich hätte dich haben können, wäre es mir vergönnt gewesen, in Gottes Namen dir den roten Mund zu küssen, was der einzige Segen ist, womit schöne Minne erweckt wird. Statt dessen mußte ich nach dem Eibenzweige gehen und dem Schuhu seine Klause vor Wind und Wetter verwahren helfen. Nun, wie es gekommen ist, so mußte es kommen. Er hat die Braut und ich habe den Tod davon getragen.

Konrad hatte immerfort starr in das Gesicht des Alten gesehen, um durch die Runzeln und Falten hindurch ein früheres Lineament des Jugendfreundes zu entdecken. Endlich stammelte er: Ich beschwöre dich, Mensch, uns zu verkündigen, wie diese Verwandlung hat zugehen können, damit uns nicht ein Schwindel faßt und zu schrecklichen Dingen treibt!

Wer Gott versucht und die Natur, über den stürzen Gesichte, an denen er rasch verwittert, antwortete der Alte. Dabei bleibt der Mensch, wenn er auch die Pflanzen wachsen sieht und die Reden der Vögel verstehen lernt, so einfältig wie zuvor, läßt sich von einer albernen Elster Fabeln von der Prinzessin und vom Kanker-Könige aufbinden, und sieht Frauenschleier für Spinneweben an. Die Natur ist Hülle, kein Zauberwort streift sie von ihr ab, dich macht es nur zur grauen Fabel.

Er schlich langsam in die Waldgründe. Konrad wagte nicht, ihm zu folgen. Er leitete seine Emma aus dem Schatten der Bäume nach der breiteren Straße, wo das Licht in allen Farben um die Kronen der Stämme spielte.

Noch einige Zeit lang hörten die Wanderer im Spessart hinter Felsen und dichten Baumgruppen zuweilen mit einer hohlen und geisterhaften Stimme Reime sprechen, die dem einen wie Unsinn, dem andern wie tiefe Weisheit klangen. Gingen sie dem Schalle nach, so fanden sie den Alten, der noch so wenige Jahre zählte, wie er, erloschenen Auges, die Hände auf die Knie gestützt, starr in die Welt blickte, und die Sprüche vor sich hinsagte, deren keiner aufbehalten geblieben ist. Nicht lange aber, so wurden sie nicht mehr gehört, und auch den Leichnam des Alten fand man nicht.

Konrad freite seine Emma, sie gebar ihm schöne Kinder und er lebte bis zu späten Jahren mit ihr in großer Freude und Lust.

Neuntes Kapitel
Jäher Sturz

Nur das Weib weiß, was Liebe ist, in Wonne und Verzweiflung. Bei dem Manne bleibt sie zum Teil Phantasie, Stolz, Habsucht: das Weib wird durch den Kuß ganz Herz vom Scheitel bis zur Fußsohle. Da ist keine Fiber, kein Nerv, der nicht jubelte oder – jammervoll zuckte!

Lisbeth kam nach dem Oberhofe, ohne zu wissen, wie. Ihr Busen klopfte, ihre Wangen waren heiß, sie drückte die Rolle Gold zärtlich an ihr Herz, denn er hatte sie ihr ja gegeben. Unaufhörlich flüsterte sie: Er ist gar zu gut; und wußte weiter nichts zu sagen. Ach das Wörterbuch eines liebenden Mädchen enthält nur diese fünf Worte und dann das Wörtlein: »du«; aber was ist der Reichtum aller Sprachen gegen die selige Armut dieses Wörterbuches?

Im Oberhofe tosete das Tanzgelag. Alles hatte sich nun nach dem Baumgarten gezogen, wo man Lichter und Laternen angezündet hatte, weil die Dämmerung bereits eingebrochen war. Die Gäste, welche nicht tanzten, saßen und standen umher. Lisbeth wurde durch den Lärmen zuerst aus ihren Träumen geweckt, sie schlüpfte von der Seitenpforte, durch welche sie wieder in den Hof eintrat, rasch in das Haus, um nicht bemerkt und dann wohl gar zum Tanze aufgefordert zu werden.

Sie ging nach ihrem Stüblein und zündete arglos ihr Lämpchen an, obgleich sie sich hätte sagen können, daß der Schein durch das Fenster ihre Anwesenheit verraten müsse. Aber sie hatte zu diesem und allem Ähnlichen keine Überlegung. Ihre Seele wallte, flutete, es war ihr zu Mute, als stehe sie auf einem hohen Berge, rote Wolken zu ihren Füßen rote Wolken, so weit sie blickte, und in der Ferne ragten goldene Kuppeln aus den roten Wolken hervor. Nun wußte sie, was Glück ist, sie konnte es aber nicht aussprechen.

Sie setzte sich an das Tischchen im Fenster, sah die Blumen an, die dort im Grase blühten, dann hob sie ein Blatt der Lilie auf, welches abgefallen war, und vereinigte es wieder sanft mit dem Kelche, dann warf sie durch das Fenster einen Kuß ihrem Wanderer nach, und bat die Lüfte, den Kuß ihm zuzubringen.

Sie stand auf und ging hin und her, denn ihr Gemüt war zu sehnsuchtsvoll und unruhig. Sie wollte das grüne Särglein aus ihrem Busen nehmen, da rührte sie mit ihrer Hand an die junge Brust, und es überflog sie bei dieser Berührung ein Schauer der Ehrfurcht vor ihr selbst. Ihr Leib kam ihr geheiligt vor, denn sie war geliebt.

Aber nicht lange blieb sie in dieser erhabenen Stimmung. Scherzender Jubel ergriff sie. Sie faßte ihre Schürze mit beiden Händen und machte zu dem Schrei der Musik da draußen für sich ein Tänzchen rund um das Zimmer. Dann fiel ihr die Geldrolle wieder ein, welche sie auf das Tischchen gelegt hatte. – Was sein ist, ist mein, ich muß doch sehen, wie viel er geerbt hat! rief sie. Er hatte ihr gesagt, er sei ein Förster aus Schwaben, der nach der hiesigen Gegend gereist sei, um eine Erbschaft zu heben. Als sie die Rolle öffnete, sah das Gold sie mit blitzenden Augen an. Sie zählte und zählte, das wollte für sie kein Ende nehmen. Nimmermehr hätte sie geglaubt, daß so viel Gold auf Erden sei. – Ach, ist er so reich? rief sie, fröhlich in die Hände klopfend, als sie die hundert und etlichen Doppelpistolen auf den Tisch gezählt hatte.

Da bauen wir uns ein eigenes Haus mit Milchkämmerchen und einem Brünnlein, klar und kalt! jauchzte sie. Jetzt aber laß sehen, wie sich das Gold in eine Reihe gezählt ausnimmt, so auf dem Haufen sieht man gar nicht, wie viel man hat. Ich will es am Boden in einer langen Reihe aufzählen, und die Lampe stelle ich dazu, so geht mir nichts verloren.

So badete der arme schöne Findling oben in den Wellen der seligsten Lust. Der Hofschulze aber sagte zum alten Schmitz, dem Sammler, der auch, wie er, den ganzen Tag über verdrießlich gewesen war und ihm jetzt eröffnete, daß er ihn notwendig über die Amphora und das Schwert Karls des Großen zu sprechen habe: Nach diesem, Herr Schmitz, jetzt habe ich eine notwendige Verrichtung. – Er hatte den Schein des Lämpchens in Lisbeths Stube wahrgenommen und sich sogleich vorgesetzt, zu ihr zu gehen, um, wie er für sich sagte, Ordnung in dem Handel zwischen ihr und dem Jäger zu stiften. Ich werde dem Kinde sagen – sprach er, indem er seinen Hut auf dem Haupte und den Stab in der Hand, langsam und bedächtig durch den Flur schritt. Bei seinem Vieh stand er einen Augenblick stille, denn die prächtig geschmückte Blässe stöhnte ungeachtet ihres Putzes an Stirn und Hörnern erbärmlich, und als er hinleuchtete, stand das arme Tier ganz krumm zusammengezogen. Was ist denn das nun wieder? rief der Hofschulze. – Was wird es sein, versetzte der Rothaarige, der aus einer dunklen Ecke des Stalles hervorkam, trotzig, das Vieh hat seinen Eigensinn, davon ist es krank, ich habe ihm aber schon was eingegeben. – Der Hofschulze beschaute mit zornigem Schmerz die Leiden seines besten Stücks; aber auch dieser Anblick entlockte ihm kein Fluch- oder Scheltwort, sondern er stieß nur sein gewöhnliches Ei! ei! ei! aus und setzte dann dumpf hinzu: Diese Hochzeit, auf welche ich gespart und gehofft habe, nimmt ein übles Ende.

Er stieg die Treppe empor und trat so hart auf, daß die Stufen dröhnten. Dann öffnete er die Thüre von Lisbeths Stube fest und rauh. Sie hatte die Lampe in der Hand und in dem Schürzchen die Goldstücke, mit denen sie ihr kindliches Spiel treiben wollte. Bei seinem plötzlichen Eintritt erschrak sie, faßte sich jedoch und blieb ruhig am Tischchen stehen.

Etwa eine Viertelstunde mochte er mit ihr in einem Gespräche gewesen sein, welches sie anfangs gar nicht verstand, als jemand der unter dem Fenster vorbeiging, einen Schrei, ein Klingen, wie von fallendem Gelde und ein Geräusch hörte, wie wenn einer zu Boden stürzt und dabei Gerät hart berührt. Zugleich erlosch der Schein. Der Mann blieb stehen und gleich darauf kam der Hofschulze aus dem Hause. – Was gab es da droben? fragte ihn jener. – Eben nichts, versetzte der Alte. Junge Frauenzimmer sind schreckhaft, wenn man ihnen die Sache in aller Manier bei dem rechten Namen nennt. Besser Leid tragen, als Schmach tragen. Er ging in den Baumgarten und gab der ersten Brautjungfer den Auftrag hinaufzugehen.

Das Mädchen verstand ihn in dem Getöse nicht recht und meinte, sie solle Lisbeth zum Tanze herunterholen. Sie sprang rasch hinauf und rief, um sich nicht zu lange von ihrem Vergnügen abzumüßigen, in die dunkle Stube hinein: Sind Sie hier? Sie werden gebeten zum Tanze zu kommen! erschrak aber heftig, als ihr aus der Ecke des Zimmers ein inniges Schluchzen antwortete. Bestürzt rannte sie hinab, fand unten ihre Gefährtin, und beide Mädchen kehrten darauf mit einem Lichte zurück.

Nun hatten sie einen Anblick, der selbst diese rohen Geschöpfe erschütterte. Denn an der Stelle, wo noch vor einer Viertelstunde eine Jubelnde und Frohlockende gestanden, lag nun eine Zerbrochene. Lisbeth war an dem Tische niedergesunken in ihre Kniee, ihre Arme hingen schlaff herab, schlaff ruhte der Leib in den Hüften, die blonden Locken hatten sich gelöst und umflossen das gebeugte und weinende Gesicht. Das Gold war ihrer Schürze entfallen und hatte sich, eine blanke Saat, um sie ausgestreut, nicht weit von ihr lag die ausgelöschte Lampe.

Die Mädchen standen eine Weile verlegen und stumm. Sie wußten mit diesem Bilde des tiefsten Schmerzes nichts anzufangen. Eine erhob die Lampe, zündete sie wieder an und stellte sie auf den Tisch, die zweite wiederholte schüchtern die Worte: Sie werden gebeten, zum Tanze zu kommen.

Hierauf hob Lisbeth ihr Antlitz gegen sie empor, und nun zogen sich die Mädchen voll Grauen aus der Stube zurück. Denn die Wangen waren leichenweiß geworden und so voll Thränen, daß sie strömenden Quellen glichen. Die Brautjungfern gingen hinunter zum Tanze, tanzten, hatten den Vorfall bald vergessen, und Lisbeth blieb allein. Denn niemand sprach unten von ihr, sonst wäre der Diakonus wohl zu ihr gegangen, da er sie sehr lieb hatte.

Als sie allein war, begann sie ein Werk, so ernst und traurig, als ihre Spiele von vorhin fröhlich und ausgelassen gewesen waren. Mit einem Blicke des Eckels und Abscheus sah sie das Geld am Boden an, dann überwand sie sich dennoch, raffte mit zitternden Fingern die Stücke auf, die nun nur noch ihre Schande widerspiegeln sollten, und rollte sie wieder ein, indem ein erhabener Hohn ihren Mund umzuckte. Dann warf sie die Rolle verächtlich in einen Kasten und verächtlich warf sie das grüne Särglein hinzu, und deckte dann ein Tuch über das Hingeworfene. Sie fand das Blatt mit Versen Oswalds an sie; da brachen noch einmal heftige Thränenfluten aus ihren Augen; es waren die letzten Zähren, welche sie heute Abend weinte. Dann hielt sie das Papier an die Flamme der Lampe und sah es kalt verlodern. Das Tuch, welches der Jäger ihr geschenkt, zerschnitt sie und ließ die Stücke zu Boden fallen, da, wo die Asche von dem

Papiere lag. Nun nahm sie an sich entsühnende Handlungen vor. Sie wusch ihre Finger, die sie auf seinen Mund hatte legen müssen. Dann wusch sie die Lippen, welche seine Küsse geduldet und wiedergegeben hatten.

Alle diese Handlungen verrichtete sie schweigend, nicht einmal einen Seufzer stieß sie aus. Ihr Schmerz war so groß, daß er auch nicht durch ein Selbstgespräch sich erleichtern mochte. – In den Kelch der Rose, den der süßeste Hauch so eben aufgeschmeichelt, war ein ätzendes Gift getropft worden – fühlt ihr, wie die Rose in ihren keuschesten Tiefen zucken mußte? – Fragt ihr mich, ob sie dem glauben konnte, was der alte Bauer ihr gesagt, so antworte ich, daß ich es nicht weiß. Denn alles weiß der Dichter zwischen Himmel und Erden, aber eins weiß er nicht: das Innerste, Feinste, Heimlichste eines liebenden Mädchens.

Das kann ich sagen: Sie mußte ihre Seele schänden lassen, als diese nackt dalag vor Gott und Oswald, weil sie nichts von ihrer Seele für sich behalten, sondern alles an Gott und den Geliebten ergeben hatte. Nur in Gott und dem Geliebten wollte sie ihre Seele noch besitzen, da hörte sie, daß dieser Wille eine Sünde gewesen sei und eine Thorheit.

Sie weinte nicht mehr, ihre Augen waren heiß und trocken geworden. Ihre Gestalt hatte sich gestreckt, sie hielt sich gerader als sonst, ihre Bewegungen waren langsamer geworden, sie sah vornehm aus. Ruhig ordnete sie ihr Haar unter dem Mützchen, welches sie aufsetzte, dann verhing sie das Fenster und entkleidete sich still. Sie löschte die Lampe und bestieg ihr Lager, auf dem sie sich gerade ausstreckte, die Hände über der Brust gefaltet. In dieser Lage, worin sie kein Schlummer besuchte, obgleich sie die Wimpern geschlossen hielt, ließ sie, ohne daß ein Laut von ihr hörbar wurde, wie eine schöne Leiche, die Kräfte in sich wühlen, welche ein neues Leben der Auferstehung in ihr entzünden wollten.

* * *

Während die Geliebte so traurige Abend- und Nachtstunden zubrachte, stürmte der Liebende durch das Dunkel fröhlich der Gegend zu, die er am andern Morgen erreichen wollte. Er hatte noch immer sein Blumenkrönchen auf dem Haupte und noch immer sang er das Schifflied seines Freundes, freilich in lyrischer Unordnung, oft die letzte Strophe zuerst, und die erste zuletzt, auch wohl Verse der einen Strophe in die andere hinein. Nun wußte er, warum die Frauen ihm stets eine so wonnevolle Ahnung erweckt hatten, sie waren ihm die Traube gewesen aus dem Kanaan der Liebe, darin Milch und Honig fließt. An meine Mutter werde ich freilich nun weniger denken! rief er – oder noch öfter als sonst – setzte er gleich darauf hinzu. Sein Dasein war ihm voll, ganz, gerundet worden.

Er freute sich seines Streichs, seines Schwabenstreichs. Es ist im Grunde sehr gleichgiltig, daß sie Gräfin Waldburg-Bergheim wird, sagte er, aber eine Lust wird es doch sein, wenn ich sie aus dem Wagen hebe in die Fähre über den Neckar, und sie nun drüben auf der grünen Höhe das Schloß mit den beiden Seitenflügeln sieht und mich fragt: Ei, Oswald, wem gehört das prächtige Schloß? – Ich werde dann sprechen: Meine liebe Lisbeth, dem reichsten Kavalier der Gegend, und ich wollte dir eine unverhoffte Freude machen, ich bin sein Förster, wir wohnen auch auf der schönen Höhe, dort, sieh, in der kleinen Dienstwohnung, die du neben dem Schiefertürmchen schaust. Vorläufig bring' ich dich aber ehrbar zu meiner Frau Base, die bei der Herrschaft als Ausgeberin ist. – Nun steigen wir aus und gehen den Weg durch den Park sacht den Schloßberg hinan. Die Leute, die uns begegnen, grüßen gar ehrerbietig, da fragt die Lisbeth: Du mußt hier gute Freunde haben, Oswald? – O ja, versetze ich, die Leute halten etwas von mir, haben auch gar manches durch mich. – Nun sind wir am Schloß, gehen durch eine Hinterthüre ein, daß kein Aufsehen entsteht. Ich bring' sie ins purpurne Damastzimmer, da wird sie wohl etwas staunen über die Teppiche und die Vergoldungen und meinen, sie dürfe in dem prächtigen Raume nicht bleiben. – Bleibe immerhin und mache dir's bequem, Lisbeth, sage ich, der gnädige Herr ist gut und dir schon gewogen, ich habe ihm von wegen deiner geschrieben, werde mir nur nicht untreu um seinetwillen. – Jetzt habe ich eigentlich vor, daß ich aus dem Zimmer gehen und nach einiger Zeit wiederkehren will, aber ich glaube, daß ich mich nicht werde halten können, sondern ich werde mich unter der Thüre umwenden und sprechen: Hör' Lisbeth, noch ein Wort. Nimm mir's nicht übel, ich hab' dich doch betrogen.

Ich bin leider nicht der Förster, sondern nur der Graf so und so. Willst du die Frau Försterin daran geben und seine gnädigste Frau Gräfin werden? – Da bin ich denn begierig, was für ein Gesicht sie machen wird. Und meine Hauptfreude ist, daß ich mir denke, sie wird nach dem ersten Schreck eben gar kein verlegenes oder absonders freudiges machen, sondern sanft und liebevoll antworten: Du sollst mir so lieb sein wie der Förster. – Es ist, wie gesagt, an allem dem wenig gelegen, aber es freuet einen doch, wenn man sein Lieb in Sammet und Seide kleiden kann, und ihm Perlen um den Hals hängen, und Brillanten in das Haar stecken und den Fuß der Trauten auf Teppiche von Brüssel setzen darf.

So schwärmte und scherzte sich der Jüngling die Bilder der lachendsten Zukunft zusammen. Es war hoch Mitternacht geworden und sein Körper denn doch der Ruhe bedürftig. Auf der Höhe des Gebirges fand er einen einsamen Schoppen. Er ging hinein und fühlte, daß der Raum voll Heu war. Abgehärtet durch seine Reisen und in den letzten Wochen nicht verwöhnt, stellte ihn dieses einfache Lager vollkommen zufrieden. Er beschloß, die Nacht in dem Schoppen zuzubringen. Als er die Augen schloß, sagte er: Jetzt wird sie träumen und dich auch im Traume mit lieben Namen nennen!

Das sagte er vielleicht in dem Augenblicke, als Lisbeth in ihrem Bette von den wütenden Schmerzen überwältigt, sich krampfhaft krümmte und endlich doch in ein leises und jammervolles Stöhnen ausbrach.

* * *

Als der Jäger am Morgen nach seinem schönsten Tage im Heu erwachte, schmerzte ihm heftig sein Kopf. Denn man sei so verliebt, als man will, der Duft von frischem Heu nimmt den Kopf ein, und er hätte den Tod von der unvorsichtig gewählten Lagerstatt haben können. Anfangs zwar hatten die lieblichsten Träume von Lisbeth sein Hirn umgaukelt. Ihm träumte, ein Bauer trete mit einem verschlossenen Korbe zu ihm und sage, darin sei ein Geschenk, der Herr wisse wohl von wem? Nun öffnete er den Korb, und ein weißes Täubchen war darin mit purpurroten Füßchen und purpurrotem Schnabel. Er erstaunte über die Weiße und Schönheit des Tierchens und hatte seine große Freude daran. Wie wurde ihm aber, als das Tierchen lein rotes Schnäblein öffnete und zu ihm sprach: Lisbeth schickt mich zu dir und läßt dir sagen – die Taube redete aber nicht aus; sie wurde ängstlich, flatterte scheu fort, und er bekümmerte sich im Traume darüber, daß er nicht zu erfahren bekam, was sein Mädchen ihm durch den zarten Boten hatte sagen lassen wollen.

Nach diesem hatte er verworrene Gesichter und gegen Morgen eins, was ihm kaum noch wie ein Traum vorkam, es schien ihm Wirklichkeit zu sein, die in seine vom Heuduft umwölkten Sinne fiel. – Es war ihm, als ob – oder vielmehr, es war in der That so. In einer anderen Ecke des Schoppens begann es sich zu rühren, und der Jäger sah, wie eine dunkele Gestalt sich reckte, er hörte, wie sie gähnte und darauf sprach: Mein Treu, ich glaub', 's ist halber sieb'n. Die Stimme war eine ihm ganz bekannte. Die Gestalt erhob sich, tastete umher und kam an den Ort, wo der Jäger lag, befangen von dem Dunste des Schoppens und unfähig, ein Glied zu bewegen, ängstlich starr unter der Last des Alps, der ihn drückte. – Ei, was a wüster G'sell! rief die Gestalt. Hast nit Heime finden können? Bist ins Heu gekrochen? Nun schlaf' aus, ich verstör' dich nit weiter.

Mit diesen Worten entfernte sich die Gestalt. Der Jäger wollte: Jochem! rufen, konnte aber keinen Laut aus der zusammengeschnürten Kehle bringen. So lag er noch eine Zeit lang. Endlich setzte sich das stockende Blut doch wieder gewaltsam in Bewegung, er konnte seine Arme und Füße regen. Hastig sprang er von dem gefährlichen Lager auf und eilte in das Freie, um Gottes reine Luft einzuatmen.

Draußen pfiff ihm ein rauher Nordwind entgegen. Ein brenzlicher Geruch schwebte in der Luft, und ein Bauer, der vorbeiging, sagte: Es giebt heute Haarrauch. Er fragte den Mann nach dem nächsten Wirtshause, welches ihm in einiger Entfernung auf einer Höhe gezeigt wurde. Sein Weg lief über ein hohes, braunes Heideland, in geringer Entfernung in der Tiefe sah er aber grüne Wiesen, durch welche sich der Fluß, der sie speiste, in zwanzig Windungen schlängelte. Scharen von Landleuten waren mit dem zweiten Hiebe auf den Wiesen beschäftigt. Auf manchen Wiesen wurde die Grummet auch schon gewendet.

Im Wirtshause heilte sich der Jäger von seinen Kopfschmerzen durch das kalte Wasser, in welches er sein brennendes Antlitz tauchte. Aber er blieb nichts destoweniger unwohl. In der Brust fühlte er ein eigenes Drücken und Wühlen, was ihn zwar nicht ängstlich machte, aber ihn doch an den Blutsturz erinnerte, den er als Achtzehnjähriger gehabt hatte und dem ähnliche Empfindungen vorhergegangen waren. Sein Arzt auf der Universität hatte ihn damals nach der Herstellung gewarnt und ihm gesagt, er müsse sich vor unordentlichem Leben und Gemütsbewegungen in acht nehmen, denn so vollsaftigen Konstitutionen, wie der seinigen, droheten beständig Rückfälle des Übels, wenn es einmal sich Bahn gebrochen habe. Nun war seine Lebensweise in den letzten Wochen freilich nicht die ordentlichste, seine Stimmung aber nur eine Gemütsbewegung gewesen.

Er nahm Speise und Trank, um dadurch die erregten Lebensgeister zu beruhigen. Wirklich fühlte er sich auch danach besser. Er fragte nach dem Schlosse, wo es liege? Da hörte er nun seltsame Dinge. – Sie müssen bald fertig sein da droben, der alte Herr Baron und das gnädige Fräulein und der fremde Herr, sagte der Wirt. Denn man sieht sie kaum noch außer dem Hause. Das sieht auch ganz gefährlich aus, und der Landbaumeister, der gestern hier vorsprach, sagte, wenn nicht bald repariert werde, so müsse die Obrigkeit Einsehen haben und auf Abtragung des Dinges dringen, welches jeden Tag einstürzen könne.

Der Jäger verwunderte sich über diese Reden, die mit Lisbeths Beschreibungen in so großem Widerspruch standen. Die Anwesenheit eines Fremden in dem sogenannten Schlosse kam ihm störend vor; er fragte den Wirt, was für ein Fremder das sei.

O, versetzte der Mann, diesen Menschen kann keine Menschenseele beschreiben; ich glaube aber, daß er Gold macht.

Der Jäger schüttelte den Kopf über die närrischen Nachrichten, die er hier empfing und machte sich rasch auf den Weg, denn ihn drängte es, das Geschäft, was seiner Liebe beigesellt war, zu Ende zu bringen. An diese dachte er mit aller Freude des Herzens und dennoch – schlich ein tragischer Hauch über die reinen Wellen, welche in seinem Busen wallten. Denn so ist es mit der Liebe. Am Tage nach der süßesten Erklärung wirst du, all dein Glück inniglich durchfühlend, verlegen sein, außer Fassung, in Zwiespalt mit dir und der Welt. Du wirst es nicht sagen, weder laut noch leise, aber einen Gedanken wirst du haben und zürnen, daß du ihn nicht unterdrücken kannst – den Gedanken: Wäre es noch gestern! Das ist keine Reue, das ist kein Wankelmut, aber du fühlst, vorbei sei das alte Leben, ein neues beginne. Und was dieses dir bringen werde, wissen nur die Spinnerinnen, deren Gesang du hörst, deren Werk aber erst in deiner Todesstunde offenbar wird.

In so unruhiger Bewegung machte der Jäger seinen Weg und sah nach einer Stunde das Ziel seiner Wanderung, das sogenannte Schloß auf einem kahlen Hügel liegen. Schon die Straße mit den ausgerissenen Steinen und den grundlos gewordenen Geleisen hatte ihn sonderbar überrascht, noch mehr aber setzte ihn das Ansehen des Gebäudes in Erstaunen. Er zweifelte einen Augenblick, ob er auch an der rechten Stelle sei. Als er aber die beiden Wappenlöwen sah, den stehenden und den liegenden, so mußte er sich davon überzeugen. Es war ganz still; nur die Bachstelzen liefen an der Pfütze im Hofe auf und nieder. Der verwilderte unordentliche Platz von Nesseln, Disteln und Wegerich, die zerstörte Pforte, das elende, klüftige, verfallene Haus mit dem durchlöcherten Dache, alles das sah in dem nun schon heranwehenden grauen Haarrauche noch unheimlicher und jammervoller aus als gewöhnlich.

Und dennoch ergriff unsern jungen Jäger bei dem Anblicke dieses bettelhaften Elends eine fromme Rührung, welche die zwiespältigen Empfindungen in seiner Brust verwischte, die von den sonderbaren Begegnissen des Morgens hervorgerufen worden waren. Denn er erinnerte sich an die anmutigen Beschreibungen, die ihm Lisbeth von dieser Zerstörung gemacht hatte, die er nun vor Augen sah. – So giebt es denn Gemüter, für welche das Häßliche nicht da ist, weil sie in allem nur das Schöne erblicken! rief er freudig aus. So blüht eine Unschuld des Geistes, welche rosengleich auch den ödesten Schutt überwächst und zudeckt.

* * *

[Als der Jäger endlich die verfallene Treppe erstiegen, findet er statt des Hausherrn, den er sucht, einen Fremden, der sich hier unter dem Namen des Freiherrn von Münchhausen aufhält, in dem er aber zu seinem Erstaunen den Schrimbs oder Peppel erkennt, zu dessen Verfolgung er ausgezogen. Eine Forderung auf Pistolen, welche jener nach dem wunderlichsten, sprunghaften Wechsel von Feigheit und Mut, Lüge und Rührung annimmt, ist die Folge der Begegnung. Ehe das Duell aber zustande kommt, hört der Jäger den alten Baron auf dem Söller poltern und eilt zu ihm, seine Bitte um Lisbeth vorzutragen. Der augenscheinliche Wahnsinn, in welchem derselbe in einem Chaos von altem Hausrat wütet, hält ihn zwar davon zurück, aber Lisbeths Name, den der Irre wiederholt und zärtlich ausruft, fesselt ihn, und ein Papier, das ihm in die Hände fällt, läßt ihn in Verbindung mit einem Geständnis, das Münchhausen ihm soeben ablegt, die den Beteiligten selbst völlig unbekannte Thatsache entdecken, das Lisbeth das Kind Münchhausens und der Tochter des Schloßherrn ist, eine Entdeckung, welche ihn bei der unerquicklichen Eigentümlichkeit dieser Eltern und dem wunderlich-widerwärtigen Hergange ihrer Begegnung vollständig zerschmettert. Schwankenden Schrittes schleicht er die Treppe hinab, scheu an Münchhausens Zimmer vorbei und flieht aus dem Schloß, dessen Abenteuer seine schönsten Hoffnungen zerstört.]

* * *

Umsonst würde man versuchen, den Ausdruck seines Antlitzes zu schildern. Ein halbes Lächeln wurde von Zügen des äußersten Schmerzes und einer zornigen Verachtung durchschnitten. Überraschung, Spott, herber Unwille, dieser vielleicht nicht auf einen einzelnen Menschen, sondern auf ein unbarmherzig neckendes Geschick, kämpften auf diesen reinen Wangen, auf dieser edlen Stirn, wie Sonnenblitze. Regenschauer, fahle Lichter und tückische Wolkenschatten an manchem Tage kämpfen. So setzte er seinen Weg fort.

* * *

Ist es möglich? bin ich verzaubert heute? oder bist du es wirklich? rief der junge Graf Oswald, der jetzt den Kamm des Gebirges wieder erreicht hatte, einen Menschen in blauem Kittel und Holzschuhen an, der ihm entgegenkam, ein großes Bund Heu auf dem Rücken.

Der alte Mensch sah auf, ließ zwar das Bund Heu sinken, gab aber sonst kein Zeichen lebhafter Verwunderung von sich, sondern sagte bloß: Ei, da sind Sie ja: Ich dacht' wohl, daß Sie mich nicht sitzen lassen würden. – Darauf küßte er seinem jungen Gebieter freundlich die Hand.

Jochem, bist du's, oder bist du's nicht?

Ja freilich bin ich's, mein Herr Graf.

Aber um des Himmels willen, wie kommst du denn hierher, und was treibst du hier? Und warum suchtest du mich denn nicht auf? – Er legte seine Hand auf den Kittel des Alten, gleichsam um sich durch das körperliche Gefühl zu überzeugen, daß ein wirklicher Mensch vor ihm stehe.

Der Alte ließ sich ruhig befühlen, ehe er antwortete. Denn er gehörte zu den Leuten, die nur selten aus der Fassung kommen. Er schob seinem jungen Gebieter das Bund Heu hin, dieser mußte sich darauf setzen, Jochem stellte sich vor ihn und erzählte nun folgendermaßen:

Will Ihnen alles vermelden, mein Herr Graf, sagte er, aber eins nach dem andern. Wie ich hierher komm'? Zurück von der großen Reis', die ich auf Ihren Befehl machte. Hab' mich immer rechts gehalten, wie meine Kommission lautete. kam erst nach Kassel, wüste Kerl' dort, sonst nichts zu sehen, dann nach Magdeburg, auch wüste Kerl' dort, sonst auch nichts zu sehen, dann nach Berlin, ebenfalls wüste Kerl' dort, ebenfalls sonst nichts zu sehen; und so retour wieder hierher über Magdeburg und Kassel, da's Geld grad' zur Hälft' ausgegeben war zu Berlin, und ich überdies meine Kommission schön ausgerichtet hatte alldort. – Was ich hier treib'? – Sitz' schon seit acht Tagen beim Bauer im Heu, helf' ihm Heu machen, um mir mein Tagbrot zu verdienen, denn der letzte Kreuzer war ausgegeben, als ich diese wüste Gegend wieder erreicht hatt', – Warum ich Sie nicht aufgesucht? – Hatten damals beim Abschied keine recht deutliche Sprach' mit einander geführt, wo ich meinen Herrn Grafen wieder finden sollt'. Dacht' also, das sicherste war', wenn ich sitzen blieb', wo ich eben war, denn das wußt' ich, daß mein Herr Graf mich aufspüren würden und abholen, und säß' ich im Mittelpunkt der Erd'. Blieb deshalb auch ganz ruhig und macht' in Zufriedenheit mein Heu, obgleich es eine Lebensart ist, die sich nicht ganz für meinen sonstigen Stand schickt. Dacht' aber immer: Heut kommt der Graf und holt dich ab, und kommt' er heut' nicht, so kommt er morgen und so hat sich's nun auch zugetragen.

Unserem Oswald that es nach den fratzenhaften Ereignissen des Tages wehmütig wohl, mit seinem Alten zusammen zu treffen. Eine Thräne trat in sein Auge. Er drückte dem Alten die Hand und sagte: Du hattest ganz recht, Jochem, als du glaubtest, ich werde nach dir forschen, und säßest du im Mittelpunkte der Erde. – Jochem blieb hierbei trocken wie immer und versetzte: Sie haben auch schwäbisch Blut im Leib, mein Herr Graf, und das verläßt einander nicht. – Oswald sah sich um und erblickte verwundert einen Heuschoppen in der Nähe, der ihm so vorkam, wie der, in welchem er die Nacht zugebracht hatte. Wo hast du in voriger Nacht geschlafen? fragte er?

Dort im Schoppen, versetzte der Alte, wie alle Nacht mein Amt ist, um dem Bauer sein Heu zu bewachen.

Sein Gebieter erzählte ihm nun, daß sie diesem Umstände zufolge schon in der Nacht unwissend zusammen gewesen seien, worüber Jochem anfangs erstaunte und äußerte, unter dem wüsten Volk wisse man gar nicht, was einem alles begegnen könne, es sei, erstaunlich, daß zwei Landsleut' zusammen im Heu lägen und einander nicht erkennten. Ich wollt' anfangs den Menschen, der sich da ins Heu eingedrungen, bei Nacht hinaustreiben, fügte er hinzu, ließ es aber doch sein, weil ich dacht', er möchte sich draußen erkälten. So ist Menschenfreundlichkeit doch immer etwas Gutes und zu vielen Dingen nutz.

Jochem, sagte der Graf, hättest du mich hinausgetrieben, so würdest du mich früher erkannt haben.

Dieser Einwurf machte den Alten verwirrt. Er sah stutzig vor sich nieder, dann ballte er die Faust und murmelte ingrimmig: Nun sag' ich's doch! In der Fremd', unter dem wüsten Volk steht alles windschief. Man weiß bei den Sachsen und Polacken nicht, ob man menschenfreundlich oder menschenfeindlich sein soll.

Er besann sich und fuhr fort: Von meiner Kommission habe ich noch gar nicht geredet. Den Schrimbs oder Peppel –

Laß ihn, unterbrach ihn sein Gebieter bestürzt.

Nein, seine Kommission muß man gehörig ausrichten! rief Jochem eifrig. Den Schrimbs oder Peppel hab' ich richtig gefunden. Ich hab' ihn auf der Schloßbrucken zu Berlin stehen sehen, er guckt' ins Wasser und ich sah ihn von hinten und da ging er fort und ich konnt' ihn nicht einholen, aber ich hab' mich nicht getäuscht und wenn wir nun uns beide dahin auf den Weg machen, so werden wir ihn gar nicht verfehlen.

Wie nach Homer der Mensch, er mag noch so unglücklich sein, immer Hunger behält, so giebt es auch Dinge, die den Betrübtesten zu lachen machen können. Der junge Graf Oswald war sehr betrübt, aber die Entdeckung Jochems, daß Schrimbs oder Peppel auf der Schloßbrücke zu Berlin gestanden habe, bewirkte, daß er lachen mußte. Jochem, der seine Sache sehr gut gemacht zu haben glaubte, fühlte sich dadurch etwas beleidigt. Nach einer Pause fragte er: Was hätten mir denn nun der Herr Graf zu befehlen?

Oswald war von seiner kurzen Lustigkeit schon wieder zurückgekommen. Er stand auf, ging heftig hin und her, ballte seine Hand, drückte sie wider die Stirn, sein schönes Antlitz zuckte vor Schmerz, er riß an seinen braunen Locken, er nagte an seiner Lippe. Der Alte, der sich in seinen jungen Herrn nicht zu finden wußte, stellte sich, die Kniee nach vorn gebogen, die Hände und Arme auf seine Schenkel gestemmt, hin und sah ihm traurig zu. Mit Ihnen ist etwas vorgegangen, mein Herr Graf, sagte er ehrlich und sanft.

Da trat Oswald rasch zu ihm. Er drückte den Kopf des Alten heftig gegen seine Brust und rief im herzzerreißendsten Tone: Ja! Ja! mit mir ist etwas vorgegangen! Leise weinend sagte er ihm ins Ohr: Ich habe eine Braut, Jochem! –

Aber hier brachen die Gefühle des alten trockenen Menschen mit einem Ungestüm aus, der nicht zu beschreiben ist. Jubelnd und schreiend stieß er seinen jungen Herrn, wie einen niedern Knaben von sich zurück, sprang in dem Nebel auf dem braunen Heideplatze schwerfällig und ungeschickt, wie ein alter treuer Hund, der den Herrn wiedersieht, umher, klatschte in die Hände und rief: Juchhe, Juchhe! Ach, das Glück, das ausbündige Glück! Ach, so sollen meine alten Augen denn noch den Tag erleben, wo ich meinem Herrn Grafen und seiner schönen, lieben, gnädigen Braut zur Hochzeit aufwarten darf! O, über den klugen Einfall von meinem Herrn Grafen! Ach, wo ist sie, wo ist das liebe, gute, gnädige Fräulein, daß ich ihr die Füße küsse und den Saum des Rocks? – Er mußte still stehen, hielt sich die Seiten, keuchte und war außer Atem.

Der junge Graf Oswald hatte sich auf die Erde geworfen, das Gesicht in das Heu gedrückt. Seine Arme waren ausgestreckt darüber hingebreitet: er schluchzte bitterlich. – Alles, alles kann die Liebe ertragen! jammerte er. – Not erträgt sie und Elend verkittet sie, und selbst die Untreue weiß sie zu überdauern und in die Bahn der Treue hold zurückzuführen! Aber eines erträgt die Liebe nicht: Das Lächerliche, das Scheußlich-Lächerliche! Mußt du lachen, wenn du dein Lieb im Arm hältst und denkst, woher sie rührt, so ist es aus mit der Liebe, aus! Liebe stirbt vom grellen Lachen! O mein süßer, einziger Tag – o du Tag meiner Tage! so rasch gingst du unter, herrliche Sonne? Ach, meine Brust, wie thut sie weh! Die Fratzen haben sie zerschnitten mit dem grellen Lachen und sie wird bluten, sehr bluten!

Er richtete sich empor und schüttelte sich wie vor Fieberfrost in dem häßlichen, kalten Dunst, da droben auf der Bergeshalde. Seine dunkeln Locken hingen ihm tief wie Wolken in das Gesicht. Dumpf sagte er: Nimm dieses Geld, Jochem, bezahle damit, was du etwa schuldig bist und deine Zehrung. Erwarte mich in der Stadt bei dem Diakonus. Morgen, oder vielleicht noch heute Abend, komme ich hin. Jetzt gehe ich nach dem Oberhofe, um dem Mädchen Adieu zu sagen.

Adieu? fragte der Alte, der aus dem Himmel seiner Freude gestürzt war.

Ich werde daß Mädchen, mit welchem ich mich verlobte, nicht heiraten, sagte Oswald, bemüht, seiner Stimme Festigkeit zu geben. Sie ging aber bei den letzten Worten in ein gebrochenes Zittern über. Er schritt schnell über den Abhang des Berges nach der Börde hinunter.

Der alte Jochem sah ihm nach. Er beschaute das Geld, welches ihm der Graf gegeben hatte, dann sah er die Stelle an, wo die Klagen seines Herrn erschollen waren, dann nahm er seinen Hut in die Hand und drehte ihn, Kopf und Krempe achtsam betrachtend, hin und her. Er setzte den Hut wieder auf und sprach sodann: Wenn dieser mein Herr Graf sich mit dem Mädchen verlobt hat, so wird er ihr nicht Adieu sagen, sondern sie heiraten.

Hierauf ging er nach dem Gehöft seines Bauern, um mit diesem alles in Richtigkeit zu stellen, seinen eigentlichen Rock wieder anzuziehen und sodann zu thun, was ihm der Graf befohlen hatte.

Drittes Buch
Das Schwert Karls des Großen

Erstes Kapitel
Der Lendemain in einem Oberhofe

Während des Hochzeitsschmauses und des Tages, der darauf folgte, hatte der einäugige Spielmann im Eichenkampe nicht weit vom Oberhofe gesessen. Man brachte ihm Speise und Trank dorthin, er rührte aber nur wenig an und genoß auch dieses wenige mit Widerstreben, etwa so viel als hinreichte, seinen wütenden Hunger zu stillen. Die Stelle, wo sich dieser Mensch aufhielt, lag kaum fünf Schritte von der Straße ab, die durch den Kamp führte, sie war von den dicksten und höchsten Stämmen überstanden, deren einer mit seinen gewaltigen Wurzelknorren eine natürliche Brustwehr vor dem Erdreich bildete, welches hinter ihm in eine Vertiefung ablief, auf deren Rande man bequem sitzen konnte.

Dort saß denn auch der Spielmann und sah beharrlich lauernd nach dem Hause hinüber. Zuweilen erhob er sich mit halbem Leibe, um aufzustehen, und dies geschah, wenn sich eben niemand in der Thür und im Flure des Oberhofes blicken ließ, aber bei dem Ab- und Zulaufen der Menschen dauerte das immer nur einen Augenblick. Sobald wieder Menschen sichtbar wurden, setzte er sich immer wieder unwillig hin. Auch drehte er zuweilen heftig an seinem Leierkasten, worauf dieser widerwärtige Töne von sich gab, die pfeifend und heulend ausklangen. Darüber machten die Leute, die eben vorbei gingen (und es gingen viele an jenem Tage durch den Eichenkamp), ihre groben Spaße und einer oder der andere sagte, der Patriotenkaspar pfeife aus dem letzten Loche. Doch äußerte sich so meistens nur das junge Volk, dessen Erinnerung den Spielmann bloß als eine lächerliche Gestalt kannte; die Alten bekümmerten sich hier so wenig um ihn als anderer Orten, wenn sie ihm zufällig begegneten. Die Späße der jungen Leute ließ der Patriotenkasper ruhig und ohne Erwiderungen an sich vorübergleiten, oder höchstens zwinkerte er dazu mit seinem unversehrt gebliebenen Auge. Ging aber ein Alter vorbei, der gar nicht that, als ob er, der Patriotenkaspar, der die alte Orange in Schonhoven mit hatte vermolestieren helfen, da sitze, so ballte er grimmig in dessen Rücken die Faust und murmelte: Ihr Schubjacken! aber ich werde euren Obersten schon ...

Was ihm am Tage mißlungen war, nämlich in das Haus einzudringen, das meinte er, werde ihm in der Dunkelheit des Abends glücken. Aber er hatte sich getäuscht. Denn als es finster wurde, begannen ein paar Mägde vor dem Hause ein Topfwaschen und Kesselscheuern, welches bis spät dauerte und ihn verhinderte, unbemerkt hineinzuschlüpfen. Als diese mit dem letzten Kessel fertig waren, hatten inzwischen zwei Betrunkene sich in die Thür gestellt, wovon der eine dem andern seinen Prozeß klar machen wollte, den er seit mehreren Jahren über eine Durchgangsgerechtigkeit führte. Der andere sagte nach jedem Satze seines Nachbarn: Verstanden, und fragte darauf: Wie war es aber eigentlich? Der Prozeßführende wiederholte dann seinen Satz, der andere noch einigemale sein verstehendes und sein fragendes Wort; so rückte die Geschichte äußerst langsam vor und es war kein Ende derselben abzusehen. Dabei hatten die beiden noch gerade so viel Besinnung, um jeden, der zwischen ihnen durch die Thür gehen wollte, mit heftigen Gebärden zurückzuweisen, weil sie, in die Prozeßgeschichte vertieft, behaupteten, hier sei keine Durchgangsgerechtigkeit. Weshalb denn auch mehrere, die sich mit jener Absicht ihnen näherten, um Streit zu vermeiden, zurück und neben dem Hause vorbei nach der Hofthür gingen, der Spielmann aber die Ausführung des Vorsatzes, der ihn an seine Stelle fesselte, aufgeben mußte, so lange die Betrunkenen da standen. Endlich, es war schon Mitternacht, kam ein dritter vom Flure nach der Thür gegangen, faßte, ohne ein Wort zu sagen, die beiden von hinten am Kragen, zog sie zurück und in den Flur, schlug aber darauf sogleich die Thür zu und verriegelte sie von inwendig. Sie wurde nachmals nicht wieder aufgethan.

Die Hochzeitgesellschaft verlor sich gegen ein Uhr nachts und der Oberhof lag nun in dunkeln Schatten still und lautlos da. Jetzt erhob sich der Spielmann von seinem Sitze und umschlich das ganze Gehöft tückisch spähend, wie eine Katze, um irgendwo eine offen stehende Luke, oder sonst eine vergessene Öffnung zu finden, durch welche er eindringen könnte. Aber es wollte sich nichts dergleichen finden, und als er an der niedrigsten Stelle der Hofesmauer sich bereitete, überzusteigen, erhoben die Hunde im Hofe ein solches Gebell, daß er befürchten mußte, es möge jemand im Gehöfte wach werden. Er wich daher auf den Zehen und die Zähne zusammenbeißend zurück, und ging wieder, seine Flüche verschlingend, nach der Sitzstelle im Eichenkampe, wo er nun eben so hartnäckig in der Nacht ausharrte wie bei Tage.

So saß dieser Mensch einen ganzen Nachmittag, einen Abend und mehrere Stunden der Nacht hindurch, erpicht auf sein Vorhaben. Und gleichwohl war dieses nicht auf ein großes Verbrechen oder auf einen reichlichen Vorteil gerichtet; er wollte dem Hofschulzen weder seine Geldsäcke rauben, noch ihm das Haus über dem Kopf anzünden, sondern nur ihm einen Schabernack anzuthun, übte der Feind des Reichen eine solche zähe Beharrlichkeit.

Gegen vier Uhr morgens endlich, als die Gegend noch im halben Dämmer lag, wurde die Thür aufgestoßen, ein Knecht kam herausgegangen, um Wasser zu holen, und diesen Augenblick benutzte der Lauerer, um in das Haus zu schlüpfen. Er lief über den Flur und die Treppe hinauf, sich vorläufig zu verbergen und während des Tages, wann, wie er vorher wußte, der Oberhof von allen Bewohnern verlassen werden würde, mit seiner Beute zu entkommen.

Nachdem es heller Morgen geworden war, ging der Hofschulze, zwei große Geldsäcke tragend, von dem oberen Teile des Hauses nach der Stube unten neben dem Flure, und hinter ihm drein ging der Schwiegersohn. Dort setzten sich beide schweigend, wie gestern bei allen wesentlichen Stücken der Hochzeit, an einen großen Tisch. Jeder von ihnen öffnete einen Sack und zählte aus demselben dreitausend Thaler in harten runden Thalern auf. Es störte den Hofschulzen nicht, daß mehrere Hausgenossen und auch einige Nachbarn, welche sich schon im Hofe eingefunden hatten, vom Flure aus, oder in der Thür der Stube stehend, diesem Aufzählen zusahen. Vielmehr schien es ihm lieb zu sein, Zeugen bei dieser Handlung zu haben, die seinen Reichtum darthat, wie ein hin und wieder zur Seite geworfener stolzer und schmunzelnder Blick andeutete. Das ganze Geschäft nahm, wie es begonnen worden, seinen Fortgang und erreichte auch so seine Endschaft; nämlich beide Hauptpersonen redeten kein Wort mit einander während des Geldzählens. Als sechstausend blanke Thaler auf dem Tische lagen und von dem Schwiegersohne sorgfältig nachgesehen worden waren, schrieb dieser stumm die Quittung über die empfangene Mitgift und reichte seinem Schwiegervater den Schein, ohne Dank zu sagen, hin, strich sodann das Geld wieder in die beiden Säcke ein und setzte sie zur vorläufigen Verwahrung in einen Wandschrank, der sich in der Stube befand und von welchem er die Schlüssel zu sich steckte.

Der alte Schmitz hatte das Geschäft unterbrechen wollen und war mit der Äußerung, daß er nach der Stadt zurück wolle, vorher aber seine Sache mit dem Hofschulzen in Ordnung bringen müsse, zu diesem in die Stube getreten. Der Hofschulze verweigerte jedoch heute wie gestern, ohne von seinen Thalern aufzusehen, jede Einlassung, bis das ganze Pläsier, wie er sich ausdrückte, zu Ende sein werde, worauf er gern über alles und jedes zu Diensten stehen wolle. Denn zwei Sachen zu gleicher Zeit zu treiben, war nicht sein Ehrgeiz, er brachte immer erst eine vollständig zu ihrer Richtigkeit, ehe und bevor er eine andere angriff, und mit diesem Grundsätze war er zu den guten Umständen gelangt, in denen wir ihn kennen gelernt haben. – Der alte Sammler entfernte sich verdrießlich und ging nach einem Stalle, worin er etwas hatte niedersetzen lassen, dessen Besitz jetzt seine Seele drückte. Er sah es unter wehmütigen Gedanken an und wünschte sehnlichst das Ende des Pläsiers herbei, welches für ihn kein Pläsier war, weil es die Qual der Unentschiedenheit für ihn verlängerte.

Von der Regel, nur ein Geschäft zu derselben Zeit zu treiben, machte indessen der Hofschulze in betreff der kranken Blässe eine Ausnahme. Er begab sich, ungeachtet der noch bevorstehenden Hochzeitvergnügungen, zu dem Tiere, sah nach, ob ihm auch die Hausmittel gereicht würden, die er verordnet hatte, schaute es mitleidig an, schüttelte den Kopf, streichelte ihm sanft die Weichen und behandelte es überhaupt viel zärtlicher, als seine Tochter oder seinen Schwiegersohn. Leider schien diese Sorgfalt wenig zu verschlagen, da der Zaunpfahl die Kuh zu hart berührt hatte. Sie stöhnte noch erbärmlicher als gestern. Über den rothaarigen Knecht fühlte er den heftigsten Verdruß, denn er hatte dessen Gewaltsamkeit noch spät in der Nacht vor dem Schlafengehen erfahren. Sogleich hatte er dem Menschen den Dienst aufgesagt. Als er ihn daher jetzt ansichtig wurde, rief er heftig: Was treibst du dich hier noch umher?

Ich wollte Euch nur fragen, Baas, ob es Euch ein Ernst gewesen ist, mit dem Aufsagen? versetzte der Rothaarige.

Wenn ich aufsage, so heißt das aufsagen und wenn ich nicht lache, so ist das kein Spaß, erwiderte der Hofschulze.

Es ist aber unrecht, daß wenn man den besten Willen hat zur Lustbarkeit und dafür sorgen will, das alles recht schön wird, man aufgesagt kriegt, antwortete der Rothaarige.

Wenn ich einer Kreatur, die in ihrer Unvernunft keinen Begriff davon hat, daß Hochzeit ist, die Rippen im Leibe kaput schlage, so hilft das nicht absonderlich zur Lustbarkeit, versetzte der Hofschulze kaltblütig. – Genug, du bist aus dem Dienste, und kannst froh sein, daß ich dir nicht den Schaden vom Lohne abziehe, wie rechtens wäre.

Der Rothaarige bat hierauf seinen gewesenen Herrn nur um die Vergünstigung, wenigstens noch ein paar Tage im Hofe bleiben zu dürfen, da es ihm gar zu despektierlich sei, gerade auf einer Hochzeit fortgejagt worden zu sein. Diese Erlaubnis gab ihm der Hofschulze, jedoch unter der Bedingung, daß er sich nicht in den heutigen Zug mische, denn er wolle ihn, sagte er, bei dem Pläsier nicht vor Augen haben. Der Rothaarige setzte sich mit einem giftigen Blicke auf einen Schemel im Flur, nicht weit von der kranken Blässe, deren Qualen ihm durchaus keine Gewissensbisse aufzuregen schienen. Er greinte und sagte halblaut für sich: Könnte ich dem alten Hunde noch zu guterletzt einen rechten Possen spielen, so würde mir das eine wahre Herzerquickung sein. – Der Hofschulze ging mit den Worten: Es muß alles mit Manier behandelt werden, selbst ein Vieh – zu seinen Gästen, die sich schon wieder in bedeutender Anzahl zu versammeln angefangen hatten, und den Platz vor dem Hause nach dem Eichenkampe zu, trinkend und rauchend erfüllten.

Denn heute war der Tag, an welchem die Neuverheiratete mit uralt hergebrachter Feierlichkeit in ihr künftiges Wohnhaus eingeführt werden mußte. Zu dieser Feierlichkeit gehörte eine Fahne, viel Schießgewehr, abermals ein Schmaus, jedoch diesmal im Gehöfte des jungen Ehemannes, und wieder das Spinnrad, welches bei der Hochzeit seine Dienste geleistet hatte.

Der Hochzeitbitter befestigte an einer Stange, von welcher bunte Bänder herabflatterten, ein großes weißes Leintuch und richtete so die Fahne zu. Gegen dreißig junge Burschen hatten Flinten bei sich, diese luden sie mit grobem Schrot, oder auch mit Kugeln, sich in lauter und geräuschiger Art vermessend, daß sie der Fahne tüchtig eins versetzen wollten. Die eine Brautjungfer brachte das Spinnrad getragen und endlich erschien die Braut in ihrem gestrigen Putze, gar sehr verschämt, nichtsdestoweniger aber immer noch mit der Brautkrone geschmückt, obgleich sie von den Anwesenden unter derben Scherzreden als Jungfrau begrüßt wurde. Nun ordnete sich der Zug und setzte sich nach dem Gehöfte des Schwiegersohnes in Bewegung. Der Bursche mit der Fahne marschierte an der Spitze, sodann folgte das Ehepaar, diesem schlossen sich die mit den Flinten an, und darauf schritt der Brautvater einher, den übrigen Hochzeitgästen zuvor.

Von den städtischen Gästen erschien nur der alte Schmitz im Zuge. Denn die übrigen, der Diakonus, der Hauptmann und der Küster, waren nach der Stadt zurückgekehrt. Der Küster war kein Freund vom Schießen, am wenigsten machte ihm eine solche Ergötzlichkeit Freude, wenn scharf geladen war. Er pflegte daher an dem zweiten Tage der bäuerlichen Hochzeiten jederzeit eilige und unaufschiebbare Geschäfte vorzuschützen, um sich mit Anstand entfernen zu dürfen. Am dritten Tage kehrte er dann mit seiner Magd in das Hochzeitshaus zur Abholung des ihm gebührenden Bündels zurück. Heute hatte er noch einen besonderen Grund gehabt, sich schleunigst fortzubegeben. Denn von Agesel, der sich auch heiter und rüstig anfangs unter den Festgenossen auf dem Platze befunden hatte, war ihm mit einem der unheimlichsten Blicke, wie ihn wenigstens bedünkte, das verhängnisvolle Wort zugeraunt worden: Ich muß Sie durchaus im Vertrauen sprechen, Herr Amtsbruder! – Grund genug, seine Schritte stadtwärts zu beflügeln.

Was den Diakonus betrifft, so hatte er vor seiner Abreise das junge Paar, welches er so unerwartet vor dem Altare gefunden, sprechen wollen, um mit ihnen über ihre Zukunft zu beraten, die ihm freilich, nachdem er von der Überraschung jenes Augenblicks zum Bedenken zurückgekommen war, sehr zweifelhaft aussah. Er erstaunte, als er hörte, daß der Jäger abwesend und

Lisbeth unpaß sei. Indessen hatte er wirkliche Geschäfte in der Stadt, wie der Küster erdichtete, und deshalb konnte er nicht länger außerhalb verweilen. Er verließ sich darauf, daß die jungen Leute zu ihm kommen würden, und daß dann das Nötige überlegt werden könnte. Manche Sorge machte ihm das liebliche Verhältnis; er sah, da er den Stand des Jägers kannte, nicht ein, wie aus jener Liebe sich ein Bund für das Leben gestalten sollte.

Agesel trennte sich, sobald der Zug den Platz vor dem Hause verließ, von den anderen, denn auch ihn riefen nähere Interessen ab. Er ging nach dem Schulhause, welches zu beziehen er gegründete Aussicht hatte, besichtigte das Gebäude, oder vielmehr das Baufällige, welches ein Haus vorstellen wollte, maß den Weidenfleck ab und verglich dessen Flächeninhalt mit dem Hackelpfiffelsberger. Diese Untersuchung lieferte ein günstiges Ergebnis. Er hatte hier drei Quadratruten mehr als dort, worauf sich immer noch eine Gans mit satt fressen konnte. Während des Abmessens hing er seinem Plane nach, den er in den Worten zu dem Küster angedeutet hatte.

Als der Zug über die nächsten Umgebungen des Oberhofes hinaus war, wurde es in diesem ganz still, so daß man die Fliege an der Wand gehen hören konnte, denn auch die Knechte und Mägde waren nach der Snaat [9]des Schwiegersohnes gelaufen. Nur der rothaarige Knecht saß grollend unten im Flur bei den Kühen. Er war ein wilder, tückischer Kerl und seine Gedanken gingen in dieser Einsamkeit von einem Frevel zum anderen. Er blickte das Feuer auf dem Kochherde an und sagte: Wenn ein Brand davon in das Stroh des Stalles geschleudert würde, so flöge der rote Hahn dem Alten auf das Dach, und es würde dennoch immerhin heißen, ein Funken sei zufällig, da kein Mensch auf das Feuer acht gehabt, in das Stroh gesprungen. – Nach dem Wandschranke, worin die Mitgift stand, sah er und murmelte: Ein tüchtiger Beilschlag und der Deckel spränge auf und unsereins hätte sechstausend Thaler, womit sich weit außer Landes kommen läßt. Da fragt kein Kuckuck nach einem. – Ihn überlief es heiß, er streckte zuweilen seine Hand nach dem Feuer aus, und zuweilen erhob er sich dann wieder vom Schemel, als wollte er nach der Stube gehen, worin sich der Wandschrank befand.

In diesen gefährlichen Gedanken horchte er plötzlich auf, denn oben an der Treppe hörte er Geräusch, als ob jemand sacht über den Gang schleiche nach der Treppe zu. Er stand auf und schlich ebenfalls sacht nach dem Treppenfuße, um zu sehen, wer denn da oben so verstohlen zu gehen genötigt sei. Man konnte nämlich von unten den Raum des Ganges zunächst der Treppe überblicken. Nicht lange währte es, so blickten zwei überraschte Gesichter einander an, von denen eins blitzschnell den Ausdruck des größten Schrecks und Entsetzens annahm. Der Knecht sah nämlich zu dem Spielmann auf, der, einen langen mit einem Tuche umwickelten Gegenstand unter dem Arme, vorsichtig nach der Treppe geschlichen kam und schon den einen Fuß auf deren erste Stufe gesetzt hatte, als er, den Blick hinunterwerfend, den unten ansichtig ward, den er freilich weit vom Hofe bei dem Schießen um die Snaat vermutend gewesen war. Einige Augenblicke standen die beiden, die einander unwillkommene Zeugen wurden, der eine des ausgeführten, der andere des vorgesetzten Frevels, glotzend einander gegenüber, der eine oben, der andere unten. Dann aber sprang der Spielmann zurück, und der Knecht hörte ihn die Treppe nach dem Söller hinauslaufen. – Der Kerl hat stehlen wollen, rief der Knecht und stürzte die Treppe hinauf.

In jenem vielversprechenden Fragmente des Faust, welches Lessing hinterlassen hat, erklärt der Magus den Geist der Hölle für den schnellsten unter allen, welcher von sich rühmt, daß er so schnell sei als der Übergang vom Guten zum Bösen. Aber auch einen Engel giebt es, der diesem Teufel die Spitze bietet, er wirkt die Übergänge vom Bösen zum Guten, oder wenigstens zum minder Schlimmen, und diese sind in der Menschenbrust, selbst in der rohesten, oft nicht langsamer als die Werke jenes Teufels.

Der rothaarige, tückische Knecht, welcher noch soeben selbst an Mordbrennerei und Raub gedacht und sich in dem Augenblicke, wo er den Spielmann erblickte, nur geärgert hatte, daß sein Vorhaben durch einen Lauscher vereitelt werde, hegte schon in der zweiten Hälfte des nämlichen Augenblicks keinen anderen Gedanken, als daß der Spitzbube von Spielmann seinen Herrn bestehlen wolle, und daß er, der Knecht, das nicht leiden dürfe, sondern den Dieb festnehmen und dem Hofschulzen überliefern müsse. Er stürzte also die Treppe hinauf, fiel vor übergroßer Eile über einen Kasten, der oben auf dem Gange stand, so daß er sich vor Schmerz nur langsam aufrichten konnte, ließ aber dennoch von seinem Vorsätze nicht ab, sondern setzte die Verfolgung fort, wenn auch langsamer, als er sie angefangen hatte.

Oben auf dem Söller kam ihm der Spielmann auf der Ecke, worin sich der Verschlag des Jägers befand, entgegen. Der Knecht, dessen Arme von dem Falle nicht gelitten hatten, packte ihn bei der Schulter, dergestalt, daß der Spielmann wie eine Jacke ohne körperlichen Inhalt hin und her flog und rief: Hallunke, was hast du gestohlen?

Nichts, entgegnete der Spielmann. der ungeachtet aller Angst vor dem baumstarken Knechte den Trotz beibehielt, der solchen Leuten in solchen Lagen eigen zu sein pflegt; seht Ihr etwas bei mir? – Wirklich trug der Spielmann nichts mehr unter dem Arme. Der Knecht untersuchte seine Kleidungsstücke, aber auch in denen war nichts zu entdecken. Außer der alten grauen Jacke, den zerrissenen und gestickten Hosen und seinem eigenen armseligen Leibe führte er nichts an und bei sich. Der Knecht ließ die Hände sinken und sah aus wie einer, der nicht weiß, was er thun oder denken soll.

Der Spielmann, dessen Zuversicht wuchs, je unschlüssiger er den Knecht werden sah, sagte keck: Nun, habe ich gestohlen? – Ich weiß nicht, versetzte der Rothaarige, wohin du es abgeworfen hast, aber ich will dich prügeln, daß dir die Seele ans dem Leibe geht, damit du mir die Stelle anzeigst.

Gut, rief der Spielmann, der sich nicht einschüchtern ließ, prügelt mich nur ab, prügelt einen unschuldigen Menschen nur ab, Eurem Herrn zu Gefallen, der Euch aus dem Dienste jagte! – Er hatte von seinem Versteck das Gespräch zwischen dem Hofschulzen und dem Rothaarigen gehört.

Diese Erinnerung warf den Knecht auf die andere Seite hinüber. Nein! rief er mit einem Fluche, stehlen soll zwar keiner bei ihm, so lange ich noch im Hofe bin, denn dafür bin ich sein Knecht, aber zu Gefallen thue ich ihm auch nichts, denn dazu hat er mich zu schlecht behandelt. – Nun denn, so laßt mich laufen, sagte der Spielmann.

Sprich, was du begangen hast, Kerl, und du sollst laufen, versetzte der Knecht.

Der Spielmann sah sich um, als fürchte er selbst hier einen Lauscher, dann murmelte er dem Knecht ins Ohr: Einen Schabernack habe ich dem Hofschulzen anthun wollen, und ich hoffe auch angethan. Sonst habe ich nichts wider ihn vorgenommen, noch vornehmen wollen.

Der Knecht dachte nach. – Vor Schabernack brauche ich den Alten nicht zu bewahren, sondern nur vor Stehlen, Brennen und Viehschaden; das ist meine Obliegenheit. – Dann gab er dem Spielmann einen Streich mit der Hand und rief: Lauf, du Hund! – Der Spielmann folgte dieser Weisung und sprang behende die Söllertreppe hinunter. – Der Rothaarige hinkte ihm langsam nach. Unten im Flure sagte er: Wenn der Baas ein Stück Schabernack hat, so kann es mir ganz recht sein, wofern er nur nicht an Geld oder Gut beschädigt wird. Denn »hilf dir zuvor, selber, ehe du andere arzeneiest.« Diesen Spruch hat er mir letzte Martini mitgeteilt und daran halte ich mich nun. Ich helfe mir' zu allererst selber und meiner Bosheit auf ihn durch den Schabernack, den ihm der blinde Hallunke angethan hat. – Hierauf setzte er sich wieder, wo er gesessen hatte, als ob nichts vorgefallen wäre, entschlossen, um keinen Preis etwas von dem geheimen Besuche des Patriotenkaspars im Oberhofe zu verlautbaren.

Zweites Kapitel
Wie der Sammler und der Hofschulze sich abermals entzweien

Der Hochzeitzug umging indessen die Snaat des Schwiegersohnes. Die Menschen schrieen und jauchzten, von häufig genossenen Getränken erregt, dazwischen knallten die Gewehre, womit die jungen Burschen nach dem Tuche der Fahne zielten, und so oft ein Schuß traf, erhob sich ein noch lauterer Jubel, denn es ist ein Ehrenpunkt bei diesem Brauche, daß die Fahne ganz zerschossen in das Haus der jungen Eheleute gelangt, weil der Umstand für ein günstiges Vorzeichen gilt. Alles war heute wilder und stürmischer als gestern, denn die Bauern lieben es, die letzten Augenblicke eines Freudenfestes besonders gierig auszukosten.

Das Firmament spielte bei dieser heftigen und lärmenden Scene mit. Der Zug um das weitläufige Gelände dauerte, da er nur im langsamen Schritt vorrückte, mehrere Stunden, und schon hatte sich der Haarrauch herbeigemacht, der bald alles in seine Nebel hüllte. Die Bauern waren über den alten Bekannten durchaus nicht verdrießlich, vielmehr steigerte der Schwaden, Qualm und Geruch ihre Lust. Wie nun so die Gestalten grau durch die Nebel zogen, daß Jauchzen aus dem Schwaden hervorbrach und die Blitze von den Schüssen gelb-rötlich in dem Qualme zuckten, bekam das ganze etwas Schattenhaftes, und es war, als ob Götze Krodo mit seinem Koboldsgefolge emporgestiegen sei und unter Knall und Geprassel von seiner alten Domäne Besitz nehme.

Auf diese Weise wurde der jungen Frau ihr Eigentum gezeigt. Die Fahne kam, kaum noch aus Fetzen bestehend, in das Haus des Schwiegersohnes und alles hatte sonach einen guten Anschein. Es war über dem Zuge zwei Uhr nachmittags geworden und die ganze Hochzeitgenossenschaft setzte sich nun im Hause des neuen Gatten abermals zu einem derben Schmause nieder, man kann denken, mit welcher Eßlust. Diesmal wurde das Essen durch keine vornehmen und sonstigen fremdartigen Einwirkungen gestört; die Bauern waren rein unter sich und thaten nichts als essen und trinken.

Nach dem Schlusse des Mahles erfolgte die Handlung in diesem Festdrama. Die junge Frau hatte nämlich jetzt noch die Gaben einzunehmen. Sie erhob sich mit feierlicher Miene von der Speisetafel, setzte sich an einen Tisch zur Seite, ließ Spinnrad und Haspel neben sich stellen, schlug zwei ihrer Röcke, deren sie mehrere trug, über den Schooß zurück, und erwartete so, die Augen niedergeschlagen, die Spenden der Gäste. Diese standen einer nach dem andern eben so feierlich auf, gingen zu ihr, und legten ein jeder schweigend einige Groschen ihr unter die zurückgeschlagenen Röcke. Einige legten auch Naturalien auf den Tisch neben ihr: ein Huhn, einen Kuchen, eine Mandel Eier, oder sonst dergleichen. Nachdem jeder seine Gabe dargebracht hatte, ging die Beschenkte Reihe herum bei den Gästen und dankte einem jeden derselben mit den nämlichen Worten. Nun war sie erst wirtliche Hausfrau im Jürgenserbe (so hieß der Hof des Schwiegersohnes) geworden. Sie legte ihre Brautkrone ab und tanzte als Frau in dem Reigen mit, der nun zum Schlusse der Hochzeit im Baumgarten begann.

Während des Tanzes sprach der Hofschulze leise und eifrig mit einigen Bauern. Es waren die Besitzer der reichsten Nachbarhöfe. Sie nickten und sagten: Es bleibt dabei, wir kommen alle. – Hierauf nahm er den Schwiegersohn bei Seite und flüsterte ihm zu: Vergiß nicht ...zu morgen ... die Losung ... – Ich werde es wahrhaftig nicht vergessen, denn ich trage das größte Begehren danach, der Haarrauch kommt wie gerufen, so bleibt alles in der Heimlichkeit, versetzte der Schwiegersohn.

Der alte Schmitz hatte ungeduldig in der Nähe gewartet; sobald der Hofschulze von seinem Eidam zurücktrat, ging der Sammler auf ihn zu und sagte ihm mit einer zugleich mürrischen und verlegenen Miene, daß es nun wohl endlich an der Zeit sei, ihr Geschäft abzumachen.

Allerdings kann nun das Geschäft vor sich gehen, denn der Tanz ist nur noch Pläsir für die jungen Leute, erwiderte der Hofschulze. Was ist es denn, Herr Schmitz?

Nicht hier, versetzte der Sammler. Zwar möchte ich gern von hier abgehen, denn ich muß doch wieder durch, wenn ich nach der Stadt will, und deshalb hätte ich gewünscht, heute Morgen auf dem Oberhofe die Sache richtig zu machen. Dort aber muß sie vorgenommen werden, weil ich das Meinige gleich mit mir nehmen will. – Er sagte die letzten Worte mit sichtlicher Überwindung.

Auch dieses, antwortete der Hofschulze. – Die beiden alten Leute gingen nebeneinander nach dem Oberhofe. Der Sammler sprach fast gar nicht und der Hofschulze nur weniges. – Dazu gehörte, daß er sagte, er sei von Herzen froh, daß das Plaisir seine Endschaft erreicht habe, denn nach den ersten Konfusionen und Tumulten, die sich zugetragen, habe ihm immer ein Druck am Herzen gesessen, als müsse ein großes Malheur bevorstehen.

Es ist bekannt, daß Ihr an Ahnungen glaubt, Hofschulze, sagte der alte Schmitz.

Von Ahnungen weiß ich nichts Sonderliches, erwiderte der Hofschulze kalt. – Aber Vorgeschichten giebt es, fuhr er sehr ernsthaft fort. – So habe ich damals Anno Zwölf die ganze russische Armee über den Hellweg ziehen sehen, als ich auswärts gewesen war und nach Hause ging.

Es war wohl um die Mitternachtsstunde, Hofschulze?

Nein, nachmittags um vier Uhr bei trübem Wetter im September, mich dünkt, gerade um die Zeit, als der Franzose in Moskau einzog, Herr Schmitz.

Dergleichen ist nun purer Aberglaube! rief der alte Schmitz, welchem ein Streit mit dem Hofschulzen vielleicht angenehm gewesen wäre, um sich für das, was bevorstand, in Feuer zu jagen.

Der Hofschulze blieb aber ganz freundlich und erwiderte gelassen: Nein, eine Gabe Gottes, Herr Schmitz.

Unter diesen Reden waren sie nach dem Oberhofe gekommen. Der Alte stutzte einigermaßen, als sein Gast ihn bat, mit ihm zu den Ställen zu gehen, und noch mehr befremdete es ihn, da er wahrnahm, daß dieser kaum ein Zittern verbergen konnte. Wie wuchs aber sein Erstaunen, als der Sammler die Thüre des Hühnerstalles aufriß, heftig mit der Hand hineindeutete und erstickten Tones rief: Da steht eure Amphora und ich bitte mir dagegen meinen Schein aus! Wirklich sah der Hofschulze im Stalle den Weinkrug stehen, der schon einmal der Gegenstand eines so heftigen Streites gewesen war, und den der Sammler in der Dunkelheit des vorigen Abends hatte dahin bringen lassen. – Er trat drei Schritte zurück und fragte, indem er den alten Schmitz groß ansah: Was soll das, und was bedeutet dieses?

Der alte Sammler, dem die Sache das Herz durchschnitt, sprudelte wie eine Flasche, von welcher der Pfropfen abgeflogen ist: Es bedeutet, daß ihr eure Amphora wiederbekommt, um welche ich mein Gewissen, welches in einer schwachen Stunde eingeschlafen war, nicht belasten will, und welche mir zwar, das weiß Gott, noch das allergrößte Vergnügen macht, jedoch ein unrechtes und verbotenes! Durch solche Schandthaten, und indem immer ein Schelm dem andern seinen Plunder als echtes Altertum attestierte, sind die Sammlungen mit Narrenpossen und Quisquilien angefüllt worden. Ich aber will dazu nicht die Hand bieten, daß Euer Lerchenspieß noch einmal künftig von einem großen Herrn, der in solchen Sachen die liebe Einfalt und Dummheit ist, für schweres Geld angekauft wird, sondern ich begehre meinen Schein zurück, worauf das sogenannte Karls-des-Großen-Schwert wieder wird, was es war und ist und bleiben soll, nämlich ein Bratenspieß frühestens aus der Soester Fehde, den ein Reisiger des Erzbischofs hier mag in den Büschen haben stehen lassen.

Demnach wollen Sie also die alten Zweifel an dem Schwerte von Carolus Magnus wieder regen und rühren? fragte der Hofschulze, der sich zwar gegen den andern scheinbar ruhig ausnahm, jedoch auch mit einiger Mühe nach Atem rang.

Es sind keine Zweifel, es ist die klarste Gewißheit; meinen Schein, meinen Schein her, stammelte der Sammler, der die schleunigste Beendigung des Geschäfts wünschte, weil er fühlte, wie der Mut der Wahrheit im Angesichte der Amphora bei ihm sank.

Sie behalten den alten Topf und ich behalte den Schein, Herr Schmitz, sagte der Hofschulze und bohrte seinen Stock wieder wie gestern bei dem Vorfalle mit dem Hochzeitbitter, tief in die Erde. – Der Sammler fragte ihn heftig, ob das sein letztes Wort sei? welche Frage der Hofschulze bejahte, mit dem Hinzufügen: Handel ist Handel.

Dann kommt die ganze Sache in den Anzeiger! rief der alte Schmitz zornig und machte sich, ohne von seinem Wirte Abschied zu nehmen, auf den Weg. Der Hofschulze stand noch einige Augenblicke voll nachdenklichen Verdrusses vor dem Stalle. Er war so böse auf die Amphora, daß er sie hätte zerschlagen können, wäre sie nicht eines anderen Eigentum gewesen. Die Erwähnung des rheinisch-westfälischen Anzeigers war ihm schwer auf das Herz gefallen. Denn er wußte, daß dieses Blatt, welches durch alle Ortschaften. Weiler und Gehöfte des Landes seine Wanderung macht, dem Kredit des Schwertes sehr schaden könne, wenn darin stehen werde, letzteres sei ein Bratenspieß frühestens aus der Soester Fehde.

Ei! ei! ei! sagte er mißmutig, muß mir das doch noch heute begegnen, nachdem ich glaubte, allen Ärger überstanden zu haben! Es ist also doch wahr, daß man von dem, was einem das Liebste ist, zu keinem Menschen reden soll: sie fechten es einem nur an. Hätte ich dem Herrn Schmitz nicht einstmalen in der Vertraulichkeit die Sache mit dem Schwerte entdeckt, nimmer wäre mir darüber die Streiterei und Zweifelsucht und Mäkelung entstanden, die mich seitdem jahraus jahrein verfolgt hat. – Er ging in das Haus, fragte den rothaarigen Knecht, ob jemand da gewesen sei? welches dieser grinsend verneinte, und stieg dann zu der Kammer empor, in welcher er die Waffe verwahrte, um an ihrem Anblicke seinen Mut zu erfrischen. Auch wollte er sie für die morgende heimliche Weihe, bei welcher sie eine Hauptrolle spielen sollte, vom Staube säubern. Denn das Schwert war lange nicht gebraucht worden.

Drittes Kapitel
Die Geschichte eines Geächteten

Der Patriotenkaspar hatte sich, nachdem er vom Rothaarigen verabschiedet worden war, noch immer in der Nähe des Oberhofes umhergetrieben, um mit dem alten Schmitz zu sprechen. Denn zu diesem hatte der gemiedene und gering geschätzte Mensch eine Art von Verhältnis. Der Sammler hatte ihm manchen Groschen geschenkt und sah ihn nicht ungern. Weil der Patriotenkaspar überall umherstrich und kroch, so war es ihm möglich gewesen, dem alten Raritätenfreunde hin und wieder eine nützliche Nachweisung zu erteilen, oder ihm auch wohl selbst irgend ein seltsam geformtes Schnitzwerk zuzubringen. Der alte Sammler war daher auch der einzige, bei dessen Anblick in die arme und elende Brust dieses jämmerlichen Bettlers ein Gefühl drang, daß er doch nicht ganz und gar auf dieser Gotteswelt ein Ausgestoßener fei. Für den alten Schmitz wäre er durchs Feuer gegangen, er, der sonst am vergnügtesten lachte, wenn anderen etwas recht Übles begegnet war.

Jetzt lauschte er hinter einer Waldhecke an einem Felde des Oberhofes, ob er seinen alten Gönner nicht allein ansichtig werden möchte. Als er ihn vorher in der Gesellschaft des Hofschulzen vorbeiwandern gesehen, hatte er nicht gewagt, ihn anzureden. Entdecken wollte er ihm etwas vorlängst Geschehenes, und ihn um eine sonderbare Hülfe ersuchen. Nach langem Harren war ihm endlich die rechte Stunde dazu gekommen. – Nun ich meine Lust gebüßt habe an dem alten Bluthunde und er den Tort hoffentlich nicht verwindet, den ich ihm angethan – denn es liegt wohl versteckt, tief versteckt, und das Dach wird er darnach nicht abdecken lassen – nun will ich auch mein Recht erleiden, wie Recht ist, sagte er hinter seiner Wallhecke.

Der alte Schmitz kam vom Oberhofe zurück und ging vorüber. Der Patriotenkaspar begrüßte ihn und sagte: Herr Schmitz, ich habe hier auf Sie gewartet, weil ich Ihnen etwas offenbaren wollte.

So verdrießlich der Sammler war, diese Anrede, in welcher er nur die Ankündigung eines Fundes für sein Kabinett zu hören glaubte, machte ihn aufmerksam. Er stand still und fragte: Was ist denn, Kaspar? – Nein, versetzte der Spielmann, indem er seinen Leierkasten über den Rücken warf, hier kann es nicht geschehen, sondern an Ort und Stelle muß es veroffenbart werden.

Er ging dem Sammler auf dem Wege, der nach dem Hofe des Schwiegersohnes führte, voran, bog jedoch einige hundert Schritte von diesem Hofe in einen Seitenpfad ein, der zwischen Erdwänden vertieft unter hohen Rüstern dunkel fortlief. Nicht weit hinein kreuzte den ersten Pfad ein zweiter. Er war noch dunkler, weil ihn noch höhere Bäume überschatteten.

An diesem Kreuzwege, der einsam und schauerlich zwischen den Erdwällen, Rüstern, zwischen Brombeergebüsch, Nachtschatten und Schierling lag, setzte der Spielmann seinen Leierkasten ab, bog einen Brombeerbusch zurück, so daß ein großer Stein entblößt wurde, kniete vor dem Steine nieder und sagte dann, halb rückwärts nach dem Sammler gewendet: Hier war's.

Der Sammler, welcher glaubte, der Patriotenkaspar werde dort etwas für ihn aus der Erde scharren, trat dicht zu ihm hin, senkte seinen Kopf, so daß er fast die Schulter des Knieenden berührte und fragte eifrig: Was? Was?

Der Patriotenkaspar sah ihm, mit dem Auge unstät zwinkernd in das Gesicht und sagte heiser und gedämpft: Hier habe ich einstmals des Hofschulzen seinen Sohn, den Fritze, totgeschlagen.

Ein Knabe, der von einem Strauche eben eine leckere Beere pflücken will und dem unversehens unter dem Strauche eine Natter mit funkelnden Augen entgegenzischt, kann nicht erschreckter zurückfahren, als der alte Schmitz bei dieser Eröffnung vor dem Patriotenkaspar zurückfuhr. Den Blick starr auf ihn heftend und rückwärts vor ihm weichend, als fürchte er, einem geständigen Mörder seinen Rücken preis zu geben, entfernte er sich bis in die entgegengesetzte Ecke des Kreuzweges. Dort blieb er stehen, den Patriotenkaspar immer in das Auge gefaßt, unschlüssig, ob er nun sich wenden, so fortgehen und dadurch den gefährlichen Menschen aus seinem beobachtenden Blicke verlieren sollte.

Der Patriotenkaspar seinerseits richtete sich an dem Steine empor. Als er bemerkte, welchen Eindruck seine Worte auf den einzigen Gönner machten, den er besaß, nahm sein Auge einen wehmütigen Glanz an, und in der verwüsteten Stimme zitterte etwas wie Trauer, als er so sprach: Ach, mein lieber Herr Schmitz, warum fürchten Sie sich doch vor mir? Ich bin ja ein armer, zerlumpter von Hunger entkräfteter Mensch. Sehen Sie, da kehre ich meine Taschen um, und es ist nichts darin, weder Messer noch Hammer, noch sonst etwas, womit ich Sie erstechen oder erschlagen könnte. Wenn Sie sich aber vor meinen Fäusten fürchten, so will ich da mit meinem Halstuche sie binden, daß Sie ganz sicher sein können, daß Ihnen kein Leid von mir widerfährt. Ich wollte Ihnen bloß die alte Geschichte erzählen, und Sie um eine Güte und Gefälligkeit bitten.

Der Sammler, der sich noch immer nicht zu fassen wußte, sagte: Ich glaube, Ihr seid noch immer betrunken, Kaspar.

Nein, Herr Schmitz, wüßte nicht, woher das kommen sollte, indem ich wenig genossen habe, versetzte der Patriotenkaspar. Ich wiederhole Ihnen in der Nüchternheit: Hier habe ich des Hofschulzen seinen Fritze totgeschlagen. Es ist aber lange her und Gras ist darüber gewachsen. Indessen will ich mein Recht über diese That haben, denn nunmehr ist die Stunde dazu gekommen, nachdem ich meinem Feinde und Überwältiger den Tort gethan habe, den er verdiente, und dazu suche ich Ihren Rat und Beistand, weil Sie ein Schriftgelehrter sind und mir mitunter eine Gütigkeit erwiesen haben.

Der klagende und sanfte Ton, womit der Patriotenkaspar dieses vorbrachte, flößte dem alten Schmitz Mut ein. Neugierig, wie er von Natur war, empfand er ein Verlangen nach den Dingen, die einen Menschen bewegen konnten, über einen verschollenen Frevel zum Ankläger wider sich zu werden. Der Patriotenkaspar schwieg aber, senkte seinen Blick und schien eine Aufmunterung erwarten zu wollen. Endlich sagte der Sammler: Ich habe vor Jahren wohl davon gehört, daß ein Sohn des Hofschulzen plötzlich zu Tode gekommen sei: es hieß aber damals, er sei mit der Stirn auf einen Stein aufgeschlagen.

Ja, so hieß es damals, versetzte der Patriotenkaspar. Mit der Stirn schlug er allerdings auf einen Stein, und zwar auf diesen da, neben welchem ich stehe, allein nicht von selbst, sondern von einem andern mit der Faust gegen den Stein gestoßen, und wer ihn so lange mit der Faust gegen den Stein stieß bis die Hirnschale zerbarst, das war ich.

Also hatte doch jenes zweite alte Gerücht, was auch im stillen hier und da umherlief, recht! sagte der Sammler Aber wie kam es, daß die Geschichte nicht angezeigt und den Gerichten überwiesen wurde?

Das hängt mit diesem meinen ausgeschlagenen Auge, mit des Hofschulzen seinem Hochmut und mit dem Freistuhl da droben an jenem Berge zusammen, sagte der Spielmann.

Der Sammler versetzte: Bringt Eure Geschichte ordentlich und im Zusammenhange vor, Kaspar. Denn aus diesen zerstückelten Reden kann sich niemand vernehmen.

Der Patriotenkaspar erzählte hierauf, an dem Mordsteine stehend, dem alten Schmitz, welcher ihm gegenüber an der andern Seite des Kreuzweges stehen blieb, folgendes:

Herr Schmitz, in den Geschichten, die ich da auf meinem Leierkasten feil habe, kommen mitunter auch Sachen vor von Leuten, die ihresgleichen ächteten und von sich ausstießen. Als zum Beispiel: Einen trieben sie vor diesem aus, weil er gar zu gerecht war und ein General wurde zu alten Zeiten verbannt, weil sie ihm nachsagten, er mache den armen Leuten das Brot teuer, und dann gab es auch wieder einmal einen Herzog, der geächtet wurde, weil er seinen Freund nicht hatte verlassen wollen. Diese armen elendigen Geächteten führten ein jammervolles Leben. Meistenteils ist zwar dergleichen nur bei großen Herren und vornehmen Standespersonen vorgekommen, aber auch unter dem Bauernstande kann sich die Sache zutragen, und mit mir hat sie sich begeben.

Herr Schmitz, ich war zu meiner Zeit ein flinker, anstelliger Kerl und hatte mehr Witz, als aller der Bauernpöbel hier herum zusammengenommen. Sah auch recht gut aus –

Ei, fiel der Sammler ein, Ihr habt ja stets eine hohe Schulter gehabt, Kaspar.

Das thut nichts, erwiderte der Patriotenkaspar, demohngeachtet kann man doch schön aussehen. – Sah also recht gut aus, ehe ich das eine Auge verlor und in die Hungersnot versank, hatte was erlebt draußen als junger Mensch. Denn, wie Sie wissen, war ich dabei, als die alte Orange in Schonhoven vermolestiert wurde, und kam auch nach Gorkum und Nieuwport mit den Patrioten dazumal. Ich scherte mich den Teufel um den Krimskrams hier unter den Bauernkerls, sagt' ihnen offen die Wahrheit über ihre Einfalt und es setzte schon gleich zu Anfang viel Streit und Wortwechselung mit ihnen. Es gab nie keinen Vertrag mit ihnen recht, denn sie konnten es mir nicht verzeihen, daß ich klüger war als sie, und gewitzter. Also gut, wie ich meine vollen Jahre erreicht hatte, trat ich das Kolonat an, denn Sie müssen wissen, daß der Windkotten uns gehörte, mir und meiner Familie; ein recht hübsches Erb mit Feld, Baumgarten und Wiesenwachs, was nachgehendes freilich parzelliert worden ist, und das Haus hat der Jude abbrechen lassen, der das ganze zuletzt kaufte, so daß ich selbst kaum noch weiß, wo die Stätte gelegen hat.

Wie ich nun so Kolon und Hofesbesitzer war, da ging der rechte Verdruß erst an, Herr Schmitz. Denn ich konnte es gar nicht vertragen, daß die Großen besser sein wollten als wir Kleinen, und daß ein Hofschulze es wie eine Gnade ansah, wenn er mit einem Kötter trank. Denn ich dachte: Ich baue so gut mein Feld wie ihr, was habt ihr denn also voraus? Ich setzte mich also dreist zu ihnen, wenn ich im Kruge mit ihnen zusammentraf, ich sprach bei ihnen ungefordert ein. Wenn ich an einem der Großen vorüberging, that ich so, als müsse er mich zuerst grüßen, und meinte, es wohl mit ihnen durchsetzen zu können. Aber, Herr Schmitz, man setzt dergleichen mit den Menschen nicht durch, denn man ist immer nur einer und sie sind viele, und das hält zusammen wie Pech und Schwefel. Grob behandelten sie mich, wenn ich sie besuchte, im Kruge rückten sie vor mir weg, und wollte ich von ihnen auf Landstraße und Nachbarweg zuerst gegrüßt sein, so lachten sie mir unter die Nase und keiner lupfte den Hut. Von allen aber war der Hofschulze im Oberhofe der gröbste und stolzeste und schlimmste; denn er ist immer unmenschlich reich gewesen und hat großes Ansehen von jeher gehabt.

Also, Herr Schmitz, den Hofschulzen nahm ich mir apart aufs Korn und dachte: Du sollst mir daran glauben. – Er hatte aber eine Tochter aus erster Ehe, denn drei Frauen hat der alte Kerl begraben lassen und zum letztenmal, woraus nun die ist, die gestern Hochzeit machte, freite er, wie er schon ziemlich in den Jahren war. Die Tochter sah recht gut aus, und ich war ihr auch recht gut, aber die Hauptsache, daß ich mich an sie machte, war doch der Stolz, und weil ich mir einbildete, ich könne alles durchsetzen, was ich wolle, und werde das Mädchen schon 'rumkriegen, wenn ich es nur recht anzufangen wisse. Ich hatte schon gemerkt, daß sie auf Tänzen und Kindelbieren nach mir hinhörte, wenn ich so erzählte von meinen Fahrten, und darauf baute ich meinen Ratschlag und sah sie unaufhörlich starr an, wenn ich ihr nahe kam, so daß sie nicht wußte, wo sie die Augen lassen sollte. Fing auch an, mich über mein Vermögen schön zu kleiden, das beste lichtblaue Tuch mußte ich zum Rocke haben und ließ mir an die Jacken silberne Knöpfe setzen, die kein anderer von den Kolonen hatte, wodurch ich in Schulden geriet. Eines Sonntags geht die Magdalis an mir vorüber, wie ich besonders herausgeputzt war und sagt: Ihr zieht Euch doch an, wie keiner sonst, Kaspar. – Das geschieht ganz allein um Euch, Magdalis, antwortete ich, und wenn ich all mein Hab und Gut zusetzte, so wollte ich mich noch schöner kleiden, wofern es Euch nur gefiele. – Sie wurde rot und damit hatte ich sie weg, denn wenn man den Mädchen sagt, daß man um ihretwillen einen neuen Rock angezogen hat, so sind sie kaput.

Also die Sache kam in Gang und ich will Sie damit nicht aufhalten, Herr Schmitz. Genug, die Magdalis gab zu, daß ich an ihr karessieren dürft, und war alles bald zwischen uns in Richtigkeit, wie es die Ordnung ist unter Liebesleuten. Auch die Magdalis dacht' in ihrer Dummheit, daß der Vater, weil es einmal so weit gekommen, werd' ein Auge zudrücken müssen. Deshalb nahmen wir beiden Gimpel die Absprache zusammen, daß ich um sie anhalten solle. – Aber – da kam ich schön an, Herr Schmitz, wie ich die Sache vortrug bei dem Alten. Denn selbst mußte ich sie vortragen, ein Freiwerber wollte sich dazu nicht verstehen. In meinem Leben ist mir kein grimmigerer Mensch vorgekommen, als der Hofschulze, wie er sich benahm, da ich meinen

Spruch herausgesagt hatte. Ich wurde mit einem solchen Zorn und Hohn angelassen, daß mir die Knochen bebten vor Ärgernis. Es fehlte nur, daß er mich fortpeitschen ließ, und noch heut am Tage weiß ich nicht, wie ich vom Hofe gekommen bin.

Gut, dachte ich, willst du sie mir nicht zur Frau geben, so soll sie – – Der Alte hielt sie eingesperrt und sein Sohn, der Fritze, auch aus der ersten Ehe, paßte mir auf. Aber man kann die Leute schon belauern, wenn man nur will. Was nicht bei Tage geht, das geht bei Nacht, und darf man nicht zur Thür 'rein, so steigt man über die Mauer. Ich war denn also alle Nächte, die Gott werden ließ, bei der Magdalis, zu der ich durch das Fenster gelangte. – Doch sie kamen dahinter, Herr Schmitz, der Alte und sein Sohn. Und nun machten sie zusammen einen Plan auf mich, mir aufzulauern und mir das Leben zu nehmen.

Das ist nicht wahr, unterbrach hier eifrig der alte Schmitz die Erzählung. Der Hofschulze ist ein eigensinniger Mann, aber Schlechtigkeiten hat er nie getrieben.

Nun dann hat es der Junge, der Fritze, auf seine eigene Hand gethan, sagte der Patriotenkaspar. Genug, ich weiß, was ich weggekriegt habe bei der Gelegenheit. Also, Herr Schmitz, eines Abends, wo es ganz dunkel war und ein schweres Unwetter heraufzog, komme ich auch von meinem Erb da herüber meinen gewöhnlichen Weg geschritten. So höre ich da, wo Sie jetzt stehen, Herr Schmitz, etwas rascheln in der Dunkelheit, und ehe ich noch meine Gedanken zusammennehmen kann, springt das, ohne einen Laut von sich zu geben, auf mich zu, und ich habe einen Schlag mit einem Knüppel über den Kopf und einen Stoß in das linke Auge weg, daß mir beinahe Hören und Sehen vergeht. Im Auge ist's mir, als ob ein Dutzend Messer darin umgedreht würden. Nasses läuft mir über die Backe – ich aber denke, hier geht's noch um Haut und Haar, ist's Auge schon weg – und kriege meinen Kujon zu packen, und reiße ihm den Knüppel weg, denn Herr Schmitz, ein Mensch, dem sie das Auge ausschlagen, hat fürchterliche Kräfte – und gebe ihm die Erwiderung auf seinen Schädel, daß er aufgrölzt und ich an der Stimme den Fritze erkenne. Er bettet um Gnade, aber ich schreie: Meine Gnade sollst du gleich spüren! reiße ihn in die Höhe: Du verfluchtiger Augenmörder! rufe ich, und stoße so lange den Bengel mit dem Kopfe gegen den Stein hier, bis er stumm wird. Einen Ohrring hatte ich ihm bei der Balgerei abgerissen (denn er trug welche), den hielt ich in der Hand, wußte nicht, was damit anfangen, konnte ihn freilich nur wegwerfen, aber der Mensch ist bei solcher Gelegenheit wie von sich; unter den Stein habe ich den Ring verscharrt, soll mich wundern, ob er noch da liegt.

Der Patriotenkaspar, welcher den letzten Teil der Erzählung mit so lebendigen Gebärden vorgebracht hatte, daß seinem alten Zuhörer ein Schauder über die Haut rieselte, wälzte, trotz seiner anscheinenden Kraftlosigkeit den Stein hinweg, kratzte etwas in der Erde darunter und zog mit einem gellenden Freudengeschrei, als habe er den köstlichsten Schatz entdeckt, einen Ohrring hervor, der nicht verrostet war, weil er stark vergoldet gewesen sein mochte. Ei, wie so ein Ding übrig bleibt, wenn der Mensch längst verrottet ist! rief er, und gab den Ring dem alten Schmitz, der ihn nur zagend annahm.

Als ich nun dem Fritze das Seinige gereicht hatte, ließ ich ihn liegen und ging nach Hause, Herr Schmitz, fuhr der Patriotenkaspar fort. – Es war nun starkes Unwetter geworden, und bei dem Donnern und Blitzen unterwegs wurde mir graulich zu Mute. Ich dachte: Die Magdalis erwartet dich in ihrer Kammer und ihr Bruder liegt da tot am Kreuzweg, und der Hofschulze schläft und läßt sich nichts träumen, und du gehst über das Stoppelfeld. – Zu Hause nahm freilich der gräuliche Schmerz im Auge alle meine Besinnung weg, und nur unterweilen konnte ich mir vorstellen, daß sie mir vielleicht den Kopf abschlagen würden. Es kam aber alles ganz anders, Herr Schmitz.

Den andern Tag ließ ich den Feldscherer holen, und der sagte mir, daß das Auge heidi sei, denn mit uns Bauersleuten machen die Doktors nicht viel Umstände. Na, das Auge lief wirklich aus, Herr Schmitz und schrumpfte weg und ich erwartete alle Tage die Gericht im Erb, die mich abholen würden, denn fliehen mochte ich nicht. Aber keine Gerichte kamen.

Dagegen kam ein Kerl, der der Frohnbot hieß, von wegen des Dings droben unter den drei Linden, und sagte, ich sei geheischen und geladen zum Stuhl, sie wollten's unter sich abmachen, und ich sollt' Rede und Antwort stehen. Ich rief: Er sollte sich zum Teufel scheren, sie könnten mir dies und das thun, dem Amtmann sei ich Rede und Antwort schuldig.

Wie ich nun zum erstenmale den Kopf wieder aus dem Loch hervorstrecke, höre ich kuriose Geschichten. Der Alte hat seinen Sohn, gleich nachdem die Leiche gefunden worden, begraben lassen und überall gesagt, er habe einen bösen Fall gethan. Keine Anzeige hat er gemacht und alles bleibt still von der Sache, und kein Amtmann und kein Kriminal bekümmert sich um mich. Ja, was soll das bedeuten? denke ich.

Ich konnte es aber bald spüren, Herr Schmitz. Es war mir schon auffällig gewesen, daß während meiner Wehtage nicht eine Menschenseele nach mir fragte, denn wenn ich auch nicht viel Freunde hatte, so besuchte mich doch jezuweilen sonst einer oder der andere. Aber da saß ich ganz allein und verlassen, und zuweilen that mich nicht nur meine wunde Augenhöhle schmerzen, sondern ich heulte auch mit dem gesunden Auge meine bitteren Thränen. Als ich nun wieder 'nausging, so wollte ich, weil ich nicht verfolgt wurde, bei einem Nachbar vorsprechen aber der schob zur Hinterthüre hinaus, als ich in die Vorderthüre trat. Im Krug rückten sie zischelnd zusammen als ich kam und riefen den Wirt beiseite und sprachen sacht mit ihm und der kam dann zu mir und sagte: Kaspar, Ihr könnt nicht verlangen, daß ich um Euretwillen meine Nahrung einbüße. Sie wollen nicht mehr bei mir sitzen, wenn ich Euch zapfe. – Nicht mehr bei Euch sitzen? fragte ich wild. – Still! rief er. Ich will's Euch heute Abend offenbaren, Ihr habt mir manchen Thaler zu verdienen gegeben, und darum kann ich Euch den Gefallen wohl thun. Kommt heute Abend, wenn alles zur Ruhe ist, her, da sag' ich's Euch.

So ging ich denn den Abend, wie die Polizeistunde geboten war, und niemand mehr in der Stube saß, zu ihm. Und da erzählte er mir, daß der Hofschulze über den Tod seines Jungen mit den andern zusammen gewesen sei droben am Freistuhl, und habe gesagt, er wolle keine Anzeige wider mich machen, und keiner solle es thun, aber er habe mich mit seinem Schwert von Carolus Magnus gefeimt und geächtet, und die Sache sei schon durch die Bauerschaft und weil die Großen darin einig seien, so seien die Kleinen auch nicht dawider und sei ich also nun aus dem Frieden und aus der Freundschaft gesetzt bei allen.

Ich lachte und rief: Was scher' ich mich um euren Frieden und um eure Freundschaft! – Aber ich hatte übel gelacht, Herr Schmitz. Keine Anzeige kam wider mich bei den Gerichten ein, was damals leicht möglich war, denn der große Krieg war eben im Gange, und alles lief bunt über Eck, und als es wieder ruhig worden, war die Sache schon alt; jedoch ein Verfeimter war ich und ein Verfeimter blieb ich, und das war böser als Verhör und Urteil. Herr Schmitz, das Menschenkind kann alles ausstehen, Not und Krankheit und Feuersbrunst und Gewaltzwang, aber von seinesgleichen verstoßen sein, daß kann das Menschenkind nicht ausstehen. Denn der Vogel fliegt mit seinesgleichen, und der Hirsch geht in Rudeln und der Fisch im Wasser schwimmt selbzwanzig dahin und dorthin, selbst der Wolken wandern immer mehrere zusammen, wie sollte das Menschenkind es allein bestehen können? – Sie hielten's, was sie oben am Freistuhl ausgemacht. Und die Kleinen mußten's ihnen nachthun. Wenn ich mir Stroh und Korn borgen wollte, wie der Fall sein kann in jeder Wirtschaft, kriegte ich nichts; einmal brannte meine Scheune, die ließen sie brennen und kamen mit der Spritze, als nur noch Trümmer rauchten, und wenn sie an meinem Erb vorbeigingen, so greinten sie höhnisch und spuckten aus, und wenn ich selbst zu ihnen trat, so wiesen sie mir den Rücken. – Das fraß mir ins Herz hinein und ich sagte: Ich will's euch allen zuvor thun, daß ihr Seelenverkäufer die Kränke vor Ärger kriegt und will mir Gesellschaft und Kameraden aus der Stadt halten. Zechte also brav auf meine eigene Faust, ließ mich mit Menschen in der Stadt ein, Schreibersgehülfen und Ladenburschen und so dergleichen, gab denen große Traktamente aus dem Erb. Aber es wollte mir dergestalt nicht schmecken, Herr Schmitz, und wenn ich noch so viele lustige Schreibergehülfen und Ladenburschen bei mir hatte, so würgte es mir in der Kehle, weil ich immer dachte: Sie sind doch nicht deinesgleichen. Natürlich geriet ich auch durch die Lebensart tief in die Schulden hinein; auf einmal kam mir nun der Jude, der mir vorgeschossen hatte, über den Hals und ließ mir das Erb anschlagen. Ich wurde heruntergepfändet und hatte dann die Erde zum Lager und den Himmel zum Dach. Und so bin ich denn nach und nach, Herr Schmitz, zu dem Leierkasten, in diese Lumpen, in den Hunger und in die Kälte geraten, und so ein räudiger Bettelhund geworden, wie Sie mich da sehen.

Der arme und jämmerliche Mensch sah nach dieser Erzählung mit dem Blicke eines so kalten und bodenlosen Elends vor sich hin, daß es den alten Schmitz, der von Natur weichherzig war, erbarmte. Er begriff nun wohl, daß er von dem unglücklichen Mörder nichts zu befürchten habe, trat ihm daher näher und sagte: Ich fasse noch nicht recht den Grund, weshalb der Hofschulze Euch den Gerichten entzog, denn, wenn ich auch sonst wohl einsehen kann, warum er mit seinem Freigerichte hantiert, so hätte ihm in diesem Falle Eure öffentliche Verurteilung doch eine größere Genugthuung gegeben.

O, rief der Patriotenkaspar, das ist eben die ausbündige Bosheit des alten Blutsaugers! – Er raufte seine buschigen Augenbrauen. Denn wie ich nachgehends gehört habe, so sind Zeugen gewesen, zu denen der Bengel, der Fritze, sich berühmend gesagt hatte, er wolle mir an dem Abend auflauern. Nun war der dicke Knüppel neben dem Toten gefunden worden und mein Auge war doch auch weg, also folglich konnte ich mich auf Notwehr berufen, und den Kopf hätten sie mir nicht 'runter gehauen, sondern ich wäre vermutlich mit etwas Gefängnis davon gekommen. Das sah der alte Satan voraus und deshalb wollte er mich auf seine eigene Hand für zeitlebens unglücklich machen. Ich habe aber auch eine Wut auf ihn gehabt die Jahre her bei meinem Leierkasten, Herr Schmitz, ich kann Ihnen nicht sagen, was für eine Wut. Und lange konnte ich ihm nicht beikommen, aber nun – –

Pfui, sagte der alte Schmitz. Schämt Euch, Kaspar, wer wollte so rachgierig sein!

Der Patriotenkaspar stürzte seinem Gönner zu Füßen, umschlang die Knie des alten Mannes mit seinen hageren und haarigen Fäusten, als wollte er ihn um Verzeihung für seine Sinnesart bitten und rief mit hohlem und zerrissenem Tone: O, Herr Schmitz, rachgierig muß der Mensch sein, wenn sie ihm alles genommen haben, sonst verkommt er gar. Ich wäre längst verhungert, aber ich fraß meine Rache, und so blieb ich leben. Es stehet wohl geschrieben: Segnet die euch fluchen, aber es giebt keinen, keinen auf Erden, *für* den es geschrieben steht, zum wenigsten keinen Unglücklichen.

Nun, und was soll ich mit dieser ganzen sonderbaren Geschichte anfangen? Was treibt Euch, sie gerade mir und jetzt zu erzählen? fragte der Sammler.

Der Patriotenkaspar erhob sich und sagte: Herr Schmitz, ich will nun mein Recht haben. Ich habe mein Herz befriedigt und nun will ich mein Recht desgleichen haben. Ich will nicht länger unter dem Banne von meinesgleichen leben, sondern mein Urtel haben von den Gerichten des Königs. Ihnen habe ich die Sache erzählt, weil sie sich doch auf Amtssachen verstehen, damit sie ein hübsches und richtiges Protokoll aufnehmen, worin alles gehörig steht von Notwehr und von den Zeugen, denen der Fritze gesagt hat, er wolle mir auflauern, (denn es leben ihrer noch einige), damit mir nicht der Kopf abgehauen wird. Dazu habe ich keine Lust, aber sitzen will ich ein paar Jahre recht gerne. Im Gefängnis betrage ich mich ordentlich, mache mir Überverdienst, komme mit einem guten Attestat vom Direktor zurück, lege von meiner Sparsumme einen Winkel [10] an, und dann soll das Donnerwetter dem in die Eingeweide fahren, der mich noch ferner hohnnecken oder verachten will!

Also, Herr Schmitz, thun Sie mir die Gefälligkeit, das Protokoll zu schreiben, ich will dann drei Kreuze darunter setzen und es selbst in die Gerichte tragen.

Der Sammler ließ sich das Jahr, worin die Mordthat vorgefallen war, nennen. Er dachte nach und sagte dann: Kaspar, das Protokoll würde keinen Erfolg haben. Die Sache ist verjährt.

Was heißt: Verjährt?

Das heißt: Ihr mögt über die Sache angegeben werden oder Euch selbst angeben, ja Ihr mögt, wie Ihr thut, die Strafe begehren, so wird dem keine Statt gegeben, denn nach dem Ablaufe von dreißig Jahren ist eine Unthat ab und tot vor dem Richter. Ihr müßt also Euer Geschick schon nehmen, wie es einmal liegt und bis an Euer Lebensende tragen.

Er ging an dem Totschläger vorüber, gab ihm den silbernen Ring, da dieser bei näherer Betrachtung ihm nichts merkwürdiges gezeigt hatte, zurück und entfernte sich. Der Geächtete stand betroffen, sann über die Verjährung und konnte darin durchaus keinen Sinn finden. Also, sagte er endlich, meine Gedanken an die Missethat muß ich behalten und bis in jene Ewigkeit mit hinüberschleppen; aber wenn ich mit meinem Fell die Sache büßen will, so geht das nicht mehr an, weil dreißig Jahre vorüber sind! –

Ein Lärm, der ganz in der Nähe entstand, unterbrach sein Nachsinnen und machte ihn aufmerksam. Kaum zwanzig Schritte vom Kreuzwege kamen auf dem Wege vom Oberhofe Menschen gelaufen und andere begegneten ihnen, die vom Hofe des Eidams gegangen kamen. – Wißt Ihr's schon? fragten die vom Oberhofe überlaut. – Was denn? versetzten die andern. Ihren Weg eiligst nach dem Jürgenserbe fortsetzend, riefen die vom Oberhofe: Der Hofschulze hat eine Überfahrung! [11]

Das wäre der Henker! riefen die ersten und liefen nach dem Oberhofe zu.

Der Patriotenkaspar fletschte die Zähne, sprang wie unsinnig auf dem Mordplatze umher und schrie: Heisa! Heisa! So ist's recht. Die Tochter machte ich zur Hur', den Jungen zu Brei, und dich macht' ich nun zunicht! Ihr sollt erfahren, was es heißt, geringere Leute zu verachten! Könnt' ich jetzt mein Protokoll aufgenommen kriegen, wäre ich ganz zufrieden!

Viertes Kapitel
Der Hofschulze kommt wieder zu sich und Lisbeth schreibt an den Diakonus

Auf der Kammer, worin er das Schwert Karls des Großen verwahrte, saß oder lag der Hofschulze blaß und halbbetäubt neben der eisenbeschlagenen Kiste. In diesem Zustande war er von einer Magd, die vor der Kammer vorbeiging, befunden worden, kurz nachdem er sich die Treppe hinauf begeben hatte. Sie war erschreckt hinuntergesprungen und hatte von dem Vorfalle Lärmen gemacht, den einige Vorübergehende weiter trugen.

Die Magd kehrte mit Essig zurück und bestrich ihres Brotherrn Schläfe. Das einfache Mittel brachte ihn auch bald wieder zu sich selbst, denn der Schlagfluß war eine Vergrößerung des Unfalls, der den alten Bauer betroffen hatte. Er war nur von einem Schwindel und von jener Betäubung befallen worden, wie sie die Folgen eines plötzlichen großen Schreckes zu sein pflegen, besonders bei alten Leuten. Als er von dem scharfen Geruche des Essigs wieder erwachte, hob er sich, ohne daß ihn das Mädchen zu unterstützen brauchte, sogleich stracks auf seine Füße, fuhr mit der Hand über die Stirn und warf seinen ersten Blick in die Kiste, deren Deckel aufgeklappt war. Mit einer Mischung von Entsetzen und Kummer kehrte aber der Blick des alten Mannes in sich zurück; er klappte hastig den Deckel zu, als wollte er den Verlust seines Teuersten jedem Auge verbergen, und trieb die Magd an, ihn zu verlassen. Diese fragte zwar, was dem Baas zugestoßen sei, erhielt jedoch keine andere Antwort von ihm, als, daß ihn eine plötzliche Schwäche, vielleicht von dem vielen Pläsir, welches gestern und heute gewesen, angewandelt habe.

Als er auf der Kammer allein war, stand der Hofschulze erst eine geraume Zeit mit übereinandergeschlagenen Händen, ohne sich zu regen, da. Dann setzte er sich auf die Kiste und nahm seinen Kopf in beide Hände, um alle Winkel des Gedächtnisses zu durchforschen. Darauf erhob er sich, öffnete abermals die Kiste, wie wenn er es nicht für möglich halte, daß das Schwert daraus habe verschwinden können, ließ aber augenblicklich den Deckel zufallen, da er wohl sah, daß er nur in die Leere blicke, und stöhnte wie ein verwundeter Stier.

Nach diesem begann der Alte ein stummes eifriges Suchen in der Kammer. Er kehrte jedes Gerät um, er durchspürte jeden Winkel, er leerte alle Kisten und Kasten aus, welche dort vor und hinter dem Saatlaken umherstanden. Kein Platz blieb undurchforscht, aber alle diese Mühe war vergebens, denn das Schwert zeigte sich nirgends. Indem hörte er unten die Stimme seines Eidams und seiner Tochter, so wie der Freunde und Nachbarn, welche von der Tanzgesellschaft herbeigekommen waren, um nach ihm zu sehen. Rasch verließ er die Kammer, um nicht in seinen Anstrengungen betroffen zu werden, und ging hinunter, scheinbar gefaßt. Dort stellte sich alles mit Fragen nach seinem Befinden um ihn, worauf er dieselbe Antwort gab, welche schon die Magd empfangen hatte und hinzufügte, daß ihm wieder ganz wohl sei. Er bat die Leute, sich in ihrer Lustbarkeit nicht stören zu lassen und wieder zum Tanze zurückzukehren; eine Aufforderung, welcher mehrere folgten, andere aber auch nicht. Diese blieben vielmehr im Hofe, weil sie an dem Tanze kein Vergnügen hatten, es kamen noch fortwährend Leute vom Jürgenserbe, und so war ein beständiges Ab- und Zugehen von Menschen.

Als nun der Hofschulze sah, daß er der Zeugen nicht quitt werde, beschloß er alles Fernere auf die Nacht zu versparen. Er setzte sich still in seine Stube und sagte dem Eidam, er möge die Mitgift nach Hause tragen, was dieser auch mit einem Gehilfen that. Mehrere Nachbarn stellten sich zu ihm, und mit diesen sprach er nun so ordentlich und vernünftig, wie immer seine Sitte war. Niemand merkte ihm etwas an, und nur wer gewußt hätte, was vorgefallen war, würde aus seinen geschwollenen Stirnadern, aus den Augen, die zuweilen hervorquollen, und aus den Griffen, die der Alte hin und wieder nach seiner Brust that, auf das, was in ihm vorging, haben schließen können.

Während ein ungeheurer Verdruß und Schreck unten sich so heimlich hielt, hatte auch oben im Hause ein leidendes Kind seine Entschlüsse reif gedacht. Lisbeth war in schweren Körperschmerzen den ganzen Vormittag über auf ihrem Lager geblieben und hatte sich erst um die

Zeit, als ihr alter Gastfreund seine trostlose Entdeckung machte, erhoben und angekleidet. Sie war so ernst, bleich und still, wie am Abend zuvor, da ihre Thränen versiegten. Aber diese hatten den Augen des Mädchens nicht geschadet; sie leuchteten von einem fast überirdischen Glanze. Der hohe Berg, auf dessen Gipfel sie im Jubel ihrer Wonne zu stehen gemeint hatte, war unter ihr gesunken und die roten Wolken hatten sich verzogen, aber dennoch kam es ihr vor, als schritte sie eben so hoch und noch höher einher, und es war ihr, als trügen Lüfte ohne Wolken, ätherreine und ätherklare, ihre Füße.

Sie setzte sich an ihren Tisch und sagte mit einer himmlischen Zuversicht im Ton: Ein Findling ist Gottes Kind. Und wen Vater und Mutter in der Irre stehen gelassen haben, den wird Gott bei der Hand nehmen und nach Hause führen. – Die Schmerzen hatten eine wunderbare Verwandlung in ihr gewirkt. Zu ihren sogenannten Pflegern wollte sie nimmer zurückkehren. Denn als sie, von Leiden wie von zuckenden Blitzen durchwühlt, während der Nacht auch einen Blick auf ihre Vergangenheit warf, so sah sie schaudernd und wie von einem strengen Seher erbarmungslos unterrichtet, in welchen jämmerlichen und lachensdürren Umgebungen sie gelebt hatte. Sie blickte in die traurigen und unreinlichen Trümmer hinein, zwischen denen sie so mutfroh und rein geblieben war, und sie hätte weinen mögen, wenn ihr noch eine Thräne übrig geblieben wäre, als sie nun erkannte, daß ein faselnder alter Mann und eine halbverwirrte Thörin denn doch die Einzigen gewesen waren, die sich ihrer angenommen hatten. In einem Augenblick des äußersten Entsetzens drängte sich eine Ewigkeit von quälenden und widerwärtigen Vorstellungen zusammen – zerrissen und gepeinigt wandte sie den Blick von diesen unheimlichen Gesichten ab und in die Zukunft, worin freilich die Augen Oswalds erloschen waren und nur noch das Auge Gottes durch die Finsternisse strahlte. – So hatte das Unglück die süße Bewußtlosigkeit, worin das Kind Jungfrau geworden war, zerstört und das Wachen der Wahrheit in der wunden Brust geschaffen.

Sie schrieb einen Brief an den Diakonus. Zu diesem hatte sie großes Vertrauen, und den wollte sie zu ihrem Führer wählen. Nach dem Eingange, in dem sie sagte, daß eine schmerzliche Aufregung sie über ihr Geschick erleuchtet habe, lautete der Brief folgendermaßen:

»Sie hätten wohl nicht gedacht, lieber Herr Prediger, als Sie gestern die Hand auf mein Haupt legten, daß Sie von mir heute so traurige Worte hören würden. Wenn ich es Ihnen nur recht deutlich machen kann, wie mir eigentlich zu Mute ist! Denn wenn Sie das nicht einsehen, so können Sie mir auch nicht helfen. Es ist aber gewiß recht schwer, sich deutlich zu machen, mit verwirrtem Kopfe und klopfendem Herzen und bebender Hand. Sie sind jedoch ein so guter und kluger Mann, daß Sie sich auch vielleicht aus dem Stammeln eines armen Mädchens vernehmen können.

Ach, lieber Herr Diakonus, es ist mir außerordentlich übel gegangen seit gestern. Es hatte wohl gestern den Anschein, als könne ich eine Braut sein, und das will bei einem so armen und verlassenen Mädchen, wie ich bin, noch mehr sagen, als bei anderen, die wissen, woher sie stammen. Heute aber bin ich keine Braut mehr, nein gewiß nicht. Warum ich keine mehr bin, das kann ich Ihnen nicht sagen; ich schäme mich zu sehr. Ihrer lieben Frau werde ich es anvertrauen, wenn ich erst ruhiger geworden bin, ganz in der Stille.

Ein Mädchen, welche kein Kind mehr ist, denkt wohl zuweilen an das Heiraten und so habe ich denn auch hin und wieder daran gedacht, obgleich ich wenig Aussicht dazu hatte. Wenn mir aber die Vorstellungen davon kamen und von der Liebe, so war immer das erste Gefühl, daß die Liebe die ganze Wahrheit und nichts als Wahrheit sei und zwar die Wahrheit in der Brust, und eine solche Offenheit, daß man dem andern auch nicht das Kleinste verschweigt. Hätte ich eine Sünde begangen, wovor mich freilich Gott geschützt hat, so würde ich meinem Freunde die Sünde haben beichten müssen, ehe ich ihm noch meine Liebe gestand. Denn wenn zwei Menschen, wie es ja lautet, ein Leib und eine Seele werden sollen, so darf doch auch nicht ein Stäubchen zwischen ihnen sein von Verschweigen, Hinterhalt, Verstellung und Künstelei. Ja, noch offener soll man gegen den Liebsten sein als gegen Gott, denn dieser sieht selbst scharf genug, aber der arme Liebste hat ja nicht so durchdringende Augen, und soll uns doch eben so genau kennen wie Gott, weil er sich nicht auf dieses und jenes in uns, sondern auf alles in allem Zeit seines Lebens verlassen muß. Wer mir also, wenn er sagt, daß er mich liebe, dennoch einen Schein vorweben kann, von dem muß ich glauben, was sie mir wieder ihn vorbringen, und möchte es auch das allerschlimmste sein. Wer mir sagt, Herr Diakonus, er sei ein armer Förster und ist ein großer Graf, der kann auch noch anderen Lug und Trug wider mich vorhaben. – Ach Gott! Ach Gott! Zuweilen denke ich: Es ist gar nicht möglich, daß ein Mensch, der so gut aussieht, so schlimm sein kann! – –

Ich bin eigentlich ganz elend worden, und wäre in den Schmerzen dieser Nacht wohl gestorben, hätte mir nicht mein Stolz geholfen. Weil ich aber tief gedemütigt werden sollte, so hat mich das sehr stolz gemacht, ganz überaus stolz. Nun ist dieser Stolz freilich wohl nur Hilfe in der äußersten ersten Not, und deshalb flüchte ich mich zu ihnen. Ich bitte Sie, gönnen Sie mir eine Freistatt in ihrem Hause, Kosten mache ich Ihnen ja nicht viel und Ihrer lieben Frau kann ich doch immer etwas helfen. Sie sind immer sehr gut und freundlich gegen mich gewesen und werden mich gewiß nicht verlassen. Nach dem Schlosse gehe ich auf keinen Fall zurück, mich schaudert davor. Das war wohl bisher gut so weit, aber nun geht es nicht mehr; nein, nein. Ich bin also wie eine Staude, die vom Boden abgeschnitten ist und weiß noch kein Erdreich, worin ich wieder wachsen kann.

Daß Sie sich aber über mich nicht irren, so muß ich Ihnen sagen, daß ich gar kein Verlangen nach der Kirche habe, oder nach der Religion, wenigstens nicht mehr als sonst. Ich habe mir schon Vorwürfe darüber machen wollen, denn man sagt ja immer, daß der Mensch im Unglück hauptsächlich viel beten müsse, aber das muß denn wohl ein anderes Unglück sein als meines. Ich fühle mich als ein so ordentliches, unschuldiges Mädchen, daß ich nicht begreife, warum ich Gott gerade jetzt besonders bitten sollte, mir beizustehen. Sondern es ist über mich verhängt worden, und nun trage ich es, und er läßt mich gehen in meiner Weise. Auch kann der Gott, von dem gepredigt wird, einem Herzen nicht helfen, welches sich weggegeben hatte und sich nun wieder zurücknehmen muß. Dem hilft sicherlich auch ein Gott, aber er steht in keinem Liede, sondern ganz tief im Herzen selbst ist er verborgen, stumm, und ich glaube, der große Stolz, den ich empfinde, ist sein Kleid.

Haben Sie nur rechte Geduld mit mir, mein lieber, lieber Herr Diakonus, Sie und Ihre Frau; Sie sollen sehen, die Lisbeth hilft sich schon heraus, denn von einem Tage zum andern kann man doch nicht verloren sein, wenn es gleich den Anschein davon hat. Es ist aber erstaunlich, was für Schmerzen der Mensch aushalten kann. Wäre ich nur katholisch, so ginge ich zu den barmherzigen Schwestern; es muß eine recht angenehme Beschäftigung sein, zeitlebens die armen Kranken zu pflegen. Und nehmen Sie mir das schlechte Schreiben nicht übel; es wollte aber nicht besser gehen. Durch den Überbringer bitte ich um Antwort.«

Die Entschuldigung wegen der Handschrift wäre nicht nötig gewesen; denn die Züge waren so eben und klar wie sonst. Keine Thräne war auf das Blatt gefallen. Sie sah sogar gleichgültig aus und alle ihre Züge leuchteten wirklich von einem wunderbaren Stolze. Sie rief einen Knaben herbei und schickte ihn mit dem Briefe nach der Stadt.

Fünftes Kapitel
Lisbeth und Oswald

Aber ihre ganze Fassung war hin, als sie gedankenvoll durch das Fenster nach den Hügeln blickend, durch die Nebel einen Mann herankommen sah, eine bekannte Gestalt. Heftig bedeckte sie ihr Gesicht mit den Händen und noch einmal brach ein Strom der bittersten Thränen aus den schon erschöpft gewesenen Augen. Ihre Wangen wurden eiskalt und ihre Hände starben ab. – Ach! Ach! Ach! war alles, was die Brust, die sich so grimmig beraubt wähnte, zu ächzen vermochte. Was sollte sie thun? Ihre Seele wurde von der Verzweiflung in zwei Hälften gespalten. Ach, das war er ja immer noch, der da so langsam herbeigeschritten kam, gewiß, dachte sie blitzschnell, geht er so langsam, weil ihn die Schuld drückt; wie würde er sonst fliegen! Das ist seine Kleidung, das ist sein Gang, das ist sein Antlitz, und nur er ist es nicht, nur er nicht!

Sie strich über ihre Schläfe, die ein kalter Schweiß bedeckte. – Dann sah sie sich im Zimmer um, wo noch manches vom vorigen Abend die Verwirrung ihrer Sinne bezeugte. Auch in dieser gramvollen Not schämte sie sich, daß er etwas unordentlich bei ihr finden könne. Sorgfältig verbarg sie ihre Nachtkleider unter der Decke des Bettes und sah nach, ob auch dieses recht in Ordnung und überall von der Decke überhüllt wäre, denn gemacht hatte sie es freilich gleich, nachdem sie aufgestanden war. Sie rückte den Tisch am Fenster gerade und stellte die Stühle an ihre Plätze, auch den Zunder von dem verbrannten Gedichte kehrte sie sauber bei Seite, und die Stücke des zerschnittenen Tuches, welche auch noch am Boden lagen, erhob sie und legte sie auf den Tisch. Sie that das alles so emsig, wie wenn das glücklichste Mädchen den Bräutigam erwartet, und doch stockte ihr der Tod im Herzen.

Ach, er kam immer näher! – Was – was sollte sie thun? Wie gern wäre sie in seine Arme gestürzt und hätte sich in diesen süßgiftigen Schlingen mit ihren Schmerzen ersticken lassen! Und doch mußte sie vor ihm fliehen, unerreichbar weg, denn trat er in das Zimmer und heftete er seinen Blick auf sie, so war es um sie geschehen, das fühlte sie wohl. Kaum den Boden unter ihren Füßen sehend, schwankte sie aus dem Zimmer und wählte den Versteck, der sich ihren irren Sinnen zunächst darbot. Kein Gedanke, keine Überlegung, daß er ja nicht zu ihren Pflegern gegangen sein würde, wenn er es übel mit ihr meinte, kam in die gestörte Seele.

Denn die Liebe ist, ungerüttelt, göttlicher Scharfsinn. Die Blitze ihrer Ahnung sehen das Verborgenste, sie gleicht dem Wunderrosse, welches Mahomet zwischen dem Umstürzen und Auslaufen eines Wasserkruges durch alle sieben Himmel trug und ihm die Herrlichkeiten eines jeden zeigte – verstört in falsche Bahnen gelenkt, ist sie Wahnsinn, der bei Domen vorübergeht, ohne sie wahrzunehmen, und Maulwurfshügel für Alpengipfel ansieht.

Oswald betrat unten das Haus. Er hätte nie gedacht, daß er über eine Schwelle so scheu wie ein Sünder würde schreiten müssen. Ein grimmiger Verdruß über die ekelhaften Schlaugenknäuel des Lebens, über den plumpen Spaß des Daseins, welcher oft Spülicht und die Blume des Weines zusammenmischt, saß ihm am Herzen. Immer kränker fühlte sich dieses Herz. Noch hingen die Locken des Jünglings verwirrt vor seinem Antlitz, um welches zuweilen eine fliegende Röte ergossen war, und seine Augen sprangen unstät zwischen den Gegenständen hin und her, ohne einen derselben mit ihren Blicken zu treffen. Er schritt an den Leuten vorüber, die im Flur waren und an dem Hofschulzen, ohne jemand zu grüßen.

Sein Herz war voll von Gram, aber auch voll von Entschluß. Zu Lisbeth ging er, zu der Lisbeth, welche ihn gestern mit dem Wiesenkrönchen als ihren König und Herrn gekrönt hatte, und die er nun der süßen Dienstbarkeit entlassen wollte. Denn ihr Bild war ihm besudelt worden, freilich ohne Schuld der Unschuldigsten. Aber ist das Liebesgefühl, stark wie der Tod, nicht auch verletzlich, gleich den Hörnern der Schnecke? – Es muß mir das nicht bei ihr einfallen, hatte Oswald unaufhörlich auf dem Wege zu sich gesagt. – Sie wird zwar unglücklich, aber werde ich's nicht auch? Nicht tief, tief unglücklich? – Ach, wie wollte ich an ihrer Seite daheim werden in meinem Herzen, daheim und selig zu Hause sein bei mir, und jedes Winkelchen kennen lernen, darin lieblich Geräte steht und Krüge würzig duften voll sanften Weines und

Öles, und muß nun doch wieder mich selber draußen suchen gehen! Aber die Braut des Grafen Waldburg darf nicht –

Er that die Thüre des Zimmers mit dem gewaltigsten Herzpochen auf. »Sie« wollte er sie nennen und zu ihr sagen, daß er komme, um von ihr Abschied zu nehmen, sie solle ihn aber nicht fragen, was sich so plötzlich zwischen sie beide gedrängt habe. Mit diesen Gedanken trat er in das Stübchen, vernichtet fast von dem bevorstehenden Augenblicke, und als er sie nicht fand, da – rief er: Sie ist nicht hier! mit eben dem Entzücken, mit welchem er gestern die verschlossene Thüre der Dorfkirche begrüßt hatte. Denn nun hatte er sie ja noch, vielleicht zwei, vielleicht gar drei Minuten, bis sie wieder in das Zimmer trat.

Er setzte sich am Bette nieder und streichelte die Decke, als streichle er ihre Hand. Dann schob er die Hand unter die Decke am Fußende, wo er ihre Nachtkleider vermutete, und da geriet ihm ihr Mützchen zwischen die Finger. Er drückte das Mützchen mit seinen Fingern, denn er wollte Abschied nehmen von allem, was sie berührt hatte.

Dann legte er die Hände in den Schoß und sah vor sich hin und um sich her, lange. Ach, alles war reinlich und sauber umher und der Hauch ihrer Nähe wehte noch in dem kleinen Zimmer. Es kam ihm vor, als sei es darin golden helle, als scheine die Sonne draußen, und doch dunstete der graue, häßliche Nebel auch um dieses Haus. – Nach einem langen Schweigen sagte er beklommen: Ich hätte nicht hierher kommen, ich hätte ihr schreiben sollen; so schwere Dinge soll man schriftlich abmachen.

Sie blieb immer aus. Er begann, sich nach ihrer Erscheinung zu sehnen, stand auf und ging unruhig hin und her. Was? rief er, indem er sich plötzlich über dieser Sehnsucht ertappte, du verlangst danach, von ihr Abschied zu nehmen? – Sein Blick fiel in den kleinen Spiegel an der Wand, er sah seine Locken in greulicher Verwirrung, schämte sich dieses Anblickes, strich sie in Ordnung, und ein Gesicht sah dahinter hervor, welches zwar bleich war, aber sich doch nicht so übel ausnahm, wie er noch vor wenigen Augenblicken gemeint hatte, daß es sich ausnehmen müsse.

Denn eine sanfte Wärme hatte sein ganzes Innere durchdrungen, welches seit einigen Stunden wie erfroren gewesen war. Es hob sich eine Last von seinem Herzen, es trat wie ein schwerer Fluch von seiner Seele zurück. Mit jedem Augenblicke wurde ihm freier und freier; ihm ward zu Mute wie dem begnadigten Sünder, wie dem verlorenen Sohne, da der Vater ihm ein köstliches Mahl anrichten ließ. Ganz und voll durchdrang ihn eine unaussprechliche Empfindung, die aus hilfreichem Mitleid und schöpferischer Zärtlichkeit gemischt war: ein herzliches Wollen, ein tiefes Entschließen und eine göttliche Geburtswehe des Gemütes. Alles das wallte wie ein Meer in ihm empor und in die Fluten dieses Meeres sanken nie Fratzen des sogenannten Schlosses hinab und wurden nicht mehr gesehen.

Ja, er hatte sie wieder, die zufällig Gefundene, rasch Geliebte, für die Ewigkeit Erkannte! – Er hatte sein Reh wieder, sein Mädchen, sein Herz, und was gestern noch Glück war, das war heute eine schwere, süße Eroberung durch die Tapferkeit seiner wärmsten Blutstropfen geworden. Er rieb sich vor Vergnügen die Hände; jauchzend rief er: Bin ich nicht frei, bin ich nicht zu meinem allergrößten Glücke ganz frei? – Und dann setzte er sich auf den Stuhl am Fenster, auf dem sie zu sitzen pflegte, nahm die Feder, mit der sie eben den traurigen Brief an den Geistlichen geschrieben hatte, und focht damit in der Luft hin und her, fröhlich wie ein Junker, der seinen ersten Degen erhalten hat. Er schrieb nicht mit der Feder auf dem Papiere, nein, in den Lüften zog er einen schönen Schnörkel aus L und O geschlungen und freute sich über die gefällige Form dieser Buchstaben und um dieselben zog er ein lateinisches W. Ihm dünkte das ein trefflicher Namenszug zu sein. Mutig rief er: Und wäre sie von Räubern und Mördern entsprossen und wäre sie unter dem Hochgerichte geboren, sie bliebe doch die Lisbeth und doch würde sie mein! –

Wer von der Geliebten Abschied nehmen will, gehe nicht in ihr Zimmer, sondern schreibe an sie, obgleich auch dann manches Billet zerrissen werden und statt des Billets der Liebende sich auf den Weg machen möchte.

Sechstes Kapitel
Suchen und nicht finden

Er sagte: Aber erfahren darf sie es nie, nie darf sie nach ihrem Ursprünge forschen. Auf mich allein und in meine Brust muß sie gepflanzt sein. – Da war nun das Erdreich, in welchem die arme abgeschnittene Staude wieder wachsen sollte, und sie wußte es nicht. Sie war so nahe, daß sie fast seine Stimme hören konnte und doch wußte sie es nicht. – Nichtige Nöte! Ihr gehört zur Liebe, wie Schwindel zum Rausche.

Sie kam aber immer nicht. Er wurde unruhig, ging hinunter und fragte nach ihr. Die eine Magd wollte sie den ganzen Tag über nicht gesehen haben, die andere meinte, sie sei aus dem Hofe gegangen. Er durchstrich die nächsten Umgebungen des Oberhofes, aber da war nichts von Lisbeth zu erblicken. Es fing schon an, düster zu werden.

Sein Herz wurde ihm nach kurzer Freude noch schwerer als früher. Ihr Verschwinden war ihm unerklärbar. Er ging wieder auf ihr Zimmer, worin er wegen der Dunkelheit die Gegenstände nicht mehr unterscheiden konnte. Nach kurzem Verweilen trieb es ihn abermals hinunter, er traf nun den Hofschulzen an und erkundigte sich bei dem, wo sie sei? – Die wird nach Ihnen nicht viel mehr fragen, junger Herr, versetzte der Alte. Sie ist gewitziget. – Was? rief Oswald in äußerster Bestürzung und wollte von dem Hofschulzen nähere Auskunft haben. Diese versagte aber der Alte, denn er hatte zwar seine Pflicht, wie er meinte, gegen das Mädchen üben müssen, aber mit dem jungen verliebten Hitzkopfe mochte er nichts zu thun haben. Liebessachen gehörten überhaupt nicht zu den Gegenständen, die für ihn von Wichtigkeit waren, und worin er Treue und Glauben als Pflichten anerkannte. Um sich des Jünglings durch irgend einen Vorwand, wahr oder falsch, zu entledigen, setzte er hinzu: Junge Frauenzimmer sind wetterwendisch; es mag ihr wohl so ernst nicht gewesen sein, nun schämt sie sich und will sich nicht vor Ihnen sehen lassen.

Ein weiteres war von dem Alten nicht herauszubringen. Außer sich stürzte Oswald zum drittenmale nach Lisbeths Zimmer, als müsse sie dort sein, wenn er sie suche. Er hatte ein Licht mitgenommen. Lisbeth fand er nicht, wohl aber bei dem Scheine des Lichtes und mit dem Scharfsinn, den der Kummer giebt, die traurigen Zeichen der zerstörten Liebeshuld. Er nahm, was auf dem Kasten lag, hinweg, da sah er drinnen seine Goldrolle und das grüne Särglein liegen, von Lisbeths Busen verstoßen, hinweggeworfen! – Die Stücke des zerschnittenen Tüchleins sah er: der Schnitt ihrer Schere hatte eigentlich dem Bande zwischen ihnen gegolten! – Auch ein halbverbranntes Stückchen Papier erhob er vom Boden, denn alles war ihm wichtig, was sein Elend ihm erleuchten konnte. Noch stand darauf:

> In deinem Ernst, in deinem Lachen
> Gehörst du dir.…

Weiter war nichts zu lesen. – Ja, rief er, du gehörst nur dir und keinem anderen, aber das Lachen wird dir wohl eigener sein als der Ernst! – Er war böse auf sie, er zürnte ihr ingrimmig, denn auch er glaubte, was der Hofschulze ihm gesagt hatte, Und meinte, das Mädchen habe nur in einem Anstoß, der rasch verflogen sei, sich in seinen Arm gelegt. Es war das unglaublichste, was es nur geben konnte, aber er hätte nicht geliebt, wenn er gezweifelt hätte. – Liebe ist so feige, daß sie vor ihrem eigenen Schatten erschrickt; Liebe ist blind in der Wahl, noch blinder in der Qual.

Er stellte sich an die Thüre des Zimmers und rief mit sanfter Stimme über den Gang: Lisbeth! – Sie hörte ihn wohl, aber sie antwortete ihm nicht, denn sie war entschlossen, lieber zu verhungern und zu verdursten, als sich zu zeigen, so lange er im Oberhofe sei. Fest hielt sie ihre Hand auf die Lippen gedrückt und wimmerte leise wie ein blutendes Kind, daß sie nicht hinaus und an seine Brust fliegen dürfe. – Er suchte in mehreren Gemächern nach ihr, aber das übersah er, worin sie sich befand. Nun ging er nach dem Zimmer und sah die Geldrolle und das grüne Särglein abermals an, und wollte das Särglein zu sich stecken, denn was ging ihn das Gold an? aber er nahm die Rolle und ließ das Särglein liegen, so verwirrt waren seine

Gedanken. Die Blumen riß er aus dem Glase und warf sie heftig zu Boden, aber dann that ihm dieser Zorn doch leid, und er hob sie wieder auf, wenigstens die Lilie, weil er wußte, daß diese der Lisbeth besonders gefallen hatte.

Fast wahnsinnig vor Leid machte er einen neuen Gang in die Dunkelheit und als auch der vergebens war, blieb er erschöpft vor dem Hofe stehen und jeder Windstoß, jeder ferne Ruf mußte ihm Lisbeths Gang oder Stimme bedeuten. Aber sie kam nicht. – Zornig trat er in das Haus zurück und fragte jeden wild, ob er noch nicht Lisbeth gesehen habe? und dann vertauschte er wieder das Haus mit dem Platze vor dem Höfe, dort immer von neuem horchend.

So trieb es Liebesmühe umsonst bis spät abends. Mit der verzweiflungsvollen Unruhe des Jünglings bildete die unzerstörliche äußere Fassung des Hofschulzen einen merkwürdigen Gegensatz. Während der junge Graf wie ein verwundeter Löwe umhertosete, saß der alte Bauer gleich einem Bilde aus Stein an seinem Tische, die entsetzlichste Aufregung zurückhaltend im verschwiegenen Herzen.

Melpomene hat zwei Dolche. Der eine ist blank, haarscharf geschliffen, schneidet schnell und gräbt glatte, rein ausblutende Wunden. Der andere rostig, voll Scharten, reißt in das Fleisch unselige Zerstörung. Mit dem einen tritt sie Könige und Helden an, mit dem andern pflegt sie sich öfter bei Bauern und Bürgern einzuschleichen. Der eine trifft um große, unleugbare Güter, um Krone, Reich, Leben, der andere quält um Nichtigkeiten, um einen Schall, um des Schalles Wiederhall. Denn die Menschen werden nicht von den Dingen, sondern von den Meinungen über die Dinge gepeinigt.

Der Palast ist nicht der einzige Schauplatz der Tragödie. – Wer jetzt bei den Schatten der Nacht unter das Dach des Oberhofes hätte blicken können, würde haben zugestehen müssen, daß dort die leidenschaftlichste Tragödie im Gange sei.

Es war so spät geworden, daß die Nachbarn sich zurückgezogen, die Knechte und Mägde sich schlafen gelegt hatten und das Feuer auf dem Herde erloschen war. Der Hofschulze verschloß darnach alle Thüren des Hauses und bereitete sich zu seinem Werke, welches er für die Nacht verspürt hatte. Für ganz einsam hielt er sich, aber er war belauscht. Als die Thüren abgeschlossen wurden, schlich sich eine dunkle Gestalt zu der Spähestelle im Eichenkamp und setzte sich dort nieder, das Gesicht nach dem Oberhofe gewendet. Es war der einäugige Spielmann, welcher inzwischen gehört hatte, daß sein Feind nicht am Schlage gestorben sei und nun sehen wollte, ob ihm nicht wenigstens die Qual aufliege, welche der Rachsüchtige ihm in heißem Grimme anwünschte. Nicht lange durfte er auf die Freude dieses Anblicks warten. Denn bald leuchtete in dem dunkel gewordenen Oberhofe ein Licht auf. – Aha, sagte der Spielmann, jetzt giebt er sich ans Suchen. – Das Licht begann eine Wanderung, jetzt erschien es hier, dann zeigte es sich da. – Nun sucht er in den Stuben, sagte der Spielmann. Zuweilen verschwand es. – Hinten hinaus liegt auch nichts! frohlockte der Spielmann. Plötzlich kam es wieder rasch zum Vorschein. – Da bist du ja schon gewesen! murmelte der Feind voll ingrimmiger Lust. So begleitete er jeden Schritt des verräterischen Lichtes mit seinem Hohne. Wie das Licht nicht müde ward zu wandern und der Reiche in seiner verzweiflungsvollen Anstrengung mit ihm, so ward der Bettler draußen im Dunkel nicht müde, das Licht und den Reichen zu verspotten. Endlich als es auf Mitternacht ging, und der Schein noch immer da und dort flammte, konnte er sich nicht mäßigen, sondern er feierte seinen nächtlichen Triumph durch ein Lied, welches er auf dem Leierkasten tönen ließ. Es war eins der sanften stillen Lieder, welches das Volk auf den Gassen zu hören bekommt, er aber riß an dem Griff, daß die Walze, heftig umgeschwungen, die langsame Weise in das wildeste Allegro trieb.

Damals um diese Mitternachtsstunde saß auf dem Flure im Oberhofe der alte Bauer und ruhte eine kurze Zeit lang von seinem Suchen aus. Das Licht stand neben ihm und in dessen mattem Scheine glichen die gefurchten Züge des Antlitzes tiefen Gräben, die sich durch ein graues Feld ziehen, denn seine Gesichtsfarbe war von Schmerz und Gram und den ihm unbegreiflichen Verlust aschfahl. Die Augen waren fast aus ihren Höhlen getreten und er sah starr mit ihnen auf den Boden. Alles hatte er unten durchsucht, selbst das Stroh in dem Stalle umgewendet und nichts gefunden.

Jetzt erhob er sich, um in dem ersten Stocke des Hauses nachzusehen. Das Licht vor sich hinhaltend, ging er zitternd und gebeugt langsam die Treppe hinauf und hielt sich am Geländer. Oben stand er still und überschlug, wo er seine Forschungen anstellen müsse. Denn auch in dieser verzweiflungsvollen Seelenstimmung verließ ihn seine Bedächtigkeit nicht. Er erinnerte sich, daß er in der Kammer, worin die Kiste stand, schon gleich nach dem Wahrnehmen des Raubes nichts undurchstöbert gelassen hatte: dort also wäre jede erneute Mühe umsonst gewesen. Aber alle anderen Gemächer, Gelasse, Ecken und Winkel durchspähte er. Er rückte die Schränke ab, wo dergleichen standen, und blickte hinter jede Kiste. Er öffnete die Schränke und Kisten, bückte sich über sie und leuchtete hinein. Jedes Gerät, welches einen Gegenstand verbergen konnte, nahm er auch hier von seinem Platze und sah nach, ob das Schwert nicht dahinter liege. Über diesem stillen und vergeblichen Suchen gingen wieder mehrere Stunden hin. Der Morgen begann schon zu dämmern.

Wie der alte Mann so, unaufhörlich gehend, sich bückend, spähend, nie übereilt in seinen Bewegungen, aber auch nimmer rastend, umherwanderte, gewährte diese unablässige, stumme, stäte, gleichmäßige Mühe einen peinlichen und fast schauerlichen Anblick. Wäre er rascher in seinen Bewegungen gewesen, so würde man ihn haben einem Raubtiere vergleichen können, welches nach seinen Jungen sucht: so aber, wie er sich verhielt, glich er einer ewigen, toten, stillwühlenden Naturkraft.

Das letzte Gemach, welches er durchforschte, war Lisbeths Zimmer. Er dachte nicht daran, daß er ein entkleidetes und schlafendes Mädchen dort hätte finden können. Er verwunderte sich auch nicht, daß er Lisbeth nicht darin fand, daß ein anderer es und in solcher Art, wie er sah, inne hatte, denn er hätte sich über nichts verwundert, seine Seele war gleichgültig gegen alles, außer gegen den einen Gegenstand, der sie erfüllte. – Nun hatte sich die Sache gewendet. Der Alte war in Bewegung und der junge Mann ruhte, oder regte sich wenigstens nicht, erschöpft von Anstrengung und Leiden. Er hatte, sich, nachdem er der Hoffnung leer geworden war, Lisbeth heute wieder zu sehen, über ihr Bette geworfen, um etwas zu berühren, was ihr Körper berührt hatte. So lag er, die Arme über das Kissen gebreitet, und dieses an seine Wangen drückend. Leise stöhnte er und rief zuweilen schluchzend den schwäbischen Schmerzenswunsch: Ich wollt', ich wär' bei meiner Mutter! – Die Mutter, nach der er hinverlangte, lag aber im Grabe, und die Geliebte, um die er bekümmert war, saß wenige Thüren von ihm, in der Nachtkühle frierend, ein erstarrtes Vöglein, welches Tages zuvor so lieblich gesungen hatte.

Der Hofschulze bekümmerte sich nicht um Oswald und der Jüngling hörte nicht, daß der Hofschulze in das Zimmer getreten war. Auch hier that und vollbrachte der Alte sein mühevoll vergebliches Werk. Der Schweiß troff ihm von der Stirne. Er seufzte tief und machte sich jetzt auf den Weg nach dem Söller, den letzten noch undurchforschten Raum des Hauses. Als er in die Nähe der Söllertreppe kam, stand er jedoch plötzlich still und ein Schauder schüttelte seine Glieder. Nachdem dieser Schauder vorüber war, hatten seine Züge ein verändertes Ansehen genommen. Die Muskeln des Antlitzes spannten sich straff an, die Augenhöhlen wurden weiter, in seine Augen trat ein seherischer Glanz, sie blickten unbeweglich mit geisterhaftem Blicke vor sich hin, als schaue er etwas, ein Ding oder einen Ort, und plötzlich griff er mit der Hand nach der Luftgestalt, die ihm der auf der Höhe seiner Anstrengungen gewordene exstatische Zustand vorspiegelte. Jene Handbewegung brachte ihn zu sich selbst zurück. Er blickte nun mit seiner gewöhnlichen Art um sich her, strich sich über die Stirne, die Anspannung der Muskeln ließ nach, die Brauen sanken herunter, die Augenhöhlen nahmen ihre gewöhnliche Größe an, er sah aus wie zuvor. Der ganze Paroxismus hatte nur wenige Sekunden gedauert. Aber ohne Zweifel war während desselben etwas Außerordentliches in ihm vorgegangen. – Also da liegt es! murmelte er froh und beruhigt, und stieg raschen Schrittes die Söllertreppe hinauf.

Oben achtete er dessen nicht, daß er mit dem brennenden Lichte neben Stroh und Heu vorbeiging; eine Unvorsichtigkeit, wofür jeder Knecht ohnfehlbar den Dienst bei ihm verwirkt haben würde. Geraden Schrittes ging er auf den Verschlag zu, worin Oswald so unbequeme und doch so glückselige Nachtstunden zugebracht hatte. Mit der Sicherheit eines, der weiß, daß ihn seine Vermutung nicht täuscht, machte er die Thür auf und sah sich im Verschlage um.

Aber als er nun das Lagerstroh umgekehrt und die wenigen Sachen, welche der enge kahle Raum enthielt, hinweggethan hatte, brach er gewaltsam zusammen. Denn zwischen diesen vier leeren Bretterwänden war das Schwert Karls des Großen auch nicht zu finden. Das brennende Licht entsank seiner Hand, er setzte sich, oder fiel vielmehr, auf einen dort stehenden Kasten und stieß einen furchtbaren Schrei aus, einen von den Lauten, die sich nicht beschreiben lassen, weil die Natur in ihnen ihre eigensten, nur sich selbst vorbehaltenen Rechte übt.

Das Licht schwelte mit seiner Flamme auf dem Fußboden in der Nähe des umherzerstreuten Strohes. Der Hofschulze aber hatte kein Auge für diese Feuersgefahr. Er blieb auf dem Kasten sitzen. Die Kniee hatte er zum Haupte emporgezogen, die Arme auf die Kniee gestemmt, mit

seinem Munde nagte er an den Händen. So blieb er, ohne daß er sein Lager aufgesucht hätte,
oben, bis es heller Tag geworden war.

Achtes Kapitel

Wie der einäugige Spielmann seine Absicht bei einem leidenschaftlichen Juristen erreicht

Am folgenden Morgen zwischen zehn und elf Uhr hielt ungefähr eine halbe Stunde vom Ober-hofe ein kleiner leichter Wagen vor einem einzeln stehenden Hause, den Schlag des Wagens öffnete der alte Jochem, welcher auch das Pferd – denn der Wagen war ein Einspänner – gelenkt hatte, und half dem darin sitzenden Manne heraus. Dieser Mann in graubraunem Mackintosh war der Oberamtmann Ernst. [12]

Ihr bleibt nun hier, Jochem, sagte der Oberamtmann, ich aber will das Geschäft in der Bau-erkathe, in dem sogenannten Oberhofe besorgen.

Warum fahren Sie nicht vor. Herr Oberamtmann, fragte der alte Jochem.

Weil ich alles Aufsehen vermeiden will, versetzte der Geschäftsmann. Wie Ihr mir Euren Herrn beschreibt, Jochem, ist er in einer etwas erhöhten Stimmung. Unterhandlungen aber mit Leuten in solcher Stimmung wollen ganz besonders vorsichtig angefaßt sein, sonst mißlin-gen sie leicht. Ich würde mit dem Wagen die Leute im Hofe aufmerksam machen, der Graf könnte durch die Anwesenheit von Zeugen gereizt werden, und was dergleichen mehr sein dürfte. Deshalb ziehe ich es vor, allein, gleichsam schleichend, nach der Kathe zu gehen, ihn so zu überraschen und sacht mit fortzunehmen. – Eine Liebschaft. Jochem, sagt Ihr?

So sagt' ich, Herr Oberamtmann, versetzte der alte Jochem. Aber er wollt' nichts mehr damit zu thun haben und weinte dabei erbärmlich.

Kenne das, Jochem, sagte der Oberamtmann. *Rixae amantium* u. s. w. – Er schlug die Hände über dem Kopfe zusammen, daß der Mackintosh wie das Segel eines Hamburger Evers flog und rauschte und rief: Großer Gott, so behielte ja der Merkur Recht mit der Reise nach dem aufgelesenen Schätzchen!

Herr Oberamtmann, sagte der alte Jochem, wenn ich Ihnen raten soll, so schicken Sie mich nach dem Hofe, denn ich weiß doch allein meinen Herrn zu behandeln. – Der Oberamtmann maß den Alten mit einem geringschätzigen Blicke und schüttelte das Haupt. Der Alte, den dieser Blick etwas verdroß und der die Eigenheit hatte, daß er zuweilen laut dachte, murmelte, daß jeder es verstehen konnte: Wenn der ihn mit seiner Unterhandlung aus dem Oberhofe fortbringt, so will ich nicht Jochem heißen.

Nicht weit von dem Platze, auf welchem dieses Gespräch vorfiel, torkelte unter den Tannen ein Mensch umher, dessen Gebärden einen Betrunkenen verrieten. Was diesen Betrunkenen vor anderen seines Zustandes auszeichnete, war, daß er nicht fiel, obgleich ein Leierkasten, den er auf dem Rücken trug, hin und her rutschend das Gewicht auf der Seite vermehrte, auf welche er sich gerade neigte. So aber mit dem bald links, bald rechts fliegenden Leierkasten gewährte der Patriotenkaspar – denn dieser war der Betrunkene – ein Schauspiel eines auf hohen Wellen treibenden Schiffes, welches gleichwohl nicht untergeht. Er hatte sich von dem Erlöse des Sil-berringes, den er an einen Hausierer verkauft, auf das Rachegefühl der Nacht in dem kalten Morgennebel gütlich gethan, und war so in diese Verfassung geraten, welche ihn jedoch nicht hinderte, zwar heftige, aber doch völlig zusammenhängende Reden zu führen, die er unaufhör-lich hervorsprudelte.

Der Weg nach dem Oberhofe lief durch die Tannen. – Das Pferd bleibt wohl ruhig hier ste-hen, sagte der Oberamtmann. Geht doch etwas voran, Jochem, und haltet mir den Menschen da seitab; Ihr wißt, daß ich mit Betrunkenen nicht gern zu schaffen habe.

Jochem ging voran und der Oberamtmann folgte in gemessener Entfernung. Er sah, daß der Alte mit dem Betrunkenen sich in ein Gespräch gab, und rief, was da vor sei? Jochem kam zurück und meinte, das sei der kurioseste Unselige, der ihm jemals vorgekommen. Bloß die Beine sind benebelt, sagte er; im übrigen ist der wüste Kerl vernünftig und spricht verständig wie ein nüchterner Mensch von Protokoll und Mord und Totschlag.

Als der Oberamtmann diese Worte hörte, horchte er hoch auf. [13]Was giebt es denn damit? fragte er sehr gespannt. Sein Widerwille gegen den Betrunkenen war viel kleiner als seine Neugier nach dem Protokolle und nach dem Mord und Totschlag. Er ging daher zu dem Patriotenkaspar, der wirklich einen eigenen Rausch hatte, von dem so zu sagen nur die Extremitäten angegangen waren, das Gehirn aber unversehrt geblieben war. Ein nicht seltener Fall bei erschöpften Körpern. Der betrunkene Spielmann rief dem Oberamtmann gleich entgegen: Könnt Ihr mir ein Protokoll machen, he?

Mein Freund, das könnte ich allerdings wohl, versetzte der Oberamtmann mit einem juristischen Lächeln.

Nun denn, so kommt Ihr mir ja wie ein wahrer Retter in der Not entgegen, rief der Spielmann und wollte den Oberamtmann umarmen. Dieser wich zurück, darüber verlor Kaspar das Gleichgewicht und fiel mit der Nase auf die Erde. Er raffte sich aber gleich wieder empor, ließ den Fall sich nicht anfechten und fuhr fort: Macht mir ein Protokoll, und ich will Euch zeitlebens dankbar sein.

Aber was soll denn in dem Protokolle stehen? fragte der Oberamtmann. – Herr, sagte der alte Jochem, wollen Sie nicht weiter nach dem Oberhofe? – Ich bitte Euch, Jochem, laßt mich doch; man muß jeden Menschen anhören, versetzte ungeduldig der Oberamtmann, dessen Teilnahme an diesem nach einem Protokolle durstigen Trunkenen sichtlich wuchs.

Mord und Totschlag soll darin stehen! rief der Patriotenkaspar. – Ich habe einen Menschen totgeschlagen und keiner will mir ein Protokoll darüber machen, auf daß ich mein Recht und meine Strafe empfange, wie sich gebührt.

Die Gestalt des Oberamtmanns verwandelte sich bei dieser unerwarteten Nachricht zu der hölzernen Säule, an welcher er seine Inkulpaten züchtigen ließ. Ein solcher Fall war ihm nie vorgekommen. Auch der alte Diener zeigte sich erstaunt und rief: Ich sag's ja immer, wenn man aus Schwabenland heraus ist unter die Franken und Sachsen und die Polacken gekommen, hört Recht und Gerechtigkeit auf. 's ist a wüst Volk haußen.

Ihr habt einen totgeschlagen und sie wollen kein Protokoll darüber aufnehmen? fragte der Oberamtmann einigermaßen entsetzt.

Richtig. Einen totgeschlagen und keine Möglichkeit, mein Protokoll darüber gemacht zu kriegen! erwiderte der Spielmann.

Der Oberamtmann bedachte sich, senkte das Haupt, spannte in dieser denkenden Stellung den Mackintosh wie einen Wandschirm aus, und sagte dann: Dieser Mensch ist entweder verrückt, denn der Trunk hat ihn, wie augenscheinlich, nicht um seinen Verstand gebracht, oder es herrscht eine Nachlässigkeit der Behörden hier, die ohne Beispiel sein dürfte. – Er hielt dem Patriotenkaspar die fünf Finger seiner rechten Hand vor die Augen und fragte: Was seht Ihr da?

Fünf Finger, versetzte der Spielmann.

Guckt einmal da oben hinauf. Was seht Ihr über Euch?

Den Himmel. Es ist aber noch Haarrauch, deshalb sieht man nicht viel vom Himmel.

Sagt mir die Wochentage her. – Der Spielmann nannte alle Tage vom Sonntag bis zum Samstag in ihrer gehörigen Reihenfolge.

Welches sind die zehn Gebote? – Der Spielmann hob von dem »nicht andere Götter haben neben mir« an und ließ keins aus.

Nach dieser Geisteserforschung sprach der Oberamtmann: Dieser Mensch ist so wenig irr, als ich oder Ihr, Jochem, folglich ein geständiger Totschläger, der von Reue und Gewissensbissen zerfleischt, sich angiebt, dennoch nicht eingezogen, ja nicht einmal zur Anzeige gelassen wird. Schöne Wirtschaft! Was für ein Staat! – Kommt mit hinein in jenes Haus, sagte er zum Patriotenkaspar, es wird ja wohl ein Bogen Papier nebst Feder und Tinte darin zu haben sein. Ich will etwas kurzes Schriftliches von Euch aufnehmen und mir während dessen überlegen, was weiter in der Sache zu thun ist.

Aber, Herr Oberamtmann, der Oberhof – sagte der alte Jochem.

Der Oberhof läuft uns ja nicht fort, versetzte der Jurist, und Euren Herrn werde ich eine Stunde später auch noch finden. Diese Sache geht vor, man soll von mir nicht sagen, daß ich von einem Kapitalverbrechen gehört habe und meiner Wege dabei vorübergegangen sei. Bleibt Ihr bei dem Pferde, Jochem, und Ihr, Mensch, folgt mir.

Man sieht, daß der Oberamtmann kurz vor der Fahrt im würtembergischen Landrechte gelesen hatte. Er ging voran in das einsam liegende Haus, der Patriotenkaspar torkelte nach, sehr vergnügt, ein Protokoll gemacht zu bekommen, und der alte Jochem blieb kopfschüttelnd bei dem Pferde stehen, welches eine Art von Krippenbeißer war, denn es stieß beständig mit dem Kopfe nach vorn hinunter.

Neuntes Kapitel
Das Freigericht und was diesem folgte

Oswald trat in einer seltsamen Stimmung aus der Thür des Oberhofes. Ihm wäre wohler gewesen, so bedünkte es ihn, wenn er Lisbeth im Sarge vor sich gesehen hätte, dann wäre er jammernd über den Sarg gestürzt, hätte auf den erstarrten Lippen mit seinen Küssen einen kurzen Schein der Lebenswärme hervorgerufen, hätte sich das Herz in Thränen tot geweint. Aber ein albernes, eine Grille, etwas unbegreiflich dummes schied ihn von ihr, oder etwas noch schlimmeres, eine plötzliche Reue über den rasch geschlossenen Bund; so mußte er auch glauben. Der Zorn, der Schmerz über diesen unsichtbaren Feind, über einen dumpfen und stumpfen Zauber, den er nicht lösen, ja nicht einmal anfassen konnte, fraß ihm tief in die Brust hinein. – Ein leichtes, leicht veränderliches Mädchen, das heute sich hingiebt und morgen sich spröde versagt! murrte er ingrimmig und empfand es wie ein scharfes Messer in seinen Eingeweiden, daß er solche Worte sprach. Es fiel ihm nicht ein, daß er ein großer Graf und Lisbeth ein armer Findling sei, daß dieses verlassene Mädchen auch ihr reichstes äußerliches Glück in der Ehe mit ihm finden müsse; in seinen schwärmerischen und wütenden Gedanken sah er sie hoch über sich. Er war der niedere Schäfer, sie die Prinzessin, die ihn nach Willkür an sich gezogen hatte, nach Willkür ihn nun verstieß. In so furchtbarer Gemütsverfassung, in so bitterer Pein fand er das große Gesetz der Liebe, welches dem Liebenden ewig seine Stelle zu den Füßen der Geliebten anweiset, und wäre diese eine aus dem Staube hervorgegangene Bäuerin. Habe du die Schätze des Moguls, grüne der Lorbeerkranz des Ruhmes um deine Schläfe, führe du Salomos Geister beherrschenden Ring, kröne dich der Reif der Hoheit, die Geliebte wird, und nicht im abgeschmackten Gleichnis, sondern in der Wahrheit und Wirklichkeit deine Königin sein, demütig wirst du den zaubergewaltigen Ring in ihren Schoß legen, der Kranz wird dich drücken in ihrer Nähe, ein Bettler wirst du immerdar bleiben vor ihr, und auch als König ein Sklav.

In solchen ausgeweinten, ausgeleerten, ausgenüchterten Stunden ergreift den Menschen eine wilde Gleichgültigkeit und zugleich schärft sich in ihm eine Art von gedankenlosem Merken auf die unbedeutendsten Dinge. An der Stelle, wo du verzweifelst, sahst du, ob ein Grashalm so oder so gebogen war, du wußtest, daß an dem Busche, der dastand, zwanzig Knospen aufgebrochen waren, genau so viele, nicht mehr und nicht minder, du könntest den Hirten, der gerade seine Herde dem Platze vorbeitrieb, lange nachher aus der Erinnerung malen, so genau beobachtetest du seinen Rock, den messingenen Kamm im Haar und seine nichtsbedeutenden Gesichtszüge. Du verwünschest dein Geschick, und erkennst während deiner schäumendsten Flüche, daß der Vogel, der dort in weiter Entfernung auf einem dürren Aste sitzt, eine Krähe ist und nicht eine Dohle.

Oswald war gleichgültig über alles geworden und wäre mit seinem juristischen Freunde abgereiset, hätte sich dieser jetzt am Oberhofe eingefunden. Aber er sah auch mit den verwachten und geröteten Augen alles, er hörte alles, was um ihn vorging. – Vor dem Hause stand der Hofschulze mit einem andern Bauern im Gespräch. Sie standen mit dem Rücken gegen die Thür, so daß sie den jungen Grafen nicht bemerkten. – Hofschulze, sagte der Bauer, es kann doch nun einmal nichts helfen, kommt also nur immerhin zum Stuhl, denn das Gericht muß gehegt werden auch ohne dieses. – Der Hofschulze antwortete auf das anfangs mit einem tiefen Seufzer, dann sagte er so hohl, als steige die Stimme aus dem Grabe empor: Ich will kommen, aber ich weiß nicht, ob es ohne das Schwert gelingen wird. – Der Bauer ging seitwärts ab, der Hofschulze wandte sich um und Oswald sah, daß das Antlitz seines alten Wirtes ganz verfallen war. So blickte auch der Hofschulze in das zerstörte Antlitz seines jungen Gastes: sie warfen einander finstere und nichtssagende Blicke zu, und dann ging jeder seiner Wege, der junge Graf durch die Felder, der alte Bauer in das Haus. Auf seinem Wege sagte Oswald zerstört lachend: Sie werden heute ihren Hokuspokus am Freistuhl machen: ich will mich verstecken und zusehen, was kann der Mensch besseres thun, als etwas neues beobachten?

* * *

Nicht lange nach diesem Auftritte wanderten zehn bis zwölf Bauern von verschiedenen Seiten die Pfade den Hügel hinauf nach dem Freistuhle. Es waren die reichsten Hofesbesitzer der Umgegend. Die Gesichter dieser Leute waren ernsthaft und feierlich. Ihre Schritte übereilten sie nicht, und wo auch zwei zusammengingen, wurde dennoch kein Wort gewechselt. Diese alten Freibankbauern trugen auch heute noch ihren Feierputz, und die großen breitkrämpigen Hüte gaben ihnen ein schweres und würdiges Ansehen. Der Nebel, der noch immer fortdauerte, umhüllte die heimlichen und schweigenden Wanderer.

Als sie oben am Freistuhle angekommen waren, einer nach dem andern, setzten sie sich schweigend und einander nicht begrüßend auf die Steine umher, die in der Einsenkung zwischen den Brombeergebüschen lagen, der größte aber, unter den drei alten Linden, blieb leer und für den Freigrafen aufbehalten. Sie saßen wohl eine Viertelstunde lang, ohne einander anzusehen, geschweige, daß sie zusammen geredet hätten. Jeder blickte starr und fest vor sich hin. Zuletzt kam der alte Bauer, welcher mit dem Hofschulzen gesprochen hatte, der Frohnbote, nebst dem Besitzer des Oberhofes der kundigste in den Sitten und Gebräuchen der Väter. Dieser stellte sich außerhalb des Kreises der Steine hin, auf seinen Knotenstock gestützt und nach der Gegend des Oberhofes hinuntersehend.

Von dieser Gegend kam nach einer Viertelstunde der Hofschulze heraufgegangen, der Freigraf. Neben ihm ging sein Eidam. Feiermäßig war auch sein Anzug, aber gebückt und kummervoll sein Gang. Den Eidam ließ er an einer über hundert Schritte vom Freistuhl entfernten Stelle zurückbleiben, daß Gesicht von diesem abgekehrt. Der Frohnbote ging dem Hofschulzen entgegen, führte ihn bis an den Kreis und sagte:

> Herr Graf, mit Urlaub und mit Behagen
> Thue ich Euch fragen:
> Soll ich, Euer Knecht,
> Euch den Königsstuhl setzen, wie Recht?

Der Hofschulze erwiderte:

> Alldieweil die Sonne mit Rechte
> Bescheinet Herren und Knechte
> Und alle unsere Werke,
> Spreche ich, das Recht zu stärken,
> Den Stuhl zu setzen eben,
> Und rechte Maß zu geben.

Der Frohnbote ging hierauf durch den Kreis zu dem großen Steine unter den drei alten Linden, legte die Hand an denselben, als setzte er ihn wie einen Stuhl zurecht, stellte ein kleines Kornmaß, welches er unter dem Rocke hervorzog, vor den Stein, blieb selbst daneben stehen und rief dem Hofschulzen, der sich noch immer außerhalb des Kreises befand, folgenden Spruch zu:

> Herr Grafe, lieber Herre;
> Ich vermahne Euch bei Eurer Ehre,
> Ich bin Euer Knecht,
> Darum sagt mir für Recht,
> Ob diese Maß ist gleich
> Für Arm und Reich,
> Zu messen Land und Sand
> Sei Eurer Seelen Pfand?

Der Hofschulze antwortete:

> Ich erlaube Recht und verbiete Unrecht
> Bei Peen der alten erkannten Recht.

Er ging nun auch in den Kreis, schritt, ohne von seinen Genossen begrüßt zu werden, oder sie zu begrüßen, auf den Stein unter den Linden, den Königsstuhl, zu, setzte sich, stellte seine

Füße auf das Kornmaß und entblößte das Haupt, welchem Beispiele die Bauern folgten. Dann zog er eine Flechte von Weidenzweigen aus dem Rockärmel und gab sie dem Frohnboten, der sie auf einen tischartigen Stein vor dem Stuhl legte.

Die Bauern murmelten und einer fragte: Die Wyd sehen wir; wo ist das Schwert?

Der alte Freigraf zuckte zusammen und der Frohnbote antwortete statt seiner: Es hat nicht gleich auf der Stelle gefunden werden können.

Nachbarn, sagte der Hofschulze zitternden Lautes, es ist ein Malheur mit dem Schwerte von Karolus Magnus geschehen, und wenn ihr so wollt, stehen wir auf und gehen heim.

Nein! riefen die Bauern: aber daß das Schwert mangelt, ist schlimm, denn es bedeutet das Kreuz, woran der Herr Christus gelitten hat.

Sie blieben in nachdenklichen Stellungen. Auch ihr alter Vorstand hatte Mühe, seine Fassung zu behalten. Er erhob indessen seine Stimme und sprach zum Frohnboten:

> Ich biete, zu sagen mir:
> Sind Notschöffen allhier?
> Oder Mann, die nicht wissen?
> Das sage mir beflissen.

Der Frohnbote sah sich im Kreise um und versetzte dann mit lautem Tone:

> Alle Mann sind wissend und gerecht,
> Weder Notschöffen, weder Juden, weder Knecht.

Jetzt redete der Hofschulze die Versammlung mit folgenden Worten an: Ist es die rechte Stätte und die rechte Stunde, Ding und Gericht zu halten nach Freistuhlsrecht unter echtem römischen Königsbann? – Die Bauern antworteten einstimmig: Ja sie ist es; und der Hofschulze fuhr fort: So warne ich euch vor Unlust, Keif, Scheltwort. Niemand soll sprechen, denn mit Fürsprach, niemand scheiden vom Gericht, denn mit Urlaub. – Dieweil – setzte er hinzu -

> Dieweil an diesem Tage
> Mit euer aller Behagen
> Unter dem hellen Himmel klar,
> Ein frei Feldgericht offenbar,
> Wo Notschöffen keine
> Geheget beim lichten Sonnenscheine,
> Nicht in Schlüften,
> Nicht in Klüften
> Zwischen sieben Uhr frühe
> Und ein Uhr mittags: siehe!
> Alle Mann auch nüchtern kommen sind,
> Königsstuhl und Maß man recht befindt,
> So sprecht das Recht ohne Witz und Wonne,
> Weil scheint die Sonne.

Die Bauern sprachen: Wir wollen's.

Der Hofschulze fragte abermals: Was giebt dem Freischöffen Fug und Recht?

Die Bauern murmelten dumpf: Hebende Hand, blinkender Schein, gichtiger Mund. –

Darauf sagte der Frohnbote: Herr Grafe, es steht draußen ein Mann, der Begehr am Ding und Gericht hat.

Der Hofschulze wandte sich wieder an die Versammlung und sprach: Ist es euch genehm und zum Behagen, daß mein Eidam vom Jürgenserb, frei, keinem eigenbehörig, ohne Schimpf noch Schande, unverleumdt' im Lande, wissend gemacht werde auf roter offener Erde, fahe Losung und Heimlichkeit, wie Kaiser Karolus gesetzt zu seiner Zeit?

Die Freischöffen erwiderten: Es geschehe. – Der Hofschulze gab nun dem Frohnboten einen Wink, dieser ging zu dem Eidam und führte ihn herbei. Der junge Bauer sah sehr stolz und freudig aus, als er in den Kreis trat, in welchem er die höchste Ehre von seinesgleichen empfangen sollte.

Der Frohnbote gab ihm Anweisung, darauf entblößte der junge Bauer sein rechtes Knie, kniete bedeckten Hauptes vor seinem Schwiegervater nieder, legte die linke Hand auf die Weide, die ihm der Frohnbote vorhielt, und empfing in dieser Stellung vom Hofschulzen die Vermahnung vor Eidbruch, die ihm unter schweren Verwünschungen erteilt wurde. Bei der Weide solle er denken an den Strick um den Hals, hieß es darin, und bei der Linde, die er sehe, an den Baum, der den Verräter trage. Vermaledeit sei dessen Fleisch und Blut, der Wind solle ihn verwehen, die Krähen, die Raben und Tiere in der Luft sollen ihn verführen und verzehren.

Noch schrecklichere Drohungen enthielt dieses Verwarnen. Der Eidam verzog aber keine Miene dabei. Hierauf nahm ihm der Frohnbote den Eid ab, den der neue Schöffe nachsprach. Er schwor die Vehme zu hüten:

> Vor Mann, vor Weib,
> Vor Dorf, vor Traid,
> Vor Stock, vor Stein,
> Vor Groß, vor Klein,
> Auch vor Quick
> Und vor allerhand Gottesgeschick,
> Ohne vor dem Mann,
> Der die heilige Vehme hegen und hüten kann
> Und nicht zu lassen davon
> Um Lieb noch um Leid,
> Um Pfand oder Kleid,
> Noch um Silber, noch um Gold
> Noch um keinerlei Sold.

Als der Eidam den Eid geleistet hatte, wollte er aufstehen, der Frohnbote hielt ihn aber in seiner knieenden Stellung fest und sagte, sich vergessend aus der feierlichen Redeweise in seine Bauernsprache fallend: Wollt Ihr denn wie das liebe Vieh Schöffe sein? Ihr kriegt ja erst die Losung.

Auch gut! rief der junge Bauer, dem die fürchterliche Verwarnung und der Eid ein Behagen erregt zu haben schien. Her mit der Losung!

Der Hofschulze setzte den Hut auf, der Eidam mußte ihn abnehmen und nun sagte jener: Die Losung und das Notzeichen, das ich dich lehre, lautet: Stock, Stein, Gras, Grain.

Gut, versetzte der Eingeweihte. Stock, Stein, Gras, Grain, das ist wohl zu behalten. Aber was bedeutet: Stock, Stein, Gras, Grain.

Neige dein Ohr zu meinem Munde, versetzte der Freigraf, du sollst den heimlichen Sinn erfahren, den außer dir nicht einmal die Lüfte hören dürfen.

Indem der Eidam sich zu den Lippen des Schwiegervaters hinüberbeugte, rief aber der alte Frohnbote überlaut: Halt! Das Ding ist geschändet, wir haben einen Lauscher in der Nähe, ich hörte ein Geräusch, ganz deutlich.

Nun ja, sagte Oswald, der hinter der alten Linde hervortrat, gezwungen lachend, ich habe euch belauscht. Ich stand in dem hohlen Baume da. Das Horchen, welches ich noch nie gethan, wollte mir aber so schlecht behagen, daß ich mich rührte, um fortzugehen, womöglich da in den Forst, euch unbemerkt. Nehmt mir's nicht übel, ich werde nichts von euren Sachen verraten, es ist, als ob ich sie nicht gehört hätte. – Er trat in den Forst zurück und verlor sich unter den Bäumen.

Wie wenn bei einem fröhlichen Mahle plötzlich ein fremder Eindringling durch eine ungeheure Beleidigung der ganzen Gesellschaft den Fehdehandschuh hinwirft – anfangs ist alles lautlos und gleichsam versteinert, mit einemmale aber springt jeder auf und läßt das verletzte Gefühl in Blick, Gebärde, Drohung, Zornes- und Racheworten ausschäumen, so wirkte hier die unerwartete Erscheinung des fremden Zeugen anfangs nur ein atemloses Staunen und die Bauern sahen ihm, ohne ein Wort zu sagen, nach, bis er im Forste verschwunden war. Dann aber sprangen sie wütend auf, ballten die Fäuste und ergossen sich in einem Strome von wilden Reden, Drohungen, Verwünschungen. Einige riefen: Soll das geschehen dürfen wider uns? Andere antworteten: Nimmermehr; tot soll man ihn schlagen! Tot! riefen alle und bekräftigten dieses finstere Wort durch ein lautes Murren, welches schauerlich von der nebelumgebenen Höhe klang. – An eine Fortsetzung des Freigerichts wurde nicht gedacht.

Der Hofschulze war während des Getöses stumm geblieben, sein Antlitz sah aber kreideweiß aus. Als jetzt nach jenem Murren eine augenblickliche Stille eintrat, erhob er sich und sagte: Nachbarn, wollt ihr mir überlassen, die Sache in aller Manier zu schlichten?

Die Bauern versetzten: Thut das, Hofschulze. Nur daß nichts auskommt von der Heimlichkeit.

Ich hoffe, es soll nichts auskommen, versetzte der Hofschulze mit einem seltsamen Lächeln.

Wie wollt Ihr es anfangen? fragten seine Nachbarn.

Ich will euch nur veroffenbaren, sagte der Hofschulze und sein Lächeln wurde immer sonderbarer, daß ich eine Sache von meinem Vater seliger ererbt habe, die, wenn man sie gehörig braucht, jemandem den Mund schließt über jegliches Ding, worüber man will.

Ja, sagte einer, so etwas müßt Ihr wohl innehaben, denn vom Oberhofe ist niemals was herunter geschwatzt worden. – Sie schüttelten ihm die Hand und liefen nach allen Richtungen hügelabwärts auseinander, unterwegs ihr Murren, Schelten und Verwünschen fortsetzend.

Als die beiden Alten oben auf der Höhe allein waren, wechselten sie mit einander die allerverwunderlichsten Blicke. Der Frohnbote hatte seit dem Abgange des jungen Grafen wie ein Falke nach jedem Gesichtszuge seines Freigrafen gespäht.

Er verstand ihn, und der Freigraf verstand den Frohnboten; es bedurfte aber dazu keines Wortes unter ihnen.

Nach langem Schweigen erhob zuerst der Frohnbote seine Stimme und sagte: Wollt Ihr mir eine Nachbargefälligkeit thun, Hofschulze?

Ja, wenn ich kann, versetzte der Hofschulze.

Ihr könnt schon, versetzte der alte Frohnbote. Es fehlt mir im Nußholze an Fällern und auf der Pfaffenwiese an Grummetwenderinnen. Darf ich Eure Knechte und Mägde dazu vom Oberhofe mitnehmen, die Knechte nach dem Nußholze schicken und die Mägde nach der Pfaffenwiese? Ihr kriegt sie aber vor spät Abend nicht zurück, denn es ist viel zu thun.

Nehmt sie nur alle mit, Knechte und Mägde, und behaltet sie bis zum späten Abend draußen, antwortete der Hofschulze.

Ich thue Euch auch einen Gefallen dagegen, sagte der Frohnbote. Ihr spracht neulich, daß Ihr den alten Brunnen hinter der Scheure wieder aufnehmen wollet; er ist aber ganz versperrt, das Geströhde vor dem Zugänge will ich Euch daher immer schon etwas wegräumen, wenn ich hinunter komme.

Es soll mir recht lieb sein, erwiderte der Hofschulze.

Wohin geht Ihr von hieraus? fragte der Frohnbote.

In die Hollenberge, um nach den Mandeln zu sehen, antwortete der Hofschulze, und schlug, ohne sich weiter zu verweilen, einen Pfad zwischen den Kornfeldern ein. Der Frohnbote sah ihm nach und sagte dann: Wenn man nun einstmals unvermutet um Sachen befragt werden sollte, so kann man schwören, daß er weder in den Oberhof noch in den Forst da gegangen ist, dem Menschen nach. Hierauf schritt er den Weg zum Oberhofe hinunter.

Der Hofschulze kehrte, als er einige hundert Schritte gegangen war, um und ging in den Forst, bebend, bleich, außer sich.

Zehntes Kapitel
Wie der Hofschulze und der Graf Oswald aneinander und auseinander gerieten

Unten im Oberhofe befahl der Frohnbote den Knechten zum Holzfällen nach dem Nußholze, den Mägden zum Grummetwenden nach der Pfaffenwiese zu gehen, der Baas habe sie ihm für den Tag verstattet. Sie sollten sich Brot mitnehmen und am Abend werde er ihnen das eingebüßte Mittagsessen wohl ersetzen, fügte er hinzu.

Die Knechte und Mägde gehorchten ihm, denn der alte Frohnbote war des Hofschulzen genauester Freund und galt wie der Herr selbst im Hofe, wenn jener entfernt war.

Nachdem sich alle Menschen, wie er glaubte, aus dem Hofe entfernt hatten, blieb er noch einige Minuten in dem stillen Hause stehen und sagte dann wohlgefällig: Jetzt kann hier geschehen, was recht ist. Darauf ging er über den Hof nach den Ställen. Zwischen der Scheure und dem Pferdestalle war ein schmaler Gang, der noch dazu durch Rasen und Reisig etwas versperrt war. Diese Hindernisse räumte der Frohnbote hinweg, legte sie jedoch so, daß sie mit leichter Mühe wieder an ihren Platz gethan werden konnten. Von dem Gange gelangte er auf ein kleines dunkles Plätzchen hinter der Scheure, welches kaum acht Fuß im Gevierte hielt. Nur ihm und dem Hofschulzen war das Dasein dieses Plätzchens kund, auf welchem der alte Brunnen des Oberhofes stand, der gebraucht worden war, ehe durch den Bau der neuen Scheure vor dreißig Jahren das Plätzchen verbaut wurde, welches durch einen Winkel der hinter der Scheure durchziehenden Hofesmauer entstand.

Ein großer Hollunderbaum, welcher an dieser Mauer grünte, überschattete das Plätzchen und machte es feucht. Nesseln und Unkrautspflanzen wucherten dort in wilder Fülle. Der Frohnbote schlug einige der höchsten Nesseln zurück, und seine rauhen Fäuste empfanden nichts von ihrem Brennen. Er stieß mit dem Fuße die Kröten fort, die auf den feuchten Steinen in Menge saßen, nahm ein paar morsche Bretter, womit der Brunnen überdeckt war, hinweg, beugte sich über die niedrige Brunnenmauer, ließ einen Stein hinunterfallen und freute sich, als das Plätschern unten anzeigte, daß noch Wasser in dem Brunnen war. Er legte einige große Steine neben den Brunnen, und einen Strick, den er aus der Tasche zog, legte er dazu. Dann schwang er sich, ungeachtet seines Alters, rüstig an dem Hollunderbaume über die Mauer, nachdem er noch ein Blatt von dem Baume abgebrochen hatte. Auf dem Blatte pfiff er eine Melodie, während er draußen durch Wiesen und Felder nach seinen Besitzungen ging. Zuerst wollte er das Nußholz und dann die Pfaffenwiese besuchen.

Als das Haus des Oberhofes ganz still geworden war, that es oben an der Thür der Kammer, worin das Schwert Karls des Großen gelegen hatte, ein leises Klinken, so leise, als fürchte der Klinkende, daß auch nur das geringste Geräusch von ihm vernommen werden möchte. Darauf schlich es eben so leise über den Gang nach dem Zimmer Lisbeths, und dann wurde es wieder eine Zeit lang ganz still, als werde an der Thür gehorcht, ob jemand in dem Zimmer sei. Darauf klinkte die Thür des Zimmers schon etwas lauter und als nun letztere geöffnet worden war, ging es oben und that ein Kramen wie von jemand, der nicht mehr darauf achtet, ungehört zu bleiben.

Aber plötzlich ertönte unter dem Kramen ein Schrei, es kam aus dem Zimmer gesprungen, die Thür desselben wurde rasch zugeworfen, es rannte über den Gang, huschte in die Kammer und auch deren Thür flog mit Geräusch zu.

Kurz nach diesem Vorgange betrat der Hofschulze mit dem jungen Grafen Oswald das Haus. Das war ungefähr um die Zeit, als der Frohnbote sein Geschäft am Brunnen gethan hatte. – Welche Versicherung begehrt Ihr von mir, daß ich Eure Heimlichkeit nicht ausbringe? fragte Oswald seinen alten Gastfreund. Ich bin willfährig mit Euch gegangen, als Ihr mich oben im Forste darum ersuchtet, aber nun beeilt Euch und sagt mir an, was Ihr wollt. – Mit einem schweren Seufzer setzte er hinzu: Es gefällt mir nicht mehr bei Euch und ich muß fort.

Ich werde Ihnen da droben meine Meinung veroffenbaren, da droben in der Kammer am Gange, sagte der Hofschulze so mühsam und stockend, daß jedes Wort sich wie von Klammern in seiner Brust loszuringen schien. Er ließ den Gast vorangehen und folgte ihm mit schweren dröhnenden Schritten.

Als sie oben in die Kammer eingetreten waren, schob der Hofschulze den Riegel vor das Schloß und warf seinen lichtblauen Feiertagsrock ab. Dann reckte er seine Glieder und die ganze Gestalt wuchs wieder wie damals, als er im Mondschein den Jäger warnte, an die Geheimnisse des Schwertes zu rühren. Er wiegte die Arme und Fäuste gleichsam um ihre Kraft zu prüfen, hin und her.

Oswald, durch dessen Seele eine finstere Ahnung flog, sagte nicht ohne Schauder: Was soll das?

Der Alte zog die buschigen Brauen in die Höhe und versetzte kalt: Einer von uns beiden verläßt diese Kammer nicht lebend.

Was! rief Oswald entsetzt. Ihr wollt mich ermorden? Zum Meuchelmörder wollt Ihr an Eurem Gaste werden?

Keineswegs, sagte der Hofschulze ruhig, wie in guten Tagen. Sondern es soll alles mit der Manier zugehen. Jetzt höret mich an, junger Herr Graf oder Fürst, oder wer Ihr sonst sein möget, denn es kann sich treffen, daß ich auf dieser Kammer liegen bleibe, und d'rum ist mir sehr vonnöten, daß Ihr eine gute Meinung von mir heget und behaltet. Das Gemüte des Menschen kann ein vieles ertragen, aber vom Übermaß wird es in die Desperation gethan. Ich bin desperat, Herre, und kann dafür nichts. Meine Seele ist voll Nöte und Pein und schreit wie ein Hirsch nach der Wasserquelle. Es ist zu viel Kreuz und Herzleid über mich gekommen in diesen paar Tagen und das letzte war das schlimmste. Mein Schwert ist mir gestohlen, mein Schwert! mein Schwert! Das Schwert von Karolus Magnus! Ich bin wie Asche und Scherben, wenn ich daran denke. Nun behorchen Sie auch noch die Heimlichkeit, meine Heimlichkeit! Ei, Herre, war das recht? Nachdem ich Ihnen Logement gegeben manchen Tag und mich ganz in der Ordnung mit Ihnen betragen? Sie werden es ausbringen und haben uns eine Schande angethan, eine Schande, daß mir zu Mute ist, als wäre meiner Tochter durch Sie Gewalt geschehen –

Oswald rief: Ich schwöre, nichts …

… Zu verraten, das wollen Sie schwören, fiel der Hofschulze ein. – Sie schwören es heute, und brechen es morgen, ich verstehe mich auf solche Schwüre. Wer dergleichen absonderliche Heimlichkeit erfuhr, der verrät sie auch an seinen Freund, oder an seine Liebste, oder an ein Blatt Papier, oder an die Lüfte, und die Sache kommt unter das Schwabenvolk draußen im Reich. Nein, nur der Tod stopft den Mund über diese Dinge, auch sagen die alten Rechte ganz genau, wer Freigerichtes Heimlichkeit sieht, ohne wissend zu sein, der ist des Lebens los. Ich habe einen Haß auf Sie, wie auf keinen Menschen sonst in der Welt, denn – sagen muß ich Ihnen auch nur: In der Nacht zeigte mir das Gesicht mein Schwert in Ihrem Verschlage, darunter stecken Sie also auch mit, und nun thun Sie das – das – das –

Er hielt, von innerer Wut zusammengeschnürt, einige Augenblicke inne. Dann fuhr er pathetisch fort: So dachte ich da droben auf der Höhe am Stuhl: Herr, Herr, wie soll das werden? Die Heimlichkeit darf nicht von der roten Erde, wie aber magst du es gleichwohl schlichten? Du kannst nicht drei hinter ihm hergehen lassen, die ihn fassen am Kreuzweg und aufhenken und ihm lassen Geld und Gold und ihr Messer neben ihn stecken in die Borke des Baumes nach Königsrecht! – Und darfst du ihn locken in dein Gehöfte und abmeucheln und sollst noch so etwas Schandhaftiges auf dich laden in deinen urältesten Tagen, o pfui, o pfui! – Auf einmal aber that es in mir einen Blitzschlag und eine innerliche Erleuchtung und ich wußte, wie ich mich zu fassen und zu verhalten habe. Denn ich bin zwar noch stark bei Kräften, aber Sie sind jung und auch nicht schwach, und so sind wir einander gleich. Deshalb wollen wir nun kämpfen um unser Leben. Mann gegen Mann, Auge in Auge blickend. Schlage ich Sie darnieder, so ist Ihr Grab im alten Brunnen bereitet und die Heimlichkeit bleibt auf der roten Erde, thun Sie es mir an, so hat es Gott also gewollt: auf jegliche Weise ist dieses ein wahres und aufrichtiges Gottesgericht. Also frisch ans Werk, denn ich weiß mir sonst nicht zu helfen!

Er erhob eine Axt, die neben ihm stand und sah, indem er sie leicht wie eine Feder emporschwang, furchtbar aus, gleich einem von den Streitern Wittekinds in den Schlachten bei Detmold und an der Hase.

Seid Ihr bei Sinnen, Hofschulze? rief Oswald. Ich fürchte mich vor keinem Feinde, aber womit soll ich mich verteidigen gegen Euch alten, rasenden Mann?

Dort steht eine zweite Axt, sagte der Hofschulze. Nehmt sie, Herre; jegliches Gerät kann zu einer Waffe werden in des Mannes Faust, und wie geschrieben steht, so sind sie vor alten Zeiten auch solcherweise mit Streitäxten auf einander losgegangen.

Ich nehme die Axt nicht und haue mich nicht mit Euch herum wie ein Schlächter und Stierfäller, versetzte stolz und fest der junge Graf. Ihr seid, scheint es, in der Berserkerwut, dem uralten Wahnsinne Eures Stammes. Ihr werdet aber zu Euch selbst kommen und Euch dann schämen, mit mir so verfahren zu sein um Possen ...

Possen! schrie der alte Bauer mit einer entsetzlichen Stimme. Possen! wiederholte er eben so laut und stieß den Stiel der Axt so heftig auf den Boden, daß ein Teil des Kalks von der Decke fiel. – Herr! Herr! In den Possen bin ich alt und grau geworden, und mit den Possen habe ich mir Recht genommen an einem Schalk und Sohnesmörder, und mit den Possen folgen mir meine Landsleute, wohin ich sie haben will, wie eine Lämmerherde, und um die Possen verstehen sie mich, ohne daß wir ein Wort miteinander zu reden brauchen, also mögen es wohl für Euch da draußen in Schwabenland Possen sein, aber für mich und meinesgleichen sind es keine Possen nicht. – Und Herr, ich will jetzo mein Recht haben und meine Rache an Euch und die Sicherheit von wegen der Heimlichkeit. So wahr der Herr lebt, ich suche das alles nicht wie ein schlechter und boshafter Mensch, sondern in grausamer Herzensangst und Unruhe – wißt Ihr ein ander Mittel, sagt es an – aber werden muß mir es: mein Recht und die Sicherheit, und werden soll mir es, so wahr uns hier niemand hört als Gott und die vier weißen Wände, denn der Frohnbote hat die Menschen hinweggeschafft vom Hofe und nur das blöde Vieh brüllt da drunten in seinem Stalle.

Das Saatlaken bewegte sich und eine bleiche jungfräuliche Gestalt trat dahinter hervor. Ihr irrt Euch, Hofschulze, sagte Lisbeth zitternd am ganzen Körper, aber mit fester Stimme.

– Aus meinem Versteck treibt es mich hervor, Euch vor Thorheit zu retten. Nicht Gott allein hörte Euch und die stumme Wand, sondern auch ich hörte Euch und er setzte mich zu einer Zeugin Eurer wilden Gedanken. So hat Euch also Gott mit Eurem Vermessen in mir zu Schanden werden lassen, deshalb steht von den Werken wilden Grimmes ab.

Die Gewalt dieser plötzlichen Erscheinung war zu groß, als daß der Hofschulze nicht vor ihr mit seiner doch nur fieberhaften Aufregung hätte zusammenbrechen müssen. Er ließ die Axt fallen, seine Gestalt schrumpfte gleichsam vor dem zitternden Mädchen, welches doch so fest sprechen konnte, ein, stumm und gebeugt verließ er die Kammer.

Oswald war überrascht freudig und kummervoll vor Lisbeth in die Knie gesunken. Ach, sie war wieder da, aber wie sah sie aus und wie streng und kalt hatte sie ihn einen Augenblick angesehen, um dann beharrlich von ihm wegzublicken! – Kommst du endlich wieder zum Vorschein, Lisbeth? stammelte er. O was hattest du vor? – Du hast mir mein Leben gerettet, denn ich glaube, die Kraft würde mir ausgegangen sein, dem wütenden Alten gegenüber.

Sie haben mir dafür nicht zu danken, Herr Graf oder Fürst, um zu sprechen wie der Hofschulze sprach, versetzte Lisbeth. Was ich hier that, würde ich jedem Fremden erwiesen haben. Sie wollte das in einem kalten Tone sagen, aber die Stimme bebte so heftig, daß es wie Zorn klang.

Die Liebe hört in solchen Fällen nur auf die Worte und deren Klang. Zornig und bestürzt sprang er auf, trat weit von ihr zurück und sagte schneidend: Also ist es wahr? Also doch verabschiedet nach vierundzwanzig Stunden?

Ich habe mit Ihnen nichts mehr zu reden, erwiderte Lisbeth kaum hörbar. Ich bitte Sie, mich ruhig meiner Wege gehen zu lassen. Ich wollte nach der Stadt zu dem Herrn Diakonus, von dem ich vorhin einige Zeilen auf meinem Zimmer gefunden habe, daß er mich aufnehmen will.

Nach der Stadt wollte ich auch, sagte er kalt lächelnd. Wie aber die Sachen zwischen uns stehen, so werden Sie wohl meine Begleitung ablehnen.

Ich fürchte mich nicht und bin gewohnt, allein zu wandern, antwortete Lisbeth. – Übrigens darf ich Ihnen ja die offene Straße nicht verbieten, die Ihnen wie mir gehört. – Sie verließ die Kammer, und wäre er ihr nachgefolgt, so hätte er ein Schluchzen wahrnehmen können, welches das ganze Wesen des armen Kindes aufzulösen drohte.

Er hätte sie nur fragen dürfen: Was hast du gegen mich, Lisbeth? Sage mir's! Selbst wenn du meinst, daß ich geraubt und gemordet habe, so mußt du mir mein Verbrechen doch nennen. – Dann hätte sie gesprochen und er hätte gesprochen und aus dem Sprechen wäre wahrscheinlich ein Lachen über die unnützen Kümmernisse geworden. Aber er dachte nicht daran, sie zu fragen. Denn Liebe ist alles; auch ungerecht und hochmütig ist Liebe, sie sieht in manchen Fällen die Geliebte lieber treulos oder veränderlich, als unter der Wucht eines Mißverständnisses erliegend.

Ingrimmig knirschte er mit den Zähnen, als er allein war. Es ist unglaublich! rief er, freilich aber doch wahr. Er stieß seine Stirn wider die Wand, um nur einen recht heftigen körperlichen Schmerz zu empfinden. Dann rief er in seine Brust hinein, in welcher es eben wieder unheimlich zu wühlen begann: Herauf, ihr kleinen roten Schlangen! Herauf ans Tageslicht! Die Axt nahm er, die der alte wilde Bauer ihm hatte aufnötigen wollen und warf sie mit solcher Gewalt gegen einen Kasten, daß die Schärfe des Beils tief in das Holz fuhr und darin stecken blieb.

Ein Geräusch draußen verriet ihm, daß Lisbeth fortgehe. Obgleich sie ihm nicht mehr ge-hörte, so war ihm doch, als sei noch Leben im Oberhofe, so lange Lisbeth darin verweilte. Nun aber kam es ihm vor, als öffne sich das Grab. – Fort aus dem Grabe! rief er und sprang Lisbeth nach. Sie stand, ihr Bündelchen unter dem Arme, unten einen Augenblick still und zuckte zusammen, als sie Oswald kommen sah. Er wollte ihr das Bündel abnehmen, sie versagte es mit stummer Gebärde. Sie ging und er schlug, mehrere Schritte zwischen sich und ihr Raum lassend, denselben Weg ein. So geschieden und sich scheidend verließen sie den Oberhof, in welchem ihnen viel begegnet war, beides, Freude und Schmerz.

Elftes Kapitel
Eine Art von Feldzug

In keinem Trauerhause fehlt es an jemand, der auf eine so lächerliche Weise zu weinen weiß, daß er die Wehklage der anderen fast in Unordnung bringt und nahe dem Umschlagen in eine geheime Heiterkeit. – Der würdigste Vater mag sich bei der wohlgemeintesten und wohlgesprochensten Ermahnung an seine mannbare Tochter ja davor in acht nehmen, daß irgend ein sonderbar mißhandelnder Zipfel ihm ein durchaus komisches Ansehen leihe. Ernste Männer vom größten Verdienst haben nicht selten das Unglück gehabt, daß ihre feierlichsten Handlungen durch den ungeschickten Eifer eines Anhängers fast wie Schnurren ausliefen. – Mir ist, um auf das Trauerhaus noch einmal zurückzukommen, der Fall bekannt, daß eine ganze Familie am Begräbnistage einer teuren Verwandten in das tiefste Leid eingetaucht um einen Tisch her versammelt saß, plötzlich aber zu einem ärgerlichen und unwiderstehlichen Lachen fortgerissen wurde, weil einer, und gerade der Schluchzendste, sacht eine baumwollene Nachtmütze hervorholte, diese sich auf den Kopf setzte und unter derselben fortfuhr zu schluchzen. An und für sich war diese Handlung höchst vernünftig, weil er das Herannahen eines Rheumatismus im Kopfe fühlte und demselben mit der wärmenden Hülle begegnen wollte. Gleichwohl wirkte sie in so anstößig erheiternder Weise! Denn eine baumwollene Nachtmütze gehört nun einmal zu den Dingen, die unwiderstehlich jeden ferneren Ernst zerstören.

Der neckende Geist, welcher bei allen trüben oder erhabenen Angelegenheiten des Lebens sein Spiel zu treiben scheint, hatte auch den Küster wieder in die Nähe des Oberhofes geführt. Dieser Mann war nämlich gekommen, sein Deputat an Lebensmitteln von der Hochzeit einzufordern. Rasch hatte sich das Geschäft gemacht, weil schon alles für ihn bereit stand. Jetzt wandelte er mit seiner korbtragenden Magd den Weg voran, den auch unser leidendes Liebespaar zu gehen hatte. Der Nebel war endlich verweht, die Sonne sah wieder golden vom Himmel, es war ein angenehmer, klarer Tag, wenn auch etwas kühl. In der Heiterkeit der Lüfte war dem Küster der Gedanke zugeweht, nach so manchen Ängsten ein frohes und genügliches Mahl im Freien zu halten, da er sich auf der Hochzeit selbst, wie wir wissen, nicht zum vierten Teile satt gegessen hatte. Er bezweckte dabei zugleich, wie wir nachmals hören werden, die Erfüllung seines dritten Lebenswunsches, des Wunsches, der in dem Gespräche mit dem kupfernasigen Schirrmeister unausgesprochen blieb, weil das Gespräch damals leider nicht zum ruhigen Abschlusse gedieh.

In solchen Gedanken schritt er denn also mit seiner Magd fürbaß. Die Magd konnte wegen des schweren Korbes nicht rasch gehen, er bestellte sie daher nach dem sogenannten alten Spritzenhäuschen, welches auf der Hälfte des Weges lag, und ging eilig voran, weil er unterwegs in einem einzelnen Hause noch eine Verrichtung hatte.

Zu der langsam nachwandelnden Magd gesellte sich aber, als ihr Herr ihrem Gesichte entschwunden war, ein zweiter Wanderer, der Schulmeister Agesel. Die Magd hatte wohl von den Einbildungen des Schulmeisters vernommen, da sie aber zu den mutvollen Personen ihres Geschlechtes gehörte, so fürchtete sie sich nicht vor ihrem Begleiter, vielmehr war es ihr lieb, Gesellschaft zu finden. Der Schulmeister seinerseits war erfreut, die Magd zu finden, denn er wollte an ihren Herrn, nicht ihm ein Leid zuzufügen, sondern den Leugner von seinen gesunden Verstandeskräften zu überzeugen. Nachdem er im allgemeinen über diesen Punkt mit der Magd gesprochen hatte, sagte er zu ihr: Es ist ja mein offenbarer Schaden und eine Sache, die mir mein ganzes Brot und den Kredit in der Bauerschaft verderben kann, wenn der Küster, der noch dazu ein halber Amtsbruder von mir ist, überall umherläuft und mich bei den Leuten anschwärzt. Deshalb muß ich ihn notwendig davon überzeugen, daß ich meine fünf Sinne beisammen habe.

Natürlich, versetzte die Magd. Wenn mich einer eine Diebin schilt, so muß er auch hören können, warum ich keine Diebin bin.

Nun also! fuhr der Schulmeister eifrig fort, und heute muß es geschehen, denn die Gelegenheit kommt mir nie so günstig wieder.

Wie das? fragte die Magd.

Wenn ich ihn in der Stadt aufsuche oder im Freien anspreche, so reißt er aus, wie er mich nur erblickt. Hält er aber, wie Ihr mir sagt, im alten Spritzenhäuschen seine Mahlzeit ab, und ich trete mit meiner Rede unversehens in den Eingang, so muß er wohl Stich halten und alle meine Gründe anhören, denn es ist wider die Natur der Furcht, daß er gegen mich stürzen, mich überrennen und so das Freie gewinnen sollte.

Die Magd dachte einen Augenblick nach und sagte dann: Da ist nur eines zu befürchten.

Was? fragte der Schulmeister.

Daß er ein Fach an der anderen Seite ausschlägt und so durchbricht. Denn das Spritzenhäuschen ist sehr alt und verfallen und die Lehmwände haben überall große Löcher, zu denen der Tag einscheint, und wenn mein Herr in der Angst und Furcht gegen so ein Loch stürzt, so stehe ich nicht dafür, daß er die ganze Wand einrennt, denn, kriegt er die Manschetten, da ist mit ihm nicht zu spaßen.

Deshalb müßt Ihr mir einen Gefallen thun, Mädchen, sagte der Schulmeister.

Und welchen? fragte die Küstermagd.

Tretet vor das größte Loch auf der anderen Seite und lehnt Euch gegen die Wand, damit wenigstens die Hauptgefahr des Entrinnens abgewehrt wird, denn daß er Euch umrennen sollte, ist nicht wahrscheinlich, weil Ihr eine robuste Person seid.

Ich will das recht gern thun, versetzte die Magd, denn seinem Nebenmenschen muß man helfen, wo man kann.

Nachdem dieses sinnreiche Gespräch zwischen dem Schulmeister und der Magd so weit gediehen war, wurde auch noch verabredet, zu welcher Zeit der Anschlag gegen den Küster ausgeführt werden sollte. Der Schulmeister sagte der Magd, daß er sie in der Nähe des Spritzenhäuschens vorangehen lassen und sich verstecken wolle, bis sie ihm ein Zeichen gebe, daß es für ihn Zeit sei, hervorzubrechen und mit seinem Amtsbruder ein Wort der Verständigung zu reden.

Nach diesen Verabredungen gingen die beiden Personen ihres Weges weiter. Einige Zeit lang blieb nun die Straße ganz still und einsam. Dann aber erhob sich ein auffallender Lärmen die Felder hindurch, welche sie zu beiden Seiten begrenzten. Die jungen Bursche, welche das Hochzeitgefolge gemacht hatten, waren nämlich noch in irgend einem Kruge versammelt gewesen, um einen Nachtrunk zu halten, denn der Bauer kann eine Lustbarkeit, wenn sie auch mit allen Anhängen vorüber ist, immer noch nicht schließen. Im Kruge war nun unter sie die Kunde gedrungen, daß der junge Fremde etwas Unrechtes habe ausgehen lassen. Was es gewesen sei, darüber lauteten die Nachrichten verworren oder schwiegen auch wohl ganz. Nach einigen Berichterstattern sollte er das Schwert weggenommen haben, nach anderen ausfallend gegen den Hofschulzen gewesen sein, ein dritter kam der Wahrheit näher, indem er erzählte, der Fremde habe die Heimlichkeit droben am Freistuhle in Unordnung gebracht. Es genügte ihnen aber überhaupt nur zu hören, daß ein Fremder irgend ein Unrecht begangen habe, um ihre schon erhitzten Köpfe noch mehr zu entflammen. Die meisten hatten ihre Gewehre noch bei sich, in mehreren der Läufe staken sogar noch Schüsse. An Pulver fehlte es auch nicht und in seiner Aufregung begann nun der Haufen, nachdem er viel getrunken hatte, durch die Gegend zu schwärmen, ohne eine eigentlich feindselige Absicht, aber doch gefährlich in seiner planlosen Leidenschaft, wenn dieselbe durch den geringsten Anreiz zum Ausbruch gebracht wurde.

Sie schossen ihre Gewehre ab, luden wieder und lärmten und schrieen. Zwischen diesen Trupps von drei, vier, fünf Menschen, die näher oder ferner die Straße umschweiften, kam nun unser verdüstertes Paar einhergegangen. Lisbeth ging auf der linken Seite der Straße, Oswald auf der rechten und zwischen ihnen war die ganze Breite des Weges. Um nichts auch verminderten sie dieselbe, wenn ein lärmender Trupp mit drohender Gebärde links oder rechts an ihnen vorüberstreifte, oder ein Schuß fiel, der, wie man am Pfeifen der Kugel merkte, durch einen schlimmen Zufall leicht das Verderben hätte bringen können. Schweigend, bleich, ohne sich irren zu lassen, ging das einander entfernte Paar seinen Weg durch diese Bedrohungen und Schrecknisse hindurch, und nur wenn an Lisbeths Seite sich ein lärmender Trupp zeigte oder ein Schuß fiel, sah sich Oswald besorgt nach ihr um, warf aber, wenn er bemerkte, wie sie, ohne seines Beistandes in diesen Gefahren sich bedürftig zu zeigen, fürder schritt, einen Blick des schmerzlichsten Zornes dann nach der anderen Seite der Felder.

Ungefähr eine halbe Stunde mochten sie in diesem Lärmen und Schießen gegangen sein, und wirklich mußte der Himmel über ihren Häuptern wachen, denn sonst hätte gewiß die Hand irgend eines der berauschten Schützen den Lauf des Gewehres in verhängnisvoller Richtung angeschlagen. Da sah Oswald in einiger Entfernung auf einem freien Platze unter Bäumen vor sich einen Haufen von wohl zwanzig Bauern, die sämtlich mit Gewehren bewaffnet waren. Augenscheinlich lauerten die wilden Menschen, deren Reden und Schwadronieren schon von weitem sich hören ließ, ihm auf. Er erschrak. An sich dachte er nicht, nur an Lisbeth, wie er sie ungefährdet dem rohen Haufen vorüberbringen möchte. Es kam ihm in dieser Not ein Gedanke und da ihm nichts besseres einfallen wollte, so beschloß er sein Heil mit dem zu versuchen, was ihm eben eingefallen war.

Rasch ging er voran und mutig auf den Haufen zu. Zuvorderst stand ein langer junger Kerl in blauem Kittel, der sein Gewehr drohend durch die Luft schwang und ihm wie der Anführer der übrigen vorkam. An diesen beschloß er sich mit seiner Kriegslist zu wenden, die auf dem uralten Grundsatze des Herrschens durch Teilung beruhte.

Er begrüßte daher den Menschen so freundlich als seine Stimmung es ihm gestatten wollte und bat ihn, mit ihm zur Seite zu treten, da er ihm notwendig etwas im Geheimen zu sagen habe. Der Mensch sah seine Kameraden fragend an, folgte aber doch dem Ersuchen. – Ihr scheint mich hier nicht durchlassen zu wollen, sagte Oswald zu ihm, so daß es die übrigen nicht hören konnten. Wirklich versperrten sie die ganze Straße. – Nein, sagte der Mensch, denn Sie haben was begangen. – Ja, das habe ich auch, erwiderte Oswald, und es thut mir herzlich leid, aber es läßt sich doch noch ein Wort darüber reden, und zu Euch muß ich das sprechen, denn Ihr seid der einzig Nüchterne und Verständige von der ganzen Kompagnie da. – Ja, der bin ich, erwiderte der lange Bauer und taumelte. – Also nur her das Wort, denn ein Wort muß der Mensch mit sich reden lassen, absonderlich, wenn er vernünftig angesprochen wird.

Ihr seht doch da das Frauenzimmer? sagte Oswald. – Die sehe ich, versetzte der Bauer. – Nun diesem jungen Frauenzimmer habe ich versprochen, sie eine Strecke zu begleiten, und dagegen könnt Ihr nichts haben. – Nein, dagegen kann man nichts haben, sagte der Bauer. – So laßt mich sie also begleiten, bis wohin ich es ihr versprochen habe und dann kehre ich hierher zu Euch zurück und bringe mit Euch meine Sache an diesem Platze in Ordnung, fuhr Oswald fort. – Das müßt Ihr nun den anderen verdeutschen, denn Ihr seid der einzig Nüchterne und Verständige von der ganzen Kompagnie da.

Der lange Bauer, der gerade noch so viel Verstand besaß, um gegen den Reiz der Eitelkeit empfindlich zu sein, wandte sich stolz zu seinen Genossen um und rief in einem hochfahrenden Tone: Macht Platz da dem Herrn! Was! versetzte der Haufen, bist du geck? – Macht Platz da, ihr betrunkene Bagage, rief der einzig Nüchterne und Verständige noch lauter. – Selbst Bagage! schrieen die andern und einer rief: Ich glaube, der hat Tollbeeren gefressen! – Ich will dir die Tollbeeren an den Hirnkasten geben! erwiderte der Lange und schoß sein Gewehr ab, zwar nur in die Luft, indessen gab dieser Knall ein Zeichen zu einer allgemeinen Schlägerei. Denn einige stürzten auf den Schießenden zu und rannten dabei andere über, die hierdurch beleidigt, sich zu rächen entbrannten, in der Verwirrung ihrer Sinne aber nicht die Überrennenden angriffen, sondern dritte Unschuldige, welche sich am fernsten von dem Streit gehalten hatten. So war bald jeder, ohne daß er wußte wie? mit einem Gegner versehen; alles balgte sich herum. Ohrfeigen, Püffe, Stöße regnete es, wenn auch nicht vom Himmel; dazwischen platzten die Gewehre ab, die aber zum Glück hier alle nur mit Pulver geladen waren und es gab eine wilde Kampf- und Blutscene (denn schon manche Wange und Nase war aufgeschlagen), welche sich von der Straße nach dem angrenzenden Kornfelde wälzte, weil die Schwächeren zufällig an dieser Seite gestanden hatten und dorthin zurückzogen, um wenigstens auf Garben und Mandeln zu einer weicheren Niederlage zu gelangen.

Als Oswald seine List selbst über die Erwartung hinaus gelungen und den Platz frei sah, winkte er Lisbeth, die in einiger Entfernung ängstlich still gestanden hatte. Scheu ging sie über den Platz, ohne sich nach der Schlägerei umzusehen, und als sie einige hundert Schritte von dort außer dem Bereiche dieser Roheiten war, erwartete sie ihren Beschützer. – Ich habe Ihnen Dank zu sagen für Ihren Beistand, sprach sie, als Oswald sich ihr genähert hatte. – Nicht den geringsten, versetzte er. Ich würde mich jedes Frauenzimmers angenommen haben, mit welchem ich desselben Weges gegangen wäre. – Sie wandte sich von ihm ab und er von ihr und beide gingen in der früheren Weise weiter.

Eine halbe Stunde von dort lag das alte Spritzenhäuschen. Dieses kleine Gebäude war unter den Streitigkeiten zweier Bauerschaften darüber, welche dasselbe zu erhalten habe, verfallen und darauf hatten sich die beiden Bauerschaften neue Spritzenhäuser erbauen müssen. Die Wolken des Himmels schauten durch die Öffnungen im Dache und die Lüfte des Feldes fuhren zur Thüröffnung hinein und zu den Löchern in dem lehmernen Fachwerke wieder hinaus. – In diesem luftigen Lusthäuschen hatte der Küster sein Mittagsquartier aufgeschlagen, um eine recht vergnügliche Mahlzeit zu halten, nach welcher sein Sinn nach einem besonderen Verlangen stand. Er saß auf altem Holzwerk, welches sich dort noch hatte vorfinden lassen: vor ihm war eine Serviette ausgebreitet, auf welche die Magd nun Brot und Fleisch legte, auch eine Flasche Wein stellte, die man ihm auf besonderes Wünschen vom Oberhofe hatte mitgeben müssen, weil er, seiner Versicherung nach, am Hochzeittage, der Furcht vor dem Schulmeister wegen, zu keinem ordentlichen Schlucke gekommen war. Die ganze Zurüstung dieses ländlichen Mahles ließ der Küster mit einem feierlichen Schmunzeln geschehen. Er weidete sich, wie es schien, an den großen Augen der Magd, welche nicht begriff, warum ihr Herr, der, wenn er sonst im Freien etwas verzehrte, ein Stück Brot ohne viele Umstände aus der Tasche aß, zu dieser Mahlzeit so schwerfällige Vorbereitungen machen ließ.

Nachdem alles Eßbare aufgesetzt worden war, und die Magd ein Glas Wein eingeschenkt hatte (denn auch ein Glas war vom Oberhofe leihweise mitgegeben worden), teilte der Küster seiner Dienerin ein Stück Brot und Fleisch zu und fragte sie dann, bevor er selbst anbiß, was sie wohl davon denke, daß er sich hier so häuslich niederlasse und sein Mittagsessen im Freien halte?

Ja, Was soll ich davon denken? erwiderte die Magd. – Ich denke, es giebt hin und wieder kuriose Einfälle, die den Menschen anwehen, wie der Wind.

Du denkst das vermutlich nur, Gudel, weil wir uns hier im Winde befinden, der allerdings einigermaßen stark durch das Spritzenhäuschen hindurchzieht. Nicht ein bloßer kurioser Einfall ist es von mir, im Freien hier mir gehörig decken zu lassen, sondern lange hatte ich mir vorgenommen und nur immer nicht der Gelegenheit dazu habhaft werden können, einmal Hochzeitsfreude ohne den lästigen Zwang, den mir mein Stand auferlegt, zu genießen. Es war dieses mein dritter und größter Lebenswunsch. Denn wohl mag mancher, der draußen umherschleicht, den Küster beneiden, daß er sich an der Hochzeittafel so vollstopfen kann, wie jener denkt, weil er nahe der Schüssel sitzt, und ihm unter den Ersten stets präsentiert wird. Aber die Bürde des Amtes achtet der oberflächliche Urteiler nicht! Keinen beschäftigteren Mann giebt es wohl auf einer Hochzeit, als den Küster. Denn erst muß er singen und dann muß er beten und über Tische die Augen aller Orten haben, seinen zierlichen Spaß anbringen zur rechten Zeit und in rechten Einschnitten, und abtrumpfen, wer sich zu mausig macht, und ermuntern, wer wie ein Tuckmäuser dasitzt. Während dieser Amtshandlung ißt und trinkt nun zwar ein Küster, was er kann, aber auch nur gleichsam pflichtmäßig schlingt er alles hinunter, ohne rechtes Gefühl von Speise und Trank. Weshalb ich sagen darf, daß mir von den mehreren hundert Hochzeiten, denen ich beigewohnt habe, wenig Erinnerung verblieben ist. Nun aber muß es nach meiner Überzeugung eine der schönsten Empfindungen sein, in voller Seelenruhe und in dankbarer Erhebung zu Gott, dem Geber alles Guten, zugleich der Festesspeise und Tränkung froh zu werden; zu genießen und dabei der feierlichen Gelegenheit zu denken, bei welcher man genießt, *des* Tages, an welchem ein von Gott selbst gestifteter Stand sich begründet. Diese aus Erbauung und Wohlgeschmack zusammengesetzte Empfindung hätte ich gerne schon lange einmal gehabt, konnte aber, wie gesagt, auf den Hochzeitschmäusen selbst nie dazu gelangen. Als ich nun im Oberhofe vorgestern durch gerechte Furcht vor einem Rasenden um alle Hungersstillung gebracht wurde, erkannte ich plötzlich den Finger Gottes und entschloß mich sogleich zu diesem meinem heutigen Hochzeitnachschmause, den ich denn auch bei noch frischer Erinnerung an Predigt, Lied, Orgelspiel, abgelegt die Last meines Amtes, abgestreift die Fessel des Ranges, hier unter Gottes freiem Himmel (denn das Dach des Spritzenhäuschens will wenig sagen) in der schönen gemischten Empfindung zu halten denke, welche, wie ich deutlich verspüre, während des Redens bereits in mir aufgestiegen ist. – Wolltest du mich aber fragen, Gudel, warum ich nicht zu Hause nachspeise, so wäre dieses eine unnütze Frage. Denn abgesehen von der Kurrende, welche heute zu mir gelaufen kommt, um die Büchse zu überreichen, und welche mir alle Gedanken vertreiben würde, so fehlt mir überhaupt zwischen meinen vier Pfählen bei dem Reden meiner Ehefrau jegliche Einbildungskraft, und sie würde nur gemeines Essen sein, diese Hochzeitspeise, welche ich dort zu mir nähme.

Die Magd hatte von der langen Rede ihres Brotherrn wenig oder nichts verstanden. Sie dachte nur an den Schulmeister, von dem ihm eine Überraschung bevorstand und fragte den Küster: Mögt Ihr jemand lieber vor Tische sprechen oder nach Tische, Herr?

Ich weiß nicht, wie du auf diese Frage kommst, Gudel, versetzte der arglose Küster. Indessen, da du einmal fragst, so antworte ich: nach Tische spreche ich niemand gern, wie du weißt, sondern liebe zu schlummern.

Wohl, so will ich draußen auch mein Stück Brot und Fleisch verzehren, erwiderte die Magd ohne allen logischen Zusammenhang. Sie ging aus dem Spritzenhäuschen, stellte sich an die durchlöcherte Wand und winkte dem Schulmeister, der sich in der Nähe schon versteckt aufgestellt hatte.

Leise schleichend näherte sich der Schulmeister dem Spritzenhäuschen. Auch er hatte eine Rede vorbereitet, fast so lang, als die des Küsters gewesen war. Sie begann so: Herr Amtsbruder, es ist endlich Zeit, verjährten Irrtümern zu entsagen. Der Mann soll den Mann erkennen, wie er ist, das ist Mannespflicht. Schämen soll der Mann sich nicht, erkannten Irrtümern zu entsagen. Blicken Sie in das Herz eines Mannes, welcher Ihrer Freundschaft nicht unwürdig ist, stoßen Sie einen Mann nicht von Ihrer Brust zurück, welcher an derselben zu ruhen recht herzlich sich sehnt! – Nach diesem Erregung des Gefühls bezweckenden Eingange wollte er durch eine klare Auseinandersetzung auf den Verstand des Verstandsleugners wirken.

Jenen Eingang still für sich wiederholend, schlich er zum Spritzenhäuschen, worin der andere eben, auch durch seine Rede zu einer Art von erbaulichem Seelentaumel gesteigert, das erste Stück Rindfleisch in die Hand genommen hatte. In diesem Augenblicke hörte der Küster hinter der Wand neben der Thüröffnung mit sanfter Summe sagen (denn der Schulmeister wollte seine Erscheinung stufenweise vorbereiten): Herr Amtsbruder, es ist endlich Zeit, verjährten Irrtümern zu entsagen ... Er kannte die Stimme – »geronnen fast zu Gallert durch die Furcht« saß er da, das Stück Rindfleisch starr erhoben haltend vor dem geöffneten und doch nicht zufassenden Munde, ein mitleidswürdiges Bild! Aber eine schwache Hoffnung im letzten Winkel seines Herzens flüsterte ihm zu: Nein, es ist nicht möglich, es muß eine Täuschung sein, so hart kann dich der Herr nicht strafen. – Doch da erschien in der Thüröffnung das entsetzliche, die Harpye, die nun abermals auch diese Nachmahlzeit besudeln wollte, das Haupt der Gorgone wurde sichtbar, wirklich stand der tolle Kern, der Agesilaus, m der Thür, diesmal sogar mit einem Knotenstocke bewaffnet! Auf sprang der Küster, schleuderte dem Feinde, was er in der Hand hatte, in das Antlitz, nämlich das Rindfleisch, und stürzte schreiend nach dem hinteren Teile des Häuschens, sich gegen die lehmerne Wand drückend und mit Augen, die fast aus ihren Kreisen schossen, nach seinem Gegner starrend. Der Schulmeister, von dieser Unvernunft erzürnt und von dem Wurfe mit dem Rindfleische auf das empfindlichste beleidigt, verlor nun alle Geduld. Mit den Worten: Wenn du verfluchter Kerl nicht hören willst, so sollst du fühlen! sprang er, den dicken Knotenstock schwingend, in das Häuschen auf den Küster zu. Unfehlbar würde er diesen jetzt für seine Meinung, er sei rasend, wie ein Rasender abgestraft haben, wenn nicht die Verzweiflung den Küster gerettet hätte. Hatte derselbe vorher geschrieen, so brüllte er nunmehr. Brüllend griff er mit der Faust durch ein Loch der Lehmwand hinter sich und faßte die Magd, welche außen wacker gegengestämmt stand, in den Schopf. Die Magd, welche sich so schmerzlich berührt fühlte, vergaß nun auch ihre Aufgabe, die Wand zu halten; sie zerrte sich vielmehr mit aller Kraft ihres starken Leibes von der Wand ab, um der Faust aus dem Schopfe quitt zu werden. Dadurch wurde der Küster, der sich an diesem letzten Strohhalme in seiner äußersten Not, an einem menschlichen, mitfühlenden Wesen, krampfhaft festhielt, gegen die Lehmwand heftiger gepreßt. Die Lehmwand leistete unter solchem Drucke keinen längeren Widerstand, sondern brach zusammen und der Lehm überschüttete den Küster scheußlich gelb von oben bis unten, so daß er aussah, wie ein König der gelben Erbsen: indessen wurde er von der Magd, an deren Schopfe er gleichsam wie ein Geschleifter hing, in das Freie gerissen und erhielt nur einen Schlag über die Nase vom Schulmeister. Der genotängsteten Magd glückte es endlich, den Brotherrn mit Zurücklassung eines Haarbüschels in seiner Hand abzuschütteln und der Küster stürzte draußen immer brüllend zu Boden. Die Magd sprang von dannen, der belehmte und nasenblutende Küster raffte sich nun auf und sprang ihr nach, und der Schulmeister, dem sein wohlgemeinter Verständigungsversuch so übel geraten war, rasete in seiner blinden Wut, wie Ajax in die Herde, in das schuldlose Mahl des Entsprungenen. Er zerriß die Serviette, trat die Fetzen mit den Füßen, schleuderte die Weinflasche gegen einen Stein und warf Brot, Fleisch, Hühner, Eier, Salz, Kuchen nach allen vier Winden, kurz er benahm sich ganz so, als sei er der, wofür er irrtümlich gehalten wurde.

Eine so traurige Wendung erbaulicher Eßgedanken bereitete dem Küster seine ausnehmende Feigheit.

Zwölftes Kapitel
Aus dem Tode Leben

Aber dieser abgeschmackte Vorfall brachte an einer anderen Stelle eine tragische Wirkung hervor.

Lisbeth war auf ihrem Wege gerade dem Spritzenhäuschen gegenüber angekommen, als das Gebrüll des Küsters in demselben erscholl. Was nun die erhitzten Bauern mit ihrem gefährlichen Schießen nicht über sie vermocht hatten, das bewirkte das Geschrei der Feigheit; sie entsetzte sich, floh vor dem Orte, wo jener furchtbare Ton dröhnte, und stürzte, wie von einem dunkeln Triebe geleitet, bewußtlos in die Arme Oswalds, die sich ihr entgegenbreiteten. Er fühlte die Geliebte abermals an sich ruhen, wenn auch nur aus Angst, aber dieser neue plötzliche Übergang von einem zum andern entfesselte die Dämonen in ihm, die schon seit zwei Tagen an ihrem Gefängnisse gerüttelt hatten. – Das alte Übel, welches Schmerz, Angst, Zorn, körperliche Anstrengungen, selbst das Übermaß der Freude an seinem Liebestage, in ihm emporgewühlt, brach kläglich aus.

Mit einem Schrei faßte er an seine Brust. Mit einem zweiten Schrei stieß er Lisbeth fast zurück. Ich hab's gedacht, mein Blut, da ist es! ächzte er und ein dunkler Purpurstrom quoll aus seinem Munde. Er taumelte und sank auf eine Rasenerhöhung. O mir! Ich ersticke – waren seine letzten Worte, denn es folgte ein zweiter Anfall des grimmigen Übels. Sein Gesicht war wie eines Toten Antlitz.

Im ersten Augenblicke war Lisbeth über das Zurückstoßen erschrocken gewesen. Aber was wollte dieser Schreck gegen das Entsetzen bedeuten, als sie das Blut ihres Lieblings sah? – Ja, ihres Lieblings! Sein Ächzen, sein Blut, sein Totenantlitz gab ihr augenblicklich den Liebling zurück. Vergessen war der Lügner, nur der sterbende Geliebte lag vor ihr. Mit einem Rufe, in dem sich Zärtlichkeit, Jammer und die alleräußerste Besorgnis zum herzzerreißendsten Tone mischten, stürzte sie zu ihm nieder und sah ihm mit dem Blicke der innigsten Verzweiflung in die müden und erloschenen Augen. Weinend und wimmernd legte sie ihre unschuldigen Finger auf seine Lippen, als könne sie damit den furchtbaren Blutstrom hemmen. Noch immer sandte die in ihren Tiefen versehrte Brust einzelne Tropfen nach, obgleich die Gewalt des Übels bereits gebrochen zu sein schien. Keiner Befleckung an Händen und Kleid achtete sie, sie, die reine, reinliche. Sie rief heftig und mit lauter Stimme: Gott! Gott! Gott! als müsse Gott ihr helfen, denn auf Erden wußte sich das unglückliche Mädchen keinen Rat. Unwillkürlich war sie in die Kniee gesunken. So entstand dem Kranken eine Ruhestätte für sein Haupt auf ihrem Schoße, denn sie hatte sich mit dem Leibe rückwärts gebeugt, um ihm die Lage bequem zu machen. Er lag auf dem Rücken, seine Augen waren geschlossen, seine Wangen völlig farblos. Matt und kalt hingen die Arme in das Gras hinunter, in welchem liebliche Vergißmeinnicht blühten, gleichsam ein Blumenspott über den Jammer der Menschen. Sie aber hatte ihm um Haupt und Brust ihre Arme gebreitet in der allerzärtlichsten und sanftesten Weise. Traurig schaute sie in sein Gesicht, so viel sie vermochte. So ruhte er ganz von ihr umfangen und an sie gelehnt, im Heiligtume jungfräulicher Liebe und Bekümmernis! Sie wußte nicht, was sie thun sollte, ihm seinen Schmerz zu erleichtern, sie hätte zur Quelle werden mögen, zum umspülenden Bade, wenn das ihm Linderung zu verschaffen vermocht hätte. Schluchzend fragte sie ihn, ob er auch so bequem ruhe? und bat ihn dann inständigst, nicht zu antworten, weil ihm das Sprechen schaden könne.

In der Tiefe dieser Not empfand sie den heißesten Drang, sich mit ihm zu verständigen. Ach, schluchzte sie, mein Oswald, vergieb mir doch nur und fühle, daß du nicht sterben darfst! O mein Gott, du mußt ja nicht sterben, mußt's nicht, denn was sollte dann aus mir werden, wenn du stürbest?

Nicht wahr, Oswald, du stirbst nicht, du thust mir das nicht zuleide? Ach, kannst du es mir denn so übel nehmen, daß ich ein ordentliches Mädchen bleiben will? Siehst du, mein Oswald, deine Frau mußte ich werden, deine ehrliche Frau und sonst nichts weiter! Denn wäre ich auf deine Schlechtigkeit eingegangen, Oswald, da hätte ich mich auch an dir versündigt und hätte dich mit zum Bösewicht werden lassen, und das darf die Geliebte nicht; nicht einen Flecken darf sie auf ihren Freund kommen lassen. Denn das ist eine schlechte Liebe, die nur den andern herzen und küssen will, wie es auch sei, nein, daß das Leben des Liebsten rein bleibe und unbefleckt und unverworren, das ist die wahre Liebe, und die habe und hege ich im Herzen zu dir, mein Oswald, wie sie nur ein Mädchen haben und hegen kann, ja gewiß, so ist es. Und habe sie gehabt und gehegt immerdar, wie ich nun wohl fühle, obgleich ich mich vor dir versteckte. Stürbest du hier auf der Stelle, Oswald, und ich könnte dich retten durch Unrecht, doch thäte ich es nicht, das sage ich dir frei heraus. Denn meine Schande könnte ich allenfalls überstehen, Oswald, aber nicht deine; nein, wahrhaftig nicht. Deine Ehre sitzt mir tiefer im Herzen als meine. Und so mußt du mir auch von Herzen vergeben, Oswald, daß ich nicht dein Liebchen, wie du wolltest, werden mochte, und ich weiß auch garnicht, wie der böse Gedanke in dein gutes Herz gekommen ist. Ich hätt' es auch nimmer geglaubt, aber du hattest gelogen, Oswald, und die Lüge ist aller Laster Siegel. Wer unter der Heimlichkeit einhergeht, der hat, was er verbergen muß. und wer seinem Mädchen etwas vorlügen kann, der will sie auch nicht in Wahrheit zu seiner Frau nehmen. Deshalb glaubte ich dem alten Bauer, was er mir von dir sagte und wäre beinahe gestorben an dem Glauben. Es soll dir nun alles vergeben sein, alles von meiner Seite ganz von Herzensgrunde, und wir wollen einander recht, recht freundlich Adieu sagen, wenn du wieder gesund bist, und wenn du stirbst, so will ich dir einen Busch Goldlack auf das Grab setzen und mich totweinen darauf. Ach, wie hast du mich so betrüben können? wenn ich dich ansehe, es ist mir noch immer unbegreiflich. Aber ich zürne dir nicht, zürne du mir nun aber auch nicht! Wie gerne wäre ich deine Gräfin geworden, und dann hättest du mich ja am dritten Tage nach der Hochzeit verstoßen können, so hätte ich doch an deinem Herzen geruht, und hätte in Ehren d'ran geruhet, Oswald!

Die innerste Seele des Mädchens schwatzte in diesem Geplauder, welches zuweilen von schweren Seufzern und heftigem Schluchzen und Erkundigungen nach seinem Befinden unterbrochen wurde. –

Aber wie stand es um Oswald? Glücklich. Er horchte auf, er ahnete, er schloß den Zusammenhang; durch alle Schmerzen seiner wunden Brust ging ein himmlisches Erkennen. Er wußte nun, daß er nur verleumdet worden war, daß die keuscheste und ehrenzarteste Liebe nicht einen Augenblick aufgehört hatte, ihm anzugehören. Um seine Wangen begann ein seliges Lächeln zu spielen, die Augen öffneten sich und helle Zähren der Wonne blinkten darin. Lisbeths liebliches Antlitz schwamm vor diesen schwimmenden Blicken, sie kam ihm leuchtend, wie eine Heilige kam sie ihm vor. Er konnte nicht sprechen, aber ein Zeichen mußte er ihr geben. Er hob seinen rechten Arm auf, zeigte Lisbeth mit einer freundlich-schmerzlichen Miene den Ring, den er noch an einem Finger der rechten Hand trug von der Dorfkirche her, legte sie auf sein Herz, führte dann den Ring zum Munde, und streckte die Hand gen Himmel, dann ließ er sie wieder auf seine Brust sinken und zog dann ihre Hand herbei, sie in die seinige zu legen, und sie mit ihm vereinigt auf seiner Brust ruhen zu lassen. Dazu sah er sie mit einem Blicke an, daß, wenn zwölf Zeugen von ihm vor dem Richter ausgesagt hätten: Diesen haben wir morden sehen, und er mit einem solchen Blicke seine Unschuld versichert hätte, der Richter ihm und nicht den zwölf Zeugen geglaubt haben würde.

Ein zärtliches Mädchen ist ein gläubiger Richter in solchen Dingen. Lisbeth folgte seinen Gebärden mit der Aufmerksamkeit bräutlicher Liebe und als sie den Sinn gefaßt hatte, da sagte sie weiter nichts als Ah! – Aber in diesem Laute war alle Wonne, die seit Anfang der Zeiten in menschlichen Herzen gewallt hatte. Es war ihr, als sei sie auf dem Hochgerichte, wo man sie unschuldig hinrichten wolle, begnadigt worden; bei lebendigem Leibe war sie in den Himmel erhoben worden, in den Himmel seiner unbefleckt gebliebenen Liebe. – O mein Gott, sagte sie und konnte sonst nichts vorbringen. Ein Zittern der Entzückung durchflog ihren Körper, sie meinte zu sinken und den geliebten Freund aus ihren Armen zu verlieren. Da nahm sie sich zusammen, um nicht durch ihre Unruhe ihm zu schaden. Nun wußte sie, daß sie seine Frau Gräfin werde, wenn er nicht sterbe, und Oswald hatte recht gehabt, sie machte sich nicht sonderlich viel aus der Frau Gräfin, sie wollte es eben so gern sein, wie sie Frau Försterin geworden wäre.

So fanden Oswald und Lisbeth einander wieder. Stumm ruhte ihr Auge an seinem und seines an ihrem und die herzlichsten Thränen flossen von den Wimpern. Die Hände blieben auf seiner Brust vereinigt, sanft streichelte sie seine Finger, zumal den, an welchem er den Ring trug, den Dolmetsch des hergestellten süßesten Einverständnisses. – Ein Jüngling lag vom heftigsten Blutsturze erschöpft, dem Tode nahe und sein Mädchen war bei ihm und wußte das, und Jüngling und Mädchen waren dennoch beide glückselig.

Viertes Buch
Weltdame und Jungfrau

Erstes Kapitel
Worin der Diakonus vom Zufall und von der wahren Liebe spricht

Mehrere Wochen nach jenem glücklichen Unglück ging die junge Dame Clelia mit dem Diakonus in seinem Garten auf und nieder. Der Oberamtmann Ernst, der die dunkleren Stellen des württembergischen Gesetzbuches doch endlich ergründet hatte und daran vor der Hand nichts weiter zu studieren fand, saß gelangweilt in einer Jelängerjelieber-Laube, und ihr Gemahl schoß mit einer Windbüchse, die er irgendwo aufgetrieben, hinter dem Garten unter Bäumen nach Sperlingen. Es war ganz still in dem Predigerhause. Die Fenster eines Zimmers, welche nach dem Hofe hinausgingen, waren grün verhangen und unter diesen Fenstern saß Lisbeth, mit einer weiblichen Arbeit beschäftigt.

Die junge Dame Clelia, welche ein leichtes Gähnen nicht verbergen konnte, sprach zum Diakonus: Lieber Herr Prediger, sagen Sie mir, was dünkt Ihnen vom menschlichen Leben? Denn ich habe Lust, mit Ihnen etwas zu philosophieren.

Das thut mir sehr leid, gnädige Frau, versetzte der Diakonus. Es beweiset, wie ermüdend Ihnen der Aufenthalt in meinem Hause sein muß. Wenn so schöne Lippen sich zur Philosophie bequemen, so müssen wirklich alle Ressourcen der Unterhaltung versiecht sein.

Clelia lachte und sagte: Zu galant für einen Kanzelredner und für einen Lehrer der Moral viel zu bösartig. – In ihrer raschen Weise faßte sie die Hand des Geistlichen, und rief: Wie wir Ihnen alle dankbar sein müssen für das Übermaß von Gastfreundschaft, womit Sie uns aus der abscheulichen Kneipe erlösten und bei sich in Ihrem beschränkten Häuslein aufnahmen, mich samt Jungfer und Gemahl (sie bediente sich dieser Reihenfolge ganz naiv) und jenen meinen Geschäftsanbeter dort in der Laube, das fühlen Sie wohl ohne Versicherung von meiner Seite, und Sie müssen mir, wenn wir scheiden, unter Ihrem Amtseide versichern, uns künftiges Jahr in Wien Revanche zu geben. Daß man aber, wenn man gern mit seinem jungen Manne ins Weite möchte, ungern zu lange bei einem kranken Vetter bleibt, der sein Tage nicht vernünftig werden wird –

Er leidet noch sehr, sagte der Diakonus ernst.

Bin ich denn gefühllos für sein Leiden? warf Clelia kurz ein. Hätte ich noch Vergnügen in Holland oder England, wenn ich sein krankes Bild mit mir nähme? Bin ich ihm nicht herzlich gut? Sehne ich mich nicht, ihm zwanzig Küsse auf die dummen Lippen zu geben, zwischen denen sein Blut hervorstürzte? Aber ist deshalb ein solcher Wachtposten bei einem Siechenbette, zu dem einen der Arzt nicht einmal hinzuläßt, etwas Angenehmes? – Und seien Sie nur ganz aufrichtig, lieber Herr Pastor, Ihre kleine Frau sähe auch nicht ungern einen gewissen Reisewagen anspannen.

Wie können Sie nur so etwas denken, meine Gnädige! rief der Diakonus etwas verlegen, denn er erinnerte sich an den Text einiger Gardinenpredigten.

Schelmisch fuhr Clelia fort: Ich müßte mich auf hochrote Wangen und auf einen gewissen Glanz in den Augen der Hausfrauen nicht verstehen! Es ist auch gar keine Kleinigkeit, fünf Menschen mehr im Hause zu haben, die man eigentlich nicht kennt, und die einem allen Platz wegnehmen. Der Herr Gemahl laden in liebenswürdiger, männlicher Unbefangenheit ein, und die arme Frau hat nachher die Sorge. Aber lassen Sie das nur gut sein. Trotz der roten Wangen und der glänzenden Augen bleibt sie eine liebe, charmante Frau und soll in Wien willkommen sein. Dort ist Raum im Hause und der Haushofmeister sorgt für alles.

Der Diakonus, der sein Zartgefühl durch dieses Gespräch unangenehm berührt fand, sagte, um es zu unterbrechen: Sie wollten mit mir über das menschliche Leben philosophieren, gnädige Frau.

Eigentlich wollte ich Sie nur fragen, ob das menschliche Leben nicht ein Ding ohne Sinn und Verstand sei? sagte Clelia. Ein junger Mann läuft aus Schwaben weg, um mich an einem Menschen zu rächen, der seine Persiflage über mich getrieben; er rächt mich aber nicht, sondern schießt ein junges Mädchen und verliebt sich in sie. Dann quälen die beiden Leutchen (wie wir nun nach und nach herausgebracht haben, Ihre Frau und ich) einander bis auf den Tod um Nichts, und das Ende dieser höchst lächerlichen Geschichte ist ein furchtbarer Blutsturz, der leicht einen Toten in die Komödie hätte liefern können. – Wo ist da vernünftiger Zusammenhang?

Sie lassen etwas aus in der Geschichte, sagte der Diakonus.

Nun ja. Ich schrieb, als ich überall hören mußte, ich sei bescholten, an meinen Bräutigam nach Wien und erklärte ihm höchst edel, eine Bescholtene dürfe nicht seine Gemahlin werden; er sei frei und des gegebenen Wortes ledig. Dieser affektvolle Brief wirkte denn dermaßen auf ihn, daß er sich in kürzester Frist zum Herrn aller Schwierigkeiten machte, die unserer Verbindung entgegengestanden hatten und, so rasch die Pferde Tag und Nacht laufen wollten, nach Stuttgart eilte.

Und aus solchen offenbaren Zeichen erkennen Sie den Gott nicht, der in Ihrem und Ihres Vetters Schicksale waltete, fragte der Diakonus mit komischem Ernst.

Welcher Gott?

Der Zufall! rief der Diakonus feierlich.

Das ist ein schöner Gott, versetzte Clelia und lachte.

Gnädige Frau, sagte der Diakonus, glauben Sie mir sicherlich, die Welt wird erst wieder anfangen zu leben, wenn die Menschen sich erst wieder vom Zufall hin und her stoßen lassen, wenn man z. B. ausgeht, um Rache zu nehmen, und sich nicht darüber verwundert, findet man statt der Rache eine Braut, wenn man (Sie verzeihen meine Freimütigkeit) in einer zufälligen, allerliebsten Aufwallung entsagende Briefe nach Wien schreibt, und eben so zufällig von der Entsagung zum Häubchen abfällt. Unsere Zeit ist so mit Planen, Tendenzen, Bewußtheiten überdeckt, daß das Leben gleichsam wie in einem zugesetzten Meiler nur verkohlt, und nie an der freien Luft zur luftigen Flamme ausschlagen kann. Die Lebensweisheit der wenigen Vernünftigen heutzutage besteht folglich darin, sich von der Stunde und von dem Ungefähr führen zu lassen, nach Launen und Anstößen des Augenblicks zu handeln.

Bravo! rief Clelia. Sie sind ein wahrer Priester für uns Weltkinder. Und das sagt er alles so ernsthaft, als sei es ihm damit bitterer Ernst.

Ich predige ja nur über ein christliches Gebot, sprach der Diakonus lachend.

Wie lautet dieses sogenannte christliche Gebot?

Sorge nicht um den andern Tag, versetzte der Diakonus.

Die junge Dame begehrte jetzt auf seine Exegese über die leeren Nöte des Liebespaares. Er bedachte sich etwas und sagte dann: Ich muß hier schwerfälliger werden als bei dem andern Thema. Zuvörderst sei Ihnen gesagt, daß diese Liebe mich rührt, die Liebe meines Freundes und des guten Mädchens, welches er auf so ungewöhnliche Weise kennen gelernt hat. Ich meine, in ihnen ein vom Schicksal bezeichnetes Paar zu sehen und ein völliges Aufgehen zweier Seelen in einander. Die Liebe ist nun Leid, wie alle Dichter singen, sie ist der Herzen selige Not und ein rührender Gram. Wer von der Liebe Thränen scheidet, der scheidet sie von ihrem Lebensquell; eine lachende Liebe ist keine.

Wahrlich, die echte Liebe ist ein Ungeheures! fuhr er mit Wärme fort. Nicht in tauber Redeblume, sondern wesentlich, wirklich und wahrhaftig giebt der Liebende seine Seele weg! Diese also weggegebene und der Hut berechnenden Verstandes entlassene Seele ist aus den Fugen, unbeschützt liegt sie da und ohne Verteidigung durch irgend eine Selbstsucht, welche unsere nüchternen Tage schirmt. In dieser ihrer göttlichen Schwäche ist sie nun eine Beute für jedes Raubtier von grimmigem Zweifel, fürchterlichem Argwohn, zerfleischendem Verdacht. Aber im Kampf mit diesen Raubtieren erstarkt sie. Aus ihren tiefsten und noch nie bis dahin entdeckten Abgründen holt sie neue Waffen und eine ungebrauchte Rüstung hervor; sie lernt sich in ihren verborgenen Reichtümern begreifen, sie vollzieht eine Art von herrlicher Wiedergeburt und feiert nun auf dieser Stufe die wahre, die himmlische Hochzeit, von welcher die andere nur das vergröberte irdische Abbild ist. Unverwelklich ist der Kranz, der auf jenem Siegesfeste der liebenden Seele getragen wird, und er verschwindet nicht in den Schatten der Brautnacht.

Darum zwingt eine ewige Notwendigkeit die wahre Liebe, sich Not zu schaffen, wenn sie keine Not hat. Denn nicht träge genießen will sie, sondern kämpfen und siegen. Trübsal ist ihr

Orden und Jammer ihr geheimes Zeichen. Traun, ein Kind kann über die Leiden Oswalds und Lisbeths lachen, die nicht kindischer erfunden werden mochten! Aber ohne diese kindischen Leiden wären zwei Seelen von solcher Tiefe, Schwere, Süße und Feurigkeit wohl wieder von einander gekommen, statt daß sie in den Qualen der Einbildung sich das rechte Wort und den wahren Gruß gegeben haben, an dem sie einander über alle Zeit hinaus erkennen werden.

Die junge Dame Clelia war durch diese Rede des Diakonus in ein Gebiet geführt worden, in welchem ihr nicht heimisch zu Mute sein konnte. Anfangs meinte sie für sich, sie müsse sich etwas schämen, denn mit ihrem Kavalier aus den österreichischen Erblanden hatte sie freilich während des Brautstandes mehr gelacht als geweint. Nachher meinte sie, die Gelehrten sprächen zuweilen nur, um etwas zu sagen; und endlich verstand sie den Geistlichen gar nicht mehr. – Als er mit seiner Auseinandersetzung zu Ende war, rief sie: Schade, daß die beiden lieben Leute einander nicht heiraten können!

Wie? rief der Diakonus voll äußersten Erstaunens. Denn auf diese Wendung war er bei der jungen, gutmütigen Frau nicht im Traume gefaßt gewesen, zumal nach solchem Gespräche.

Zweites Kapitel
Worin ein humoristischer Arzt nützliche Wahrheiten über die Behandlung kranker Personen vorträgt

Das Nahen des Arztes, welcher von dem Krankenzimmer herunter in den Garten kam, schnitt weitere Erörterungen vorläufig ab. – Der Doktor war ein überaus dicker Mann, der voll guter Einfälle steckte und diese mit der größten Trockenheit herauszubringen wußte. – Clelia, die mit solchen Leuten eine natürliche Wahlverwandtschaft hatte, pflegte in seiner Gegenwart zu sprechen, als sei er nicht zugegen. Und so sagte sie auch jetzt, als der Arzt langsam über den Hof gewatschelt kam, ganz laut: Da kommt der Doktor und wird uns nun sagen, daß es mit Oswald anfange, besser zu gehen. Das heißt, vierzehn Tage lang mag er allenfalls einen oder den andern von uns eine Viertelstunde annehmen, vierzehn Tage darauf können die Besuche länger werden, und nach sechs Wochen werden wir hoffentlich so weit sein, daß der Rekonvalescent in der Mittagssonne eine halbe Stunde spazieren gehen darf. Dies nennen die Ärzte Herstellung.

Wirklich hatte der Arzt noch bis gestern den Zustand des Kranken als bedenklich und der höchsten Schonung bedürftig dargestellt. Streng war jeder Verkehr zwischen ihm und der Außenwelt untersagt gewesen; niemand, weder die Frauen, noch selbst der Diakonus und sein neuer Vetter aus Österreich hatten ihn besuchen dürfen. Nur dem alten Jochem war er zur Obhut und Pflege von dem unnachsichtigen Arzte anvertraut worden, die jener denn auch in aller Treue ausgeübt hatte.

Ängstliche Sorge und Spannung, die in dem kleinen mit Gästen plötzlich so angefüllten Hause alle, besonders in den ersten Tagen der Krankheit, bewegte, konnte sich daher nur durch eifriges Fragen und Nachfragen und durch jede Liebesgefälligkeit, die von draußen nach dem Krankenzimmer hinein zu leisten war, geltend machen. Am unruhigsten war Clelia gewesen, welche ihren Vetter wahrhaft lieb hatte. Auch der Oberamtmann, der in seinem Wagen den Leidenden nach der Stadt befördert hatte, zeigte eine große Anhänglichkeit. Tief betroffen waren der Diakonus und seine Frau gewesen. Lisbeth hatte anfangs viel geweint. Dann fiel es den anderen auf, daß sie plötzlich doch die Gefaßteste, und wie es schien, Gleichgültigste von allen wurde. Diese Verwandlung geschah nach einer Unterredung, die sie mit dem Arzte gehabt hatte. – Sie wurde der Frau des Diakonus bei deren vermehrten Haussorgen sehr nützlich, und ein Geschäft hatte sie seit ihrem Eintritte in das Haus ausschließlich für sich in Anspruch genommen, die Bereitung alles dessen, was Oswald bedurfte. Ein zarter und stiller Verkehr waltete zwischen beiden, ungeachtet daß Lisbeth, wie sich von selbst versteht, unter dem strengsten Banne des ärztlichen Verbotes befangen war. Sie sandte ihm mit dem leichten und kühlenden Tranke, welchen er genießen durfte, jederzeit die schönsten Blumen, die sie im Garten fand. Er hielt diese sanften Boten in seiner Hand des Tages, und bei Nacht ruhten sie an seinem Herzen und von dieser Ruhestätte empfing Lisbeth sie am anderen Morgen wieder. – Wenn die Hausfrau sie nicht beschäftigte, pflegte sie im Hofe unter den Fenstern des Krankenzimmers zu sitzen. Dort verweilte sie, bis es völlig dunkel geworden war, ihre stille Mädchenarbeit verrichtend. Sie war gegen jedermann sanft und freundlich, ließ sich aber mit niemand ein, sondern blieb selbst für sich. Ein Vorfall hatte sich während jener Tage ereignet, der die Gäste etwas wider sie einnahm, den Oberamtmann sogar in Zorn versetzte.

Auf heute hatte der Arzt den Eintritt einer entscheidenden Krisis vorhergekündigt. Der Diakonus, Clelia und der Oberamtmann gingen ihm daher gespannt entgegen, während Lisbeth ruhig unter dem Fenster sitzen blieb. Der Arzt hatte die Worte Clelias gehört, wandte sich daher an diese, und sagte: Gnädige Frau, ich darf Ihnen etwas kürzere Fristen versprechen. Unser Patient ist hergestellt, und wenn allerseits verehrte Anwesende heute und etwa morgen und etwannest übermorgen noch einige Rücksicht auf seinen Zustand nehmen, so wird er wohl übermorgen ausgehen dürfen, als ein zwar noch etwas blasser, aber doch durchaus geheilter Mann.

Wie? riefen alle wie aus einem Munde. Und Sie erklärten ihn noch gestern für nicht außer Gefahr?

Der Arzt zog sein breites und fettes Gesicht in solche Falten, daß er wie ein Silen aussah und sagte: Eine Notlüge, gnädige Frau und liebe Herren, eine Notlüge, ohne welche der rechtschaffenste Mann, absonderlich aber der Arzt, nicht durch dieses Jammerthal kommt. Denn wollte der Arzt immer die Wahrheit sagen, so würfen sie ihn zum Hause hinaus.

O, Sie Schelm! Gewiß haben Sie wieder einen Ihrer Streiche auslaufen lassen! sagte der Diakonus lächelnd. Clelia drang in den Arzt, um den Zusammenhang zu erfahren, und er fuhr folgendermaßen fort. Wenn man, sagte er, wie ich, eine Reihe von Jahren doktert, wenn man seine von vielen Rezepten nicht mehr abhangende Praxis hat, so beginnt man ohne Scheu einzugestehen, daß die Natur doch zuletzt der Geheime Medizinalrat und Obermedizinalrat ist. Wir Ärzte sind nur schärfere Zeugen der Natur, hören feiner, was sie flüstert und wispert, als andere Menschen, sonst aber sind wir keine Hexenmeister. Der Natur, wenn sie leise sagt: Bitte! bitte! die Bitte zu gewähren, alles fern zu halten, was sie in ihrem Gange stört, das ist unsere ganze Kunst. Die Krankheiten werden meistenteils nur gefährlich durch Gelegenheitsursachen, welche das Walten der Natur stören. Auch dieser Blutsturz wäre bei der vortrefflichsten Konstitution des Herrn Grafen wahrscheinlich ganz von selbst geheilt, das Blutgefäß, welches sich ergossen hatte, hätte sich mit Ruhe und höchstens etwas zusammenziehend Säuerlichem von Natur geschlossen. – Meine Weisheit hat nur darin bestanden, daß ich die der Natur feindliche Gelegenheitsursache entfernt zu halten wußte.

Ich sehe einmal wieder nicht, wohin dieses Kauffahrteischiff steuert, sagte Clelia. Welche Gelegenheitsursache meinen Sie?

Ihre und der übrigen verehrten Anwesenden, Liebe, Freundlichkeit, Besorgnis und Teilnahme an meinem Patienten, versetzte der Arzt trocken. O, meine geschätzten Freunde, sie glauben nicht, wie viele Kranke dem Arzte durch Liebe und Teilnahme der Angehörigen zu Grunde gerichtet werden! Zwar in den ersten Tagen läßt man den Leidenden wohl ruhig liegen und behandelt ihn vernünftig, aber späterhin, wenn es nun heißt, er bessere sich, oder sei Rekonvalescent, da beginnt ein wahrer Kultus des Krankenzimmers, in den Augen des gewissenhaften Arztes der schlimmste Teufelsdienst. Vergebens rufen die müden und zitternden Nerven: Laßt uns in Frieden! Umsonst sehnt sich das in Unordnung gebrachte Blut nach Stille, fruchtlos ist es, daß die letzten Kohlen der Entzündung in sich verglimmen möchten – es hilft alles nicht, besucht wird, gefragt wird nach dem Befinden, unterhalten wird, vorgelesen wird, sogenannte kleine Freuden werden bereitet und voll Verzweiflung sieht man das Schlachtopfer der Liebe, was man gestern voll guter Hoffnung verließ, heute elend wieder. Deshalb sterben auch in Privathäusern verhältnismäßig mehr Menschen als in wohlbeaufsichtigten Lazaretten. Und darum pflege ich auf Kranke mit Umgebungen voll Liebe und Teilnahme, die ich nicht abhalten kann, von vorne herein doppelt so viel Zeit zu rechnen, als auf Kranke ohne liebevolle Umgebungen. Hier nun –

Es ist doch abscheulich, über die edelsten Empfindungen so zu spotten! rief Clelia heftig.

…sah ich einen ganzen Herd von Liebe und Teilnahme, als ich zum Grafen berufen wurde, fuhr der Arzt, ohne sich erregen zu lassen, fort. – Edle Empfindungen, über die mir nicht einfällt, zu spotten, welche mir aber als Arzt nur als eben so viele widrige Gelegenheitsursachen und Indikationen erscheinen mußten, daß der Patient, befragt, besprochen, unterhalten, durch Vorlesungen aufgeregt und durch kleine Freuden im entzündlichen Stadio verzögert, leicht ein paar Monate abliegen könne. Deshalb griff ich zu der Notlüge, daß er in großer Gefahr sei, dann folgte die einfache Gefahr, dann der bedenkliche Zustand, dann die langsame Hebung der Kräfte und auf heute endlich wurde die Wirkung einer entscheidenden Krise versprochen. Er war aber nie, verehrte Anwesende, in großer Gefahr und kehrte nach den ersten zehn Tagen schon mächtig zu. Einem Kranken thut niemand Not als einer, der ihm zu den bestimmten Stunden die Arznei reicht und allenfalls ein verschobenes Kissen zurecht legt; und dann Langeweile, o du nicht genug zu preisende Göttin des Siechenbettes! Man sollte Hygiea gähnend darstellen, denn es ist nicht auszusagen, welche Riesenschritte die Besserung macht, wenn der Leidende weiter gar nichts zu thun hat, als zu gähnen. Darum setzte ich unsern Grafen auf die wenig aufregende Gesellschaft seines alten Dieners, und dann auf Langeweile, und habe ihn durch diese beiden Potenzen in kurzer Zeit wieder auf die Füße gebracht, und wenn ich ihn noch ferner besuche, so besuche ich ihn jetzt mehr als Freund, denn als Arzt.

Schade, rief Clelia nach dieser Erörterung spitz, daß Sie sich nicht selbst als niederschlagendes Pulver verschreiben können. – So dürfen wir ihn denn also heute sehen?

Der Arzt schaute rund im Kreise um und warf dabei auch seinen Blick in den Hof, wo Lisbeth noch immer saß. Ich unterscheide, sagte er nach einer Pause bedächtig. Sie, gnädige Frau, und der Herr Oberamtmann und der Pastor dürfen ihn ohne Schaden schon heute besuchen, mein Kind Lisbeth dort muß aber bis morgen warten.

Er empfahl sich. Clelias muntere Seele war durch die letzte Rede des alten Silen doch etwas empfindlich gemacht; sie stand einige Augenblicke schweigend, nagte an ihrer schönen Lippe und rief dann: Fancy!

Fancy, die Kammerjungfer, ließ sich hören und wurde gleich darauf sichtbar. Fancy, bringe mir meine Crespine und setz' deinen Hut auf, wir wollen noch etwas spazieren gehen, sagte ihre junge Gebieterin.

Dürfen wir Sie nicht zu unserm Freunde begleiten? fragten der Diakonus und der Oberamtmann.

Nein, versetzte die schöne Empfindliche mit kurzem Ton, zu den ganz unschädlichen Besuchern mag ich mich denn doch nicht gern zählen lassen.

Sie verschwand mit Fancy. Die Männer gingen nach dem Krankenzimmer. Als der Diakonus bei Lisbeth vorbeiging, sagte er erstaunt und halb leise zu ihr: Sie scheinen sich über des Doktors Nachricht wenig gefreut zu haben.

Ich wußte schon lange die Wahrheit, versetzte Lisbeth mit niedergeschlagenen Augen. Der Arzt hat meine Angst gesehen und mir entdeckt, wie die Sache stand.

Und Sie konnten sich überwinden, Oswald nicht zu besuchen?

Warum nicht? Wenn er nur gesund wird? Kam ich und meine Sehnsucht da in Betracht?

Drittes Kapitel
Speisesaal und Krankenzimmer

Das Wiedersehen war sehr freundlich und herzlich gewesen. – Als die beiden Männer das Krankenzimmer verlassen hatten, gingen sie nach dem allgemeinen Versammlungssälchen und dort sagte der Oderamtmann: Ich habe eigentlich nie ein schöneres Gefühl für einen Freund, als wenn ich ihm wider seinen Willen einen Dienst für das Leben leisten kann. Denn bei Gefälligkeiten, die man den Wünschen des andern erweiset, ist man nie sicher, daß sich nicht Eitelkeit, weichliches und selbstliebiges Wesen mit einmischt. Wenn man aber gegen die Schoßneigungen des Freundes an ihm seine Schuldigkeit thut, dann hat man die reine Empfindung treuerfüllter Pflicht; wohl die schönste im Leben.

Soll denn das auf unsern Freund eine Anwendung finden? fragte der Diakonus etwas befangen.

Allerdings, erwiderte der Oberamtmann, und Ihren Beistand erbitte ich mir auch, Herr Diakonus, zu dem, was ich vorhabe. Nachdem der Graf nun wieder hergestellt ist, oder wenigstens in ganz kurzer Zeit sein wird, kann ich an mein Geschäft mit ihm, oder vielmehr für ihn denken. Meine erste Obsorge muß nämlich jetzt sein, diese unangemessene und fast verrückte Liebschaft zu zerstören.

Der Diakonus brauste hier, seine geistliche Fassung etwas vergessend, auf und rief in den bestimmtesten Ausdrücken, daß er zur Zerstörung einer solchen Liebe, welche keine Liebschaft sei, nicht die Hand biete, vielmehr sie, so lange sie das Gastrecht seiner Schwelle genieße, zu schützen wissen werde. Man wurde hierauf, obgleich man sich in gewissen Grenzen zu halten wußte, gegenseitig sehr warm und erschöpfte alles, was an heftigen und starken Versicherungen und Gegenversicherungen gesagt werden konnte. Endlich fiel dem Diakonus die Frage ein, welche bei dergleichen Gelegenheit die erste sein müßte, meistenteils aber die letzte zu sein pflegt. Er erkundigte sich nämlich nach den Gründen einer so starken Abneigung gegen diese Verbindung.

Ihre Frage kann mir auffallend erscheinen, Herr Diakonus, indessen will ich sie beantworten, erwiderte der Oberamtmann. Mein Freund ist, wie Sie wissen, aus der ersten Familie des Königreichs, seine Herrschaft gleicht an Umfang manchem Fürstentume; geborener Reichsstand ist er und das Blut unserer Könige hat sich mit seinem Geschlechte mehreremale vermischt. Wenn er nun den aufgelesenen Findling heiratet, so fallen seine Kinder, wie Bastarde, von der Bank und sind successionsunfähig, darüber verliert er die Freude an seiner Herrschaft, weil er nämlich weiß, daß er sie für die fremde Linie aufhebt. Mit den Anverwandten verhetzt er sich, in seinen Verhältnissen zerrüttet er sich, bei Hofe kehren sie ihm den Rücken, der Gemahlin muß er sich schämen, in der Kammer wird er aus übler Laune ein hohler widersprecherischer Schreier, kurz, er wird auf alle Weise ein elender und verkümmerter Mann. Weil er aber dazu gar keine Anlage hat, sondern vielmehr, ungeachtet mancher Thorheit, bestimmt ist, sich zu einem ganz herrlichen und prächtigen Charakter herauszuarbeiten, zu einer Freude und Zier des Landes, deshalb, Herr Diakonus, und deshalb, weil ich seiner sterbenden Mutter mein Wort auf ihn gegeben habe, ist es meine Pflicht, dieses Verhältnis, welches für mich eine Liebschaft bleibt, zu zerstören.

Die Streitenden gingen mit großen Schritten auf und nieder.

Der Diakonus pries die Unschuld und den Schwung der Neigung, welche so entgegengesetzte Gefühle aufregte. Allein der hartnäckige Geschäftsmann ließ sich dadurch nicht rühren, sondern sagte: Ich will ihn auch gar nicht daran hindern, das Mädchen geliebt zu haben. Er feiere sie in seiner Erinnerung, er mache Gedichte der Wehmut an sie, Sonette und Terzinen, so viel er will, er trage ihre Locke oder ihren Schattenriß, was er nun von ihr besitzt, auf dem Herzen, immerhin! Liebe ist Liebe, aber Ehe ist Ehe. Die Ehe ist ein Geschäft, ein höchst wichtiges Geschäft. Nicht umsonst handelt ein Abschnitt in allen Landrechten von der Ehe und vom Eingebrachten und von der Gütergemeinschaft. Die Ehe soll dem Menschen einen Boden unter die Füße geben, nicht den Boden unter den Füßen wegziehen. Ein Geschäft muß ein Objekt haben, Liebe ist aber kein Objekt. Liebe gehört zur Ehe, wie der fröhliche Trunk zum Abschluß eines guten Kaufes; aber über das Glas Wein schließt man den Handel nicht. Er braucht noch gar nicht zu heiraten, denn er ist noch sehr jung, will er es aber thun, so giebt es unter unseren Gräfinnen und Fürstinnen und unter denen nebenan in Baden und Baiern auch schöne, blühende, gute Mädchen; darunter soll er sich auslesen, die Bettlerin aber soll er lassen.

Ich weiß wohl, daß jedes mißgefügte Liebespaar von seiner Thorheit einen neuen Himmel und eine neue Erde datiert und die erste probehaltige Ausnahme. Wenn man aber nach wenigen Jahren die sogenannten Ausnahmen wieder sieht mit hangenden Flügeln, den Schmetterlingsstaub jämmerlich von den Schwingen gerieben, vernützt, abgeblaßt, so wendet sich einem das Herz im Leibe bei dem Anblicke von so trübseligen Bestätigungen der allgemeinen Regel um.

Der Diakonus, dessen Verstand unwillig manches zugeben mußte, was der andere vorbrachte, bediente sich jetzt der Wendung, welche bei einem Streite so ziemlich klar die Niederlage anzeigt. Er sagte nämlich, daß diese Drohungen wohl nicht ganz der Ernst des Oberamtmanns sein möchten, daß er gewiß Bedenken tragen werde, sie in ihrem vollen Umfange auszuführen.

Darauf versetzte der Amtmann sehr kalt und fest: Sie würden im Irrtum sein, wenn Sie diese Meinung wirklich hegten. Ich bemerke wohl, daß die Scherze, welche die junge Baronesse in ihrer liebenswürdigen Laune zuweilen über mich macht, Sie zum Lachen über mich anreizen, und es mag auch wahr sein, daß ich eine ziemlich sonderbare und graue Aktenfigur bin. – Ich habe neulich den sogenannten Patriotenkaspar verhört, darüber den Grafen vergessen, kam zu spät auf den Oberhof und fand meinen Freund, der vielleicht gesund mit mir gefahren wäre, erst wieder, als er blutend am Wege lag. Das war ein Schwabenstreich. – Indessen kann man solche begehen, und doch bei manchem Punkte unbesieglich sein. – Glauben Sie mir, daß, wo ich mich in meinem Amte und Recht fühle, alles von mir abgleitet, wie von einem Felsen, und daß ich dann fest zu stehen weiß wie ein Fels. Meinen liebsten Freund aber vor einem unsäglichen Elend zu bewahren, wie ich es nun einmal ansehe, das ist recht eigentlich meine Amtspflicht und mein Recht. Ich werde demnach, was ich angekündigt habe, durchzuführen, wissen.

Aber was wollen Sie denn mit ihm beginnen? Er ist doch mündig! rief der Diakonus ereifert.

Leider! versetzte der Oberamtmann. Es giebt Leute, die wenigstens bis zum dreißigsten Jahre unter Kuratel stehen sollten. Indessen ist auch ein Mündiger anzufassen. Was ich beginnen will? Ihm jeden nur möglichen Grund vortragen, die Verbindung ihm unleidlich machen, Urlaub mir verlängern lassen, mit ihm auf sein Schloß reisen, Oheime. Vettern und Basen in Bewegung setzen, die Sache vor den König bringen, seine Standesgenossen aufregen, es darauf ankommen lassen, daß er mir die Thüre weiset, dann doch nicht gehen, immerfort einsprechen, den Einspruch noch zwischen die Verlobung werfen, ja selbst am Altare, wenn es notwendig ist, einen Skandal bereiten. O, ein Mann und, Freund kann viel, wenn er nur beharrlich will. So wahr ich der Oberamtmann Ernst vom Schwarzwalde bin, mit meiner Zustimmung wird sie nicht Gräfin Waldburg-Bergheim.

Und mit meiner auch nicht, sprach hier eine dritte Stimme. Die schöne Clelia war, von ihrem Spaziergange zurückgekehrt, in den Saal getreten, und hatte, unbemerkt von den Männern, gehört, wovon die Rede war. Nein, Herr Diakonus, sagte sie, Sie sehen die Sache doch etwas zu sehr von Ihrem Standpunkte an. Ich bin gewiß gut und freundlich gegen jeden und Wünsche allen ein solches Lebensglück, wie ich es erlangt habe, aber auch meine Erfahrung hat mich gelehrt, baß Mißbündnisse nie zum Heile führen, und da es sich hier um das Los meines teuersten Anverwandten handelt, so stelle ich mich ganz auf die Seite des Oberamtmanns.

Die schöne junge Frau sagte dies so feierlich, als hätte sie in ihrem zwanzigjährigen Leben schon wenigstens hundert üble Erfahrungen von Mißbündnissen vor Augen gehabt. Der Oberamtmann küßte ihr dankbar und gerührt die Hand und der Diakonus schwieg.

Es war inzwischen im Nebenzimmer gedeckt worden und man setzte sich zu Tische. Auch der junge Gemahl hatte sich nach seiner Sperlingsjagd, die nicht sehr ergiebig gewesen war, zur Gesellschaft gefunden und nur Lisbeth fehlte. Der Diakonus suchte, so gut es ihm gelingen wollte, der vorhergegangenen Scenen ungeachtet, den beredten Wirt zu machen. Es glückte ihm aber nicht ganz, denn seine Seele war abwesend und in Bekümmernis bei dem Paare, über dessen Häuptern sich nach manchen Leiden noch zuletzt so schwere Wolken anhäuften.

Die ganze Gesellschaft war eigentlich verstimmt und redete wenig. Der Oberamtmann fühlte die Schwierigkeit seiner Aufgabe, zwei Herzen zu trennen, die einen geistlichen Beistand hatten, und dachte über die Mittel nach, diesem Einflusse entgegenzuarbeiten. Zwischen dem jungen Ehepaar aber hatte sich der erste Streit erhoben, und zwar auch über das Liebespaar. Der Gemahl war nämlich nach seiner Rückkehr von dem Windbüchsenvergnügen unterrichtet worden, daß der Vetter hergestellt sei und hatte, als er seine Gemahlin von dem Spaziergange heimkommend gesprochen, ihr in aller Freundlichkeit aber mit bestimmtem Tone den Entschluß eröffnet, nunmehr abreisen zu wollen, da sie unmöglich jetzt noch eine Sorge um Oswald mit auf die Reise nehmen könne. Schon daß er so bestimmt sprach, regte ihren Widerspruch auf und sie fühlte wohl, daß, wenn sie den Anfängen solcher Emancipation nicht entgegentrete, es leicht um die ganze Zukunft ihres Regiments geschehen sein dürfte. Sie erklärte daher eben so bestimmt, daß sie noch bleiben und so lange bleiben werde, bis sie ihren geliebtesten Anverwandten von einem schlimmeren Übel befreit sehe als dem Blutsturze, nämlich von seinem verkehrten Heiratsvorsatze. Der Oberamtmann fasse alles zu rauh an, sie als Frau wisse allein in solcher Verwickelung das Richtige zu treffen und den Knäuel mit Feinheit zu entwirren. – Du kennst meine Festigkeit, Edmund, sagte sie zuletzt; ich bin ganz fest in dieser Sache, zu deren Behandlung mich der Himmel selbst offenbar hierher hat kommen lassen, also stehe ab von dem Vorsatze, mich nach deinen Wünschen bewegen zu wollen. Er erwiderte ihr darauf höflich, daß er an ihrer Festigkeit nie gezweifelt habe, daß sie ihm aber unter solchen Umstanden verzeihen möge, wenn er, so lange ihr Geschäft hier daure, einen Besuch bei seinem Oheim im Osnabrück'schen abstatte, denn an diesem elenden Orte könne er nicht länger aushalten.

So endete demnach der süße Frieden der Flitterwochen und es war noch keine Versöhnung erfolgt, als man sich zu Tische setzte. Gemahl und Gemahlin sprachen daher auch nicht, sondern sahen stumm auf ihre Teller. Was endlich die Hausfrau betrifft, so hatte diese wirklich das hochrote Antlitz und die glänzenden Augen, von welchen Clelia gesprochen hatte, und welche unwiderleglich anzeigen, daß eine Wirtin sich sehnt, wieder ungestört in ihrer stillen Häuslichkeit zu leben. Sie war die gastfreiste Frau von der Welt, aber die Einladungen des Diakonus, die von ihm ohne Rücksicht auf Raum und Grenzen des kleinen Hauswesens ausgegangen waren, hatten ihr eine Last aufgebürdet, unter welcher sich selbst der Sinn einer Baucis geheimen Mißgefühls nicht würde haben erhalten können.

Man stand auf und wünschte einander gute Nacht. Vor dem Fortgehen aber sagte der Oberamtmann zum Diakonus: Unbegreiflich ist es mir, wie Sie, Herr Pastor, die Partei eines Mädchens nehmen können, welches nach allen Anzeigen zu schließen, eine sehr gefühllose Seele hat.

Gefühllose Seele?

Ist sie, als sie von dem Unfälle ihres alten Pflegevaters hörte, zu ihm geeilt, wie es einem dankbaren Kinde eignete? Hat sie sich nicht begnügt zu fragen, ob er wohl aufgehoben sei? und als sie erfuhr, daß gute Leute sich seiner angenommen hätten, that sie da etwas anderes als ihm das Geld zu schicken, welches sie für ihn verwahrte?

Herr Oberamtmann, versetzte der Diakonus, die Lisbeth hat den Spruch im Herzen empfangen und ausgetragen: Du sollst Vater und Mutter verlassen und dem Manne anhangen. Es thut wohl, endlich einmal auch auf eine Natur zu stoßen, wenn man so viele Puppen gesehen hat. Ich habe da die Unterscheidungen und Bezeichnungen aufgestellt, welche, wie wir vernehmen, unser großer Dichter von weiblichen Wesen zu gebrauchen pflegte. Mir will es so vorkommen, als ob Goethe, wenn er noch lebte und die Lisbeth sähe, sie eine Natur nennen würde.

* * *

An diesem Abende ereignete sich, was hin und wieder in Liebesschicksalen vorkommt. Die Umherstehenden streiten gewaltig mit einander und regen eine wahre Ilias auf über die Frage, ob zwei Menschen verbunden bleiben sollen oder nicht! und die Liebe ruht während des Kampfes seitwärts unter Rosenbüschen in holder Eintracht. Lisbeth und Oswald wußten nicht, welche Schlachten um ihr Geschick ausgefochten wurden oder sich vorbereiteten. Lisbeth hatte eine heimliche liebliche Freude sich zugedacht. Sie pflückte die schönsten Astern im Garten und wand sie zum Kranze. Mit dem Kranze schlich sie, als es dunkelte, leise an die Thür des Krankenzimmers, horchte dort klopfenden Herzens und pochte, als sie im Zimmer nicht reden hörte, so sacht an, daß nur ein feines Gehör, wie es der alte Jochem besaß, den fast unhörbaren Schall vernehmen konnte. Auch er kam in seinen Socken an die Thür geschlichen und öffnete sie ohne Geräusch.

Wacht der Graf? flüsterte Lisbeth.

Nein, versetzte eben so leise der Alte. Er schlummert im Lehnsessel, das Gespräch mit den beiden Herren hat ihn etwas matt gemacht. Kommen's nur herein!

Kaum den Boden mit ihren Fußsohlen berührend, schritt Lisbeth durch das Krankenzimmer. Im Lehnstuhl saß Oswald und schlief. Sein Antlitz war so weiß wie Marmor, er sah vornehmer und prächtiger aus als je. Die schöne Stirn zeigte noch klarer als sonst die lichten, innigen Gedanken, welche Sinter ihrer Wölbung wohnten. Leicht gerötet waren die vollen gutmütigen Lippen, und um sie und um die reinen Wangen schwebte das friedlichste Lächeln. Er träumte vielleicht, und mochte wohl von seiner Liebe träumen. So saß er da, ein reizendes, hohes Jünglingsbild; eine Mischung von siegfreudigem Apoll und schwärmendem, gefühlstrunkenem Bacchus, noch nie so klar in dieser seiner Grundform ausgeprägt, als heute, wo die geschlossenen Wimpern allen Zügen etwas Festes und Ewiges gaben.

Lisbeth näherte sich dem Schlafenden und beugte sich über sein Haupt. Aber sie rührte ihn nicht an und ließ kaum ihren Atem um seine Wangen spielen, um ihn nicht aufzuwecken. Dann legte sie leicht und leise wie eine beschenkende Himmelsgestalt ihren schönen Kranz von roten, gelben und blauen Astern in seinen Schoß. Und dann setzte sie sich ihm gegenüber in einen Sessel und sah ihn, die Hände über der Brust gekreuzt, lange an.

Nachdem sie so lange stumm gesessen, wendete sie ihr Antlitz. Der Alte stand ihr zur Seite und empfing ihren ersten Blick. Von diesem Blick erschüttert, sank er leise auf das Knie und küßte ihre Hand.

Die Gnostiker erzählen, daß die Engel einst eine unaussprechlich schöne Gestalt flüchtig an sich vorüber schweben sahen, die sie nachmals nie wieder erblickten, obgleich sie Äonen lang mit heißer Sehnsucht einer zweiten Erscheinung harrten. Sie schufen dann endlich, sagen die Gnostiker, in Nacherinnerung an die Geschaute, ein schwaches Abbild jenes himmlischen Urbildes. Dieses Abbild war der Mensch. Es kann sein, daß in Lisbeths Zügen etwas von dem Ausdrucke der den Engeln einst erschienenen Schönheit schimmerte. Der Alte stammelte flüsternd: O liebe, liebe, junge gnädige Gräfin.

Lisbeth errötete. Warum nennst du mich immer schon so? fragte sie leise.

Weil ich Sie mir gar nicht als Liebste oder Braut denken kann, sondern Frau sind Sie, liebe Frau von meinem jungen Herrn, gar kein' Sehnsucht nicht und kein Verlangen, sondern schon ganz eins mit ihm und herzenseinig.

Nun sage mir, wie geht es ihm und wovon hat er heute gesprochen? fragte Lisbeth.

Ach, sagte der Alte, Kranke haben so ihre wehmütigen und zaghaften Stunden. Mein Herr sagte heut', das Glück, was er mit Ihnen haben würd', käm ihm gar zu schön und herrlich vor, er könnt' nicht aussprechen, wie unsäglich lieb er Sie haben thät' und deshalb fürchtete er, die wüste Welt würde sich drein legen zwischen ihn und sein Glück, und der Damon würde darauf treten —

Dämon, sagte er wohl, sprach Lisbeth.

Dämon oder Damon, 's kommt alles auf eins heraus, er meinte aber gewiß den Teufel, fuhr Jochem fort. — Er sagte diese trübseligen Sachen viel schöner und besser, als ich sie hervorbringen kann, indessen hatt' ich rechte Müh', ihm Trost einzusprechen.

Lisbeth nahm die Hand des Alten und lispelte: Wenn er erwacht, so sage ihm, ich sei hier gewesen und habe mich an ihm gefreut. Sage ihm dann auch, er solle mir nicht übel nehmen, besuch' ich ihn morgen und auch vielleicht noch über-morgen nicht, denn ganz gesund müsse er erst sein, wenn er mich sehen solle, und ich sei ohnedies doch immer und ewig bei ihm. —

Tief atmend, aber so leise, daß der Alte sein Ohr ihren Lippen nähern mußte, setzte sie hinzu: Und weiter sollst du ihm sagen, er müsse sich nicht vor der Welt und dem Dämon fürchten, denn er sei mein Oswald und ich sei seine Lisbeth, und die Welt und der Dämon hätten keine Macht über zwei Menschen, die einander von Grund des Herzens gut seien. Er solle nur ganz getrost an mich denken, denn ich sei Er und er sei Ich, und wir seien Eins und zwischen uns könne nichts kommen.

Werd' alles genau ausrichten und bestellen, antwortete der Alte. Und 's ist gut. daß mein Herr es nicht von Ihnen hört, denn mit Ihrer Stimm' und dem ganzen Ton vorgetragen möcht's ihn doch unruhig machen und der Brust noch schaden. Aber wenn ich's ihm in meiner groben Manier erst zuricht' und hinterbring', so überwindet er's schon eher.

Lisbeth erhob sich und ging. Bald nachher erwachte Oswald und hörte vom Alten, welche liebliche Zuversicht seinem Schlummer nahe gewesen sei.

Viertes Kapitel
Die Leiden einer jungen Strohwitwe

Indessen schien wirklich die idyllische Liebe bei ihrem Zusammentreffen mit der Außenwelt bösen Geschicken entgegenzugehen. Denn der Oberamtmann wiederholte am folgenden Tage in einem zweiten ruhigeren Gespräche dem Diakonus seine unerschütterlichen Vorsätze. Die schöne Clelia, welche bei der höchsten Gutmütigkeit doch alle Meinungen einer vornehm erzogenen Dame hegte, sprach während einer Morgenunterhaltung ihm ebenfalls ihre Überzeugung gegen ein Ehebündnis aus.

Seine Seele war bekümmert und erschüttert. Auf der Seite der Gegner stand die Vernunft mit hundert Gründen in Reihe und Glied, und er war selbst ein zu ruhiger besonnener Mann, als daß er nicht insgeheim mancher Stimme im feindlichen Lager beigefallen wäre. Das zerschnitt ihm aber das Herz, welches den beiden Liebenden mit Innigkeit zugethan war und sich schon an der Aussicht geweidet hatte, durch sie die Anschauung eines seltenen Glückes zu gewinnen. Indessen hatte er nur noch wenig Hoffnung darauf, denn er meinte auch, wie jeder dritte Zeuge eines Verhältnisses, daß keine Leidenschaft den Angriffen des Verstandes auf die Länge gewachsen sei. So befürchtete er denn von der Herstellung Oswalds nichts als Einbuße, tiefes Leid und Zerstörung.

Die schöne Clelia hatte allerdings beim Erwachen eine unerwartete Nachricht empfangen. Als sie nämlich in das Morgengewand geschlüpft war und sich nach ihrem Gemahl erkundigte, brachte ihr Fancy ein Billet von ihm, aus dem sie sah, daß er wirklich in der Nacht Extrapost genommen hatte und zum Besuche bei dem Oheim im Osnabrückschen abgereiset war. Das Billet sagte ihr das zärtlichste Lebewohl, sagte ihr, daß er ihren Morgenschlummer nicht habe stören wollen und sprach den empfundensten Wunsch aus, daß eine baldige Schlichtung der Verwirrung, wie sie sich dieselbe vorgenommen, die Dauer dieser ersten ihm so schmerzlichen Trennung abkürzen möge. Selbst eine Locke von seinem Haare hatte er beigelegt. Nachschrift über Nachschrift hinzugefügt und eine Stelle im Briefe bezeichnet, welcher von ihm ein Kuß aufgedrückt worden sei, wie er sagte.

Nachdem die schöne Verlassene diesen Brief gelesen hatte, schwieg sie eine Zeit lang und sah das feine rosenrote Papier so an, als ob es die Absage einer Soiree bei dem Fürsten, wie er nun heißen mochte, enthalte, auf welche sich die ganze feine Welt Wiens schon seit vierzehn Tagen gefreut hatte. Fancy mußte sie erinnern, daß die Chokolade kalt werde; sie versetzte, daß sie keinen Appetit habe und befahl dem Mädchen, die Tasse wegzutragen. Fancy gehorchte.

Sie saß hierauf etwa eine Viertelstunde im Sofa und stützte das Haupt gedankenvoll auf den schönen Arm. Dann ging sie eine halbe Stunde im Zimmer auf und nieder, und dann klingelte sie. Fancy kam. Ihre Gebieterin stand mitten im Zimmer und sagte zu der Jungfer, die zugleich Schatzmeisterin und Vertraute war: Fancy, es freut mich, daß mein Mann so fest ist. Ich bin fest, er ist fest, dieses gegenseitige Festsein verbürgt mir eine geordnete Zukunft. Nichts Unangenehmeres, als zwei Gatten, die einander mit weichen Nachgiebigkeiten quälen. Jeder muß seinen Willen haben und den durchzuführen wissen, dann findet man sich gegenseitig zurecht und es entsteht ein heiterer geregelter Lebensgang. Es freut mich, daß mein Mann abgereist ist.

Warum sollten Sie sich auch darüber nicht freuen, gnädige Frau? erwiderte Fancy, die der Gebieterin nie widersprach.

Ich werde ungestörter in größerer Ruhe meine Aufgabe hier lösen, die ich mir gestellt habe, so allein und für mich, sagte Clelia.

Fancy erwiderte hierauf nichts, sondern nickte nur zuversichtlich beistimmend mit dem Kopfe. – Aber dennoch bleibt es auffallend, fing die Baronesse nach einer Pause an, daß mein Mann abreisen konnte.

Auffallend bleibt es allerdings, sagte Fancy. – Unterhalte mich, sprach Clelia. Fancy unterhielt hierauf die Gebieterin, so gut sie konnte und erzählte ihr von allen Bekanntschaften, die sie rasch nach Art der Kammerjungfern im Städtchen gemacht hatte: von der Frau des Steuereinnehmers, von der Tochter eines Assistenten und auch vom Küster, der ihr mit seiner barocken Weise aufgefallen war, und über den sie bei der und der Gelegenheit herzlich hatte lachen müssen, so komisch war sein Betragen gewesen.

Der Stoff dieser Mittheilungen hatte sich noch lange nicht erschöpft, als die Dame sie unterbrach und sie um Gotteswillen bat, aufzuhören mit dem albernen Zeuge, von Steuereinnehmerfrauen und Assistententöchtern und Küstern, denn sie habe entsetzliches Kopfweh. Fancy verstummte auf der Stelle, holte kölnisches Wasser und rieb ihrer leidenden Herrin die Schläfe damit ein. – Du bist ein gutes Mädchen, Fancy, sagte Clelia sanft während dieser Mühwaltung zu der Dienerin, aber sehr langweilig kannst du mitunter sein.

Gnädige Frau, antwortete Fancy schüchtern und doch mit einem gewissen Pathos, all mein Verdienst ist, Ihnen treu zu sein, und Ihnen zu gehorchen wie eine Sklavin. Unterhaltung kann freilich ein so beschränktes Mädchen, wie ich bin, nicht haben.

Clelia ließ sich darauf bei ihrem Vetter anmelden. Die Begrüßung beider Verwandten war sehr liebevoll, denn sie waren einander gut, wie Bruder und Schwester. Dennoch empfand Clelia nach den ersten Reden einen gewissen Zwang, denn sie war sich ja geheimer Absichten gegen seine Wünsche bewußt. Sie kürzte daher den Besuch unter dem Vorwande, daß viel Sprechen ihm noch schädlich sein möchte, ab. Dann hatte sie die Unterredung mit dem Diakonus. Dann wollte sie die Hausfrau sprechen, aber diese hatte in ihrer Wirtschaft die Hände voll zu thun. Sie verlangte daher nach dem Oberamtmanne. Der war jedoch auf dem Gerichte und sprach mit einem Beamten über Dienstsachen. Nun begehrte sie wieder den Diakonus zu sprechen, welcher sich indessen zu einer Synode einbegeben hatte.

Die Toilettenstunde war hierüber herangekommen und diese gab nun einige Zerstreuung. Während Fancy das Haar ihrer Dame ordnete, erfuhr sie das Projekt, welches diese beschäftigte. Sie faßte ihre eigenen verschwiegenen Gedanken. Diese halten wir uns nicht für berechtigt zu offenbaren, denn auch gegen Kammerjungfern soll man diskret sein. Nur so viel: Wie alle ihre Schwestern war Fancy eine geschworene Freundin von Mesalliancen. Zwar hätte sie auf Lisbeth neidisch sein dürfen, dagegen aber stritt ihr Gemüt. Bei aller Schlauheit hatte das Mädchen ein dankbares Herz. Der junge Graf Oswald hatte einst ihrem alten invaliden Vater eine Versorgung als Kastellan ausgemacht, ihn dadurch vom Hungertode gerettet. – Man muß hübsch erkenntlich sein, dachte Fancy und entwarf ihren Soubrettenplan.

Sie legte etwas boshaft das schöne, noch nie getragene blaue Mousseline de Laine-Kleid heraus und kleidete überhaupt ihre Herrin heute mit besonderer Sorgfalt. Als Clelia sich im Spiegel so schön geschmückt sah, seufzte sie und sagte: Schade, daß man das für die Tauben und Sperlinge im Hofe angezogen hat.

Recht schade! versetzte Fancy. Der Herr hatten sich so sehr darauf gefreut, die gnädige Frau in dem neuen Kleide zu sehen.

Nun, es wird ja hier keine Ewigkeit währen, warf die schöne Frau leicht hin.

Die Ewigkeit ist lang, versetzte die gefällige und nachgiebige Fancy. Nein, eine Ewigkeit wird es wohl nicht währen.

Nach Tische (sie speiste nur mit der Hausfrau, denn die Männer hatten absagen lassen, und das Mahl war deshalb etwas einsilbig, wie alle Diners zweier Damen und von sehr kurzer Dauer) ließ die junge Baronesse ihre Uhr repetieren und sagte: Halb drei. Das wird ein langer Nachmittag werden. – Sie las etwas, aber das Buch zog sie nicht an, dann sang sie zur Guitarre, aber sie hörte bald auf, denn sie behauptete, heiser zu sein. – Fancy, meine Crespine! rief sie. Fancy brachte die schwarzseidne Crespine. Clelia ging etwas in den Garten, aber die Mücken schwärmten ihr dort zu wild, und deshalb kehrte sie bald in ihr Zimmer zurück.

Wenn mein Vetter erfährt, welcher Langeweile ich mich um sein wahres Heil ausgesetzt habe, so müßte er der undankbarste Mensch sein, sagte er mir nicht zeitlebens Dank, sprach sie zu Fancy, die ihr die Crespine abgenommen hatte und in den verknitterten Spitzen um den vollen Nacken Ordnung stiftete.

Er müßte der undankbarste Mensch sein, erwiderte Fancy.

Sie nahm Stramin zur Hand und fing an, etwas zu sticken. Inzwischen war der Oberamtmann zurückgekommen und ließ anfragen, ob er aufwarten dürfe. In der Dürre dieses Tages erschien ihr der Geschäftsmann wie ein Retter aus der Not; gern wurde er angenommen. Als er seine verehrte Schöne in dem neuen, reizenden Anzuge sah, begannen seine Augen wacker zu werden, er sah ganz verklärt aus. – Das Sticken aus freier Hand schien ihr einige Beschwerde zu verursachen. Er fragte sie lebhaft, ob er ihr den Stramin halten dürfe? Sie bejahte im schmeichelndsten Tone. Mit leuchtenden Blicken setzte sich nun der Oberamtmann zum Dienste der Galanterie auf ein Fußbänkchen zu den Füßen der jungen Dame nieder, nahm den Stramin fest in seine beiden Hände und sah so ernsthaft auf die Rosen, die unter Clelias Nadel entstanden, als habe er ein Todesurteil vor Augen. Auch Clelia stickte eifrig, als arbeite sie um das tägliche Brot, und Fancy saß am Fenster, mit einer Beeiferung ohne gleichen nähend.

Die Spannung der nächsten Augenblicke war nicht gering. Endlich fragte Clelia ihren grauen Verehrer, wie er die Sache mit dem Vetter anzugreifen gedenke? worauf er ihr ungefähr die nämliche Auskunft gab, wie dem Diakonus. Clelia fuhr aber heftig auf und erklärte, daß sie ein solches Verfahren durchaus nicht zugeben werde, daß das ein rauhes und unmenschliches Verfahren sei, welches ohnehin nicht einmal einen günstigen Erfolg zusichere, weil die Liebe durch so unmittelbaren Widerspruch nur wachse, und was dergleichen mehr war, geeignet, den ganzen Plan des Oberamtmanns umzuwerfen. Sie hatte den Stramin aus ihren Händen entlassen und der Oberamtmann hielt ihn sonach bestürzt und gedankenlos allein in der seinigen.

Aber mein Gott, sagte er traurig, was wollen Sie denn, daß geschehen soll?

Darüber habe ich meinen Entschluß gefaßt, erwiderte Clelia ernst. – Er ist auf die Kenntnis des weiblichen Herzens gegründet. Kurz, wenn ich irgend etwas auf Sie vermag, wenn Sie wirklich mir in dem Maße vertrauen, wie es den Anschein hat, so überlassen Sie mir die Leitung der Sache, denn von solchen Dingen begreift ihr Männer überhaupt nichts.

Der Geschäftsmann wollte Widerspruch erheben, aber sie sah ihn so bestimmt an, er fürchtete so sehr von ihr verabschiedet zu werden, sie kam ihm heute in dem blauen Mousseline de Laine-Kleid reizender als je vor, er hatte sich so glücklich gefühlt, als er ihr den Stramin gehalten – genug, er gab wehmütig und kleinlaut nach. Unter der Thüre aber wendete er sich nochmals um, ging zu ihr, faßte ihre beiden Hände, drückte sie gegen seine Brust, seufzte und sagte: Das ganze Glück unseres Freundes steht auf dem Spiele. Nur Kälte und Konsequenz kann ihn retten. Wird Ihnen Ihre weibliche Gutmütigkeit nicht einen Streich spielen? Wenn sich nun Stöhnen und Wehklagen erhebt, werden Sie dann standhalten?

Darüber seien Sie ganz ruhig, versetzte Clelia. Fancy, du kennst meine Festigkeit.

Ich kenne die Festigkeit der gnädigen Frau, sagte Fancy.

Nach der Entfernung des Oberamtmanns fragte die Baronesse ihre Zofe: Ob sie wohl ihren Plan errate? Die Zofe versetzte, daß sie ein zu dummes Mädchen sei, um so kluge Plane erraten zu können. Ich werde, sagte darauf die Baronesse, indem sie sich von Fancy die seidenen Schuhe, welche sie etwas drückten, ausziehen ließ und ihre kleinen Füße in rote goldgestickte Pantöffelchen steckte, ich werde auf weibliche Art die Sache ordnen, Fancy.

Sie nahm eine gefällige Lage auf dem Sofa an, Fancy setzte sich auf das Bänkchen des Oberamtmanns zu ihren Füßen, sah ihr demütig in das Gesicht und erwiderte: Gnädige Frau, Sie können gar nichts anderes sein, als das edelste weibliche Wesen.

Meinst du? versetzte die Gebieterin lächelnd und streichelte ihrer ergebenen Jungfer die Wange. – Nun höre meinen Plan. Nach allem, was ich von der Lisbeth höre, ist sie ein gutes und braves Mädchen. Solche Gemüter leben nur im Glücke ihres Freundes und entsagen dem eigenen, wenn man ihnen klar macht, daß sie das Unglück des zweiten werden können. Ich will auf das Gemüt des Mädchens mit allen Gründen wirken und bringe es ohne Zweifel dahin, daß sie meine Hände ihre Liebe und meines Vetters Wort zurückgibt. Entsagen soll sie, entsagen wird sie, dann werde ich sie weit weg zu entfernen wissen. Tot muß sie für Oswald sein, ich aber sorge, wie sich von selbst versteht, zeitlebens als Mutter für sie. – Nur die schlechte, unwahre Liebe will um jeden Preis den Besitz des Geliebten: die reine, wahre weiß sich selbst freudig zu opfern, setzte Clelia begeistert hinzu, indem sie sich von Fancy einen Handspiegel vorhalten ließ, weil sie fühlte, daß eine Locke heruntergefallen war, die wieder aufgesteckt werden mußte.

Fancy ergoß sich in Versicherungen, daß diejenige ein elendes Mädchen sein müsse, welche nicht willig auf den Geliebten verzichte, sobald seine Lebensruhe davon abhange, und Clelia fuhr fort: Sehen aber darf ich sie nicht vor der entscheidenden Unterredung, denn meine ganze Festigkeit muß ich allerdings für diesen Hauptschlag zusammenhalten und keinem unzeitigen Mitleid mich aussetzen.

Nein! rief Fancy eifrig, nein, sehen dürfen Sie sie durchaus nicht. Denn dann könnten Sie weich werden, Ihre Gründe würden sich vielleicht, so zu sagen, zerbröckeln, und das Mädchen möchte Sie gewinnen und alles wäre verloren. Wenn Sie aber plötzlich mit aller Ihrer Klugheit bewaffnet sie kommen lassen, gnädige Frau, dann wollte ich doch einmal diejenige sehen, die Ihnen widerstehen könnte. So wie Sie sich die Sache ausgedacht haben, muß sie gelingen, und mich dauert nur die arme Lisbeth, die um den schönen Grafen kommt, denn ich, gnädige Frau, bin freilich nicht so fest wie Sie, sondern nur ein einfältiges, weichherziges Mädchen.

Nach diesen Vorfällen verging der Abend der jungen Dame in einer gewissen stillen Erhebung. Die Nacht war jedoch unruhig und die Bewohner des Hauses wurden durch mehrmaliges Schellen in dem Zimmer der Baronesse aus ihrem besten Schlummer geweckt. Clelia schellte nach ihrer Jungfer deshalb so oft, weil sie durchaus nicht schlafen konnte. Sie gab ihrem Lager die Schuld, welches Fancy ganz abscheulich gemacht habe, ließ von ihr die Kissen anders legen, da das nicht helfen wollte, die Decken besser ordnen, und als auch die besser geordneten Decken keinen Schlaf bringen wollten, die Matratze wenden.

So wurde Fancy geschellt, entlassen, wieder geschellt, wieder entlassen. Fancy, der ihr Gewissen in betreff des Lagers nicht das mindeste vorwarf, ertrug gleichwohl schweigend die Verweise der Herrin, oder schalt sich auch wohl selbst einmal wegen ihrer Nachlässigkeit, und legte, ordnete, wendete mit der Geduld einer Heiligen die Bestandteile des so ungerecht verklagten Lagers. Aber es half alles nichts und gegen Morgen bekam Clelia einen Anfall von Krämpfen. Fancy pflegte die arme Kranke mit Essigäther und Orangenblütenthee, den sie sogleich rasch und still zu bereiten wußte, treulichst. Das Übel lösete sich auch, und unter Thränen, welche die beklommene Brust erleichterten, machte Clelia am Busen ihrer Vertrauten dem verhaltenen Schmerze Luft. Sie weinte sehr und klagte über ihren Gemahl, der sie so herzlos habe verlassen können, sie fürchte, sagte sie, daß er sie doch nicht so liebe, wie sie gedacht, sie nannte sich endlich schluchzend eine arme, aufgegebene, schutzlose Frau. – Fancy nötigte ihr so viel Orangenblütenthee ein, wie nur möglich, und schalt dabei auf das ganze männliche Geschlecht, von dem sie behauptete, daß es im allgemeinen nichts tauge und nur zum Verderben der Frauen erschaffen sei. Der gnädige Herr mache denn leider auch keine Ausnahme, sagte sie, und das übelste sei, daß sich, wenn er fest dabei verbleibe, seinen Oheim im Osnabrückschen so lange zu besuchen, als die gnädige Frau hier Geschäfte habe, gar kein Ende des verzweiflungsvollen Zustandes absehen lasse.

Am andern Tage war Clelia sehr leidend und medizinierte. Ihr Befinden besserte sich nicht, als sie vernahm, daß Lisbeth in der Frühe auf eine halbe Woche zu ihrem alten Pfleger verreiset sei, den sie nun, da sie über Oswald ganz ruhig geworden war, wiederzusehen verlangte. Sie hatte sich außerdem zu dieser Reise deshalb bestimmt, weil sie jede Versuchung meiden wollte, den Geliebten durch ihre Gegenwart jetzt, wo er sanft und allmählich in das Leben zurückkehren sollte, aufzuregen.

Fünftes Kapitel
Worin der Hofschulze seine letzte Rede über allerhand wichtige Gegenstände hält

In einem der nächsten Tage ging der Diakonus auf das Gerichtshaus, wo er als Zeuge vernommen werden sollte. Mehrere Menschen, die gleich ihm hinbeschieden worden waren, standen unten vor der Thüre, und andere sprachen mit ihnen über den Gegenstand, der vor einigen Wochen die größte Verwunderung im Städtchen erregt hatte, dann den Leuten aus dem Sinne gekommen war, und nun, als das Gericht die Sache wieder aufnahm, von neuem zu reden gab.

Die Zeugen sollten über den Patriotenkaspar und den Oberhof gehört werden. Der Oberamtmann war nämlich an jenem Tage, wo er den Einäugigen traf, über den Fall ins Klare und mit einer protokollarischen Darstellung desselben zustande gekommen. Auch er überzeugte sich zwar, daß die Sache verjährt sei, gleichwohl meinte er, sie habe eine solche Gestalt, daß wenigstens das Tatsächliche in aller Form rechtens festgestellt werden müsse. Der Amtseifer des Geschäftsmannes wurde selbst durch den traurigen Zwischenfall mit seinem jungen Freunde nicht von dieser Bahn abgeleitet. Er trug daher, was er geschrieben, zu dem Vorstände des Gerichts, gab die nötigen Erläuterungen dazu und das Gericht ging ebenfalls in die Ansicht ein, daß ein geständiger Mörder, wenn auch von noch so alter Zeit her, wenigstens vor der Hand nicht auf freien Füßen stehen und unverhört bleiben dürfe.

Man schritt daher gegen den Patriotenkaspar zur Verhaftung. Dieser hielt von dem Leiterwagen herunter, auf dem man ihn einbrachte, Reden an das Volk, verfluchte die Gerichte von seinesgleichen und pries die Gerichte des Königs, vor denen er nunmehr seine alte Schuld abbüßen wolle. Zugleich berühmte er sich des Torts, den er seinem Todfeinde angethan. Das Gericht wollte sich indessen auch nicht so ohne weiteres mit einer vielleicht nachher getadelten Arbeit belasten, fragte daher höheren Orts an, von da geschah eine Rückfrage noch weiter hinauf und der Bescheid erfolgte erst nach mehreren Wochen. Sie ging dahin, daß allerdings, um die Sache aufzuklären, die nötigen Vernehmungen geschehen sollten.

Gerade kurz vor den Tagen, von welchen hier die Rede ist. war jene Bescheidung eingetroffen.

Besichtigungen wurden daher vorgenommen, Zeugen abgehört und diese Dinge brachten die Angelegenheit wieder in das Gedächtnis der Menschen zurück. Die sonderbare Art von Macht, welche der Hofschulze ausgeübt, kam zur Sprache, der einäugige Frevler hatte kein Hehl, daß er seinem Feinde das Schwert an einen verborgenen Ort weggethan habe und obgleich dieser Thatumstand kaum ein Verbrechen, sondern mehr nur einen Mutwillen darstellte, so war es doch gerade, und was mit ihm zusammenhing, wodurch die Leute am meisten beschäftigt wurden. Man verwunderte sich, daß ein uraltes, längst verschollenes sich wie eine unabhängige Macht im Staate hatte hinstellen können.

Auch der Name des Diakonus geriet auf die Zeugenliste. Die Untersuchung ruhte in den Händen eines Richters, der sich viel mit historischen Studien beschäftigte, und diese fanden hier reichliche Nahrung. Er machte daher die Sache wohl weitläufiger, als sie streng genommen zu werden brauchte und hörte jeden ab, der einigen Aufschluß über das Wesen des Oberhofes und das Treiben seines Besitzers zu geben vermochte. Deshalb hatte er denn den Diakonus gleichfalls vorladen lassen, weil dieser, wie bekannt war, viel mit dem Hofschulzen verkehrte, obgleich er von dem eigentlichen Gegenstande der Nachforschungen nicht das mindeste wußte.

Man ließ den Diakonus seines Standes wegen nicht im Zeugenzimmer warten, sondern berief ihn sofort in die Verhörstube. Dort wohnte er einem sonderbaren Auftritte bei. An den Schranken stand der einäugige Mörder und in einer Ecke saß der Hofschulze, über dessen verfallenes Aussehen der Diakonus erschrak. Der Mörder stand ganz straff da und sein reicher Feind saß in zusammengekrümmter Haltung. – Noch einmal fordere ich Euch auf, sagte der Richter zum Patriotenkaspar, mir zu entdecken, wohin Ihr das Schwert gethan habt; bedenkt, daß Ihr durch hartnäckiges Verleugnen Euer Schicksal erschwert. – Hofschulze, sagt ihm ins Gesicht, daß Ihr Euer ganzes Haus darnach vergeblich durchsucht habt, daß es also nicht im Oberhofe liegen könne.

Wenn der Mensch keine Hexenmeisterkünste ausgeübt und es in einen Balken inwendig hineingehext hat, so liegt es draußen irgendwo und der Bösewicht muß wissen, wo es liegt, sagte der Hofschulze, indem er einen Blick des grimmigsten Zornes auf den Entwender warf.

Der Einäugige, der mehr seinen Feind im Auge behielt als den Richter, versetzte: Und dennoch liegt es im Oberhofe, Hofschulze, aber finden werdet Ihr es schwerlich, wenn Ihr nicht das ganze Haus von Grund aus umreißt. Und das ist eben meine Freude, daß Ihr das wissen sollt, und daran vergehen, daß es Euch so nahe ist und dennoch verborgen bleibt. Mein Schicksal weiß ich. Daumenschrauben und Leiter gelten nicht mehr; Ihr könnt mich also höchstens länger sitzen lassen, Herr Richter, und das möget Ihr thun, denn ich schweige und werde schweigen, müßte ich auch hundert Jahre absitzen. Wo das Schwert liegt, diese Sache geht mit mir in die Grube.

Der Richter, welcher gar zu gern das alte Schwert gesehen hätte, fuhr den hartnäckigen Verleugner heftig an, der Hofschulze aber richtete sich auf, unterbrach ihn und sagte mit plötzlicher Hoheit: Lasset es gut sein, Herr Richter, wenn meine Bitte etwas gilt, denn ich habe mich besonnen, und dieser Bösewicht wird nichts verraten. Ich werde mich ohne das Schwert zu behelfen wissen.

Der Richter ließ den Patriotenkaspar abführen. Seid nun so gut, sagte der Hofschulze, die Sachen von mir aufzunehmen. die mit den andern Dingen stimmen, welche bereits von mir geschrieben stehen.

Der Richter schien etwas in Verlegenheit zu geraten, und erwiderte: Das gehört ja nicht zur Sache und ich muß überhaupt erst den Herrn Diakonus vernehmen. – Dessen Verhör war kurz, es drehte sich eigentlich um nichts. Der Hofschulze wartete ruhig die Beendigung ab; dann wiederholte er seine frühere Bitte. – So weit ich Euch im allgemeinen verstanden habe, sagte der Richter, wollt Ihr Sachen aufgeschrieben wissen, die sich nicht ziemen.

Nicht ziemen! rief der Hofschulze mit erhöhter Stimme. Ich habe Euch auf alle Fragen nach der Heimlichkeit und wie ich sie verwaltet, Rede gestanden, und nun verlange ich auch mit der Manier, daß meine Auskünfte und Zusätze gehörig dazugethan werden, und so weit mir die Rechte bekannt sind, dürft Ihr mir die Zunge nicht stumm machen.

Nun denn, rief der Richter halb ängstlich halb ärgerlich seinem Schreiber zu, zeichnen Sie auf, was der Alte sagt.

Ja, alt bin ich, und alt ward ich in Ehren, versetzte der Hofschulze gelassen. Der Diakonus wollte gehen. – Nein, bleiben Sie, Herr Diakonus, sagte der Hofschulze, es ist mir gar sehr lieb, daß Sie zufällig hier sind, denn ich estimiere Sie als einen frommen und gelehrten Mann von Herzen, und es kann mir nicht schaden, wenn auch Sie meiner Art und Manier Zeugenschaft geben. – Herr Skribent, sagte er zu dem Schreiber so gebietend, als habe er an Gerichtsstelle zu befehlen, schreibet genau auf, was ich zu wissen thue.

Herr Richter, ich mag mit meinem Schwerte und mit der Heimlichkeit am Stuhl wohl wie ein Narr da in den Schriften stehen, und Possen, wenn mir recht ist, nannte der junge vornehme Herr, an dem ich mich in meiner Angst vergreifen wollte, die Sachen, woran mein Herz gehangen hat. Ich will aber jetzt explicieren, was vor eine Bewandtnis es mit diesen Possen gehabt hat. – Allerhand habe ich erlebt in der Bauerschaft, Friedenszeiten und Kriegesläufte und Hagelschlag, Überschwemmung, gute Ernte und Mißwachs und Viehsterben. Nun sah ich denn, seitdem ich in die Jahre getreten war, wo das Menschenkind anfängt nachzudenken, daß hin und her die Herren kamen, die sich auf die Schreiberei verstehen und auf das Besserwissen, als die Leute, welche die Sache angeht, und die guckten nach, wenn alles geschehen war, das Korn niedergetreten und das Vieh in den letzten Zügen lag und die Wässer wieder im Ablaufen sich befanden. Hatte aber gar der Feind geplündert und ravagiert, da kamen sie vollends erst lange darnach und notirten sich's auf, denn während der Gefahr war meistens keiner der Herren zu finden.

Die Herren thaten dann ordinieren, wie alles wieder in Richtigkeit zubringen sei, mehrestenteils aber sagten sie Sachen des Sinnes und Verstandes, daß, wenn der Hagel nicht gefallen wäre, so hätte sich das Korn nicht umgelegt und ohne die Lungenfäule müßten die Kühe noch am

Leben sein. Unterweilen wurde auch wohl einiges Geld geschickt, es kam aber selten an den rechten, und im ganzen rappelten diejenigen sich am besten wieder heraus, welche nicht auf die Hilfe der Herren da draußen warteten, sondern sich selber halfen, wohingegen ich manche Menschen habe ganz herunterkommen sehen, die immerdar bei jedem Unfall meinten, es müsse nun von da draußen ihnen das Malheur gutgemacht werden.

Erstaunend absonderlich aber war eine Sache. Mitunter machte ein Herr von der Schreiberei unter uns Bauern Dinge, worüber wir lachen mußten und dann traf es sich wohl, daß ein solcher Herr ein paar Jahre darauf von weither mit vier Pferden durch die Bauerschaft gefahren kam und hatte eine Miene, als habe er bei Erschaffung der Welt mitgeholfen und allerhand bunte Bänder vorne am Rocke.

Dieses alles nun in meinen einfältigen Gedanken betrachtend, vermeinte ich letztlich, daß die Herren von der Schreiberei da draußen uns Bauern eigentlich wenig hülfen, und das auch eigentlich nicht wollten, sondern nur schreiben und sich nach und nach in die Wägen mit vier Pferden hineinschreiben. Und Gott verzeihe mir die schwere Sünde, einstmalen, als ich bei einem Rübenfelde vorbeiging, worinnen die Pfeifer waren, so fielen mir die Herren ein und wußte nicht, wie das geschah. – Nun auf der andern Seite hatte ich meine Reflexion, wie das Wesen in der Welt so eigentlich bestellt fei. Da dachte ich (denn ich habe immer in meinem Leben Nachgedanken gehabt), daß ein ordentlicher Mensch schon durchkommt, der auf Wind und Wetter achtet, und auf seine Füße schaut und in seine Hände und sich mit seinen Nachbarn getreulich zusammenhält.

Sehet, Ihr Herren, darauf kommt es mehrestenteils nur an. Und nach diesem gewöhnte ich mir selbst zuerst die Gedanken an Hilfe von draußen ab, zahlte meine Steuern und trug meine Lasten, im Übrigen aber hielt ich mich vor mich und ließ es mir lieber, wenn ein Malheur passierte, etwas sauerer werden, als daß ich die Herren da draußen um Beistand angesprochen hätte. Hernacher gewöhnte ich es auch den Leuten um mich herum ab. Sie nahmen an mir ein Exempel, und so thaten wir Nachbarn uns allmählich zusammen, sprangen einander bei, ordinierten unser Wesen für uns, und kam von vielen Sachen, um die sie anderer Orten ein großes Halloh erheben, nichts über die Gemarkung hinaus. Und als der Mordhund da, der mir nun mein Schwert gestohlen hat, an meinem Sohne zum Missethäter geworden war und zufälliger Weise auch ungefähr um die nämliche Zeit einer am Stuhle droben nach unserer alten Regel und wie der hergebrachte Orden ist. wissend gemacht werden sollte, kam es mir ein, diese alte heimliche Sache zu brauchen wider den Totschläger, und es glückte, und ich setzte ihn aus dem Frieden, feimte ihn ins Elend hinein und machte ihn zum Zeichen vor großen und kleinen, das keiner Unrecht thun dürfe. Als aber die Sache erst einmal im Gang war, gelang sie immer besser; wenige Prozesse wurden in das Amt getragen, und die meisten Frevel gar nicht angezeigt, sondern wir machten die Scherereien unter uns ab. Denn über mein und dein und wem die Mauer gehört und jener Wiesenstreifen, kann man schon selbst mit seinem Bauerverstande fertig werden. Wenn aber wo eingebrochen ist, so kennt fast immerdar das Dorf den Dieb, was freilich oft nicht strenge zu beweisen steht, wornach denn ein solcher angezeigter Spitzbube frech und zum Skandal ganz schandhaft umhergeht und sich seiner Beute wohl noch gar erfreut, die der Bestohlene nicht wiederkriegt. Handhaben also selber Recht und Gerechtigkeit in allem Frieden und konnte uns niemand darauf anfassen, denn wir thaten keinem was zuleide, sondern gingen nur nicht mit dem Ungerechten und Frevelhaften um, wenn wir ihn in die Feime gesetzt hatten; es entstand aber weit größere Furcht dieserhalb unter den Leuten, als vor Urtel und Gefängnis.

Die Rede des alten Bauern rauschte in ihren rohen und strudelnden Ausdrücken wie ein Waldbach daher, der über Wurzel, Knoten und Kiesel strömt. Er sprach ohne zu stocken. Der Richter wollte ihn unterbrechen, der Hofschulze aber sagte: Ich bitte und ersuche Euch, Herr Richter, mich gänzlich aussprechen zu lassen, denn noch manches habe ich zu veroffenbaren. – Herr Richter und Herr Diakonus, wenn wir so unser Wesen für uns allein in Geschick brachten, so waren wir darum keine Unruhestifter und Tumultuanten. Denn hatten wir auch die Herren von der Schreiberei nicht ganz sonderlich in der Estimation, so schlug uns doch jederzeit das

Herz, wenn wir an den König dachten. Ja, ja, gegenwärtig schlägt mir mein Herze in meinem Leibe, da ich seinen Namen ausspreche. Denn der König, der König muß sein, und nicht ein Buchstabe darf abgenommen werden von seiner Macht und seinem Ansehen und von seiner Majestät. Weil er nämlich ist der oberste General und der allerhöchste Richter und der gemeine Vormund. Denn es arrivieren freilich mitunter Sachen, darin man sich nicht selbst helfen kann und nicht zu raten weiß mit seinen Nachbarn. Da ist es dann Zeit, daß man den König anruft in der Not. Aber, wie ein ordentlicher Mensche dem lieben Gott nicht um jede Bagatelle Molesten macht, als zum Beispiel, wenn einem der kleine Finger wehe thut an der linken Hand: sondern wo die Kreatur nicht mehr aus noch ein weiß, da schreit sie zu ihm, also soll der König nicht angeschrieen werden um jeden Groschen, der mangelt, sondern in der rechten echten Not allein, und zu allen übrigen Tagen soll man nur sein Herze erfreuen und erquicken an dem Könige; denn er ist das Abbild Gottes auf Erden. Zum Pläsir ist uns hauptsächlich der König gesetzet und nicht zum Hans in allen Ecken. Aber wo nun der Geängstete und Bedrängte seinem Leibe keinen Rat mehr weiß, da thut er sich aufmachen und steckt Brot und sonstigen Mundproviant zu sich und thut viele Tage gehen. Und endlich stellt er sich an Ort und Stelle vor das Schloß und hebt sein Papier in die Höhe und dieses sieht der König und schickt einen Lakaien oder Heiducken, oder was für Kramerei und Package er sonst um sich hat zu seiner Aufwartung, herunter, und läßt sich das Papier bringen und lieset es, und hilft, wenn er kann. Wenn er aber nicht hilft, so steht nicht zu helfen, und das weiß dann der arme Mensche, geht stille nach Hause und leidet seine Not wie Schwindsucht und Abnehmungskrankheit.

Sie sagen, er mache sich nichts aus den Leuten; dieses ist aber eine grobe Lüge, denn er hat die Unterthanen sehr gerne und behält es nur bei sich, und ein recht gutes Herz hat er, wie es ein deutscher Potentate haben muß, und ein sehr prächtiges. Es ist erstaunlich und eine Verwunderung kommt einen an, wenn man die Männer, die davon wissen, hat erzählen hören, wie er sich in der grausamen Not, als der Franzose im Lande hausete, so zu sagen das Brot vor dem Munde abgebrochen hat, und hat seinen Prinzen und Prinzessinnen zu Geburtstagen und Weihnachten nur ganz erbärmliche Präsente gemacht, bloß, damit er den armen Unterthanen, die ganz ausgesogen waren, nicht viel koste. Dieses segnet ihm nun der liebe Gott an seinen alten Tagen in Fülle, und er ist wieder recht in guten Umständen und ganz wohlauf, und Gott erhalte ihn lange dabei! Und noch neulich hat er einem armen Menschen in unserer Nachbarschaft, den einer wegen Zinsen und Lasten mitten im Winter hatte vom Hofe herunter subhastieren lassen wollen, das Geld aus seiner Tasche gegeben, und wenn er kann, soll ihm der es wiedergeben, und wenn er nicht kann, so thut es auch nichts, hat der König gesagt.

Deshalb haben wir immer, mochten wir auch von vielen Geschichten um uns herum nichts wissen, wenn wir anstießen, gerufen: Der König soll leben!

Jetzt komme ich auf meine letzte Sprache, Herr Diakonus und Herr Richter. Wenn der Mensche bei sich fertig ist, so gehen seine Gedanken wandern mit den Wolken, die da ziehen, und mit den Lastwagen, die vorbeifahren über den Hellweg. Und so gingen die meinigen auch mitunter über Börde und Haarstrang hinaus und ich dachte, wenn nun da draußen sich auch jedermann so lernte auf sich verlassen, und stellte sich zusammen mit seinesgleichen, der Bürger mit dem Bürger, der Kaufmann mit dem Kaufmann, der Gelahrte mit dem Gelahrten und auch der Edelmann mit dem Edelmanne, und machten ihre Sachen mehrenteils untereinander ab ohne die Herren von der Schreiberei draußen, so wären die Pfeifer aus der Rübsaat gethan und es müßte eine ganz herrliche und kostbare Wirtschaft geben. Denn die Menschen wären dann nicht wie die dummen Kinder, die immer schreien: Vater! Mutter! wenn sie einen Augenblick alleine sind, sondern gleichsam ein Fürst wäre jeder bei sich zu Hause und mit seinesgleichen. Dann wäre auch erst der König ein recht großer Potentate und ein Herre sonder gleichen, denn er wäre der König über vielmalhunderttausend Fürsten.

Dieses ist nun die Moral von der Heimlichkeit am Stuhle und von dem Schwerte von Karolus Magnus und von den sogenannten Possen, die ich getrieben. Schreibet alles recht genau auf, Herr Skribent, was ich gesagt habe, denn ich will nicht wie ein einfältiger Mann in Euren Schriften stehen, und es soll mir ganz lieb sein, wenn meine Meinung noch andere zu lesen bekommen und es reflektiert mich nicht, wenn sie selbst bis zu dem Könige getragen wird. Von diesem habe ich nie etwas zu bitten bedurft, und ich gebrauche ihn nicht zu meines Leibes Notdurft. – Aber voll Freuden bin ich immer gewesen, sein Unterthan zu sein, wie ein geborener Fürst, und mein Herz habe ich an ihm erfrischet all mein Lebtage.

Leuchtend waren die hellblauen Augen des Hofschulzen während des letzten Teils dieser Rede geworden, seine weißen Haare hatten sich wie Flammen emporgerichtet, die Gestalt stand wieder groß und gerade da. Der Richter sah vor sich nieder, der Diakonus dem Alten in das Antlitz; er gemahnte ihn wie ein Prophet des alten Bundes. Mit höflicher Verbeugung und stillem Gruß entfernte sich der alte Bauer.

Der Diakonus folgte ihm tiefbewegt. Draußen holte er ihn ein, legte ihm die Hand auf die Schulter, schüttelte seine Rechte und sagte ergriffen und gerührt: Ihr habt mich erbaut, Hofschulze. Jetzt aber will ich als Euer Seelsorger und Priester Euch erbauen.

Der Alte war im Vorsaale schon wieder der schlichte Bauer geworden, der krank und angegriffen aussah. Thun Sie das, sagte er, Herr Diakonus, denn Zusprache ist mir not. Ich habe gar zu viel Verdruß gehabt letzthin. Ich kann es nicht überkriegen, daß die Scham geblößt ist von den heimlichen und scheuen Dingen, und daß sie nun herumgetragen werden in den Schriften und von dem jungen Herrn ins Reich geschleppt. Nach dem Schwerte will ich nicht weiter trachten, denn es hilft mir doch nichts, aber der Kummer darum wird mein Herz zernagen. Der Stuhl wird nun wohl eingehen.

Laßt den Freistuhl verfallen, das Schwert aus dem Auge des Tages geschwunden sein, laßt sie die Heimlichkeit von den Dächern schreien! rief der Diakonus mit geröteter Wange. Habt Ihr nicht in Euch und mit Euren Freunden das Wort der Selbständigkeit gefunden? Das ist die heimliche Losung, an der Ihr euch erkennt und die Euch nicht genommen werden kann. Gepflanzt habt ihr den Sinn, daß der Mensch von feinen Nächsten abhänge, schlicht, gerade, einfach; nicht von Fremden, die nur das Werk ihrer Künstlichkeit mit ihm herauskünsteln, zusammengesetzt, erschroben, verschroben; und dieser Sinn braucht nicht der Steine unter den alten Linden, um gutes Recht zu schöpfen. Eure Freiheit, Eure Männlichkeit, Eure eisenfeste Natur, Ihr alter, großer, gewaltiger Mensch, das ist das wahre Schwert Karls des Großen, für des Diebes Hand unantastbar!

Herr Diakonus, Sie machen mir viel zu viele Komplimente, erwiderte der Hofschulze bescheiden. Indessen werde ich Ihre Worte im Herzen bewegen und sehen, was ich damit anfangen kann.

Sie gingen bis auf die Straße zusammen, dann trennten sie sich. Der Diakonus war in einer Erschütterung, wie er sie lange nicht empfunden hatte.

Sechstes Kapitel
Ernste und feierliche Erklärung zwischen der Baronesse und dem Oberamtmann

Die junge Dame Clelia hatte inzwischen die ermüdendsten Tage verlebt. Das Medizinieren unterhielt sie wohl anfangs, indessen war doch der Reiz der großen Arzneiflasche, welche der alte Silen gefällig verschrieben hatte, bald abgebraucht. Sie fand, daß die Mixtur nach gar nichts schmecke und ließ sie, nachdem sie einige Eßlöffel voll zum teil eingenommen hatte, ärgerlich zum Fenster hinauswerfen. Sie sagte, sie wolle die Naturkräfte walten lassen, die ganze ärztliche Kunst sei Charlatanerie.

Es fiel ihr ein, daß sie einige Briefschulden abzutragen habe; Fancy mußte daher das mit gepreßtem braunem englischem Leder überzogene und mit Goldstäben gezierte Reiseschreibzeug auf den Tisch setzen, öffnen, die feinen roten, gelben und blauen Briefblättchen, die Stahlfedern mit silbernem Griff, die Oblaten von Mundlack mit Devisen und den bronzenen Briefbeschwerer herausnehmen. Als dieser geschmackvolle Apparat bereit gestellt war, erklärte Clelia, daß sie nicht wisse, was sie aus dem elenden Orte schreiben solle. Fancy packte still den bronzenen Briefbeschwerer, die farbigen Blättchen, die Oblaten und die Stahlfedern ein, schloß das Schreibzeug zu und stellte es wieder weg.

Gern wäre Clelia mit ihrem Vetter öfter zusammenkommen, aber es blieb bei kurzen formellen Besuchen, denn ihre Gutmütigkeit konnte im Bewußtsein dessen, was geschehen sollte, eine befangene Stimmung nicht überwinden. Auch Oswald war einsilbig; er sehnte sich nach Lisbeth und entbehrte sie schmerzlich. Diese blieb mehrere Tage lang aus, und die Qual des Harrens gab der jungen Baronesse die übelste Laune, die sich plötzlich gegen das arme Kind wendete.

Fancy, sagte sie am dritten Tage, wenn das Mädchen morgen nicht kommt, wenn ich noch langer hier herumgeführt werde, so fürchte ich bei der Unterredung von meiner Heftigkeit.

Es wäre nicht zu verwundern, wenn die gnädige Frau heftig würden, denn so lange auf sich warten zu lassen, ist unerlaubt, erwiderte Fancy.

Die junge Dame bedachte sich und sagte: Aber wenn mir recht ist, so habe ich ihr ja gar nicht ankündigen lassen, daß ich mit ihr reden wollte.

Nein, sie weiß nichts davon, sagte Fancy.

Nun, so darf ich ihr ja auch deshalb nicht zürnen! rief Clelia zornig.

Wenn Sie sonst nicht wollen, gnädige Frau, nein.

Der Stramin, dieser Zeitvertreiber, wurde abermals zur Hand genommen. Clelia nähte eine halbe Dreifaltigkeitsblume, seufzte aber plötzlich, ließ den Stramin in den Schoß sinken und sagte gepreßt und schwer: Edmund kann es nie verantworten, was er an mir gethan hat.

Fancy seufzte auch und sprach: Ich hätte das nimmermehr von dem Herrn gedacht.

Jungfer, sagte ihre Gebieterin in einem strengen Tone, ich verbitte mir alle Bemerkungen über meinen Gemahl.

O, mein Gott! rief Fancy und weinte, nun sehen die gnädige Frau, was es zur Folge hat, wenn Herrschaften ihre Untergebenen durch zu große Güte verziehen. Ich erlaube mir schon Bemerkungen über den gnädigen Herrn.

Sie schluchzte und konnte sich über ihren Fehler gar nicht zufrieden geben.

Laß es doch nur gut sein, das Schluchzen! rief Clelia ärgerlich. – Ich habe mich jetzt ganz kurz entschlossen. Meine Gesundheit kann ich hier nicht zusetzen. Ich werde die Sache doch dem Oberamtmanne überlassen.

Fancy war die Beredsamkeit selbst, diesen Entschluß zu loben. Ja, sagte sie nach einer preisenden Rede über die doch stets so richtigen Gedanken der Herrin, ja, der Herr Oberamtmann mag nur die Leutchen, die nicht zusammengehören, auseinander bringen. Für die gnädige Frau paßt das auch nicht, Sie haben zu so etwas Feinem und Verwickeltem keine Anlage, nicht ein Kind könnten Sie, wenn es eine dumme Unart auslassen will, davon abhalten, aber der Herr Oberamtmann ist darauf gewitzigt, o, der hört das Gras wachsen und macht einen mit der feinen List nach seiner Pfeife tanzen, wie er will. Ich wette darauf; womit Sie sich in Gedanken schon drei Tage lang ängstigen, das hat er morgen in einem Viertelstündchen fertig; die Mamsell reist sacht ab, weint ein paar Thränen, trocknet sie auf der nächsten Station, den jungen Herrn Grafen wird er auch bald herum haben, denn er besitzt einen ganz außerordentlichen Verstand in dergleichen Sachen, und so klug Sie sind, gnädige Frau, darin stehen Sie ihm nach. – Nein, Ihre Gesundheit dürfen Sie nicht zusetzen und noch dazu umsonst, denn es würde Ihnen schwerlich glücken, aber der Herr Oberamtmann ist der Mann dazu. Gleich hole ich ihn her, damit Sie ihm Ihre veränderte Meinung sagen können.

Die Baronesse hätte gern den unaufhaltsamen Fluß dieser Reden gehemmt, es war ihr aber nicht möglich, Fancys Zunge zum Schweigen zu bringen. Jetzt endlich konnte sie zum Worte kommen. Hochrot und mit den kleinen Füßen stampfend, rief sie: Nein! Nein! Nein! Du sollst den Oberamtmann nicht holen, ich bin eben so klug als er, Fancy, bleib hier, Fancy! Fancy! – Aber Fancy hörte nicht, sondern sprang fort. – Gott! rief Clelia, fast weinend vor Verdruß, es ist doch zu arg mit einer solchen Gans von Mädchen, die immer das Echo von einem macht, da bringt sie wahrhaftig den Aktenmenschen schon herauf; der Himmel sei ihm gnädig, wenn er sich über mich moquiert! Aber was sage ich ihm? denn nicht um die Welt lasse ich ihn sich einmischen.

Der Oberamtmann betrat mit Fancy das Zimmer. Fancy hatte ihm wirklich gesagt, die gnädige Frau wisse sich durchaus keinen Rat, die Mesalliance zu hindern, und der erfahrene Geschäftsmann konnte seinen Triumph darüber nicht verbergen. Es wäre möglich gewesen, daß Clelia ihm dennoch die ganze Angelegenheit in seine Hände zurückgegeben hätte, aber dann mußte er sich respektvoll, ernst und zurückhaltend nehmen. Er kam jedoch schmunzelnd mit einer gewissen Überlegenheit in Blick und Haltung, er nahm sich vor, einen Scherz aus der Sache zu machen, sie nicht zu wichtig zu nehmen. Es war der erste Scherz, den der arme Oberamtmann auf der Reise ausgehen ließ und Ort und Stunde konnten dazu nicht unglücklicher gewählt sein.

Sobald Clelia das Schmunzeln ihres Geschäftsfreundes und ehemaligen Nebenvormundes sah, sobald sie bemerkte, daß er ihr leichthin imponiren wolle, und gar, als sie mit weiblicher Ahnungsgabe seine Absicht, scherzen zu wollen, spürte, kehrte sie in den Besitz ihrer ganzen Festigkeit zurück, die wir an ihr zu bewundern schon mehrmals Gelegenheit gehabt haben.

Er trat ihr nahe und sagte lächelnd: Nun, liebes Kind, muß der Ritter von der traurigen Gestalt dennoch vorrücken? – Er wollte ihre Hand ergreifen. Clelia zog sie zurück und entfernte sich von ihm. Seine früheren Beziehungen zu ihr hatten ihm das Recht vertraulicher Anreden gegeben, und wie oft war von ihm dieses Recht geübt worden! Aber heute wollte Clelia nicht sein liebes Kind sein, heute verlangte sie die volle Courtoisie und Titulatur von ihm.

Er folgte ihr nach. – Clelchen, sagte er noch schmunzelnder, es ist mir lieb, daß Sie einsehen, für dergleichen nicht zu passen. Nun, schämen Sie sich nur nicht; Don Quixote tritt vor den Riß. – Abermals trachtete er nach ihrer Hand, die er zärtlich küssen wollte, denn Geschäftsmänner sind nie galanter, als wenn sie den Gegenstand ihrer Aufmerksamkeit in Verlegenheit sehen. Clelia riß jedoch beinahe ihre Hand zurück und rief mit scharfem Accent: Herr Oberamtmann, ich weiß durchaus nicht, was Sie bei mir und von mir wollen!

Der Oberamtmann machte ein Gesicht, ähnlich dem, was er zu machen pflegte, wenn einer seiner Inkulpaten, von dem er behaglich das unumwundenste Geständnis erwartete, plötzlich sich auf ein entschiedenes Leugnen verlegte. – Er sah Clelia starr an, dann ging er im Zimmer auf und nieder. Hierauf nahm er den Stramin in die Hand, als ob dieser ihm einen Faden in dem Labyrinthe darleihen könne, dann öffnete er das Schreibzeug und blickte tiefsinnig das farbige Postpapier an, endlich stellte er seine Uhr, obgleich sie richtig ging. Nach diesen vorbereitenden Handlungen trat er vor Clelia und sagte mit dem tiefsten Ernste: Gnädige Frau, ich bin kein Narr.

Clelia versetzte nicht minder ernsthaft: Und ich bin nicht Ihr liebes Kind und nicht Ihr Clelchen, Herr Oberamtmann.

Die Feierlichkeit dieser gegenseitigen Äußerungen war so groß, daß Fancy ein Lachen verbeißen mußte. Es trat wieder ein langes Schweigen ein. Endlich unterbrach es der Oberamtmann und sagte, ich muß Sie ersuchen, bis morgen Abend die Einwilligung der sogenannten

Braut, welche, wie ich höre, heute Abend zurückkommen wird, herbeizuschaffen. Wofern Umstände dies verhindern sollten, so werden Sie entschuldigen, wenn ich das Versprechen Ihrer Mühwaltung in der Sache, als von Ihnen widerrufen betrachte und mich derselben unterziehe. – Nach diesen Worten, die er gemessen und kalt vorgebracht hatte, empfahl er sich mit einer steifen Verbeugung.

Clelia kam an diesem Abende nicht zu Tische. Fancy suchte sie durch eine Vorlesung zu zerstreuen. Sie las ihr nämlich ein vierzehn Tage altes rheinisches Zeitungsblatt vor, welches auf dem Zimmer lag. Sie las es von Anfang bis zu Ende, erst las sie von den Verwickelungen im Orient, dann von den Kreuz- und Querzügen der Christinos und Carlisten, dann, wie liebenswürdig sich der und der da und da benommen, dann von der so und so vielsten großen ministeriellen Krisis in Frankreich, endlich von einigen deutschen Händeln. Hierauf ging sie zu den Anzeigen über, an deren Spitze die Verkündigung von Assisen in Elberfeld stand. Es folgten zu vermietende Wohnungen, brave Mädchen sagten, daß sie gut nähen und bügeln könnten und ein Anstreicher suchte einen gesitteten Jüngling für sein Geschäft. Später sehnte sich jemand nach einem entflohenen Kanarienvogel, einem anderen war dagegen ein brauner Dachshund zugelaufen. Dazwischen fuhren die Dampfschiffe regelmäßig alle Morgen, auch waren reingehaltene Bleicharte zu haben, wobei aber ein zweifelsüchtiger Leser ein großes Fragezeichen mit Rotstift gesetzt hatte. Zuletzt wurde Harmoniemusik an verschiedenen Orten gemacht, und dazu der Saison angemessene Speisen dargeboten

Clelia widmete dieser ganzen Vorlesung wenig Aufmerksamkeit. Nur als sie von den Assisen hörte, mochten ihre Gedanken, welche sich noch immer ärgerlich bei dem Oberamtmann aufhielten, angeregt werden, weil sie ihn so oft sehnsüchtig davon hatte reden hören. – Sie rief: Nun dahin könnte man ihn ja gleich schicken, wenn er sich hier lästig machen will!

Spät hörte man einen Wagen vorfahren. Lisbeth kehrte zurück.

Clelia befahl ihrer Jungfer, das Mädchen gegen die Mittagsstunde des folgenden Tages zu ihr zu rufen, denn, sagte sie, wenn man jemand wider seinen Willen zu etwas bestimmen will, so darf man ihn nicht im Negligé empfangen. Sie ging mit vieler Würde zu Bett und dachte in dieser Nacht, wenn sie erwachte, nicht einmal an ihren pflichtvergessenen Gemahl, sondern nur an die Aufgabe des folgenden Tages.

Siebentes Kapitel
Was Lisbeth auf die Ermahnungen zu einer uneigennützigen und entsagenden Liebe antwortete

Fancy nahm im ersten Morgenstrahl von dem Blumenbrette vor ihrem Fenster, wo der Diakonus einige seiner schönsten Exemplare aufbewahrte, ein prächtiges Myrthenbäumchen herein, musterte die längsten und frischesten Zweige, an denen sich zugleich Knöspchen und runde frische Blüten befanden, wehte mit einem leichten bunten Federwedel etwas Staub, der sich auf die Blätter gesetzt hatte, ab, summte dazu, aber so leise, daß ihre Gebieterin nebenan es nicht hören konnte, die alte »veilchenblaue Seide« aus dem Freischützen, lächelte, seufzte dann, legte die Hand auf die Brust und ließ das Myrtenbäumchen im Zimmer stehen, um es gleich zu haben, wie sie für sich sagte. Hierauf ging sie zu Lisbeth. und richtete ihre Bestellung aus. Lisbeth war ernst und wehmütig, denn sie hatte bei dem alten Pfleger eine trübe Probe zu bestehen gehabt. Fancy wollte ihr etwas sagen, aber diesem ernsten Antlitze gegenüber erstarb ihr schlaues Wort auf der Lippe.

Die junge Dame, der im wahren Interesse ihres nächsten Verwandten ein so schwieriges Geschäft oblag, erhob sich und sagte nach dem Frühstück: Fancy, was ziehe ich denn wohl heute an? – Gnädige Frau, erwiderte Fancy. Sie müssen ganze Toilette machen. – Nun, nur nicht zu übertrieben, sagte die Baronesse. Nein, nicht zu übertrieben, versetzte Fancy.

Sie kramte hierauf in den Koffern und Kartons und nahm den gewähltesten Putz heraus. Zum Anzuge bestimmte sie das noch nicht getragene prächtige Cachemirkleid von violetter Farbe mit einer Schnippentaille, und fügte dem Kleide einen weißen Mousseline de Soie Shawl hinzu. Unter den Strümpfen suchte sie die feinsten *à jour* gewebten und unter den Schuhen ein Paar von schwarzem Atlas. Kurze weiße Handschuhe, mit Spitzen garniert, nahm sie aus einem Karton. Als es nun an die Musterung des Schmuckes ging, so schien ihr eine schwere Chatelaine mit goldenen und silbernen Gliedern, gothischem Schloß und Medaillon schicklich zu sein. Drei Armbänder dünkten ihr nicht zu viel, eins mit Steinen, deren Anfangsbuchstaben den Namen Clelia zusammensetzten, ein prächtiges Geschenk des abwesenden Herrn, und zwei einfachere, das eine ein schlichter Goldreifen, das andere mit Türkisen besetzt. Für die Haarflechten legte sie eine goldene Kette zurecht; ein blitzendes Diadem wollte sie nachfolgen lassen, bedachte sich aber noch zur rechten Zeit, daß man im Guten zu viel thun könne und stellte es wieder beiseite. Es versteht sich, daß ein gesticktes Taschentuch vom feinsten Battist nicht vergessen wurde.

Während dieser ernsten und gründlichen Vorbereitung rüstete sich Clelia ebenfalls, und zwar in höherer Weise, zu der Unterredung mit Lisbeth. Sie las einen Roman und erwog dabei, was sie dem Mädchen sagen wollte. In der That war Oswalds Abenteuer so sehr gegen alle Voraussetzungen seiner Verhältnisse, daß ihr die stärksten Gründe, hergenommen aus dem Wesen uneigennütziger Liebe, echten Schicklichkeitsgefühls und frommer Ergebung in reicher Fülle zuströmen mußten; Gründe, die nach ihrer Meinung eine schlagende Wirkung auf ein edles weibliches Gemüt nicht verfehlen konnten. Sie erging sich mit Wohlgefallen in den Reden, welche diese Gründe näher entwickeln sollten, und las dazwischen immer einige Seiten des Romans. Da er zu denen gehörte, welche bei uns zweite Auflagen erleben, so leitete er ihre Gedanken von dem Gegenstände, der ihre Seele beschäftigte, nicht ab. Sie war so sehr in ihr Vorhaben vertieft, daß sie auf Fancys Thun und Treiben nicht achtete und des Fluges der Stunden ebenfalls nicht inneward, die unter solchen Übungen innerer Beredsamkeit rasch zu verfließen pflegen.

Fancy mußte sich erinnern, daß die Zeit gekommen sei, sich kleiden zu lassen. Noch immer in ihre Gedanken und Gründe verloren, widmete sie dem Anzuge keine Aufmerksamkeit. Sie ließ die einfachen Strümpfe von den zierlichen weißen Füßen streifen und diese mit den spinnwebenfeinen durchbrochenen bekleiden, es fiel ihr nicht auf, als Fancy, nachdem sie die Flechten gemacht, dieselben mit der goldenen Kette umwand, sie schlüpfte in das prächtige Cachemirkleid, empfing die schwere Chatelaine um die schöne Taille, und ließ sich den Shawl

von Mousseline de Soie um Hals und Schultern legen, ohne bei einem dieser Stücke eine Erinnerung zu machen. Nur als ihr Fancy die weißen garnierten Handschuhe mit Bandschleifen
brachte, stutzte sie und sagte: Fancy, das sind ja Ballhandschuhe.

Gnädige Frau, versetzte Fancy ernst, sie gehören zur vollen Parüre.

Clelia musterte sich, trat vor den Spiegel und rief: Mein Gott, der Anzug ist viel zu recher-
chiert! Du hast mich geputzt, als führen wir zu Liechtensteins in die Soiree. Den Augenblick
ein anderes Kleid her, die Chatelaine fort, die Goldkette aus den Flechten.

O, Himmel, was habe ich wieder gemacht! jammerte Fancy. Ich dummes Mädchen! – Es
klopfte. – Ach! Ach! Da ist Lisbeth schon!

Hinaus, sag ihr –

...daß die gnädige Frau zu recherchierte Toilette gemacht hätten, sich einfacher anziehen
müßten ...Fancy wollte fort.

Bleib! rief Clelia außer sich. Du wärst albern genug, auch so etwas zu sagen. Ich glaube,
du hast in dem Neste deinen Verstand verloren. – Es klopft schon wieder ...Sie hat uns reden
hören, es fällt mir kein Vorwand ein. – Ach, du Imbecille, in welche Verlegenheit setzest du
mich! Handschuhe!

Hier, sagte Fancy.

Weg damit! Soll ich wie eine Opernprinzessin dasitzen, welche sehen lassen will, wie freige-
big ihre Liebhaber sind? Willst du mir nicht auch noch gar einen Fächer in die Hand geben?
Schwarze, bescheidene!

Schwarze, bescheidene! rief Fancy und brachte die Verlangten.

Armband!

Fancy knüpfte mit unerhörter Schnelligkeit die drei Armbänder um, während Clelia nach
der Thüre sah.

Fertig?

Ja.

Herein! – Himmel, du hast mir ja drei Arm – aber sie vollendete das Wort nicht und der
Überfluß des Armschmuckes war nicht mehr zu beseitigen. Denn schon trat Lisbeth herein. Es
war ein großer Gegensatz, diese schlanke vornehme junge Gestalt im einfachen Gewande der
etwas zu kleinen und vollen Baronesse im höchsten Putze gegenüber. Sie trat bescheiden aber
sicher auf, Clelia wollte sich anfangs Airs geben, dieses Bestreben zerbrach indessen sogleich an
ihrem grundguten Wesen. Sie reichte verlegen-freundlich Lisbeth die Hand, setzte sich ins Sofa,
ließ einen Sessel stellen und flüsterte Fancy zu, sie solle sich in ihrem Zimmer nebenan aufhalten.
Als ob es zufällig geschähe, breitete sie ihr Taschentuch aus und entzog dadurch wenigstens
die Pracht der Chatelaine und der Armbänder (denn sie wußte auch die linke Hand mit dem
Tuche zu bedecken) den Blicken Lisbeths. Wie viel würde sie darum gegeben haben, wenn sie
statt des Cachemirkleides das von Mousseline de Laine angehabt hätte! Der volle Putz raubte
ihr die Hälfte ihrer Festigkeit. Sie suchte eine Zeit lang vergebens nach einem schicklichen
Anknüpfungspunkte des Gesprächs, und so saßen beide, als Fancy sie allein gelassen hatte, eine
Zeit lang schweigend einander gegenüber. Lisbeth sah vor sich hin und hatte leine Ahnung von
dem, was folgen sollte, denn Clelia war ihr immer gütig begegnet.

Endlich sammelte sich diese so weit, um die Unterredung beginnen zu können. Sie sagte
ihrem Besuche, daß bis jetzt der Gedanke an Oswalds Krankheit alle anderen Vorstellungen
in den Hintergrund gedrängt habe, daß aber nun mit seiner Herstellung die Verhältnisse des
Lebens in ihr Recht wieder einzutreten begännen, und daß sie daher wünsche, über die Gestaltung der Zukunft mit ihrem eben so ernstes als vertrauliches Wort zu reden. – Da sie diesen
Eingang zwar mit aller ihr zu Gebote stehenden Würde, aber doch höchst liebreich vorgebracht
hatte, so konnte Lisbeth denselben nur für eine Vorrede zu freundlichen Erklärungen ansehen.
Schüchtern versetzte sie, daß die Baronesse ihr mit solchen Worten eine große Freude mache,
und faßte nach Clelias Hand, um sie zu küssen. Indem sie aber ihre Lippen der Hand näherte,
fiel ihr ein, wer sie durch Oswalds Liebe sei, sie richtete sich daher sanft auf und ließ die Hand
Clelias fallen, welche ein Erstaunen über diesen Hergang nicht verbergen konnte.

Nun also, mein Kind, wie soll denn das nun werden? sagte Clelia etwas verlegen mit dem Shawl spielend.

Lisbeth errötete, senkte ihr Haupt wieder und versetzte: Von der Zeit unserer Verbindung ist zwischen uns noch nicht die Rede gewesen, zwischen dem Grafen und mir.

Verbindung! rief Clelia lebhaft. Ei! Ei! mein liebes Kind, Sie sprechen ja von der Verbindung mit meinem Vetter, als sei diese eine ausgemachte und sich von selbst verstehende Sache.

Lisbeth hob langsam ihr Antlitz empor, sah Clelien mit großen Augen an und fragte: Wovon wollten Sie denn mit mir reden, gnädige Frau?

Die Wirkung einer einfachen aber zur rechten Zeit angebrachten Frage ist oft groß. Clelia hatte sich auf eine begeisterte Versicherung, auf flammende Reden gefaßt gemacht und würde diesen Gluten mit gleichem Feuer begegnet sein. Nun aber sollte sie schlichtweg sagen, was sie wolle? und diese Zumutung setzt in vielen Lagen des Lebens in eine nicht geringe Verlegenheit. An ihr war jetzt die Reihe, die Augen niederzuschlagen; sie sprach, daß man es hätte ein Stottern nennen können: Sie scheinen gar nicht erwogen zu haben, Lisbeth – denken Sie nur nicht, mein liebes Mädchen, daß ich Sie kränken will – nein gewiß nicht – und wären Sie nur – so wäre ich ja voll Freude – indessen giebt es doch Dinge in der Welt – unwiderleglich vorhandene Dinge – Dinge, Lisbeth – mein Gott, Sie müssen mich ja wohl verstehen …

Ja, gnädige Frau, ich verstehe Sie nun, sagte Lisbeth mit einem Tone, als unterdrücke sie ein stilles Weinen.

Auf denn also, Lisbeth, Mut! rief Clelia, Atem schöpfend. – Nur zeigen darf man einem so reinen Gemüte das richtige, und es ergreift es. Die wahre Liebe liebt das Glück des Geliebten. Und das Glück? Ist es ein trunkener Augenblick, ist es die Aufwallung der Flitterwochen? Ach nein. Das wahre Glück besteht doch zuletzt nur in der Harmonie mit allen Verhältnissen des Lebens; in dem Gefühle von dieser Harmonie! Sie dem Gegenstande der Neigung unverstimmt zu lassen, das ist Liebe, das ist tugendhafte Liebe. Sie fühlen ja nun selbst, teure Lisbeth, was ich gern unausgesprochen lasse. – Es geht nicht, es geht wahrhaftig nicht. Mein Gott, wären Sie doch nur – aber – Sie empfinden es, wenn Sie meinen Vetter aufrichtig lieben, so dürfen Sie ihn nicht heiraten. Und nun kommen Sie, mein armes Kind, kommen Sie an meine Brust, und weinen Sie sich aus, denn wahrhaftig, ich weiß mit Ihnen zu empfinden.

Sie breitete ihre Arme gegen Lisbeth aus. Diese lehnte aber mit einer demütigen Bewegung das Liebeszeichen ab und sagte: Gnädige Frau, entschuldigen Sie, wenn ich an dieser Stätte noch nicht zu ruhen wage. – O mein Gott, wie weit sind wir auseinander, wie hätte ich das mir denken können, und wie soll ich es nun anfangen, alles, was mir im Herzen wogt, Ihnen auszusprechen und dennoch die Bescheidenheit gegen Sie nicht zu verletzen? – Sie wüßten mit mir zu empfinden? Gnädige Frau, ich wenigstens weiß mit Ihnen nicht zu empfinden.

Wie? Sie fühlen leine Verpflichtung, ihm zu entsagen? fuhr Clelia auf.

O nein! nein! nein! rief Lisbeth mutig. Diese Verpflichtung fühle ich durchaus nicht, Frau Baronesse. Entsagen soll ich ihm, das ist Ihre Meinung. Und warum? Daß der Findling nicht in das Haus der Grafen Waldburg eindringe, daß der Graf Oswald eine Gräfin heiraten könne oder eine Fürstin, daß er in Harmonie bleibe, wie Sie es nennen, mit den Verhältnissen des Lebens. Ja, ich weiß, so steht es geschrieben oft in den Liebesgeschichten, die ich gelesen. Das Mädchen hält eine schöne Rede von Entsagung und von Pflicht und dann verhüllt sie sich und geht weg und der Liebste sieht sie nie wieder. Gnädige Frau, wenn die Leute, die solche Geschichten aufschreiben, das nicht aus ihrem Kopfe erfinden, so sind solche Mädchen ungereimte Mädchen, abscheuliche Mädchen, Verräterinnen an ihren Liebsten! – Glück? – Ich kenne nur ein Glück und nur ein Elend! Und mein Glück ist, wenn ich mit Oswald zusammenbleibe und sein ehrlich Weib werde und das Elend des Gegenteils kann ich gar nicht ausdenken, denn es ist unsäglich. So also steht es mit mir. Und von ihm sollte ich geringer denken, als von mir? Von ihm, der mich sein Leben, seine Zuversicht genannt hat? Worte sollten das gewesen sein, Worte eines, der nicht weiß, was er spricht? Nein, ein treuer Mensch sagte sie, ein wahrer, ein aufrichtiger Mensch. Die Entsagung, welche Sie von mir verlangen, wäre ja also das schwerste Verbrechen, das ich nur an Oswald begehen könnte. Ich würde sündig an seiner unsterblichen Seele, zugäbe ich, daß ihm ein Name, ein Wappen werter sei, als das Heiligtum seiner Empfindungen! Zur Schelmin würde ich an dem Herzblute meines Bräutigams, welches seine Lippen verschütteten, weil er einen Tag lang sich nicht in Lisbeth zu finden wußte. Zu Tode wollte er sich bluten, weil ich in meiner dummen Thorheit die Breite eines Landweges zwischen uns gesetzt hatte! Und er sollte leben bleiben, wenn ich die Welt und das Schweigen und die Finsternis zwischen uns würfe! Nein! Ich entsage ihm nicht, nicht entsage ich ihm in das Elend und in die Leere hinein!

Gott wird Sie aufklären! eiferte Clelia. Gott wird diese Trugschlüsse der Leidenschaft zu nichte machen! Das ist eben deren Entsetzliches, daß nichts für sie vorhanden ist als sie, nicht Erde, nicht Himmel, und daß sie sich so in die greuliche Öde hineinstürmt, daraus nachher kein Entrinnen! – Aber Gott wird Ihnen beistehen, wird Sie schirmen vor dem geistigen Tode. Sie sind fromm, ich sehe Sie in die Kirche gehen, Sie im Gesangbuche lesen. Gott wird ein Licht in Ihrer Seele anzünden.

Gott ist bei mir in dieser Stunde, er legt mir die Worte auf meine einfältigen Lippen, erwiderte Lisbeth. – Ich weiß nicht, ob ich fromm bin, kümmerlich bin ich herangewachsen, aber zur Kirche habe ich mich freilich immer gehalten und an den Allmächtigen glaube ich. Jedoch, seit ich Oswald liebe, habe ich nur ein Gebet und das lautet: Vater sei mit ihm und mir! – Ich bete nicht für ihn allein und nicht für mich allein, sondern für uns beide bete ich, und das, meine ich, ist das Licht, welches Gott mir in der Seele entzündet hat. Die Erde sehe ich unter mir, den Himmel über mir, und wo wehet der Sturm, der mich fortstürmt?

Leidenschaftlich rief Clelia: Bedenken Sie doch nur seine Verhältnisse, bedenken Sie seine Verwandten, von denen die meisten so stolz sind, bedenken Sie unsern König, bedenken Sie endlich Oswalds eigenes Herz, das von äußeren Umständen, vom Widerspruch mit den Forderungen der Welt so leicht in Verlegenheit gesetzte Herz eines Mannes, sehen Sie doch um des Himmels willen die Dinge, wie sie sind!

Ja, gnädige Frau, ich sehe die Dinge, wie sie sind, nicht wie sie scheinen. Hätte er noch Eltern, so wäre es etwas anderes. Der Eltern Macht ist von Gott, das weiß ich, obgleich ich Arme keine hatte. Entsagen würde ich ihm zwar immer nicht, wenn er auch noch Vater und Mutter besäße, aber geduldig harren und zu ihm sprechen: Oswald, harre auch du m Geduld, bis Gott deiner Eltern Sinn wendet. Jedoch so! Verhältnisse und immer Verhältnisse! Ei, ist es nicht auch ein Verhältnis, wenn ich seine Frau bin? Also Verhältnis gegen Verhältnis und wir wollen erwarten, welches das mächtigere und bessere sei! – Nehmen seine stolzen Oheime und Tanten ihn in ihre Arme, daß er darin ruhe und lächle und wachse und gedeihe? Nein. Aber ich werde es thun. Baut ihm Ihr König sein Haus auf? Nein. Aber ich werde es thun mit des Himmels Hilfe. Und wenn er einmal so schwach sein sollte, verlegen auszusehen über mich, denn es ist möglich, daß Sie darin Recht behalten – nun, der Schwäche wird eben die Stärke beigesellt! Ich werde seine Stärke sein, ich werde ihn fragen: Oswald, schämst du dich meiner? Und wahrlich, gnädige Frau, auf die Frage wird er ja sagen, aber er wird sich ermannen und für alle Zeiten den unwürdigen Kleinmut ablegen.

Clelia wurde immer erbitterter. Ich würde mich tief gedemütigt fühlen durch einen Gatten so hoch über meinem Stande, sagte sie herb und schneidend.

Das kann wohl sein, versetzte Lisbeth. Darin hat jeder seinen eigenen Sinn. Ich fühle mich gar nicht gedemütigt dadurch, daß er ein großer Graf ist und ich ein geringes Mädchen ohne Herkommen bin. Er könnte noch zehnmal größer sein und ich würde dennoch keine Demütigung empfinden. Ja, ich weiß, es hat auch Mädchen gegeben in meiner Lage, die winselnd sprachen: O wärst du ein armer Hirt, mein hoher Liebster! – Ich aber, ich wünsche mir ihn gar nicht zum Hirten herunter; nicht soll er seine Größe ablegen um meine Kleinheit! Sondern das ist eine neue Seligkeit für mich, daß er so vornehm ist, und mich emporhebt aus meiner Niedrigkeit und mich zur Gräfin macht und auf sein hohes Schloß führt. Ach, ich will ja nichts mehr von mir oder durch mich, sondern alles nur von ihm, alles, alles, neben seinem Gefühle auch Ruhm, Ansehen, Reichtum! Je mehr er mir giebt, desto beglückter fühle ich mich. Denn seine Liebe ist überströmendes Geben und meine durstiges, lechzendes Empfangen. Ich bin sein Geschöpf, er ist mein irdischer Schöpfer; Gott schafft mich durch ihn zum zweiten Male.

Unter den Flügeln der Liebe will ich schlummern und träumen, auf der Höhe, wohin mich diese Schwingen tragen, erwachen, und sie mit frohem Lerchengesange als die Wohnstätte begrüßen, die mir mein Schicksal anwies.

Noch schneidender sagte Clelia, vielleicht um eine entgegengesetzte Regung, die sich anmelden mochte, zu verbergen: Es ist allerdings höchst wohlfeil und bequem, auf solche Art eine schrankenlose Zärtlichkeit zu beweisen.

Aber Lisbeth blieb ganz ruhig und antwortete im mildesten Tone: Gnädige Frau, das kam nicht aus Ihrem Herzen. Sie sagten es nur, weil Sie sich so in den Eifer gegen mich hineingesprochen haben. – Wir sind hier zwei Frauen allein, kein Mann hört uns und deshalb darf ich wohl dreister reden, als sich sonst für mich ziemte. Ich weiß nicht, wie mir wird, mein Auge schwimmt und meine Lippen fühl’ ich zittern; zum Äußersten haben Sie mich gebracht, hören Sie denn das Äußerste, was ein Mädchen sprechen kann. Bin ichs noch selbst? Wie kommen mir solche Gedanken? Aber Sie sollen sie hören. – Sie sind Frau, und Sie waren Mädchen. Bebten und erröteten Sie nicht, wenn Sie nur dachten, daß eine andere Hand, als die Ihrige, Ihre Schulter berühre? Und nun haben Sie Ihrem Gemahle Leib und Seele ergeben, Ihre Person haben Sie ihm hingegeben und Ihre jungfräuliche Ehre? Sind wir darin nicht gleich? Hat die Braut eines Kaisers etwas Höheres, als die Majestät ihrer jungfräulichen Ehre? Ich bin eine Jungfrau, meine gnädige Baronesse. In der Ehre der Jungfrau fühle ich mich geadelt und der Braut des Kaisers gleich. Demütig nehme ich alles an von Oswald, aber nicht gedemütigt, mit freudigem Stolze kann auch ich Mitgift nennen und Eingebrachtes, denn was Ihr Vetter mir geben mag, ich gebe ihm stets doch mehr, als er zu geben jemals imstande sein wird.

Sie schwieg. Die Glut der süßesten Scham flammte ihr auf Wangen, Hals und Nacken. Ihr Blick ruhte durchdringend auf Clelien. Diese fühlte ihre Mittel erschöpft. Sie winkte, daß Lisbeth sich entfernen möge. Lisbeth ging nach der Thüre.

Sobald aber Clelia die unwiderstehlichen Augen des Mädchens nicht mehr sah, kam ihr noch einmal der den Weltkindern eigentümliche Übermut zurück. Sie rief der Abgehenden leichthin nach: Ihr seid beide thörichte und unsinnige Kinder! Für jetzt weiß ich nichts mit dir anzufangen, aber ich wette, in wenigen Tagen sprichst du ganz anders und giebst mir recht, denn das verfliegt, wie es angeflogen ist.

Die Jungfrau wandte sich um und näherte sich mit dem Ansehen einer Priesterin der Weltdame. Erhaben leuchteten ihre Augen, mit voller, tönender und gehaltener Stimme sprach sie: Wie täuschen Sie sich! Lassen Sie ab von der Täuschung, welche Sie um eine heilige Erscheinung bringt! Ich bitte Sie, lassen Sie ab von dem Wahne, hier mit einer Grille, mit einer Laune des Augenblicks zu thun zu haben. Sie würden in diesem Wahne uns noch bittre Schmerzen und sich fruchtlose Mühe machen.

Kennen Sie das Wort: Ewig. Frau Baronesse? Ich hatte es, glaube ich früher nie gesprochen, denn ich pflegte überhaupt nichts zu sagen, wobei ich mir nichts zu denken wußte. Aber als er mich in der Kirche aufhob, und mich vor dem Altar niederwarf, ein Weihegeschenk der Liebe für Gott den Allmächtigen, da durchtönte plötzlich das Wort wie mit tausend Zungen mein Innerstes und seit der Stunde singt es durch alle meine Gedanken und Empfindungen immer und immer wie ein himmlisches Hallelujah: Ewig! Denn wer die wahre Liebe empfängt, der empfängt die Ewigkeit in seinem Herzen. An der Ewigkeit aber ist kein Vergang und so rühren Sie denn auch nicht weiter das ewige Wort meines Herzens an, gnädige Baronesse. – Die Frau unseres Wirtes hier, die sich hin und wieder mit mir beschäftigt hat und der Meinung ist, ein Mädchen brauche aus Büchern nicht viel zu lernen, aber durch den Anblick schöner Menschen lerne ein Mädchen etwas, gab mir in den letzten Wochen Briefe von einer Freundin zu lesen. Die Freundin hat mit ihrem Manne in einer kurzen himmlischen Ehe gestanden, und der Mann hatte immer gesagt, das Glück sei zu schön, als daß es lange dauern könne. So war denn auch sein Tod wirklich bald erfolgt. Von den letzten Tagen schrieb nun die Freundin unter anderem auch. Er hatte eine fürchterliche Krankheit, die den Hals zusammenschnürt, so daß der Mensch ersticken muß. Den letzten Tag nun hatte der Kranke kaum noch sprechen können, aber immerdar hatte er auf seinen Trauring gesehen und auf denselben gewiesen und dazu mit der größten Anstrengung hervorgestoßen das Wort: Ewig! Er wand sich in seiner Todesqual, aber das Wort keuchte er, so lange ein Laut aus seinem armen Munde kommen konnte. Und so starb er in der Ewigkeit der Liebe.

Also wird es nun auch mit mir sein und Oswald. Es ist möglich, daß wir nicht lange bei einander sind, denn auch uns steht ja ein großes und unbeschreibliches Glück bevor. Aber wer nun zuerst sterben möchte, der wird dem andern, so lange die Lippe lallen kann, zustammeln: Ewig! als ein Wort des Trostes, daß die Erde des Grabes die Liebe nicht überschütte! – Was aber das Grab nicht vermögen wird, davon werden Sie, gnädige Frau, gewiß abstehen, denn in Ihnen ist ein liebliches und freundliches Leben. – Vergeben Sie mir, daß ich so ohne Rückhalt sprach, ich würde alles Ihrem Vetter überlassen haben, denn er ist mein Herr, wäre er schon ganz hergestellt. Da er aber noch nachleidet, so mußte ich reden, weil ich zu reden aufgefordert wurde, und mußte ihn und mich verteidigen gegen die Welt und den Dämon, wovon er vor einigen Tagen vorahnend gesprochen hat!

Letztes Kapitel
Fröhliche Siege

Clelia lag erschüttert und aufgelöst im Sofa. Durch alle Thorheiten der lieblichen Thörin hatte sich die Natur gewaltig Bahn gebrochen. Sie achtete nicht mehr darauf, die Chatelaine zu verbergen, ihr Taschentuch hatte sie erhoben und vor das Gesicht gedrückt.

Fancy trat in die Thüre des Seitenkabinetts. Kommen Sie einen Augenblick herein, lassen Sie ihr Zeit, flüsterte sie. Lisbeth ging etwas bestürzt in das Kabinett. Fancy nötigte sie auf einen Sessel und maß mit einem seidenen Faden den Umkreis ihres Haargeflechtes und dann legte sie das Maß an einige Zweige des Myrtenbäumchens. Sie schnitt die Zweige ab und verband sie zum Kranze.

Auch das Mädchen hatte eine Thräne im Auge. Sie sagte während ihrer Arbeit: Wenn ich Sie so weinen sehe, schäme ich mich meiner Listen, und doch waren sie notwendig. Denn hätte ich sie nicht durch meine Unterwürfigkeit konfus gemacht und sie nicht in die Verlegenheit hineingeputzt, so hätten Sie, junge gnädige Gräfin, mit ihr einen härteren Stand bekommen, oder der Herr Oberamtmann packte die Sache wieder an und dann würden Sie es nicht durchgesetzt haben. – Die Fancy ist aber dankbar. Seien Sie so gütig, dem Herrn Gemahl zu sagen, die Kastellanstochter habe sich für den alten Vater revanchiert.

Lisbeth verstand nicht, was das Mädchen wollte. Sie hatte auch nicht Zeit danach zu fragen, denn in Clelias Zimmer hörte sie laut schluchzen und dann eben so laut lachen und darauf wieder schluchzen, und so wechselte es immer ab zwischen Lachen und Schluchzen. Endlich rief es leise und innig ihren Namen. Als sie in das Zimmer trat, kam ihr Clelia entgegen schloß sie in ihre Arme, nannte sie Cousine und sagte: du sollst ihn haben.

Die junge liebliche Thörin gehörte zu den glücklichen Naturen, die, wenn sie närrische Streiche gemacht zu haben einsehen, ohne viele Weiterungen durch Wort und That bekennen: Wir haben närrische Streiche gemacht. – Kein Schmollen, kein Hinzögern, kein falscher Widerstand hauchte über den Spiegel dieser komisch-anmutigen Seele. Lisbeth hatte sie überwunden, und sie schämte sich nun der Niederlage nicht. Sie drückte sie an sich, sie streichelte ihre Wangen, sie gab ihr die zärtlichsten Namen, nannte sie ihr kaiserliches Kind und eine geborene Prinzessin der Ehre. Lisbeth war von dem plötzlichen Wechsel wie betäubt und ruhte freudetrunken an der Brust der ihr noch vor wenigen Minuten so feindlich gewesenen neuen Freundin. Clelia schlug ihren Arm um den Nacken des bräutlichen Kindes und ging mit ihr halb tanzend auf und nieder; dann stellte sie sich mit ihr vor den Spiegel, stemmte die Hände in die Seite und sagte, drollige Vergleichungen anstellend: Cendrillon und daneben alle drei Fräulein Schwestern in einer Person. Sie drohte ihrem Spiegelbilde, schnitt ihm neckische Gesichter und rief: Wie kann man sich so aufdonnern?

Sie war in einem Taumel der Lust und trieb darin Rührendes und Possenhaftes durcheinander. Plötzlich kam aber Fancy gesprungen und rief: Gnädige Frau, der Oberamtmann!

O mein Himmel! rief Clelia. Der muß weg, gleich weg, unter jeder Bedingung weg! Wie kriegen wir ihn weg? Fancy, gieb einen guten Rat! Sie lief hin und her, ihr Taschentuch windend.

Wenn wir nur einen Prozeß oder ein Aktenstück ihm in der Ferne zeigen könnten! rief Fancy, die nun fast eben so ängstlich sich zeigte, als ihre Gebieterin. Mit Speck fängt man Mäuse – Hm! Wie? Ja – was – richtig – ich hab's – Viktoria!

Was?

Wo ist die Assise?

Die Assise?

Fancy lief auf das gestern abend gelesene Zeitungsblatt zu. Hier! sagte sie und zeigte mit dem Finger auf eine der Anzeigen.

Clelia lachte. – Nun, albernes Mädchen?

Hinein, gnädige Frau, mit der jungen Dame in mein Kabinett! rief sie, Sie möchten sich nicht genug verstellen können. Ich schaff den Oberamtmann fort.

Clelia eilte mit Lisbeth in das Kabinett. Der Oberamtmann trat in das Zimmer. – Ich hörte hier laut sprechen, sagte er. Die Stimme der Baronesse unterschied ich und die des Mädchens. Wo ist Ihre gnädige Frau? Wie steht es?

Ganz vortrefflich, versetzte Fancy mit Emphase. – Die sogenannte Braut ist beseitigt, abgemacht, hinüber. Noch heute abend reist sie nach Hamburg und wird dort Erzieherin in einer Pension, mit sechs und fünfzig Thalern Gehalt. Aber Wie haben auch die gnädige Frau gesprochen! Göttlich, sage ich Ihnen, Herr Oberamtmann, von Tugend, Entsagung und uneigennütziger Liebe; Sie würden Ihr blaues Wunder gehört haben, ich wurde recht erbaut und faßte gute Vorsätze für mein ganzes Leben, wenn ich auch einmal sollte das Unglück haben, daß mich ein junger, vornehmer Herr heiraten wollte. Die Lisbeth bat die Baronesse zuletzt kniefällig um Verzeihung, daß sie nur im Ernst an den Grafen gedacht habe. Jetzt ist sie mit dem Kinde spazieren gegangen, um in der freien Natur sie zu trösten und sie noch recht in der Vernunft zu befestigen. Wenn sie aber nach Hamburg abgereist ist, dann will sie auch den Herrn Vetter auf eine gute Art zu behandeln anfangen.

Kein treuer Staatsdiener, dem von seiner vorgesetzten Behörde ein glänzendes Lob zugeht, kann frohere Augen machen, als der Oberamtmann machte. Er schlug in die Hände, daß es schallte, zog einen ganzen Schoppen Luft in sich und rief: Nun, Gott sei Dank! So wäre denn also dieses schwierige Geschäft glücklich beendigt. Ach, Sie glauben nicht, Fancy, was für eine Angst ich ausgestanden habe. Aber meinen Kopf hätte ich daran gesetzt, es durchzutreiben.

Sie können lachen, sagte Fancy. Wir haben die Not gehabt und Sie hatten das Zusehen. – Und was halte ich hier in der Hand, Herr Oberamtmann? – Sie hob das Zeitungsblatt empor.

Was denn, liebe Fancy? – Er las. – Zeitung vom – vom – ei, die habe ich nicht zu lesen bekommen! – Hm! Was steht denn da? – Assisen in Elberfeld! rief der Geschäftsmann mit einem Freudenschrei.

Das hat die gnädige Frau heute gefunden, und feurige Kohlen sammelte sie auf Ihrem Haupte, vergiebt Ihnen die Scene von gestern abend und trug mir auf, Ihnen das Blatt da zu zeigen, damit Sie Ihren Wunsch erfüllen können. Der Ort soll nicht gar zu weit von hier sein. Wenn Sie gleich Post nähmen, so kämen Sie noch spät abends dort an. Und unterdessen, daß Sie fort sind, machen wir hier alles mit dem jungen Herrn fertig.

Also wirklich soll ich doch noch das öffentliche Verfahren kennen lernen! sprach der Oberamtmann gerührt. – Großer Gott, wenn sie nur nicht schon vorüber sind! Sie gingen nach der Anzeige da vor vierzehn Tagen an. Ich hoffe indessen noch zwei oder drei Tage zu erhaschen, denn wie ich am Rheine vernahm, so pflegen sie in die dritte Woche ihrer Dauer überzugreifen. – Er wischte sich die Augen. – Deine Baronesse ist doch eine herrliche Frau, sagte er. Empfiehl mich ihr auf das angelegentlichste und sage ihr, in drei Tagen sei ich wieder da, wenn nicht etwa gar zu interessante Sachen vorkämen, denn dann bliebe ich wohl noch etwas länger aus. Adieu, liebe Fancy.

Sie fahren?

Sogleich. Ich gehe auf der Stelle selbst zum Posthalter.

Er eilte fort.

Fancy sprang ausgelassen im Zimmer umher. Clelia trat mit Lisbeth aus dem Kabinette. Lisbeth trug den Myrtenkranz, den ihr Clelia drinnen aufgesetzt hatte. Lauf, Fancy, lauf! rief sie. Schaff' mir den Diakonus, lebendig oder tot, setzte sie in ihrer sprudelnden Laune hinzu. Fancy lief hinunter.

Was haben Sie denn mit mir vor, gnädige –

Clelia sollst du mich nennen, werde ich nicht deine Cousine? versetzte die Baronesse und gab ihr einen leichten Schlag mit dem Zeigefinger über die Wange. – Was ich mit dir vorhabe? Trauen will ich euch lassen im Augenblick!

Mein Gott, welche Übereilung! rief Lisbeth froh und bestürzt.

Keine Widerrede, sagte Clelia. Soll es geschehen, so kann es nur in der Übereilung geschehen. Drei Tage bleibt der Oger weg, das Aktenungeheuer: nicht drei Viertelstunden will ich verlieren. Euer Bund ist außer aller Ordnung und Regel, in der Ordnung und Regel kriegen wir's nimmer fertig. Hurli burli muß es gehen. Himmlisch kannst du sprechen, Herzkind und einer jungen Strohwitwe, die noch dazu das Unglück hat, selbst in ihren Landläufer von Gemahl verliebt zu sein, den Kopf schon verdrehen; aber kennst du die Welt, das taube, hartmäulige Tier? Brautleute sind zu trennen, eine Verlobung ist rückgängig zu machen, da muß man also einen Riegel vormachen, einen von denen, die nicht weichen und wanken. O die Ehe, der gute, feste unweichsame Riegel! Immer gleich sieht er aus, man mag ihn von der oder der Seite beschauen. Seid ihr getraut, so mögen sie schimpfen, skandalieren, chicanieren, ihr sitzt geborgen hinterm Riegel. Da hat selbst der Kaiser seine Macht verloren. Ihr seid Mann und Frau, und sie müssen sehen, wie sie sich drein finden. – Jetzt aber komm' her, mein Bräutlein, daß ich dich schmücke.

Sie stellte ihren Juwelenkasten neben sich, setzte sich in einen Lehnstuhl und Lisbeth mußte vor ihr auf dem Fußschemmel knien. – Ein anderes Kleid können wir dir nicht anziehen, denn meine sind dir zu weit, du schlankes Reh, aber die besten Brillanten schenke ich dir, sagte sie. Ein reiches Kollier, die Brosche und die dazu gehörigen Ohrgehänge nahm sie aus dem Kasten. Sie legte der Knieenden die prächtigen Steine an und um, und wie gern ließ sich die glückliche, halbbetäubte Lisbeth zieren! – Sicht sie in ihrem Weißen Kambrickleidchen und mit den Diamanten vom reinsten Wasser nicht aus wie ein Märchen, einfach, strahlend, ärmlich, feenreich? rief sie, als sie ihr Werk vollendet hatte. Sie erhob die Geschmückte und drehte sie nach allen Seiten, um die Wirkung der Brillanten zu prüfen.

Der Diakonus kam. Fancy hatte ihn von der Straße hereingeholt. Er kehrte eben aus dem Gerichtshause zurück, den Auftritt mit dem Hofschulzen noch in Haupt und Herzen. Seine Frau, die auch schon etwas von der Revolution in ihrem Hause gehört hatte, folgte. Fancy schloß den Zug. Die Wirte sahen mit Erstaunen auf Lisbeth, die wirklich dastand, ein armes, reiches, weißes, buntes Wunder. – Kleine Frau, rief Clelia ihre Wirtin an, Sie bekommen heute freies Haus. Sobald wir hier unsere Pflicht gethan haben, reise ich ab, denn den Oberamtmann überlasse ich euch, ihr Guten, und der wird denn auch bald zornschnaubend seiner Wege gehen.

Herr Pastor, sagte sie gravitätisch zum Diakonus, Sie werden ersucht, Ihren Mantel anzulegen, die Beffchen vorzustecken und sofort ihr heiliges Amt zu verrichten.

Wie? versetzte der Diakonus äußerst befremdet. Ohne Aufgebot, ohne Formalitäten ...

Einspruch erfolgt nicht auf Kavalierparole, sagte Clelia noch feierlicher – Und was die Formalitäten betrifft, so steht hier eine bekränzte Braut, drüben im Zimmer sitzt ein harrender Bräutigam, ich habe mich als ehestiftende Juno aus dem Stegreife in Staat geworfen, zwei ehrliche Leute als Zeugen werden zu haben sein, weitere Formalitäten sind wohl überall zu einer Hochzeit nicht erforderlich.

Er versagte auf das bestimmteste die Bitte. Clelia wurde aber dringender und fand an der Frau des Geistlichen eine Bundesgenossin. Ich dächte, liebes Kind, du gäbest nach, sprach sie mit einem verlegenen vielsagenden Blicke.

Mit der ganzen Offenheit, welche seine Äußerung über den modernen Adel gegen die Excellenz auf dem Oberhofe geziert hatte, rief der Diakonus, sich vergessend: Nein, mein Schatz, weil du etwas länger Last in der Küche behältst, deshalb kann sich dein Mann nicht scharfen Verweisen oder gar Strafen aussehen!

Darüber will ich Sie beruhigen! rief Clelia. Ich kenne Ihren *, er ist in Karlsbad ganz überaus freundlich gegen mich gewesen, denn er erwartet von mir eine Gefälligkeit bei uns daheim. Eine Hand wäscht die andere, ich verbürge mich dafür, daß sie mit einer leichten Zurechtweisung, die Ihnen nur des Scheines halber erteilt werden wird, entschlüpfen sollen, zumal da in der Sache selbst nichts unrechtes geschieht. – Fancy schlich fort: sie wußte, wo der Ornat hing.

Gnädige Frau, versetzte der Diakonus ernst, die Formen find einmal in der Welt und die Formen sind heilsam. Entschuldigen Sie, wenn ich mich innerhalb der mir gewiesenen Schranken halte.

Aber auch Clelia konnte ernsthaft werden. So fest und gehalten, daß es alle Anwesende überraschte, sagte sie: Meine Eitelkeit erlebt wenigstens einen kleinen Triumph darüber, daß Sie mir so bald und so vollständig Genugthuung geben. Sie grollten mit mir gar sehr in Ihrem Herzen, daß ich die Bettlerin, das Findelkind – denn ich darf sie so nennen, sie weiß, wie lieb ich sie gewonnen – nicht in der ältesten Familie des Reichs haben wollte, und nun weigern Sie sich, ja Sie, zwei Lieblinge Ihres Herzens allen Nöten zu entheben. Und weshalb weigern Sie sich? Einer Form, einer armseligen Form wegen, deren Verletzung Ihnen möglicherweise eine kleine Unannehmlichkeit im Amte machen könnte. O ihr anderen, wann werdet ihr doch Massen, euch über uns aufzuhalten? Ich bin doch besser als Sie. Denn ich ward wenigstens von dem königlichen Gemüte dieses Kindes, welches ich nun mit Freuden für meine Verwandte, Gräfin Waldburg, erkenne, rasch bekehrt. Sie aber scheinen der Bitte einer Frau unnahbar zu sein, die nur begehrt, was der Augenblick gebietet, den Sie mir ja auch als Lehrer der Menschen angepriesen haben. – Wohl, ich dringe nicht weiter in Sie. Wer die Zukunft der beiden schiebe ich Ihnen in Ihr Gewissen. Für alle Quälereien. Hemmungen, Verdrießlichkeiten oder gar Mißgeschicke, welche Oswald und Lisbeth noch haben können, bin ich für meine Person nicht ferner verantwortlich.

Der Diakonus stand betreten. Von Anfang an hatte ja eine Stimme in seinem Innern für die Bitte der Baronesse gesprochen. Diese Stimme redete um so lauter, als er kurz zuvor so tief bewegt worden war. Das Große, Echte, Menschliche war ihm in der Gerichtshalle so nahe getreten: er fühlte, daß es Dinge und Verwickelungen gebe, in denen der Mensch sich vergessen und nur an das Wesen und an das Los anderer denken soll.

Nach einigem Schweigen erwiderte er Clelien. Sie haben mich auf eine Probe gestellt. Selten wird es vorgekommen sein, daß ein Geistlicher sich scharf tadeln lassen muß vor einer heiligen Handlung, die man von ihm begehrt. Folge ich einer kleinlichen Empfindlichkeit, so würde ich bei meinem Versagen beharren. Ich bin aber nicht empfindlich, sondern erkläre Ihnen ganz einfach: Sie haben recht. Ich bin bereit, dem Bunde, welcher uns alle, wie es scheint, durch seine liebliche Kraft über das Gewöhnliche erhebt, Weihe und Unlösbarkeit zu geben.

Fancy hatte sich schon während der letzten Worte mit dem Ornate in der Thüre gezeigt. Der Diakonus ging hinaus und kam nach einigen Augenblicken im priesterlichen Kleide zurück. – Wollen wir ihn nicht vorbereiten lassen? fragte Clelia. – Wozu? fragte der Diakonus. Das Göttliche regt nicht auf, es beruhigt. Still treten wir bei ihm ein und ich sage ihm dann in kurzen Worten sanft, was wir wollen: das ist wohl die beste Vorbereitung.

Er nahm Lisbeth bei der Hand, die Frauen folgten. Schweigend und gefaßt gingen diese guten Menschen nach dem Zimmer, in welchem sich auf den Glücklichen, der noch nichts ahnete, sogleich ein Segen herniederlassen sollte, rein, groß, himmlisch.

Anhang
Zwei Briefe

I.

Sie wollen mir das Nachspiel einer Tragödie, die einen heiteren Ausgang gewann, nicht erlassen, so will ich Ihnen darin gern, in wie weit ich kann, gefällig sein.

Der Doktor kam ungefähr eine Stunde nach der Trauung in das Haus und fand noch alles in Entzücken und Thränen. Er war aber gar nicht entzückt und vergoß auch keine Thräne. Sondern bitterböse war er und rief: Verdammt, daß der Humor immer wörtlich genommen wird! Allerdings war der Graf in großer Gefahr, und noch jetzt ist ein Rückfall zu besorgen, wenn man ihn nicht vor Gemütsbewegungen in acht nimmt. Er hatte hierauf mit der Baronesse ein Gespräch unter vier Augen. Infolge dessen wußte die junge Dame die neue Gräfin zu bestimmen, daß sie noch an ihrem Hochzeitstage mit ihr abreiste, und so trennte sich das Paar wenige Stunden nach seiner ewigen Vereinigung unter heißen Thränen, aber mit freiem und würdigem Entschlusse. Nachdem Clelia ihren entronnenen Gemahl aus dem Osnabrückschen sich wiedergeholt hatte, reisten sie zusammen durch Holland, Belgien, Frankreich, England bis nach Schottland. Die junge Frau oder Braut sah vieles, merkte auf alles und wechselte mit ihrem Gemahl oder Bräutigam die schönsten Briefe. Man sah ihr nirgends an, daß sie nur ein Findling war, sondern sie betrug sich wie eine geborne Gräfin. In England wurde sie der Königin vorgestellt, diese küßte sie auf die Wange und die Frau von Lehtzen nannte sie *my dear Eliza.*

Endlich nach sechs oder sieben Monaten schlug die Stunde der Heimkehr. Der Graf, nun ganz wiederhergestellt, kam den Reisenden bis Rotterdam entgegen und führte sein bräutliches Weib in großer Wonne auf das hohe Schloß am Neckar.

Der Oberamtmann kam aus dem gewerbfleißigen Wupperthale zurück, schon sehr verstimmt, denn von der Assise hatte er nichts zu sehen bekommen. Den ersten Tag seines Dortseins konnte er nämlich wegen Überfüllung des Saales mit Menschen nicht hinein, am zweiten Tage wurde eine Sache bei verschlossenen Thüren verhandelt und am dritten eine ausgesetzt, weil der Hauptzeuge fehlte; womit die damalige Quartalsitzung schloß.

Als er nun gar seinen Freund, den er brautlos erwartete, vermählt wiederfinden mußte, kannte sein Zorn keine Grenzen. Aber die Ehe saß wirklich wie ein guter Riegel fest und spottete jeglicher Bemühung, sie hinwegzuschieben. Er reiste auf der Stelle ab, hat sich in den Schwarzwald vergraben und nichts mehr von sich hören lassen. Sein Glaube an die Menschheit soll sehr gesunken sein und Clelien nennt er, wie man sagt, nur Armida, die listige Verführerin. Oswald hofft indessen doch noch, ihn auszusöhnen.

Der Schulmeister Agesel ließ in den rheinisch-westfälischen Anzeiger einrücken, er erkläre jeden, der ihn nicht für einen gewöhnlichen Menschen im vollen Sinne des Wortes halte, für einen Schurken, worauf der Küster aus Furcht, insultiert zu werden, seine andere Furcht nach und nach bemeistern gelernt hat.

II.

Du fragst mich nach Oswald und Lisbeth. Ihre Geschichte sei ja noch nicht aus, sagst du.

Nein, ihre Geschichte ist auch nicht aus, sie hat erst begonnen. Ich hätte nicht solchen Anteil beiden gewidmet, wenn sie zu denen gehörten, deren Blüte das Läuten der Hochzeitsglocken zu Grabe läutet. Die Geschichte ihres Herzens und innersten Geistes nahm von dem Segen des Priesters den Ausgang.

Ein zu frühes Beieinandersein der Liebenden hat etwas ungeschicktes. Das Leben ist nun einmal roh, es trennt mehr. als daß es verbinde. Der Tag wirft viel Schaum und trübe Flut zwischen zwei Herzen, die noch nicht gelernt hatten und unter solchen Umständen nicht lernen können, mit einander vertraut zu sein – denn auch das echte Vertrauen will gelernt werden. Daher kommt es denn, daß die meisten einander zu fremd und doch zu nahe in den Ehestand treten. Und so entsteht die trübe und unreine Gestalt vieler Ehen. In manchem Zufälligen hatten die Verbundenen das Wesenhafte zu finden gewähnt, das nimmt Abschied, und nun klagen sie über bittere Enttäuschungen, wo sie im Gegenteil sich vielleicht der Entfaltung eines Wesenhaftesten zu erfreuen hätten.

Unser Paar wurde durch anscheinendes Mißgeschick über diese gefährliche Sandbank des Lebens hinübergespült. Draußen in Wald und Feld, außer dem Pferch der Civilisation hatten sie einander gefunden, hatten einander vor aller Bekanntschaft geliebt, der Blitz der Ahnung hatte dem einen des andern ewiges Sein und Werden erleuchtet. Aber nun galt es, den kostbaren Gewinn für die Erde zu festigen. An dem Tage ihres Bundes wurden sie getrennt! Trauriges Los, glückseliges Los! In Sehnsucht und Wehmut, in zartem Harren und Darben lernte nun eines des andern Tiefstes aus; das Feinste und Wahrste der Seelen, der Blütenstaub des innern Menschen wehte hinüber und herüber. Die Leidenschaft konnte nicht aufkommen, denn die Hoffnung, fest geankert auf dem Grunde des Sakramentes, hielt sie mit sanfter Hand nieder, die Ferne zeigte jedem die zweite teure Gestalt in verklärten Umrissen.

Daher kannten sie einander, als er ihr bei Rotterdam aus dem Bote half, aber sie kannten einander in der edelsten und köstlichsten Weise. Den ewigen Menschen hatte eines in dem andern erschauen gelernt, nicht den zufälligen. Die Begeisterung des ersten Liebesrausches hatte die süßeste und zugleich die ernsteste hohe Schule durchgemacht. In allen Tiefen des Bewußtseins hatte sich das Aufjauchzen des Gefühls als hohe Vernunft wiedergefunden.

Und nun haben sie einen Glauben, den nichts erschüttern kann. Wenn der Tag seinen Schaum heranspült und das Bild des Liebsten verunreinigt: wenn die Laune kommt und das Sonderbare, Dumpfe, so sprechen sie: Das ist nicht Oswald, das ist nicht Lisbeth, das ist der Zufall. Eines ist für das andere nur da in der schönen Figur jener akademischen Zeit ihrer Liebe.

Nach allen Seiten hin erbaut sie die Ehe, die den Namen einer heiligen verdient. Denn sie haben einander einen Doppelschwur geleistet ohne Worte. Eins wollen sie sein und bleiben, aber eins im Leben und in der Welt, nicht sich versteckend vor Leben und Welt. Mit Liebe wollen sie den stumpfen Widerstand der Materie überwinden. Der ist groß. Denn ihr Schritt hat freilich in alle Verhältnisse den tiefsten Ritz gemacht. Man läßt Lisbeths Liebenswürdigkeit zwar gelten, aber das Findelkind bleibt ihnen doch ein Findelkind. Die Bekannten haben gestutzt, die Freunde getrauert, die Familie ist außer sich gewesen, habsüchtige Vettern schielten froh nach der Zukunft. Zwischen diesen dürren Klippen, in solcher Wildnis ist ihnen die Aufgabe gesetzt, den Garten eines schönen, fruchttragenden Lebens auszusäen. Daher hat denn ihre Geschichte nur erst begonnen. Überallhin müssen sie sich aufstellen, jeden Schatz aus sich zu Tage fördern, sie müssen sich vollenden für die Welt und für die Zwecke der Welt, um das Recht des Herzens darzulegen.

Eine Liebesgeschichte und nichts weiter! werden manche sagen. Wenn es nichts weiter wurde, so ist daran meine geringe Fähigkeit, nicht mein Sinn schuld. Mein Sinn stand darauf, eine Geschichte der Liebe nachzuerzählen, der Liebe zu folgen bis zu dem Punkte, wo sie den Menschen für Haus und Land, für Zeit und Mitwelt reif, mündig, wirksam zu machen beginnt.

Deine Seele hat manchen Gedanken von mir in sich empfangen, du hast ihn gepflegt und mir schöner zurückgegeben. Von dir vernahm ich zuweilen erst, was ich eigentlich gedacht hatte. Höre denn auch jetzt, was meine rauhe und ungestüme Lippe dir zustammelt; Pflege es in einem seinen, guten Gemüte.

Unsere Zeit ist groß, der Wunder voll, fruchtbar und guter Hoffnung. Aber irr und wirr taumelt sie noch oft hin und her, weiß die Siege nicht und plaudert wie im Traume. Das rührt daher, weil das Herz der Menschheit noch nicht wieder recht aufgewacht ist. Denn nicht abhanden kam der Menschheit das Herz, es war nur müde und schlief etwas ein. Im Herzen müssen sich die Menschen erst wieder fühlen lernen, um den neuen Weg zu erkennen, den die Geschlechter der Erde wandeln sollen, denn vom Herzen ist alles größte auf Erden ausgeschritten,

Moses sah an das Elend seines Volkes und führte es hinweg. Christus wollte sein göttliches Licht nicht für sich behalten, sondern in überströmender Liebe gab er es seinen Brüdern; nach dem heiligen Grabe lechzte die durstige Brust der Kreuzfahrer, Luther that mit seinem Herzen die tiefe Frage nach der ewigen Seligkeit, vor welche sich schmauchende Kirchenkerzen gestellt hatten, die von Metzgewändern und Weihrauchwolken verhüllt waren.

Wenn ich aber das viel gemißbrauchte und deshalb übel berufene Wort brauche, so weißt du, daß ich damit nicht den schlaffen, von der Empfindelei getauften Muskel meine, der in einer Flut matter Thränen schwimmt. Das volle starke Herz meine ich, vom Atem Gottes und göttlicher Notwendigkeit durchweht und begeistert. Ich meine das Herz, welches das schöne Weib des Kopfes ist. Von ihm wird es befruchtet und giebt die Kraft seines Mannes und Herrn wieder als göttliches Kind mit tiefen welterlösenden Augen. Dieses Herz erscheint den Schwachen nicht selten kalt und roh, und doch ist es das Wärmste, was es giebt, denn es entzündet mit seinem Brande die Völker. Und das zarteste ist es auch, denn nicht irdische Stümper rühren es, sondern die Himmlischen spielen darauf wie auf einer Äolsharfe, und es tönet seine ewigen Akkorde unter den Fingern des Elohim.

Unsere Zeit ist ein Columbus. Sie sieht wie der Genueser mit den Blicken des Geistes das ferne Land hinter der Wüste des Ozeans. Desselben gleichen erlebt sie die Geschicke des Columbus. Auch ihr laufen die Kinder nach, halten sie für wahnwitzig und zeigen an den Kopf. Auch sie steht vor manchem Rate von Salamanca und soll sich aus Kirchenvätern widerlegen lassen. Auch Heuer giebt es diesen und jenen heuchlerischen Johann von Portugal, der ihr das Geheimnis abgekauft zu haben wähnt und die Caravele aussendet von den Inseln des grünen Vorgebirges, aber nach vierzehn Tagen den schlechten Bootsmann entmutigt wiederkehren sieht. – Sie hat die Anker gelichtet und steuert und steuert.

Aber der Genueser hatte die Boussole am Bord und nach der richtete er sein Schiff und ließ sich nicht irre machen, als die Nadel unter entlegenen Graden abzuweichen begann. Die Nadel zeigte ihm den Pfad.

In das Schiff der Zeit muß die Boussole gethan werden, das Herz. Und keine Abweichung muß den Seefahrer irren, wenn die Reise immer weiter und weiter vordringt. Dann wird nach verzweiflungsvollem Hoffen und Harren plötzlich in einer Nacht vom Schiffe: Land! gerufen werden, und die Insel Salvador wird nächsten Morgen entdeckt daliegen, wild, üppig, mit großen und schönen Wäldern, mit unbekannten Blumen und Früchten, von reinen, lieblichen Lüften überhaucht und umspült von einem kristallklaren Meere. – Und es kann sein, daß auch die Zeit nach Ophir und nach des Tartarchanes Gebiete entsteuert zu sein wähnet, und in diesem Wahne, ein erhaben phantasierender Columbus, abstirbt, und daß erst spätere Jahre erfahren, Amerika sei an jenem Margen entdeckt worden.

Fußnoten

1. Die blonde Lisbeth war ein Findelkind, das im Schlosse des den Lesern des Münchhausen bekannten Barons aufgewachsen, eine Stütze der zerfallenden Wirtschaft des alten Herrn und seiner alternden unvermählten Tochter wurde. Sie war in das Gebirge gegangen, um Zinsrückstände, welche sie in einem vergessenen Rentenregister verzeichnet gefunden, für ihren Pflegevater von den Bauern einzutreiben.

2. So heißt in manchen Gegenden ein Strick.

3. Ausdruck für *Brotherr*

4. Provinzialismus für *Mädchen*

5. Abgekürzt für *Brigitta*

6. Er meinte vermutlich den Vorfall, den die Erbstatthalterin in den holländischen Unruhen auf ihrer Reise nach dem Haag erlebte.

7. Bei den Hochzeitsmahlzeiten der Bauern in der dortigen Gegend warten der Bräutigam und der Schulmeister auf, sonst niemand.

8. Der Schulmeister Agesel war bei dem Studium einer neueingeführten Lautlermethode in Geistesverwirrung geraten und deshalb seines Amtes entsetzt. Sein übrigens harmloser Wahn bestand bei einer übermäßigen Verehrung spartanischer Zucht und Lebensweise darin, daß er sich für einen Nachkommen des Königs Agesilaus hielt. Im Schlosse des Barons, auf welchem die blonde Lisbeth aufgewachsen war, fand er ein dürftiges Unterkommen, hatte aber jetzt, durch weitere Erfahrungen von seinem Wahne geheilt, Aussicht auf eine neue Anstellung in der Bauerschaft des Hofschulzen erhalten.

9. Die Umgrenzung des zu einem Hofe gehörigen Feld-, Wiesen- und Baumgrundes.

10. Kramladen

11. Anfall von Schlagfluß

12. Der Mentor des Jägers hatte sich seinem Briefe gemäß aufgemacht, um den umherschweifenden Schützling wieder nach Schwaben zurückzuführen. Am Rhein war er der Kousine Oswalds, bei Baronesse Elesia, begegnet, welche mit ihrem Gemahl, dem Kavalier aus den österreichischen Erblanden, auf der Hochzeitsreise begriffen, sich rasch entschloß, nach Westfalen zu fahren, um ihren Vetter zu sehen. Das junge Paar hatte sich nach dem, dem Oberhofe zunächst gelegenen Städtchen des Diakonus begeben, während der Oberamtmann den Weg nach dem Oberhofe selbst einschlug, auf dem er Jochem begegnete.

13. Der Oberamtmann war ein begeisterter Jurist, der sich insbesondere mit der Hoffnung trug, auf dieser Reise durch Länder rheinischen Rechts das Schwurgericht kennen zu lernen.